U0114088

安徽師範大學中國詩學研究中心學術專刊

安徽師範大學文學院高峰學科建設經費資助項目

李商隱文編年校注

（一）

劉學鍇文集

第二卷

安徽師範大學出版社
ANHUI NORMAL UNIVERSITY PRESS
·蕪湖·

圖書在版編目(CIP)數據

李商隱文編年校注: 1—4冊 / 劉學鍇,余恕誠著. — 蕪湖: 安徽師範大學出版社,2020.12
(劉學鍇文集;第二卷)
ISBN 978-7-5676-4970-5

Ⅰ.①李… Ⅱ.①劉… ②余… Ⅲ.①古典散文–注釋–中國–唐代 Ⅳ.①I264.2

中國版本圖書館CIP數據核字(2020)第260175號

李商隱文編年校注:1—4冊
LI SHANGYIN WEN BIANNIAN JIAOZHU
劉學鍇　余恕誠◎著

責任編輯: 李克非
責任校對: 潘　安
裝幀設計: 丁奕奕
責任印製: 桑國磊
出版發行: 安徽師範大學出版社
蕪湖市北京東路1號安徽師範大學赭山校區　郵政編碼:241000
網　址: http://www.ahnupress.com
發 行 部: 0553-3883578　5910327　5910310(傳真)
印　刷: 安徽新華印刷股份有限公司
版　次: 2020年12月第1版
印　次: 2020年12月第1次印刷
開　本: 700 mm×1000 mm　1/16
印　張: 120.5
字　數: 2020千字
書　號: ISBN 978-7-5676-4970-5
定　價: 630.00圓(全4冊)

總目

凡例

一、本書係存世李商隱文之編年校注本。商隱曾自編其駢文表狀啓牒等爲《樊南甲集》《樊南乙集》各二十卷計八百三十二篇。《新唐書·藝文志》除著録其《甲》《乙》集外，又有《賦》一卷、《文》一卷。《宋史·藝文志》於此外又著録其《文集》八卷、《別集》二十卷、《雜藁》一卷。今均佚。清朱鶴齡、徐炯先後從《文苑英華》《唐文粹》輯出商隱各體文一百五十篇（其中《爲成魏州賀瑞雪慶雲日抱戴表》《爲柳州鄭郎中謝上表》二篇非商隱文），徐氏又從《全蜀藝文志》補入《劍州重陽亭銘》，由徐樹穀、徐炯分任箋、注，撰成《李義山文集箋注》十卷。後馮浩又在徐氏箋注本基礎上作删補辨正改訂，糾徐氏之缺失甚多，並據《成都文類》補入《爲河東公上西川相國京兆公書》，撰成《樊南文集詳注》八卷。其後錢振倫復從《全唐文》中輯出徐、馮二本所無之商隱文二百零三篇（其中《爲賈常侍祭韋太尉文》《爲西川幕府祭韋太尉文》《代諸郎中祭太尉王相國文》三篇非商隱文），此外又據孫梅《四六叢話》所載補入《修華嶽廟記》（此文亦非商隱作），由錢振倫、錢振常分任箋、注，撰成《樊南文集補編》十二卷。近人張采田《玉谿生年譜會箋》、岑仲勉《玉谿生年譜會箋平質》續有考訂補箋，後出轉精。馮、錢二注本共收商隱存世文三百五十篇。本書編著者又從《後村詩話》中輯出其佚賦《虎賦》《惡馬賦》，合計各體文三百五十二篇。兹在徐、馮、錢三種箋注本及張、岑二家考訂補箋之基礎上，進一步作繫年考證、校勘、箋注，合本集與補編爲一編，改分體編次爲編年，撰成《李商隱文編年校注》，與編著者所撰《李商隱詩歌集解》《李商隱資料彙編》並行。

二、徐、馮、錢諸箋注本雖有繫年考證，然均分體編次。本書改分體爲編年。所收之文，按寫作年月先後編次。於每篇文之題注（即校注〔一〕）中，按時代先後，引録前人之繫年考證，然後加編著者按語，或肯定、或補充、或糾正前人之説。少數難以編年之文（共十七篇），置于編年文之後。

三、本書文字校勘，以清編《全唐文》爲底本，以《文苑英華》《唐文粹》參校，並吸取徐、馮、錢、張、岑諸家校改意見。《文苑英華》注「一作某」或「集作某」者亦一併引録。錢注本曾用胡書農從《永樂大典》録出之商隱文對校，凡注明「胡本作某」或「據胡本改」者亦加引録。編著者之按斷，附於其後。

四、本書注釋，一般按時代先後引録各家舊注，間有注家時代在前而所引書時代在後、注家時代在後而所引書時代在前者，視情況調整次序。注釋明顯錯誤者一般不收，然後人之注糾前人之注之失者酌引前注；各家注釋明顯重複者，取其時代在前或引書較完整切合者；諸家注釋歧異須加按斷或誤注、失注者，視情況加〔按〕或〔補注〕。

五、所收之文間有注家、評選者所作之評語，引録於每篇注釋之後，以〔某某曰〕標明。

六、本書所收商隱文視篇幅長短酌加分段。篇幅較長者，注釋分置各段（則）之後，以便閲讀。

七、本書校勘所用底本、校本，繫年考證、注釋所用諸家箋注本及有關研究考證著作，擇其要者列于下，並注明所用版本：

《全唐文》清董誥等編　中華書局影印本

《文苑英華》宋李昉等編　中華書局影印明刊配宋殘本

《唐文粹》宋姚鉉編　四部叢刊影印校宋明嘉靖刊本

《李義山文集箋注》清徐樹穀、徐炯箋注　四庫全書本
《樊南文集詳注》清馮浩箋注　四部備要本
《樊南文集補編》清錢振倫、錢振常箋注　四部備要本
《玉谿生年譜會箋》近人張采田著　上海古籍出版社排印本
《玉谿生年譜會箋平質》岑仲勉著　上海古籍出版社排印本（附於《玉谿生年譜會箋》之後）

八、本書卷末附録李商隱文佚篇篇名、李商隱文分體目録（各體内仍按時代先後編次，不能編年者置於後）、各本序跋凡例、歷代史志書目著録、存目文等有關資料。

目録

（一）

編年文

（二）

（三）

（四）

未編年文

編年文

上令狐相公狀一〔一〕

不審近日尊體何如？太原風景恬和〔二〕，水土深厚〔三〕，伏計調護，常保和平。某下情無任抃賀之至。豐、沛遺疆〔四〕，陶唐故俗〔五〕。自頃久罹愆亢〔六〕，頗至荒殘〔七〕。軒車纔臨，日月未幾，旱雲藏燎於天末〔八〕，甘澤流膏於地中〔九〕。堡鄣復完〔一〇〕，汙萊盡闢〔一一〕。此皆四丈膺靈嶽瀆〔一二〕，稟氣星辰〔一三〕，繫庶有之安危，與大君之休戚〔一四〕。再勤龍闕〔一五〕，復還鳳池〔一六〕。凡在生靈，冀在朝夕。伏惟爲國自重〔一七〕。

某才乏出羣，類非拔俗。攻文當就傅之歲〔一八〕，識謝奇童〔一九〕；獻賦近加冠之年〔二〇〕，號非才子〔二一〕。徒以四丈東平〔二二〕，方將尊隗〔二三〕，是許依劉〔二四〕。每水檻花朝〔二五〕，菊亭雪夜〔二六〕，篇什率徵於繼和，盃觴曲賜其盡歡。委曲款言〔二七〕，綢繆顧遇〔二八〕。自叨從歲貢〔二九〕，求試春官〔三〇〕，前達開懷〔三一〕，後來慕義〔三二〕。不有所自，安得及兹〔三三〕？然猶摧頹不遷〔三四〕，拔刺未化〔三五〕。仰塵裁鑒，有負吹噓〔三六〕。倘蒙識以如愚〔三七〕，知其不佞〔三八〕，俾之樂道〔三九〕，使得諱窮〔四〇〕，必當刷理羽毛〔四一〕，遠謝雞烏之列〔四二〕；脱遺鱗鬣〔四三〕，高辭鱣鮪之羣〔四四〕。逶迤波濤〔四五〕，沖唳霄漢〔四六〕。伏惟始終憐察〔四七〕。

〔一〕本篇原載清編《全唐文》卷七七四第二一頁、《樊南文集補編》卷五。〔錢箋〕（令狐相公）令狐楚也。此狀爲楚鎮太原時上，時爲大和六年也。事詳《爲彭陽公興元請尋醫表》注〔一〕、注〔一三〕。〔張箋〕大和六年，二月甲子（初一），令狐楚檢校右僕射、兼太原尹、北都留守、河東節度使。（馮譜據《舊・紀》）又云：此狀下第後上，語多希望入幕之意。　狀有『不審近日尊體何如』及『太原風景恬和』語，又云『無任抃賀』，是楚初赴太原時作。〔按〕狀云『軒車纔臨，日月未幾，旱雲藏燎於天末，甘澤流膏於地中』，合之『風景恬和』語，狀當上於楚蒞太原後不久，約三、四月間。是年商隱應舉，爲主司禮部侍郎賈餗所斥，狀有『求試春官……然猶摧頹不遷，拔刺未化』語，張謂『下第後上』，當是。然玩『自叨從歲貢』及『然猶』之語，商隱應舉非從大和六年始，當是在天平幕時（大和四或五年）即已應試。作此狀時，商隱不在太原幕。張謂『語多希望入幕之意』，觀『倘蒙』以下十句，似之。

〔二〕〔錢注〕《舊唐書・地理志》：河東節度使治太原府，管汾、遼、沁、嵐、石、忻、憲等州。

〔三〕〔補注〕《左傳・成公六年》：『晋人謀去故絳，諸大夫皆曰：「必居郇瑕氏之地……」……（獻子）對曰：「不可。郇瑕氏土薄水淺……不如新田，土厚水深，居之不疾。有汾澮以流其惡，且民從教，十世之利也。」』

〔四〕〔錢注〕《史記・高祖紀》：高祖，沛豐邑中陽里人。本集徐氏曰：晋陽本唐堯所封，高祖神堯皇帝本襲封唐國公，由太原起義兵而有天下，故云。〔按〕此以漢高之起於豐沛喻唐高祖之起於太原，又以『唐堯』之遺封切『唐高祖神堯皇帝』之故封。

〔五〕《錢注》《詩序》：晋也而謂之唐，本其風俗，憂深思遠，儉而用禮，乃有堯之遺風焉。

〔六〕《錢注》《説文》：愆，過也。炕，乾也。〔補注〕《廣韻·去宕》：『亢，旱也。』據《新唐書·五行志》：『大和……六年，河東、河南、關輔旱。』

〔七〕《錢注》《後漢書·鄭興傳》：郡縣荒殘。

〔八〕《錢注》《吕氏春秋》：旱雲煙火。張衡《東京賦》：眇天末以遠期。

〔九〕《錢注》《管子》：民得其饒，是謂流膏。〔補注〕《後漢書·循吏傳·孟嘗》：『昔東海孝婦，感天致旱，于公一言，甘澤時降。』

〔一〇〕〔補注〕堡鄣，用於戰守之小土城。《左傳·定公十二年》：『墮成，齊人必至於北門。且成，孟氏之保障也。』

〔一一〕《錢注》《舊唐書·令狐楚傳》：大和六年二月，改太原尹、北都留守、河東節度等使。楚久在并州，練其風俗，因人所利而利之。雖屬歲旱，人無轉徙。楚自書生，隨計成名，皆在太原，實如故里。及是秉旄作鎮，邑老歡迎。楚綏撫有方，軍民胥説。〔補注〕汙萊，指田地荒廢。《詩·小雅·十月之交》：『徹我牆屋，田卒汙萊。』此謂荒棄之田地重新開闢。

〔一二〕《錢注》《孝經援神契》：五嶽之精雄聖，四瀆之精仁明。

〔一三〕《錢注》張華《博物志》：《神仙傳》曰：説上據辰尾爲宿，歲星降爲東方朔，傅説死後有此宿，東方生無歲星。劉勰《新論》：微子感牽牛星，顔淵感中台星，張良感弧星，樊噲感狼星，老子感火星。

〔一四〕《錢注》《國語》：晋孫談之子周，適周事單襄公，晋國有憂，未嘗不戚；有慶，未嘗不怡。襄公曰：『爲晋休戚，不背本也。』〔補注〕庶有，猶萬物。《逸周書·寤儆》：『赦有罪，懷庶有。』大君，君主。

〔一五〕《錢注》陸倕《石闕銘》李善注：《三輔舊事》曰：未央宫東有蒼龍闕。〔補注〕龍闕，泛指帝王宫闕。

〔一六〕〔補注〕《晋書·荀勗傳》：『勗久在中書，專管機事。及失之，甚罔罔悵悵，或有賀之者，勗曰：「奪我鳳凰池，諸君其賀我耶？」』此以鳳池借指宰相職位。楚元和十四年已授中書侍郎、同平章事，故云復還。

〔一七〕〔錢注〕《蜀志·許靖傳》：爲國自重，爲民自愛。

〔一八〕〔補注〕《禮記·内則》：『十年，出就外傅，居宿於外，學書記。』就傅，從師。就傅之歲，指十歲。商隱《上崔華州書》則云：『七年弄筆硯。』

〔一九〕〔錢注〕《後漢書·杜根傳》：根父安，少有志節，年十三，入太學，號奇童。〔補注〕謝，不如。

〔二〇〕〔補注〕《禮記·曲禮上》：『男子二十冠而字。』《説苑·修文》：『冠者，所以别成人也。』此指大和三年，商隱以所業文干東都留守令狐楚事，時年十八，故云『近加冠之年』。

〔二一〕〔補注〕《左傳·文公十八年》：『昔高陽氏有才子八人……天下之民謂之八愷。』

〔二二〕〔錢注〕（馮浩）《玉谿生年譜》：大和三年己酉十一月，令狐楚進檢校右僕射、天平軍節度、鄆曹濮觀察等使。商隱年十七，從楚在天平幕。受知之深，當在此際。故《甲集序》專稱鄆（相國），《祭令狐公文》亦云『天平之年，將軍樽旁，一人衣白』也。本傳所云『年及弱冠……從爲巡官』者，宜屬此時。傳文概書天平、汴州，尚未細核，矧可遠及河陽哉！按：馮氏糾本傳之誤，以義山入天平幕，始於令狐，合之此文益信。《舊唐書·地理志》：天平軍節度使，治鄆州。又：河南道鄆州，隋東平郡。〔補注〕四丈，指令狐楚。楚行四。

〔二三〕〔錢注〕《戰國策》：郭隗先生曰：『王誠欲致士，先從隗始。』於是昭王爲隗築宫而師之。〔補注〕唐人多稱節度使幕府爲燕臺，『尊隗』謂其開幕府禮聘賢才。

〔二四〕〔錢注〕《魏志·王粲傳》：粲以西京擾亂，乃至荆州依劉表。〔補注〕依劉，謂依人作幕。

〔二五〕〔錢注〕《楚辭·招魂》：坐堂伏檻，臨曲池些。注：檻，楯也。〔補注〕水檻，臨水有欄杆之建築。

〔二六〕〔錢注〕《詩集·九日》馮氏曰：劉賓客《和令狐相公玩白菊》詩：『家家菊盡黄，梁國獨如霜。』又有《酬庭前白菊花謝書懷見寄》詩。令狐最愛白菊。

〔二七〕〔錢注〕王儉《求解尚書表》：款言彰於侍接。〔補注〕委曲，殷勤周至。款言，懇切之言辭。

〔二八〕〔補注〕綢繆，情意殷切。顧遇，被賞識而受優遇。

〔二九〕〔錢注〕《漢書·董仲舒傳》：使諸列侯郡守二千石，各擇其吏民之賢者，歲貢各二人。〔補注〕《新唐書·選舉志》：『唐制，取士之科，多因隋舊，然其大要有三。由學館者曰生徒，由州縣者曰鄉貢，皆升于有司而進退之。』韓愈《贈張童子序》：『始自縣考試定其可舉者，然後升于州若府，其不能中科者，不與是數焉。州若府總其屬之所升，又考試之如縣，加察詳焉，定其可舉者，然後貢於天子而升之有司，其不能中科者，不與是數焉——謂之鄉貢。』

〔三〇〕〔錢注〕《通典》：開元二十四年，制移貢舉於禮部，以侍郎掌之。〔補注〕春官，禮部之別稱。唐武后光宅元年曾改禮部爲春官。

〔三一〕〔錢注〕《宋書·王僧達傳》：臣又聞前達有言。《魏志·田豫傳》注：《魏略》：昔魏絳開懷以納戎。〔補注〕開懷，推誠相待。

〔三二〕〔補注〕賈誼《新書·數寧》：『苟人迹之所能及，皆鄉風慕義，樂爲臣子耳。』

〔三三〕〔錢注〕《舊唐書》商隱本傳：『楚歲給資裝，令隨計上都。』

〔三四〕〔錢注〕應瑒《侍五官中郎將建章臺集》詩：朝雁鳴雲中，音響一何哀！遠行蒙霜雪，毛羽日摧頹。

〔三五〕〔錢注〕《詩集·江東》：驚魚撥刺燕翩翾。馮氏曰：《後漢書·張衡傳》：《思玄賦》曰：彎威弧之撥刺兮。注曰：張弓貌也。《文選》作『拔剌』，音義同。後人每謂魚跳爲撥刺。蓋《鶡冠子》曰：『水激則旱，矢激則遠，精神迴薄，震蕩相轉。』其意相同也。《野客叢書》謂：撥刺，劃然震激之聲。箭鳴亦然。〔補注〕未化，指魚未化龍。《藝文類聚》九六引辛氏《三秦記》：『河津一名龍門，大魚積龍門下數千，不得上，上者爲龍，不上者（爲魚），故云曝腮龍門。』

〔三六〕〔錢注〕《後漢書·鄭太傳》：孔公緒清談高論，噓枯吹生。〔補注〕塵，塵污，謙詞。裁鑒，鑒識品評。

〔三七〕〔補注〕《論語·先進》：『柴（孔子弟子高柴，字子羔）也愚，參也魯，師也辟，由也喭。』

〔三八〕〔補注〕《論語·公冶長》：『雍也，仁而不佞。』

〔三九〕〔補注〕《史記·仲尼弟子列傳》：『子貢問曰：「富而無驕，貧而無諂，何如？」孔子曰：「可也，不如貧而樂道，富而好禮。」』樂道，喜好聖賢之道。

〔四〇〕〔錢注〕《莊子》：孔子曰：『我諱窮也久矣，而不免，命也。』

〔四一〕理，《全文》作『以』，從錢校據胡本改。〔錢注〕《禽經》注：春則毛弱，夏則稀少而改易，秋則刷理，冬則更生細毛自温。左思《吴都賦》：『理翮整翰，刷盪漪瀾。』

〔四二〕〔錢注〕《法苑珠林》：《僧祇律》云：佛告諸比丘，如過去世時，有羣雞依榛林住，有狸，侵食雄雞，唯有雌在。後有烏來覆之，共生一子。子作聲時，公説偈言：『此兒非我有，野父聚落母，共合生一子，非烏復非雞。若欲學公聲，復是雞母生；若欲學母鳴，其父復是烏。學烏似雞鳴，學雞作烏聲，烏雞二兼學，是二俱不成。』

〔四三〕〔錢注〕《符子》：觀於龍門，有一魚奮鱗鼓鬐，而登乎龍門而爲龍。〔按〕脱遺鱗鬣，即化龍之意，參注〔三五〕。

〔四四〕〔錢注〕《水經注》：河水又南，得鯉魚，歷澗東，入窮溪，首便其源也。《爾雅》曰：鱣，鮪也，出鞏穴，三月則上渡龍門，得渡爲龍矣，否則點額而還。

〔四五〕〔錢注〕《説文》：逶迤，衺去之貌。

〔四六〕〔錢注〕《玉篇》：翀飛上天。鮑照《舞鶴賦》李善注：唳，鶴聲也。《相鶴經》云：七年，飛薄雲漢。

〔四七〕〔錢注〕江淹《詣建平王上書》：少加憐察。

爲彭陽公上鳳翔李司徒狀〔一〕

某謬蒙朝委〔二〕，實異時才。先憂素餐〔三〕，有負疲俗〔四〕。司徒道光纂服〔五〕，功著干城〔六〕。朝廷慮切河湟〔七〕，每難節制〔八〕。非洞知軍志，夙練武經〔九〕，則無以完輯師人〔一〇〕，撫安戎落〔一一〕。自承鎮定〔一二〕，大治聲謠〔一三〕。雲臺議功〔一四〕，煙閣畫像〔一五〕，必留殊渥〔一六〕，以俟元勳〔一七〕。伏惟爲國自愛〔一八〕。某方祗遠役〔一九〕，未獲拜塵〔二〇〕。瞻戀之誠，翰墨無喻。到任續更有狀。

〔一〕本篇原載清編《全唐文》卷七七三第八頁、《樊南文集補編》卷二。〔錢箋〕（鳳翔李司徒）李聽也。《舊唐書》本傳：大和七年，出守鳳翔。又《文宗紀》：大和七年五月，以李聽爲鳳翔隴右節度使，依前檢校司徒。又《地理志》：鳳翔隴節度使治鳳翔府，管鳳翔府、隴州。又《職官志》：太尉、司徒、司空各一員，謂之三公，並正一品。〔張箋〕李聽五月出鎮鳳翔，令狐楚以六月内遷吏部，文有『方祗遠役』，是楚已除職未離鎮時所作，是時義山尚居楚幕也。〔按〕《舊唐書·文宗紀下》：大和七年五月，『丁酉，以李聽爲鳳翔隴右節度使。』九年九月，『庚申，以鳳翔節度使李聽爲忠武軍節度使。』又：大和七年六月，『乙酉，以前河東節度使令狐楚檢校右僕射、兼吏部尚書。』九年六月，轉太常卿；十月，守尚書左僕射、進封彭陽郡開國公。開成元年四月甲午，爲興元尹、山南西道節度使。故李聽鎮鳳翔之兩年餘時間内，令狐楚始則在太原，繼則在朝任吏尚、太常卿。狀所云『方祗遠役』及『到任』，絶非由朝官外任，而只可能是由河東節度使内遷吏尚，『到任』者，到吏尚任也。張箋謂狀作於楚已除職未離鎮時，是。乙酉爲六月二十九，則此狀當上於七月初。又，據此狀，商隱確曾在太原幕，方能有此代作。

〔二〕〔錢注〕《隋書·煬帝紀》：牧宰任稱朝委。

〔三〕〔補注〕《詩·魏風·伐檀》：『彼君子兮，不素餐兮。』趙岐注《孟子·盡心》云：『無功而食，謂之素餐。』

〔四〕〔補注〕疲俗，此謂凋敝之民生。

〔五〕〔錢注〕《新唐書·宰相世系表》：隴西李氏，晟相德宗，子聽檢校司徒、涼國公。〔補注〕《禮記·祭統》：『獻公乃命成叔纂乃祖服。』杜預注：『纂，繼也；服，事也。』

〔六〕〔補注〕《詩·周南·兔罝》：『赳赳武夫，公侯干城。』干城，喻捍衛國家。李聽曾參與討王承宗、李師道、李同捷、王廷湊等叛鎮之戰，屢建軍功。事詳兩《唐書》本傳。

〔七〕〔錢注〕謂吐蕃，詳《爲濮陽公附送官告中使回狀》《爲濮陽公上陳相公狀三》。《漢書·趙充國傳》：至春省甲士卒，循河湟漕穀至臨羌，以眎羌虜。《舊唐書·吐蕃傳》：湟水出蒙谷，抵龍泉，與河合。河之上流，由洪、濟、梁西南行二千里，世舉謂西戎地曰河湟。

〔八〕〔錢注〕《漢書·刑法志》：秦之鋭士不可以當桓、文之節制。〔補注〕此句『節制』指節度使。《舊唐書·李德裕傳》：『（鄴郡道士）謂予曰：公當爲西南節制，孟冬望舒前，符節至矣。』

〔九〕〔補注〕《左傳·昭公二十一年》：『軍志有之：先人有奪人之心，後人有待其衰。』又《僖公二十八年》：『軍志曰：允當則歸。又曰：知難而退。』《左傳·宣公十二年》：『知難而退，軍之善政也；兼弱攻昧，武之善經也。』練，熟習。

〔一〇〕〔錢注〕《後漢書·蘇竟傳》：竟終完輯一郡。〔補注〕完輯，保全、安定。師人，兵士。《左傳·宣公十二年》：『申公巫臣曰：「師人多寒。」王巡三軍，拊而勉之。』

重任。

〔一一〕〔錢注〕沈約《齊故安陸昭王碑文》：夷羣戎落。〔補注〕戎落，戎族聚居地，泛指西北少數民族地區。

〔一二〕〔錢注〕《國語》：柔惠小物，而鎮定大事。〔補注〕鎮定，安定。自承鎮定，謂李聽自接受安定邊境之

〔一三〕〔補注〕謂爲政有成績，聲譽遠揚，爲民謳歌。

〔一四〕〔錢注〕《後漢書·馬武傳後論》：永平中，顯宗追感前世功臣，乃圖畫二十八將於南宫雲臺。

〔一五〕〔錢注〕《舊唐書·太宗紀》：貞觀十七年，詔圖畫司徒趙國公（長孫）無忌等勳臣二十四人於凌煙閣。

〔一六〕〔錢注〕《宋書·徐爰傳》：思沾殊渥。

〔一七〕〔錢注〕《漢書·叙傳》：太祖元勳啓立輔臣。

〔一八〕見《上令狐相公狀一》注〔一七〕。

〔一九〕〔錢注〕時令狐楚由北都留守入爲吏部尚書。詳《爲彭陽公興元請尋醫表》注〔一四〕。謝惠連《猛虎行》：如何遠祇役。〔補注〕祇役，奉命任職。

〔二〇〕〔錢注〕《晋書·石崇傳》：崇與潘岳諂事賈謐，謐與之親善，號曰二十四友。廣城君每出，崇降車路左，望塵而拜。其卑佞如此。

上令狐相公狀二〔一〕

伏蒙仁恩，賜借太原日所著歌詩等〔二〕。伏以四丈，翊戴大君，儀刑多士〔三〕。鬱爲邦彦〔四〕，早司國鈞〔五〕。盛烈殊勳，已光於帝載〔六〕；徽音清論，復播於仁謡〔七〕。尚或研美二《南》，留情四始〔八〕，峻標格

而山聯太華〔九〕，鼓洪濤而河到三門〔一〇〕。望絶攀躋〔一一〕，理無揭厲〔一二〕。足使清風知愧〔一三〕，《白雪》懷羞〔一四〕。縱金懸而誰得求瑕〔一五〕，但紙貴而莫不傳寫〔一六〕。

某者頃雖有志，晚無成功。雅當畫虎之譏〔一七〕，徒有登龍之忝〔一八〕。淮邸夙叨於詞客〔一九〕，梁園早厠於文人〔二〇〕。每至因事寄情，寓物成命〔二一〕，無不搦管興歎〔二二〕，伏紙多慚〔二三〕。思遲已過於馬卿〔二四〕，體弱復踰於王粲〔二五〕。豈可思當作賦〔二六〕，任竊言詩〔二七〕？空懷博我之恩〔二八〕，寧發啓予之歎〔二九〕。謹當附於經史，置彼縑緗〔三〇〕。永觀大匠之宏規，長作私門之祕寶〔三一〕。伏惟特賜照察。

〔一〕本篇原載清編《全唐文》卷七七四第二二二頁、《樊南文集補編》卷五。〔錢箋〕此狀首云『太原日所著歌詩』，則當上於大和七年令狐去鎮之後。〔張箋〕（編大和八年初。）〔按〕令狐楚大中七年六月乙酉（二十九）檢校右僕射兼吏部尚書。而大和八年正月，商隱已寓崔戎華州幕，有《代安平公華州賀聖躬痊復表》《爲安平公賀皇躬痊復上門下狀》《爲大夫安平公華州進賀皇躬痊復物狀》諸表狀。本文言及自身狀況時，未反映出已居華州幕之跡象，當作於大中七年七月至八年正月之前一段時間內。

〔二〕見《上令狐相公狀一》。

〔三〕〔錢注〕任昉《爲范尚書讓吏部封侯第一表》：爰在中興，儀刑多士。〔補注〕《詩·大雅·文王》：『儀刑文王，萬邦作孚。』又：『濟濟多士，文王以寧。』儀刑，作楷模。多士，衆多賢士。

〔四〕〔補注〕《詩·鄭風·羔裘》：『彼其之子，邦之彦兮。』邦彦，國家之賢才。

〔五〕〔補注〕《詩·小雅·節南山》：『尹氏大師，維周之氐。秉國之均，四方是維。』國家之政柄。均，同

『鈞』。按：令狐楚早在元和十四年七月，即已任中書侍郎、同平章事，故云『早司國鈞』。

〔六〕〔補注〕《書·舜典》：『咨四岳，有能奮庸熙帝之載，使宅百官揆，亮采惠疇。』孔傳：『載，事也。』帝載，帝王之事業。

〔七〕〔補注〕徽音，猶德音，令聞美譽。清論，清雅之言論。仁謡，指因行仁政而播於民間歌謡。

〔八〕〔錢注〕《詩序》：一國之事謂之風，言天下之事謂之雅，政有大小，故有《小雅》焉，有《大雅》焉。頌者，美盛德之形容，以其成功告于神明者也，是謂『四始』。〔補注〕二《南》，指《詩·國風》中之《周南》《召南》。二句謂其研習留意詩歌創作，繼承風雅傳統。

〔九〕〔錢注〕温子昇《寒陵寺碑》：標格千仞。《山海經》：太華之山，削成而四方，其高五千仞。〔補注〕標格，風範、風度，此狀詩之風標氣度。

〔一〇〕〔錢注〕張衡《西京賦》：起洪濤而揚波。《水經注》：砥柱，山名也。昔禹治洪水，山陵當水者鑿之。故破山以通河，河水分流，包山而過，山見水中若柱然，故曰砥柱也。三穿既決，水流疏分，指狀表目，亦謂之三門矣。〔補注〕此狀其詩之氣勢。

〔一一〕〔補注〕應『太華』，言高絶不可攀登。

〔一二〕〔補注〕《詩·邶風·匏有苦葉》：『深則厲，淺則揭。』厲，連衣涉水；揭，褰衣而涉。此應『洪濤』，謂如黄河洪濤，不可度越。

〔一三〕〔補注〕《詩·大雅·烝民》：『吉甫作誦，穆如清風。』鄭箋：『穆，和也。吉甫作此工歌之誦，其調和人之性如清風之養萬物然。』

〔一四〕〔錢注〕《新序》：楚襄王問於宋玉曰：『先生其有遺行與？何士民衆庶不譽之甚也？』宋玉對曰：『客有歌於郢中者，其始曰《下里巴人》，國中屬而和者數千人；其爲《陽阿》《薤露》，國中屬而和者數百人；其爲《陽春白雪》，國中屬而和者不過數十人；引商刻羽，雜以流徵，國中屬而和者不過數人而已。是其曲彌高，其和彌寡。』

〔一五〕〔錢注〕《史記·吕不韋傳》：不韋使其客著所聞集論，以爲八覽、六論、十二紀，號曰《吕氏春秋》。布咸陽市門，懸千金其上，延諸侯遊士賓客有能增損一字者，予千金。

〔一六〕〔錢注〕《晋書·左思傳》：思賦《三都》成，時人未之重。安定皇甫謐有高譽，思造而示之，謐稱善，爲其賦序。於是豪貴之家競相傳寫，洛陽爲之紙貴。

〔一七〕〔錢注〕《後漢書·馬援傳》：援兄子嚴、敦並喜譏議，而通輕俠客。援書誡之曰：杜季良豪俠好義，吾愛之重之，不願汝曹效也。效季良不得，陷爲天下輕薄子，所謂畫虎不成反類狗者也。

〔一八〕〔錢注〕《後漢書·李膺傳》：膺獨持風裁，以聲名自高，士有被其容接者，名爲登龍門。

〔一九〕〔錢注〕《漢書·淮南王安傳》：安招致賓客方術之士數千人，作爲《内書》二十一篇，《外書》甚衆。又有《中篇》八卷，言神仙黄白之術，亦二十餘萬言。《説文》：邸，屬國舍。〔補注〕《楚辭·招隱士》解題：『昔淮南王安博雅好古，招懷天下俊偉之士，自八公之徒，咸慕其德而歸其仁。各竭才智，著作篇章，分造辭賦，以類相從，故或稱小山，或稱大山，其義猶《詩》有《小雅》《大雅》也。』

〔二〇〕〔錢注〕《史記·梁孝王世家》：孝王築東苑，方三百餘里。招延四方豪傑，自山以東遊説之士，莫不畢至。《西京雜記》：梁孝王好營宫室苑囿之樂，築兔園，園中有百靈山、落猿巖、棲龍岫。又有雁池，池間有鶴洲、鳧渚。〔補注〕《史記·司馬相如列傳》：『是時梁孝王來朝，從遊説之士齊人鄒陽、淮陰枚乘、吴莊忌夫子之徒，相如見而説之。因病免，客遊梁。梁孝王令與諸生同舍，相如得與諸生遊士居數歲，乃著《子虚》之賦。』

〔二一〕〔錢注〕任昉《南徐州蕭公行狀》：門階户席，寓物垂訓。

〔二二〕〔錢注〕劉峻《答劉之遴借類苑書》：搦管聯册。

〔二三〕〔錢注〕《晋書·劉琨傳》：伏紙飲淚。

〔二四〕〔錢注〕《漢書·枚皋傳》：司馬相如善爲文而遲，故所作少，而善於皋。又《司馬相如傳》：相如字長卿。

〔二五〕〔錢注〕魏文帝《與吴質書》：仲宣獨自善於辭賦，惜其體弱，不足起其文。《魏志·王粲傳》：粲字仲宣。

〔二六〕〔錢注〕《漢書·藝文志》：大儒荀卿及楚臣屈原，離騷憂國，皆作賦以風。

〔二七〕〔補注〕王逸《楚辭章句叙》：『名儒博達之士著造詞賦，莫不擬則其儀表，祖式其模範，取其要妙，竊其華藻。』

〔二八〕〔補注〕《論語·子罕》：『顔淵喟然歎曰……夫子循循然善誘人，博我以文，約我以禮，欲罷而不能。』

〔二九〕啓，錢注本作『起』。〔補注〕《論語·八佾》：『子曰：「起予者，商也，始可與言《詩》已矣。」』何晏集解引包咸曰：『孔子言子夏能發明我意，可與共言《詩》。』後因用爲『啓發自己』之意，故亦可寫作『啓予』，如《隸釋·漢山陽太守祝睦後碑》：『所謂守忠啓予，其去也善，蓋彰功表勛，所以焕往煇來。』然《論語》本作『起予』。

〔三〇〕〔錢注〕《北堂書鈔》：《晋中經簿》曰：盛書有縑帙、青縑帙、布帙、絹帙。梁昭明太子《文選序》：詞人才子，則名溢於縹囊；飛文染翰，則卷盈乎緗帙。

〔三一〕〔錢注〕班固《典引》：御東序之祕寶。

太倉箴〔一〕

險哉太倉，險若太行〔二〕。彼懸車束馬〔三〕，爲陟高岡〔四〕；此禍胎怨府〔五〕，起自斗量〔六〕。無小無大，不可不防。澄波萬頃，不廢汪汪〔七〕。火烈人畏〔八〕，不廢剛腸〔九〕。曷若寬猛，處於中央〔一〇〕。泉穀之地〔一一〕，勿言容易〔一二〕。貪夫狗財〔一三〕，有死無二〔一四〕。御黠馬銜〔一五〕，不得不利〔一六〕。下或諛吾〔一七〕，過人之聰，是人甘言〔一八〕，將欲相讋。下或誇我，秋毫必睹〔一九〕，是人甘言，將欲相瞽。長如欲戰，莫捨强弩〔二〇〕；長如獲禽〔二一〕，莫忘縛虎〔二二〕。衆人之言，有訛有真，如彼五味，有甘有辛，口自嘗取，無信他人。天生五色，有白有黑，目自別取，無爲人惑。

而況乎九門崇崇〔二三〕，近在牆東。天視天聽〔二四〕，惟明惟聰。問龠合斗斛〔二五〕，何以用銅？取寒暑暴露，不改其容；亦象君子，介然居中〔二六〕。終日戰慄，猶懼或失〔二七〕。銜用何利？鍛之以清；虎何用縛？援之以明〔二八〕；弩何用射？發之以誠。俾後來居上〔二九〕，無由以生；有餘不足〔三〇〕，無由以争。心爲準概，何憂乎不直不平〔三一〕！各敬爾職，一乃心力〔三二〕。倉中水外〔三三〕，人馬勿食。陶母反魚，以之歎息〔三四〕。豈無他粟，豈無他芻，薏苡似珠，不可不虞〔三五〕。倉中役夫〔三六〕，千逕萬塗。桀黠爲炭，睢盱爲鑪〔三七〕。應事成象，無有定模〔三八〕。緣私指使〔三九〕，慎勿以呼。賓朋姻婭〔四〇〕，或來譏話。食中酒醴，慎勿以貰〔四一〕。海翁無機，鷗故不飛，海翁易慮，鷗乃飛去〔四二〕。是以聖人，從微至著〔四三〕，不遺忠恕。借借貸貸〔四四〕，此門先塞。須防蒼蠅，變白作黑〔四五〕。

嗚呼！孰慮孰圖〔四六〕？昔在漢家，倉令淳于，致令少女，上訴無辜，陷身致是，不亦悲乎〔四七〕！敢告君子，身可殺，道不可渝。

校注

〔一〕本篇原載《唐文粹》卷七八總五一九頁、清編《全唐文》卷七七九第二〇頁、《樊南文集詳注》卷八。〔徐注〕《漢書·高帝紀》：七年，蕭何治未央宫，立太倉。《唐六典》：司農寺有太倉令，掌九穀廪藏之事。《唐會要》：太倉出納，貞元五年，俾司農少卿一人專領。《玉海》：李商隱有《倉箴》，注云：大和七年十月。〔馮注〕《通典》：司農卿屬太倉署，有令三人，丞二人，掌倉廪出納。《金石録》：唐《太倉箴》，大和七年十月，李商隱撰，行書，無姓名。《金石略》：李商隱文并書，碑出京兆府。《寶刻類編》：《太倉箴》，李商隱撰，柳公權細書，大中元年立。按：《寶刻類編》載《永樂大典》中，不著撰人姓名，約爲南宋時人也，與《金石録》不符。考《舊書·傳》：公權名德顯官，至大中初，轉少師，當無商隱撰、公權書之事。〔張箋〕《金石録》：唐《太倉箴》，大和七年十月李商隱撰，行書，無姓名。今據編。〔按〕馮氏辨正是。今編大和七年十月。

〔二〕〔馮注〕《吕氏春秋》：通乎德之情，則孟門、太行不爲險矣。《史記·魏世家》：斷羊腸。注曰：羊腸坂在太行山上，南口懷州，北口潞州。《通典》：懷州，太行山在焉。《左傳·襄公二十二年》：，齊侯伐晋，入孟門，登太行。注曰：孟門，晋隘道。太行，在河内郡北。

〔三〕〔馮注〕《國語》：齊桓公西征，至於石抗，懸車束馬，踰太行與辟耳之谿拘夏。注曰：太行、辟耳，山名。拘夏，辟耳之谿也。三者皆險，故懸鉤其車，傴束其馬而度。〔徐注〕《齊世家》：桓公西伐大夏，涉流沙，束馬懸車，登太行，至卑耳山。

〔四〕〔徐注〕《詩》：陟彼高岡。

〔五〕〔徐注〕枚乘《諫吴王書》：福生有基，禍生有胎。《左傳》：叔孫昭子曰：『吾不爲怨府。』〔補注〕怨府，衆怨歸聚之所。

〔六〕〔徐注〕《漢書·律曆志》：量者，龠、合、升、斗、斛也。

〔七〕〔馮注〕《後漢書·黄憲傳》：憲字叔度。郭林宗曰：『叔度汪汪若千頃陂，澄之不清，淆之不濁，不可量也。』

〔八〕〔徐注〕《左傳》：子産謂子太叔曰：『惟有德者，能以寬服民。其次莫如猛。夫火烈，民望而畏之，故鮮死焉。水懦弱，民狎而玩之，則多死焉。故寬難。』

〔九〕〔徐注〕嵇康《絶交書》：剛腸疾惡。

〔一〇〕〔徐注〕《左傳》：仲尼曰：『寬以濟猛，猛以濟寬，政是以和。』

〔一一〕〔徐注〕《漢書·王陵傳》：陳平曰：『問錢穀，責治粟内史。』〔補注〕泉，古錢幣名稱。《周禮·地官·司徒》『泉府上士四人』鄭玄注引鄭司農曰：『故書泉或作錢。』《漢書·食貨志下》：『故貨，寶於金，利於刀，流於泉。』顔注引如淳曰：『流行如泉也。』

〔一二〕〔徐注〕東方朔《答客難》：談何容易。

〔一三〕狥，《文粹》作『徇』，通。〔徐注〕賈誼《鵩鳥賦》：貪夫徇財兮，烈士徇名。

〔一四〕〔馮注〕《左傳》：必報德，有死無二。〔徐注〕《北史·傅伏傳》：伏曰：『事君，有死無二。』

〔一五〕〔馮注〕《家語》：夫德法者，御民之具，猶御馬之有銜勒。〔徐注〕《家語》：善御馬者正銜勒。〔補注〕《大戴禮記·盛德》：『德法者御民之銜勒也。』銜，馬嚼；勒，馬絡頭。

〔一六〕〔馮注〕《漢書·張敞傳》：馭黠馬者，利其銜策。

〔一七〕吾，《文粹》作『我』。

〔一八〕〔徐注〕《左傳》：幣重而言甘，誘我也。《史記·商君傳》：趙良曰：『苦言，藥也；甘言，疾也。』

〔一九〕〔徐注〕《列子》：目將眇者，先睹秋毫。《愼子》：離朱之明，察秋毫之末。〔補注〕《孟子·梁惠王上》：『明足以察秋毫之末，而不見輿薪，則王許之乎？』《商君書・錯法》：『夫離朱見秋豪百步之外，而不能以明目易人。』

〔二〇〕〔徐注〕《蜀志》：强弩之末，勢不能穿魯縞。〔馮曰〕彊弩、勁弩，屢見《史》《漢》諸書。

〔二一〕獲，徐本作『護』。〔徐校〕當作『獲』，用趙簡子使王良與嬖奚乘事，見《孟子》。〔馮注〕《左傳》：射御貫則能獲禽。〔補注〕《墨子・大取》：『意獲也，乃意禽也。』孫詒讓閒詁：『言獵者求獲，欲得禽也。』

〔二二〕〔徐注〕《後漢書・吕布傳》：曹操笑曰：『縛虎不得不急。』

〔二三〕〔徐注〕《禮記》：季春之月，命國儺九門磔攘。注：天子九門者，路、應、雉、庫、皋、城、近郊、遠郊、關門也。〔馮注〕此猶曰九重。

〔二四〕〔補注〕《孟子・萬章上》引《泰誓》：『天視自我民視，天聽自我民聽。』

〔二五〕〔補注〕《漢書・律曆志》：『十龠爲合，十合爲升，十升爲斗，十斗爲斛。』

〔二六〕〔徐注〕《漢書・律曆志》：凡律度量衡用銅者名自名也，所以同天下齊風俗也。銅之爲物至精，不爲燥濕寒暑變其節，不爲風雨暴露改其形，介然有常，有似士君子之行，是以用銅也。〔補注〕介然，特異貌。

〔二七〕〔徐注〕《古逸詩》：唐堯戒曰：『戰戰慄慄，日謹一日，人莫躓於山，而躓于垤。』

〔二八〕〔馮注〕《廣韻》：捼，手摩物也，乃回切。又捼莎，《說文》曰：摧也，俗作『挼』，奴禾切。

〔二九〕〔馮注〕《漢書・汲黯傳》：見上言曰：『陛下用羣臣，如積薪耳，後來者居上。』

〔三〇〕〔補注〕《老子》：『天之道，損有餘而補不足；人之道則不然，損不足以奉有餘。』

〔三一〕〔徐注〕《漢書・律曆志》：以井水準其概。孟康曰：概欲其直，故以水平之；井水清，清則平也。〔補注〕《漢書・律曆志》：『準者，所以揆平取正也。』準，測量水平之器具。概，量穀物時刮平斗斛之器具。

〔三二〕〔徐注〕《書》：爾尚一乃心力，其克有勳。

〔三三〕〔補注〕謂倉處於中，水環於外。

〔三四〕〔徐注〕《世説》：陶公少時作漁梁吏，常以坩鮭餉母，母封鮭付使，反書責侃曰：『汝爲吏，以官物見餉，非惟不益，乃增吾憂也。』

〔三五〕〔徐注〕《後漢書·馬援傳》：初，援在交阯，常餌薏苡實，用能輕身省欲，以勝瘴氣。南方薏苡實大，軍還載之一車。後有上書譖之者，以爲前所載還皆明珠文犀。

〔三六〕〔徐注〕《左傳》：江芊怒曰：『呼役夫！』

〔三七〕睢，《文粹》作『眭』。〔徐注〕《鵩鳥賦》：天地爲鑪兮造化爲工，陰陽爲炭兮萬物爲銅。《西京賦》：睢盱跋扈。《魯靈光殿賦》：洪荒朴略，厥狀睢盱。善曰：《字林》：睢，仰目也；盱，張目也。眭，與『睢』通。〔馮注〕本《鵩鳥賦》『天地爲鑪兮』諸句法。《莊子》：而睢睢盱盱，而誰與居。注曰：跋扈之貌。

〔三八〕定，徐注本、馮注本一作『成』。

〔三九〕〔徐注〕《曲禮》：六十曰耆，指使。

〔四〇〕〔徐注〕《詩》：瑣瑣姻婭，則無膴仕。〔補注〕《左傳·昭公二十五年》『姻亞』杜注：『婿父曰姻，兩婿相謂曰亞。』此泛指姻親。

〔四一〕〔徐注〕《漢書·高帝紀》：常從王媪、武負貰酒。師古曰：貰，賒也。

〔四二〕〔馮注〕《列子》：海上之人，有好鷗鳥者，每旦之海上，從鷗鳥遊，鷗鳥至者百數。其父曰：『吾聞鷗從汝遊，取來吾玩之。』明日之海上，鷗鳥舞而不下。

〔四三〕〔徐注〕《漢書·董仲舒傳》：莫不以晻至明，積微至著。

〔四四〕貸貸，《全文》作『貣貣』，《文粹》作『貸貣』，此據馮注本改。

〔四五〕作，馮注本作『爲』。〔徐注〕《詩》：營營青蠅，止于棘。箋：蠅之爲蟲，汙白使黑，汙黑使白，喻佞人變亂善惡也。

〔四六〕二『孰』字《全文》作『熟』，據《文粹》改。〔徐注〕《詩》：昊天疾威，弗慮弗圖。

〔四七〕〔馮注〕《史記》：太倉公者，齊太倉長，臨菑人也，姓淳于氏，名意。文帝四年，中人上書，言意以刑罪當傳西之長安。於是少女緹縈隨父西，上書曰：『妾父爲吏，齊中稱其廉平，今坐法當刑，妾切痛死者不可復生，而刑者不可復續，願入身爲官婢，以贖父刑罪。』書聞，上悲其意，此歲中亦除肉刑法。

〔馮浩曰〕刺貪也。

上崔大夫狀〔一〕

今早七弟遠衝風雪，特迂車馬，伏蒙榮示，兼重有卹賚，謹依命捧受訖。某才不足觀，行無可取，徒以四丈〔二〕，頃因中外〔三〕，最賜知憐。極力提攜，悉心指教，以得内誇親戚〔四〕，外託友朋。謂於儒學，而逢主人〔五〕；謂於公卿，而得知己〔六〕。竊當負氣〔七〕，因感大言〔八〕。豈謂今又獲依門牆，備預賓客〔九〕，禮優前席〔一〇〕，貺重承筐〔一一〕。欲推讓而不能，顧負荷而何力？儻或神知孔禱〔一二〕，師恕柴愚〔一三〕，玉真而三獻不疑〔一四〕，女貞而十年乃字〔一五〕，矗期率勵〔一六〕，以報恩知。伏惟特賜鑒察。

〔一〕本篇原載清編《全唐文》卷七七五第一二頁、《樊南文集補編》卷六。〔錢箋〕（崔大夫）崔戎也。詳《爲

安平公賀皇躬痊復上門下狀》注〔一〕。〔馮譜〕大和七年，居崔戎幕，掌章奏。〔張箋〕（編大和八年）狀曰：『今早七弟遠衝風雪，特迂車馬，伏蒙榮示，兼重有卹賚。』又曰：『豈謂今又獲依門牆，備預賓客，禮優前席，睨重承筐，欲推讓而不能，顧負荷而何力？』此狀蓋當時謝聘之書（指謝崔戎兗海之聘）。○掌奏實始兗海……若本年（指大和七年）雖至幕下，實無在幕確據也。馮氏書居崔戎幕掌章奏於是年，誤矣。〔按〕《舊唐書·文宗紀》：大和八年三月，『丙子（廿五），以右丞李固言爲華州刺史，代崔戎，以戎爲兗海觀察使。』此狀如係謝崔戎兗海聘之書，當作於大和八年三月廿五日之後，時已春暮，與狀首『今早七弟遠衝風雪』之語時令顯然不符。再證以《安平公詩》：『明朝騎馬出城外，送我習業南山阿……三月石堤凍銷釋，東風開花滿陽坡。時禽得伴戲新木，其聲尖咽如鳴梭。公時載酒領從事，踴躍鞍馬來相過……公時受詔鎮東魯，遣我草奏隨車牙。』可知在崔戎受詔鎮兗海，聘商隱掌章奏之前，已是凍銷花開之暮春三月季候，絶非此狀所叙『遠衝風雪』之情景，故此狀非謝崔戎兗海聘而作甚明。按商隱《樊南甲集序》云：『樊南生十六能著《才論》《聖論》，以古文出諸公間，後聯爲鄆相國、華太守所憐，居門下時，敕定奏記，始通今體。』所謂『居門下』，當即狀之『獲依門牆，備預賓客』。商隱居崔戎門下之前已依令狐楚爲鄆府巡官，此狀又有『重有卹賚』『睨重承筐』之語，似即爲謝崔戎辟聘其爲幕府從事而上。再證以商隱大和八年正月爲崔戎所擬賀皇帝痊復三表狀，商隱之曾居華州崔戎幕代草章奏確然無疑。然視崔戎送其習業南山，且率從事過訪等情事，則與正式辟聘、晨入昏歸之幕僚尚有區别。商隱代擬之華州三表狀既作於八年正月，則此狀當作於大和七年冬。狀又有『玉真而三獻不疑，女貞而十年乃字，矗期率勵，以報恩知』語，益見居崔戎門下時，乃既代草章奏，又同時習舉業準備應試。唐代禮部試通於正月舉行，亦可證狀當上於大和八年正月禮部試之前。崔戎仕歷，詳《爲安平公謝除兗海觀察使表》注〔一〕及表文。

〔二〕〔補注〕四丈，指崔戎。戎行四。

〔三〕〔錢注〕《詩集·贈趙協律》自注：愚爲故尚書安平公所知，是安平公表姪。《後漢書·陳留董祀妻傳》：文姬詩曰：又復無中外。〔補注〕中外，指中表之親。

〔四〕〔錢校〕誇，胡本作『觀』。

〔五〕〔錢注〕揚雄《長楊賦序》：藉翰林以爲主人，子墨爲客卿以諷。

〔六〕〔錢注〕《吴志・虞翻傳》注：《翻别傳》曰：使天下一人知己者，足以不恨。〔補注〕《戰國策・楚策四》：『驥於是俛而噴，仰而鳴，聲達於天，若出金石聲者，何也？彼見伯樂之知己也。』《史記・刺客列傳》：『士爲知己者死。』按：唐士人常稱幕主或賞識自己之公卿爲知己。

〔七〕〔錢注〕《宋書・謝弘微傳》：阿連剛躁負氣。

〔八〕〔補注〕《莊子・齊物論》：『大言炎炎，小言詹詹。』此『大言』指正大之言論。

〔九〕〔錢注〕本集《樊南甲集序》：聯爲鄆相國、華太守所憐，居門下時，敕定奏記。〔按〕詳注〔一〕按語。

〔一〇〕〔錢注〕《史記・商君傳》：鞅見，孝公與語，不自知膝之前於席也。〔補注〕《史記・屈原賈生列傳》：『賈生徵見。孝文帝方受釐，坐宣室。上因感鬼神事，而問鬼神之本。賈生因具道所以然之狀。至夜半，文帝前席。既罷，曰：「吾久不見賈生，自以爲過之，今不及也。」』

〔一一〕〔補注〕《詩・小雅・鹿鳴》：『我有嘉賓，鼓瑟吹笙。吹笙鼓簧，承筐是將。』朱熹集傳：『承，奉也；筐，所以承幣帛者也。』

〔一二〕〔補注〕《論語・述而》：『子疾病，子路請禱。子曰：「有諸？」子路對曰：「有之。誄曰：禱爾於上下神祇。」子曰：「丘之禱久矣。」』

〔一三〕〔補注〕《論語・先進》：『柴也愚，參也魯，師也辟，由也喭。』柴，孔子弟子高柴。愚，愚直。

〔一四〕〔錢注〕《韓非子》：楚人和氏得玉璞楚山中，獻之厲王。厲王使玉人相之，曰石也。王以和爲誑，而刖其左足。及武王即位，和又獻之，武王使玉人相之，又曰石也。王又以爲誑，而刖其右足。及文王即位，和乃抱其璞哭於楚山之下。王使玉人理其璞，而得寶焉，遂命曰『和氏之璧』。〔補注〕唐人多用獻玉喻應試。

〔一五〕〔補注〕《易・屯》：『女子貞不字，十年乃字。』字，懷孕生育。按：二句謂己累試必當登第。

〔一六〕〔錢注〕《後漢書·祭肜傳》：肜乃率勵偏何，遣往討之。〔補注〕率勵，勉勵。

代安平公華州賀聖躬痊復表〔一〕

臣某言：今月某日，得本道進奏院報〔二〕，以聖躬痊和，右僕射、平章事臣涯等〔三〕，奉見聖躬訖。社稷殊祥，生靈大慶。臣忝分朝寄〔四〕，四奉國恩〔五〕，無任抃舞踴躍之至〔六〕。

臣聞：天，普覆也，應運而健若龍行〔七〕；日，至明焉，有時而氣如虹貫〔八〕。伏惟皇帝陛下，道超普覆，迹邁至明，思宗社之靈〔九〕，惟德是輔〔一〇〕；念蒸藜之廣，以位爲憂〔一一〕。求衣未明〔一二〕，觀書乙夜〔一三〕。壽域既臻於躋俗〔一四〕，大庭微闕於怡神〔一五〕。是以自北陸送寒〔一六〕，暫停禹會〔一七〕；及東郊迎氣〔一八〕，爰復堯咨〔一九〕。四海方來〔二〇〕，百辟咸在〔二一〕，六幽雷動〔二二〕，萬壽山呼〔二三〕。

惟臣獨以一麾〔二四〕，載離雙闕〔二五〕。犬馬之微誠徒切〔二六〕，鵷鴻之舊列難階〔二七〕。提郡印而通宵九驚〔二八〕，對使符而一食三起〔二九〕。今幸已俗臻殷富〔三〇〕，年比順成〔三一〕，伏惟稍簡萬幾〔三二〕，以迎百福〔三三〕。託調燮于彼相〔三四〕，責綏撫于列藩〔三五〕。承九廟之降祥〔三六〕，副兆人之允望〔三七〕。臣不勝懽懽慊慊之至〔三八〕，謹差某奉表陳賀以聞。

校注

〔一〕本篇原載《文苑英華》卷五六九第一三頁、清編《全唐文》卷七七一第七頁、《樊南文集詳注》卷一。《英華》題下注：文宗。〔徐箋〕《舊書·文宗紀》：大和七年十二月，幸望春宮，聖體不康。八年正月癸丑朔，丁巳，聖體痊平，御太和殿見内臣。甲子，御紫宸殿見羣臣。〔馮箋〕《新唐書·宰相世系表》：崔戎出博陵安平大房，封安平縣公。《舊書·傳》：崔戎字可大，歷官至給事中，改華州刺史。《舊書·紀》：文宗大和七年閏七月，以給事中崔戎爲華州刺史。《舊書·志》：華州，上輔，在京師東一百八十里。按唐制，封爵每以其郡望被之。故稱某公者，既封則稱所封，未封則稱郡望，亦有以現居之官稱之，不出此三者。《舊書·志》：下之達上，其制有六，曰表、狀、牋、啓、辭、牒。表上天子，其近臣亦爲狀。牋、啓上皇太子，然於其長亦爲之。公文皆曰牒，庶人言曰辭。〔按〕本篇代華州刺史崔戎賀文宗痊復。八年正月甲子爲十二日，賀表約上於正月十四五日。

〔二〕〔馮注〕《舊書·紀》：代宗大曆十二年，諸道邸務在上都，名曰留後，改爲進奏院。按：華州刺史職同京牧、京尹，領潼關防禦、鎮國軍使。凡節度、觀察、防禦等使，皆有進奏院。

〔三〕〔徐注〕臣涯，王涯。〔徐箋〕《舊書》：王涯，字廣津，太原人，貞元八年進士擢第，登宏詞科。李訓事敗，斬獨柳下。〔馮注〕《新唐書·宰相表》：大和七年七月，尚書右僕射王涯同中書門下平章事。

〔四〕〔補注〕朝寄，朝廷之委託。《晋書·謝安傳》：『安雖受朝寄，然東山之志始末不渝，每形於言色。』

〔五〕〔馮注〕《舊書·傳》：戎入爲殿中侍御史，累拜吏部郎中，遷諫議大夫，拜給事中。故曰『四奉國恩』。

〔六〕〔馮注〕《列子》：一里老幼，喜躍抃舞。潘岳《藉田賦》：觀者莫不抃舞乎康衢。《魏志·文帝紀》注：相國華歆等上言曰：『能言之倫，莫不抃舞。』〔補注〕抃，鼓掌。

〔七〕〔徐注〕《易》：天行健。〔馮注〕《易》：時乘六龍以御天。〔補注〕《易·乾》：『飛龍在天……雲從龍，風從虎，聖人作而萬物覩。』

〔八〕〔徐注〕《戰國策》：白虹貫日。〔馮注〕《禮記》：君子比德於玉，氣如白虹，天也。〔補注〕白虹貫日，爲罕見之日暈天象。古人以爲人間有非常之事發生，則出現此種天象。《戰國策·魏策四》：『夫專諸之刺王僚也，彗星襲月；聶政之刺韓傀也，白虹貫日。』

〔九〕宗社，《英華》《全文》均作『社稷』。《英華》注云：集作『宗社』。兹據改。

〔一〇〕〔徐注〕《書》：皇天無親，惟德是輔。

〔一一〕〔徐注〕《漢書·董仲舒傳》：堯受命，以天下爲憂，而未以位爲樂也。

〔一二〕〔徐注〕《漢書·鄒陽傳》：『孝文皇帝據關入立，寒心銷志，不（原作『未』，據《漢書》改）明求衣。』〔馮注〕謝朓詩：當寧日昃，求衣未明。〔補注〕求衣，索衣，謂起牀。

〔一三〕乙，《英華》作『一』，誤。〔徐注〕顔延之《五君詠》：觀書鄙章句。《北堂書鈔》引《東觀漢記》：兹者甲夜讀書，乙夜講經。〔徐箋〕《通鑑》：唐文宗嘗謂左右曰：『若不甲夜視事，乙夜觀書，何以爲人君？』〔補注〕乙夜，猶二更。《通鑑·嘉平元年》胡注：『夜有五更：一更爲甲夜，二更爲乙夜，三更爲丙夜，四更爲丁夜，五更爲戊夜。』

〔一四〕臻，《英華》作『勤』。〔徐注〕《漢書·王吉傳》：『敺一世之民，躋之仁壽之域。』

〔一五〕〔徐注〕《漢書·嚴助傳》：南越王願伏北闕，望大庭，以報盛德。《後漢書·李膺傳》：荀爽書曰：願怡神無事，偃息衡行。〔馮注〕《列子》：黄帝憂天下之不治，昏然五情爽惑，退而閒居大庭之館，齋心服形，三月不親政事。晝寢而夢遊於華胥氏之國，神遊而已。黄帝既寤，怡然自得。〔補注〕怡神，怡養心神。

〔一六〕〔徐注〕《左傳》：申豐曰：『古者日在北陸而藏冰。』〔補注〕《左傳·昭公四年》孔疏：『日在北陸，爲夏之十二月也。十二月，日在玄枵之次……於是之時，寒極冰厚，故取而藏之也。』後以北陸指夏曆十二月。

〔一七〕〔徐注〕《左傳》：禹合諸侯於塗山，執玉帛者萬國。

〔一八〕〔徐注〕《禮記》：立春之日，天子親帥三公九卿諸侯，以迎春于東郊。《後漢書・章帝紀》：始行月令迎氣樂。〔補注〕上古於立春日祭青帝，立夏日祭赤帝，立秋日祭白帝，立冬日祭黑帝，又於立秋日前十八日祭黃帝，用以迎接四季，祈求豐年，謂之迎氣。此處迎氣指立春日迎春候。

〔一九〕〔徐注〕《書・堯典》：帝曰：『咨，汝羲暨和。』又曰：『咨，四岳。』

〔二〇〕〔補注〕《書・大禹謨》：『文命敷於四海，祇承于帝。』

〔二一〕〔補注〕《書・洛誥》：『汝其敬識百辟享，亦識其有不享。』百辟，指諸侯。此指百官。

〔二二〕〔徐注〕班固《典引》：光被六幽。注：天地四方也。〔馮注〕《易》：雷以動之。

〔二三〕〔馮注〕《漢書・武帝紀》：親登嵩高，御史乘屬，在廟旁吏卒咸聞呼萬歲者三。

〔二四〕〔徐注〕顔延之《五君詠》：一麾乃出守。《夢溪筆談》：今之郡守，謂之建旄，蓋用顔延年詩誤。延年謂『一麾』者，乃指麾之麾，如武王左秉白旄以麾之麾，非旌麾之麾也。延年《阮始平》詩云『屢薦不入官，一麾乃出守』者，謂山濤薦咸爲吏部郎，帝不用，荀勖一擠遂出始平。延年被擠，以此自託耳。自杜牧之有『擬把一麾江海去』之句，始謬用『一麾』，遂成故事。《野客叢書》：僕考唐人詩，如杜子美、柳子厚、許用晦、獨孤及、劉夢得、陸龜蒙等皆用『一麾』事，獨牧之謂『把一麾』爲露圭角，似失延年之意。如張説詩『湘濱用出麾』，如此用則何害？《筆談》謂今人以守郡爲建麾，用顔詩事自牧之始，亦未然。觀《三國志》『擁麾守郡』，《文選》『建麾作牧』，此語在前久矣。謂『把一麾』之誤自牧之始則可，謂『建麾』之誤則不可。〔馮注〕《二老堂詩話》：後人誤用一麾出守事，以爲起於杜牧之。杜實用旌麾之麾，未必本之顔詩，後人因此二字，誤用顔詩耳。按：《古今注》曰：麾所以指麾，武王右執白旄以麾是也。乘輿以黃，諸公以朱，刺史二千石以纁。蓋麾者旌旗之屬，軍禮必用麾。《周禮》：巾車大麾以田。《左傳》：欒鍼見子重之旌，曰：『子重之麾也。』凡後之言麾下者，皆言大將軍之旗也。刺史兼兵事，故有麾。唐時節度賜雙旌，亦此義也。顔詩『一麾』，《文選》注固言指麾，亦兼用郡將建麾。若牧之句，

『把』字貫下，用《牧誓》傳『右手把旄』，尤與擁麾同義，把則自可一麾，其慨歎皆在言外，實字未嘗有誤，議者徒紛紛耳。

〔二五〕〔徐注〕古詩：雙闕百餘尺。〔馮注〕按《史記》：高祖八年，蕭何造未央宮，立東闕北闕。《三輔舊事》：東有蒼龍闕，北有玄武闕也。而《古歌》云：『長安城西雙員闕，上有一雙銅爵宿。一鳴五穀生，再鳴五穀熟。』此則指建章宮之鳳闕也。

〔二六〕徒，《英華》作『空』。〔馮注〕《史記·三王世家》：大司馬臣去病上疏，臣竊不勝犬馬心。曹植《上責躬詩序》：不勝犬馬戀主之情。

〔二七〕鵷，《英華》作『鴛』，字通。〔徐注〕《隋書·劉炫傳》：自爲贊曰：『齊鑣騏騄，比翼鵷鴻。』〔馮注〕《後漢書·蔡邕傳》：鴻漸盈階，振鷺充庭。揚子雲《劇秦美新》：振鷺之聲充庭，鴻鸞之黨漸階。《文選》注：振鷺、鴻鸞，喻賢也。

〔二八〕〔馮注〕《後漢書·蘇不韋傳》：李暠大驚懼，乃布棘於室，以板籍地，一夕九徙。

〔二九〕〔徐注〕《吕氏春秋》：禹一食而三起，以禮有道之士。〔馮注〕《説苑》：魯有恭士名曰机氾，行年七十，其恭益甚，一食之間三起，見衣裘褐之士則爲之禮。氾對魯君曰：『君子好恭以成其名，小人學恭以除其刑。』

〔三〇〕已，《英華》作『以』。殷富，《英華》作『富庶』。

〔三一〕〔徐注〕《禮記》：八蜡以記四方，四方年不順成，八蜡不通。

〔三二〕〔徐注〕《書》：一日二日萬幾。

〔三三〕〔補注〕《詩·大雅·假樂》：『干禄百福，子孫千億。』百福，猶多福。

〔三四〕調燮，《英華》作『燮調』。〔徐注〕《書》：惟兹三公，論道經邦，燮理陰陽。

〔三五〕〔補注〕列藩，諸藩鎮。《晉書·曹志傳》：『或列藩九服，式序王官。』

〔三六〕〔馮注〕《舊書·紀》：開元十年，增置京師太廟爲九室。又：大和八年正月，修太廟，徧告九室，遷神主便殿。二月，以聖躬痊復，赦繫囚，放逋賦，移流人。五月，修太廟畢，徧告神主，復正殿。《書》：作善降之百祥。

〔三七〕〔補注〕《後漢書·光武紀上》：『漢遭王莽，宗廟廢絶，兆人塗炭。』

〔三八〕〔馮注〕《文選》：曹子建表：是臣慺慺之誠。注：《尚書》傳曰：慺慺，謹慎也。《後漢書·五行志》：慊慊常若不足。曹子建賦：愁慊慊而繼懷。〔補注〕慊慊，誠敬貌。

爲安平公賀皇躬痊復上門下狀〔一〕

右，今月得本州進奏官狀報，今月十二日，皇躬痊復，相公躬率百寮奉見奉賀訖。伏以聖上祇膺大寶〔二〕，虔奉睿圖〔三〕，務此憂勤，稍虧頤攝〔四〕。相公輔宣元首〔五〕，翊贊靈猷。戴宗廟之垂休〔六〕，慰黔黎之允望〔七〕。金縢玉檢，悪藏請代之書〔八〕；黄屋丹墀〔九〕，每進先嘗之藥〔一〇〕。至誠斯著，休問旋臻〔一一〕。然後率百辟以雲趨〔一二〕，導九重之日朗〔一三〕。百蠻傾耳〔一四〕，萬國企心〔一五〕。某愧守關河〔一六〕，忝分符竹〔一七〕，不得少塵班列，共展歡呼。對熊軾以自悲〔一八〕，淚如雨墜〔一九〕；望鳳池而結戀〔二〇〕，心逐雲飛〔二一〕。無任抃賀攀戀之至〔二二〕！

〔一〕本篇原載清編《全唐文》卷七七三第八頁、《樊南文集補編》卷二。〔錢箋〕《新唐書·宰相世系表》：博陵安平大房崔氏。戎字可大，安平縣公。《舊唐書·崔戎傳》：累拜給事中，改華州刺史。又《文宗紀》：大和七年閏七月，以給事中崔戎爲華州刺史。十二月，聖體不康。八年正月，聖體痊平，御太和殿見内臣，御紫宸殿見羣臣。又《職官志》：門下省，侍中二員，門下侍郎二員。本集有《爲安平公華州賀聖躬痊復表》。〔按〕據《通鑑》，大和七年十二月庚子，『上始得風疾，不能言』。又據《舊唐書·文宗紀》，大和八年正月丁巳（初五），聖體痊平，御太和殿見内臣；甲子（十二日），御紫宸殿見羣臣。此狀與《爲安平公華州賀聖躬痊復表》同時作，具體時間當在正月十四五日。

〔二〕〔補注〕《易·繫辭下》：『聖人之大寶曰位。』祇膺，敬受。

〔三〕〔錢注〕顔延之《皇太子釋奠會作詩》：睿圖炳晬。〔按〕顔詩之『睿圖』指孔子之畫像，而本文之『睿圖』則指皇帝之謀劃，義異。

〔四〕〔錢注〕劉峻《與舉法師書》：道勝則肥，固應頤攝。〔補注〕頤攝，保養攝生。

〔五〕〔補注〕《書·益稷》：『股肱喜哉，元首起哉，百工熙哉！』孔傳：『元首，君也。』

〔六〕〔補注〕垂休，顯示祥瑞，降福。

〔七〕〔補注〕黔黎，百姓。允望，誠摯之願望。

〔八〕〔錢注〕《漢書·武帝紀》注：孟康曰：刻石紀號，有金策石函金泥玉檢之封焉。〔補注〕《書·金縢》：『公歸，乃納册于金縢之匱中。』蔡沈集傳：『金縢，以金緘之也。』謂以金屬制之帶子將收藏書契之櫃封存。玉檢，玉牒書之封篋。《漢書·武帝紀》『登封泰山』顔師古注引孟康曰：『王者功成治定，告成功於天……刻石紀號，有金策石函、金泥玉檢之封焉。』請代之書：《書·金縢序》：『武王有疾，周公作《金縢》。』孔穎達疏：『武王有疾，周公作策書告神，請代武王死。事畢，納書於金縢之匱。』

〔九〕〔錢注〕蔡邕《獨斷》：乘輿車黄屋左纛。黄屋者，蓋以黄爲裏也。張衡《西京賦》李善注：《漢官典職》：丹漆地，故稱丹墀。

〔一〇〕〔補注〕《禮記·曲禮下》：『君有疾，飲藥，臣先嘗之。』

〔一一〕〔錢注〕《蜀志·許靖傳》：承此休問。〔補注〕休問，佳音。

〔一二〕〔補注〕《書·洛誥》：『汝其敬識百辟享，亦識其有不享。』本指諸侯，此指百官。

〔一三〕〔錢注〕《楚辭·九辯》：君之門以九重。

〔一四〕〔補注〕《詩·大雅·韓奕》：『以先祖受命，因時百蠻。』毛傳：『因時百蠻，長是蠻服之國也。』此以百蠻泛指少數民族。《禮記·孔子閒居》：『傾耳而聽之。』

〔一五〕〔錢注〕《後漢書·張奂傳》：企心東望。

〔一六〕〔錢注〕《水經注》：華嶽本一山，當河，河水過而曲行。河神巨靈，手盪脚蹋，開而爲兩，今掌足之跡，仍存華巖。又：河在關内，南流潼激關山，因謂之潼關。〔補注〕華州地近潼關、黄河。華州刺史例兼潼關防禦、鎮國軍使，時崔戎任華州刺史，故云『守關河』。

〔一七〕〔錢注〕《史記·文帝紀》：二年九月，初與郡守相爲銅虎符、竹使符。注：應劭曰：銅虎符第一至第五，當發兵，遣使者至郡合符，符合乃聽受之。竹使符以竹箭五枚，長五寸，鐫刻篆書，第一至第五。〔補注〕符竹，指刺史職守。

〔一八〕〔錢注〕《後漢書·輿服志》：三公列侯伏熊軾黑轓。〔補注〕熊軾，伏熊形之車前横木。亦指熊軾車，古爲顯宦所乘，後亦用作對地方官所乘車之美稱。此借指刺史之車。

〔一九〕〔錢注〕魏武帝《善哉行》：惋歎淚如雨。《西京雜記》：『二氣之初蒸也，若有若無，若實若虛，若方若圓。攢聚相合，其體稍重，故雨乘虛而墜。』

〔二〇〕〔錢注〕《晋書·荀勖傳》：以勖守尚書令。勖久在中書，專管機事，及失之，甚惘惘悵悵。有賀之者，勖曰：『奪我鳳凰池，諸君賀我耶！』

〔二一〕〔錢注〕梁簡文帝《述羁賦》：戀逐雲飛。

〔二二〕〔錢注〕孫綽《潁州府君碑》：攀戀罔遺。

爲大夫安平公華州進賀皇躬痊復物狀〔一〕

右臣聞藩方舊德，臣子私懷，將稱慶於天朝〔二〕，必展儀于土貢〔三〕。伏惟皇帝陛下，道苞乾象〔四〕，德總坤靈〔五〕，肇自元正〔六〕，載康福履〔七〕，九廟不忘于繼志，兩宮無闕于問安〔八〕。鼓舞萬靈，波濤四國〔九〕。驗推測則咸如周卜〔一〇〕，聽祝辭則皆若華封〔一一〕。臣坐擁伏熊〔一二〕，行驅畫隼〔一三〕，值一人之有慶〔一四〕，當春日之載陽〔一五〕，心但葵傾〔一六〕，跡猶匏繫〔一七〕。伏蒲之覲謁未果〔一八〕，獻芹之誠懇空深〔一九〕。況又地邇宸居〔二〇〕，俗薰儉德，更無玉帛，以率梯航〔二一〕。前件石器等〔二二〕，瑞非土硎〔二三〕，珍慚甗磬〔二四〕，並取諸地産，皆勒以工名〔二五〕。茯苓茯神等〔二六〕，品載仙經〔二七〕，奇標藥録〔二八〕。通靈祛疾，不惟色若凝脂〔二九〕；延壽安神，豈是心如枯木〔三〇〕。干冒陳進，無任兢惶云云。

校注

〔一〕本篇原載《文苑英華》卷六三五第二頁、清編《全唐文》卷七七二第一一頁、《樊南文集詳注》卷二。〔按〕當與《代安平公華州賀聖躬痊復表》《代安平公賀皇躬痊復上門下狀》同時作。詳前二篇注〔一〕。馮譜、張箋並編大和八年初。

〔二〕〔徐注〕《後漢書·朱穆傳》：天朝政事，一更其事。

〔三〕〔馮注〕《書序》：禹别九州，任土作貢。

〔四〕〔徐注〕劉琨詩：乾象棟傾，坤儀舟覆。

〔五〕〔徐注〕班固《西都賦》：據坤靈之正位。〔補注〕乾象，天象。《後漢書·皇后紀上·和熹鄧皇后》：「仰觀乾象，參之人譽。」坤靈，對大地之美稱。

〔六〕〔補注〕《書·舜典》：「月正元日，舜格于文祖。」元正，正月元日。

〔七〕〔徐注〕《詩》：樂只君子，福履綏之。

〔八〕〔徐注〕《禮記》：文王之爲世子，朝于王季，日三。雞初鳴而衣服，至於寢門外，問内豎之御者曰：「今日安否何如？」内豎曰：「安。」文王乃喜。至日中，又至，亦如之。〔馮注〕按文宗時有三宫太后，見《爲河南盧尹賀上尊號表》注〔一〕。今止曰「兩宫」，豈敬宗母義安太后在所略歟？

〔九〕濤，《英華》作「傳」。〔馮注〕波濤，亦取鼓動之義。〔補注〕《詩·大雅·崧高》：「揉此萬邦，聞於四國。」鄭箋：「四國，猶言四方也。」

〔一〇〕〔馮注〕《左傳》：成王定鼎于郟鄏，卜世三十，卜年七百。

〔一一〕〔補注〕《莊子·天地》：『堯觀乎華，華封人曰：「嘻，聖人。請祝聖人，使聖人壽。」堯曰：「辭。」「使聖人富。」堯曰：「辭。」「使聖人多男子。」堯曰：「辭。」封人曰：「壽、富、多男子，人之所欲也，女獨不欲，何邪？」堯曰：「多男子則多懼，富則多事，壽則多辱。是三者非所以養德也，故辭。」』成玄英疏：『華，地名也，今華州也。封人者，謂華地守封疆之人也。』

〔一二〕見《爲安平公賀皇躬痊復上門下狀》注〔一八〕。

〔一三〕〔補注〕《周禮·春官·司常》：『鳥隼爲旟，龜蛇爲旐……州里建旟，縣鄙建旐。』畫隼，畫有隼鳥圖案之旗幟，古爲州郡長官所建。

〔一四〕〔徐注〕《書》：一人有慶，兆民賴之。

〔一五〕〔徐注〕《詩》：春日載陽。

〔一六〕〔徐注〕《説文》：黄葵嘗傾葉向日，不令照其根。〔馮注〕曹植表：葵藿之傾葉，太陽雖不爲之迴光，然終向之者，誠也。

〔一七〕〔徐注〕王粲《登樓賦》：懼匏瓜之徒懸兮，畏井渫之不食。翰曰：匏瓜爲物，繫而不食者也。仲宣自喻。〔補注〕《論語·陽貨》：『吾豈匏瓜也哉？豈能繫而不食！』〔馮注〕《論語》注：匏，瓠也。匏瓜得繫一處者，不食故也。吾自食物，當東南西北，不得如不食之物，繫滯一處。

〔一八〕〔馮注〕《漢書》：史丹以親密臣得侍視疾，候上間獨寢時，丹直入卧内頓首，伏青蒲上。應劭曰：以青規地曰青蒲，自非皇后不得至此。〔按〕漢元帝欲廢太子，史丹候帝獨寢，直入卧室，伏青蒲上泣諫。事見《漢書·史丹傳》。『伏蒲』常用作犯顔直諫之典。此言『覲謁』，則泛言身在外郡，未能如近侍之臣入内覲見也。

〔一九〕〔馮注〕《列子》：昔人有美戎菽，甘枲莖、芹萍子者，對鄉豪稱之。鄉豪取而嘗之，蜇於口，慘於腹，衆哂而怨之。

〔二〇〕〔補注〕華州距京師長安一百八十里，故云。嵇叔夜《與山巨源絶交書》：野人有快炙背而美芹子者，欲獻之至尊。

〔二一〕〔徐注〕梁王僧孺謝啓：航海梯山，獻琛奉貢。

〔二二〕〔徐注〕『石器』未詳。案《爾雅》：西南之美者，有華山之金石焉。郭注云：黄金瑌石之屬。邢疏云：瑌，石之次玉者。此『石器』者，蓋以瑌石爲之，故曰『取諸地産』『皆勒工名』。

〔二三〕〔徐注〕《家語》：魯有儉嗇者，瓦鬲煮食，食之自謂其美，盛之土型，以進孔子。〔馮注〕《韓非子》言堯時飲以土鉶，乃美其儉朴也。『鉶』或作『硎』，亦作『型』。甗、磬二物，土硎一物，且不可云『瑞』，不曉更何本也。按：《史記》：《韓子》曰：『堯、舜飯土塯，啜土形。』又：『堯飯土匭，啜土鉶。』又《墨子》：堯、舜德行，食土簋，啜土刑。『形』『刑』皆以音同通用。〔補注〕土硎，盛湯羹之瓦器。

〔二四〕〔馮注〕《左傳》：鞌之戰，齊侯使賓媚人賂以紀甗、玉磬。注曰：甗，玉甑，皆滅紀所得。疏曰：甗，無底甑。《傳》文『玉』在『甗』『磬』之間，明二者皆是玉也。

〔二五〕勒以，《英華》作『以勒』，非。〔馮注〕《月令》：物勒工名，以考其誠。

〔二六〕〔徐注〕《本草經》：茯苓一名茯苓神。《廣志》：茯神，松汁所作，勝茯苓。《新書·地理志》：華州，土貢茯苓、茯神。《唐本草》：茯苓第一出華山，形極麤大。雍州南山亦有，不如華山。《本草》注：弘景曰：茯苓，白色者補，通神而致靈，上品仙藥也。

〔二七〕〔徐注〕《博物志·仙傳》云：松脂入地中，千年化爲茯苓。葛洪《神仙傳》：秀眉公餌茯苓得仙。

〔二八〕〔徐注〕梁《陶弘景集》：《本草集》有桐君《采藥録》，説其花葉形色；《藥對》四卷，論其佐使相須。

〔二九〕〔徐注〕《詩》：膚如凝脂。

〔三〇〕〔徐注〕《莊子》：形固可使如槁木，而心固可使如死灰乎？

爲安平公謝除兗海觀察使表〔一〕

臣某言：今月某日，中使王士岌至〔二〕，奉宣恩旨〔三〕，改授臣某官，并賜臣前件告身一通者〔四〕。寵命天臨〔五〕，恩光春煦，兢惶無措，抃蹈失容。臣某中謝〔六〕。臣幸逢昭代，本自諸生，文以飾身，學實爲己〔七〕。寧韞玉而待賈〔八〕，竊運甓以私勞〔九〕。春闈再中于明經〔一〇〕，天官一昇於判第〔一一〕。階級甚薄〔一二〕，際會則多〔一三〕。芸閣讎書〔一四〕，藍田作吏〔一五〕。中間因依知己〔一六〕，契闊從軍〔一七〕。其後超屬憲司〔一八〕，驟登郎署〔一九〕，埋輪而出，高懸八使之威〔二〇〕；起草以居，遠謝三臺之妙〔二一〕。每含香而自歎〔二二〕，常襆被而待行〔二三〕。伏惟皇帝陛下，鈞陶庶彙〔二四〕，亭毒萬方〔二五〕，憂心同堯〔二六〕，好諫若禹〔二七〕。東掖垣内，封章何有于日聞〔二八〕；青瑣門前，列位徒參于夕拜〔二九〕。擺波濤而鯤鱗纔變〔三〇〕，望烟霄而鸞翮初高〔三一〕。誓將竭誠，非敢養望〔三二〕。然虚受難處，忝據非安，忽擁隼旟〔三三〕，竟辭龍闕〔三四〕。猶賴雲日未遠〔三五〕，關城不遥〔三六〕。虔奉國章〔三七〕，矗免官謗〔三八〕。豈意便昇亞相之班秩〔三九〕，復委大藩之廉問〔四〇〕。魚箋帝語〔四一〕，象軸神工〔四二〕，拜受而若捧千鈞，伏讀而如聽九奏〔四三〕。誠雖深于負荷〔四四〕，戀實切于違離〔四五〕。況曲阜遺封〔四六〕，導河舊壤〔四七〕，列九州之數〔四八〕，帶五岳之雄〔四九〕，古爲詩書俎豆之鄉〔五〇〕，今兼魚鹽兵革之地〔五一〕。訓整合資于武幹〔五二〕，拊循宜屬于柔良〔五三〕。豈伊孱微，堪此委寄。謹當冰霜勵志，金石貫誠〔五四〕，駑馬奮十駕之勤〔五五〕，鉛刀淬一割之用〔五六〕。即以今月二日〔五七〕，雪泣西拜〔五八〕，星馳東下〔五九〕。帝城思入〔六〇〕，雖有類于陳咸〔六一〕；闕外耻居，安敢同于楊僕〔六二〕。無任瞻天戀闕之至〔六三〕，謹附中使某奉表陳謝以聞。

校注

〔一〕本篇原載《文苑英華》卷五八四第一二頁、清編《全唐文》卷七七一第五頁、《樊南文集詳注》卷一。〔徐箋〕《舊書·文宗紀》：大和八年三月丙子，以右丞李固言爲華州刺史，代崔戎；以戎爲兗海觀察使。《地理志》：至德之後，中原用兵，刺史皆治軍戎，遂有防禦、團練、制置之名。要衝大郡，皆有節度之類。寇盜稍息，則易以觀察之號。（兗海節度使）治兗州，管兗、海、沂、密四州。《崔戎傳》：戎字可大。高伯祖玄暐，神龍初有大功，封博陵郡王。戎舉兩經登科，授太子校書，調判入等，授藍田主簿。爲藩鎮名公交辟。入爲殿中侍御史。累拜吏部郎中，遷諫議大夫。尋爲劍南東西兩川宣慰使。還，拜給事中，駁奏爲當時所稱。改華州刺史，遷兗海沂密都團練觀察等使。將行，州人戀惜遮道，至有解鞾斷鐙者。理兗一年（按：疑爲『一月』之訛），大和八年五月卒。《新書·世系表》：戎出博陵安平房，後漢長岑長崔駰少子寔之後，兗海觀察使，封安平縣公。案：（崔）玄暐博陵安平人。唐制，凡封爵皆以其郡縣名被之，故玄暐封博陵郡王，戎封安平縣公。唐人所稱大率以郡望，然亦有從封爵者，安平公、濮陽公之類是也。〔馮箋〕《新唐書·方鎮表》：大和八年，廢（兗海）節度爲觀察使。《白香山詩後集·送兗州崔大夫駙馬赴鎮》：『戚里誇爲賢駙馬，儒家認作好詩人。魯侯不得辜風景，沂水年年有暮春。』按：此詩年時姓地皆可相合，則崔大夫頗疑即是崔戎。但駙馬之稱本集中一不叙及，《舊書》既無可徵，《新書·公主傳》中亦無此下嫁之主。白公只此一絶，更無他篇取證。惟崔氏之女入宫、男尚主者每有之，戚里相誇，情事亦合。豈此主早薨，故傳文不載歟？上下近年中又别無崔兗州者，特拈出以俟再考。〔張箋〕考《舊·紀》於大和八年六月崔戎卒下書：『戊申，以將作監、駙馬都尉崔杞爲兗海沂密觀察使。』杞以駙馬都尉代崔戎鎮兗海，香山所送者，必即其人。馮氏疑爲崔戎，蓋未見此紀文耳。〔按〕崔戎大和八年三月丙子任兗海觀察使。丙子爲是月二十五日。故文中『今月二日，雪泣西拜，星馳東下』之『今月』當爲四月。商隱《安平公詩》云：『五月至止六月病。』《爲安平公兗州謝上表》云：『今月五日到任上訖。』亦可證崔戎當於四月二日離華赴兗，五月五日抵達兗州上任。故此謝除表當作於大和八年四月二日前夕，約三月末。劉師培《左盦集》卷八《樊南文集詳註》條：『按沈氏《新書方鎮表考證》云：崔戎拜，尋卒，崔杞代……白集所言，乃崔杞也。《新唐書·公主傳》云：順宗女東陽公主始封信安郡主，下嫁崔杞。此杞爲駙馬之證。』

〔二〕士，《英華》作『仕』。

〔三〕〔馮注〕藩鎮授爵、加封、賜物，皆遣中使將命。備見《唐書》。

〔四〕〔補注〕告身，古代授官之文憑。

〔五〕〔補注〕寵命，恩寵榮重之任命。晋李密《陳情事表》：『過蒙拔擢，寵命優渥。』

〔六〕〔馮注〕《文選》注：《裴氏新語》曰：若薦其君將有所乞請，中謝，言 臣誠惶誠恐，頓首死罪。

〔七〕〔徐注〕《左傳》：言，身之文也。〔補注〕《論語·憲問》：『古之學者爲己，今之學者爲人。』何晏集解：孔曰：『爲己，履而行之；爲人，徒能言之。』

〔八〕〔補注〕《論語·子罕》：『子貢曰：「有美玉於斯，韞匵而藏諸？求善賈而沽諸？」子曰：「沽之哉，沽之哉！我待賈者也。」』

〔九〕甓，《英華》作『甕』，誤。〔徐注〕《晋書·陶侃傳》：侃在廣州，朝輒運百甓於齋外，夕運百甓於齋內，曰：『吾方致力中原，過爾優游，恐不堪事。』

〔一〇〕闈，《英華》作『圍』，誤。〔徐注〕《新書·選舉志》：開元二十四年，考功員外郎李昂爲舉人詆訶。帝以郎官望（原引作『權』，據《新書》改）輕，遂移貢舉於禮部，以侍郎舉之。禮部選（原引作『進』，據《新書》改）士自此始。又：明經之別，有五經、三經、二經、學究一經、三《禮》、三《傳》。《禮記》《春秋左氏傳》爲大經，《詩》《儀禮》《周禮》爲中經，《易》《尚書》《春秋》《公》《穀傳》爲小經。先帖文，然後口試經問大義十條，答時務策三道，亦爲四等。〔馮注〕《周禮》：春官宗伯。《舊書・傳》：戎兩經登科。〔補注〕唐禮部試士在春季，故稱『春闈』。

〔一一〕〔馮注〕《周禮》：天官冢宰。《舊書・傳》：戎調判入等。《新書・選舉志》：文選，吏部主之。凡擇人之法有四：一曰身，體貌豐偉；二曰言，言辭辯正；三曰書，楷法遒美；四曰判，文理優長。四事可取，則先德行；德均以才，才均以勞。得者爲留，不得者爲放。五品以上不試。六品以下集而試，觀其書判。試而銓，察其身言；銓而注，詢其便利；而擬唱不厭者，得反通其辭。厭者爲甲，上于僕射，以至於奏聞。受旨而奉行焉，謂之奏受。

〔一二〕〔徐注〕《後漢書・邊讓傳》：階級名位，亦宜超然。〔馮注〕登階拾級，見《曲禮》。〔補注〕階級，此指官之品位等級。薄，輕、低。

〔一三〕〔徐注〕《後漢書・陳蕃王允傳》：論曰：及遭際會，協策竇武，自謂萬世一時也。

〔一四〕〔徐注〕魚豢《魏略》：芸香辟紙魚蠹，故藏書臺曰芸臺。左思《魏都賦》：讎校篆籀。〔馮注〕劉向《別録》：讎校：一人讀書，校其上下得謬誤，爲校；一人持本，一人讀書，若怨家相對，爲讎。《舊書・傳》：戎授太子校書。

〔一五〕田，《英華》注：集作『山』。〔徐注〕《新書・地理志》：京兆府藍田，爲畿縣。嵇康《與山巨源絶交書》：一行作吏，此事便廢。〔馮注〕《舊書・傳》：授藍田主簿。

〔一六〕〔徐注〕阮籍《詠懷詩》：寒鳥相因依。《南史・王僧達傳》：不能因依左右。〔補注〕因依知己，謂依託瞭解、賞識自己之幕主。《戰國策・楚策四》：『驥於是俛而噴，仰而鳴，聲達於天，若出金石聲者，何也？彼見伯樂之知己也。』按：唐人每稱幕主爲『所知』『知己』。

〔一七〕〔徐注〕《詩》：死生契闊。傳：契闊，勤苦也。〔馮注〕《舊書・傳》：裴度領太原，署爲參謀。時王承宗據鎮州叛，度請戎單車往諭之，承宗感泣受教。按：《文苑英華》有《授崔戎等西川判官制》，則戎又曾在西川幕。史故言『藩鎮名公交辟』也。〔按〕裴度首次鎮太原，在元和十四年四月至長慶二年二月間。《全唐文》卷六四八有元稹《加裴度幽鎮兩道招撫使制》，略云：『況彼幽、鎮，無名暴征，以丞相進觀其宜，以諸將齊奮其力……度宜開懷緩帶，以待其歸。可依前守司空兼門下侍郎同中書門下平章事、河東節度使，充幽鎮兩道招撫使。』其遣崔戎單車往諭王承宗，當在元和十四年四月至十五年十月王承宗卒一段時間内。度第二次鎮太原，在開成二至三年，此時戎已前卒數年矣。或將戎爲度太原府參謀置於開成二至三年，當誤。戎任西川節度使段文昌之判官，在長慶二至三年。河東、西川作幕前後相接，故云『藩鎮名公交辟』。又據《新唐書·崔戎傳》：『判入等，調藍田主簿。辟淮南李鄘府。衛次公代鄘，憲宗稱戎才，故次公倚成於職。』李鄘元和五年至十二年、衛次公元和十二年至十三年先後鎮淮南。則崔戎於元和五年至長慶三年實連續在淮南、太原、西川三鎮任幕僚，時間長達十四年。

〔一八〕〔徐注〕《南史·蕭惠開傳》：詔曰：今以蕭惠開爲憲司，冀當稱職。〔馮注〕《舊書·傳》：入爲殿中侍御史。

〔一九〕〔馮注〕《史記》：馮唐爲中郎署長，文帝輦過。索隱曰：乘輦過郎署也。《舊書·傳》：累拜吏部郎中。

〔二〇〕懸，《英華》注：集作『塹』。〔馮注〕《後漢書·張綱傳》：漢安元年，遣八使徇行風俗，而綱獨埋其車輪於洛陽都亭，曰：『豺狼當路，安問狐狸？』遂奏大將軍冀無君之心十五事，京師震竦。《舊書·傳》：遷諫議大夫，尋爲劍南東西川宣慰使。戎既宣撫，兼定征稅，公私便之。〔補注〕《後漢書·周舉傳》：『時詔遣八使巡行風俗，皆選素有威名者，乃拜舉爲侍中，與侍中杜喬、守光禄大夫周栩、前青州刺史馮羡、尚書欒巴、侍御史張綱、兗州刺史郭遵、太尉長史劉班並守光禄大夫，分行天下。』

〔二一〕〔馮注〕應劭《漢官儀》：尚書郎主作文書起草，晝夜更直五日於建禮門内。又：尚書爲中臺，謁者爲外臺，御史爲憲臺，謂之『三臺』。《後漢書·蔡邕傳》：三日之中，周歷三臺。按蔡邕《讓尚書表》：『三月之中，充歷三臺。』而范書《傳論》『信宿三遷』，則定謂三日也。《晉書》：衛瓘爲尚書令，與尚書郎索靖俱善草書，時人號爲『一臺二妙』。徐陵序：三臺妙迹，龍伸蠖屈之書。『起草』二句，不必引蔡邕事，邕不得已就董卓之辟，不足美也。〔按〕唐人用事，每取其一端，不必拘蔡邕之就辟於卓也。

〔二二〕〔徐注〕《漢官儀》：尚書郎懷香握蘭，含雞舌奏事。

〔二三〕行，《英華》作『命』，注：一作行。〔徐注〕《晉書》：魏舒爲尚書郎，或有非其人，論者欲沙汰之，舒曰：『我即其人。』襆被徑出。〔補注〕襆被，用包袱裹束衣被，意即整理行裝。

〔二四〕〔馮注〕《漢書·鄒陽傳》：聖主制世御俗，獨化於陶鈞之上。張晏曰：陶家名模下圓轉者爲鈞，以其制器爲大小，比之於天也。〔徐注〕《漢書·董仲舒傳》：猶泥之在鈞，惟甄者之所爲。又：陶冶而成之。〔補注〕庶彙，萬類。

〔二五〕〔徐注〕《老子》：亭之毒之，蓋之覆之。王弼曰：亭謂品其形，毒謂成其質。

〔二六〕心，徐注本作『位』。〔徐注〕《漢書·董仲舒傳》：堯受命，以天下爲憂，而未以位爲樂也。

〔二七〕〔馮注〕《鬻子》：禹治天下以五聲聽，門懸鐘、鼓、鐸、磬而置鞀，爲銘于簨虡，曰：『教寡人以道者，擊鼓；教寡人以義者，擊鐘；教寡人以事者，振鐸；語寡人以憂者，擊磬；語寡人以獄訟者，揮鞀。』此之謂五聲。《淮南子》末句作『有獄訟者，揮鞀』，餘同。

〔二八〕〔馮注〕《漢書》注：正殿門之旁，有東、西掖門，如人臂掖，故名。《新書·百官志》：門下省給事中四人，凡百官奏抄，侍中既審，則駁正違失；詔勅不便者，塗竄而奏還，謂之塗歸。季終，奏駁奏之目。《舊書·紀》：高宗龍朔二年，改尚書省爲中臺，門下省爲東臺，中書省爲西臺。按：給事中屬門下省，故曰東掖也。西掖、東掖，又稱左掖、右掖。〔徐注〕李頎《寄房給事詩》云『長安城連東掖垣，鳳凰池對青瑣門』是也。《漢書·趙充國傳》：婁奏封章。

〔二九〕〔徐注〕《漢書·元后傳》：赤墀青瑣。孟康曰：以青畫户邊鏤中，天子之制也。師古曰：青瑣者，刻爲連瑣（按：《漢書》作『環』）文，而以青塗之。《初學記》：衛宏《漢舊儀》曰：黄門郎屬黄門令，日暮對青瑣門拜，名曰夕郎。〔馮注〕《後漢書·志》：黄門侍郎掌侍從左右，給事中關通中外。注曰：《宫閣簿》：青瑣門在南宫。衛瓘注《吴都賦》：青瑣，户邊青鏤也。一曰天子門内有眉，格再重，裏青畫曰瑣。《舊書·傳》：拜給事中，駁奏爲當時所稱。

〔三〇〕〔徐注〕《莊子》：北溟有魚，其名曰鯤。化而爲鳥，其名爲鵬。怒而飛，其翼若垂天之雲。鵬之徙於南冥也，水擊三千里，摶扶摇而上者九萬里。

〔三一〕〔徐注〕顔延之《五君詠》：鸞翮有時鎩。〔馮注〕崔駰七言詩：鸞鳥高翔時來儀。

〔三二〕養，《英華》作『仰』，非。〔馮注〕按《英華》只作『仰』，謂更望升陟也。《晉書・陶侃傳》：諸參佐或以談戲廢事者，侃曰：『君子當正其衣冠，攝其威儀，何有亂頭養望自謂宏達耶？』又《陳頵傳》：頵議諸僚屬乘昔西臺養望餘弊，偃蹇倨慢，以爲優雅。玩上下文，『養』字是也。《晉書・陳頵傳》：頵與王導書曰：『莊、老之俗，傾惑朝廷，養望者爲宏雅，政事者爲俗人，王職不恤，法物墜喪。』〔補注〕養望，培養虚名。

〔三三〕〔馮注〕《周禮・春官》：司常，掌九旗之物名。鳥隼爲旟，州里建旟。《詩》：孑孑干旟，在浚之都。〔補注〕擁隼旟，指任州郡長官。

〔三四〕〔徐注〕《後漢書・百官志》注：洛陽宫門名爲蒼龍闕門。〔按〕參見《代安平公華州賀聖躬痊復表》注〔二五〕。龍闕，指朝廷。

〔三五〕〔馮注〕《大戴禮》：孔子曰：『放勳其仁如天，其智如神，就之如日，望之如雲。』

〔三六〕〔徐箋〕《舊書・文宗紀》：大和七年閏七月戊戌，以給事中崔戎爲華州刺史。〔補注〕關城，指華州，因其地近潼關，且華州刺史例兼潼關防禦、鎮國軍使，故稱。

〔三七〕〔徐注〕《南史・梁武帝諸子傳》：元正六佾，事爲國章。〔補注〕國章，國家之法令典章。

〔三八〕〔徐注〕《左傳》：敢辱高位，以速官謗。

〔三九〕班，《英華》作『重』，注：集作『班』。〔徐注〕《漢書・朱雲傳》：御史大夫，宰相之副。案：《白帖》謂之亞相。〔馮注〕《漢書・表》：御史大夫位上卿，掌副丞相。按：觀察等使，例兼御史臺銜。

〔四〇〕〔馮注〕《史記・始皇本紀》：吾使人廉問。《漢書・高祖紀》：廉問有不如詔者，以重論之。〔補注〕廉問，察訪查問，此指觀察使之職責。

〔四一〕〔徐注〕張華《博物志》：漢桓帝時桂陽人蔡倫始擣故魚網造紙。案：魚箋未詳，疑即魚網紙也。劉孝威《謝賚宫紙啓》云：鄴下鳳銜，漢朝魚網。〔馮注〕按《舊書·德宗紀》：復降魚書。《通鑑·天寶八載》注曰：唐制，銅魚符所以起軍旅、易守長。《新書·楊綰傳》：舊制，刺史被代若别追，皆降魚書，乃得去。程大昌《演繁露》曰：『唐制左魚之外，又有敕牒將之，故兼名魚書。』此『魚箋』即魚書也。句意則指告身言。《唐國史補》：蜀有魚子牋，皮、陸有魚牋唱和詩。非此所用。〔按〕馮注是。

〔四二〕〔徐注〕象軸，謂以象牙爲卷軸。《隋書》：牛弘上表云：劉裕平姚泓，收其圖籍四千卷，皆赤軸青紙，文字古拙。是古者書每卷爲一軸也。此則言告身之飾耳。〔補注〕神工，謂象軸製作精緻。

〔四三〕〔徐注〕《史記·趙世家》：簡子夢遊於鈞天，廣樂九奏萬舞。

〔四四〕〔徐注〕《左傳》：其父析薪，其子弗克負荷。

〔四五〕〔徐注〕盧諶《贈劉琨詩序》：慰其違離之意。

〔四六〕〔徐注〕《禮記》：成王以周公爲有勳勞於天下，是以封周公於曲阜，地方七百里，革車千乘。

〔四七〕〔徐注〕《書》：兗州九河既道。

〔四八〕〔徐注〕《書》：濟、河惟兗州。〔馮注〕《周禮》：河東曰兗州，其川河、泲。泲、濟同。〔補注〕《書·禹貢》列冀、兗、青、徐、揚、荆、豫、梁、雍九州。

〔四九〕〔徐注〕謂泰山。《初學記》：《五經通義》曰：泰山一曰岱宗。宗，長也，言爲羣嶽之長。

〔五〇〕〔徐注〕《史記·孔子世家》：常陳俎豆，設禮容。又：周室微而禮樂廢，《詩》《書》缺。孔子序《書》傳，上紀唐、虞之際，下至秦繆，編次其事。古者詩三千餘篇，及至孔子，去其重，取可施於禮義者三百五篇。

〔五一〕〔馮注〕《史記·齊世家》：太公修政，便魚鹽之利。管仲設輕重魚鹽之利。

〔五二〕〔徐注〕《晉書·諸葛長民傳》：有文武幹用。《桓沖傳》：最淹識，有武幹。〔補注〕訓整，訓教整飭，指治軍。武幹，軍事才幹。

〔五三〕〔馮注〕《史記·司馬穰苴傳》：身自拊循之。《淮南王傳》：拊循百姓。《後漢書·光武紀》：詔中都官三輔郡國，務進柔良，退貪酷。按：訓整謂觀察，拊循謂刺史。〔補注〕拊循，安撫。

〔五四〕〔馮注〕《後漢書·王常傳》：帝指常曰：『輔翼漢室，心如金石，真忠臣也。』〔徐注〕《韓詩外傳》：熊渠子見其誠心，金石爲之開，而況于人乎？

〔五五〕〔徐注〕《荀子》：驥一日而千里，駑馬十駕，則亦及之矣。〔補注〕《荀子·勸學》：『騏驥一躍，不能十步；駑馬十駕，功在不舍。』楊倞注：『言駑馬十度引車，則亦及騏驥之一躍。』王先謙集解：『劉台拱曰：十駕，十日之程也。旦而受駕，至暮脱之，故以一日所行爲一駕。』

〔五六〕〔徐注〕《韓詩外傳》：陳饒謂宋燕曰：『鉛刀畜之，而干將用之。』班固《答賓戲》：搦朽磨鈍，鉛刀皆能一斷。《後漢書·班超傳》：上疏請兵曰：『況臣奉大漢之威，而無鉛刀一割之用乎？』

〔五七〕〔徐曰〕時大和七年。〔按〕當爲八年。今月，指四月。詳注〔一〕。

〔五八〕〔馮注〕《吕氏春秋》：吴起雪泣而應之。〔徐注〕庾信詩：雪泣悲去魯。〔補注〕雪泣，拭淚。

〔五九〕〔徐注〕《晋書·陶侃傳》：二征奔走，九州星馳。〔馮注〕望西京拜辭，遂東赴兖。

〔六〇〕帝，《英華》作『京』。

〔六一〕〔徐注〕《漢書·陳咸傳》：起家復爲南陽太守。時王音輔政，信用陳湯，咸數予湯書曰：『即蒙子公力，得入帝城，死不恨。』

〔六二〕〔徐注〕《漢書》：元鼎三年，徙函谷關於新安。注：應劭曰：時樓船將軍楊僕，數有大功，恥爲關外民，上疏乞徙關，以家財給其用度。武帝意亦好廣闊，於是徙關於新安，去弘農三百里。

〔六三〕至，《英華》作『志』，誤。

爲安平公兖州奏杜勝等四人充判官狀〔一〕

杜勝〔二〕

右件官流慶相門〔三〕，策名詞苑〔四〕，當仁罕讓〔五〕，見義敢爲〔六〕。符彩極高〔七〕，涯涘難挹〔八〕。臣前任已奏爲判官〔九〕。臨事而每見公方〔一〇〕，與語而必相弘益〔一一〕。今臣寄分團結〔一二〕，任切訓齊〔一三〕，將奉廟謨，實在賓彦。伏請賜守本官充臣團練判官〔一四〕。

趙晳〔一五〕

右件官洛下名生〔一六〕，山東茂族〔一七〕。仁實堪富〔一八〕，天爵極高〔一九〕。妙選文場〔二〇〕，亟仕侯國〔二一〕。珪璋特達〔二二〕，蘭杜芬馨〔二三〕。今臣廉問大藩，澄清列部，藉其謨畫，共讚朝經〔二四〕。伏請賜守本官充臣觀察判官。

李潘〔二五〕

右件官文囿馳聲〔二六〕，賓階擅美〔二七〕。口含言瑞〔二八〕，身出禮門〔二九〕。前任已奏爲判官〔三〇〕。馭下而和易不流〔三一〕，臨事而貞方有執。今臣移參國用〔三二〕，務切軍需〔三三〕，實假平均〔三四〕，以同計畫。伏請賜守本官充臣觀察支使。

盧涇〔三五〕

右件官博涉典經〔三六〕，該核流略〔三七〕。自魯壁所壞〔三八〕，汲冢之藏〔三九〕，三篋能知〔四〇〕，五車盡究〔四一〕。加之文采，兼以器能。前者爲臣屬僚，常在州推獄〔四二〕，明斷而不容吏黠，哀矜而莫有人冤〔四三〕。今者團練之司，稽巡是切，直思獎效〔四四〕，非敢用情。伏請依資賜授法官，充臣都團練巡官〔四五〕。

以前件狀如前。伏以長人者必以吏分勞逸，開幕者亦用士爲重輕〔四六〕。若不樹人〔四七〕，何以報國？況臣素無勳效，謬竊寵榮。至於賢才，敢恡筐篚〔四八〕？前件官並推賓彥，堪贊藩條〔四九〕。伏希殊私〔五〇〕，盡允誠請。謹録奏聞，伏聽敕旨〔五一〕。

〔一〕本篇原載《文苑英華》卷六三九第五頁、清編《全唐文》卷七七二第一二頁、《樊南文集詳注》卷二。〔馮箋〕凡節度、觀察等使，皆有判官、掌書記、支使、巡官，詳《舊》《新書·志》。〔按〕馮譜、張箋均繫大和八年，置《爲安平公兗州謝上表》之後，蓋以爲崔戎抵達兗州任後所上。然所奏辟四人，均爲崔戎任華州刺史時屬僚。辟杜勝狀云：『臣前任已奏爲判官。』辟盧涇狀云：『前者爲臣屬僚，常在州推獄。』杜勝、李潘，則正《安平公詩》所稱『府中從事杜與李』也。至於趙晳，《過故崔兗海宅與崔明秀才話舊因寄舊僚杜趙李三掾》稱三人爲『舊僚』，疑亦華州舊僚也。故此四人當爲崔戎自華攜至兗者。戎於接到兗海觀察使任命之同時，當即奏辟此四人爲兗幕僚屬，以聽候朝廷敕旨，而不待抵兖後方奏辟也。今編本篇於《爲安平公謝除兖海觀察使表》之後，時間約在大和八年四月二日前夕，即三月末。

〔二〕〔徐箋〕《舊書·杜黄裳傳》：杜黄裳，字遵素，京兆杜陵人也。同平章事，封邠國公。卒，贈司徒。次子勝，登進士第。大中朝，位給事中。〔補箋〕《新唐書·杜黄裳傳》附《杜勝傳》：『（杜）載弟勝，字斌卿，寶曆初擢進士第。楊嗣復數薦材堪諫官，不爲鄭覃所佑。宣宗感章武（憲宗）舊事，元和時大臣子若孫在者，多振拔之。帝嘗問勝，勝具道黄裳首建憲宗監國議，帝嘉歎，拜給事中。遷户部侍郎判度支，欲倚爲宰相。及蕭鄴罷，爲中人沮毁，而更用蔣伸，以勝檢校禮部尚書，出爲天平節度使，不得意，卒。』按：杜勝開成元年至二年又曾爲山南西道節度使令狐楚之節度判官，見商隱《代彭陽公遺表》，與劉蕡、趙柷、商隱同幕。

〔三〕〔徐注〕班固《典引》：發祥流慶。《史記·孟嘗君傳》：將門有將，相門有相。〔馮注〕《舊書·傳》：黄裳同平章事，封邠國公。〔補注〕《新唐書·宰相表》：永貞元年七月乙未，太常卿杜黄裳爲門下侍郎、同中書門下平章事。元和二年正月乙巳罷爲檢校司空、同平章事、河中節度使。

〔四〕策，《英華》作『筞』。〔馮校〕形近而誤也。〔馮注〕《左傳》：策名委質。〔補注〕策名詞苑，謂科舉考試及第。

〔五〕〔補注〕《論語·衛靈公》：『當仁不讓於師。』

〔六〕〔補注〕《論語·爲政》：『見義不爲，無勇也。』

〔七〕〔馮注〕曹植《七啓》：符彩照爛。注曰：符彩，玉之横文也。〔補注〕符彩，喻指文藝才華。《文心雕龍·風骨》：『才鋒峻立，符彩克炳。』楊炯《送東海孫尉詩序》：『文章動俗，符彩射人。』

〔八〕〔徐注〕《莊子》：出於涯涘。〔補注〕謂其才如滄海，難以測其邊際。

〔九〕〔補注〕前任，指崔戎任兖海觀察使以前所任之官職，即華州刺史。商隱《安平公詩》云：『丈人博陵王名家，憐我總角稱才華。華州留語曉至暮，高聲喝吏放兩衙。明朝騎馬出城外，送我習業南山阿……府中從事杜與李，麟角虎翅相過摩……公時載酒領從事，踴躍鞍馬來相過。』可證杜勝、李潘在此前已爲崔戎華州從事。盧涇亦『前者爲臣屬僚，常在州推獄』，所指亦華州甚明。或有謂『前任』指兗海觀察使之前任，即大和六至八年在兗海任之李文悦，非。又，此句『判官』泛指幕僚，州郡從事無判官之職。下李潘『前任已奏爲判官』同此。

〔一〇〕〔徐注〕《後漢書》：第五種天性疾惡，公方不曲。〔馮注〕《後漢書》：牟融忠正公方。字習見史書。

〔一一〕必，《全文》作『每』，涉上句『每』字而誤，兹據《英華》改。〔徐注〕任昉行狀：風體所以弘益。〔馮注〕宏益，大益也。語習見。〔按〕字本作『弘益』，《全文》因避清高宗諱改『宏益』。

〔一二〕結，《英華》注：集作『練』。〔補注〕團結，同『團練』，編組並加以教練。《舊唐書·李石傳》：『（李）福團練鄉兵，屯集要路，賊不敢犯。』《資治通鑑·大曆十二年》：『又定諸州兵，皆有常數。其召募給家糧春冬衣者，謂之「官健」；差點士人，春夏歸農，秋冬追集，給身糧醬菜者，謂之「團結」。』則『團結』爲地方州郡民兵丁壯。

〔一三〕〔補注〕訓齊，訓練整治。陸贄《論緣邊守備事宜狀》：『擇將吏以撫寧衆庶，修紀律以訓齊師徒。』

〔一四〕〔馮校〕《英華》脱『伏請』二字。〔按〕殘宋本《英華》不脱。

〔一五〕〔徐箋〕《舊書·王質傳》：質在宣城，辟崔珦、劉蕡、裴夷直、趙晳爲從事，皆一代名流。〔馮箋〕按：此在趙赴宣城辟之前也。崔戎卒，晳乃赴宣歙之幕，詳《詩集》。〔按〕據商隱詩《贈趙協律晳》『更共劉盧族望通』句自注：『愚與趙俱出今吏部相公門下，又同爲故尚書安平公所知，復皆是安平公表姪。』則商隱與趙晳均爲崔戎表姪，係表兄弟。晳之原即在華州幕殆無疑。又，據商隱自注，似趙晳曾與商隱同在令狐楚鄆州幕。

〔一六〕〔馮注〕『洛下』字習見，如『洛下書生』之類。〔補注〕《史記·屈原賈生列傳》：『賈生名誼，雒陽人也。年十八，以能誦詩屬書聞于郡中。吴廷尉爲河南守，聞其秀才，召置門下，甚幸愛。孝文皇帝初立……廷尉乃言賈生年少，頗通諸子百家之書。文帝召以爲博士。』洛下名生，疑用誼事。

〔一七〕茂，徐注本作『舊』。〔馮注〕《漢書·賈捐之傳》：石顯本山東名族。按：趙爲清河大姓，清河當洛下，古稱山東地也。

〔一八〕〔補注〕《孟子・滕文公上》：『陽虎曰：爲富不仁矣，爲仁不富矣。』此反用之。

〔一九〕〔補注〕天爵，天然之爵位，指高尚之道德修養。語本《孟子・告子上》：『仁義忠信，樂善不倦，此天爵也。公卿大夫，此人爵也。』

〔二〇〕〔徐注〕《漢書・劉輔傳》：妙選有德之世。《晉書・羊祜杜預傳贊》曰：元凱文場，稱爲武庫。〔馮注〕《文心雕龍》：文場筆苑，有術有門。字習見。〔補注〕妙選文場，謂科舉考試登第。

〔二一〕〔補注〕謂屢爲方鎮幕僚。參注〔一五〕。

〔二二〕〔徐注〕《禮記》：珪璋特達，德也。〔補注〕喻資質優異。

〔二三〕〔補注〕《楚辭・離騷》：『余既滋蘭之九畹兮，又樹蕙之百畝。』又《九歌・湘君》：『采芳洲兮杜若。』

〔二四〕〔徐注〕任昉表：增一秩已黷朝經。〔補注〕朝經，朝廷之典章制度。

〔二五〕潘，《英華》《全文》均誤作『藩』，據徐、馮説改。〔徐箋〕『藩』當作『潘』，本集有《彭陽公薨後贈杜二十七勝李十七潘二君》詩。《宰相世系表》：李潘，山南東道節度使承之子也。〔馮箋〕《舊書・李漢傳》：弟潘，大中初爲禮部侍郎。潘字子及，見《宗室世系表》。餘詳《彭陽公薨後贈杜二十七勝李十七潘二君並與愚同出故尚書安平公門下》詩箋。（馮浩箋曰：按《舊書・紀》：大中十一年，以中書舍人李藩權知禮部貢院；十二年，李藩爲尚書户部侍郎。而《李漢傳》：漢弟潘，大中初爲禮部侍郎。即此人也。《御覽》引《唐書》：大中十二年中書舍人李潘知舉，放博學宏詞科三人。亦作『潘』。蓋漢、滻、洸、潘，皆於水取義，『藩』則非其義矣，故定作『潘』。）若徐氏引《宰相世系表》趙郡李氏有山南東道節度使承之子潘，此即元和中爲相之李藩而《表》誤刊作『潘』者，則誤矣。〔按〕馮辨誠是，然徐氏引商隱《彭陽公薨後》詩題爲證，以爲當作『潘』，則是。

〔二六〕〔徐注〕蕭統《文選序》：歷觀文囿，泛覽辭林。

〔二七〕〔補注〕《書・顧命》：『大輅在賓階西，綴輅在阼階面。』古時賓主相見，賓自西階上，故稱『賓階』。

此指幕賓。

〔二八〕〔徐注〕《後漢書·宦者傳論》曰：手握王爵，口含天憲。〔補注〕言瑞，守信之言。《左傳·襄公九年》：『信者，言之瑞也。』

〔二九〕〔補注〕《孟子·萬章下》：『夫義，路也；禮，門也。惟君子能由是路，出入是門也。』

〔三〇〕〔補注〕謂戎任華州刺史時已奏辟李潘爲幕僚。參注〔一〕、注〔九〕。

〔三一〕〔補注〕《禮記·學記》：『和易以思，可謂善喻矣。』和易，温和平易。流，放任自流。

〔三二〕〔徐注〕《禮記》：冢宰制國用。

〔三三〕需，《英華》作『須』。

〔三四〕〔徐注〕《後漢書·宦者傳》：拜武威太守，平均傜役。

〔三五〕〔補箋〕宋周淙《乾道臨安志》卷三、宋潛説友《咸淳臨安志》卷四五有盧涇。

〔三六〕〔徐注〕《後漢書·鄧后紀》：晝修婦業，暮誦典經。《晉書·儒林傳論》曰：擯闕里之典經。

〔三七〕〔徐注〕《後漢書·班固傳》：九流七略之言，靡不窮究。

〔三八〕〔徐注〕《漢書·藝文志》：《古文尚書》者，出孔子壁中。《景十三王傳》：魯恭王壞孔子舊宅，以廣其宫，於其壁中得古文經傳。孔安國《尚書序》：濟南伏生年過九十，失其本經，以傳授，裁二十篇，以其上古之書，謂之《尚書》。

〔三九〕〔徐注〕《晉書·束晳傳》：太康二年，汲郡人不準盜發魏襄王冢，或言安釐王冢，得竹書數十車。

〔四〇〕〔馮注〕《漢書·張安世傳》：上行幸河東，嘗亡書三篋，詔問莫能知，惟安世識之，具作其事。後購求得書以相校，無所遺失。

〔四一〕〔徐注〕《莊子》：惠施多方，其書五車。

〔四二〕〔補注〕此謂盧涇在崔戎任華州刺史時爲戎之僚屬。《新唐書·百官志四下》：『上州，司法參軍事一人，從七品下。」狀云『常在州推獄』，涇或爲華州司法參軍。蓋杜、趙、李、盧四人均華州舊僚。

〔四三〕〔徐注〕《後漢書·明帝紀》：詔曰：人冤不能理，吏黠不能禁。

〔四四〕直，《英華》作『每』，注：集作『直』。效，《英華》作『勑』，注：集作『效』。〔馮注〕《漢書》注：直，猶『但』也。

〔四五〕都，《全文》作『部』，據《英華》改。

〔四六〕重輕，《全文》作『輕重』，據《英華》乙。

〔四七〕〔馮注〕《管子》：一年之計莫如樹穀，十年之計莫如樹木，終身之計莫如樹人。又：一樹一穫者，穀也；一樹十穫者，木也；一樹百穫者，人也。〔徐注〕《史記》：十年之計，樹之以木；百年之計，樹之以人。

〔四八〕〔馮注〕《詩》：承筐是將。《序》曰：《鹿鳴》，宴羣臣嘉賓也。實幣帛筐篚，以將其厚意。〔補注〕筐篚，盛物竹器，方曰筐，圓曰篚。此指禮物。恡，同『吝』。

〔四九〕〔補注〕藩條，漢代州刺史以六條考察州郡官吏，後因以『藩條』指刺史之職。

〔五〇〕〔補注〕殊私，猶殊恩。

〔五一〕〔馮注〕《後漢書·光武帝紀》注：帝之下書有四。四曰『誡勑』。《玉篇》本作『勑』，今相承皆作『勑』，通作『敕』。

爲安平公赴兗海在道進賀端午馬狀〔一〕

右臣伏以浴蘭令節〔二〕，採艾嘉辰〔三〕，百辟合祝於堯年〔四〕，萬方宜修於禹貢〔五〕。臣方夙駕之部〔六〕，馳傳出關〔七〕，欲獻琛而未識土宜〔八〕，願祝壽而已悲日遠〔九〕。前件馬伏櫪斯久〔一〇〕，著鞭亦多〔一一〕，麤覺柔馴，未嘗奔逸。雖非龍孫驥子〔一二〕，邈一舉以絶塵〔一三〕；願陪月駟雲螭〔一四〕，慶千嘶於扈蹕〔一五〕。干冒宸扆〔一六〕，無任兢惕之至。

〔一〕本篇原載《文苑英華》卷六四〇第四頁、清編《全唐文》卷七七二第一三頁、《樊南文集詳注》卷二。

〔按〕馮譜、張箋均編大和八年。馮譜置《爲安平公兗州謝上表》之後，張箋置《爲安平公兗州謝上表》之前。張箋是。題云『赴兗海在道』，文云『馳傳出關』，當是赴兗途中已出關（當指函谷關）後所上。崔戎本定四月二日啓程赴兗（見《爲安平公謝除兗海觀察使表》），後因『州人戀惜遮道，至有解韉斷鐙者』（《舊唐書·崔戎傳》），其實際離華時間當已有所遲延。華州至兗州一千六百餘里，進賀端午馬須在端午前送達長安。計其程途，狀當上於大和八年四月中旬。

〔二〕〔馮注〕《大戴禮·夏小正》：五月煮梅蓄蘭。注曰：爲豆實也，爲沐浴也。〔補注〕《楚辭·九歌·雲中君》：『浴蘭湯兮沐芳，華采衣兮若英。』

〔三〕〔馮注〕《荆楚歲時記》：五月五日採艾爲人，懸門户上，以禳毒氣。

〔四〕〔徐注〕沈約《白紵春歌》：舜日堯年歡不極。〔補注〕《書·洛誥》：『汝其敬識百辟享，亦識其有不享。』《文·張衡〈東京賦〉》：『然後百辟乃入，司儀辨等，尊卑以班。』薛綜注：『百辟，諸侯也。』

〔五〕〔補注〕《書·禹貢序》：『禹别九州，隨山濬川，任土作貢。』

〔六〕〔徐注〕《詩》：星言夙駕。

〔七〕〔馮注〕《史記·孟嘗君傳》：孟嘗君得出，即馳去，更封傳，變名姓以出關。又《司馬相如傳》：馳四乘之傳。〔補注〕傳，驛站之馬車。馳傳，乘驛車疾馳。

〔八〕宜，徐注本、馮注本作『儀』，非。〔馮注〕《詩》：憬彼淮夷，來獻其琛。〔補注〕土宜，本指各地不同之土壤，對不同生物各有所宜。此指土産。因尚未抵達兗州，故云『欲獻琛而未識土宜』。琛，珍寶，常作貢物。張衡《東京賦》：『藩國奉聘，要荒來質。具惟帝臣，獻琛執贄。』

〔九〕〔馮注〕《初學記》：劉劭《幼童傳》云：晋明帝諱紹，元帝太子也。初，元帝爲江東都督鎮揚州時，問帝：『汝意謂長安何如日遠？』答曰：『不聞人從日邊來，只聞人從長安來，居然可知。』明日，集羣臣宴會，設以此問，又以爲日近。元帝動容，問何故異昨日之言，答曰：『舉頭不見長安，只見日，以是知近。』帝大悦。〔補注〕謂已悲離皇帝漸遠。日喻人君。

〔一〇〕〔徐注〕魏武帝樂府：老驥伏櫪，志在千里。烈士暮年，壯心不已。

〔一一〕〔馮注〕《晋書》：劉琨聞祖逖被用，曰：枕戈待旦，常恐祖生先我著鞭。

〔一二〕〔徐注〕《隋書》：吐谷渾青海中有小山，其俗至冬輒放牝馬於其上，言得龍種。本集詩（《過華清内廐門》）：至今青海有龍孫。桓譚《新論》：善相馬者曰薛公，得馬惡貌而善走，名驥子。〔馮注〕徐陵文：龍駒驥子，百千其羣。

〔一三〕〔徐注〕《莊子》：顔淵曰：『夫子步亦步，趨亦趨。夫子奔逸絶塵，而回瞠乎若其後矣。』又：天下馬有成材，若卹若失，若喪其一。若是，超軼絶塵，不知其所。

〔一四〕〔徐注〕顔延之《赭白馬賦》：稟靈月駟，祖雲螭兮。《春秋考異郵》：地生月精爲馬。《漢書》：漢中星爲天駟。郭璞《遊仙詩》：雲螭非我駕。

〔一五〕蹕，《英華》作『斯』，注：集作『蹕』。〔馮注〕崔豹《古今注》：警蹕，所以戒行徒也。秦制：出警入蹕。謂出軍者皆警戒，入國者皆蹕止也。一曰蹕路也，謂行者皆警於塗路也。

〔一六〕〔補注〕宸扆，指帝廷。扆，帝王座後之屏風。

爲安平公兗州謝上表〔一〕

臣某言：臣自承明詔，移鎮東藩〔二〕，望闕而雪涕以辭〔三〕，戒途而星奔不息〔四〕。即以今月五日到任上訖〔五〕。當時集軍州官吏等，宣布皇風〔六〕，闡揚玄造〔七〕，歡聲雷動，喜氣雲高〔八〕。臣某中謝。臣本由儒業〔九〕，獲厠朝榮〔一〇〕，粵自烏臺〔一一〕，至于青瑣〔一二〕。累更近地，皆奉休期〔一三〕。用盡心以書紳，長憂福過〔一四〕；取知足而銘座，敢傲時來〔一五〕。旋屬皇帝陛下，垂意闕城〔一六〕，推心甸服〔一七〕，俾之防遏，兼使緝綏〔一八〕。横被天波〔一九〕，未移星琯〔二〇〕，豈期非次，忽致殊遷。察俗雄藩〔二一〕，分榮大憲〔二二〕。地濱河、濟〔二三〕，山奄龜、蒙〔二四〕，本孔里周封〔二五〕，有堯祠舜澤〔二六〕。九州之名數甚古〔二七〕，三代之禮樂舊傳。退省何人，合安兹地。撫躬而浹背汗下〔二八〕，仰恩而溢眥淚流〔二九〕。況所部驍雄〔三〇〕，素兼節制〔三一〕，爲於當代，便屬文臣〔三二〕。晝武聚螢〔三三〕，昔惟久事筆硯〔三四〕；佩韃戴鶡〔三五〕，今寧能執干戈〔三六〕？幸臣前在華州日，虔奉詔條〔三七〕，克宣戎律〔三八〕，檢下而羊無九牧〔三九〕，馭黠而犬用左牽〔四〇〕。用令去任之時，大有遮留之請〔四一〕。盡三屬縣〔四二〕，至萬餘人，不放即途，皆來卧轍〔四三〕。竟稽朝發，遂致宵奔〔四四〕。請于兹時，亦因前政。冀漸令蘇息〔四五〕，長使謐寧〔四六〕。然後遠訪云、亭〔四七〕，高尋日觀〔四八〕，備萬乘登封之所〔四九〕，設諸侯朝宿之儀〔五〇〕，盛禮獲窺，微願斯畢。過此以往，不知所圖。無任戴恩隕越之至〔五一〕。謹差某官某奉表陳謝以聞。

校注

〔一〕本篇原載《文苑英華》卷五八一第二頁、清編《全唐文》卷七七一第六頁、《樊南文集詳注》卷二。〔徐注〕凡除官到任謂之上，上日修表謝恩，謂之謝上。〔按〕《爲安平公謝除兖海觀察使表》云：『即以今月二日，雪泣西拜，星馳東下。』『今月』指大和八年四月；本篇云：『即以今月五日到任上訖。』『今月』指五月。《安平公詩》亦云『五月至止』。故表應上於大和八年五月五日。

〔二〕〔馮注〕《戰國策》：東藩之臣嬰齊。《漢書》：中山王對：位雖卑也，得爲東藩。〔補注〕兖海在東，故曰『東藩』。

〔三〕雪，《英華》作『血』。〔按〕《爲安平公謝除兖海觀察使表》亦作『雪泣西拜』，此亦當作『雪』。

〔四〕〔徐注〕劉琨詩：星奔不息。〔補注〕戒途，出發、上路。

〔五〕〔馮注〕據詩集《安平公詩》，〔今月〕是爲五月。

〔六〕〔徐注〕《魏志》：高堂隆疏：唐、虞、大禹之所以垂皇風。〔補注〕皇風，皇帝之教化。班固《東都賦》：『覲明堂，臨辟雍；揚緝熙，宣皇風。』

〔七〕〔補注〕玄造，此指皇恩、天德。王僧孺《爲南平王妃拜改封表》：『不悟玄造曲被，徽渥愈臻。』《全文》作『元造』，係避清聖祖諱改。

〔八〕喜，《英華》作『嘉』，注：集作『喜』。

〔九〕〔徐注〕《南史·王承傳》：惟承獨好儒業。〔補注〕此指其由明經擢第。

〔一〇〕朝榮，《英華》作『榮朝』。〔徐注〕曹植表：使名挂史筆，事列朝榮。

〔一一〕粤，《英華》作『奥』，誤。〔徐注〕《漢書·朱博傳》：御史府中列柏樹，常有野烏數千棲宿其上，晨去暮來，號曰朝夕烏。《職官分紀》：漢成帝時御史臺有烏，故謂之烏臺。〔馮注〕《白帖》：御史大夫，霜臺、柏臺、烏臺、烏府。〔補注〕此指其任殿中侍御史。

〔一二〕〔補注〕此指其任給事中。詳《爲安平公謝除兗海觀察使表》注〔二九〕。

〔一三〕〔徐注〕徐陵《陳公九錫詔》：昔在休期，早隆朝寄。

〔一四〕〔徐注〕庾亮表：小人禄薄，福過災生。〔補注〕《論語·衛靈公》：『子張書諸紳。』邢昺疏：『紳，大帶也。子張以孔子之言書諸紳帶，意其佩服無忽忘也。』

〔一五〕〔徐注〕《老子》：知足不辱，知止不殆。《漢書·蒯通傳》：時乎時乎不再來。〔馮注〕《後漢書》：崔瑗字子玉，善爲書記箴銘。按：瑗《座右銘》曰：『慎言節飲食，知足勝不祥。』

〔一六〕闕，《英華》作『闕』，誤。〔按〕闕城，指華州。

〔一七〕〔馮注〕《書》：五百里甸服。此謂華州。

〔一八〕〔馮注〕防遏，謂領防禦；緝綏，謂刺史。〔補注〕緝綏，整治綏靖。

〔一九〕〔馮注〕《詩》：維天有漢。陸機《謝平原内史表》：塵洗天波，謗絶衆口。〔補注〕天波，喻君主恩澤。

〔二〇〕〔徐注〕徐陵書：修好徵兵，彌留星琯。案：星，謂大星；琯，謂律琯。未移星琯，言時未一周（年）也。崔戎以大和七年閏七月出守華州，八年三月即遷兗海，故云。〔馮注〕《月令》：季冬：是月也，星回于天。琯，玉琯，即玉律。《大戴禮》：舜以天德嗣堯，西王母來獻其白琯。《晋書·律曆志》：舜時，西王母獻昭華之琯，以玉爲之。及漢章帝時，零陵文學史奚景于冷道舜祠下得白玉琯，度以爲尺，相傳謂是漢官尺。〔補注〕星琯，古稱一周年。星，指二十八宿；琯，指十二律管，古代用以測候季節變化。

〔二一〕〔徐注〕《舊書·嚴綬傳》：前後統臨三鎮，皆號雄藩。

〔二二〕〔補注〕大憲，此當指崔戎帶御史大夫銜出鎮兗海。

〔二三〕〔徐注〕《周禮》：河東曰兖州，其川河、泲。泲與濟同。

〔二四〕〔徐注〕《詩》：奄有龜、蒙，遂荒大東。〔補注〕奄，覆蓋，盡。龜、蒙，二山名，均在今山東境内，二山連綿八十餘里。

〔二五〕〔徐注〕《史記・孔子世家》：弟子及魯人往從冢而家者，百有餘室，因命曰孔里。《水經注》：《從征記》曰：洙、泗二水交於魯城東北十七里，闕里背洙、泗，墻南北一百二十步，東西六十步，四門各有石闕。《史記》：封周公旦於少昊之墟曲阜。《正義》：《括地志》云：兖州曲阜縣外城，即魯公伯禽所作也。〔馮注〕《後漢書・明帝紀》注：孔子宅在曲阜縣故魯城中歸德門内闕里之中，背洙面泗。餘見《爲安平公謝除兖海觀察使表》注〔四六〕。

〔二六〕〔徐注〕《漢書・地理志》：濟陰郡成陽縣有堯冢靈臺。《禹貢》『雷澤』在西北（編著者按：《書・禹貢》有『濟、河惟兖州，九河既道，雷夏既澤，灉沮會同』之語）。《水經注》：雷澤，在大成陽縣故城西北十餘里，即舜所漁也。城西二里有堯陵，陵南一里有堯母慶都陵，皆立廟。四周列水，潭而不流，前並列數碑。案：雷澤，即《禹貢》之雷夏，在今山東兖州府曹州東北六十里，北接東昌府濮州界。《明一統志》：兖州府城東南七里有堯祠，李白詩云『角巾微服堯祠南』即此。《南史・羊侃傳》云：嘗於兖州堯廟蹋壁，直上至五尋，横行得七跡。

〔二七〕見《爲安平公謝除兖海觀察使表》注〔四八〕。

〔二八〕浹，《英華》注：集作『沾』。〔徐注〕《漢書・王陵傳》：勃汗出洽背，媿不能對。〔馮注〕《史記・陳丞相世家》：右丞相勃汗出沾背，愧不能對。

〔二九〕眥，《英華》作『面』。〔徐注〕《説文》：眥，目厓也。《列士傳》：朱亥眥裂血濺。

〔三〇〕〔徐注〕虞溥《江表傳》：許貢表曰：孫策驍雄，與項籍相似。

〔三一〕〔徐注〕《漢書・刑法志》：齊桓、晋文之兵，可謂入其域而有節制矣。〔補注〕節制，指節度使。《舊唐書・李德裕傳》：『〔鄴郡道士〕謂予曰：「公當爲西南節制，孟冬望舒前，符節至矣。」』義從指揮、統轄而來。

〔三二〕〔馮曰〕此謂乍改節度爲觀察。（參《爲安平公謝除兗海觀察使表》注〔一〕）

〔三三〕〔徐注〕『武』讀曰『虎』。《後漢書·馬援傳》：畫虎不成反類狗。《晋書·車胤傳》：胤家貧，不能得油，囊螢照書。〔馮注〕按《舊書·高祖紀》：皇祖諱『虎』，故諱『虎』爲『武』。

〔三四〕〔馮注〕《後漢書》：班超爲官傭書，久勞苦，投筆歎曰：『大丈夫當立功異域以取封侯，安能久事筆硯間乎？』左右皆笑之，超曰：『小子安知壯士志哉！』

〔三五〕戴，《英華》《全文》均作『帶』，誤，據徐校改。〔徐注〕帶，當作『戴』。《左傳》：左執鞭弭，右屬櫜鞬。注：櫜，以受箭；鞬，以受弓。《漢官儀》：虎賁冠插鶡尾。〔馮注〕《後漢書·志》：武冠環纓無蕤，以青系爲緄，加雙鶡尾，豎左右，爲鶡冠云。五官、左右虎賁、羽林、將監、武騎皆鶡冠。鶡者，勇雉也。其鬭對一死乃止。故趙武靈王以表武士，秦施之焉。張平子（衡）《東京賦》：虎夫戴鶡。

〔三六〕〔徐注〕《禮記》：魯人欲勿殤童汪踦，問於仲尼，仲尼曰：『能執干戈以衛社稷，欲勿殤也，不亦可乎？』

〔三七〕〔馮注〕《漢書·百官公卿表》：武帝元封五年初置部刺史，掌奉詔條察州。注曰：《漢官典職》云：刺史班宣，周行郡國，省察治狀，黜陟能否，以六條問事，非條所問即不省。

〔三八〕〔馮注〕《易》：師出以律。〔徐注〕《晋書·陸曄等傳》：論曰：殷浩出總戎律。

〔三九〕〔馮注〕《列子》：楊朱見梁惠王曰：『君見夫牧羊者乎？百羊而羣，使五尺童子荷箠而隨之，欲東而東，欲西而西。使堯牽一羊，舜荷箠而隨之，則不能前也。』劉向《新序》：淳于髡曰：『三人共牧一羊，羊不得食，人亦不得息。』鄒忌曰：『敬諾。减吏省員，使無擾民也。』按：取義本此。《隋書》：楊尚希上表，言當今郡縣倍多於古，所謂民少官多，十羊九牧。宋王應麟《玉海》引古人有言曰：『十羊九牧，羊既不得食，人亦不得息。』亦不標明始何人也。《新唐書·魏元忠傳》：古語有之：『十羊九牧，羊既不得食，人亦不得息。』《玉海》似引此。〔徐注〕《魏志》：州牧縣宰，割剥自私，人不聊生。而更員外置官，古謂十羊九牧。

〔四〇〕〔徐注〕《禮記》：效犬者左牽也。〔補注〕《禮記·曲禮》鄭玄注：『犬齛齧人右手，當禁備之。』

〔四一〕〔徐注〕《魏略》：顏斐遷平原太守，吏民庶道，車不得行，稽十日方得出。《北史·唐永傳》：永爲南豳州刺史，夷人送故者，莫不垂淚當路遮留，隨數日始得出境。〔馮曰〕此類史書頗多，今以『遮留』字引此。

〔四二〕〔補注〕《舊唐書·地理志》：華州，天寶領縣三。鄭、華陰、下邽。

〔四三〕〔馮注〕《後漢書·侯霸傳》：爲淮平大尹。及王莽之敗，霸保固自守，卒全一郡。更始元年，遣使徵霸，百姓相攜號哭，遮使者車，或當道而卧。〔補箋〕《舊唐書·崔戎傳》：『改華州刺史。遷兗海沂密都團練觀察等使。將行，州人戀惜遮道，至有解鞾斷鐙者。』《新唐書·崔戎傳》：『徙兗海沂密觀察使，民擁留于道，不得行，乃休傳舍。民至抱持取其鞾。時詔使尚在，民泣詣使請白天子匃戎還，使許諾。戎恚，責其下，衆曰：『留公而天子怒，不過斬吾二三老人，則公不去矣。』戎夜單騎亡去，民追不及，乃止。』商隱《安平公詩》亦云：『長者子來輒獻蓋，辟支佛去空留鞾。公時受詔鎮東魯，遣我草奏隨車牙。』

〔四四〕〔馮注〕《戰國策》：鯨魚朝發崐崙之墟。〔徐注〕《江表傳》：汎舟舉帆，朝發夕至。陶潛文：外姻晨來，良友宵奔。〔徐注〕《後漢書·孟嘗傳》：嘗爲合浦太守，被徵當還，吏民攀車請之。嘗既不得進，乃載鄉民船夜遁去。《晉書》：鄧攸爲吴郡太守，稱疾去職。百姓數千人牽留攸船不得進，攸乃小停，中夜發去。〔按〕『朝發』『宵奔』事具見注〔四三〕。

〔四五〕〔徐注〕《後漢書·朱浮傳》：疏曰：保宥生人，使得蘇息。

〔四六〕〔徐注〕《晉書·周玘傳》：期年之間，境内寧謐。〔補箋〕《新唐書·崔戎傳》：『至兗州，鉏滅姦吏十餘輩，民大喜。』

〔四七〕〔徐注〕《漢書·郊祀志》：無懷氏封泰山，禪云云；黄帝封泰山，禪亭亭。注：服虔曰：云云在梁父東，山名也。晉灼曰：云云山在蒙陰縣故城東北。《地理志》：鉅平有亭亭山。案：云云在今山東濟南府泰安州東南一百二十里；亭亭在州南五十里，皆泰山之支峯也。〔馮注〕此對『日觀』，蓋用云云亭也（按：云云山下有云云亭。)

〔四八〕〔馮注〕應劭《漢官馬第伯封禪儀記》：泰山東山名日觀。日觀者，雞一鳴時見日始欲出，長三丈所。

〔四九〕〔徐注〕《漢書·武帝紀》：上登封泰山，降坐明堂。

〔五〇〕〔馮注〕《春秋公羊傳》：鄭伯使宛來歸邴。邴者何？鄭湯沐之邑也。天子有事于泰山，諸侯皆從泰山之下，皆有湯沐之邑焉。又：鄭伯以璧假許田。許田者何？魯朝宿之邑也。諸侯時朝乎天子，天子之郊，諸侯皆有朝宿之邑焉。《史記·封禪書》：詔曰：『古者天子巡狩，用事泰山，諸侯有朝宿邑。其令諸侯各治邸泰山下。』

〔五一〕〔馮注〕《左傳》：齊桓公曰：『恐隕越于下，以遺天子羞。』

爲安平公兗州祭城隍神文〔一〕

年月日，致祭於城隍之神。四民攸居〔二〕，是分都邑；五兵未息〔三〕，爰假金湯〔四〕。惟神受命上玄，守職斯土。擁長雲之壘〔五〕，提却月之營〔六〕。主張威靈〔七〕，彈壓氛祲〔八〕。某方宣朝旨，來總藩條〔九〕，帳中之列既安〔一〇〕，幕下之籌敢失〔一一〕？神其守同石堡〔一二〕，護等玉關〔一三〕。長令崒若岸焉，無使復於隍也〔一四〕。

校注

〔一〕本篇原載《文苑英華》卷九九五第五頁、清編《全唐文》卷七八一第二頁、《樊南文集詳注》卷五。徐注本題内無『神』字。〔馮注〕李陽冰《縉雲縣城隍神記》：城隍神，祀典無之，吴越有之，風俗水旱疾疫必禱焉。《困學紀聞》：考北齊慕容儼鎮郢城，城中先有神祠，俗號城隍神。則唐前已有之。《餘冬序録》：張説有《祭荆州城隍文》。而大和中，李德裕建成都城隍祠。則不獨吴越矣。又蕪湖城隍，建於吴赤烏二年。高齊慕容儼、梁武陵王祀城隍神，皆書於史。又不獨唐而已。陸游云：『唐以來，郡縣皆祭城隍，今世尤謹。守令謁見，儀在他神祠上。社稷雖尊，特以令式從事。至祈禳報賽，獨城隍而已。』〔按〕馮譜、張箋均編大和八年。考崔戎於大和八年五月五日到兖海觀察使任。祭城隍，例於地方官新到任時舉行。故文當作於大和八年五月，約上旬末。

〔二〕〔補注〕《書·周官》：『司空掌邦土，居四民，時地利。』蔡沈集傳：『冬官，卿，主國邦土，以居士農工商四民。』

〔三〕〔徐注〕《周禮》：司兵掌五兵、五盾。《漢書·吾丘壽王傳》：古者作五兵。注：謂矛、戟、弓、箭、戈。〔馮注〕《周禮》注曰：五盾，干櫓之屬，其名未盡聞也。五兵，戈、殳、戟、酋矛、夷矛，車之五兵也。步卒之五兵，則無夷矛而有弓矢。《月令》：季秋習五戎。注曰：五戎謂五兵，弓矢、殳、矛、戈、戟也。《國語》：偃五刃。韋昭注曰：五刃，刀、劍、矛、戟、矢。

〔四〕〔馮注〕《墨子》：金城湯池。《漢書·蒯通傳》：皆爲金城湯池，不可攻也。

〔五〕〔馮注〕鮑照《蕪城賦》：板築雉堞之殷，井幹烽櫓之勤。崪若斷岸，矗似長雲。按：《漢書·表》：左馮翊屬官有雲壘長、丞。『雲壘』字似始此。

〔六〕〔馮注〕《太白陰經》：偃月營，形象偃月，背山岡，面陂澤，輪逐山勢，弦隨面直，地窄山狹之所營。按：『偃月』亦作『卻月』。《水經注》：魯山左即沔水口，沔左有卻月城，然亦曰偃月壘。〔徐注〕《魏志》：馬超攻冀城，楊阜使弟岳於城上作偃月營。《南史》：帝遣白直隊主丁旿於河岸爲却月陣。

〔七〕〔徐注〕《莊子》：孰主張是。〔補注〕主張，主宰。

〔八〕〔馮注〕《淮南子》：體太乙者，牢籠天地，彈壓山川。《楚語》：伍舉曰：『榭不過講軍實，臺不過望氛祥。』《周禮·春官》：眂祲掌十煇之法，以觀妖祥，辨吉凶：一曰祲，二曰象，三曰鑴，四曰監，五曰闇，六曰瞢，七曰彌，八曰叙，九曰隮，十曰想。注曰：祲，陰陽氣相侵也。

〔九〕見《爲安平公兖州奏杜勝等四人充判官狀》注〔四九〕。

〔一〇〕列，《英華》作『位』。

〔一一〕下，《英華》作『内』。〔補注〕《史記·留侯世家》：酈食其謀橈楚權，復立六國後，漢王曰：『善。』以酈生語告於子房。子房曰：『陛下事去矣，臣請藉前箸爲大王籌之。』

〔一二〕〔徐注〕《新書·地理志》：鄯州鄯城縣南隔澗七里有天威軍，軍故石堡城。

〔一三〕見《代安平公遺表》『生入舊關』注。〔補注〕玉關，即玉門關，漢武帝置。漢時爲通往西域之門户，唐時爲通往天山北路諸地之門户。故址在今甘肅敦煌西北小方盤城。

〔一四〕〔徐注〕《易》：城復于隍。〔馮注〕《易》疏曰：《子夏傳》曰：隍是城下池也，城損壞崩倒，反復於隍。〔按〕崒若岸焉，見注〔五〕引鮑照《蕪城賦》。崒，高險。

爲大夫博陵公兗海署盧鄯巡官牒〔一〕

判官地實清門〔二〕，人稱端士〔三〕。和以接物〔四〕，謙而飾躬〔五〕。自贊藩條〔六〕，蓋推賓彦〔七〕。幸今休暹〔八〕，無惜辱臨〔九〕。事須請攝觀察巡官〔一〇〕。

校注

〔一〕本篇原載清編《全唐文》卷七七九第三頁、《樊南文集補編》卷九。〔錢箋〕博陵公，崔戎也，見《爲安平公賀皇躬痊復上門下狀》注〔一〕及《上鄭州蕭給事狀》注〔七〕。《新唐書·百官志》：觀察使，巡官一人。〔按〕商隱《安平公詩》：『五月至止六月病，遽頽泰山驚逝波。』《爲安平公兗州謝上表》：『即以今月五日到任上訖。』知戎於大和八年五月五日到兗海觀察使任。此牒應作於稍後。盧鄯大中年間曾歷山南東道節度使幕，然是否與此盧鄯同爲一人，尚待考。

〔二〕〔錢注〕《新唐書·百官志》：節度使兼觀察使，又有判官、支使、推官、衙推各一人。〔補注〕地，門第。清門，清貴之門第。范陽盧氏素稱高門。

〔三〕〔錢注〕《漢書·賈誼傳》：於是皆選天下之端士。

〔四〕〔錢注〕司馬遷《報任少卿書》：教以順於接物。

〔五〕〔錢注〕班固《遊居賦》：親飾躬於伯姬。〔補注〕飾躬，修飾自身。

〔六〕〔補注〕贊藩條，謂輔佐州郡長官處理軍政事務。藩條，見《爲安平公兗州奏杜勝等四人充判官狀》注〔四九〕。

〔七〕〔補注〕賓彦，幕僚中之佼佼者。彦，賢士、俊才。《詩·鄭風·羔裘》：『彼其之子，邦之彦兮。』毛傳：『彦，士之美稱。』

〔八〕〔錢注〕《玉篇》：邏，游兵也。

〔九〕〔補注〕《左傳·昭公七年》：『嘉惠未至，唯襄公之辱臨我喪。』

〔一〇〕〔補注〕攝，代理或兼職（以高職兼低職）。此牒首稱『判官』，又謂『自贊藩條，蓋推賓彦』，當是已任判官，因事須以高職兼低職署爲巡官者。

爲安平公謝端午賜物狀〔一〕

右，今月某日，中使某至，奉宣恩旨，賜臣手詔一通，兼前件端午紫衣、銀器、百索并大將衣者〔二〕。乾文昭融〔三〕，睿賜稠疊，恩生望外，榮積懼中。臣已當時宣布給散訖。伏以正陽令月〔四〕，端午佳辰〔五〕，渥澤合止於勳賢〔六〕，錫賚宜先於戚屬〔七〕。臣遠臨東魯，久去上京〔八〕，豈望仁時，同躋壽域〔九〕。八行明詔〔一〇〕，伏讀而不啻千鈞；一襲輕衣〔一一〕，跪捧而若無三伏〔一二〕。況又綵縷出仙蠶之蠒〔一三〕，貞金凝姹女之魂〔一四〕。持可戒盈〔一五〕，帶堪延算〔一六〕。豈微臣獨忝〔一七〕，在列校不遺〔一八〕。華楚成行，永願千春而奉聖〔一九〕；綿長共保，常期五日以霑恩〔二〇〕。臣與大將等無任感激懇悃之至。

校注

〔一〕本篇原載《文苑英華》卷六三一第二頁、清編《全唐文》卷七七二第一一頁、《樊南文集詳注》卷二。〔按〕崔戎大和八年五月五日抵兗州，六月病卒（參《爲安平公兗州謝上表》《代安平公遺表》注〔一〕）。本文云：『臣遠臨東魯，久去上京。』其時戎到任當已有一段時日。兗州距長安一千八百四十三里，所賜禮物端午前發出，抵兗須半月左右。故此狀當上於大和八年五月中下旬。

〔二〕〔馮注〕周處《風土記》：以五綵絲繫臂者，辟兵及鬼，令人不病瘟，一名長命縷，一名續命絈，一名辟兵繒，一名五色絲，一名朱索。〔補注〕韓鄂《歲華紀麗·端午》：『百索繞臂，五彩纏筒。』原注：『以五綵縷造百索繫臂，一名長命縷。』高承《事物紀原·歲時風俗·百索》：『今有百索，即朱索之遺事也，蓋始於漢。本以飾門户，而今人以約臂，相承之訛也。』按《後漢書·禮儀志中》：『五月五日，朱索五色印爲門户飾，以難止惡氣。』此即《事物紀原》謂朱索本爲門户飾所本。據《新唐書·車服志》，唐『以紫爲三品之服』，崔戎之憲銜爲御史大夫，正三品，故賜紫衣。

〔三〕〔徐注〕《詩》：昭明有融。〔補注〕乾文，帝王之文。昭融，光明貌。

〔四〕〔徐注〕《左傳》：惟正陽之月則然，餘則否。〔補注〕董仲舒《雨雹對》：『陽德用事，則和氣皆陽，建巳之月是也，故謂之正陽之月。』《左傳·莊公二十五年》『唯正月之朔，慝未作』杜預注：『正月，夏之四月，周之六月，謂正陽之月。』此『正陽』似指『端陽』。

〔五〕〔徐注〕《風土記》：仲夏五日曰端午。端，初也。俗重之與夏至同。

〔六〕〔徐注〕《後漢書·朱祐等傳論》曰：猶能授受惟庸，勳賢皆序。

〔七〕〔徐注〕《後漢書・鄧禹傳》：時諸紹封者皆食故國半租，康以皇太后戚屬獨三分食二。

〔八〕〔馮注〕班孟堅（固）《幽通賦》：有羽儀於上京。〔徐注〕曹植《與楊修書》：足下高視於上京。

〔九〕〔徐注〕《漢書・王吉傳》：歐（驅）一世之民，躋之仁壽之域。

〔一〇〕〔徐注〕《後漢書・循吏傳》：其以手書賜方國者，皆一札十行，細書成文。〔馮注〕馬融《與竇伯向書》：賜書，見手跡，歡喜何量？書雖兩紙，紙八行，行七字。陸倕《以詩代書》：八行思自勉，一札望來儀。○詔書八行，究未知所始。

〔一一〕〔徐注〕《漢書・叔孫通傳》：賜通帛二十疋，衣一襲。師古曰：一襲，上下皆具也。今人呼爲一副。

〔一二〕〔徐注〕《初學記》：按《陰陽書》曰：從夏至後第三庚爲初伏，第四庚爲中伏，立秋後初庚爲後伏，謂之三伏。曹植謂之三旬。〔馮注〕《曆忌釋》曰：立秋以金代火，金畏火，故至庚日必伏。

〔一三〕〔徐注〕《列仙傳》：園客種五色香草，有五色蛾上香草末，生桑蠶，有女與客俱，蠶蠒大如盆，繰訖，莫知所之。〔馮注〕《女仙傳》：園客常種五色香草，服食其實，忽有五色蛾集香草上，生華蠶焉。至蠶出時，有一女自來助客養蠶，得繭百三十枚。繭大如甕，一繭繰六七日乃盡。繰訖，與園客俱去。

〔一四〕〔徐注〕謂銀器。〔馮注〕《後漢書・五行志》：桓帝初，京師童謠曰：河間姹女工數錢，以錢爲室金爲堂。〔補注〕貞金，貴重金屬，多指金銀。姹女，少女、美女。又，道家煉丹，稱水銀爲姹女。

〔一五〕〔徐注〕《魏志・曹真傳》：詔曰：可謂能持盈守位。〔補注〕《老子》：『持而盈之，不如其已。』持盈，保守成業。持，守；盈，滿。

〔一六〕〔徐注〕《風俗通》：五月五日續命縷，俗説以益人命。〔補注〕帶，指百索；延算，延長壽命。

〔一七〕〔徐校〕微，疑作『惟』。〔按〕此『微臣』與下句『列校』對文，『微』字不誤。《英華》《全文》並作『微』。

〔一八〕〔補注〕《後漢書・皇后紀下・桓帝鄧皇后》：『又封統弟秉爲淯陽侯，宗族皆列校、郎將。』東漢時守衛京師之屯衛兵分作五營，稱北軍五校，每校首領稱校尉，統稱列校。唐、五代時地方軍隊亦設列校。《新唐書·廖承訓傳》：『武寧兵七百戍桂州，六歲不得代，列校許佶、趙可立因衆怒殺都將。』宋·秦觀《進策·盗賊下》：『唐自中葉以後，方鎮皆選列校，以掌牙兵。』

〔一九〕〔徐注〕梁簡文帝詩：千春誰與樂？惟有妾隨君。〔補注〕華楚，華美鮮麗。

〔二〇〕〔補注〕五日，指端午。馮贄《雲仙雜記·靈運須》：『中宗時，安樂公主五日鬬百草。』

代安平公遺表〔一〕

臣某言：臣聞風葉露華，榮落之姿何定〔二〕；夏朝冬日，短長之數難移。臣幸屬昌期，謬登貴仕〔三〕，行年五十五，歷官二十三。念犬馬之常期，死亦非夭；奈君親之厚施，生以無酬。是以時及含珠〔四〕，命餘屬纊〔五〕，心猶向闕，手尚封章。撫躬而氣息奄然〔六〕，戀主而方寸亂矣〔七〕。臣某中謝。

臣少而覊屑〔八〕，長乃遭逢。常將直道而行〔九〕，實以明經入仕〔一〇〕。王畿作吏，非州府之職徒勞〔一一〕；侯國從知，媿軍旅之事未學〔一二〕。憲宗皇帝謂臣剛決〔一三〕，擢以憲司〔一四〕；穆宗皇帝謂臣材能〔一五〕，登之郎選〔一六〕。忝霜威而無所摧拉〔一七〕，歷星紀而有紊次躔〔一八〕。旋屬皇帝陛下，大明御宇〔一九〕，至道承乾〔二〇〕。澄汰之初，臣不居有過〔二一〕；超擢之際〔二二〕，臣獨出常倫。高選掖垣，箴規未效；入居瑣闥，論駁無聞〔二三〕。自去年秋，來典河關，兼臨甸服〔二四〕，惟當静而阜俗，清以繩姦〔二五〕，轟致豐穰〔二六〕，幸逃譴責〔二七〕。豈意陛下謂臣奄有三縣〔二八〕，未稱其能；謂臣出以一麾〔二九〕，未足爲貴。爰降綸綍〔三〇〕，移之藩方，錫以海隅，與之岳鎮〔三一〕。將吾君之驍果萬計〔三二〕，使得總齊〔三三〕；聯吾君之牧伯三人〔三四〕，以居巡屬〔三五〕。時雖相羡，臣實深憂。既辱聖恩〔三六〕，果遭鬼瞰〔三七〕。況臣素無微恙，未及大年〔三八〕。方思高掛饋魚〔三九〕，不然官燭〔四〇〕，成陛下比屋可封之化〔四一〕，分陛下一夫不獲之憂〔四二〕。志願未伸，大期俄迫〔四三〕。忽自今月十日夜〔四四〕，暴染霍亂〔四五〕，并兩脅氣注〔四六〕。當時檢驗方書，煎和藥物〔四七〕，百計療理〔四八〕，一無痊除。至十一日辰時〔四九〕，轉加困劇，漸不支持。想彼孤魂〔五〇〕，已游岱岳〔五一〕；念茲二豎，徒訪秦醫〔五二〕。對印執符〔五三〕，碎心殞首〔五四〕。人之到此，命也如何！戀深而乏力以言，泣盡而無血可繼〔五五〕。臣某誠哀誠戀，頓首頓首。

臣當道三軍將士，準前使李文悦例〔五六〕，差監軍使元順通勾當訖〔五七〕。臣與順通雖近同王事〔五八〕，已備見公才〔五九〕。假之統臨，必能和協〔六〇〕。其團練、觀察兩使事，差都團練巡官盧涇勾當訖。臣亦授之方略，示以規模〔六一〕。伏惟聖明，不致憂軫〔六二〕。臣精神危促，言詞爽錯〔六三〕，行當窮塵埋骨〔六四〕，枯木容身〔六五〕，螻蟻卜鄰〔六六〕，烏鳶食祭〔六七〕。黄河兩曲〔六八〕，長安幾千〔六九〕。生入舊關，望絶班超之請〔七〇〕；力封遺奏，痛深來歙之辭〔七一〕。迴望昭代，不勝荒惙眷戀之至〔七二〕。謹差某奉表代辭以聞。

校注

〔一〕本篇原載《文苑英華》卷六二六第七頁、清編《全唐文》卷七七一第八頁、《樊南文集詳注》卷一。〔馮箋〕《舊書·紀》：大和八年六月庚子，兗海觀察使崔戎卒。〔按〕庚子爲是月二十一日，當爲兗海報表奏到之日。戎染霍亂暴卒，病程當不出數日。遺表云：『至十一日辰時，轉加困劇，漸不支持。』又云：『力封遺奏。』是作表時病已危殆，但尚能親手封緘。作成必距十一日辰時不久。

〔二〕〔補注〕榮落，榮盛衰落。

〔三〕仕，《英華》注：集作「位」。〔徐注〕《左傳》：有大功而無貴仕，其人能靖者與有幾？〔馮注〕《左傳》杜注：貴仕，貴位。按：集中每用「貴仕」。

〔四〕〔徐注〕《莊子》：儒以詩禮發冢，小儒曰：「詩固有之：生不布施，死何含珠爲？」〔馮注〕《周禮·春官·典瑞》：大喪共飯玉含玉。《左傳》：王使榮叔歸含。注曰：珠玉曰含。〔補注〕含珠，死者口中所含之珠。《吕氏春秋·節喪》：「國彌大，家彌富，葬彌厚。含珠鱗施。」高誘注：「含珠，口實也。」

〔五〕〔馮注〕《禮記·喪大記》：屬纊以俟絶氣。註曰：纊，新綿，易動摇，置口鼻之上以爲候。

〔六〕〔馮注〕李密《陳情表》：氣息奄奄，人命危淺。〔徐注〕《後漢書·梁節王暢傳》：誠無氣以息。

〔七〕〔徐注〕《蜀志》：徐庶母爲操所獲，庶辭備，指其心曰：「方寸亂矣！」

〔八〕屑，《全文》作「絏」，據《英華》改。〔徐注〕《魏志》：孫盛曰：豈名器之所羈紲？〔馮注〕按《北史》：裴安祖曰：「京師遼遠，憚於棲屑。」權德輿序《李栖筠集》曰：伏思羈屑，展敬無容。「棲屑」「羈屑」，皆言旅況。徐刊本作「羈紲」，用《左傳》「臣負羈絏從君巡於天下」，又「行爲羈絏之僕」，以言少年行役，意亦同也。〔按〕羈絏，馬絡頭與馬繮繩，引申爲受束縛。羈屑，漂泊寒賤。義不同。此當作「羈屑」。

〔九〕〔補注〕《論語·衛靈公》：「斯民也，三代之所以直道而行也。」

〔一〇〕〔馮注〕《漢書》：夏侯勝曰：「士病不明經術。經術苟明，其取青紫如俛拾地芥耳。」《南史》：賀琛字國寶，伯父瑒授其經業，一聞便通義理。瑒異之，常曰：「此兒當以明經致貴。」〔補箋〕《舊唐書·崔戎傳》：「戎舉兩經登科。」《新唐書·崔戎傳》：「舉明經，補太子校書郎。」

〔一一〕府，《英華》作「縣」。〔徐注〕《後漢書·梁竦傳》：嘗太息曰：「閒居可以養志，詩書足以自娱，州郡之職，徒勞人耳。」〔馮曰〕「徒勞」竟成名目，如《隋書·劉炫傳》曰「數忝徒勞之職」，謂爲州户曹、禮曹從事也；《北史·序傳》『何爲徒勞之任』，謂仲舉爲洛州主簿也。〔補箋〕《新唐書·崔戎傳》：『判入等，調藍田主簿。』王畿作吏，指爲藍田主簿。

〔一二〕〔補注〕《論語·衛靈公》：『衛靈公問陳於孔子，孔子對曰：「俎豆之事，則嘗聞之矣；軍旅之事，未之學也。」』侯國從知，指跟隨所知幕主入節度使幕。《新唐書·崔戎傳》：『辟淮南李鄘府。衛次公代鄘，憲宗稱戎才，故次公倚成于職。裴度節度太原，署參謀。』太原幕罷，戎又任西川節度使段文昌之判官。參《爲安平公謝除兖海觀察使表》注〔一七〕。

〔一三〕〔徐注〕《隋書·劉方傳》：性剛決有膽氣。〔馮注〕《易》：夬，決也，剛決柔也。

〔一四〕〔馮注〕戎爲藩鎮名公交辟，已見《爲安平公謝除兖海觀察使表》。此云『剛決』『憲司』者，指諭王承宗，入爲侍御史也。〔補箋〕《新唐書·崔戎傳》：『時王承宗以鎮叛，度請戎往諭，承宗至泣下，乃聽命。入爲殿中侍御史。』

〔一五〕材，《全文》作『才』，據《英華》改。〔徐注〕《漢書》：淳于長以材能爲九卿。

〔一六〕〔馮注〕《史記·平準書》：入財者得補郎，郎選衰矣。《漢書·董仲舒傳》：夫長吏多出於郎中、中郎，吏二千石子弟選郎吏，又以富訾，未必賢也。（訾與資同）《通典》：魏時尚書郎有二十三人，非復漢時職任。晋尚書郎選極清美，號爲大臣之副。按：漢時之郎猶輕，其後則謂尚書諸司郎也。〔補箋〕《舊唐書·崔戎傳》：『累拜吏部郎中。』

〔一七〕〔馮注〕《玉篇》：摧、拉，皆注曰：折也。《西京賦》：梗林爲之靡拉，樸叢爲之摧殘。

〔一八〕歷星紀，《英華》注：集作『叨星經』。〔馮注〕《後漢書·明帝紀》：館陶公主爲子求郎，不許，謂羣臣曰：『郎官上應列宿，出宰百里，苟非其人，則民受其殃，是以難之。』以上歷官，並詳《爲安平公謝除兖海觀察使表》。〔補注〕『忝霜威』，應上『憲司』；『歷星紀』，應上『郎選』。次躔，猶躔次，日月星辰運行之度次。

〔一九〕〔補注〕《易·乾》：『雲行雨施，品物流行，大明終始，六位時成。』大明，日也。

〔二〇〕〔補注〕承乾，承受天命。

〔二一〕〔補注〕澄汰，甄别、揀選。

〔二二〕超，馮注本改『遷』。〔徐注〕《漢書·金日磾傳》：鄄邯劾奏欽曰：『欽幸得以通經術超擢。』〔馮校〕以形近，訛『遷』爲『超』也。下句乃是『超』字意。〔按〕作『超擢』正與下『獨出常倫』相應，馮改無據。

〔二三〕〔補箋〕二句謂其任諫議大夫、給事中。《新唐書·崔戎傳》：『擢累諫議大夫。雲南蠻亂成都，詔戎持節劍南爲宣撫使……還拜給事中。』又《百官志》：『左諫議大夫四人，正四品下。掌諫諭得失，侍從贊相。』『給事中四人……凡百司奏抄，侍中既審，則駁正違失。詔敕不便者，塗竄而奏還，謂之「塗歸」。』

〔二四〕〔補箋〕指任華州刺史。河關，指潼關；甸服，指華州，爲近甸。華州刺史例兼潼關防禦、鎮國軍等使。《舊唐書·文宗紀》：大和七年閏七月『戊戌，以給事中崔戎爲華州刺史。』

〔二五〕〔徐注〕《晉書·劉毅傳》：疏曰：官政無繩姦之防。

〔二六〕〔馮注〕《詩》：豐年穰穰。《漢書》：宣帝即位，用吏多選。百姓安土，歲數豐穰。〔徐注〕《後漢書·鮑昱傳》：唯南陽豐穰。

〔二七〕譴，《英華》《全文》均作『逋』，據馮校改。〔馮校〕謂幸逃譴責也。字以形似而訛。或謂無以稱職，猶如負責無歸，非也。〔徐注〕任昉表：四海之議，子何逃責。

〔二八〕〔馮注〕《舊書·志》：華州屬縣三：鄭、華陰、下邽。〔補注〕《詩·商頌·玄鳥》：『方命厥后，奄有九有。』奄有，佔有。

〔二九〕見《爲安平公華州賀聖躬痊復表》注〔二四〕。

〔三〇〕〔徐注〕《禮記》：王言如絲，其出如綸；王言如綸，其出如綍。〔補注〕綸綍，謂帝王詔旨。

〔三一〕〔補注〕海隅，指兗海觀察使轄區。岳鎮，兗海轄區内有泰山，故稱『岳鎮』。

〔三二〕〔馮注〕《魏志·傳》：文欽驍果麤猛。字習見。《通鑑》：隋煬帝徵天下兵集涿郡，始募民爲驍果。〔補

注〕驍果，勇猛剛毅之士。

〔三三〕〔徐注〕韋孟《諷諫詩》：總齊羣邦，以翼大商。〔補注〕總齊，猶統領、統一。

〔三四〕〔徐注〕《書》：外有州牧侯伯。〔馮注〕兗州刺史，觀察所自領，餘三州各有刺史，故云。

〔三五〕〔補注〕巡屬，指巡察統屬之地。

〔三六〕辱，《全文》作『屬』，涉上文而訛，據《英華》改。

〔三七〕〔徐注〕揚雄《解嘲》：高明之家，鬼瞰其室。

〔三八〕〔徐注〕《莊子》：小年不及大年。〔補注〕大年，謂年壽長。

〔三九〕〔馮校〕掛，一作『卧』，誤。〔徐注〕謝承《後漢書》：羊續爲南陽太守，府丞侯儉貢鯉，續受而懸之一歲。儉復致一枚，續乃出所懸枯魚示之，以杜其意。

〔四〇〕〔馮注〕謝承《後漢書》：巴祗爲揚州刺史，在官不迎妻子，與客坐暗暝之中，不然官燭。

〔四一〕〔馮注〕《新語》：堯、舜之人，可比屋而封；桀、紂之人，可比屋而誅。《尚書大傳》逸句：周民可比屋而封。

〔四二〕〔徐注〕《書》：一夫不獲，則曰時予之辜。

〔四三〕〔馮注〕大期，生死大期也。《史記·吕不韋傳》：至大期時，生子政。《南史》：齊武帝詔：始終大期，聖賢不免。〔徐注〕《南史·王彧傳》：詔曰：若乃吉凶大期，正應委之理運。〔按〕《史記·吕不韋列傳》之『大期』乃指足月分娩之期，與指『死期』者義别。大期，猶大限。

〔四四〕自，《全文》作『至』，涉下文誤，據《英華》改。今月十日，徐注本作『某』。

〔四五〕〔馮注〕《春秋考異郵》：襄公朝于荆，士卒失時，泥雨暑溼，多霍亂之病。漢劉安《諫伐閩粤書》：夏月暑時，嘔泄霍亂之病相隨屬也。

〔四六〕脅，《全文》作『脇』，當是『脇』之訛，據《英華》改。注，《英華》作『疰』。〔馮校〕注，《英華》作

『𤵸』。按：𤵸，《廣韻》：古隘切，病也。《玉篇》：五圭切，癡皃。皆非此義。徐刊本作『注』，亦非。竊疑爲『疾』字之訛。嗽，上氣疾，見《周禮》，注曰：上氣，逆喘也。與此頗相合。《太平御覽·醫針類》：王渾表曰：『臣有氣病，善夜發。』《梁書》：徐摛因感氣疾而卒。《周書》：蔡祐遂得氣疾。『氣疾』，固常語，且與霍亂相合。《南史·虞寄傳》：得感氣病，每氣奔劇，危殆者數矣。〔補注〕注，流注，與『疰』通。《廣雅·釋詁一》：『疰，病也。』王念孫疏證：『《釋名》：「注病，一人死，一人復得，氣相灌注也。」注，與「疰」通。』則所謂『氣注』或『氣疰』蓋指疫氣之流轉灌注，今之所謂傳染也。馮浩所據《英華》誤『疰』爲『𤵸』，又疑爲『疾』之訛，非。明配宋殘本《英華》正作『疰』。

〔四七〕〔馮注〕《史記·扁鵲傳》：長桑君乃悉取其禁方書，盡與扁鵲。《漢書·藝文志》：醫經七家，經方十一家。又：方技者皆生生之具，故論其書以序方技爲四種。〔徐注〕《漢書·張蒼傳》：主柱下方書。《左傳》：盡心力以事君，舍藥物可也。

〔四八〕理，《英華》作『治』，注：唐諱。

〔四九〕至十一日辰時，徐注本作『至於某日』。

〔五〇〕〔徐注〕《漢書·貢禹傳》：骸骨棄捐，孤魂不歸。

〔五一〕〔徐注〕劉楨詩：常恐游岱宗，不復見故人。〔馮注〕張華《博物志》：泰山，天帝孫也，主召人魂。東方萬物之始，故主人生命之長短。〔按〕參《爲濮陽公祭太常崔丞文》注〔四九〕。

〔五二〕〔徐注〕《左傳》：晉侯疾，秦伯使醫緩爲之。未至，夢疾爲二豎子，曰：『居肓之上，膏之下，若我何？』醫至曰：『疾不可爲也。在肓之上，膏之下，攻之不可，達之不及，藥不至焉，不可爲也。』

〔五三〕〔徐注〕《漢書·韓信傳》：漢王即其卧，奪其印符。

〔五四〕〔徐注〕李密《陳情表》：臣生當殞首。

〔五五〕〔馮注〕《說苑》：下蔡威公閉門而哭，三日三夜，泣盡而繼以血。

〔五六〕〔馮箋〕《舊書·文宗紀》：大和六年七月，以前靈武節度使李文悅爲兗海密沂節度使。餘附詳《爲鹽州刺史奏舉李孚判官狀》注〔一〕。〔補箋〕《舊唐書·文宗紀下》：大和八年三月，『癸酉，兗海節度使李文悅卒。』此云『準前使李文悅例』，指依照李文悅臨終前處理兗海軍務之舊例。

〔五七〕〔馮注〕按《史記》，穰苴將兵，願得君之寵臣以監軍，景公使莊賈往。此爲監軍之始，自後屢見之。至唐則藩鎮皆有中使監軍。

〔五八〕雖，《全文》無此字，據《英華》增。

〔五九〕已，《全文》無此字，據《英華》增。〔徐注〕《晉書·虞駿傳》：孔愉有公才而無公望。

〔六〇〕〔徐注〕《左傳》：鄭伯曰：『寡人有弟，不能和協。』

〔六一〕〔補注〕規模，制度、程式。

〔六二〕致，《英華》作『至』。

〔六三〕爽，《全文》作『失』，據《英華》改。

〔六四〕〔徐注〕鮑照《蕪城賦》：莫不埋魂幽石，委骨窮塵。

〔六五〕〔馮注〕猶曰『就木』。《左傳》：季隗曰：『吾二十五年矣，又如是而嫁，則就木焉。』〔徐注〕鄒陽書：枯木朽株。《南史·姚察傳》：遺命薄葬，以松板薄棺，纔可容身。

〔六六〕〔徐注〕《莊子》：在下爲螻蟻食。陸機《輓歌詩》：豐肌饗螻蟻，妍姿永夷泯。《左傳》：諺曰：非宅是卜，惟鄰是卜。〔馮注〕螻蟻穴土，故每以言葬埋。

〔六七〕〔徐注〕《爾雅》：鳶烏醜，其飛也翔。《史記·田單傳》：乃令城中人食必祭其先祖于庭中，飛烏悉翔舞下食。

〔六八〕〔馮注〕《爾雅》：河出崐崙墟，色白，所渠并千七百，一川色黄，百里一小曲，千里一直一曲。楊泉《物理論》：河九曲以達於海。此謂自西京至兗，故曰『兩曲』。〔徐注〕謂西河南河。

〔六九〕〔徐注〕梁元帝賦：平原如此，不知道路幾千。

〔七〇〕〔徐注〕《後漢書·班超傳》：超久在絶域，年老思歸，乃上疏曰：『臣不敢望到酒泉郡，但願生入玉門關。』

〔七一〕〔徐注〕《後漢書·來歙傳》：自書表曰：『臣夜入定後，爲何人所賊傷，中臣要害。』投筆抽刃而絶。

〔七二〕〔補注〕荒惙，昏亂衰弱。

上鄭州蕭給事狀〔一〕

某簪組末流〔二〕，丘樊賤品〔三〕。倏忽三載〔四〕，邅迴一名〔五〕。豈於此生，望有知己〔六〕！兖海大夫〔七〕，時因中外〔八〕，賞賜知憐〔九〕；給事又曲賜褒稱，便垂延納〔一〇〕。朱門纔入〔一一〕，歡席幾陪。辱倒屣於蔡伯喈，合先王粲〔一二〕；枉開樽於孔文舉，宜在禰衡〔一三〕。豈伊庸虚，便此叨幸〔一四〕？今者方牽行役〔一五〕，遽又違離。躡履食魚，兼預原、嘗之客〔一六〕；御車登榻，俱參陳、李之門〔一七〕。生死之寄皆深，去住之誠並切。伏惟特賜亮察。

〔一〕本篇原載清編《全唐文》卷七七五第二二頁、《樊南文集補編》卷七。〔錢箋〕（鄭州蕭給事）蕭澣也。《舊

唐書・文宗紀》：大和七年三月，以給事中蕭澣爲鄭州刺史。又《職官志》：給事中四員，正五品上。《新唐書・地理志》：鄭州滎陽郡，雄，屬河南道。〔張箋〕義山受崔戎深知，蕭澣之力居多。及兗海府罷，往來故里。明年，又有徒步京國之役，《蕭給事狀》所謂『今者方牽行役，遽又違離』，《贈趙協律晳》詩所謂『不堪歲暮相逢地，我欲西征君又東』也。〔按〕狀云：『兗海大夫，時因中外，賞賜知憐；給事又曲賜褒稱，便垂延納……生死之寄皆深，去住之誠並切。』説明作狀時崔戎已卒。戎卒於大和八年六月，狀當上於此後。蕭澣之由鄭州刺史入爲刑部侍郎，《舊唐書・文宗紀》闕書，馮譜據《舊・紀》文宗大和八年十二月己丑，以常州刺史楊虞卿爲工部侍郎，認爲蕭澣當與虞卿同被命。則狀當上於大和八年六月至十二月間。張箋理解狀文有誤，詳注〔一〇〕、〔一五〕。

〔二〕〔錢注〕《漢書・孝成班倢伃傳》：號託長信之末流。〔補注〕簪組，冠簪與冠帶，借指仕宦。

〔三〕〔錢注〕謝莊《月賦》：臣東鄙幽介，長自丘樊。李善注：樊，藩也。郭璞曰：藩，籬也。梁昭明太子《十二月啓》：執鞭賤品。〔補注〕丘樊，鄉村。

〔四〕〔錢注〕《楚辭・招魂》：往來倏忽。〔補注〕三載，指大和五年至七年，參注〔五〕。

〔五〕〔錢注〕《楚辭・九章》：欲邅回以干傺兮。〔補注〕邅迴，周頓、不順利。邅迴一名，謂屢試不第。商隱《上崔華州書》：『凡爲進士者五年，始爲故賈相國所憎，明年，病不試，又明年，復爲今崔宣州所不取。』商隱大和七年鄉貢，知舉賈餗，不取；八年病，不試。而大和六年所作之《上令狐相公狀一》已云『自叨從歲貢，求試春官……然猶摧頽不遷，拔刺未化。』可證其時已參加過進士試一次以上。故此處『三載』殆指大和五至七年，而不包括本年『病不試』在内。詳參《上崔華州書》『凡爲進士者五年』箋。

〔六〕〔錢注〕《吴志・虞翻傳》注：《翻别傳》曰：使天下一人知己者，足以不恨。

〔七〕〔錢注〕謂崔戎也。大和八年六月卒，故下有『生死之寄』語。《舊唐書・崔戎傳》：遷兗海沂密都團練觀察等使。

〔八〕詳《上崔大夫狀》注〔三〕。

〔九〕〔錢注〕義山爲崔戎表姪，曾入其幕，詳《上崔大夫狀》。〔按〕義山在華州崔戎幕草表狀及南山習業詳情，具詳《上崔大夫狀》注〔一〕。

〔一〇〕便，錢注本作『使』。〔錢注〕《詩集・哭遂州蕭侍郎》：早歲思東閣，爲邦屬故園。自注：余初謁於鄭舍。《後漢書・北海靖王興傳》：數被延納。〔按〕張采田《會箋》引『兗海大夫，時因中外，賞賜知憐；給事又曲賜褒稱，使垂延納。朱門纔入，歡席幾陪』之文，謂『義山受崔戎深知，蕭澣薦達之力居多』，蓋因『使垂延納』之誤文而致。實則此數句係承上『豈於此生，望有知己』，謂己既受崔戎之知遇，又受蕭澣之延納，『大夫』『給事』係平列關係，非因果關係。義山與崔戎爲中表之親，自亦不待蕭澣之薦也。

〔一一〕〔錢注〕魯褒《錢神論》：排朱門，入紫闥。

〔一二〕〔錢注〕《魏志・王粲傳》：粲徙長安，左中郎將蔡邕見而奇之。時邕賓客盈坐，聞在門，倒屣迎之曰：『此王公孫也，有異才，吾不如也。吾家書籍文章，盡當與之。』

〔一三〕〔錢注〕《後漢書・禰衡傳》：衡少有才辨，而氣尚剛傲，好矯時慢物，惟善魯國孔融，融亦深愛其才。衡始弱冠，而融年四十，遂與爲交。《後漢書・孔融傳》：融字文舉，好士，喜誘益後進，賓客日盈其門，常嘆曰：『坐上客恒滿，尊中酒不空，吾無憂矣。』〔按〕『朱門』以下數句，即《哭遂州蕭侍郎二十四韻》『登舟慚郭泰，解榻愧陳蕃。分以忘年契，情猶錫類敦……嘯傲張高蓋，從容接短轅。秋吟小山桂，春醉後堂萱』之意。

〔一四〕此，《全文》作『比』，據錢校改。〔補注〕庸虛，自謙才能低下，學識淺薄。

〔一五〕〔補注〕《詩・魏風・陟岵》：『嗟！予子行役，夙夜無已。』此泛指行旅、出行。按：義山大和九年曾參加進士試（主考官崔鄲，未取）。鄉貢進士例於十月二十五日集户部，生徒亦以十月送尚書省，以參加翌年春之禮部試。義山此次行役或即赴京就禮部試，視狀首『倏忽三載，邅迴一名』之語可約略推知。張氏《會箋》將此行與明年（大和九年）徒步京國之役聯繫，不知此行乃八年冬事，與《安平公詩》『明年徒步弔京國』之爲九年事明係兩事也。

〔一六〕屨，錢本作『屣』，未出他本異文，恐誤。〔錢注〕《史記·春申君傳》：趙平原君使人於春申君，趙使欲夸楚，爲瑇瑁簪，刀劍室以珠玉飾之。春申君客三千餘人，其上客皆躡珠履，趙使大慚。《戰國策》：齊人有馮煖者，使人屬孟嘗君，願寄食門下，孟嘗君笑而受之。左右以君賤之也，食以草具。居有頃，倚柱彈其劍，歌曰：『長鋏歸來乎！食無魚。』左右以告，孟嘗君曰：『食之。』居有頃，復彈其鋏，歌曰：『長鋏歸來乎！出無車。』左右以告，孟嘗君曰：『爲之駕。』於是乘其車，揭其劍，過其友曰：『孟嘗君客我。』班固《西都賦》：節慕原、嘗。按：躡屣（履）爲春申君事，此云『原、嘗』，避不辭也。杜詩『不聞夏殷衰，中自誅褒妲』，句法相同。

〔一七〕〔錢注〕《後漢書·李膺傳》：膺性簡亢，無所交接。荀爽常就謁膺，因爲其御，既還，喜曰：『今日乃得御李君矣！』其見慕如此。《後漢書·徐穉傳》：陳蕃爲太守，在郡不接賓客，唯穉來，特設一榻，去則懸之。

别令狐拾遺書〔一〕

子直足下：行日已定，昨幸得少展寫〔二〕。足下去後，憮然不怡〔三〕。今早垂致葛衣，書辭委曲〔四〕，惻惻無已。自昔非有故舊援拔，卒然於稠人中相望〔五〕，見其表〔六〕，得所以類君子者，一日相從，百年見肺肝。爾來足下仕益達〔七〕，僕困不動，固不能有常合而有常離。足下觀人與物，共此天地耳。錯行雜居，蟄蟄哉〔八〕！不幸天能恣物之生，而不能與物慨然量其欲〔九〕，牙齒者恨不得翅羽，角者又恨不得牙齒〔一〇〕，此意人與物略同耳。有所趨，故不能無争；有所争，故不能不於同中而有各異耳。足下觀此世，其同異如何哉？

兒冠出門，父翁不知其枉正〔一一〕；女笄上車〔一二〕，夫人不保其貞汙。此於親親，不能無異勢也〔一三〕。

親者尚爾，則不親者惡望其無隙哉！故近世交道〔一四〕，幾喪欲盡。足下與僕，於天獨何稟，當此世生而不同此世〔一五〕，每一會面，一分散，至於慨然相執手，噸然相感〔一六〕、泫然相泣者〔一七〕，豈於此世有他事哉！惜此世之人，率不能如吾之所樂，而又甚懼吾之徒孑立寡處，而與此世者蹄尾紛然〔一八〕。蛆吾之白〔一九〕，擯置譏誹，襲出不意。使後日有希吾者〔二〇〕，且懲吾困，而不能堅其守，乃捨吾而之他耳。足下知與此世者，居常紿於其黨何語哉〔二一〕？必曰：吾惡市道〔二二〕。嗚呼！此輩真手搔鼻皻〔二三〕，而喉噦人之灼痕爲癩者〔二四〕，市道何肯如此輩邪！

今一大賈，坐墆貨中〔二五〕，人人往須之〔二六〕。甲得若干，曰：其贏若干；丙曰：吾索之；乙得若干，曰：其贏若干；戊曰：吾索之。既與之，則欲其蕃〔二七〕，不願其亡失口舌〔二八〕。拜父母，出妻子，伏臘相見有贊〔二九〕，男女嫁娶有問〔三〇〕，不幸喪死有致饋〔三一〕，葬有臨送弔哭〔三二〕。是何長者大人哉！他日甲乙俱入之不欺，則又愈得其所欲矣。迴環出入如此，是終身欲其蕃，不願其亡失口舌。拜父母益嚴，出妻子益敬，伏臘相見贊益厚，男女嫁娶問益豐，不幸喪死，饋贈臨送弔哭情益悲，是又何長者大人哉！唯是於信誓有大欺漫〔三三〕，然後罵而絕之，擊而逐之，訖身而勿與通也〔三四〕。故一市人，率少於大賈而不信者〔三五〕。此豈可與此世交者等耶！今日赤肝腦相憐，明日衆相唾辱，皆自其時之與勢耳。時之不在，勢之移去，雖百仁義我，百忠信我，我尚不顧矣。豈不顧已，而又唾之，足下果謂市道何如哉〔三六〕！

今人娶婦入門，母姑必祝之曰：善相宜〔三七〕，前祝曰：蕃息〔三八〕。後日生女子〔三九〕，貯之幽房密寢，四鄰不得識，兄弟以時見，欲其好，不顧性命，即一日可嫁去，是宜擇何如男子者屬之邪〔四〇〕？今山東大姓家，非能違摘天性而不如此〔四一〕。至其羔鵞在門〔四二〕，有不問賢不肖健病，而但論財貨，恣求取爲事。當其爲女子時，誰不恨？及爲母婦，則亦然。彼父子男女，天性豈有大於此者耶？今尚如此，況他舍外人，燕生越養〔四三〕，而相望相救，抵死不相販賣哉？紬而繹之〔四四〕，真令人不愛此世，而欲狂走遠颺耳〔四五〕。果不知足下與僕之守，是耶非耶？

首陽之二士〔四六〕，豈蘄盟津之八百〔四七〕？吾又何悔焉！千百年下，生人之權，不在富貴，而在直筆者〔四八〕。得有此人，足下與僕當有所用意，其他復何云云。但當誓不羞市道而又不爲忘其素恨之母婦耳。商隱再拜。

〔一〕本篇原載《唐文粹》卷九〇總五八七頁、清編《全唐文》卷七七六第二頁、《樊南文集詳注》卷八。《文粹》題内『令狐』下有『綯』字。〔徐注〕《舊書》：綯字子直，開成初爲左拾遺。二年，丁父喪。服闋授本官，尋改左補闕。〔馮注〕《通典》：補闕、拾遺，武太后置二官，以掌供奉諷諫。自開元以來，尤爲清選。左右補闕各二人，内供奉者各一人，左右拾遺亦然。兩省補闕、拾遺凡十二人，左屬門下，右屬中書。按：《舊書·綯傳》：大和四年，登進士第，釋褐弘文館校書郎。開成初，爲左拾遺，當即轉補闕。詳年譜。唐制，遺、補爲侍臣，故秩雖卑而體則重，此所云『仕益達』也。書上於開成初。誠懇之至，卻類感憤。然是時與令狐交誼未乖，而云『僕困不動』，當屬未得進士時也，豈自料其後之乖好哉！〔按〕馮譜、張箋均編開成元年。開成二年春令狐綯雖仍爲拾遺（商隱有《令狐八拾遺綯見招送裴十四歸華州》詩可證），然正月下旬商隱已登第，當不復云『僕困不動』。當作於元年。

〔二〕〔補注〕展寫，抒發情懷。

〔三〕〔補注〕憮然，悵然失意貌。《論語·微子》：『夫子憮然曰：鳥獸不可與同羣，吾非斯人之徒與而誰與？』

〔四〕〔補注〕委曲，殷勤周至。《三國志·魏志·公孫度傳》裴注引《魏略》：「又權待舒、綜，契闊委曲，君臣上下畢歡竭情。」

〔五〕〔補注〕卒，同「猝」。謂已與綯之結交，非有故舊援引，乃猝然間於稠人廣衆間望見。

〔六〕〔補注〕表，儀表。

〔七〕〔補注〕指令狐綯任拾遺，職居清要，爲皇帝近侍。

〔八〕〔補注〕蟄蟄，衆多貌。《詩·周南·螽斯》：「螽斯羽，揖揖兮，宜爾子孫，蟄蟄兮。」

〔九〕〔補注〕量，限度。量其欲，謂在最大限度上滿足其欲望，即下二句所云。

〔一〇〕〔補注〕謂有牙齒者恨不得更生翅羽，有角者恨不得更生牙齒。商隱《井泥四十韻》：「猛虎與雙翅，更以角副之。」

〔一一〕枉正，徐注本作「狂直」，非。

〔一二〕〔補注〕《禮記·内則》：「女子十有五年而笄。」鄭玄注：「謂應年許嫁者。女子許嫁，笄而字之。其未許嫁，二十而笄。」笄上車，謂女子及笄出嫁上車離家。笄，髮夾。

〔一三〕〔補注〕異勢，不同之趨勢或態勢。

〔一四〕〔補注〕交道，交友之道。《後漢書·王丹傳》：「交道之難，未易言也。」

〔一五〕〔補注〕謂二人生當此世而思想行爲操守不同於此世。

〔一六〕〔補注〕嚬，同「顰」，皺眉。慼，憂。

〔一七〕泫，《文粹》作「決」，馮本從之。〔馮曰〕決，爲流行之義，故以言淚流，徐刊本作「泫」，似非。《敬齋古今黈》：決字，古書中無有作「决」者，俗作「决」，誤。〔按〕決，水流貌，以之狀淚流，固可；然作「泫」自可通。

〔一八〕〔補注〕蹄尾，禽獸有蹄與尾。蹄尾紛然，形容當世不講交道者衆多，含蔑視意。

〔一九〕〔補注〕蛆吾之白，玷污我之潔白。

〔二〇〕〔補注〕希，仰慕仿效。

〔二一〕〔補注〕給於其黨，欺騙其同黨。

〔二二〕〔馮注〕《史記·廉頗傳》：免歸，失勢之時，故客盡去。及復用爲將，客復至。廉頗曰：『客退矣！』客曰：『夫天下以市道交。君有勢，我則從君，君無勢，則去，固其理也。有何怨乎？』〔錢鍾書曰〕『市道』語出《史記》，而命意則申《全唐文》卷五九二柳宗元《宋清傳》。《傳》稱清『居市不爲市之道』，故如此『市道交豈可少耶？』於遷書、劉論（按：指劉峻《廣絶交論》）更進一解。（《管錐編》第一册《史記會註考證》二八《孟嘗君列傳》『市道交』）

〔二三〕〔馮注〕《廣韻》：皻，皰鼻也。按：亦作『齇』。《南史·宋前廢帝紀》：肆罵孝武爲『齇奴』。《魏書》：王氏世齇鼻，江東謂之『齇王』。〔補注〕皻，今之所謂酒糟鼻也。

〔二四〕〔馮注〕《禮·内則》：不敢噦噫嚏咳。《説文》：噦，氣啎也。《玉篇》：逆氣也。《論語》：伯牛有疾。註曰：先儒以爲癩也。《説文》：惡疾也。此謂灼痕非癩，而誤以爲癩。〔補注〕唉噦，此處用作動詞，謂唾駡。《南齊書·劉祥傳》：『卿素無行檢，朝野所悉……何意輕肆口噦，詆目朝士？』此謂當世不講交道者標榜其『惡市道』，殆與手搔渣鼻者詆毀唾駡人有灼痕者爲癩相似。

〔二五〕墆，馮注本作『滯』，同。〔馮注〕《周禮·地官·廛人》：凡珍異之有滯者，斂而入於膳府。鄭司農云：謂滯貨不售者。〔補注〕《管子·法法》：『商無廢利，民無游日，財無砥墆。』尹知章注：『墆，久積也。』

〔二六〕〔補注〕須，求取。

〔二七〕〔補注〕蕃，增殖。

〔二八〕〔補注〕亡失，損失；口舌，指糾紛。

〔二九〕〔補注〕伏臘，伏祭、臘祭。贄，禮物。

〔三〇〕〔補注〕問，聘問。男方向女方行聘定婚。《儀禮・士昏禮》『納采用鴈』賈公彦疏：『昏禮有六，五禮用鴈：納采、問名、納吉、請期、親迎是也。唯納徵不用鴈，以其自有幣帛可執故也。』

〔三一〕〔補注〕饋，祭祀。《文選・王僧達〈祭顔光禄文〉》：『以此忍哀，敬陳尊饋。』李善注引《蒼頡篇》：『饋，祭名也。』

〔三二〕《文粹》脱『哭』字。〔補注〕臨，哭弔死者。《儀禮・士虞禮》：『宗人告有司具，遂請拜賓，如臨，入門，哭，婦人哭。』鄭玄注：『臨，朝夕哭。』

〔三三〕欺，《全文》誤『期』，據《文粹》改。〔補注〕欺漫，同『欺謾』，欺誑。《史記・魏其武安侯列傳》：『上使御史簿責魏其所言灌夫，頗不讎，欺謾。』

〔三四〕〔補注〕訖身，直至身死。

〔三五〕〔馮注〕無敢不信於大賈者。

〔三六〕謂，《文粹》作『爲』，通。

〔三七〕〔馮注〕《白虎通》：娶妻卜之相宜否。

〔三八〕前，《全文》《文粹》、徐注本作『則』，非。徐注本一作『前』，是，據改。馮注本作『前』。〔馮注〕『善相宜』，先祝夫婦好合。『蕃息』，又祝子孫衆多也。『前祝』，又進祝之也。徐刊本作『則祝』，誤。

〔三九〕日，《文粹》作『曰』，誤。

〔四〇〕《文粹》無『者』字，馮注本從之。

〔四一〕〔補注〕違摘，違背摘奪。

〔四二〕〔補注〕《周禮・春官・大宗伯》：『卿執羔，大夫執雁。』此指婚聘之禮。傅玄《豔歌行有女篇》：『媒氏陳素帛，羔雁鳴前堂。』

〔四三〕〔補注〕燕生越養，指關係疏遠者。

〔四四〕紬，《文粹》《全文》作『細』，據馮注本改。〔馮注〕《漢書·谷永傳》：燕見紬繹。注曰：紬繹者，引其端緒也。〔補注〕紬繹，猶推引、推論。

〔四五〕狂，《全文》作『往』，據《文粹》改。〔補注〕《史記·扁鵲倉公列傳》：『陽明脈傷，即當狂走。』狂走，狂奔。

〔四六〕士，《文粹》作『百』，涉下句『百』字而誤。馮注本作『子』。〔徐注〕《史記·伯夷傳》：武王已平殷亂，伯夷、叔齊不食周粟，隱於首陽山，餓而死。〔馮注〕《史記·伯夷傳》：伯夷、叔齊，孤竹君之二子。

〔四七〕〔徐注〕《史記·周本紀》：是時，諸侯不期而會盟津者八百。〔馮注〕蘄，求也。《莊子·齊物論》：予惡乎知死者不悔其始之蘄生乎？此言甘餓死者，豈求爲興王之佐歟？

〔四八〕〔補注〕生人，活人。猶褒貶人，決定人之命運。《抱朴子·吴失》：『若苟諱國惡，纖芥不貶，則董狐無貴於直筆，賈誼將受譏於《過秦》乎？』商隱《與陶進士書》：『始僕小時，得劉氏（迅）《六説》讀之，嘗得其語曰：「是非繫於褒貶，不繫於賞罰；禮樂繫於有道，不繫於有司。」密記之。』意可與此互參。

〔馮浩曰〕誠懇之至，却類感憤。

〔孫梅曰〕抑遏掩蔽，追蹤劉作（按：指劉峻《追答劉沼書》）。自爾以來，厥風稍替矣。（《四六叢話》卷一七叙書九）

上令狐相公狀三〔一〕

前月末，八郎書中〔二〕，附到同州劉中丞書一封〔三〕。仰戴吹噓〔四〕，内惟庸薄〔五〕。書生十上〔六〕，曾未聞於明習〔七〕；劉公一紙〔八〕，遽有望於招延〔九〕。雖自以數奇〔一〇〕，亦未謂道廢。下情無任佩德感激之至。

彼州風物極佳，節候又早，遠聞漢水〔一一〕，已有梅花。繼兔園賦詠之餘〔一二〕，不有博奕〔一三〕；蹈漳渠宴集之暇〔一四〕，以挹酒漿〔一五〕。優游芳辰〔一六〕，保奉全德〔一七〕。伏思昔日，嘗忝初筵〔一八〕。今者綿隔山川，違奉旌旆〔一九〕。託乘且殊於文學〔二〇〕，受辭不及於大夫〔二一〕。仰望恩輝，伏增攀戀。

〔一〕本篇原載清編《全唐文》卷七七四第二三頁、《樊南文集補編》卷五。〔錢箋〕令狐楚於開成元年出鎮興元，文云『遠聞漢水，已有梅花』，必此時所上。〔按〕據《舊唐書·文宗紀》，開成元年四月甲午（廿五），以左僕射、諸道鹽鐵轉運使令狐楚檢校左僕射，爲山南西道節度使。狀當作於其後。狀内『同州劉中丞』指劉禹錫（參注〔三〕）。劉於大和九年十二月二十一日到同州刺史任（據其《同州謝上表》），開成元年深秋遷太子賓客、分司東都（據禹錫《自左馮歸洛下酬樂天兼呈裴令公》『華林霜葉紅霞晚，伊水晴光碧玉秋』之句）。狀有『彼州風物極佳，節候又早，遠聞漢水，已有梅花』之語，所言當爲早梅，節令約在初冬。上此狀時禹錫雖已罷同刺，而『前月末』令狐綯書到並附劉書時，禹錫仍在同州也。今編開成元年十月。

〔二〕〔錢注〕按《詩集》有《令狐八拾遺綯見招送裴十四歸華州》作。

〔三〕丞，《全文》作『琴』，蓋音誤。〔瞿蜕園曰〕『中琴』不詞，自是『中丞』之誤刊……疑其（指商隱）未赴山南幕以前，楚爲之推轂於禹錫，故有『仰戴吹噓』之語。禹錫必有書願招商隱入幕，特未知商隱果真與禹錫相見否。（《劉禹錫集箋證・交游録》）〔補注〕劉禹錫《同州謝上表》云：『伏奉（大和九年）十月二十三日制書，授臣使持節同州諸軍事、守同州刺史、兼御史中丞、充本州防禦長春宫等使。』『中丞』即禹錫任同州刺史時之憲銜。兹據瞿校改。

〔四〕見《上令狐相公狀一》注〔三六〕。

〔五〕〔錢注〕顔延之《謝子竣封建城侯表》：豈竣庸薄，所能奉服。〔補注〕庸薄，平庸淺薄。

〔六〕〔錢注〕《戰國策》：蘇秦説秦王，書十上而説不行。

〔七〕〔錢注〕《史記・張蒼傳》：明習天下圖書計籍。

〔八〕〔錢注〕《晋書・劉弘傳》：弘都督荆州，每有興廢，手書守相，丁寧款密，所以人皆感悦，争赴之，咸曰：『得劉公一紙書，賢於十部從事。』〔按〕此以『劉公』關合劉中丞。

〔九〕招延，見《上令狐相公狀二》注〔二〇〕。

〔一〇〕〔錢注〕《史記・李將軍傳》：大將軍青陰受上誡，以爲李廣老，數奇，毋令當單于，恐不得所欲。〔補注〕數奇，命運不佳，遇事不順利。

〔一一〕〔錢注〕《新唐書・地理志》：興元府縣五：南鄭、褒城、城固、西、三泉。《水經》：漢水又東，合褒水。漢水又東，逕漢廟堆下。又東過南鄭縣南。漢水又東，得長柳渡。漢水又左，會文水。漢水又東，黑水注之。又東，過城固縣南。〔按〕山南西道節度使府治梁州興元府，南瀕漢水。

〔一二〕兔園，見《上令狐相公狀二》注〔二〇〕。〔錢注〕《西京雜記》：梁孝王遊於忘憂之館，集諸遊士，各使爲賦。枚乘爲《柳賦》，路喬如爲《鶴賦》，公孫詭爲《文鹿賦》，鄒陽爲《酒賦》，公孫乘爲《月賦》，羊勝爲《屏風賦》，韓安國作《几賦》不成，鄒陽代作。

〔一三〕〔補注〕《論語·陽貨》：『飽食終日，無所用心，難矣哉！不有博弈者乎？爲之，猶賢乎已。』博弈，局戲與圍棋。

〔一四〕〔錢注〕應璩《與滿公琰書》：會承來命，知諸君子復有漳渠之會。適有事務，須自經營，不獲侍坐，良增邑邑。〔補注〕《書·禹貢》：『覃懷底績，至于衡漳。』曹操爲魏王，都于鄴，北臨漳水，舊址在今河北臨漳縣西南。其時文士多宴集于此。王粲《贈士孫文始》詩：『在漳之湄，亦克宴處。』蹈，襲，繼。

〔一五〕〔補注〕《詩·小雅·大東》：『維北有斗，不可以挹酒漿。』

〔一六〕〔補注〕《詩·大雅·卷阿》：『伴奂爾游矣，優游爾休矣。』優游，悠閒自得。

〔一七〕〔補注〕《莊子·天地》：『天下之非譽，無益損焉，是謂全德之人哉！』

〔一八〕〔補注〕《詩·小雅·賓之初筵》：『賓之初筵，左右秩秩。』

〔一九〕奉，《全文》作『舉』，據錢校改。

〔二〇〕〔錢注〕魏文帝《與朝歌令吴質書》：從者鳴笳以啓路，文學託乘於後車。〔補注〕文學，官名。漢代於州郡及王國置文學，稱文學掾。魏晋以後有文學從事。晋及隋唐時，太子與諸王下亦置文學。

〔二一〕〔補注〕《公羊傳·莊公十九年》：『聘禮，大夫受命，不受辭。』受辭，聽從君主之令辭。

上令狐相公狀四〔一〕

伏奉月日榮示，兼及前件綃等〔二〕。退省孱庸〔三〕，久塵恩煦〔四〕，致之華館〔五〕，待以嘉賓〔六〕。德異顏回，簞瓢不稱於亞聖〔七〕；行非劉實，薪水每累於主人〔八〕。束帛是將〔九〕，千里而遠。緼袍十載〔一〇〕，方見於改爲〔一一〕；大雪丈餘，免虞於偃卧〔一二〕。下情無任捧戴感勵之至。

〔一〕本篇原載清編《全唐文》卷七七四第二三頁、《樊南文集補編》卷五。〔錢箋〕以下諸（上令狐相公）狀，皆爲令狐鎮興元時作。〔張箋〕文爲令狐賜絹致謝，當在未第時。（張編開成元年）〔按〕文有『大雪丈餘，免虞於偃卧』語，雖係用典，亦切時令。狀三上於開成元年初冬，狀五上於開成二年正月禮部放榜後，則此狀當上於開成元年冬。

〔二〕〔錢注〕《急就篇》注：綃，生白繒似縑而疏者。〔補注〕綃，薄生絲織品。

〔三〕〔錢注〕《史記·陳餘傳》注：孟康曰：冀州人謂懦弱爲孱。〔補注〕孱庸，鄙陋無能。

〔四〕〔錢注〕《玉篇》：煦，恩也。

〔五〕〔錢注〕劉楨《公讌詩》：華館寄流波。〔補注〕華館，華美之館舍，猶『石館金臺』之謂，借指幕府。

〔六〕〔補注〕《詩·小雅·鹿鳴》：『我有嘉賓，鼓瑟吹笙。』嘉賓，此借指幕僚。

〔七〕簞，《全文》作『簟』，從錢校據胡本改正。〔錢注〕《藝文類聚》：禰衡《顔子碑》曰：亞聖德蹈高蹤。〔補注〕《論語·雍也》：『一簞食，一瓢飲，在陋巷，人不堪其憂，回也不改其樂，賢哉回也！』此謂己雖貧如顔回而德則不稱亞聖。

〔八〕〔錢注〕《晋書·劉實傳》：實清身潔行，行無瑕玷。少貧窶，杖策從行，每所憩止，不累主人。薪水之事，皆自營給。〔補注〕薪水，柴與水，借指生活必需品。

〔九〕〔補注〕《易·賁》：『束帛戔戔。』束帛，捆爲一束之五疋帛。將，扶助。

〔一〇〕〔錢注〕《莊子》：曾子居衛，緼袍無表，十年不制衣。

〔一一〕〔補注〕《詩·鄭風·緇衣》：『緇衣之宜兮，敝，予又改爲兮。』改爲，另作。

〔一二〕〔錢注〕《後漢書·袁安傳》注：《汝南先賢傳》曰：時大雪積地丈餘，洛陽令自出案行，見人家皆除雪出，至袁安門，無有行路。令人除雪入户，見安僵卧，問何以不出，安曰：『大雪人皆卧，不宜干人。』

上崔華州書〔一〕

中丞閣下：愚生二十五年矣。五年讀經書〔二〕，七年弄筆硯。始聞長老言，學道必求古，爲文必有師法〔三〕，常悒悒不快。退自思曰：夫所謂道，豈古所謂周公、孔子者獨能邪？蓋愚與周、孔俱身之耳〔四〕。以是有行道不繫今古，直揮筆爲文，不愛攘取經史〔五〕，諱忌時世。百經萬書，異品殊流，又豈能意分出其下哉〔六〕！

凡爲進士者五年〔七〕。始爲故賈相國所憎〔八〕；明年，病不試；又明年，復爲今崔宣州所不取〔九〕。居五年間，未曾衣袖文章，謁人求知〔一〇〕。必待其恐不得識其面，恐不得讀其書，然後乃出。嗚呼！愚之道可謂强矣，可謂窮矣，寧濟其魂魄，安養其氣志，成其强，拂其窮〔一一〕，惟閣下可望。輒盡以舊所爲發露左右〔一二〕。恐其意猶未宣洩，故復有是説。某再拜。

〔一〕本篇原載《唐文粹》卷八八總五八〇頁、清編《全唐文》卷七七六第一頁、《樊南文集詳注》卷八。題内「書」字，馮云「一作牋」。〔徐注〕《舊書》：大和七年七月，崔戎爲華州刺史。箋：嘗讀是篇，考之於史，而深有疑焉。案本傳：元和十三年，令狐楚鎮河陽，商隱以所業文干之，年纔弱冠。溯而上之，則當生於貞元十五年己卯，下逮大和七年癸丑崔戎刺華州三十五歲，而書云「愚生二十五年矣」，一不合也。《宰相表》：賈餗於貞元九年五月作相，時商隱尚未生；永貞元年十月餗薨，商隱年亦止七歲，而書云「凡爲進士者五年。始爲賈相國所憎」，二不合也。《崔羣傳》：穆宗時，羣以故相爲宣州刺史、歙池等州都團練觀察使，徵拜兵部尚書，大和六年八月卒。此書作於七年，乃云「今崔宣州」，三不合也。自餗、羣而外，又别無賈爲相國、崔爲宣州者。此書必非商隱作，編文者誤采入集耳。〔馮箋〕此是上崔龜從，非崔戎也。乃朱長孺疑「二十五」當作「三十五」，徐氏則力辯其必非義山作，爲編文者誤采，皆由不考定義山年齒，而又泥「華州」之必爲崔戎，遂致總無一合。今既辨定生年（按馮譜考定義山生於元和八年），因見義山自幼早爲崔戎所深知，何煩上書哉！《舊書·賈餗傳》，大和時，凡典禮闈三歲。九年，被甘露之禍。自後當稱「故相」矣。開成元年十二月，《紀》以中書舍人崔龜從爲華州防禦使，例兼御史中丞憲銜，故有「中丞閣下」之稱。二年正月，《紀》以吏部侍郎崔鄲爲宣歙觀察使。《鄲傳》云：大和八年，權知禮部。而於《鄯傳》云：兄弟郊、郾、鄲三人知貢舉，掌銓衡，爲時名德。《新書》亦云：崔氏兄弟，凡爲禮部五。蓋「權知禮部」者，權主貢舉也。文中「崔宣州」指此。若賈餗，則兩《書》傳中，皆不云曾主貢舉。《舊書·崔羣傳》，於元和七、八年，雖爲禮部侍郎，但十二年同平章事，其後乃觀察宣歙，豈得僅呼「崔宣州」哉？然則爲餗爲龜從爲鄲審矣。開成二年，義山已得進士。此書當上於開成二年，或春初尚未得第，或得第後而未遽得官，須再試或辟舉，亦尚有獻書求知之事耳。至三年三月，龜從入爲户侍，四年鄲入爲太常矣。〔張箋〕此書當上於開成元年冬間……《舊·紀》大臣除拜，往往據赴任時月，如《令狐楚傳》『十一月除天平』，而《紀》書『十二月』。崔鄲當是開成二年正月赴宣歙觀察使任，其被命實在元年十二月，文所以稱『今崔宣州』也。若開成二年，義山已得第，安用上書求舉哉？〔岑仲勉曰〕歷朝實録之纂修，必以每日詔令爲基礎。外臣除授，有不拜者，有未赴改官者，有中途追還或轉調者，有路上暴卒或賜死者，苟不依詔下之日，試問如何追書？張爲此説，非徒武斷史文，抑亦昧於史宬規律，見笑大方矣。箋又云：『若開成二年，義山已得第，安用上書求舉者？』其言若甚辯。考唐時進士，正月就禮部試，通於二月於牓，四月送吏部（見《登科記考》凡例。然放牓日似無一定。《上令狐相公狀》，『今月二十四日禮部放牓，某徼倖成名。』又『前月七日過關試訖——即以今月二十七日東下。』則開成二年放牓似在正月。）唐人視進士甚重，苟猶有一線之望，當不惜竭力干求。龜從（原文誤『戎』，據《舊唐書·文宗紀》改）除華州在開成元年十二月十五庚戌，鄲除宣歙在二年正月十一乙亥，安見《上崔華州書》不在正月中旬？（《平質》甲捌誤《商隱疑年》條）〔梁超然曰〕《舊唐書·文宗紀下》云：『（開成）二年春正月乙丑朔。丙寅，宣州觀察使王質卒。乙亥，以吏部侍郎崔鄲爲宣歙觀察使。』……又《舊唐書·王質傳》謂：『八年爲宣州刺史、兼御史中丞、宣歙團練觀察使。在政三年，開成元年十二月無疾暴卒。』據此可知，王質係十二月下旬暴卒于宣州任上，牒報于二年正月初二抵朝。因王質暴卒，事出突然，于是事隔數日，有正月十一日（乙亥）崔鄲之命……義山于開成二年正月十一至二（當作『正』）月二十四日之間上書華州刺史崔龜從。（《李商隱考略二題》）〔按〕馮氏考崔華州、崔宣州、故賈相國及此書作詩甚碻，岑氏、梁氏之辨亦是。書當上於開成二年正月十一至二十四日之間（梁謂『二月二十四』，蓋誤以放牓在二月也）。

〔二〕讀，《文粹》作『誦』，馮注本從之。

〔三〕〔補注〕《荀子·修身》：『不是師法，而好自用，譬之是猶以盲辨色，以聾辨聲也，舍亂妄無爲也。』

〔四〕〔錢鍾書曰〕身，體現也。（詳見篇末附評）

〔五〕愛，《全文》作『能』，據《文粹》改。

〔六〕〔馮注〕分，去聲。〔補注〕分，意料。

〔七〕〔岑仲勉曰〕考唐進士科，舉子先就府試，取録則登於朝，謂之鄉貢進士。再就禮部試，得售則曰登第，曰進士。然『鄉貢進士』時亦省稱『進士』……《華州書》『凡爲進士者五年』……猶云自初被鄉貢，於今已五年也。此一句是總揭，下三句是分疏。兹將此五年中商隱赴舉之經過，表列如次：大和七年鄉貢，知舉賈餗，不取。大和八年病，不試，知舉李漢。大和九年鄉貢，知舉崔鄲，不取。開成元年無明文，當是府試已不取。知舉高鍇。開成二年鄉貢，知舉高鍇，登第。〔按〕岑氏解『凡爲進士者五年』之『進士』爲『鄉貢進士』固是，然其解『五年』則可疑。其中既包括『病不試』之大和八年，又包括並無明文疑爲『府試已不取』之開成元年。此二年既未參加禮部試，似不應計算在『凡爲進士者五年』之内，此其一。尤爲重要者，商隱參加禮部進士試並非始於大和七年。其《與陶進士書》云：『故自大和七年後，雖尚應舉。』説明此前已經應舉。其《上令狐相公狀一》作於大和六年，已云『自叨從歲貢，求試春官……然猶摧頹不遷，拔剌未化』，玩其口吻，在上此狀之前，商隱『求試春官』已不止一次，其中當包括令狐楚鎮天平時『歲給資裝，令隨計上都』之大和五年及大和六年春之入京應試。如將前二次應試與大和七年、九年、開成二年之三次應試合計，則正『凡爲進士者五年』也。『始爲故賈相國所憎』之『始』字蓋兼包大和五、六、七年三次應試均爲賈餗所斥也。

〔八〕〔馮注〕按餗三典禮闈，一爲大和七年，其餘當在大和五、六年間，見《詩集·故番禺侯以贓罪致不辜事覺母者他日過其門》箋引張讀《宣室志》。義山當於六年應試，爲賈所斥，八年又爲鄲所斥。下云『居五年間』，統計大和五、六年以下也。餗於大和二年同考制策，此不可言禮闈。〔岑仲勉曰〕七年之鄉貢，府試雖在六年，然禮部試仍在七年正月（説見前），餘類推。馮譜不察，竟於六年下書『是年應舉，爲賈餗所斥』，八年下書『是年應舉，爲崔鄲所不取。』殊未知賈餗、崔鄲之不取，實七、九兩年春事……張譜尤而甚之，八年下竟書『義山應舉，爲崔鄲所不取，隨崔戎自華至兗掌章奏』，殊未知商隱隨戎至兗，係八年春、夏間，及六月戎卒，隨赴府試（八、九月），獲得鄉貢，九年春間始爲禮試崔鄲所黜，張譜直倒亂事序之後先矣。（《平質》甲刱誤《商隱疑年》）〔按〕岑氏糾馮譜、張箋之失誠是。然『始爲故賈相國所憎』實不專指大和七年應試遭斥，而係兼指大和五年、六年、七年三次參加禮部試均遭主司賈餗所斥，故意殊憤憤，玩『所憎』字可見。説見上注。

〔九〕〔補箋〕《舊唐書·崔鄲傳》：『（大和）八年，爲工部侍郎、集賢殿學士，權知禮部。』故主持九年正月之禮部試。

〔一〇〕〔岑曰〕（大和七年至開成二年）此五年中，商隱得貢者凡三，故《獻相國京兆公啓》曰：『鄉舉三年，纔霑下第。』《華州書》之『居五年間，未曾衣袖文章，謁人求知』，即蒙上『凡爲進士者五年』言，謂在此五年中未嘗行卷以干薦也。前節文義本甚明，張竟不能理會，乃云：『據此，則義山應舉始於大和二年，大和二年至六年正得五年。下云居五年間，則統計大和六年至開成元年也。』則不知未登鄉貢，弗得稱進士，且『始爲』之始字無着，果大和六年之前既均不售，奚得曰『始爲』。〔按〕『居五年間』仍承上指參加禮部試之『五年』，即大和五、六、七、九年及開成二年。『始爲』即從大和五年應試算起。至於『鄉舉三年，纔霑下第』之文，或訛『五』爲『三』，或有所諱飾，商隱參加禮部試實不止『三年』也。

〔一一〕〔補注〕拂，除去，排除。揚雄《太玄·從》：『拂其惡。』范望注：『拂，去也。』

〔一二〕〔補注〕舊所爲，指己之詩文舊作。發露，公佈。按：此實即向崔龜從行卷。

〔馮浩曰〕幅短而勢橫力健，不減昌黎。

〔錢鍾書曰〕《高僧傳》卷七《竺道生傳》：『洞入幽微，乃説：「一闡提人皆得成佛」』……《孟子·告子》論『人皆可以爲堯舜』，《荀子·性惡》論『塗之人可以爲禹』，均與『一闡提人皆得成佛』，貌之同適於心之異，爲援釋入儒者開方便門徑……《全唐文》卷六三七李翺《復性書》中篇發揮『人之性猶聖人之性』；陸九淵《象山文集》卷一《與邵叔誼》、卷五《與舒西美》、卷一三《與郭邦逸》反覆闡説『人皆可以爲堯舜』『塗之人可以爲禹』；王守仁

《陽明全書》卷二〇《詠良知示諸生》之一：『個個人心有仲尼，自將聞見苦遮迷』；《傳習録》卷三：『人胸中各有個聖人，只自信不及，都自埋倒。』此等皆如章水貢水交流，羅浮山合體，到眼可識。李商隱亦持此論，則未見有拈出者。《全唐文》卷七七六《上崔華州書》：『退自思曰：夫所謂道者，豈古所謂周公、孔子者獨能耶？蓋愚與周、孔俱身之耳。』又卷七七九《容州經略使元結文集後序》：『孔氏於道德仁義外有何物？百千萬年聖賢相隨於塗中耳。』卷七七八《上河東公啓》之二、三皆自言『夙好佛法』，卷七七九《樊南乙集序》自言『尅意事佛』；李涪《刊誤》卷下載商隱贊『竺乾』曰：『稽首正覺，吾師吾師』（陸心源《唐文續拾》卷一肅宗《三教聖象讚》與此文全同，陸蓋未辨刻石者竊取李文而僞託御製）；《唐文拾遺》卷三二温憲《唐集賢直院官榮王府長史程公墓誌銘》記商隱從僧修己游；贊寧《高僧傳》三集卷六《知玄傳》記商隱師事知玄，願『削染爲弟子』，玄畫像中寫商隱『執拂侍立』；商隱皈依釋氏，已所不諱，人復共知。則其所謂『道者，愚與周、孔俱身之』，身，體現也，殆同神會《語録》卷一：『衆生心是佛心，佛心是衆生心』；而其『聖賢相隨於塗中』，又先發王守仁《傳習録》卷三：『王汝止、董蘿石出遊歸，皆曰：「見滿街人皆是聖人。」』獺祭文人乃能直指心源，與高僧大儒共貫，不可不標而出之。釋志磐《佛祖統紀》卷四一載商隱贈僧知玄七絶，有曰：『沙彌説法沙門聽，不在年高在性靈』；亦言悟性之重於道行耳。（《管錐編》第四册第一三三二頁至一三三三頁）

上令狐相公狀五〔一〕

今月二十四日，禮部放榜〔二〕，某徼倖成名〔三〕，不任感慶。某材非秀異〔四〕，文謝清華〔五〕，幸忝科名，皆由奬飾〔六〕。昔馬融立學，不聞薦彼門人〔七〕；孔光當權，詎肯言其弟子〔八〕？豈若四丈屈於公道，申以私恩〔九〕，培樹孤株〔一〇〕，騫騰短羽〔一一〕。自卵而翼，皆出於生成〔一二〕；碎首糜軀，莫知其報效〔一三〕。瞻望旌棨〔一四〕，無任戴恩隕涕之至。

校注

〔一〕本篇原載清編《全唐文》卷七七四第一三頁、《樊南文集補編》卷五。〔按〕錢箋、張箋均未繫具體月份。考唐代禮部試，通常於正月進行，二月放榜。狀云『今月二十四日，禮部放榜』，而《上令狐相公狀六》有『前月七日過關試訖』『即以今月二十七日東下』之語，《及第東歸次灞上却寄同年》又有『行期未分壓春期』之句，相互參證，可推知本篇所云『今月二十四日，禮部放榜』之『今月』爲正月。馮浩注『壓春期』云：『在春杪，故曰壓。』是。則狀六所云『今月二十七日東下』指三月二十七日東歸，而『前月七日過關試訖』指二月七日關試，然則禮部放榜之日明爲正月二十四日。狀當上於稍後。

〔二〕〔錢注〕《摭言》：南院放榜，張榜牆乃南院東牆也。未辨色，即自北院將榜就南院張挂之。參見《上令狐相公狀一》注〔三〇〕。〔補注〕陳標《贈元和十三年登第進士》：『春官南院粉牆東，地色初分月色紅。文字一千重馬擁，喜歡三十二人同。眼看魚變辭凡水，心逐鸎飛出瑞鳳。莫怪雲泥從此別，總因惆悵去年中。』亦云放榜地點在禮部南院東牆。

〔三〕〔錢注〕《舊唐書》商隱本傳：開成二年，高鍇知貢舉。令狐綯雅善鍇，奬譽甚力，故擢進士第。《後漢書·許荆傳》：祖父武，以二第晏、普未顯，欲令成名。〔補注〕唐人通稱科舉中式爲成名。

〔四〕〔錢注〕《漢書·食貨志》：其有秀異者，移鄉學於庠序。

〔五〕〔補注〕謝，遜、不如。清華，此指文章清麗華美。《北史·魏長賢傳》：『博涉經史，詞藻清華。』

〔六〕〔錢注〕《吴志·孫權傳》注：《魏略》：得爲先王所見獎飾。〔補注〕科名，此指科舉功名，非指科舉考試所設類别名目。商隱《與陶進士書》云：『時獨令狐補闕最相厚，歲歲爲寫出舊文納貢院。既得引試，會故人夏口（高鍇）主舉人，時素重令狐賢明，一日見之於朝，揖曰：「八郎之友誰最善？」綯直進曰「李商隱」者，三道而退，亦不爲薦託之辭，故夏口與及第。』可證令狐父子對商隱之獎飾。

〔七〕〔錢注〕《後漢書·馬融傳》：融才高博洽，爲世通儒，教養諸生常以千數。〔補注〕《融傳》云：『涿郡盧植、北海鄭玄，皆其徒也。』

〔八〕〔錢注〕《漢書·孔光傳》：光經學尤明。爲卿，時會門下大生講問疑難，舉大義云。其弟子多成就爲博士大夫者。見師居大位，幾得其助力，光終無所薦舉。

〔九〕〔錢注〕《舊唐書》商隱本傳：商隱能爲古文，不喜偶對。從事令狐楚幕，楚能章奏，以其道授商隱，自是始爲今體章奏。〔按〕此二句承上指令狐助其登第言，與授章奏之道無涉。

〔一〇〕〔錢注〕沈約《詠山石榴》詩：無使孤株出。〔補注〕『孤株』自喻寒微無依，即《祭徐氏姊文》『内無强近，外乏因依』，《祭裴氏姊文》『九族無可倚之親』之意。

〔一一〕〔錢注〕張協《七命》：短羽之棲翳薈。

〔一二〕〔補注〕《左傳·哀公十六年》：『子西曰：勝如卵，余翼而長之。』卵翼，鳥以翼護卵，孵出小鳥。喻撫育、庇護之恩。此云『自卵而翼』，意稍有變化。

〔一三〕〔錢注〕蔡邕《讓尚書乞在閒冗》：非臣碎首麋軀所能補報。

〔一四〕〔錢注〕謝朓《始出尚書省》詩：載筆陪旌棨。李善注：韋昭《漢書注》曰：棨，戟也。〔補注〕旌棨，指節度使之旌旗棨戟等儀仗。

上令狐相公狀六〔一〕

前月七日，過關試訖〔二〕。伏以經年滯留，自春宴集，雖懷歸苦無其長道〔三〕，而適遠方俟於聚糧〔四〕。即以今月二十七日東下〔五〕。伏思自依門館〔六〕，行將十年〔七〕。久負梯媒〔八〕，方霑一第。仍世之徽音免墜〔九〕，平生之志業無虧。信其自强〔一〇〕，亦未臻此。顧言丹慊，實誓朝暾〔一一〕。雖濟上漢中〔一二〕，風煙特異；而恩門故國〔一三〕，道里斯同。北堂之戀方深〔一四〕，東閣之知未謝〔一五〕。夙宵感激，去住彷徨。彼謝掾辭歸，繫情於皐壤〔一六〕；楊朱下泣，結念於路岐〔一七〕。以方兹辰，未偕卑素〔一八〕。況自今歲，累蒙榮示，軫其飄泊〔一九〕，務以慰安〔二〇〕，促曳裾之期〔二一〕，問改轅之日〔二二〕。五交辟而未盛〔二三〕，十從事而非賢〔二四〕。仰望輝光，不勝負荷。至中秋方遂專往，起居未間〔二五〕。瞻望旌旄，如闊天地，伏惟俯賜照察。

〔一〕本篇原載清編《全唐文》卷七七四第二四頁、《樊南文集補編》卷五。〔錢箋〕此狀爲商隱登第東還後作。時方歸省，未能遽赴其招，故云『中秋方遂專往』。是年十一月，令狐楚卒於鎮，商隱爲之草《尋醫表》《遺表》。〔按〕狀有『前月七日，過關試訖』，『即以今月二十七日東下』語，『今月』指三月，詳《上令狐相公狀五》注〔一〕按語。此狀上於三月廿七前夕。錢謂『登第東還後作』，似小疏。

〔二〕〔錢注〕《摭言》：近年及第，未過關試，皆稱新及第進士。又：關試，吏部員外其日於南省試判兩節，諸生謝恩，其日稱門生，自此方屬吏部矣。〔補注〕關試，唐代吏部對新及第進士之考試，合格者方能授官。胡震亨《唐音癸籤》卷一八《進士科故實》：『關試，吏部試也。進士放榜敕下後，禮部始關吏部，吏部試判兩節，授春關，謂之關試。始屬吏部守選。』關，關白，指官府間公文往來。禮部將及第舉子姓名及有關材料移交給吏部，吏部則由員外郎主持，試判兩節，謂之關試，亦稱春關。判指判獄訟，用駢體。關試後稱『前進士』。

〔三〕苦，《全文》誤『若』，據錢本改。〔補注〕《詩·小雅·小明》：『豈不懷歸，畏此罪罟。』王粲《登樓賦》：『情眷眷而懷歸兮，孰憂思之可任？』《詩·魯頌·泮水》：『順彼長道，屈此羣醜。』《古詩十九首·迴車駕言邁》：『迴車駕言邁，悠悠涉長道。』按：此言『苦無其長道』，『長道』疑借指供遠行用之馬匹。《上河陽李大夫狀二》：『卹以長途，假之駿足。』《上李尚書狀》：『兼假長行人乘等。』似可參證。如此，方與下句『方俟於聚糧』對應。

〔四〕〔錢注〕《莊子》：適千里者三月聚糧。

〔五〕〔補注〕東下，指東歸濟源省母，參下文『濟上漢中』『北堂之戀』句注。

〔六〕〔錢注〕《後漢書·邊讓傳》：《章華賦》：夕回輦於門館。〔按〕此句『門館』指顯貴者招待賓客之館舍，參下『東閣之知未謝』注。而《章華賦》之『門館』則指宫掖或内寢。

〔七〕〔錢箋〕義山登第在開成二年丁巳，上遡至大和三年己酉令狐楚鎮天平時，共得九年，當爲受知之始，《樊南甲集序》所以首稱『鄆相國』也。《新》《舊》二傳皆謂受知始於河陽，未確，當以馮譜爲正。

〔八〕〔補注〕梯媒，薦引。

〔九〕〔錢注〕《漢書·叙傳》：仍世作相。〔補注〕仍世，累世。徽音，令聞美譽，此指美好之家聲。

〔一〇〕〔補注〕《易·乾》：『天行健，君子以自强不息。』《孔子家語·五儀解》：『篤行信道，自强不息。』

〔一一〕〔錢注〕《楚辭·九歌》：暾將出兮東方。注：始出，其形暾暾然自大也。〔補注〕暫朝暾，指朝日爲暫。

《詩·王風·大車》：「穀則異室，死則同穴。謂予不信，有如皦日。」丹慊，猶赤誠。

〔一二〕〔錢箋〕濟上，當指濟源。考《舊唐書·地理志》：河南府，顯慶二年以懷州之濟源來屬。會昌三年，以濟源還懷州。此文作於開成二年，則濟源尚爲河南屬也。惟與東都，則有河南、河北之殊。義山既除父喪，即定居洛下（按：錢説非。義山自言「占數東甸」，東甸即東都畿甸，指鄭州。詳《李商隱生平若干問題考辨》「占數東甸」一節），而時或往來玉陽、王屋之間，故《詩集·畫松》詩有「學仙玉陽東」及「形魄天壇上」等語。濟水出王屋，其地正相接也。此云「濟上」，似登第之時，正奉母居於濟源，故以北堂之戀爲説。又《祭裴氏姊文》云「小姪寄兒，來自濟邑」，考寄寄之葬在會昌四年，而《祭姪女文》云「寄瘗爾骨，五年於兹」，則没爲開成五年。又云「爾生四年」，則生於開成二年，正與作此文同時。豈其弟羲叟時亦同居濟源，故姪女之没，即瘗骨於此耶？漢中，見《爲彭陽公興元請尋醫表》注〔一〕、注〔二六〕。

〔一三〕〔錢注〕《漢書·王莽傳》：拜爵王廷，謝恩私門者，禄去公室，政從亡矣。〔補注〕恩門，恩府、師門，指令狐楚；故國，指濟源，濟源地近懷州，故云。《舊唐書·地理志》：「（武德）四年，廢濟州及邵原、蒸川、溴陽三縣入濟源，改隸懷州。」

〔一四〕〔錢注〕《詩·伯兮》傳：諼草令人忘憂。背，北堂。〔補注〕北堂，指老母居處。

〔一五〕〔補注〕《漢書·公孫弘傳》：「數年至宰相封侯，於是起客館，開東閤以延賢人。」閤，小門。俗多作「閣」。此謂令狐相公知遇之恩未報。

〔一六〕〔錢注〕《南齊書·謝朓傳》：朓歷隨王文學。子隆好辭賦，朓以文才，尤被賞愛。世祖敕朓還朝，遷新安王中軍記室。朓箋辭子隆曰：「皐壤摇落，對之惆悵，歧路東西，或以嗚邑。」《莊子》：「山林與？皐壤與？使我欣欣然而樂與？樂未畢也，哀又繼之。」

〔一七〕〔錢注〕《列子》：楊朱見歧路而泣之，爲其可以南可以北。

〔一八〕〔補注〕方，比。兹辰，指謝朓辭歸、楊朱泣歧之日。卑素，謙稱自己之情愫。素，通「愫」。

〔一九〕〔補注〕軫，痛、憫惜、顧念。

〔二〇〕〔錢注〕《漢書·田千秋傳》：尉安衆庶。〔補注〕務，致力于。

〔二一〕〔錢注〕鄒陽《上書吴王》：今臣飾固陋之心，則何王之門不可曳長裾乎？〔補注〕曳裾，謂在門下爲客。

〔二二〕〔補注〕改轅，改變車行方向。語本《左傳·宣公十二年》：『改乘轅而北之。』此指赴山南西道使府。

〔二三〕〔錢注〕《後漢書·張楷傳》：五府連辟，舉孝廉方正。注：五府，太傅、太尉、司徒、司空、大將軍也。

〔二四〕見《上令狐相公狀》注〔八〕。

〔二五〕〔補注〕未間，不隔。

上令狐相公狀七〔一〕

伏承博士七郎〔二〕，自到彼州〔三〕，頓痊舊疾〔四〕，無妨步履，不廢起居。某頃在東〔五〕，久陪文會〔六〕，嘗歎美疹〔七〕，滯此全材。今則拜慶之初〔八〕，累歲之拘攣頓釋〔九〕；承歡之始，一朝而跪起如常〔一〇〕。理絶言詮〔一一〕，道符神用〔一二〕。且相如痟渴，不聞中愈〔一三〕；士安痺疾，乃欲自裁〔一四〕。爰在前賢，亦有沈痼〔一五〕。豈若此蹣跚就路〔一六〕，傴僂言歸〔一七〕。念彼良方，始憂病在骨髓〔一八〕；徵諸大《易》，終聞《蹇》利西南〔一九〕。此皆四丈德契誠明，七郎行敦孝敬，纔當撫覲，并愈疲羸〔二〇〕。某素受恩私，不任抃賀。

校注

〔一〕本篇原載清編《全唐文》卷七七四第二四頁、《樊南文集補編》卷五。〔張箋〕此篇乃賀楚子國子博士緒風痺痊復。文有『自到彼州，頓痊舊疾』語，當在是年（指開成二年）。〔按〕文云『終聞《蹇》利西南』，亦暗切興元。第六狀上於三月末，此狀當在其後，約開成二年夏秋間。

〔二〕〔錢注〕按本集有《代彭陽公遺表》云：召男國子博士緒。又有《爲令狐博士緒補闕綯謝宣祭表》。《舊唐書·職官志》：國子學博士二人，正五品上。

〔三〕〔補注〕彼州，指梁州興元府。其時令狐緒在興元隨侍。

〔四〕〔錢注〕《新唐書·令狐綯傳》：大中初，宣宗謂宰相白敏中曰：『憲宗葬，道遇風雨，六宮百官皆避，獨見頎而髯者奉梓宫不去，果誰耶？』敏中言：『山陵使令狐楚。』帝曰：『有子乎？』對曰：『緒少風痹，不勝用。綯今守湖州。』因曰：『其爲人，宰相器也。』〔按〕事見裴庭裕《東觀奏記》。

〔五〕〔錢注〕（東郡）似指東平。胡本（郡）作『都』，未知孰是。〔按〕東郡，即鄆州東平郡。秦置東郡，地約當今河南省東北部與山東省西部部分地區。《史記·魏世家》：『景湣王元年，秦拔我二十城，以爲秦東郡。』令狐楚任天平軍節度、鄆曹濮觀察使，轄區正秦東郡之一部。然此句『東郡』實爲『東平郡』之省稱。視『久陪文會』語，正商隱在鄆州幕時『水檻花朝，菊亭雪夜，篇什率徵於繼和，盃觴曲賜其盡歡』（《上令狐相公狀一》）之情景，而非洛陽初謁之狀況。《舊唐書》本傳謂『楚以其少俊，深禮之，令與諸子遊』，『諸子』中當包括緒、綯也。

〔六〕〔錢注〕《陳書·徐伯陽傳》：爲文會之友。

〔七〕〔補注〕《左傳·襄公二十三年》：『季孫之愛我，疾疢也；孟孫之惡我，藥石也。美疢不如惡石。』此僅用其字面，美稱人之疾病。疹，同『疢』。

〔八〕〔補注〕拜慶，拜家慶，久别歸家省親。葛立方《韻語陽秋》卷一〇：『唐人與親别而復歸，謂之拜家慶。』

〔九〕〔錢注〕鄒陽《獄中上書自明》：以其能越拘攣之語。〔補注〕拘攣，肌肉抽搐，難以伸展自如，因患風痹之疾而致。

〔一〇〕〔錢注〕《史記·武安侯傳》：跪起如子姪。

〔一一〕〔補注〕《莊子·外物》：『筌者所以在魚，得魚而忘筌……言者所以在意，得意而忘言。』言筌，謂在言詞上留下跡象，常與『言詮』通用。

〔一二〕〔補注〕神用，神明之作用。《文選·任昉〈王文憲集序〉》：『斯固通人之所包，非虚明之絶境，不可窮者，其惟神用者乎！』劉良注：『其不可窮究者，其唯神明之用者乎！』

〔一三〕痟，錢注本作『消』，字通。〔錢注〕《史記·司馬相如傳》：相如常有消渴疾。〔補注〕《廣韻·平宵》：『痟，痟渴病也。司馬相如所患。』痟渴，即今所謂糖尿病。

〔一四〕〔錢注〕《晉書·皇甫謐傳》：謐字士安，得風痹疾，初服寒石散，而性與之忤，每委頓不倫，嘗悲恚，叩刃欲自殺。《漢書·賈誼傳》：『跪而自裁。』注：裁，謂自刑殺也。

〔一五〕〔錢注〕劉楨《贈五官中郎將》詩：余嬰沉痼疾，竄身清漳濱。

〔一六〕〔錢注〕《玉篇》：蹣跚，旋行貌。〔補注〕蹣跚，跛行貌。

〔一七〕〔補注〕《左傳·昭公七年》：『一命而僂，再命而傴，三命而俯，循牆而走，亦莫余敢侮。』傴僂，曲背彎腰。

〔一八〕〔錢注〕《史記·扁鵲傳》：扁鵲過齊，齊桓侯客之。入朝見，曰：『君有疾在腠理，不治將深。』桓侯曰：『寡人無疾。』後五日，曰：『君有疾在血脈。』後五日，曰：『君有疾在腸胃間。』後五日，扁鵲望見桓侯而退走，曰：『疾之居腠理也，湯熨之所及也；在血脈，鍼石之所及也；其在腸胃，酒醪之所及也；其在骨髓，雖司命無奈之何。今在骨髓，臣是以無請也。』

〔一九〕〔補注〕《易·蹇》：『蹇，利西南，不利東北。』『蹇』有跛行義；興元在京師之西南方向。此既暗切緒患風痹之疾，又點楚、緒所在之地。

〔二〇〕〔補注〕撫覲，安撫覲見。指擔任方鎮。愈疲羸，指緒病弱之體痊愈康復。

代李玄爲崔京兆祭蕭侍郎文〔一〕

年月日，惟靈傳芳華胄〔二〕，稟慶靈源〔三〕。漢朝輔相之流輝〔四〕，梁室帝王之遺懿〔五〕。克生俊德〔六〕，彰我休期。高表百尋〔七〕，澄波萬頃〔八〕。及春闈獻藝〔九〕，會府試才〔一〇〕，騏驥出塵〔一一〕，蛟龍得水〔一二〕，頓纓而駑駘盡喪〔一三〕，乘風而鼀蜃皆空〔一四〕。憑陵遠天〔一五〕，躞蹀長道〔一六〕。是將筮仕〔一七〕，光乎縉紳〔一八〕。侯國從知，大朝就選〔一九〕，秘寶宜陳於東序〔二〇〕，朱紱必降於上玄〔二一〕。錦帳而居〔二二〕，青縑以覆。〔二三〕建禮推盡瘁之績〔二四〕，明光多伏奏之勤〔二五〕。亦既遷榮，乃司論駁〔二六〕，高居青瑣〔二七〕，封還紫泥〔二八〕，使明時無失政之譏〔二九〕，大邦無不便之詔〔三〇〕。

暫辭朝籍〔三一〕，往分郡符〔三二〕。借寇莫從〔三三〕，徵黄甚急〔三四〕。方將啓乎良友〔三五〕，進彼令人〔三六〕。志豈愛身，誓將許國〔三七〕。不謂疎網猶漏〔三八〕，斯民未康〔三九〕。作礪爲鹽〔四〇〕，正俟理平之運〔四一〕；依城憑社〔四二〕，深懷翦滅之虞〔四三〕。上蔽聰明，内求嬖近〔四四〕。故鴻猷不得而協贊〔四五〕，睿化莫可以輔成〔四六〕。

貌是流離，有窘陰雨〔四七〕。嗚呼！今惟逐客，誰復上書〔四八〕？獄以黨人，但求俱死〔四九〕。銜冤遽往〔五〇〕，吞恨孤居〔五一〕。目斷而不見長安〔五二〕，形留而遠託異國〔五三〕。屈平忠而獲罪〔五四〕，賈誼壽之不長〔五五〕。纔易炎涼〔五六〕，遂分今昔〔五七〕。

粤自東蜀〔五八〕，言旋上京〔五九〕。郭泰墓邊，空多會葬〔六〇〕；鄧攸身後，不見遺孤〔六一〕。信陰騭之莫知〔六二〕，亦生人之極痛！某等頃同班列〔六三〕，獲奉周旋〔六四〕。分結死生，地兼族類〔六五〕。依仁既切〔六六〕，慕德方深。始驚南浦之悲〔六七〕，俄軫下泉之訃〔六八〕。今則年良月吉〔六九〕，筮協龜從〔七〇〕。顧埋玉之難追〔七一〕，歎焚芝之何及〔七二〕！牲牢蠲潔，酒醴非多。聊寫丹忱〔七三〕，以伸永訣〔七四〕。

〔一〕本篇原載《文苑英華》卷九八九第六頁、清編《全唐文》卷七八一第一五頁、《樊南文集詳注》卷六。〔徐箋〕《舊書·文宗紀》：大和九年六月，李宗閔貶明州刺史。時京兆尹楊虞卿坐妖言人歸第，人皆以爲冤誣。宗閔於上前極言論列，上怒，面數宗閔之罪，叱出之，故坐貶。七月，貶虞卿爲虔州司馬，吏部侍郎李漢爲汾州刺史，刑部侍郎蕭澣爲遂州刺史。八月，又貶宗閔爲潮州司户，其黨楊虞卿、李漢、蕭澣皆再貶。本集《哭遂州蕭侍郎》詩云：『遺音和蜀魄，易簣對巴猿。』蓋澣至遂州未久而卒也。本傳：商隱博學强記，下筆不能自休，尤善爲誄奠之辭。〔馮箋〕蕭之卒在開成元年，其歸葬不妨稍遲。《舊書·崔珙傳》：開成二年六月，遷京兆尹。似即此『崔京兆』。但蕭爲宗閔之黨，《珙傳》云：李德裕與珙親厚。而文有『分結死生，地兼族類』之語，似未盡符。豈公祭之作，非專爲珙言歟？〔張箋〕案題既云『爲崔京兆』，則非公祭。牛、李兩黨彼此交厚者，傳中多有，不必疑也。又案《唐語林》載：『武宗任李德裕，性孤峭，嫉朋黨，擠牛僧孺、李宗閔、崔珙於嶺外。楊嗣復、李珏以會昌初册立事，亦七年嶺表。宣宗即位，五相同日遷北。』觀此，則崔珙非李黨。《舊·傳》之言，殆不可信，馮氏小泥矣。〔岑仲勉曰〕案《語林》此文本《東觀奏記》，余作《唐史餘瀋》別有辨，據《舊書》一七七，珙明爲崔鉉所擠，非德裕也。（《平質》丙《崔珙非李黨》條）〔按〕崔珙開成二年六月遷京兆尹，此祭文當作於其後。《詩集·哭遂州蕭侍郎二十四韻》有『蟻漏三泉路，螿啼百草根』之句，時令已在秋天，哭詩與祭文當同時作。兹編開成二年秋。李玄無考。

〔二〕《英華》注：（句首）集有『伏』字。『徐注』《隋書·房彦謙傳》：傳芳萬古。『補注』華胄，顯貴者之後代，即下所云『漢朝輔相之流輝，梁室帝王之遺懿』。

〔三〕『徐注』沈約碑：靈源與積石争流。〔按〕此『靈源』指帝胄、帝緒，徐注引非其義。慶，福澤。

〔四〕〔徐注〕謂蕭何之裔。

〔五〕〔徐注〕《哭蕭侍郎》詩亦有『公先真帝子』句。〔馮注〕謂蕭梁。本集《哭（蕭）詩》亦云『公先真帝子』。

〔六〕俊，《英華》作『儁』，同。〔補注〕《書·堯典》：『克明俊德，以親九族。』俊德，才能傑出之士。

〔七〕〔馮注〕庾信《豆盧公神道碑》：直幹百尋，澄波千頃。〔補注〕表，標木。高表，猶高標，高樹，喻出類拔萃者。八尺爲尋。

〔八〕〔馮注〕《後漢書·黄憲傳》：憲字叔度。郭林宗曰：『叔度汪汪若千頃陂，澄之不清，淆之不濁，不可量也。』《南史·王惠傳》：荀伯子曰：『靈運固自蕭散直上，王郎有如萬頃陂焉。』

〔九〕春闈，見《爲安平公謝除兖海觀察使表》注〔一〇〕。

〔一〇〕〔馮注〕《周禮·天官》：司會之職。注曰：會，大計也。司會，主天下之大計，計官之長，若今之尚書矣。《後漢書·律曆志》：羣臣會司徒府議。注曰：《蔡邕集》載：三月九日，百官會府公殿下，讀詔書，公議。此會府之義所昉也。《舊書・代宗紀》：領録天下之綱，綜覈萬事之要，莫不處正於會府也。按《唐書・天文志》：斗魁謂之會府。而周之會府，漢之尚書也。此謂尚書省試。今之會試，猶其義耳。〔補注〕會府，尚書省之别稱。白居易《除趙昌檢校吏部尚書兼太子賓客制》：『才冠六卿，然後能紀綱會府。』試才，指試判。上句『獻藝』指試詩賦。

〔一二〕〔徐注〕《説苑》：騏驥雖疾，不遇伯樂，不致千里。〔馮注〕《孫卿子》：驊騮、騏驥、纖離、騄耳，古之良馬。《西京雜記》：文帝良馬九匹，一名絶塵。

〔一三〕〔徐注〕《吴志》：周瑜曰：『劉備非久屈爲人用者，恐蛟龍得雲雨，終非池中物也。』

〔一四〕〔補注〕頓纓，掙脱繩索。嵇康《與山巨源絶交書》：『此由禽鹿，少見馴育，則服從教制；長而見羈，則狂顧頓纓，赴湯蹈火。』杜甫《述古》詩之一：『赤驥頓長纓，非無萬里姿。』駑駘，劣馬。

〔一五〕風，《英華》作『氣』。〔馮注〕《周禮》：春獻鼈蜃。蕭登進士第一，見後《刑部尚書致仕贈尚書右僕射太原白公墓碑銘并序》（按：序云：『（元和）元年，對憲宗詔策，語切不得爲諫官，補盩厔尉。明年試進士，取故蕭遂州澣爲第一。』）

〔一六〕陵，《英華》作『淩』。〔徐注〕《左傳》：鄭王子伯駢告於晋曰：『憑陵我城郭。』〔按〕此句『憑陵』指登臨其上，徐注引非其義。

〔一七〕〔徐注〕卓文君《白頭吟》：今日斗酒會，明旦溝水頭。躞蹀御溝水，溝水東西流。〔補注〕躞蹀，小步行走貌。

〔一八〕〔徐注〕《左傳》：畢萬筮仕于晋。〔補注〕筮仕，將出仕而卜問吉凶。此指初出仕。

〔一九〕光，《英華》作『先』，注：集作『光』。

〔二〇〕〔馮注〕先仕使府，入爲朝官。

〔二一〕〔徐注〕班固《典引》：御東序之秘寶。〔馮注〕《書》：大玉、夷玉、天球、河圖，在東序。〔補注〕東序，古代宫室之東厢房，藏圖書、秘籍之所。

〔二一〕〔徐注〕《易》：朱紱方來。

〔二二〕帳，《全文》作『幔』，據《英華》改。

〔二三〕〔馮注〕蔡質《漢官典職》：尚書郎入直臺中，官供新青縑白綾被，或錦被，帷帳畫，通中枕，卧旃褥，冬夏隨時更易。氈、旃通用。又《三輔決録》：馮豹爲尚書郎，每奏事未報，常伏省闥下，或自昏至明，天子默使人持被覆之。

〔二四〕〔馮注〕《漢官儀》：宫北朱雀門至止車門，内崇賢門，内建禮門。

〔二五〕〔馮注〕《漢官儀》：尚書郎五日更直建禮門内，趣走丹墀，伏其下，奏事明光殿。

〔二六〕〔馮曰〕以上謂從郎官遷給事。〔補注〕《新唐書·百官志二》：『給事中四人……凡百司奏抄，侍中既審，則駁正違失。詔敕不便者，塗竄而奏還，謂之「塗歸」。』《續資治通鑑·宋高宗紹興三年》：『國家倣唐舊制，分建三省，凡政令之失中，賞刑之非當，其在中書，則舍人得以封還；其在門下，則給事得以論駁。』

〔二七〕青瑣，見《爲安平公謝除兖海觀察使表》注〔二九〕。

〔二八〕還，《英華》注：集作『拆』。〔徐注〕《漢舊儀》：皇帝六璽，皆以武都紫泥封之。〔按〕參注〔二六〕。

〔二九〕譏，《全文》誤作『機』，據《英華》改。

〔三〇〕〔馮注〕《史記·商君傳》：秦民言令不便者。〔徐注〕《後漢書·袁紹傳》：每得詔書，有不便於己……

〔按〕不便，不適宜。徐注引係『不利』義，非。

〔三一〕〔馮注〕《三輔黄圖》：漢宫門各有禁，非侍衛通籍之臣不敢妄入。《北史·隋文帝紀》：開皇二年三月，初命入宫殿門通籍。按：隋復行此制，惟京職乃云通籍，若出外即云非朝籍矣。今人概以筮仕爲通籍，誤也。

〔三二〕〔徐注〕《舊書·文宗紀》：大和七年三月丁巳，以給事中蕭澣爲鄭州刺史。

〔三三〕〔馮注〕《後漢書·寇恂傳》：建武二年，拜潁川太守。三年，拜汝南太守。七年，爲執金吾。車駕南征，恂從至潁川，百姓遮道曰：『願從陛下復借寇君一年。』乃留恂長社，鎮撫吏人。

〔三四〕〔馮注〕《漢書·循吏傳》：黄霸爲潁川太守，米鹽靡密，初若煩碎，然霸精力能推行之。謂從鄭州内召，詳年譜。〔補注〕《漢書·黄霸傳》：「爲潁川太守，……以外寬内明，得吏民心，户口歲增，治爲天下第一。徵爲京兆尹，秩二千石。」故云「徵黄甚急」。馮注引非所用。

〔三五〕〔馮曰〕良友，似指李宗閔輩。

〔三六〕〔徐注〕《詩》：吾無令人。〔補注〕令人，善人。

〔三七〕許，《英華》注：集作「匡」。

〔三八〕〔馮注〕《漢書·酷吏傳》：號爲罔漏吞舟之魚。《老子》：天網恢恢，疏而不失。

〔三九〕民，《英華》誤作「文」，注：集作「民」。〔馮校〕一作「文」，誤，蓋以「人」代「民」，訛作「文」也。〔補注〕《書·大誥》：「天降威，知我國有疵，民不康。」

〔四〇〕〔徐注〕《書》：「若金，用汝作礪。」又，「若作和羹，爾惟鹽梅。」

〔四一〕〔馮曰〕「理」，作「治」字用。

〔四二〕〔徐注〕《晏子春秋》：景公問晏子：「治國何患？」對曰：「社鼠不可燻，不可灌。君之左右，出賣寒熱，入則比周，此之謂社鼠也。」《晉書·謝鯤傳》：王敦將爲逆，謂鯤曰：「劉隗奸邪，將危社稷，吾欲除君側之惡，何如？」對曰：「隗誠禍始，然城狐社鼠也。」沈約《奏彈王源文》：狐鼠微物，亦蠹大猷。善曰：應璩詩：城狐不可掘，社鼠不可熏。

〔四三〕〔徐注〕《左傳》：齊侯曰：「余姑翦滅此而朝食。」

〔四四〕〔徐注〕《晉書·郭璞傳》：疏曰：不宜令褻近紫闥。《南史·張弘策傳》：嗣主在宫，本無令譽，媟近左右。〔馮按〕宗閔當大和二年，因駙馬都尉沈𧨳結託女學士宋若憲及知樞密楊承和、韋元素二人。數稱之於上，故獲徵爲吏部侍郎。九年七月，鄭注發沈𧨳、宋若憲事，沈、宋、楊、韋姻黨坐貶者十餘人，又貶宗閔司户。時訓、注竊弄威權，凡不附己者目爲宗閔、德裕之黨，貶逐無虚日。事皆在《舊書·宗閔傳》。蕭因宗閔再貶，當亦兼此事，故曰『内求媟近』，可補史文之略也。狐、鼠指訓、注。尋有甘露之變，故於訓、注敢顯斥之。宗閔雖於德裕爲仇，然此段非指德裕。〔按〕《詩集・行次西郊作一百韻》：『近年牛醫兒，城社更攀緣。』亦明指鄭注。

〔四五〕協，《英華》作『叶』。〔徐注〕劉敬叔《異苑》：晉隆安中，鳳凰集劉穆之庭，韋藪謂曰：『子必協贊鴻猷。』

〔四六〕〔徐注〕《後漢書・王常傳》：常大悟曰：『誠思出身爲用，輔成大功。』

〔四七〕〔徐注〕《詩》：終其永懷，又窘陰雨。

〔四八〕〔馮注〕《史記・李斯傳》：秦王拜斯爲客卿。秦宗室大臣請一切逐客，李斯議亦在逐中，斯乃上書。

〔四九〕〔徐注〕《後漢書・黨錮傳》：張儉鄉人朱並上書，告儉與同鄉檀彬等二十四人，別相署號，圖危社稷，刻石立墠，共爲部黨，而儉爲之魁。靈帝詔刊章捕儉等。大長秋曹節因此諷有司捕前黨，故司空虞放等百餘人皆死獄中。〔馮注〕《後漢書・黨錮傳》：凡黨事始自甘陵、汝南，成於李膺、張儉，海内塗炭二十餘年，諸所蔓衍，皆天下善士。〔按〕《哭遂州蕭侍郎二十四韻》亦云：『初驚逐客議，旋駭黨人冤。』田蘭芳曰：『逐客指楊，黨人指李、蕭。』

〔五〇〕〔徐注〕《隋書・煬三子傳》：下書曰：銜冤誓衆。

〔五一〕〔徐注〕鮑照《蕪城賦》：天道如何，吞恨者多。

〔五二〕見《爲安平公赴兗海在道進賀端午馬狀》注〔九〕。

〔五三〕〔徐注〕李陵《答蘇武書》：遠託異國，昔人所悲。

〔五四〕〔徐注〕《史記》：屈原信而見疑，忠而被謗。

〔五五〕〔馮注〕《史記・賈生傳》：賈生爲長沙王太傅三年，有鵩飛入賈生舍，止於坐隅。楚人命鵩曰『服』。賈生既以適（謫）居長沙，長沙卑溼，自以爲壽不得長，傷悼之，乃爲賦以自廣。

〔五六〕〔徐注〕沈約詩：寒暑遞炎涼。〔按〕纔易炎涼，謂方過一年。

〔五七〕〔補注〕謂蕭澣遂卒於遂州貶所，成生死之隔。

〔五八〕〔馮注〕遂州屬東川。

〔五九〕〔馮注〕謂其喪之歸。

〔六〇〕〔徐注〕《後漢書》：郭泰卒，四方之士千餘人，皆來會葬，同志者乃共刻石立碑。

〔六一〕〔馮注〕《晋書·鄧攸傳》：石勒過泗水，攸以妻子逃。步走，擔其兒及其弟子綏。度不能兩全，謂其妻曰：『吾弟早亡，理不可絶，止應自棄吾兒。』乃棄之而去，卒以無嗣。時人爲之語曰：『天道無知，使鄧伯道無兒。』弟子綏服攸喪三年。〔按〕《哭遂州蕭侍郎二十四韻》云：『有女悲初寡，無兒泣過門。』『無兒』指澣死無子。

〔六二〕〔徐注〕《書》：惟天陰騭下民。

〔六三〕〔徐注〕《晋書·王祥傳》：祥曰：『公、王相去，一階而已，班列大同。』〔馮注〕潘岳《夏侯常侍誄》：從班列也。任昉《求立太宰碑表》：亦從班列。

〔六四〕〔徐注〕《左傳》：季文子使太史克對曰：『行父奉以周旋。』〔補注〕周旋，本指古代行禮時進退揖讓之動作，此指交往。

〔六五〕〔徐注〕《左傳》：史佚之《志》曰：『非我族類，其心必異。』

〔六六〕〔補注〕《論語·述而》：『子曰：志於道，據於德，依於仁，游於藝。』

〔六七〕〔徐注〕江淹《别賦》：送君南浦，傷如之何！

〔六八〕〔馮注〕《詩》：冽彼下泉。〔徐注〕王粲《七哀詩》：悟彼下泉人，喟然傷心肝。

〔六九〕〔徐注〕《論衡》：《葬曆》曰：葬避九空地臽，及日之剛柔，月之奇耦。日吉無害，剛柔相得，奇耦相應，乃爲吉良。

〔七〇〕〔徐注〕《書》：龜筮協從。〔補注〕古時占卜用龜，筮用蓍，視其象與數以定吉凶。

〔七一〕〔徐注〕《晋書·庾亮傳》：亮卒，何充歎曰：『埋玉樹於土中，使人情何能已！』

〔七二〕之，《英華》注：集作『而』。〔徐注〕《淮南子》：巫山之上，順風縱火，紫芝與蕭艾俱死。陸機《歎逝賦》：信松茂而柏悦，嗟芝焚而蕙歎。

〔七三〕忱，《英華》作『誠』。

〔七四〕〔徐注〕潘岳誄：存亡永訣，逝者不追。

爲彭陽公興元請尋醫表〔一〕

臣某言：臣聞長育之功，允歸於天地〔二〕；疾痛所迫，必告於君親〔三〕。是以今月某日，竊獻表章〔四〕，上干旒扆〔五〕，備陳舊恙〔六〕，當此頹齡〔七〕，乞解藩維〔八〕，一歸京輦〔九〕。衰羸則甚〔一〇〕，戰灼猶深〔一一〕。臣某中謝。

臣早以庸虚〔一二〕，久塵恩渥。四朝受任，二紀叨榮〔一三〕。華省黄樞〔一四〕，皆驚竊位〔一五〕；專征處守〔一六〕，每愧非才〔一七〕。豈不願竭螻蟻之微生〔一八〕，盡桑榆之暮景〔一九〕？靡敢言病〔二〇〕，罔或告勞〔二一〕。然事有不可因循〔二二〕，力有不堪勉彊〔二三〕，苟懷情不盡〔二四〕，則事主非忠。且漢上雄藩，褒中重鎮〔二五〕，統臨至廣〔二六〕，控壓非輕〔二七〕。以臣昔年，尚憂不理；在臣今日，其何敢安？亦既揣量，豈容緘默〔二八〕？固合即時離鎮，隨表歸朝。伏料睿慈，必從丹款〔二九〕。拜魏闕而獲伸積戀〔三〇〕，訪秦醫而冀愈沉痾〔三一〕。乏絶之時〔三二〕，馳驅未晚。臣已決取今月某日，離本道東上〔三三〕。無任祈恩危迫之至。

〔一〕本篇原載清編《全唐文》卷七七一第一頁、《樊南文集補編》卷一。〔錢箋〕《舊唐書·令狐楚傳》：楚字殼士。大和九年，守尚書左僕射，進封彭陽郡開國公。開成元年，檢校左僕射、興元尹，充山南西道節度使。二年十一月卒於鎮。又《地理志》：山南西道節度使，治興元府，管開、通、渠、興、集、鳳、洋、蓬、利、壁、巴、閬、果、金、商等州。本集有《代彭陽公遺表》。〔按〕《代彭陽公遺表》云：『入冬則腸胃不調』，『今月八日，臣已召男國子博士緒、左補闕綯、左武衛兵曹參軍綸等，示以歿期』。楚卒於開成二年十一月十二日（詳《代彭陽公遺表》注〔一〕），則《遺表》之『今月』指十一月，『入冬』當指十月。楚患病後急召商隱赴興元，商隱抵興元後草此表。設初患病在十月初，計其書召、赴鎮之時間，此表當作於開成二年十月下旬。末云『決取今月某日離本道東上』，當因楚病勢轉重未能成行，遂於十一月十二卒於鎮。

〔二〕〔補注〕《左傳·昭公二十五年》：『爲温慈惠和，以效天之生殖長育。』

〔三〕〔錢注〕《史記·屈原傳》：疾痛慘怛，未嘗不呼父母也。

〔四〕〔錢注〕蔡邕《獨斷》：凡羣臣上書於天子者有四名：一曰章，二曰奏，三曰表，四曰駁議。〔按〕此處所云『今月某日，竊獻表章』，可能指十月初方患病時所上之另一表，内容即『備陳舊恙』『乞解藩維』，非即商隱所草此表。

〔五〕〔錢注〕《禮·玉藻》注：天子以五采藻爲旒。又《曲禮》疏：依，狀如屏風，以絳爲質，高八尺。〔補注〕旒，冕冠前後懸垂之玉串。扆，帝王座後屏風。旒扆借指帝王。

〔六〕〔錢注〕《史記·外戚世家》注：《爾雅》：恙，憂也。一説，古者野居露宿，恙，噬人蟲也。故人相恤云

『得無恙乎』。

〔七〕〔錢注〕陶潛《九日閑居》詩：菊爲制頹齡。〔補注〕楚時年七十二，故曰『頹齡』。

〔八〕〔錢注〕《藝文類聚》：管寧答桓範書曰：膺受多福，爲國蕃維。〔補注〕《詩·大雅·板》：『价人維藩。』後以藩維指藩國、藩鎮。藩，屏也。

〔九〕〔錢注〕《後漢書·周舉傳》：出入京輦。左思《吴都賦》劉逵注：輦，王者所乘，故京邑之地通曰輦。

〔一〇〕〔錢注〕《後漢書·張敏傳》注：有司奏君年體衰羸。

〔一一〕〔錢注〕《晋書·王濬傳》：豈惟老臣獨懷戰灼。

〔一二〕〔錢注〕王融《求自試啓》：拔迹庸虚。〔補注〕庸虚，才能低下，學識淺薄。

〔一三〕〔錢注〕《舊唐書·令狐楚傳》：元和九年，入翰林，充學士，遷職方郎中、中書舍人，皆居内職。十三年四月，出爲華州刺史。十月，爲河陽、懷節度使。十四年七月，皇甫鎛薦楚入朝，授中書侍郎、同平章事。十五年正月，憲宗崩，爲山陵使。六月，山陵畢，會有告楚親吏贜污事發，出爲宣歙觀察使，再貶衡州刺史。長慶元年四月，量移郢州，遷太子賓客，分司東都。李逢吉作相，極力援楚。敬宗即位，用楚爲河南尹、兼御史大夫。其年九月，檢校禮部尚書、宣武軍節度使。大和二年九月，徵爲户部尚書。三年三月，檢校兵部尚書、東都留守、東畿汝都防禦使。十一月，進位檢校右僕射、天平軍節度使。六年二月，改太原尹、北都留守、河東節度使。七年六月，入爲吏部尚書。九年六月，轉太常卿。十一月，以本官領鹽鐵轉運等使。開成元年四月，檢校左僕射、興元尹、充山南西道節度使。二年十一月卒。按：前後二十四年，歷憲、穆、敬、文四朝。《管子》：爲人臣者受任而處之以教。《書·畢命》傳：十二年曰紀。《魏書·景穆十二王傳》：叨榮左右。

〔一四〕〔錢注〕潘岳《秋興賦》：獨展轉於華省。《梁書·蕭昱傳》：徒穢黄樞。〔補注〕華省，清貴之省署。此指中書省。黄樞，指門下省。門下省在漢爲黄門，位居樞要。

〔一五〕〔補注〕《論語·衛靈公》：『臧文仲其竊位者與？知柳下惠之賢，而不與立也。』《史記·日者列傳》：

「才不賢而託官位，利上奉，妨賢者處，是竊位也。」

〔一六〕〔錢注〕《竹書紀年》：王命西伯得專征伐。〔補注〕《左傳·襄公二十五年》：「晉侯濟自泮，會于夷儀，伐齊，以報朝歌之役。齊人以莊公説，使隰鉏請成……賂晉侯以宗器、樂器。自六正、五吏、三十帥、三軍之大夫、百官之正長、師旅及處守者，皆有賂。」杜預注：「處守，守國者。」即主管都城守衛之官吏。又《孟子·告子下》：「孟子居鄒，季任爲任處守。」趙岐注：「季任爲之居守其國也。」此指國君離開京城，命大臣留守其地。「專征」指歷任節度使，「處守」指任東都留守、北都留守。

〔一七〕〔錢注〕《蜀志·馬良傳》注：習鑿齒曰：「且先主誡謖之不可大用，豈不謂其非才也？」

〔一八〕〔錢注〕《梁書·吉翂傳》：夫鯤鮞螻蟻尚惜其生。沈慶之《侍宴詩》：微生慶多幸。

〔一九〕〔錢注〕《淮南子》：日西垂，景在樹端，謂之桑榆。〔補注〕《文選·曹植〈贈白馬王彪〉詩》：「年在桑榆間，影響不能追。」李善注：「日在桑榆，以喻人之將老。」

〔二〇〕〔補注〕《左傳·成公二年》：「左輪朱殷，豈敢言病？」

〔二一〕〔補注〕《詩·小雅·十月之交》：「黽勉從事，不敢告勞。」

〔二二〕〔錢注〕《漢書·百官公卿表》：漢因循而不革。〔補注〕因循，此言拖延。錢注引非其義。

〔二三〕彊，《全文》誤作「疆」，據錢校改。

〔二四〕〔錢注〕《梁書·沈約傳》：帝聞赤章事，大怒，中使譴責者數焉。約懼，遂卒。有司謚曰「文」。帝曰：「懷情不盡曰隱。」故改爲「隱」云。

〔二五〕〔錢注〕《舊唐書·地理志》：興元府，隋漢川郡，領褒城，漢褒中縣。《漢書·地理志》：漢中郡領沔陽縣。注：漢上曰沔。《白帖》：雄藩重寄。《漢書·高帝紀》：漢王送至褒中。注：即今梁州之褒縣也。舊曰褒中，言居褒谷之中。《晉書·義陽成王望傳》：爲二方重鎮。

〔二六〕〔錢注〕《魏書·蠕蠕傳》：臣當統臨餘人，奉事陛下。〔補注〕統臨，統領治理。

〔二七〕〔錢注〕《詩·大叔于田》傳：止馬曰控。《博雅》：壓，鎮也。〔補注〕控壓，猶控制。

〔二八〕〔錢注〕《説苑》：孔子之周，觀於太廟，右陛之前，有金人焉，三緘其口，而銘其背曰：古之慎言人也。《宋書·范泰傳》：是用猖狂妄作，而不能緘默者也。

〔二九〕〔錢注〕庾亮《讓中書令表》李善注：曹大家《蟬賦》曰：復丹款之未足。〔補注〕丹款，赤誠之心。

〔三〇〕〔補注〕《莊子·讓王》：『身在江海之上，心居乎魏闕之下。』魏闕，古代宫門外兩邊高聳之樓觀。借指朝廷。

〔三一〕〔補注〕秦醫，指扁鵲。《韓非子·説林下》：『秦醫雖善除，不能自彈也。』據《史記·扁鵲倉公列傳》，扁鵲姓秦氏，名越人，故稱『秦醫』。此泛指良醫。并切『秦』地。〔錢注〕《晋書·樂廣傳》：沉疴頓愈。

〔三二〕〔補注〕乏絶，耗竭，指精力消耗已甚。

〔三三〕〔錢注〕《舊唐書·地理志》：梁州興元府至京師一千二百二十三里。

代彭陽公遺表〔一〕

臣某言：臣聞達士格言，以生爲逆旅〔二〕；古者垂訓，謂死爲歸人〔三〕。苟得其終，何怛于化〔四〕？臣永惟際會，獲遇昇平〔五〕，鐘鼎之勳莫彰〔六〕，風露之姿先盡。雖無逃大數〔七〕，亦有負清朝〔八〕。今則舉纊陳詞〔九〕，對棺忍死，白日無分，玄夜何長〔一〇〕。淚兼血垂，目與魂斷〔一一〕。臣某中謝。

臣早緣儒學，得厠人曹。克紹家聲〔一二〕，不虧士行〔一三〕。詞賦貢名于宗伯〔一四〕，書檄應聘于諸侯〔一五〕。東汎西浮〔一六〕，南登北走〔一七〕。時推倚馬〔一八〕，人或薦雄〔一九〕。西掖承榮〔二〇〕，得以言之無罪〔二一〕；曲臺備位〔二二〕，麤明物有其容〔二三〕。允謂才難〔二四〕，便叨郎選〔二五〕。振衣華省〔二六〕，歷履名曹〔二七〕。高步内庭，光揚密命〔二八〕。憲宗皇帝以臣行多餘力〔二九〕，忠絶它腸〔三〇〕，進無所因，静以有立，過蒙顧問〔三一〕，深降褒稱，乃于同列之中，獨許非常之拜〔三二〕。殊恩既浹，當路相排〔三三〕，旅翮未高〔三四〕，孤根已動〔三五〕。河潼爲郡〔三六〕，盟津統帥〔三七〕，溺以待援〔三八〕，痿而念起〔三九〕。憲宗旁求輔相〔四〇〕，即記姓名〔四一〕，果遣急徵〔四二〕，仍加大用〔四三〕。戴君之力雖弱，許國之誠在兹〔四四〕。實有微衷，可裨玄化〔四五〕。況初誅背叛〔四六〕，務活疲羸〔四七〕，方伏奏于鳳扆之前〔四八〕，忽庀徒于鳥耘之次〔四九〕。小吏抵罪〔五〇〕，邪臣結謀〔五一〕，指之有名，嘿不得訴。空甘罪戾，仰託聖明。麤得生還〔五二〕，幾臨死所〔五三〕。其後官移賓護〔五四〕，四年不謁于承華〔五五〕；任改察廉〔五六〕，一日暫留于分陝〔五七〕。欲舉而墜，將安更危〔五八〕。賴敬宗皇帝纘乃丕圖〔五九〕，是思求舊〔六〇〕，振于洛宅〔六一〕，棨彼夷門〔六二〕。自兹以來〔六三〕，敢虚其遇：周旋五經鎮守〔六四〕，惟切分憂〔六五〕；前後兩歸闕庭，皆非久次〔六六〕。拙直不同于衆，讒毁每集其躬。含意未宣〔六七〕，救過不暇〔六八〕。伏思自長慶厥後〔六九〕，開成之前，凡幾忝遷昇，幾遭退斥，若非不欺天地，不負君親，至於幾微，尋合顛隕。伏惟皇帝陛下，道超覆載，仁極照臨，既委銅鹽〔七〇〕，又分端揆〔七一〕，逮今控壓，亦在重鎮〔七二〕。陛下之恩，微臣何益〔七三〕；微臣之節，陛下方知。興言及斯〔七四〕，碎首殊晚〔七五〕。

然臣從心之年已至〔七六〕，致政之禮宜遵〔七七〕，尋欲拜章，以求歸老。伏以諸道節制，頻歲更移〔七八〕，其于送迎，例多積累〔七九〕。臣在此雖無一毫侵損，亦無纖介誅求〔八〇〕，而帑藏甚殷〔八一〕，倉儲有羨〔八二〕。特緣行李〔八三〕，忍過秋冬。而江山之氣候難常，蒲柳之蕭衰易見〔八四〕。自夏則膝脛無力，入冬則腸胃不調〔八五〕。對冠冕而始訝儻來〔八六〕，指墓墳而已知息處〔八七〕。

今月八日〔八八〕，臣已召男國子博士緒〔八九〕、左補闕綯〔九〇〕、左武衛兵曹參軍綸等〔九一〕，示以歿期〔九二〕，遺之理命〔九三〕，使内則雍和私室，外則竭盡公家，兼約其送終，務遵儉約〔九四〕，勿爲從俗〔九五〕，以致慮居〔九六〕。至十二日夜〔九七〕，有僕夫告臣云：『大星隕地，雅當正室，洞照一庭。』臣即端坐俟時，正辭無撓〔九八〕。臣之年亦極矣〔九九〕，臣之榮亦足矣。以祖以父，皆蒙褒寵〔一〇〇〕；有弟有子，並列班行〔一〇一〕。全腰領以從前人〔一〇二〕，歸體魄以事先帝〔一〇三〕。此不自達，誠爲甚愚〔一〇四〕。但以將掩泉扃〔一〇五〕，不得重辭雲陛，更陳尸諫〔一〇六〕，猶進瞽言〔一〇七〕，雖叫呼而不能〔一〇八〕，豈誠明之敢忘〔一〇九〕！伏惟皇帝陛下〔一一〇〕，春秋鼎盛〔一一一〕，華夏鏡清〔一一二〕，是修教化之初，當復理安之始〔一一三〕。然自前年夏秋以來〔一一四〕，貶譴者至多〔一一五〕，誅僇者不少〔一一六〕。伏望普加鴻造〔一一七〕，稍霽皇威，歿者昭洗以雲雷〔一一八〕，存者沾濡以雨露〔一一九〕。使五稼嘉熟〔一二〇〕，兆人樂康〔一二一〕。用臣將盡之苦言〔一二二〕，慰臣永蟄之幽魄〔一二三〕。臣某云云。

臣當道兵馬，已差監軍使竇千乘勾當；其節度留務，差行軍司馬趙棁〔一二四〕；觀察留務，差節度判官杜勝訖〔一二五〕。有舊規模，無新革易。悉當輯睦〔一二六〕，決無諠驚〔一二七〕。臣心雖澄定〔一二八〕，氣已危促，辭多逾切，嗚急更哀。升屋而三號豈來〔一二九〕，赴壑而一去無返〔一三〇〕。忠誠直道，竟埋没于外藩；腐骨枯骸，空歸全于故國〔一三一〕。迴望昭代，無任攀戀永訣之至〔一三二〕。謹奉表代辭以聞。臣某誠號誠咽〔一三三〕，頓首頓首。

〔一〕本篇原載《文苑英華》卷六二六第四頁、清編《全唐文》卷七七一第二頁、《樊南文集詳注》卷一。〔徐

箋〕《舊書·令狐楚傳》：楚字殼士，自言國初十八學士德棻之裔。大和九年，守尚書左僕射，進封彭陽郡開國公。開成元年，檢校左僕射、興元尹、充山南西道節度使。二年十一月卒於鎮，年七十二，册贈司空，謚曰『文』。楚疾甚，召從事李商隱曰：『吾氣魄已殫，情思俱盡，然所懷未已，强欲自寫聞天，恐辭語乖舛，子當助我成之。』《令狐德棻傳》：德棻宜州華原人，隋鴻臚少卿熙之子也。先居燉煌，代爲河西右族。今按《新書·宰相世系表》，令狐氏世居太原。漢建威將軍邁與翟義起兵討王莽，兵敗死之。三子伯友、文公、稱皆奔燉煌，伯友入龜兹，文公入疏勒，稱爲故吏所匿，遂居效穀。其後有周御正中大夫彭陽襄公，賜姓宇文氏，生熙，隋吏部武康公。熙曾孫元超，撫寧令。元超生濬，上邽令。濬生崇亮，昌明令。崇亮生承簡，太原府功曹參軍，承簡生楚，相憲宗。然則楚與德棻雖同出於熙，而各爲一派，《舊書》云『楚自言德棻之裔』，誤也。《漢書·地理志》：燉煌郡有效穀縣。安定郡有彭陽縣。《匈奴傳》：『單于入朝那、蕭關，遂至彭陽。』師古曰：『即今彭原縣是。』其故城在今陝西平涼府鎮原縣東八十里也。周封令狐熙之父於此。唐無彭陽，其封楚蓋仍其先世之舊號耳。〔馮按〕《北史》，令狐整及子熙皆封彭城縣公。《隋書》於熙作『彭陽』。熙少子德棻。《舊·傳》云：賜爵彭城男。而《北史·序傳》稱彭陽公德棻也。

〔張箋〕（開成二年）十一月丁丑，興元節度使令狐楚卒。（《舊·紀》）。案劉禹錫《令狐楚集叙》云：『開成二年十一月十二日薨於漢中官舍，享年七十。』《紀》書十一月辛酉朔，則丁丑非十二日，疑誤，俟考。〔岑仲勉曰〕按此不誤也。《唐實録》書法於外臣之卒，率以報到日爲準，固因追書不便，尤與廢朝有關。據《通典》一七五，興元去西京取駱谷路六百五十二里，快行五日自可達，丁丑，十七日也。（《平質》丁失鵠《令狐楚卒日》條）〔按〕《舊唐書·令狐楚傳》：『開成二年十一月，卒於鎮。當殁之夕，有大星隕於寢室之上。』本文云：『十二日夜，有僕夫告臣云：「大星隕地，雅當正室，洞照一庭。」』參以劉禹錫《唐故相國贈司空令狐公集記》，楚之卒爲開成二年十一月十二日確然無疑。遺表當作成於此時。

〔二〕〔徐注〕《莊子》：悲夫世人，直爲物逆旅耳。

〔三〕〔馮注〕《列子》：古者謂死人爲歸人，則生人爲行人矣。

〔四〕〔徐注〕《莊子》：子來有病，喘喘然將死，其妻子環而泣之。子犂往問之，曰：『叱避！無怛化。』〔補注〕《莊子・大宗師》郭象注：『夫死生猶寤寐耳，於理當寐，不願人驚之。將化而死，亦宜無爲怛之也。』

〔五〕遇，《英華》作『偶』。〔徐注〕《漢書・梅福傳》：升平可致。注：張晏曰：民有三年之儲曰升平。『昇』與『升』通。〔馮注〕《舊書》本傳：楚召商隱云云。即秉筆自書曰：『臣永惟際會，受國深恩。』下四字酌改矣。受國深恩，《册府元龜・遺諫類》采此表中句，亦作『受國深恩』。

〔六〕〔馮注〕《國語》：魏顆退秦師于輔氏，其勳銘于景鐘。《禮記》：衛孔悝之鼎銘：悝拜稽首曰：『對揚以辟之，勤大命施于烝彝鼎。』《後漢書・崔駰傳》：銘昆吾之冶。注曰：蔡邕《銘論》曰：吕尚作周太師，其功銘于昆吾之鼎。〔徐注〕庾信《徵調曲》：功烈則鐘鼎俱銘。

〔七〕逃，馮注本作『非』。〔補注〕大數，自然法則。

〔八〕〔徐注〕《後漢書・史弼傳》：使臣得于清朝，明言其失。

〔九〕屬纊，見《爲安平公遺表》注〔五〕。舉纊陳詞，謂瀕死前向君主陳詞。

〔一〇〕〔徐注〕劉楨詩：遺思在玄夜。〔補注〕玄夜，指陰間。傅玄《七哀詩》：『杳杳三泉室，冥冥玄夜堂。』

〔一一〕魂，《英華》注：集作『雲』。〔徐注〕江淹《別賦》：一旦魂斷，宫車晚出。

〔一二〕〔徐注〕司馬遷書：李陵既生降，隤其家聲。

〔一三〕〔徐注〕《詩》：士貳其行。

〔一四〕〔補注〕謂應進士試於禮部。宗伯，指禮部。《書・周官》：『宗伯掌邦禮，治神人，和上下。』《周禮・春官・宗伯》：『乃立春官宗伯，使帥其屬而掌邦禮，以佐王和邦國。』按：令狐楚貞元七年登進士第。

〔一五〕〔補注〕謂應方鎮之辟聘爲幕府從事，草擬書檄公文。詳注〔一九〕。

〔一六〕〔徐注〕謝朓牋：東泛三江，西浮七澤。

〔一七〕〔馮注〕《宋書・隱逸傳》：宗炳好山水，愛遠遊，西涉荆、巫，南登衡嶽。《史記・季布傳》：不北走胡，即南走越。

〔一八〕推，馮注本作『惟』。〔馮注〕《世説》：桓宣武北征，袁虎時從，被責免官。會須露布文，唤袁倚馬前令作，手不輟筆，俄得七紙。

〔一九〕〔徐注〕《漢書·揚雄傳》：自序云：大司馬、車騎將軍王音奇其文，雅薦雄待詔。《長楊賦序》：孝成帝時，客有薦雄文似相如者，召雄待詔承明之庭。善曰：雄《答劉歆書》曰：雄作《成都城四隅銘》，蜀人有楊莊者，爲朗誦於成帝，以爲似相如。雄遂以此得見。〔馮箋〕《舊唐書·令狐楚傳》：家世儒業，兒童時已學屬文。弱冠應進士，貞元七年登第。桂管觀察使王拱愛其才，欲以禮辟召，懼楚不從，乃先奏聞而後致聘。楚以父掾太原，有庭闈之戀，徑往桂林謝拱，不預宴游，乞歸奉養。李説、嚴綬、鄭儋相繼鎮太原，高其行義，皆辟爲從事，自掌書記至節度判官，歷殿中侍御史。楚才思俊麗，德宗好文，每太原奏至，能辨楚之所爲。鄭儋在鎮暴卒，軍中喧譁，將有急變。中夜，十數騎持刃迫楚至軍門，諸將環之，令草遺表。楚在白刃之中，搦管即成，讀示三軍，無不感泣，軍情乃安。自是聲名益重。〔按〕楚爲太原從事，在貞元十一年至元和四年。

〔二〇〕〔徐注〕謂徵拜右拾遺。劉楨詩：隔此西掖垣。善曰：洛陽故宫名。云洛陽宫有東掖門、西掖門。餘見《爲安平公謝除兖海觀察使表》注〔二八〕。〔補注〕唐時中書省稱西掖，又稱右掖。右拾遺屬中書省，故云『西掖承榮』。

〔二一〕〔徐注〕《詩序》：言之者無罪，聞之者足以戒。

〔二二〕〔徐注〕謂改太常博士。《漢書·翼奉傳》：未央宫有曲臺殿。《漢官儀》：大射于曲臺。《漢書·藝文志》：《曲臺后蒼》九篇。如淳曰：行禮射于曲臺，后蒼爲《記》，故名《曲臺記》。〔馮注〕《漢書·儒林傳》：后蒼説《禮》數萬言，號曰《后氏曲臺記》。《藝文志》注曰：〔曲臺〕天子射宫也。西京無太學，於此行禮也。按：太常掌禮儀，故每云曲臺。

〔二三〕容，《英華》作『官』。〔徐注〕張衡《東京賦》：春日載陽，合射辟雍。設業設簴，宫懸金鏞。鼖鼓路𢧐，樹羽幢幢。於是備物，物有其容。〔馮注〕按《左傳》：屠蒯曰：『事有其物，物有其容。』此處言修禮儀，當作『容』，不作『官』。晏殊《類要》：令狐楚爲太常博士時，言曰：『自叔孫通以還，若賈誼、董仲舒、公孫弘稀不以此進。人以班末禄寡爲愧，臣獨以爲榮，詳曲臺之儀法，考庶僚之功行。』

〔二四〕允，《全文》作『永』，據《英華》改。〔補注〕《論語・泰伯》：『才難，不其然乎！』才難，人才難得。

〔二五〕〔徐注〕謂遷禮部員外郎。

〔二六〕〔徐注〕陸機詩：振衣獨長想。潘岳《秋興賦》：獨展轉于華省。〔馮注〕《楚辭》：新浴者必振衣。

〔二七〕歷履，《英華》作『履歷』。

〔二八〕〔徐注〕《晋書・宗室傳》：仰豫密命。箋：《新書・令狐楚傳》：憲宗時，累擢職方員外郎、知制誥。其爲文，於牋奏制令尤善。每一篇成，人皆傳諷。

〔二九〕〔補注〕《論語・學而》：『弟子入則孝，出則悌，謹而信，汎愛衆而親仁。行有餘力，則以學文。』

〔三〇〕〔徐注〕《漢書・衛綰傳》：上以爲廉，忠實無它腸，乃拜綰爲河間王太傅。

〔三一〕〔徐注〕《韓詩外傳》：周公無所顧問。〔馮注〕《後漢書・章帝紀》：朕思遲直士，欲置於左右，顧問省納。

〔三二〕〔馮箋〕《舊書・憲宗紀》：元和九年十月，以刑部員外郎令狐楚爲職方員外郎、知制誥，十一月爲翰林學士。《令狐楚傳》：楚與皇甫鎛，蕭俛同年登第。元和九年，鎛初以財賦得幸，薦俛、楚俱入翰林充學士，遷職方郎中、中書舍人，皆居内職。按：許以爲相，故曰『非常之拜』。

〔三三〕〔徐注〕《漢書・京房傳》：爲衆所排。

〔三四〕〔徐注〕謝朓牋：渤海方春，旅翮先謝。

〔三五〕〔徐注〕《晏子春秋》：魯昭公曰：『吾少之時，内無拂而外無輔，譬之猶秋蓬也，孤其根而美枝葉，秋風至，根且拔矣。』

〔三六〕〔馮注〕謂華州。〔補注〕河潼，黄河、潼關，均華州境。

〔三七〕〔馮注〕（盟津）即孟津，謂河陽。〔徐箋〕元和十三年四月，出爲華州刺史。十月，爲河陽懷節度使。

〔三八〕〔補注〕《孟子·離婁上》：『嫂溺不援，是豺狼也。男女授受不親，禮也；嫂溺，援之以手者，權也。』

〔三九〕〔徐注〕《漢書·韓王信傳》：僕之思歸，如痿人不忘起，盲者不忘視。箋：《令狐楚傳》：時方用兵淮西，言事者以師久無功，宜宥賊罷兵，唯裴度與憲宗志在殄寇。李逢吉與度不協，與楚相善。十二年夏，楚草《度淮西招撫使制》，不合度旨，度請改制内三數句。憲宗方責度用兵，乃罷逢吉相任，亦罷楚内職，守中書舍人。十三年四月，出爲華州刺史。十月，皇甫鎛作相，以楚爲河陽懷節度使。

〔四〇〕宗，《英華》作『皇』。旁，《英華》注：集作『講』。

〔四一〕即，徐注本、馮注本作『既』。〔馮曰〕作『即』誤。〔按〕《英華》《全文》均作『即』。

〔四二〕〔徐注〕《漢書·鮑宣傳》：急徵故大司馬傅喜。

〔四三〕〔徐注〕《漢書·魏相傳》：丙吉予相書曰：朝廷已深知弱翁治行，方且大用矣。〔馮箋〕《傳》：元和十四年七月，皇甫鎛薦楚入朝，自朝議郎授朝議大夫、中書侍郎同平章事。按：《舊書·職官志》：文散官朝議大夫，正五品，下階。凡職事皆帶散位，謂之本品，職事則隨才録用，參差不定。楚已爲節度，時將爲相，而所授散位如此。裴中令《讓官表》亦云『以臣爲朝議大夫、守中書侍郎、同中書門下平章事』。

〔四四〕〔徐注〕《晉書·周顗傳》：司徒王導，議札與臣等，便以身許國。

〔四五〕〔徐注〕曹植《責躬詩》：玄化旁流。〔補注〕玄化，聖德教化。

〔四六〕〔馮箋〕謂元和十二年誅淮西吴元濟，十四年誅淄青李師道。

〔四七〕〔徐注〕《後漢書·段熲傳》：屯結不散，人畜疲羸。〔補注〕疲羸，困苦窮乏之民。

〔四八〕〔徐注〕《周禮》：掌次，設皇邸。注：謂後板屏風。染羽象鳳凰羽色以爲之。〔補注〕鳳扆，皇帝宫殿上繪有鳳凰圖飾之屏風，置於户牖之間。亦指帝座。

〔四九〕〔徐注〕《左傳》：官庀其司。注：庀，具也。王屮《頭陀寺碑》：庀徒揆日，各有司存。《帝王世紀》：禹崩于會稽，因葬會稽山陰縣之南。今山上有禹塚并祠，下有羣鳥耘田。〔馮箋〕《傳》：元和十五年正月，憲宗崩，詔楚爲山陵使。〔補注〕庀徒，聚集工匠役夫。鳥耘之次，指憲宗陵墓。

〔五〇〕〔徐注〕《漢書·酷吏傳》：坐法抵罪。〔馮注〕《史記·任安傳》：笞辱北軍錢官小吏。〔按〕參注〔五三〕。抵，觸也。抵罪，因犯罪而受到相應之處罰。

〔五一〕〔徐注〕《後漢書·彭寵傳》：會上谷太守耿況亦以功曹寇恂詣寵結謀。

〔五二〕〔徐注〕《後漢書·班超傳》：妹昭上書匄超餘年一得生還。

〔五三〕〔徐注〕《左傳》：狼瞫曰：『吾未獲死所。』〔馮箋〕《傳》：時皇甫鎛貶崖州。物議以楚因鎛作相而逐裴度，羣情共怒。其年六月，山陵畢，會有告楚親吏贓污，事發，出爲宣歙觀察使。楚充奉山陵時，親吏韋正牧等同隱官錢不給工價，移爲羡餘十五萬貫上獻。正牧等皆誅，楚再貶衡州刺史。

〔五四〕賓，《全文》作『督』，據《英華》改。〔馮注〕《通典》：太子賓客定置四人，掌調護、侍從、規諫。凡太子有賓客之事，則爲上齒，蓋取象於四皓焉。〔補注〕《舊唐書·令狐楚傳》：『長慶元年四月，量移郢州刺史，遷太子賓客、分司東都。』

〔五五〕〔徐注〕《初學記》：太子之門曰承華。〔馮注〕《文選·陸士衡〈皇太子宴賦詩〉》：振纓承華。注曰：《洛陽記》曰：『太子宫在大宫東，中有承華門。』此以仍在東都，故曰『不謁』。〔按〕參注〔五八〕。

〔五六〕〔徐注〕〔察廉〕即廉察，以聲病倒用，非舉孝察廉之謂。〔馮按〕察廉，唐人習用。白居易詩：俗阜知敦勸，民安見察廉。〔按〕指任陝虢觀察使，參注〔五八〕。

〔五七〕〔馮注〕《春秋公羊傳》：自陝而東，周公主之；自陝而西，召公主之。〔按〕一日暫留，詳注〔五八〕。

〔五八〕〔徐箋〕《傳》：長慶元年四月，量移郢州刺史，遷太子賓客、分司東都。二年十一月，授陝州大都督府長史、兼御史大夫、陜虢觀察使。制下旬日，諫官論奏，言楚所犯非輕，未合居廉察之任。上知之，遽令追制。時楚已至陜州，視事一日矣。復授賓客，歸東都。故曰『一日暫留於分陜』。〔補箋〕『四年不謁』之『四年』，指長慶元年至四年。

〔五九〕〔補注〕纘，繼；丕圖，大業。此謂敬宗繼位。

〔六〇〕〔徐注〕《書》：遲任有言曰：人惟求舊。

〔六一〕〔徐注〕謂尹河南。《書·召誥》：太保朝至于洛，卜宅。

〔六二〕〔徐注〕謂鎮宣武。《史記·信陵君傳》：太史公曰：『吾過大梁之墟，求問其所謂夷門。夷門者，城之東門也。』

〔六三〕兹，《英華》作『爾』。

〔六四〕經，《全文》《英華》均作『紀』，據徐注本改。

〔六五〕〔馮注〕《白帖》：刺史類：共理。注曰：漢宣曰：『與我共理者，其惟二千石乎！』又：分憂。注曰：分主憂。按：漢宣語即分憂之意，而『分憂』字俟再考。唐人稱刺史曰『分憂』，如王維詩『歸分漢主憂』、杜甫詩『漢二千石真分憂』之類甚多。《晋書·宣帝紀》：黄初五年，天子觀兵吴疆，帝留鎮武昌，録尚書事。帝固辭，天子曰：『此非爲榮，乃分憂耳。』或謂『分憂』字始此，似未然。

〔六六〕〔徐注〕《漢書·孔光傳》：竊見國家故事，尚書以久次轉遷，非有踔絶之能，不相踰越。〔馮箋〕《傳》：敬宗即位，用楚爲河南尹。其年九月，檢校禮部尚書、汴州刺史、宣武軍節度使。大和二年九月，徵爲户部尚書。三年三月，檢校兵部尚書、東都留守、東畿汝都防禦使。其年十一月，進位右僕射、鄆州刺史、天平軍節度。六年二月，改太原尹、北都留守、河東節度。七年六月，入爲吏部尚書。九年六月，轉太常卿。十月，守尚書右僕射，進封彭陽郡開國公。按：『五經鎮守』，謂尹河南、鎮宣武、守東都、鎮天平、守北都。『兩歸闕庭』，謂大和二年入爲户部尚書，七年六月入爲吏部尚書也。〔補注〕周旋，輾轉；久次，久留。

〔六七〕〔徐注〕《古詩》：齊心同所願，含意俱未申。

〔六八〕〔徐注〕《漢書・酷吏傳》：九卿奉職，救過不給。

〔六九〕〔馮注〕《書・無逸》：自時厥後。

〔七〇〕銅鹽，《全文》作『鹽鐵』，據《英華》改。〔馮注〕《史記・吴王濞列傳》：其居國以銅鹽，故百姓無賦。

〔七一〕〔徐注〕《晋書・陸華等傳論》曰：迭居端揆。〔馮曰〕鹽鐵稱銅鹽，僕射稱端揆，皆史書習用語。

〔七二〕〔馮箋〕《傳》：李訓兆亂之夜，帝召鄭覃與楚宿禁中，商量制勅，皆欲用爲相。楚以王涯、賈餗冤死，叙其罪狀浮汎，士良等不悦。故輔弼之命，移於李石，乃以本官領鹽鐵轉運等使。開成元年，以權在内官，上疏乞解使務。其年四月，充山南西道節度使。

〔七三〕〔馮曰〕『益』字疑。

〔七四〕斯，馮注本作『兹』。

〔七五〕〔徐注〕《漢書・杜鄴傳》：禽息憂國，碎首不恨。注：應劭曰：禽息，秦大夫，薦百里奚而不見納。繆公出，當車以頭擊闑，腦乃播出。繆公感寤，而用百里奚，秦以大治。〔馮曰〕此指不能助文宗以勝宦豎也。其隱約如此。

〔七六〕〔補注〕《論語・爲政》：『七十而從心所欲，不踰距。』

〔七七〕〔徐注〕《禮記》：大夫七十而致事。〔補注〕《禮記・王制》：『五十而爵，六十不親學，七十致政。』鄭玄注：『還君事。』謂將政柄歸還君主。

〔七八〕〔徐注〕《後漢書・趙孝王良傳》：頻歲來朝。〔補注〕節制，指節度使。《舊唐書・李德裕傳》：『〔鄴郡道士〕謂予曰：「公當爲西南節制，孟冬望舒前，符節至矣。」』

〔七九〕〔徐注〕《漢書・王霸傳》：霸曰：『數易長吏，送故迎新之費，及姦吏緣絶簿書，盜財物，公私費耗甚求無時。

〔八〇〕介，《英華》作『芥』。〔徐注〕《後漢書·竇融傳》：皆以底裏上露，長無纖介。《左傳》：介于大國，誅

〔八一〕而，《全文》無此字，據《英華》補。〔徐注〕《晉書·范寧傳》：帑藏空匱。

〔八二〕有，《全文》作『可』，據《英華》改。

〔八三〕〔馮注〕《左傳》：行李之往來，共其乏困。注：行李，行人。又：一介行李。又：行理之命。『李』『理』通用。按：凡使者從者皆稱行李。如《舊書·温造傳》『臣聞中丞行李，不過半坊，今乃遠至兩坊，謂之籠街喝道。』蓋謂儀從也。此句亦指儀從供億之多費。

〔八四〕〔徐注〕《北史·王頍傳》：氣候殊不佳。〔馮注〕王隱《晉書》：顧悦之與簡文帝同年而髮早白，上問故，對曰：『松柏之姿，經霜猶茂；蒲柳之質，望風先凋。』按唐修《晉書》作『望秋先零』，《世説》作『早秋而落』『隆冬轉茂』。

〔八五〕入冬則，《英華》注：則，集作『又』。

〔八六〕〔徐注〕《莊子》：軒冕在身，非性命也；物之儻來，寄也。〔補注〕儻來，意外得來，偶然得到。

〔八七〕墓墳，《英華》作『墳墓』。〔馮注〕《禮記》：奈何去墳墓也。《列子》：望其壙，睪如也，墳如也，則知所息矣。大哉死乎！君子息焉，小人伏焉。

〔八八〕徐注本作『昨某日』。

〔八九〕〔馮注〕《舊書·傳》：緒以蔭授官，歷隨、壽、汝三州刺史，轉河南少尹，加金紫。

〔九〇〕〔徐注〕緒弟綯，字子直，襲封彭陽男，相宣宗，輔政十年。累官至吏部尚書、右僕射，進封涼國公，後改封趙國公。〔按〕馮浩《玉谿生年譜》書開成二年令狐綯爲左補闕，並按云：『《彭陽遺表》已稱「左補闕綯」，《舊書·綯傳》「服闋後，改左補闕」，小疏也。』〔張箋〕《舊書·李德裕傳》：『開成二年五月，授揚州長史、

淮南節度副大使，代牛僧孺。補闕王績、魏謩、崔黨、韋有翼，拾遺令狐綯、韋楚老、樊宗仁等連章論德裕妄奏錢帛，以傾僧孺』云云，是子直此時尚爲拾遺，其改左補闕，當在秋冬間也。

〔九一〕〔徐注〕綸，《世系表》作『緘』，字識之。

〔九二〕殁，徐注本作『致』。〔徐注〕《戰國策》：譚拾子曰：事之必致者，死也。〔馮注〕《史記》：馮讙曰：『生者必有死，物之必至也。』魏文帝《典論》云：（年壽有時而盡，榮樂止乎其身，二者）必至之常期。見後《會昌一品集序》。俟再考定。

〔九三〕〔徐注〕（理命）治命。〔馮注〕諱『治』爲『理』。〔補注〕理命，指人臨終而神志清明時之遺命，與『亂命』相對。

〔九四〕《英華》注：集作『所務遵儉』，馮注本從之。〔徐注〕《南史·到溉傳》：臨終，勒子孫薄葬之禮曰：『凶事必遵儉約。』〔馮注〕《漢書·循吏傳》：召信臣遷南陽太守，禁止嫁娶送終奢靡，務出於儉約。《吴志·吕岱傳》：遺令葬送之制，務從約儉。此類事頗多。

〔九五〕俗，《全文》作『容』，據《英華》改。〔徐注〕《韓詩外傳》：從俗爲善。《漢書·兩龔傳》：勝因敕以棺斂喪事，衣周於身，棺周於衣，勿隨俗動吾冢，種柏，作祠堂。《後漢書·鄭興傳》：興曰：『興，從俗者也。』〔馮注〕《曲禮》：禮從宜，使從俗。

〔九六〕致，《英華》作『至』。〔徐注〕《禮記》：喪不慮居，毁不危身。喪不慮居，爲無廟也；毁不危身，爲無後也。

〔九七〕十二日，徐注本作『某』。

〔九八〕〔徐箋〕《傳》：楚卒前一日，謂其子緒、綯曰：『吾生無益於人，勿請謚號。葬日勿請鼓吹，唯以布車一乘，餘勿加飾。銘誌但志宗門，秉筆者無擇高位。』當殁之夕，有大星賈於寢室之上，其光燭庭。楚端坐與家人告訣，言已而終。嗣子奉行遺旨，詔鹵簿宜停，易名須準舊例。〔馮箋〕《新書·紀》：開成二年十一月丁丑，有星隕於興元府署。

〔九九〕〔馮箋〕劉禹錫《令狐公集紀》：享年七十。《唐書》『七十二』，小異。玩『從心』二句，似七十爲是。〔按〕《唐才子傳校箋》卷五令狐楚傳吴汝煜、胡可先考證云：楚有《夏至日衡陽書懷詩》（《全唐詩》卷三三四）云：『一來江城守，七見江月圓。齒髮將六十，鄉關越三千。』據《舊唐書》卷一六《穆宗紀》：元和十五年（八二〇）八月『己亥，宣歙觀察使令狐楚再貶衡州刺史』。詩中有『七見江月圓』，則當於長慶元年（八二一）夏至日。若以大曆元年（七七六）楚生，則作此詩時五十六歲，可謂『將六十』；若以大曆三年（七七八）楚生，則作此詩時年僅五十四歲，不合稱『將六十』。據此推測，並與新、舊《唐書》本傳相參證，《集紀》於『七十』下當奪『二』字。

〔一〇〇〕寵，馮注本據《舊書·傳》作『贈』。

〔一〇一〕〔徐注〕《新書·世系表》：楚弟從，檢校膳部郎中。〔馮注〕《舊書·傳》：楚弟定，進士第，累遷右散騎常侍、桂管觀察等使。

〔一〇二〕〔徐注〕《禮記·檀弓》：文子曰：是全要（腰）領以從先大夫于九京也。〔馮校〕前，《傳》作『先』。

〔一〇三〕〔馮注〕《禮記·禮運》：體魄則降，知氣在上。《郊特牲》：魂氣歸于天，形魄歸于地。歸，《傳》作『委』；以，《傳》作『而』。

〔一〇四〕愚，《英華》作『惡』，非。

〔一〇五〕〔徐注〕庾信銘：移燈泉扃。〔馮校〕將掩，《傳》作『永去』。〔補注〕泉扃，墓門。

〔一〇六〕〔徐注〕謝脁詩：十載朝雲陛。〔馮注〕《家語》：史魚將卒，命其子曰：『吾不能進蘧伯玉，退彌子瑕，我死，汝置屍牖下。』孔子聞之曰：『古之列諫者，死而已矣，未有若史魚死而屍諫，忠感其君者也！』校：『不得』二字《傳》省。『重』，《傳》作『長』。〔按〕『更陳』之『更』，《英華》作『重』，注：集作『更』。

〔一〇七〕〔徐注〕《漢書·谷永傳》：舊言觸忌諱。

〔一〇八〕〔徐注〕《左傳》：衛侯夢于北宫，見人登昆吾之觀，被髮北面而譟曰：『余爲渾良夫叫天無辜。』〔馮校〕叫呼，《傳》作『號叫』。

〔一〇九〕〔徐注〕忘，去聲。〔補注〕誠明，至誠之心與完美之德性。《禮記·中庸》：『自誠明謂之性，自明誠謂之教。誠則明矣，明則誠矣。』鄭玄注：『由至誠而有明德，是聖人之性者也。』

〔一一〇〕〔馮校〕伏惟，《傳》作『今』。

〔一一一〕〔馮注〕《漢書·賈誼傳》：天子春秋鼎盛。注：鼎，方也。

〔一一二〕〔徐注〕《文選·東都賦》：百姓滌瑕蕩穢而鏡至清。善曰：《淮南子》：鏡太清者視大明。〔馮校〕華夏，《傳》作『寰海』。

〔一一三〕當，《英華》作『是』。〔馮校〕安，《傳》作『平』。

〔一一四〕〔馮校〕按《舊·傳》『前年』下有『夏秋』二字，《英華》無之（編著者按：殘宋本《英華》有『夏秋』二字）。文意指甘露變後，而曰『夏秋』者，所以稍隱之也。且訓、注用事之時，朝臣已多貶謫矣。〔按〕『夏秋』字當有。大和九年七月，貶楊虞卿、李漢、蕭澣爲虔州司馬、汾州刺史、遂州刺史；八月，復再貶李宗閔潮州司户、虞卿虔州司户、蕭澣遂州司馬，正夏秋時也。

〔一一五〕〔馮校〕貶譴，《册府元龜》作『貶謫』。《册府元龜》所引皆與《舊書·傳》及《英華》同，惟此『謫』字爲異。

〔一一六〕〔徐注〕《新書》：時以『甘露』事，誅譴者衆。

〔一一七〕〔馮校〕《傳》無『伏』字。〔補注〕鴻造，猶鴻恩。

〔一一八〕洗，《全文》作『雪』，據《英華》改。〔補注〕《易·屯》：『《象》曰：雲雷，《屯》，君子以經綸。』《屯》之卦象爲雲雷聚，雲行於上，雷動於下。按《象傳》以雨比恩澤，以雷比刑。謂君子觀此卦象，則善於兼用恩澤與刑罰，以經緯國家。此處『雲雷』實偏指恩澤，與下句『雨露』義略同。盧綸《寄贈庫部王郎中》：『草木承風偃，雲雷施澤均。」

〔一一九〕〔徐注〕揚雄《長楊賦》：莫不沾濡。

〔一二〇〕句首《英華》有『自然』二字，馮注本從之。〔馮校〕『自然』二字，《傳》作『使』；『稼』，《傳》作『穀』；『嘉』，刊本作『皆』，今從《傳》。〔徐注〕《晋書·傅咸傳》：縱使五稼普收，僅足相接。

〔一二一〕〔徐注〕屈原《九歌》：君欣欣兮樂康。〔馮校〕樂，《傳》作『安』。

〔一二二〕〔徐注〕《史記·商君傳》：苦言，藥也；甘言，疾也。〔馮校〕用，《傳》作『納』。

〔一二三〕〔徐注〕《關尹子》：明魂爲神，幽魄爲鬼。箋：按楚既召商隱屬其助成遺表，即秉筆自書曰云云，此篇自『以祖』至『幽魄』，全用其語。〔馮曰〕以上二十八句，楚所秉筆自書者，《舊·傳》載之。字之不同，當由義山酌改，然有宜從《傳》者。〔按〕據校勘體例，當從義山本集，而不當從楚秉筆自書者，況《舊·傳》引録，間有删改，尤不可爲準。

〔一二四〕〔補箋〕商隱詩集有《南山趙行軍新詩盛稱遊宴之洽因寄一絶》，即此趙梲。梲，原誤作『祝』，據陶敏《全唐詩人名考》改，詳該書五四四至五四五頁。

〔一二五〕見《爲安平公兖州奏杜勝等四人充判官狀》注〔二〕。

〔一二六〕悉，《英華》注：集作『必』。〔徐注〕《左傳》：隨武子曰：『卒乘輯睦。』〔補注〕輯睦，和睦。《管子·五輔》：『和協輯睦，以備寇戎。』

〔一二七〕〔徐注〕《北史·齊神武諸子傳》：涣聞宫中讙驚，曰：『大兄必遭難矣！』〔按〕徐刊本『喧』作『讙』。

〔一二八〕〔徐注〕曹植《七啓》：澄神定靈。

〔一二九〕〔徐注〕《禮記·喪大記》曰：復者朝服，皆升自東榮，中屋履危，北面三號，卷衣投于前。〔按〕古喪禮稱召唤死者之靈魂爲『復』。此謂魂已去而不能招。

〔一三〇〕〔徐注〕《山海經》：海曰大壑。古樂府詞：百川東到海，何時復西歸？

〔一三一〕〔徐注〕《晉書·劉琨傳》：琨收葬枯骸。《禮記》：樂正子春曰：『父母全而生之，子全而歸之。』

〔一三二〕〔馮注〕潘岳誄：存亡永訣，逝者不追。江淹《別賦》：誰能寫永訣之情者乎？

〔一三三〕號，《英華》注：集作『哀』。

爲令狐博士緒補闕綯謝宣祭表〔一〕

草土臣某言〔二〕：今月某日，中使某至，奉宣恩旨，致祭亡父贈司空臣某者。存没願終〔三〕，哀榮禮備〔四〕。荒迷觸地〔五〕，號叫瞻天〔六〕。臣某中謝。臣先臣某，生遇昌期，早司國柄〔七〕。没留懿德，上惻宸襟。特降王人〔八〕，迂臨私第，陳其醱爵〔九〕，潔之豆登〔一〇〕。招遺魂於幽陰〔一一〕，旋歸莫睹；視殘生於晷刻，報效無期。臣等無任戴恩荒殞之至。謹附中使某奉表陳謝以聞。

〔一〕本篇原載《文苑英華》卷五七一第一四頁、清編《全唐文》卷七七二第六頁、《樊南文集詳注》卷一。〔徐箋〕《舊書》：開成二年十一月，山南西道節度使令狐楚卒於鎮。緒、綯，皆其子也。〔馮箋〕按綯於父喪之前已爲左補闕，《舊·傳》小疏，詳《年譜》。專謝宣祭，故語甚簡。賜吊賻贈，必別有謝表。〔按〕令狐楚卒於開成二年十一月十二日，十七日消息至朝廷（參《代彭陽公遺表》注〔一〕）。奉朝命前往興元宣祭之中使，亦數日内可到達。故此謝表當作於開成二年十一月下旬。然表云『特降王人，迂臨私第』，此『私第』如指長安開化坊楚之私第，則表當上於奉柩歸京後。《行次西郊作一百韻》：『蛇年建丑月，我自梁還秦。』若然，則表當上於十二月。

〔二〕〔徐注〕《晋書·禮志》：詔曰：每感念幽冥，而不得終苴絰於草土。〔補注〕草土，指居親喪。居喪者寢苫枕塊，故云。官吏居喪對君主具銜自稱草土臣。

〔三〕〔補注〕存没，此指生者與死者。

〔四〕〔補注〕哀榮，語本《論語·子張》：『其生也榮，其死也哀。』何晏集解：『故能生則榮顯，死則哀痛。』後因指生前死後皆蒙受榮寵。此則特指死後之榮譽。

〔五〕〔徐注〕《吕氏春秋》：黎丘丈人之子泣而觸地。

〔六〕〔補注〕《詩·大雅·雲漢》：『瞻卬昊天，云如何里。』

〔七〕〔徐注〕《説苑》：楚令尹子文曰：執一國之柄。〔馮注〕《管子》：大德不至仁，不可以授國柄。〔補注〕令狐楚元和十四年拜相，故云『早司國柄』。

〔八〕〔徐注〕《春秋·莊公六年》：王人子突救衛。注：王人，王之微官也。〔補注〕王人，天子使臣，此指奉朝命前往宣祭之中使。

〔九〕〔徐注〕《禮記·明堂位》曰：爵，夏后氏以琖，殷以斝，周以爵。《説文》：醆，爵也。一曰酒濁而微清也。按：『醆』與『琖』别，《説文》混而爲一，後人遂承其誤。〔馮注〕《詩·大雅》『洗爵奠斝』傳：夏曰『醆』。《釋文》：『醆』或作『琖』。

〔十〕之，《英華》作『以』。〔徐注〕《詩》：卬盛于豆，于豆于登。傳：木曰豆，瓦曰登。

〔十一〕魂，《英華》作『魄』。

爲韓同年瞻上河陽李大夫啓〔一〕

某啓：某材術空虛，行能無取〔二〕。因緣慰薦〔三〕，蒙記姓名〔四〕。劉弘一紙之榮，方斯未重〔五〕；季布百金之諾，比此猶輕〔六〕。昨者李涿侍御北來〔七〕，又蒙降以重言〔八〕，將之厚意。望輝光而便同簪履〔九〕，在負荷而何啻丘山〔一〇〕。況某婚姻，早聯門館〔一一〕，外舅以列藩之故〔一二〕，家人延自出之恩〔一三〕。重疊依投〔一四〕，綢繆顧遇〔一五〕。東牀坦腹，早以愧於郄公〔一六〕；朱邸曳裾，復欲階於謝掾〔一七〕。儻復清風時至〔一八〕，丹慊獲申〔一九〕。實於生前，識其死所〔二〇〕。伏希恩督〔二一〕，謹啓〔二二〕。

〔一〕本篇原載《文苑英華》卷六六一第八頁、清編《全唐文》卷七七七第二〇頁、《樊南文集詳注》卷三。〔徐箋〕韓瞻，字畏之，韓偓父也，開成二年與義山同登進士第。案：李大夫疑即懷州李中丞。〔馮箋〕（瞻）亦與義山爲友壻。《舊書·紀》：開成二年六月，以左金吾衛將軍李執方爲河陽三城懷州節度使。按：執方爲王茂元妻兄弟，故曰『家人自出』也。此時執方欲辟之入幕，故啓謝之。徐氏以爲即表中懷州李中丞（按：有《爲懷州李中丞謝上表》），則其時不得兼稱河陽，餘皆誤矣。此約當開成二、三年。〔按〕張箋繫開成三年。考李執方開成二年六月至會昌三年在河陽任。韓瞻於開成二年登進士第後不久即娶王茂元女，而啓云『況某婚姻，早聯門館』，可證成婚已歷時日。啓又云『李涿侍御北來』，李涿爲河陽從事（詳注〔七〕），『北來』當指自河陽北至涇原，時商隱已在涇原幕，而韓瞻亦適在涇原，故有此代作。商隱開成三年春暮入涇原幕，此啓當作於入幕後。李執方仕歷，詳後《上河陽李大夫狀一》注〔一〕。

〔二〕〔徐注〕揚雄《劇秦美新》：行能無異。

〔三〕〔徐注〕《晉書·李密傳》：有因有緣。〔馮注〕《漢書·趙廣漢傳》：其尉薦待遇吏，殷勤甚備。〔補注〕因緣，憑藉。慰薦，推薦。劉禹錫《故荆南節度推官董府君墓誌》：『弱歲嗜屬詩，工奕棋，用是索合於貴游，多所慰薦。』徐、馮注疑非所用。

〔四〕蒙，徐注本作『得』。

〔五〕〔馮注〕《晉陽秋》：劉弘爲開府荆州刺史。每有興發，手書郡國，莫不感悦奔赴，咸曰：『得劉公一紙書，賢於十部從事也。』〔補注〕方，比。劉弘事又見《晉書》本傳，參《上令狐相公狀三》注〔八〕。

〔六〕〔馮注〕《史記·季布傳》：季布者，楚人也。爲氣任俠，爲河東守，楚人曹丘生，辯士，至，揖季布曰：楚人諺曰：『得黄金百斤，不如得季布一諾。』足下何以得此聲於梁、楚間哉？

〔七〕〔馮箋〕《續酉陽雜俎》：翊善坊保壽寺，本高力士宅。河陽從事李涿於此寺破甕中得物如被幅，乃畫也，裝治大十餘幅，訪於常侍柳公權，方知張萱所圖《石橋圖》也。後爲左軍宣敕取之，先帝命張於雲韶院。按：此李涿似即大中末爲安南都護者。樊綽《蠻書》作『涿』，而《舊書》咸通四年、六年《紀》及《令狐綯子滈傳》，俱以『涿』爲『琢』。《通鑑·僖宗乾符三年》：鄭畋上言：宫苑使李琢，西平王晟之孫，嚴而有勇，請以爲招討使。此李聽子琢，《新書》有傳，非都護安南者也。因『涿』『琢』相混，故《通鑑考異》中辨之。今亦助之剖晰焉。〔徐注〕《全唐詩話》：河陽從事李涿，性好奇古，與翊善坊保壽寺僧智增善。庫中得畫，訪於常侍柳公權，方知張萱所畫《石橋圖》。按：《新書》：公權開成中遷學士承旨，琢殆以侍御而爲河陽從事者也。〔按〕《圖畫見聞志》卷五石橋圖：『文宗朝有河陽從事李涿者性好奇古。』云云，所據當同出《酉陽雜俎續集》。『北來』，《英華》作『此來』，非。北來，指李涿由河陽北來涇原也。

〔八〕〔馮注〕《莊子》有『重言』『寓言』『卮言』。〔補注〕重言，意味深重、語重心長之言。

〔九〕履，《英華》作『屨』。〔徐注〕《韓詩外傳》：孔子遊少原之野，有野人哭，夫子問焉，曰：『蓍薪而忘簪，是以哀。非傷亡簪，吾所悲者，不忘故也。』賈誼《新書》：楚昭王與吴人戰，楚軍走而履決，失之，行三十步，復旋取。左右問曰：『何惜是一蹻履乎？』王曰：『楚國雖貧，豈愛一蹻履哉？思與偕出，弗見與入也。』〔馮注〕簪履，以言依歸之親也。〔按〕簪履，喻卑微之舊親。此係韓瞻自喻。

〔一〇〕〔馮注〕用『蚊負山』之語。《莊子》：狂接輿曰：『其於治天下也，猶涉海鑿河而使蚊負山也。』〔補注〕蚊負山，喻力小任重。此喻執方之委以幕府從事之重任也。

〔一一〕〔徐注〕《後漢書·邊韶傳》：《章華賦》曰：夕回輦于門館。〔補注〕此『門館』指權貴招待賓客之館舍。徐注引非其義。

〔一二〕〔徐注〕《爾雅》：妻之父爲外舅。〔補注〕列藩，諸藩鎮，同列藩鎮。故，舊交。此言茂元與執方同列諸藩，素有舊交。

〔一三〕〔徐注〕《左傳》：子産對曰：『庸以元女大姬配胡公而封諸陳，以備三恪，則我周之自出。』〔馮注〕『家人』，謂其妻也。《左傳》：吕相絶秦，曰：『康公，我之自出。』〔補注〕自出，甥之代稱。《左傳》『康公，我之自出』杜注：『晋外甥。』此謂己之妻係李執方之甥女。

〔一四〕〔徐注〕《玉臺新詠·西曲歌》曰：出入見依投。〔補注〕婚姻早聯門館，今又將入幕爲從事，故云『重疊依投』。

〔一五〕〔徐注〕《後漢書·李固傳》：奏記梁商曰：『況受顧遇，而容不盡乎？』《北史·李弼等傳論》：締構艱難，綢繆顧遇。〔補注〕綢繆，情意殷切貌。《文選·吴質〈答東阿王書〉》：『是何文采之巨麗，而慰喻之綢繆乎？』吕延濟注：『綢繆，謂殷勤之意也。』

〔一六〕〔馮注〕《晋書》：郄鑒使門生求婿於王導，導令就東厢徧觀子弟。歸謂鑒曰：『王氏諸少並佳，然咸自矜持。惟一人在東牀坦腹食，若不聞。』鑒曰：『正此佳婿耳！』訪之，乃羲之也。遂以女妻之。

〔一七〕階，馮注本作『偕』，非，詳補注。〔徐注〕謝脁《拜中軍記室辭隨王牋》：朱邸方開，效蓬心於秋實。善曰：諸侯朱户，故曰『朱邸』。〔馮注〕《漢書·鄒陽傳》：飾固陋之心，則何王之門不可以曳長裾乎？《晉書·王珣傳》：珣與謝玄爲桓温掾，俱温所敬重，嘗曰：『謝掾年四十，必擁旄杖節。王掾當作黑頭公。皆未易才也。』謝脁《辭隨王牋》：長裾日曳，後乘載脂。又曰：惟待青江可望，朱邸方開。時脁爲隨王鎮西功曹，遷新安王中軍記室。〔補注〕階，登也。《全文》《英華》並作『階』。謂登李執方河陽幕如同謝脁之曳裾朱邸也。

〔一八〕〔補注〕《詩·大雅·烝民》：『吉甫作誦，穆如清風。』鄭箋：『吉甫作此工歌之誦，其調和人之性如清風之養萬物然。』

〔一九〕〔徐注〕任昉表：不任丹慊之至。

〔二〇〕〔馮注〕《後漢書·朱穆傳論》：情爲恩死，命緣義輕。

〔二一〕〔馮注〕『詧』『察』同。

〔二二〕〔馮曰〕牧之亦有《上河陽李尚書啓》，稱其有才名德望，知經義儒學，則執方固時英也。

爲尚書濮陽公涇原讓加兵部尚書表〔一〕

臣某言：今月某日，中使某至〔二〕，奉宣恩旨，加授臣某官，依前充四鎮北庭行軍、兼涇原等州節度、營田、觀察處置等使〔三〕，散官勳賜如故〔四〕，并賜臣官告一通者〔五〕。初謂風傳〔六〕，忽從日下〔七〕。怔忪自失〔八〕，抃舞不能。臣某中謝。

臣夙探史册，頗究職官〔九〕。尚書則虞曰納言〔一〇〕，兵部乃周之司馬〔一一〕。是司九法〔一二〕，爰統六師〔一三〕。歷代以來，非賢不處〔一四〕。田穰苴之文武，始議超居〔一五〕；張子孺之尊崇，方宜入拜〔一六〕。罕有以兹名器〔一七〕，遠假藩維〔一八〕。況臣識愧通人〔一九〕，號非名士〔二〇〕。芸香補吏，方同班固之私循〔二一〕；象魏獻書，有異東方之自薦〔二二〕。因緣蔭第〔二三〕，齒列周行〔二四〕。乃藉時來〔二五〕，不期宦達〔二六〕。屬者出征海嶠，再撫蠻陬〔二七〕，獨向一隅〔二八〕，遂踰萬里。王邵伯之犢，生則還官〔二九〕；吴隱之之魚，食寧去骨〔三〇〕。爲無悔咎，得及旋歸。纔望京華，又分旄節〔三一〕。擁戎馬于涇上，護田穀于回中〔三二〕。罷講艨艟〔三三〕，學燒烽燧〔三四〕。四頒堯曆〔三五〕，一别漢庭〔三六〕。葱嶺猶羶〔三七〕，雪山未復〔三八〕。拔劍而憤，彎弧不平〔三九〕。豈謂皇帝陛下〔四〇〕，收雲中長者之名〔四一〕，録義陽絶域之志〔四二〕，暫寬乃睠〔四三〕，即議酬勞。借寵于總軍〔四四〕，分榮于整武〔四五〕。前叨未塞〔四六〕，後忝轉加。紀在緑幐〔四七〕，卷之瑶軸〔四八〕。然臣退思其所，内顧其能，貪天之功〔四九〕，前經攸戒〔五〇〕；受爵不讓〔五一〕，古人所非。富哉是言，服之無斁〔五二〕。高封大邑〔五三〕，君親誠用以推恩；銘座循牆〔五四〕，臣心詎忘于揣分〔五五〕？自昔避乎全盛，懼彼高明〔五六〕，度其私誠，豈徒虚飾〔五七〕？直恐任踰其量，事過其涯，則鬼亦害盈〔五八〕，天能概滿〔五九〕。因循且爾，顛覆隨之。雖在至愚，實知斯義。伏惟皇帝陛下，温以煦物〔六〇〕，皦而燭幽〔六一〕。待乞追還使臣〔六二〕，寢息嚴命〔六三〕。苟臣重憑廟略〔六四〕，爲振兵威，少能斷臂扼吭〔六五〕，下城徇地〔六六〕，此而進律〔六七〕，庸敢自媒〔六八〕。俟陶侃之書勳〔六九〕，方加羽葆〔七〇〕；待班超之立績，始議鼓鼙〔七一〕。使遷擢之有章，亦望位而相稱〔七二〕。臣某不勝志願懇迫之至，謹差押衙某官某〔七三〕，馳奉恩告〔七四〕，陳讓以聞。

〔一〕本篇原載清編《全唐文》卷七七一第二〇頁、《樊南文集補編》卷一。〔錢箋〕《新唐書·王栖曜傳》：栖曜，濮州濮陽人。子茂元，累遷嶺南節度使。家積財，交煽權貴。鄭注用事，遷涇原節度使。注敗，悉出家貲餉兩軍，得不誅，封濮陽郡侯。《舊唐書·文宗紀》：大和九年十月，以前廣州節度使王茂元爲涇原節度使。又《地理志》：涇原節度使治涇州，管涇、原、渭、武四州。又《職官志》：兵部尚書一員，正三品。箋：此表乃王茂元初拜兵部尚書，遣屬齎讓之文，後有《爲濮陽公附送官告中使回狀》，蓋同時之作。又有《爲濮陽公官後上中書門下狀》，則陳讓不允而致謝時相者也。按：新、舊《唐書》紀、傳皆不載茂元加兵部尚書事，即是編《祭外舅贈司徒公文》，亦未之及。惟後《爲濮陽公上陳相公第二狀》云：『分起部而未淹，遷司戎而何速。』考陳夷行於開成二年四月入相，四年五月罷。本篇云『四頌堯曆，一別漢庭』，茂元出鎮涇原，爲大和九年十月事，下數至開成三年爲四載，時夷行尚未罷相。合兩篇以互證，則事當在開成三年矣。再據《官告狀》云『榮假冬卿，顯分霜憲』，《官後狀》云『往在番禺，已分風憲；及臨安定，又假冬卿』，是茂元出鎮嶺南，已加御史中丞（岑仲勉云：按唐制，雄藩例兼御史大夫，觀察率兼中丞，此指大夫言，非中丞也）；移鎮涇原，又加工部尚書，並在加兵部尚書之前，而事皆無考。意藩鎮遥領京銜，紀載多略耳。〔按〕商隱爲茂元代擬有關陳讓、接受兵部尚書之表狀，除本篇外，尚有《附送官告中使回狀》《官後上中書門下狀》《爲濮陽公上陳相公狀二》《爲濮陽公上楊相公狀》《爲濮陽公上李相公狀一》《爲濮陽公上鄭相公狀》，共七篇，均爲同時先後之作。其時間斷限，當在開成三年正月戊辰（初九）楊嗣復、李珏拜相之後，三年底之前。復據詩集《安定城樓》《回中牡丹爲雨所敗二首》，知開成三年春暮，商隱已入涇原幕，則此七篇當作於其後。視『四頌堯曆，一別漢庭』之語，加吏尚時離年初當不太遠，酌編開成三年春夏間。

〔二〕〔錢注〕《後漢書・宦者傳》：凡詔所徵求，皆令西園騶密約敕，號曰中使。

〔三〕〔錢注〕《舊唐書・地理志》：安西都護所統四鎮：龜兹都督府、毗沙都督府、疏勒都督府、焉耆都督府。又：北庭都護府屬河西道。《新書・方鎮表》：大曆三年置涇原節度使，貞元六年領四鎮北庭行軍節度使。又《百官志》：節度使兼觀察使，又有判官、支使、推官、巡官、衙推各一人；兼支度、營田、招討、經略使，則有副使、判官各一人。又：觀察處置使，掌察所部善惡，舉大綱。凡奏請，皆屬於州。

〔四〕〔錢注〕《舊唐書・職官志》：武散官，舊謂之散位，不理職務，加官而已。後魏及梁，皆以散號將軍記其本階。自隋改用開府儀同三司已下。貞觀年，又分文武，入仕者皆帶散位，謂之本品。又：勳官者，出於周、齊交戰之際。本以酬戰士，其後漸及朝流。階爵之外，更爲節級。武德初，雜用隋制，至七年頒令，定用上柱國、柱國、上大將軍、大將軍、上輕車都尉、輕車都尉、上騎都尉、騎都尉、驍騎尉、飛騎尉、雲騎尉、武騎尉，凡十二等。起正二品至從七品。貞觀十一年，改上大將軍爲上護軍，大將軍爲護軍，自外不改，行之至今。又《輿服志》：自武德已來，皆正員帶闕官，始佩魚袋；員外、試判、檢校，自則天、中宗後始有之，皆不佩魚。雖正員官得佩，亦去任及致仕即解去魚袋。至開元九年，張嘉貞爲中書令，奏諸致仕許終身佩魚，以爲榮寵，以理去任，亦聽佩魚袋。自後恩制賜賞緋紫，例加魚袋，謂之章服，因之佩魚袋、服朱紫者衆矣。

〔五〕告，《全文》作『誥』，從錢校據胡本改正。〔錢注〕《舊唐書・李暠傳》：時吏部告身印與曹印文同，行用參雜，難以區分。暠奏請准司勳、兵部印文，例加官告兩字，至今行之。〔補注〕官告，即告身，古代官吏之委任狀。明陸容《菽園雜記》卷一〇：『乃如告身非誥勅，即今文憑類也。』本篇末『馳奉恩告』之『告』即官告。白居易《與高固詔》：『表朕念功之心，仍賜卿官告，卿宜即赴闕庭。』

〔六〕〔錢注〕《晉書・吕光載記》：行人風傳云，卿擁逼百姓，爲磨脣齒。

〔七〕〔錢注〕本集馮氏曰：《爾雅》：觚竹、北户、西王母、日下，謂之四荒。『日下』字本此。而日爲君象，後人以之稱京師。〔補注〕《世説新語・排調》：『荀鳴鶴、陸士龍二人未相識，俱會張茂先坐。張令共語……陸舉手曰：「雲間陸士龍。」荀答曰：「日下荀鳴鶴。」」古以日喻帝王，故以帝王所在之京都爲日下。馮注引「日下」係東方古國名。

〔八〕〔錢注〕《方言》：征伀，惶遽也。《列子》：子貢茫然自失。〔按〕怔忪，同「征伀」。

〔九〕〔錢注〕按《漢書》作《百官公卿表》，《後漢書》作《百官志》，《晋書》作《職官志》，《宋書》《齊書》並作《百官志》，《魏書》作《官氏志》，《隋書》作《百官志》。

〔一〇〕〔錢注〕《漢書·百官公卿表》注：應劭曰：納言，如今尚書，管王之喉舌也。〔補注〕納言，古官名，掌出納王命。《尚書·舜典》：「命汝作納言，夙夜出納朕命，惟允。」孔傳：「納言，喉舌之官，聽下言納於上，受上言宣於下。必以信。」唐初爲納言，武德四年改爲侍中。

〔一一〕〔補注〕《周禮·夏官》有大司馬之職，掌邦政及軍旅之事，後多用作兵部尚書之代稱。《書·周官》：「司馬掌邦政，統六師，平邦國。」孔傳：「夏官卿主戎馬之事，掌國征伐，統正六軍，平治王邦四國之亂者。」

〔一二〕〔補注〕《周禮·夏官·大司馬》：「大司馬之職，掌建邦國之九灋，以佐王平邦國。」九法指治理邦國之九種措施。

〔一三〕〔補注〕《書·康王之誥》：「張皇六師，無壞我高祖寡命。」六師，周天子所統六軍之師，後指天子軍隊。餘見注〔一一〕。

〔一四〕〔錢注〕《北堂書鈔》：《晋中興書》：蔡謨爲尚書，上疏曰：「八座之任，非賢莫居。」

〔一五〕〔錢注〕《史記·司馬穰苴列傳》：司馬穰苴者，田完之苗裔也。齊景公時，晏嬰薦田穰苴曰：「其人文能附衆，武能威敵。」索隱曰：穰苴，田氏之族，爲大司馬，故曰司馬穰苴也。〔補注〕超居，越級昇居高位。

〔一六〕張子孺，《全文》作「張孺子」，據錢校改。〔錢校〕孺子，當作「子孺」。《漢書·張安世傳》：安世，字子孺。宣帝初拜爲大司馬。《蜀志·陳震傳》：入拜尚書。

〔一七〕〔補注〕《左傳·成公二年》：「唯器與名，不可以假人，君之所司也。」杜預注：「器，車服；名，爵號。』

〔一一八〕藩維，見《爲彭陽公興元請尋醫表》注〔八〕。

〔一一九〕〔錢注〕《史記·田敬仲完世家贊》：非通人達才，誰能注意焉？

〔一二〇〕〔補注〕《禮記·月令》：『勉諸侯，聘名士，禮賢者。』

〔一二一〕〔錢注〕謂試校書郎，詳後《祭外舅司徒公文》。《初學記》：魚豢《魏略》：芸香，辟紙魚蠹，故藏書臺稱芸臺。《漢書·張安世傳》：爲子延壽求出補吏。《後漢書·班固傳》：召詣校書郎，除蘭臺令史。〔補注〕補吏，指官吏有缺位，選員補任。《新唐書·王茂元傳》：『德宗時上書自薦，擢試校書郎。』

〔一二二〕〔錢注〕謂上書自薦。《國語》：史獻書。《漢書·東方朔傳》：武帝初即位，四方士多上書言得失，自衒鬻者以千數。朔初來上書，文辭不遜，高自稱譽，上偉之。〔補注〕象魏，古代天子、諸侯宫門外之一種高建築，亦稱闕、觀，爲懸示教令之所。《周禮·天官·太宰》：『正月之吉，始和，布治於邦國都鄙，乃懸治象之灋于象魏，使萬民觀治象，挾日而斂之。』此借指朝廷。

〔一二三〕〔錢注〕《漢書·鄭崇傳》：尚有因緣。《北齊書·樊遜傳》：家無蔭第。〔補注〕因緣，憑藉。

〔一二四〕〔錢注〕《史記·陳杞世家》：不足齒列。〔補注〕《詩·周南·卷耳》：『嗟我懷人，寘彼周行。』周行，本指周官行列，後泛指朝官行列。

〔一二五〕〔錢注〕任昉《天監三年策秀才文》：因藉時來。

〔一二六〕宦，《全文》作『官』，從錢校據胡本改正。〔錢注〕李密《陳情表》：本圖宦達。

〔一二七〕〔錢注〕（任）邕容經略、嶺南節度。《水經注》：連水出南康縣涼熱山，連谿山即大庾嶺也，五嶺之最東矣，故曰東嶠山。又：耒水又西，黄水注之，水出縣西黄岑山，山則騎田之嶠，五嶺之第二嶺也。又：部山即部龍之嶠也，五嶺之第三嶺也。又：馮水又左合萌渚之水，水南出於萌渚之嶠，五嶺之第四嶺也。又：越城嶠水南出越城之嶠，嶠即五嶺之西嶺也。秦置五嶺之戍，是其一焉。左思《魏都賦》：蠻陬夷落，譯導而通，鳥獸之氓也。〔補

注〕《舊唐書·文宗紀》：大和二年四月，『壬午，以邕管經略使王茂元爲容管經略使。』茂元任邕管經略使，約在大和元年至二年四月。任容管經略使，約在大和二年四月至五年間。離容管任後，曾任太子賓客或詹事，又爲右金吾衛將軍。《舊唐書·文宗紀》：大和七年正月，『以右金吾衛將軍王茂元爲嶺南節度使。』

〔二八〕〔錢注〕《韓詩外傳》：衆或滿堂而飲酒，有人嚮隅悲泣，則一堂爲之不樂。〔補注〕此『一隅』指海嶠、蠻陬邊遠之地。

〔二九〕〔錢注〕《晋書·王遜傳》：遜字邵伯，累遷上洛太守，私牛馬在郡生駒犢者，秩滿悉以付官。

〔三〇〕〔錢注〕《晋書·吴隱之傳》：隱之爲廣州刺史，常食不過菜及乾魚而已。帳下人進魚，每剔去骨存肉。隱之覺其用意，罰而黜焉。

〔三一〕〔錢注〕《史記·秦始皇紀》注：正義曰：旄節者，編旄爲之，以象竹節。〔補注〕《新唐書·楊汝士傳》：『開成初，繇兵部侍郎爲東川節度使。時嗣復鎮西川，乃族昆弟，對擁旄節，世榮其門。』此『旄節』即指鎮守一方之長官所擁有之節。

〔三二〕護，《全文》作『獲』，從錢校據胡本改正。〔錢注〕《史記·田叔傳補》：使田仁護邊田穀於河上。又《秦始皇紀》：巡隴西、北地，出雞頭山，過回中焉。注：回中在安定。〔補注〕《新唐書·王茂元傳》：『鄭注用事，遷涇原節度使。』《舊唐書·文宗紀》：大和九年十月，『癸未，以前廣州節度使王茂元爲涇原節度使。』

〔三三〕〔錢注〕《釋名》：狹而長曰艨艟，以衝突敵船。〔補注〕講，演習、訓練。罷講艨艟，謂罷鎮嶺南。

〔三四〕〔錢注〕《史記·司馬相如傳》：烽舉燧燔。注：烽，見敵則舉；燧，有難則焚。烽主晝，燧主夜。〔補注〕學燒烽燧，謂遷鎮涇原，防禦邊寇。

〔三五〕〔補注〕《書·堯典》：『乃命羲、和，欽若昊天，曆象日月星辰，敬授人時。』堯曆，語本此。四頒堯曆，指自大和九年至開成三年，共歷四年。

〔三六〕〔錢注〕《史記·樊酈滕灌傳贊》：垂名漢廷。〔按〕二句倒文，謂『一别漢庭，四頒堯曆』。

〔三七〕〔錢注〕《漢書·西域傳》：西域以孝武時始通，東則接漢，阸以玉門、陽關，西則限以葱嶺。《説文》：羴，羊臭也，或從亶。

〔三八〕〔錢注〕《後漢書·班超傳》：破白山。注：西域有白山，通歲有雪，亦名雪山。〔按〕此「雪山」當指今新疆境内之天山山脉。安史亂後，唐安西、北庭都護府所轄地均爲吐蕃所佔，見《舊唐書·吐蕃傳》。

〔三九〕〔錢注〕班固《幽通賦》：管彎弧欲斃讎兮。

〔四〇〕〔錢注〕蔡邕《獨斷》：皇帝至尊之稱。皇者，煌也。盛德煌煌，無所不照。帝者，諦也。能行天道，事天審諦，故稱皇帝。陛下者，陛，階也，所由升堂也。天子必有近臣執兵陳于陛側，以戒不虞。謂之陛下者，羣臣與天子言，不敢指斥天子，故呼在陛下者而告之，因卑達尊之意也。上書亦如之。

〔四一〕〔錢注〕《史記·田叔傳》：孝文帝問曰：『公知天下長者乎？』叔頓首曰：『故雲中守孟舒，長者也。』〔補注〕《史記·田叔傳》：『是時孟舒坐虜大入塞劫，雲中尤甚，免。上曰：「先帝置孟舒雲中十餘年矣，虜曾一入，孟舒不能堅守，毋故士卒戰死者數百人。長者固殺人乎？公何以言孟舒爲長者也？」叔叩頭對曰：「是乃孟舒所以爲者也。夫貫高等謀反，上下明詔，趙有敢隨張王，罪三族。然孟舒自髡鉗，隨張王敖之所在，欲以身死之，豈自知爲雲中守哉！漢與楚相距，士卒罷敝。匈奴冒頓新服北夷，來爲邊害，孟舒知士卒罷敝，不忍出言，士爭臨城死敵，如子爲父，弟爲兄，以故死者數百人。孟舒豈故驅戰之哉！是乃孟舒所以爲長者也。」於是上曰：「賢哉孟舒！」復召孟舒以爲雲中守。』

〔四二〕〔錢注〕《西京雜記》：傅介子好學書，嘗棄觚而歎曰：『大丈夫當立功絶域，何能坐事散儒？』後斬樓蘭王首，封義陽侯。〔補注〕二句謂皇帝肯定自己長者之名與立功之志，而已實未建立邊功。

〔四三〕〔補注〕《詩·大雅·皇矣》：『乃眷西顧。』鄭玄箋：『乃眷然運視西顧。』此謂君王稍緩對西北邊塞之關顧，意即邊塞形勢稍有緩和。

〔四四〕〔錢注〕《後漢書·韋彪傳》：欲借寵時賢以爲名。庾亮《讓中書令表》：出總六軍。

〔四五〕〔錢注〕《藝文類聚》：《物理論》曰：高祖定天下，置丞相以統文德，立大司馬以整武事，爲二府焉。

〔四六〕〔錢校〕未，原作「末」，今據胡本改正。

〔四七〕〔錢注〕《天中記》：唐初，將相官告用銷金箋及金鳳紙書之，餘皆魚箋、花箋而已。

〔四八〕〔錢注〕《舊唐書·高宗紀》：今後尚書省下諸司、州、縣，宜並用黄紙。其承製敕之司，量爲卷軸，以備披檢。〔補注〕此謂官告卷以玉軸。

〔四九〕〔補注〕《左傳·僖公二十四年》：「竊人之財，猶謂之盜，況貪天之功以爲己力乎？」

〔五〇〕〔錢注〕謝靈運《山居賦》：恭窺前經。

〔五一〕〔補注〕《詩·小雅·角弓》：「民之無良，相怨一方。受爵不讓，至於已斯亡。」

〔五二〕〔補注〕《論語·顔淵》：「子夏曰：富哉言乎！」《詩·周南·葛覃》：「爲絺爲綌，服之無斁。」鄭箋：「斁，厭也。」

〔五三〕〔錢注〕《新唐書·百官志》：凡爵九等：一曰王，食邑萬户，正一品；二曰嗣王、郡王，食邑五千户，從一品；三曰國公，食邑三千户，從一品；四曰開國郡公，食邑二千户，正二品；五曰開國縣公，食邑千五百户，從二品；六曰開國縣侯，食邑千户，從三品；七曰開國縣伯，食邑七百户，正四品；八曰開國縣子，食邑五百户，正五品上；九曰開國縣男，食邑三百户，從五品上。

〔五四〕〔錢注〕《荀子》：孔子觀於魯桓公之廟，有欹器焉，孔子問於守廟者曰：「此爲何器？」守廟者曰：「此蓋爲宥坐之器。」孔子曰：「吾聞宥坐之器，虚則欹，中則正，滿則覆。」孔子顧謂弟子曰：「注水焉。」弟子挹水而注之，中而正，滿而覆，虚而欹。孔子喟然歎曰：「吁！惡有滿而不覆者哉！」按：漢崔瑗有座右銘。〔補注〕《左傳·昭公七年》：「故其鼎銘云：一命而僂，再命而傴，三命而俯，循牆而走，亦莫余敢侮。」循牆，謂避開道路中央，靠牆而行，表示恭謹或畏懼。

〔五五〕〔錢注〕《隋書·史祥傳》：循涯揣分。

〔五六〕〔錢注〕揚雄《解嘲》：高明之家，鬼瞰其室。
〔五七〕〔錢注〕《晋書·山濤傳》：當崇至公，勿爲虚飾之煩。
〔五八〕〔補注〕《易·謙》：『鬼神害盈而福謙，人道惡盈而好謙。』
〔五九〕〔錢注〕《管子》：釜鼓滿，則人概之；人滿，則天概之。〔補注〕概爲量穀物時刮平斗斛之器具，此猶刮平、削平之意。
〔六〇〕〔錢注〕《隋書·音樂志》：陽光煦物，温風先導。
〔六一〕〔錢注〕班固《東都賦》：散皇明以燭幽。
〔六二〕〔錢校〕待，疑當作『特』。〔按〕錢校近是。
〔六三〕〔錢注〕任昉《上蕭太傅固辭奪禮啓》：霈然降臨，賜寢嚴命。
〔六四〕〔錢注〕《晋書·羊祜傳》：外揚王化，内經廟略。
〔六五〕〔錢注〕《史記·張儀傳》：説趙王曰：『今楚與秦爲昆弟之國，而韓、梁稱爲東藩之臣，齊獻魚鹽之地，此斷趙之右臂也。』又《劉敬傳》：夫與人鬭，不搤其肮，拊其背，未能全其勝也。今陛下入關而都，此亦搤天下之肮而拊其背也。〔補注〕搤吭，扼住咽喉。
〔六六〕〔錢注〕《史記·樂毅傳》：樂毅留徇齊五歲，下齊七十餘城。又《陳涉世家》：諸將之徇地者，不可勝數。
〔六七〕〔補注〕《禮記·王制》：『有功德于民者，加地進律。』鄭玄注：『律，法也。』進律，指提高標誌爵位之禮儀等級。
〔六八〕〔錢注〕曹植《求自試表》：夫自衒自媒者，士女之醜行也。
〔六九〕〔錢注〕《晋書·陶侃傳》：蘇峻作逆，平南將軍温嶠要侃同赴朝廷，因推爲盟主。侃與温嶠、庾亮等俱會石頭，諸軍與峻戰陳陵東，斬峻於陣。峻弟逸復聚衆，侃與諸軍斬逸於石頭。侃旋江陵，尋以爲侍中、太尉，加羽葆鼓吹。

〔七〇〕〔錢注〕《禮·雜記》疏：羽葆者，以鳥羽注於柄頭如蓋，謂之羽葆。葆，謂蓋也。〔補注〕羽葆，帝王儀仗中以鳥羽聯綴爲飾之華蓋。

〔七一〕〔錢注〕《後漢書·班超傳》：章帝八年，拜爲將兵長史，假鼓吹幢麾。王符《潛夫論》：及其成名立績，德音令聞不已。《説文》：鼙，騎鼓也。〔補注〕《禮記·樂記》：『君子聽鼓鼙之聲，而思將帥之臣。』

〔七二〕〔錢注〕《北史·竇熾傳》：及其望位隆重，而子孫皆處列位。

〔七三〕〔錢注〕《通鑑·唐玄宗紀》注：押牙者，盡管節度使牙内之事。按：押衙爲劉石。見後《官後狀》。

〔七四〕〔補注〕恩告，即皇帝所賜之官告。

爲濮陽公附送官告中使回狀〔一〕

右今月某日，中使某至，奉宣恩旨，賜臣前件敕書、手詔、官告者〔二〕。已准詔旨示軍吏僧道耆老等。其官告已差押衙某奉表陳讓訖。

臣才謝適時，知非周物〔三〕。承私門有後之慶，當大朝猶宥之恩〔四〕。頡頏漸高〔五〕，騰凌必遠。雕蟲可恥，揚子雲不以爲文〔六〕；跨馬莫能，杜元凱于何稱武〔七〕？遂叨旗鼓〔八〕，及建麾幢〔九〕。南犯瘴煙〔一〇〕，遠提龍户〔一一〕；西當爟火〔一二〕，密控犬戎〔一三〕。臨長萬人〔一四〕，董齊千乘〔一五〕。可以專殺，未嘗負租〔一六〕。況又榮假冬卿，顯分霜憲〔一七〕，軍前列秦時御史〔一八〕，幕下辟漢日郎官〔一九〕。碧落仰瞻，已參星象〔二〇〕；丹霄迴望〔二一〕，了别塵泥。滿盈之戒是虞，富貴之願斯足〔二二〕。而九國未至〔二三〕，六戎尚存〔二四〕。闕懸藁街〔二五〕，阻作飲器〔二六〕。礙白環之貢獻〔二七〕，隔青鳥之神仙〔二八〕。閱軍實而皆裂兵符〔二九〕，視戰格而髮衝武弁〔三〇〕。苟拘司敗〔三一〕，已漏嚴科〔三二〕。豈可授列五兵〔三三〕，任兼八座〔三四〕？詔開垂露〔三五〕，降自天家〔三六〕；中使飛星〔三七〕，來從日域〔三八〕。紫泥猶溼〔三九〕，黄紙未乾〔四〇〕。宣傳而誰則儒夫，感激而孰非死士〔四一〕？固不合更稽成命〔四二〕，重曠殊恩。竊以君人者在度材而命官，臣下者宜論功而受賞。《易》憂且乘〔四三〕，《詩》戒斯亡〔四四〕。上斁彝倫〔四五〕，下招顛隕。實關國柄〔四六〕，非止臣身。是敢輒黷冕旒〔四七〕，亟陳章疏〔四八〕。言之必可，顯孫寧忘於書紳〔四九〕；汗出而收〔五〇〕，漢祖何妨於銷印〔五一〕！

伏惟皇帝陛下，深迴睿鑒，曲被鴻慈，從國僑讓邑之言〔五二〕，獎成季辭卿之志〔五三〕。俾無賞僭〔五四〕，以激當官〔五五〕。儻麤得揚威，稍能陳力，恢復河右，收《禹貢》之地圖〔五六〕；蕩定隴西，雪皇唐之祖業〔五七〕。則亦不敢更辭竹帛〔五八〕，復拒鼎彝〔五九〕。明神所知〔六〇〕，丹慊具在〔六一〕。臣不勝感恩陳乞悃款屏營之至〔六二〕！

〔一〕本篇原載清編《全唐文》卷七七二第一五頁、《樊南文集補編》卷一。題内『中』字，《全文》誤作『申』，據錢校改。〔按〕此狀當與《爲尚書濮陽公涇原讓加兵部尚書表》同時作，參該篇注〔一〕按語。

〔二〕〔錢注〕《新唐書·百官志》：凡王言之制有七：六曰論事敕書，戒約臣下則用之。《後漢書·東平王蒼傳》：顯宗遣使手詔國中傳。〔補注〕敕書爲皇帝慰諭公卿、戒約朝臣之文書，手詔則皇帝親筆書寫之詔書。官告已見前狀注〔五〕。

〔三〕〔補注〕《易·繫辭上》：『知周乎萬物而道濟天下，故不過。』

〔四〕〔錢注〕茂元，栖曜子。《戰國策》：塞私門之請。〔補注〕《左傳·桓公二年》：『臧孫達其有後於魯乎？君違，不忘諫之以德。』又《襄公二十一年》：『夫謀而鮮過，惠訓不倦者，叔向有焉，社稷之固也，猶將十世宥之，以勸能者。』宥，赦罪。

〔五〕頏，《全文》作『頑』，據錢校改。〔錢注〕《詩·燕燕》傳：飛而上曰頡，飛而下曰頏。

〔六〕〔錢注〕揚子《法言》：或問：『吾子少而好賦？』曰：『然，童子雕蟲篆刻。』俄而曰：『壯夫不爲也。』

〔七〕〔錢注〕《晉書·杜預傳》：預字元凱，身不跨馬，射不穿札，而每任大事，輒居將率之列。〔補注〕《晉書·杜預傳》：『預在内七年，損益萬機，不可勝數，朝野稱美，號曰「杜武庫」，言其無所不有也。』『稱武』疑用此。按《會昌一品集·九月四日請授宰兼攻討狀》云：『王茂元雖是將家，久習吏事，深入攻討，非其所長。』似可與『跨馬莫能』參證。

〔八〕〔錢注〕《史記·淮陰侯傳》：信建大將之旗鼓，鼓行出井陘口。

〔九〕〔錢注〕《吴志·孫權傳》注：《江表傳》：以大將軍曲蓋麾幢督幽州、青州牧。〔補注〕建，樹立；麾，旌旗，古代建大麾以封藩國，見《周禮·春官·巾車》。幢，赤幢（垂筒形旌旗），古爲將軍刺史之儀仗。建麾幢，謂出鎮一方爲地方長官。

〔一〇〕〔錢注〕謂嶺南。《後漢書·公孫瓚傳》：日南多瘴氣。

〔一一〕〔錢注〕《南部新書》：龍户見水色則知有龍。〔補注〕龍户，指舊時南方之水上居民，亦稱蜑户、蛋户。以其入水輒繡面文身，以象蛟龍之子，故稱龍户。提，率領，統率。

〔一二〕〔錢注〕《晉書·天文志》：軒轅西四星曰爟。爟者，烽火之爟也，邊亭之警候。〔補注〕爟火，報警之烽火。庾信《周上柱國齊王憲神道碑》：『匈奴突於武川，爟火通於灞上。』西當爟火，謂西鎮涇原。

〔一三〕〔錢注〕（犬戎）謂吐蕃。《國語》：今自大畢、伯仕之終也，犬戎氏以其職來王。《舊唐書·突厥傳》：吐蕃，狗種。〔補注〕杜甫《揚旗》詩：『三州陷犬戎，但見西嶺青。』

〔一四〕〔錢注〕《國語》：亦惟是死生之，服物采章，以臨長百姓，而輕重布之。〔補注〕臨長，治理統轄。

〔一五〕〔錢注〕《魏志·王淩傳》注：《魏略》：董齊東夏。〔補注〕董齊，統率、領導。錢注引係征伐之使歸一統之意，非此句所用之義。

〔一六〕〔錢校〕負，胡本作『覆』。〔錢注〕《漢書·兒寬傳》：寬遷左内史，收租税，時裁闊狹，與民相假貸，以故租多不入。後有軍發，左内史以負租課殿，民聞當免，皆恐失之。大家牛車，小家擔負，輸租繦屬不絶，課更以最。〔補注〕負租，拖欠租税。

〔一七〕〔錢注〕《通典》：隋及唐皆曰御史臺。龍朔二年，改爲憲臺。咸亨二年復舊。門北闢，主陰殺也。故御史爲風霜之任，彈糾不法，百僚震恐，官之雄俊，莫之比焉。舊制但風聞彈事提綱而已。〔岑仲勉曰〕余按唐制，雄藩例兼御史大夫，觀察率兼中丞。此〔霜憲〕指大夫言，非中丞也。〔補注〕冬卿，指工部尚書。周代冬官爲六卿之一，主管百工事務，後因稱工部尚書爲冬卿。王茂元在加兵部尚書銜之前曾加工部尚書，早在任廣州節度使時已加御史大夫，《爲濮陽公官後上中書門下狀》『往在番禺，已分風憲；及移安定，又假冬卿』可證。本文『榮假冬卿，顯分霜憲』謂其檢校工部尚書、兼御史大夫。

〔一八〕〔錢注〕《新唐書·百官志》：至德後，諸道使府參佐，皆以御史爲之，謂之外臺。《漢書·張蒼傳》：秦時爲御史。〔補注〕秦時設御史大夫，職副丞相；并以御史監郡，遂有糾察彈劾之權。此指幕官帶御史銜。

〔一九〕〔錢注〕《通典》：郎官謂之尚書郎，漢置。〔補注〕此指幕官所帶京銜。

〔二〇〕〔錢注〕《度人經》：昔於始青天中碧落，空歌大浮黎土，受元始度人無量上品。王融《永明十一年策秀才文》：惟王建國，惟典命官，上叶星象，下符川嶽。〔補注〕已參星象，謂官位已列於三台八座之位，上應列宿。

〔二一〕〔錢注〕荀悦《漢紀》：故願一登文石之階，陟丹霄之途。

〔二二〕〔錢注〕《宋書·王華傳》：孔寧子與華並有富貴之願，自徐羨之等秉權，日夜搆之於太祖，華每切齒憤咤。元嘉三年，誅羡之等，華還護軍，侍中如故。〔補注〕《顔氏家訓·止足》：『天地鬼神之道，皆惡滿盈，謙虚沖損，可以免害。』

〔二三〕〔錢注〕《禮》『西方有九國』疏：西方有九國來賓。

〔二四〕〔補注〕《周禮·夏官·職方氏》：『五戎六狄。』鄭玄注引《爾雅》曰：『九夷、八蠻、六戎、五狄，謂之四海。』按今本《爾雅·釋地》作『七戎』。邢昺疏：『《風俗通》云：斬伐殺生，不得其中。戎者兇也，其類有六。』後以六戎爲西方民族之通稱。

〔二五〕〔錢注〕《漢書·陳湯傳》：建昭三年，湯與甘延壽上疏曰：郅支單于，慘毒行於民，大惡通於天。臣延壽、臣湯將義兵行天誅，賴陛下神靈，陷陳克敵，斬郅支首及名王以下，宜懸頭槀街蠻夷邸間，以示萬里，明犯彊漢者，雖遠必誅。〔補注〕槀街，漢長安城南門内街名，爲屬國使節館舍所在地。

〔二六〕〔錢注〕《史記·大宛傳》：匈奴破月氏王以其頭爲飲器。

〔二七〕〔錢注〕《竹書紀年》：帝舜九年，西王母來朝，獻白環玉玦。

〔二八〕〔錢注〕《初學記》：《漢武故事》：七月七日，上于承華殿齋，正中，忽有一鳥從西而來。上問東方朔，朔曰：『此西王母來。』〔補注〕《穆天子傳》卷三：『乙丑，天子觴西王母於瑶池之上。』《史記·大宛列傳論》：『崑崙其高二千五百餘里，日月所相避隱爲光明也，其上有醴泉、瑶池。』《爾雅·釋地》：『觚竹、北户、西王母、日下，謂之四荒。』郭璞注：『西王母在西，皆四方昏荒之國。』二句謂由於吐蕃侵佔河隴，西域各國與唐朝隔絶不通。

〔二九〕〔錢注〕《史記·項羽紀》：樊噲瞋目視項王，頭髮上指，目眦盡裂。又《信陵君傳》：魏王使將軍晉鄙救趙，兵符常在王卧内。〔補注〕軍實，軍用器械與糧餉。《左傳·宣公十二年》：『在軍，無日不討軍實而申儆之。』杜預注：『軍實，軍器。』

〔三〇〕〔錢注〕《通典》：筂籬，戰格，於女牆上跳出三尺，用避矢石。《史記·藺相如傳》：相如持璧卻立倚柱，怒髮上衝冠。《後漢書・輿服志》：武冠一曰武弁。〔補注〕《通鑑・光啓三年》「焚戰格以應師鐸」胡三省注：「戰格，列木爲之……今謂之排杈。」即戰柵。

〔三一〕〔補注〕《左傳・文公十年》：「臣免於死，又有讒言，謂臣將逃，臣歸死於司敗也。」杜預注：「陳、楚名司寇曰司敗。」亦泛指司法機關。《周書・文帝紀上》：「臣不能式遏寇虐，遂使乘輿遷幸。請拘司敗，以正刑書。」

〔三二〕〔錢注〕《宋書・自序》：故同之嚴科。〔補注〕嚴科，嚴厲之法律。

〔三三〕〔錢注〕《舊唐書・職官志》：兵部尚書，南朝謂之五兵尚書。〔補注〕《宋書・百官志上》：「魏世有吏部、左民、客曹、五兵、度支五曹尚書……五兵尚書領中兵、外兵二曹，昔有騎兵、别兵、都兵，故謂之五兵也。」

〔三四〕〔錢注〕《晉書・職官志》：後漢以三公曹、吏部曹、民曹、客曹、二千石曹、中都官曹，合爲六曹，并令僕二人，謂之八座尚書。

〔三五〕〔錢注〕《法書要録》：漢曹喜工篆隸，善懸針垂露之法。〔補注〕《初學記》卷二一引王愔《文字志》：「垂露書，如懸針而勢不遒勁，阿那若濃露之垂，故謂之垂露。」按：此「垂露」雙關帝王之降恩澤雨露。

〔三六〕〔錢注〕蔡邕《獨斷》：天子無外，以天下爲家，故稱天家。

〔三七〕〔錢注〕《後漢書・天文志》：流星出之爲中使。〔補注〕《後漢書・李郃傳》：「和帝即位，分遣使者，皆微服單行，各至州縣觀采風謡。使者二人當到益部，投郃候舍。時夏夕露坐……郃指星示云：「有二星使向益州分野。」」因稱使者爲「使星」。又古時以爲天節八星主使臣事，因稱使者爲「星使」。

〔三八〕〔錢注〕揚雄《長楊賦》：西厭月䖼，東震日域。〔補注〕日域，此指京城，謂皇帝所在之地。猶日下。

〔三九〕〔錢注〕《漢舊儀》：皇帝六璽，皆以武都紫泥封之。

〔四〇〕〔錢注〕《舊唐書・高宗紀》：上元三年，敕制比用白紙，多爲蟲蠹，今後尚書省下諸司、州縣，宜並用黄紙。

〔四一〕〔補注〕宣傳，宣布傳達。《左傳·定公十四年》：『句踐患吴之整也，使死士再，禽焉，不動。』二句謂向軍吏等人宣布傳達詔旨，衆皆感動激發。

〔四二〕〔錢注〕《説文》：稽，留止也。

〔四三〕〔補注〕《易·繫辭下》：『作《易》者，其有憂患乎？』《繫辭上》：『《易》曰：「負且乘，致寇至。」負也者，小人之事也；乘也者，君子之器也。小人而乘君子之器，盗思奪之矣。』孔疏：『此又明擬議之道，當量身而行，不可以小處大，以賤貪貴。』按《易·解》：『六三：負且乘，致寇至，貞吝。』喻居非其位，才不稱職，會招致禍患。

〔四四〕〔補注〕《詩·小雅·角弓》：『民之無良，相怨一方。受爵不讓，至于已斯亡。』

〔四五〕〔補注〕《書·洪範》：『帝乃震怒，不畀洪範九疇，彝倫攸斁。』孔傳：『斁，敗也。』彝倫，倫常、常道。

〔四六〕〔錢注〕《後漢書·王龔傳》：外典國柄。

〔四七〕〔補注〕古代天子之冕十二旒，見《周禮·夏官·弁師》。此借指皇帝。

〔四八〕〔錢注〕《漢書·揚雄傳》：獨可抗疏，時道是非。注：疏者，疏條其事而言之。〔補注〕亟，屢次。屢陳章疏，當兼前《讓加兵部尚書表》及此狀而言。

〔四九〕〔補注〕顓孫，複姓，孔子弟子有顓孫師。《史記·仲尼弟子列傳》：『顓孫師，陳人，字子張。』《論語·衛靈公》：『子張書諸紳。』邢昺疏：『紳，大帶也。子張以孔子之言書之紳帶，意其佩服無復忘也。』

〔五〇〕〔錢注〕《漢書·楚元王傳》：劉向上封事曰：《易》曰：『涣汗其大號。』言號令如汗，汗出而不反者也。今出善令，未能踰時而反，是反汗也。

〔五一〕〔錢注〕《史記·留侯世家》：漢王與酈食其謀撓楚權。食其曰：『陛下誠能復立六國後世，畢已受印，此其君臣百姓必皆戴陛下之德，陛下南向而霸，楚必斂衽而朝。』漢王曰：『善。』趣刻印。張良從外來，漢王具以酈生語告，良曰：『誰爲大王畫此計者？臣請藉前箸爲大王籌之。誠用客之謀，陛下事去矣！』漢王令趣銷印。

〔五二〕〔補注〕國僑，即春秋鄭大夫公孫僑，字子産（其父公子發，字子國，以父字爲氏，故又稱國僑）。子産讓邑事，見《左傳·襄公二十六年》：『鄭伯賞入陳之功。三月甲寅朔，享子展，賜之先路三命之服，先八邑。賜子産次路再命之服，先六邑。子産辭邑曰：「自上以下，隆殺以兩，禮也。臣之位在四，且子展之功也。臣不敢及賞禮，請辭邑。」公固予之，乃受三邑。公孫揮曰：「子産其將知政矣，讓不失禮。」』

〔五三〕〔補注〕成季，即趙衰。《史記·趙世家》：『趙衰卒，謚爲成季。』《左傳·僖公二十七年》：『命趙衰爲卿，讓於欒枝、先軫。』《國語·晋語四》：『公使趙衰爲卿，辭曰：「欒枝貞慎，先軫有謀，胥臣多聞，皆可以爲輔，臣弗如也。」』

〔五四〕賞，原注：疑。〔錢校〕胡本作『寧』。〔補注〕《左傳·襄公二十六年》：『善爲國者，賞不僭而刑不濫，賞僭，則懼及淫人；刑濫，則懼及善人。』賞字不誤。

〔五五〕〔補注〕《左傳·文公十年》：『當官而行，何彊之有？』當官，擔任官職。

〔五六〕〔錢校〕收，胡本作『牧』。〔錢注〕《晋書·裴秀傳》：又以職在地官，以《禹貢》山川地名，從來久遠，多有變易。後世説者或彊牽引，漸以暗昧。於是甄擿舊文，疑者則闕，古有而今無者，皆隨事注列，作《禹貢地域圖》十八篇，奏之。〔補注〕收《禹貢》之地圖，猶云復皇唐之舊域版圖。參下注。

〔五七〕〔錢注〕《新唐書·地理志》：天寶盜起，中國用兵，而河西、隴右不守，陷于吐蕃。至大中、咸通，始復隴右。

〔五八〕〔錢注〕《墨子》：書之於竹帛，鏤之於金石，以爲銘於鐘鼎，傳遺後世子孫。

〔五九〕〔錢注〕《宋書·劉穆之傳》：功銘鼎彝。

〔六〇〕〔補注〕《左傳·僖公二十八年》：『王子虎盟諸侯于王庭，要言曰：「皆奬王室，無相害也，有渝此盟，明神殛之！」』

〔六一〕〔錢注〕任昉《爲齊明帝讓宣城郡公第一表》：永昌之丹慊獲申。

〔六二〕〔錢注〕《楚辭·卜居》：吾寧悃悃款款朴以忠乎？〔補注〕悃款，誠摯。屏營，惶恐。

爲濮陽公官後上中書門下狀〔一〕

右今月日，當道押衙劉石回，伏蒙天恩重賜，加授檢校兵部尚書官告〔二〕，不許更陳讓者。某幸承餘慶〔三〕，遂會昌期。早慕修途〔四〕，獻書試吏〔五〕；晚存遠略〔六〕，傳劍論兵〔七〕。自擁節旄〔八〕，頻移星歲。常虞尸曠〔九〕，或抵彝章〔一〇〕。往在番禺，已分風憲〔一一〕；及臨安定，又假冬卿〔一二〕。善政蔑聞，奇勳莫建。而有不循階陛〔一三〕，超授班資〔一四〕。且《周禮》設官，邦政莫先乎司馬〔一五〕；漢史解詁，士貴無過于尚書〔一六〕。外顧輩流，内量涯分〔一七〕，遜而不免，居亦何安？蔡氏歷遷〔一八〕，楊公累代〔一九〕，方兹尊顯，殊曰寂寥。此皆相公假借軍聲〔二〇〕，贊揚聖澤〔二一〕，感而益懼，榮以宏憂。謹當切誡滿盈，遥加率勵〔二二〕。古者不辭于三仕，必願致身〔二三〕；昔人雖取于十官，終期無罪〔二四〕。麤申報效，以謝貪叨〔二五〕。苟遺此言〔二六〕，是不能享。鎮守有限〔二七〕，不獲奔走陳謝，伏增惶悚之至！

〔一〕本篇原載清編《全唐文》卷七七三第一二頁、《樊南文集補編》卷二。〔錢注〕《舊唐書·職官志》：中書

省，中書令二員，中書侍郎二員。門下省，侍中二員，門下侍郎二員。〔按〕中書門下，指任同中書門下平章事之宰相。《新唐書·百官志一》：『貞觀八年，僕射李靖以疾辭位，詔疾小瘳，三兩日一至中書門下平章事……自高宗已後，爲宰相者必加「同中書門下三品」……永淳元年，以黄門侍郎郭待舉、兵部侍郎岑長倩等同中書門下平章事。平章事入銜，自待舉始。』開成三年，任宰相者有楊嗣復、李珏，陳夷行、鄭覃。前有《讓加兵部尚書表》《附送官告中使回狀》，本篇爲『陳讓不允而致謝時相者』（錢箋）。計押衙劉石奉官告往返京師、涇原所需時日，此狀當作於前二篇之後十餘日左右。

〔二〕〔補注〕檢校，有官名而無實際職事之官。張鷟《朝野僉載》卷一：『正員不足，權補試、攝、檢校之官。』官告已見前《讓加兵部尚書表》注〔五〕。

〔三〕〔錢注〕茂元，栖曜子。〔補注〕《易·坤》：『積善之家，必有餘慶；積不善之家，必有餘殃。』《新唐書·王栖曜傳》：『貞元初，拜左龍武大將軍，出爲鄜坊節度使。十九年，卒，贈尚書右僕射。』

〔四〕〔錢注〕曹植《懷親賦》：赴修途以尋遠。〔補注〕修途，此喻指遠大政治前途。

〔五〕〔錢注〕謂上書自薦，試校書郎。獻書，見《讓加兵部尚書表》注〔二二〕。《南史·梁武紀》：甲族以二十登仕，後門以過立試吏。

〔六〕〔補注〕《左傳·僖公九年》：『齊侯不勤德而勤遠略，故北伐山戎，南伐楚。』此『遠略』爲『經略遠方』之意。而狀稱『晚存遠略』，係指深遠之謀略。《後漢書·西羌傳論》：『貪其暫安之執，信其馴服之情，計日用之權宜，忘經世之遠略。』

〔七〕〔錢注〕《史記·太史公自序》：在趙者以傳劍論顯。注：服虔曰：世善傳劍也。蘇林曰：傳手搏論而釋之。晋灼曰：《史記·吴起（傳）贊》曰：非信仁廉勇，不能傳劍論兵書也（按：今本《史記·太史公自序》作『不能傳兵論劍』）。

〔八〕〔錢注〕《漢書·蘇武傳》：武既至海上，仗漢節牧羊，卧起操持，節旄盡落。〔補注〕擁節旄，持節（符節）擁旄，爲鎮守一方之節度使。

〔九〕〔補注〕《書·五子之歌》：『太康尸位以逸豫。』《書·臯陶謨》：『無曠庶官，天工人其代之。』蔡沈集傳：『曠，廢也，言不可用非才，而使庶官曠廢其職也。』尸曠，尸位曠職。

〔一〇〕〔錢注〕任昉《爲范尚書讓吏部封侯第一表》：彝章載穆。〔補注〕抵，觸犯；彝章，猶常典。

〔一一〕〔錢注〕《舊唐書·地理志》：嶺南道廣州中都督府，隋南海郡。武德四年，置廣州，領南海縣，即漢番禺縣。南海郡，隋分番禺置南海縣，番山在州東三百步，禺山在北一里。〔二句謂〕茂元出鎮嶺南，已加御史中丞。

〔一二〕臨，錢注本作『移』，未出校，當涉上文『移』字而誤。〔錢注〕《舊唐書·地理志》：涇州，隋安定郡。〔補注〕風憲，古代御史掌糾彈百官，正吏治，故稱。此『風憲』指御史大夫，非中丞。〔二句謂〕移鎮涇原，又加工部尚書。

〔一三〕〔錢校〕有，疑當作『又』。〔補注〕不循階陛，謂不依照一定的級别次序。

〔一四〕〔補注〕超授，越級提升。班資，官階與資格。此指由工部尚書（後行）越級提升爲兵部尚書（前行），參《爲濮陽公上楊相公狀一》注〔一〇〕。

〔一五〕見《爲尚書濮陽公涇原讓加兵部尚書表》注〔一一〕〔一二〕。

〔一六〕詁，《全文》作『誥』，據錢校改。〔錢注〕《北堂書鈔》：《漢官解詁》：士之權貴，不過尚書。

〔一七〕〔錢注〕《隋書·董純傳》：寵踰涯分。〔補注〕涯分，限度、本分。

〔一八〕〔錢注〕《南史·蔡廓等傳贊》：自廓及凝，年移四代，高風素氣，無乏於時，其所以取貴，不徒然矣。

〔一九〕〔錢注〕《後漢書·楊震傳贊》：楊氏載德，仍世柱國。震畏四知，秉去三惑，賜亦無諱，彪誠匪忒，修雖才子，渝我淳則。

〔二〇〕〔補注〕假借，借助。

〔二一〕〔補注〕贊揚，贊助宣揚。

〔二二〕〔錢注〕《後漢書·祭肜傳》：肜乃率勵偏何，遣往討之。〔補注〕率勵，激勵、勉勵。

〔二三〕〔補注〕《論語·公冶長》：『令尹子文三仕爲令尹，無喜色；三已之，無愠色。』鮑照《謝永安令解禁止啓》：『志終四民，希絶三仕。』《論語·學而》：『事父母能竭其力，事君能致其身。』致身，獻身。

〔二四〕〔錢注〕《戰國策》：楚王問於范環曰：『寡人欲置相於秦，甘茂可乎？』對曰：『惠王之明，武王之察，張儀之好譖，甘茂事之，取十官而無罪，茂誠賢者也。然而不可相秦。秦之有賢相也，非楚之利也。』

〔二五〕〔錢注〕《莊子》：好經大事，變更易常，以挂功名，謂之叨；專知擅事，侵人自用，謂之貪。

〔二六〕〔錢校〕遺，疑當作『違』。

〔二七〕〔錢校〕《隋書·房陵王勇傳》：臣鎮守有限。

爲濮陽公上楊相公狀一〔一〕

某少乏高標〔二〕，本無遠韻〔三〕。徒以堅同匪石〔四〕，直慕如弦〔五〕，遂忝人曹〔六〕，乃行官牒〔七〕。略無淺效，以答明時。豈謂復冠六聯，又司九法〔八〕。柳營莫從於多讓〔九〕，蘭臺超假於前行〔一〇〕。若非相公允輔朝恩，克成人美〔一一〕，將其加秩〔一二〕，可以雄邊〔一三〕，則安得及兹，無容而授〔一四〕？謹當以身爲率，尅己而行，義若霜明〔一五〕，斷如劍刜〔一六〕。使其有勇，且兼知方〔一七〕。兔穴雖多〔一八〕，盡思堙塞；梟巢任固〔一九〕，皆誓焚除。微振軍聲，以緩官謗〔二〇〕。伏惟特賜恩察。

〔一〕本篇原載清編《全唐文》卷七七四第一五頁、《樊南文集補編》卷四。題内『濮陽』二字，《全文》原作『河東』，錢注本同，據張采田校證改。〔錢箋〕《新唐書·宰相世系表》：秦并天下，柳氏遷於河東。《舊唐書·柳仲郢傳》：元和十三年，進士擢第。會昌中，三遷吏部郎中、諫議大夫。李德裕奏爲京兆尹，改右散騎常侍，權知吏部銓事。宣宗即位，出爲鄭州刺史，遷爲河南尹。大中六（按：應爲『五』）年，轉梓州刺史、劍南東川節度使。在鎮五年，美績流聞，徵爲吏部侍郎。入朝未謝，改兵部侍郎。箋：此『楊相公』，與下陳相公、李相公諸狀，核其文義，皆當時宰執，非使相也。仲郢於大中六年出鎮，閱五年而内召，諸相必當同時。考《舊唐書·宣宗紀》《新唐書·宰相表》，此數年中，無姓氏與之相合者。其先楊有嗣復，陳有夷行，李有德裕、紳、回、讓夷，並年不相及，不可强通。宣宗之世，史氏自言簡籍遺落，十無二四，姑存疑可也。〔張箋〕案此七篇（指《爲河東（應作『濮陽』）公上楊相公狀一》《爲河東（應作『濮陽』）公上楊相公狀二》《爲河東（應作『濮陽』）公賀陳相公送土物狀》《爲河東（應作『濮陽』）公賀楊相公送土物狀》《爲河東（應作『濮陽』）公賀李相公送土物狀》《爲河東（應作『濮陽』）公上李相公狀一》《爲河東（應作『濮陽』）公上李相公狀二》），余早疑其誤。夫題曰『爲河東公』，以本集例之，必柳仲郢東川幕無疑。考仲郢鎮梓在大中五年，其内召在九年。此五年中，宰相則崔龜從、令狐綯、白敏中、崔鉉、魏謩、裴休，無陳相公、楊相公、李相公也。又《上楊相公第二狀》有『今荆州李相公』語，以《東觀奏記》考之，大中六年至八年鎮荆南者爲楊漢公，亦無李相公其人。宣宗朝史氏雖言簡籍遺落，然宰輔拜罷，斷無不見於册者。細檢《舊》《新》兩書，惟開成三年陳夷行在相位，楊嗣復、李珏同時入相，李石則以故相方鎮荆南，數乃正合。且《賀楊相公狀》云：『相公光由版籍，顯拜樞衡。』此指嗣復以户部尚書登庸也。《上李相公第二狀》云：『相公假道版圖，正位機密。』此指李珏以户部侍郎判户部事大拜也。又《上楊相公第二狀》云：『右件官是某親弟。自某年月蒙今荆州李相公差知埇橋院後，每虞敗累，輒祈休罷。相公推友悌之愛於天下，妙咳唾之末於藩條，爰擇良材，俾代其任。』考李石於開成元年曾兼諸道鹽鐵轉運使，而三年則楊嗣復領之，埇橋鹽院，正歸所屬，此尤證據之顯然者。然後知此七篇皆開成三年作，而題首『河東公』三字，必有誤也。以文中用典推之，如云：『兔穴雖多，盡思堙塞；梟巢任固，皆誓焚除。微振軍聲，以緩官謗。』又云：『某任屬啓行，志惟盡敵。』又云：『三刀之占，已聞於爲郡；萬里之相，復起於封侯。』又云：『今者適從亭障，方事鼓鼙。』皆邊鎮語，與王茂元正合，而是時義山適在涇原幕。然則『河東公』三字，殆皆『濮陽公』之訛歟？今故詳列而辨之。〔按〕張謂此七篇原題内之『河東』均爲『濮陽』之訛，極是，兹一一據改。然此七篇並非同時之作。本篇有『復冠六聯，又司九法』語，《爲河東（應作『濮陽』）公上李相公狀一》有『忽致遷昇，官踰三命之尊，秩總六條之首』語，與《爲河東（應作『濮陽』）公上鄭相公狀》有『超授厚官，仍常伯之榮，兼司馬之職』語，及《爲濮陽公上陳相公狀二》有『分起部而未淹，遷司戎而何速』語，均王茂元加兵部尚書後分上楊、李、鄭、陳四相所作，時間約在開成三年春夏間。而《爲河東（應作『濮陽』）公賀陳相公送土物狀》《爲河東（應作『濮陽』）公賀楊相公送土物狀》《爲河東（應作『濮陽』）公賀李相公送土物狀》《爲河東（應作『濮陽』）公上李相公狀二》四狀則爲陳夷行、楊嗣復、李珏開成三年九月己巳（十四）進門下侍郎、中書侍郎後致賀之作，時間在九月下旬。（另有《爲濮陽公上楊相公狀》《爲濮陽公上陳相公狀一》亦同時作。）《爲河東（應作『濮陽』）公上楊相公狀二》則當上於開成三年七月戊辰楊嗣復罷鹽鐵使之前。兹於此作一總説，各篇則結合具體情況略加考辨。

〔二〕〔錢注〕《晋書·劉惔傳》：其高自標置如此。〔補注〕高標，清高脱俗之風範、標格。

〔三〕〔錢注〕《晋書·庾敳傳》：長不滿七尺，而腰帶十圍，雅有遠韻。〔補注〕遠韻，高遠之風度氣韻。

〔四〕〔補注〕《詩·邶風·柏舟》：『我心匪石，不可轉也。』孔穎達疏：『言我心匪如石然，石雖堅尚可轉，我心堅，不可轉也。』

〔五〕〔錢注〕《後漢書·五行志》：順帝末，京都童謡曰：『直如弦，死道邊。』

〔六〕〔錢注〕鮑照《拜侍郎上疏》：生丁昌運，自比人曹。〔補注〕人曹，人羣、人輩。

〔七〕〔錢注〕《後漢書·李固傳》：其列在官牒者。〔補注〕官牒有二義，一指記載官吏姓名、爵禄之簿籍，一指授官之文書。此指前者。行官牒，謂姓名列入官吏之簿籍。

〔八〕〔補注〕《周禮·天官·小宰》：『以官府之六聯，合邦治。一曰祭祀之聯事，二曰賓客之聯事，三曰喪荒之聯事，四曰軍旅之聯事，五曰田役之聯事，六曰斂弛之聯事。凡小事皆有聯。』謂六方面之政務須官府各部門聯合行事。《周禮·夏官·大司馬》：『大司馬之職，掌建邦國之九灋（法），以佐王平邦國。』本指治理邦國之九種措施。此以『冠六聯』『司九法』借指兵部尚書之職。參注〔一〇〕。

〔九〕〔錢注〕《史記·絳侯世家》：匈奴大入邊，以河内守亞夫爲將軍，軍細柳以備胡。〔補注〕此指茂元陳讓加兵部尚書不許，詳《爲濮陽公官後上中書門下狀》。

〔一〇〕〔錢注〕《漢書·百官公卿表》：御史大夫有兩丞，秩千石。一曰中丞，在殿中蘭臺，掌圖籍祕書。〔補注〕前行（音形），唐代尚書省六部分前行、中行、後行三等：兵、吏與左右司爲前行，刑、户爲中行，工、禮爲後行。見王溥《唐會要》卷五七《尚書省分行次第》。官吏遷轉即按此次序，由後而中而前。此處『前行』即指兵部。超假，越級加（檢校兵部尚書）銜。蘭臺，即蘭省，指尚書省，用尚書郎握蘭含香趨走丹墀奏事之典（見應劭《漢官儀》卷上）。全句意即越級（越過中行户、刑尚書）昇遷爲檢校兵部尚書。錢氏引《漢書·百官公卿表》，蘭臺爲御史臺或宫中藏書之蘭臺，均與茂元加兵部尚書事無涉，實非，蓋緣『前行』既失注，又誤注『蘭臺』所致。兵部爲尚書省之前行，故前云『冠六聯』，亦指其地位首出於尚書省各部也。

〔一一〕〔補注〕《論語·顔淵》：『君子成人之美，不成人之惡。』

〔一二〕〔錢注〕《漢書·諸葛豐傳》：加豐秩光禄大夫。〔補注〕將，持也。加秩，指加檢校兵部尚書。

〔一三〕〔錢注〕《漢書·敘傳》：可以雄邊。

〔一四〕〔錢注〕鄒陽《獄中上書自明》：欲盡忠當世之君，而素無根柢之容。〔補注〕無容，無庸，無功。容，通『庸』。

〔一五〕〔錢注〕袁淑《效曹子建白馬篇》：義分明於霜，信行直如弦。

〔一六〕〔錢注〕《説苑》：干將、鏌鋣，拂鐘不錚，試物不知，揚刃離金，斬羽契鐵斧，此至利也；然以之補履，曾不如兩錢之錐。〔補注〕拂，以刀劍砍擊。

〔一七〕〔補注〕《論語·先進》：『子路率爾而對曰：「千乘之國……由也爲之，比及三年，可使有勇，且知方也。」』方，道義。

〔一八〕〔錢注〕馮煖曰：『狡兔有三窟，僅得免其死耳。』

〔一九〕〔錢注〕曹植《令禽惡鳥論》：昔荊人之梟，將巢於吳，鳩遇之曰：『何去荊而巢吳乎？』梟曰：『荊人惡予之聲。』鳩曰：『子不能革子之音，則吳、楚之民不異情也。爲子計者，莫若宛項戢翼，終身勿復鳴也。』〔按〕此未必用典。梟、兔均喻指異族，分狀其惡與狡。

〔二〇〕〔補注〕官謗，因居官不稱職而遭之謗議非難。語本《左傳·莊公二十二年》：『齊侯使敬仲爲卿，辭曰：「羈旅之臣……敢辱高位，以速官謗？」』

爲濮陽公上李相公狀一〔一〕

某頑謝雕鐫〔二〕，散慚繩墨〔三〕，敢言人地〔四〕，可至圭符〔五〕。三刀之占，已聞於爲郡〔六〕；萬里之相，復起於封侯〔七〕。而效若豪輕〔八〕，功如髮細。縱欲志兼冰蘗〔九〕，性約韋絃〔一〇〕，纔可立身〔一一〕，未能報主〔一二〕。昨者誰謂尤異〔一三〕，忽致遷昇，官踰三命之尊〔一四〕，秩總六條之首〔一五〕。深惟速謗〔一六〕，是切固辭〔一七〕。而假器如前〔一八〕，循牆無及〔一九〕。方玆有覥〔二〇〕，敢以爲榮。相公優禮藩維〔二一〕，宏宣渥澤。與之不恡〔二二〕，期以有成。亦既思維，莫能負荷。但當驅羊而鞭其最後〔二三〕，牧馬而去其害羣〔二四〕。極力訓齊，悉心董正〔二五〕。冀無虞前敵，取效他年。用報國恩，兼酬廟算。伏惟特賜恩察。

〔一〕本篇原載清編《全唐文》卷七七四第一八頁、《樊南文集補編》卷四。題内『濮陽』二字，《全文》作『河東』，據張采田校證改。詳見《爲濮陽公上楊相公狀一》注〔一〕引張氏《會箋》。〔按〕李相公，李珏。狀有『昨者誰謂尤異，忽致遷昇，官踰三命之尊，秩總六條之首，深惟速謗，是切固辭，而假器如前，循牆無及』等語，當爲加兵部尚書陳讓不允上時相申謝之作，約上於開成三年春夏間。

〔二〕〔錢注〕庾信《枯樹賦》：雕鐫始就。〔補注〕句意用《論語·公冶長》：『宰予晝寢。子曰：「朽木不可雕也，糞土之牆不可圬也。」』

〔三〕〔錢注〕《莊子》：惠子謂莊子曰：『吾有大樹，人謂之樗，其大本擁腫而不中繩墨，其小枝拳曲而不中規矩，立之塗，匠者不顧。』又：匠石之齊，見櫟社樹，觀者如市，匠伯不顧，遂行不輟，曰：『已矣。散木也，是不材之木也，無所可用。』〔補注〕散，無用之木、不材之木。

〔四〕〔錢注〕《南齊書·王融傳》：融自恃人地，三十内望爲公輔。〔補注〕人地，指品學門第。

〔五〕〔錢注〕王融《永明十一年策秀才文》：頃深汰珪符。〔補注〕圭，古作珪，瑞玉。古代封爵授土時，賜珪以爲信。圭符，封官爵之信符。《左傳·哀公十四年》：『司馬牛致其邑與珪焉，而適齊。』杜預注：『珪，守邑符信。』

〔六〕〔錢注〕《晉書·王濬傳》：濬夜夢三刀於卧室梁上，須臾又益一刀，意甚惡之，主簿李毅賀曰：『三刀爲州字，又益一者，明府其臨益州乎？』果遷益州刺史。

〔七〕〔錢注〕《後漢書·班超傳》：相者指曰：『生燕頷虎頸，飛而食肉，此萬里封侯相也。』〔補注〕二句謂爲州刺史、節度使。

〔八〕〔補注〕豪，通『毫』，細毛。

〔九〕〔錢注〕按：飲冰食檗，文中屢用。白香山詩：『三年爲刺史，飲冰復食檗。』則不始於義山矣。『飲冰』，見《莊子》；『食檗』，未詳所出。〔補注〕《莊子·人間世》：『今吾朝受命而夕飲冰，我其内熱與？』成玄英疏：『諸梁晨朝受詔，暮夕飲冰，足明怖懼憂愁，内心燻灼。』食檗，亦作『食蘗』。『食蘗』，服食味苦之黄柏（檗）。薛逢《與崔況秀才書》：『飲冰勵節，食蘗苦心。』志兼冰蘗，謂立志清苦，清白自守。

〔一〇〕〔錢注〕《韓非子》：西門豹性急，故佩韋以自緩；董安于性緩，故佩弦以自急。

〔一一〕〔補注〕《孝經·開宗明義》：『立身行道，揚名於後世，以顯父母，孝之終也。』此謂立一己之身，與下『未能報主』相對而言。

〔一二〕〔錢注〕曹植《求自試表》：臣之事君，必殺身静亂，以功報主也。

〔一三〕〔補注〕尤異，政績優異卓著。《漢書·宣帝紀》：『潁川太守黄霸以治行尤異，秩中二千石。』

〔一四〕〔補注〕周代分官爵爲九等，稱九命。三命爲公侯伯之卿。詳見《周禮·春官·典命》《禮記·王制》。《禮記·王制》：『大國之卿，不過三命。』

〔一五〕〔錢注〕《漢書·百官公卿表》注：《漢官典質儀》云：刺史班宣，周行郡國，省察治狀，黜陟能否，斷治冤獄，以六條問事，非條所問，即不省。一條，彊宗豪右田宅踰制，以强凌弱，以衆暴寡；二條，二千石不奉詔書遵承典制，倍公向私，旁詔守利，侵漁百姓，聚斂爲姦；三條，二千石不卹疑獄，風厲殺人，怒則任刑，喜則淫賞，煩擾刻暴，割截黎元，爲百姓所疾，山崩石裂，訞祥訛言；四條，二千石選署不平，苟阿所愛，蔽賢寵頑。五條，二千石子弟恃怙榮勢，請託所監；六條，二千石違公下比，阿附豪强，通行貨賂，割損正令也。〔按〕錢注『六條』係漢代刺史班行之六條詔書，以考察官吏者。此項職權相當於唐代方鎮所持有職權之某一方面。而茂元大和九年已任涇原節度使，似不得謂因政績『尤異』而『遷昇』此職。詳參上下文義，及《爲濮陽公上楊相公狀一》《爲濮陽公上陳相公狀二》《爲濮陽公上鄭相公狀》，此狀所謂『總六條之首』，當指其加兵部尚書，亦即『冠六聯』之義。《南史·宋江夏文獻王義恭傳》：『義恭既至，勸孝武即位。授太尉，録尚書六條事，假黄鉞。』

〔一六〕〔補注〕《左傳·莊公二十二年》：『敢辱高位，以速官謗？』速謗，招致官不稱職之謗。

〔一七〕〔補注〕《書·大禹謨》：『禹拜稽首固辭。』切，懇切。

〔一八〕〔補注〕《左傳·昭公七年》：『晋人來治杞田，季孫將以成與之。謝息爲孟孫守，不可，曰：「人有言曰：雖有挈瓶之知，守不假器，禮也。」』假器，此指委以官職。《左傳·成公二年》：『唯器與名，不可以假人，君之所司也。』

〔一九〕〔補注〕循牆，避開道路中央，沿牆而行，表示恭謹或畏懼。語本《左傳·昭公七年》：『故其鼎銘云：一命而僂，再命而傴，三命而俯，循牆而走，亦莫余敢侮。』

〔二〇〕〔補注〕《詩·小雅·何人斯》：『有靦面目，視人罔極。』靦，面容羞愧。

〔二一〕〔補注〕《詩·大雅·板》：『价人維藩。』藩維，此指藩國、方鎮。

〔二二〕〔補注〕不恡，不吝。《文選·江淹〈陳思王詩〉》：『君王禮英賢，不恡千金璧。』

〔二三〕〔錢注〕《列子》：君見其牧羊者乎？百千爲羣，使五尺童子荷箠而隨之，欲東而東，欲西而西。使堯牽一羊，舜荷箠而隨之，則不能前矣。〔補注〕驅羊，喻牧民。

〔二四〕〔錢注〕《莊子》：夫爲天下者亦奚以異乎牧馬哉，亦去其害馬而已矣。

〔二五〕〔補注〕訓齊，教化、齊一。董正，監督糾正，語本《書·周官》：『六服羣辟，罔不承德。歸于宗周，董正治官。』

爲濮陽公上鄭相公狀〔一〕

某學輕筐篋〔二〕，略昧韜鈐〔三〕，仰藉時來〔四〕，因成福過〔五〕。夙當分土〔六〕，早竊持符〔七〕。皆已淹時，未始報政〔八〕。一時特迴天鑒，超授厚官，仍常伯之榮〔九〕，兼司馬之職〔一〇〕。而釁憂器滿〔一一〕，懼切泉深〔一二〕。旋避莫能，陳遜不獲〔一三〕。此皆相公優重干城之寄〔一四〕，導揚錫爵之恩〔一五〕，不計貪叨，但思獎賞。自卜斯審〔一六〕，所得尚多。謹清勵冰霜〔一七〕，堅同金石〔一八〕。漸期豐羨〔一九〕，粗振稜威〔二〇〕，少謝武皮〔二一〕，實甘馬革〔二二〕。伏惟特賜恩察。

校注

〔一〕本篇原載清編《全唐文》卷七七四第一六頁、《樊南文集補編》卷四。題内『濮陽』二字，《全文》作『河東』，據張采田校證改。詳下引張箋。〔錢箋〕〔鄭相公〕鄭朗也。《舊唐書》本傳：大中朝，爲工部尚書，遷御史大夫，改禮部尚書，以本官同平章事。又《宣宗紀》：大中七年四月，以御史大夫鄭朗同平章事。〔張箋〕狀云：『某學輕筐篋，略昧韜鈐，仰藉時來，因成福過。夙當分土，早竊持符，皆已淹時，未始報政。』則與仲郢初出鎮不合，且亦不似柳氏家世。考狀又云：『一時特迴天鑒，超授厚官，仍常伯之榮，兼司馬之職。』此乃指王茂元加兵部尚書而言。若仲郢則但加禮部尚書、御史大夫，所謂『大宗伯、大司憲，兼而寵之』（見崔珝所爲《東川制》），亦與狀中所稱未符，是鄭相公乃鄭覃，非朗也。涇原邊鎮，故又用『少謝武皮，實甘馬革』語。柳氏儒門，東川腹内，安得有此？然則此『河東公』仍爲『濮陽公』之訛無疑。觀其與上七篇同編，可證。〔按〕張氏考辨甚精，兹從之。與《爲濮陽公上楊相公狀一》《爲濮陽公上李相公狀一》及《爲濮陽公上陳相公狀二》均爲茂元加兵部尚書後陳謝時相之作。詳《爲濮陽公上楊相公狀一》注〔一〕引張箋及編著者按語。

〔二〕〔錢注〕《漢書·賈誼傳》：《陳政事疏》：俗吏之所務，在于刀筆筐篋，而不知大體。〔補注〕筐篋，竹編書箱。《南史·劉苞傳》：『少好學，能屬文，家有舊書，例皆殘蠹，手自編輯，筐篋盈滿。』

〔三〕〔錢注〕《隋書·經籍志》：《太公六韜》五卷、《太公陰符鈐録》一卷。〔補注〕略，韜略、武略。韜鈐，泛指兵書。

〔四〕〔錢注〕任昉《天監三年策秀才文》：因藉時來。

〔五〕〔錢注〕庾亮《讓中書令表》：小人禄薄，福過灾生。

〔六〕〔補注〕《書·武成》：『列爵惟五，分土惟三。』分土，分封土地。此指爲方鎮。

〔七〕〔補注〕古代使臣奉命出使，必持符節以爲憑證。持符，此指爲節度使、經略使等。

〔八〕〔補注〕報政，陳報政績。《史記·魯周公世家》：『魯公伯禽之初受封之魯，三年而報政周公。』

〔九〕〔補注〕《書·立政》：『王左右常伯、常任、準人、綴衣、虎賁。』蔡沈集傳：『有牧民之長曰常伯。』此指一方鎮守。即《爲尚書濮陽公涇原讓加兵部尚書表》『依前充四鎮北庭行軍、兼涇原等州節度、營田、觀察處置等使』之謂。

〔一〇〕見《爲尚書濮陽公涇原讓加兵部尚書表》注〔一一〕。

〔一一〕〔補注〕器滿，器滿則覆之省。參見《爲尚書濮陽公涇原讓加兵部尚書表》注〔五九〕。

〔一二〕〔錢注〕用《詩》『如臨深淵』，唐諱『淵』，故作『泉』。

〔一三〕〔錢注〕《宋書·蕭思話傳》：引咎陳遜，不許。

〔一四〕〔補注〕《詩·周南·兔罝》：『赳赳武夫，公侯干城。』干城，喻捍衛國家。

〔一五〕〔補注〕《詩·邶風·簡兮》：『赫如渥赭，公言錫爵。』錫爵，本指賜酒，此借指賜予爵位。

〔一六〕〔錢注〕《史記·外戚世家》：自卜數日當爲侯。《晉書·葛洪傳》：自卜者審，不能者止。

〔一七〕〔錢校〕謹，此下疑脱『當』字。

〔一八〕〔錢注〕《漢書·賈誼傳》：先王執此之政，堅如金石。〔按〕此謂操守之堅如同金石。

〔一九〕〔錢注〕《詩·十月》傳：羨，餘也。〔補注〕謂百姓生活漸趨富裕。

〔二〇〕〔錢注〕《漢書·李廣傳》：威稜憺乎鄰國。注：李奇曰：神靈之威曰稜。〔補注〕此謂振軍威於邊地。

〔二一〕〔錢注〕揚子《法言》：羊質而虎皮，見草而説，見豺而戰，忘其皮之虎也。按：唐諱『虎』，故作『武』。

〔二二〕〔錢注〕《後漢書·馬援傳》：援曰：『方今匈奴、烏桓尚擾北邊，欲請自擊之。男兒要當死於邊野，以馬革裹屍還葬耳，何能卧牀上在兒女子手中耶？』

爲濮陽公上陳相公狀二〔一〕

某少乏能名〔二〕，長無清譽〔三〕。書非十上〔四〕，劍敵一人〔五〕。而命與時偕，道將運會。南踰祝髮〔六〕，西扼狄鞮〔七〕。分起部而未淹，遷司戎而何速〔八〕。飛章雖達〔九〕，丹款尚稽〔一〇〕。顧此尸承〔一一〕，實爲塵忝〔一二〕。相公上宏信及〔一三〕，仰贊恩覃〔一四〕，優柔列藩〔一五〕，容易好爵〔一六〕。得雖有自，居亦甚危。銘在座隅，鏤之心骨。唯當策無妄舉〔一七〕，令有必行。慮以前茅〔一八〕，馭之長轡〔一九〕。克成戎律〔二〇〕，以奉廟謨〔二一〕。伏惟始終恩察。

〔一〕本篇原載清編《全唐文》卷七七三第一五頁、《樊南文集補編》卷二。〔錢箋〕此狀爲王茂元加兵部尚書時作，詳《爲尚書濮陽公涇原讓加兵部尚書表》注〔一〕。〔按〕與前三狀同爲加兵部尚書後陳謝時相之作，約開成三年春夏間。詳《爲濮陽公上楊相公狀一》注〔一〕。陳相公，陳夷行。狀題下編號仍依錢注本，以便對照查檢。

〔二〕〔錢注〕《漢書·王吉傳》：駿子崇，以父任爲郎，歷刺史、郡守，治有能名。

〔三〕〔錢注〕王羲之《與郗家論婚書》：獻之字子敬，少有清譽。

〔四〕〔錢注〕《戰國策》：蘇秦説秦王，書十上而説不行。〔補注〕書十上，謂多次上書言事。

〔五〕〔錢注〕《史記·項羽紀》：籍少時，學書不成，去，學劍，又不成，曰：『書足以記名姓而已，劍一人敵，不足學，學萬人敵。』

〔六〕〔錢注〕謂鎮嶺南。《列子》：南國之人，祝髮而裸。〔補注〕祝髮，斷髮。此指南方少數民族聚居地區。《穀梁傳·哀公十三年》：『吴，夷狄之國也，祝髮文身。』

〔七〕〔錢注〕謂鎮涇原。〔補注〕《禮記·王制》：『五方之民，言語不通，嗜欲不同。達其志，通其欲，東方曰寄，南方曰象，西方曰狄鞮，北方曰譯。』孔穎達疏：『鞮，知也。謂通傳夷狄之語，與中國相知。』狄鞮，古代翻譯西方民族語言的人。此借指西方少數民族地區。扼，拒守。

〔八〕〔錢曰〕箋詳《爲尚書濮陽公涇原讓加兵部尚書表》注〔一〕。起部，此指檢校工部尚書，見《爲濮陽公上陳相公狀一》注〔二〕。《舊唐書·職官志》：兵部尚書，龍朔改爲司戎太常伯，咸亨復也。〔補注〕淹，久。

〔九〕〔補注〕飛章，此指《讓加兵部尚書表》。

〔一〇〕〔補注〕丹款，赤誠之心。稽，留。

〔一一〕〔補注〕尸承，猶尸居。尸，尸位，在其位而無所作爲。

〔一二〕〔錢注〕任昉《到大司馬記室牋》：顧己循涯，實知塵忝。

〔一三〕〔補注〕《易·中孚》：『豚魚吉。信及豚魚也。』王弼注：『魚者，蟲之隱者也；豚者，獸之微賤者也。争競之道不興，中信之德淳著，則雖微隱之物，信皆及之。』信及，即『信及豚魚』之省。

〔一四〕〔錢注〕《宋書·符瑞志》：恩覃隱顯。〔補注〕恩覃，此指皇帝廣施之恩澤。

〔一五〕〔錢注〕《國語》：所以優柔容民也。《後漢書·邊讓傳》：建列藩於南楚兮。〔補注〕優柔，本指寬和温厚，此用作動詞，體恤、寬厚待人。

〔一六〕〔錢注〕東方朔《非有先生論》：談何容易。〔補注〕容易，輕易。好爵，本指精美之酒器，後亦指高官厚禄。語本《易·中孚》：『我有好爵，吾與爾靡之。』

〔一七〕〔補注〕策，指防邊守疆之計謀。

〔一八〕〔補注〕《左傳·宣公十二年》：『前茅慮無，中權後勁。』杜預注：『慮無，如今軍行前有斥候蹹伏，皆持以絳及白爲幡，見騎賊舉絳幡，見步賊舉白幡，備慮有無也。』楊伯峻注：『茅，疑即《公羊傳》「鄭伯肉袒，左執茅旌」之茅旌……楚軍之前軍或以茅旌爲標幟，故云「前茅」。』

〔一九〕〔錢注〕孫楚《爲石仲容與孫皓書》：長轡遠御，妙略潛授。〔補注〕長轡，喻以某種政策控制邊遠地區。

〔二〇〕〔錢注〕《魏書·羊祉傳》：及贊戎律，雄武斯裁。〔補注〕戎律，軍務、軍機。

〔二一〕〔錢注〕《後漢書·光武紀贊》：明明廟謨，赳赳雄斷。〔補注〕廟謨，皇帝之謀略。

奠相國令狐公文〔一〕

戊午歲〔二〕，丁未朔，乙亥晦〔三〕，弟子玉谿李商隱〔四〕，叩頭哭奠故相國、贈司空彭陽公。嗚呼！昔夢飛塵〔五〕，從公車輪；今夢山阿，送公哀歌〔六〕。古有從死，今無奈何〔七〕！天平之年〔八〕，大刀長戟〔九〕，將軍樽旁，一人衣白〔一〇〕。十年忽然〔一一〕，蜩宣甲化〔一二〕。人譽公憐，人譖公罵。公高如天，愚卑如地〔一三〕。脱蟺如蛇，如氣之易〔一四〕。愚調京下，公病梁山〔一五〕，絶崖飛梁〔一六〕，山行一千〔一七〕。草奏天子，鐫辭墓門，臨絶丁寧，託爾而存〔一八〕。公此去邪，禁不時歸〔一九〕。鳳棲原上，新舊衮衣〔二〇〕。有泉者路，有夜者臺〔二一〕。昔之去者，宜其在哉！聖有夫子，廉有伯夷〔二二〕。浮魂沉魄〔二三〕，公其與之〔二四〕。故山巍巍〔二五〕，玉谿在中。送公而歸，一世蒿蓬。嗚呼哀哉！

校注

〔一〕本篇原載《唐文粹》卷三三下總二六五頁、清編《全唐文》卷七八二第八頁、《樊南文集詳注》卷六。〔徐箋〕《舊書》：開成元年，檢校左僕射、興元尹、充山南西道節度使。二年十一月，卒於鎮，年七十二，册贈司空，謚曰文。〔馮曰〕詳《代彭陽公遺表》。〔按〕據篇首『戊午歲，丁未朔，乙亥晦』之語，本篇當作於開成三年六月二十九日，參注〔三〕。

〔二〕〔馮注〕開成三年。

〔三〕〔馮注〕舉朔晦則某月可知。考《舊書·紀》，是年（指開成三年）六月丁未朔，二十九日乙亥，與此合。而以《紀》文每月朔推之，又不盡合，蓋《舊》《新書》所書日辰多舛也。

〔四〕〔徐注〕《新書·藝文志》有《玉谿生詩》三卷。〔馮曰〕義山，懷州河内人。當少年未第時，習業於玉陽王屋之山，詳《畫松詩》《偶成轉韻》詩，其《奠令狐公文》云：『故山峨峨，玉谿在中。』必指玉陽王屋山中無疑也……元耶律文正《王屋道中》詩云：『行吟想像覃懷景，多少梅花坼玉谿？』玩其詞義，實有玉谿屬懷州近王屋山者……必即義山之玉谿矣。（《玉谿生詩集箋注》卷一）〔按〕商隱早歲學仙玉陽，《偶成轉韻七十二句贈四同舍》云：『舊山萬仞青霞外，望見扶桑出東海。』稱玉陽山爲『舊山』，意爲學道之故山也。玉陽山在濟源西北，有東、西二山，中有谿谷及谿水，即玉谿也。本文云『故山巍巍，玉谿在中』，正與之合。『玉谿生』之號即因此而得。

〔五〕〔徐注〕《帝王世紀》：黄帝夢大風吹天下之塵垢皆去，又夢人執千鈞之弩，驅羊萬羣。帝寤而歎曰：『風爲號令執政者也，垢去土，后在也。千鈞之弩，異力者也。驅羊數萬羣，能牧民爲善者也。天下豈有姓風名后、姓力名牧者也？』依二占而求之，得風后於海隅，登以爲相；得力牧於大澤，進以爲將。〔按〕此『飛塵』蓋指車塵，非用風后之典，視下句『從公車輪』可知。

〔六〕〔徐注〕《括地志》：桓公冢在臨淄縣牛山上，管仲冢在牛山之阿。陶潛《挽歌》：死去何所道，託體同山阿。〔馮曰〕兩『夢』字皆商隱自謂，與黄帝夢大風吹塵無涉。竊意未必有典，不過如莊子夢爲鳥夢爲魚之類，以寓升沉，言今昔皆在一夢也。〔按〕夢山阿，因令狐已逝，託體山阿也，與升沉似無涉。昔夢飛塵，則因追隨令狐爲其幕僚，屢託後車也。

〔七〕〔徐注〕《詩序》：《黄鳥》者，哀三良也。國人刺穆公以人從死，而作是詩也。

〔八〕〔徐注〕《舊書·地理志》：天平軍節度使，治鄆州，管鄆、齊、曹、棣四州。箋：《舊書·令狐楚傳》：大和三年，進位鄆州刺史、天平軍節度、鄆曹濮觀察等使。《新書》本傳：楚徙天平，表署巡官。〔按〕大和三年十一月至五年，商隱從令狐楚天平幕，爲巡官，詳馮浩《玉谿生年譜》。

〔九〕〔徐注〕《漢書·楊惲傳》：惲怒持大刀。《鼂錯傳》：兩陣相近，平地淺草，可前可後，此長戟之地也。〔馮注〕《史記·樗里子傳》：長戟居前，彊弩居後。

〔一〇〕〔徐注〕《日知録》：人主左右亦有白衣。《南史·恩倖傳》：宋孝武選白衣左右百八十人。《魏書·恩倖傳》：趙修給事東宫，爲白衣左右。茹皓充高祖白衣左右。唐李泌在肅宗時不受官。帝每與泌出，軍人環指之曰：『衣黄者聖人也，衣白者山人也。』則天子前不禁白。〔馮注〕未有命服則衣白。詳《爲滎陽公謝除盧副使等官狀》『縉無衣白之見』注。〔按〕歐陽修《集古録跋尾》卷八《唐武侯碑陰記跋》：『唐諸方鎮以辟士相高，故當時布衣韋帶之士，或行著鄉閭，或名聞場屋者，莫不爲方鎮所取。』然布衣入幕者畢竟爲少數，故此處以『一人衣白』作爲令狐楚對其厚遇之典型事例標出。商隱開成二年始登進士第，四年始釋褐爲祕書省校書郎。

〔一一〕〔徐注〕本集《九日》詩：十年泉下無消息。〔按〕『十年忽然』之『十年』，乃指大和三年初謁令狐，至開成三年，首尾正十年。《九日》詩之『十年』則指從開成二年令狐逝世至作《九日》詩之年。

〔一二〕〔馮注〕《莊子》：衆罔兩問於景曰：『若向也俯今也仰，向也括今也披髮，向也坐今也起，向也行今也止，何也？』景曰：『予有而不知其所以。予，蜩甲也，蛇蜕也，似之而非也。』〔補注〕蜩，蟬；宣，盡；甲，指蟬之外殼。蟬宣甲化，喻脱離塵世。

〔一三〕〔馮校〕卑，一作『庳』，同。

〔一四〕〔馮注〕《史記》：賈誼《鵩賦》：『形氣轉續兮，化變而嬗。』《漢書》作『變化而嬗』。服虔曰：『嬗，變蜕也，或曰蟬蔓相連也。』韋昭曰：『而，如也。如蟬之蜕化也。』蘇林曰：『轉續，相傳與也。』師古曰：『此即「禪」代字，合韻故音嬋耳。』蘇説是也，此故取『傳與』之義以謂蛇蜕，故曰『脱嬗如蛇』……其義則比令狐授已章奏之學，如氣之相轉續，非謂其卒也。上『蜩宣』句已然。取義與《莊子》稍別，不可誤會。

〔一五〕〔徐注〕謂卒於興元鎮。《新書·地理志》：興元府，漢中郡南鄭縣有中梁山。〔馮注〕《通典》：梁州南鄭縣有梁山、漢水。〔補注〕調，選調。開成二年春商隱登進士第，故有『愚調京下』之事。赴調未成，故三年春復參加博學宏辭試。馮譜、張箋均未及。

〔一六〕〔馮注〕《甘泉賦》：歷側景而絶飛梁。《史記·高祖本紀》注：棧道，閣道也。險絶之處，傍鑿山巖，而施版築爲閣。

〔一七〕〔馮注〕《通典》：梁州漢中郡，去西京取駱谷路，六百五十二里，斜谷路九百三十里，驛路一千二百二十里。

〔一八〕〔馮注〕（草奏天子，鐫辭墓門）見《代彭陽公遺表》注〔一〕。所謂『秉筆者無擇高位』，必遺命以屬商隱也。誌文失傳，惜哉！〔按〕晏殊《類要》卷六引其殘句。

〔一九〕〔文粹原注〕禁，其禁反。《全文》無。

〔二〇〕〔原注〕公先人亦贈司空。〔馮注〕按《文苑英華》，劉禹錫有撰《令狐楚家廟碑》，蓋大和元年，楚鎮宣武，奏立家廟於京師通濟里。唐制，貴臣得立廟京師，必奏請而後立。《英華》《文粹》諸廟碑可證。廟中第三室曰『太原府功曹參軍贈司空諱承簡』，是爲楚之父，故曰『先人亦贈司空』，抄本劉集作『贈太子太保』，小異。其時楚爵方自彭陽縣開國伯進爲侯。至五年，在天平鎮進彭陽縣公，見楚所作《刻蘇公太守二文記》。至九年，乃進爲郡公，見《紀》《傳》也。京兆府萬年縣鳳棲原，爲京郊葬地，見《唐書》及諸文集。碑志中鳳棲原、少陵原，同地異名，漢總謂之鴻固原，令狐實葬此也。乃《明統志》《河南通志》，濟源縣劉紹谷有令狐墓，而《統志》又於西安府耀州載有楚與子綯墓，皆絶不足信。〔補注〕衮衣，古代帝王及上公所穿繡有卷龍之禮服。古三公八命，出封時加一命可服衮，故『衮衣』可借指三公。新舊衮衣，指楚與其父均贈司空。

〔二一〕〔馮注〕阮瑀《七哀詩》：冥冥九泉室，漫漫長夜臺。

〔二二〕〔補注〕《孟子·萬章下》：『故聞伯夷之風者，頑夫廉，懦夫有立志……孟子曰：伯夷，聖之清者也；伊尹，聖之任者也；柳下惠，聖之和者也；孔子，聖之時者也。孔子之謂集大成。』

〔二三〕〔補注〕《易·繫辭上》：『精氣爲物，遊魂爲變。』古代魂、魄有别，魂可遊離於人體之外，魄則依附於形體而存在。人死後魂氣上升而魄着於體，故曰『浮魂沉魄』。此承上指孔子、伯夷之魂魄。

〔二四〕〔補注〕與，親附、陪從。

〔二五〕巍巍，《文粹》作『峨峨』。〔補注〕故山，猶『舊山』，舊居之山，即《偶成轉韻七十二句贈四同舍》『舊山萬仞』之舊山，指商隱早歲學道之玉陽山，與泛稱故鄉爲『故山』者有别。參注〔一〕。

〔馮浩曰〕楚爵高望重，義山受知最深。鋪叙恐難見工，故抛棄一切，出以短章，情味乃無涯矣。是極慘淡經營之作。

〔陸繼輅曰〕塵中何地著恩仇，掩卷無端感昔游。高屐登山詩擬謝，清樽顧曲客疑周。狂蹤杜牧連宵記，别淚唐衢接海流。只恐更傷泉下意，蒿蓬已分一生愁。（《崇百藥齋文集》卷七《讀樊南集祭令狐相公文有感用錢唐懷古韻》）

爲濮陽公上楊相公狀二〔一〕

右件官是某親弟〔二〕，頗長政事，早履宦途。爲宰而績著一同〔三〕，作掾而學推三語〔四〕。脂膏莫潤〔五〕，珪玉無瑕。然至於稽勾緡錢〔六〕，掌司財幣，未嘗留意，素非所長。自某年月日蒙令荆州李相公〔七〕，差知埇橋院後〔八〕，常所兢惶，每虞敗累〔九〕，上虧國用，旁負己知〔一〇〕。况又務控淮河〔一一〕，地鄰徐、汴〔一二〕，居然深薄〔一三〕，已歷炎涼。某年過始衰〔一四〕，念深同氣〔一五〕。實憂非據〔一六〕，有辱至公。迫於情誠，輒祈休罷。相公推友悌之愛於天下〔一七〕，妙咳唾之末於藩條〔一八〕，爰擇良材，俾代其任〔一九〕。獲殊常之福，事過禱祠；蒙不次之恩〔二〇〕，疾同影響〔二一〕。閨門大慶，手足增榮。未知殺身〔二二〕，復在何日。下情云云。

〔一〕本篇原載清編《全唐文》卷七七四第一六頁、《樊南文集補編》卷四。題内「濮陽」二字，《全文》作「河東」，據張采田校證改。詳《爲濮陽公上楊相公狀一》注〔一〕引張氏《會箋》。〔按〕狀内「今荆州李相公」，指李石。《舊唐書·文宗紀》：開成三年正月，「丙子（十七），以中書侍郎、同中書門下平章事李石爲荆南節度使，依前中書侍郎、同平章事。」狀當在其後所上。據狀文，茂元之親弟係李石任宰相時「差知埇橋院」，並「已歷炎涼」，可推知撰此狀之時間當在開成三年。又據《新書·宰相表》，開成三年正月嗣復初拜相時仍兼鹽鐵轉運使，「七月戊辰，嗣復罷鹽鐵使」，故狀應上於七月戊辰（十二）之前。

〔二〕〔補箋〕王茂元有兄正元，見權德輿《故鄜州伏陸縣令贈左散騎常侍王府君神道碑銘》；有季弟參元，見商隱《代僕射濮陽公遺表》及柳宗元《賀王參元失火書》、商隱《李賀小傳》；王應麟《困學紀聞》引義山誌王仲元云：「第五兄參元教之學。」此句所云「親弟」不知是否指參元。《代僕射濮陽公遺表》曾謂「遂與季弟參元俱以詞場就貢」，似與本篇所云「頗長政事，早履宦途」者合。又，錢注因原題稱「河東公」而引《新書·宰相表》載柳仲郢之家世，今删。

〔三〕〔補注〕一同，古謂方百里之地。《左傳·襄公二十五年》：「且天子之地一圻，列國一同，自是以衰，今大國多數圻矣，若無侵小，何以至焉？」杜預注：「一同，方百里。」古代一縣之地轄百里。《漢書·百官公卿表》：「縣大率方百里。」爲宰而績著一同，謂其弟爲縣令而有政績。

〔四〕〔錢注〕《晉書·阮瞻傳》：司徒王戎問曰：『聖人貴名教，老莊明自然，其旨同異？』瞻曰：『將毋同。』戎咨嗟良久，即命辟之，時人謂之『三語掾』。

〔五〕〔補注〕《東觀漢記·孔奮傳》：『奮在姑臧四年，財物不增，惟老母極膳，妻子但菜食。或嘲奮曰：「直脂膏中，亦不能自潤。」而奮不改其操。』

〔六〕〔錢注〕本集馮氏曰：稽勾，稽考勾當之意。勾音遘。《史記·平準書》：商賈以幣之變，多積貨逐利。於是公卿言，異時算軺車賈人緡錢皆有差，請算如故。注：緡，絲也，以貫錢也。

〔七〕今荆州李相公，指李石，詳注〔一〕。

〔八〕埇，《全文》誤作『堬』，據錢注本改。〔錢注〕《舊唐書·地理志》：元和四年，敕復置宿州於埇橋，在徐州之南界汴水上，當舟車之要。《新唐書·食貨志》：鹽鐵使劉晏上鹽法，置巡院十三，曰揚州、陳許、汴州、廬壽、白沙、淮西、甬橋、浙西、宋州、泗州、嶺南、兖鄆、鄭滑。捕私鹽者，姦盜爲之衰息。

〔九〕〔錢注〕《顏氏家訓》：富有四海，貴爲天子，不知紀極，猶自敗累，况士庶乎？〔補注〕敗累，過失禍患。

〔一〇〕〔補注〕《後漢書·張衡傳》：『恃已知而華予兮。』李賢注：『已知，猶知已也。』

〔一一〕〔錢注〕《新唐書·地理志》：河南道，其大川伊、洛、汝、潁、沂、泗、淮、濟。〔按〕參見注〔八〕引《舊唐書·地理志》『敕復宿州於埇橋，在徐州之南界汴水上，當舟車之要。』汴水東南流至泗州入淮。

〔一二〕〔錢注〕《新唐書·地理志》：汴州、徐州、宿州，並屬河南道。

〔一三〕〔補注〕深薄，臨深履薄之省。語本《詩·小雅·小旻》：『戰戰兢兢，如臨深淵，如履薄冰。』謂謹慎戒懼。

〔一四〕〔補注〕《禮記·曲禮上》：『人生十年曰幼，學；二十曰弱，冠；三十曰壯，有室；四十曰强，而仕；五十曰艾，服官政；六十曰耆，指使；七十曰老，而傳。』孔穎達疏：『四十九以前，通曰强年。至五十，氣力已衰，髮蒼白色如艾也。』

〔一五〕〔補注〕同氣，指有血統關係之親屬，兄弟姊妹。《後漢書·東平憲王蒼傳》：『凡匹夫一介，尚不忘簞食之惠，況臣居宰相之位，同氣之親哉！』

〔一六〕〔補注〕《易·繫辭下》：『非所據而據焉，身必危。』非據，非分佔據之職位。

〔一七〕愛，《全文》作『憂』，從錢校據胡本改正。

〔一八〕咳唾，見《爲濮陽公上李相公狀二》注〔一一〕。藩條，指州郡刺史、節度使，屢見。

〔一九〕〔錢注〕《後漢書·劉表傳》：琦遂求代其任。〔補注〕二句謂楊嗣復選擇良材，代替茂元親弟知埇橋鹽院之任。據此可知此狀當上於楊嗣復仍領鹽鐵轉運使之時。開成三年七月戊辰，嗣復罷鹽鐵使，狀當上於此前。

〔二〇〕〔錢注〕《漢書·東方朔傳》：武帝初即位，徵天下舉方正賢良文學材力之士，待以不次之位。〔補注〕不次，猶超常，不拘常次。

〔二一〕〔補注〕《書·大禹謨》：『惠迪吉，從逆凶，惟影響。』孔傳：『吉凶之報，若影之隨形，響之應聲。』言其迅疾。

〔二二〕〔錢注〕《漢書·淮陽憲王傳》：願殺身報德。

爲濮陽公賀丁學士啓〔一〕

學士位以才昇〔二〕，官由德舉〔三〕，光揚中旨〔四〕，潤飾洪猷〔五〕。允謂當仁〔六〕，果從真拜〔七〕。墨丸赤管〔八〕，豈滯於南宮〔九〕；黄紙紫泥〔一〇〕，聊過於禁掖〔一一〕。鳳池甚邇〔一二〕，雞樹非遥〔一三〕。副此具瞻〔一四〕，當在後命〔一五〕。某燒烽邊郡〔一六〕，題鼓軍門〔一七〕。仰鸞鶴於煙霄〔一八〕，空悲路阻；顧蟣蝨於介胄〔一九〕，尚恨形留〔二〇〕。拜賀未期，欽戀無喻。

〔一〕本篇原載清編《全唐文》卷七七六第八頁、《樊南文集補編》卷七。〔錢箋〕《舊唐書·文宗紀》：開成三年十一月，以翰林學士丁居晦爲御史中丞，正與茂元同時。〔張箋〕（繫開成二年）案丁學士，丁居晦也。此賀其轉司封郎中、知制誥，故有『墨丸赤管，豈滯於南宮；黄紙紫泥，聊過於禁掖。鳳池甚邇，雞樹非遥』，在未拜御史中丞前。《翰苑羣書·重修承旨學士壁記》：『丁居晦大和九年五月三日自起居舍人、集賢院直學士充，十月十九日遷司勳員外郎。開成二年九月十一日加司封郎中、知制誥。三年八月十四日遷中書舍人，十一月十六日拜御史中丞，出院。』可以互證。〔岑仲勉曰〕據《壁記》，開成三年八月十四日居晦遷中舍，與前條賀夷行（指《爲濮陽公上陳相公第一狀》）正是同時後先之作。張兩失其的，無怪乎有『本年爲濮陽代作表狀，或者議婚時藉此爲媒贄』之想入非非矣（《平質》戊錯會）。又云：按南宮，尚書省，不滯南宮，言其自郎中遷去也。知誥已是準中舍，聊過禁掖，言其自知誥授中舍也；況前文有『允謂當仁，果從真拜』語，真拜恰切知誥改中舍，如由勳外遷封中，何所謂真拜乎？張釋誤（《翰林學士壁記注補》九）。〔按〕岑説是。『黄紙紫泥，聊過於禁掖』，正賀其遷中書舍人，啓當上於開成三年八月十四日稍後。

〔二〕〔錢注〕《周書·尉遲運等傳論》：可謂位以才昇，爵由功進。

〔三〕〔錢注〕《晉書·慕容暐載記》：官惟德舉。

〔四〕〔錢注〕顏延之《赭白馬賦序》：乃詔陪侍，奉述中旨。

〔五〕〔補注〕潤飾，猶潤色。鴻猷，遠大之謀劃。

〔六〕〔補注〕當仁，猶謂當之無愧。語本《論語·衛靈公》：『當仁不讓於師。』

〔七〕〔錢校〕真，胡本作『正』。注：《漢書·王尊傳》：雖拜爲真，未有殊絶褒賞，加於尊身。〔補注〕真拜，實授官職。此指其遷中書舍人。

〔八〕〔錢注〕應劭《漢官儀》：尚書令僕丞郎，月給赤管大筆一雙，隃麋大墨一枚，小墨一枚。〔補注〕丁居晦在遷中書舍人前爲司封郎中、知制誥，其本官司封郎中係尚書省吏部之屬官，故用『墨丸赤管』之典。墨丸，古墨之一種，形狀如丸，故名。

〔九〕〔錢注〕《漢書·天文志》：南宮後聚十五星，曰哀烏郎位。〔補注〕南宮，尚書省之別稱，謂尚書省象列宿之南宮，故稱。唐及以後，尚書省及六部統稱南宮。二句謂其豈能長期留滯於司封郎中之職。

〔一〇〕黄紙紫泥，見《爲濮陽公附送官告中使回狀》注〔三九〕〔四〇〕。〔補注〕《新唐書·百官志》：中書舍人，『掌侍進奏，參議表章。凡詔旨制敕、璽書册命，皆起草進畫；既下，則署行。』皇帝詔書用黄麻紙書寫，以紫泥封之。唐人詩文中言及中書舍人多用『黄紙紫泥』典，如商隱《鄭州獻從叔舍人褒》：『絳簡尚參黄紙案，丹爐猶用紫泥封。』

〔一一〕〔錢注〕過，疑當作『通』。《漢書·高后紀》：入未央宫掖門。注：非正門，而在左右兩掖，若人之有臂掖。

〔一二〕鳳池，見《爲濮陽公賀楊相公送土物狀》注〔四〕。

〔一三〕〔補注〕《三國志·魏志·劉放傳》裴注引郭頒《世語》：『放、資久典機任，獻、肇心内不平。殿中有雞棲樹，二人相謂：「此亦久矣，其能復幾？」』鳳池、雞樹，均指中書省。此謂丁居晦即將掌樞務任宰相。

〔一四〕〔補注〕《詩·小雅·節南山》：『赫赫師尹，民具爾瞻。』具瞻，爲衆人所瞻望。此指宰輔重臣之位。

〔一五〕〔補注〕《左傳·僖公九年》：『齊侯將下拜，孔曰：且有後命。』後命，續發之任命。

〔一六〕〔錢注〕謂涇原。《漢書·王莽傳》：有鄣徼者曰邊郡。《史記·司馬相如傳》：烽舉燧燔。注：烽，見敵則舉；燧，有難則焚。烽主晝，燧主夜。

〔一七〕〔錢注〕《史記·田叔傳補》：田仁曰：『提桴鼓，立軍門，使士大夫樂死戰鬬，仁不及任安。』〔按〕題，似當作『提』。

〔一八〕〔錢注〕陳後主《同管記陸瑜七夕四韻》：相望限煙霄。〔補注〕鸞鶴，喻丁居晦。

〔一九〕〔錢注〕《漢書·嚴安傳》：合從連橫，馳車擊轂，介胄生蟣蝨，民無所告愬。〔補注〕曹操《蒿里》：『鎧甲生蟣蝨，萬姓以死亡。』

〔二〇〕〔錢注〕《吴志·華覈傳》：魂逝形留。

爲濮陽公上漢南李相公狀〔一〕

不審近日尊體何似？彼州是號奥區〔二〕，又稱勝概〔三〕。羊叔子之事業〔四〕，方爲用武之邦〔五〕；庾元規之風流〔六〕，更是徵文之地〔七〕。人彊而壽〔八〕，氣厚且深〔九〕。伏計戎律既貞〔一〇〕，詔條盡舉〔一一〕。峴山同峻〔一二〕，漢水俱清〔一三〕。遠想亭皋，如飛木葉〔一四〕。柳營務簡〔一五〕，蓮幕才多。杜鎮南魯史之餘〔一六〕，山太守習池之宴〔一七〕。非留車胤〔一八〕，即送范雲〔一九〕。歌郢中繞《雪》之妍〔二〇〕，舞江上弄珠之態〔二一〕。樂而不極，歡且無荒〔二二〕。

況彼親鄰，又其令季〔二三〕。當時鈞軸〔二四〕，已相推於弟瘦兄肥〔二五〕；此日藩方，復共慶於家齊國理〔二六〕。外戚諸夏〔二七〕，内屏明廷〔二八〕。昔晉室簪纓，宋朝人物，謝萬已稱富貴〔二九〕，孟昶尋處威權〔三〇〕。而安石東山，尚爲疋士〔三一〕；彥重白屋〔三二〕，猶是布衣〔三三〕。未有鴻雁成行〔三四〕，鶺鴒接翼〔三五〕，入共鏘金鳴玉，出聯大邑高封〔三六〕。擁甲多踰萬人〔三七〕，列土盡方千里〔三八〕。政同魯、衛〔三九〕，地則冉、康〔四〇〕。方將稟慶於高廟之靈〔四一〕，誰敢不忠於大君之側〔四二〕！

某爰初筮仕〔四三〕，即奉光塵〔四四〕。接班固於蘭臺〔四五〕，陪東皙於東觀〔四六〕。悲歡三紀，契闊四朝〔四七〕。算存殁之途，數弔慶之問，永惟庇賴，獨在高明〔四八〕。而方限山川，遠違門館，嚮風慕義〔四九〕，鏤骨銘心〔五〇〕。儻蒙識以後凋〔五一〕，知其不諂〔五二〕，敢以尊主安人之誓〔五三〕，遠承左提右挈之恩〔五四〕。下情無任瞻望攀戀之至。

〔一〕本篇原載清編《全唐文》卷七七五第二頁、《樊南文集補編》卷五。題首『爲濮陽公』四字《全文》原脱，據錢氏校箋增。〔錢箋〕（漢南李相公）李程也。按：文有『況彼親鄰，又其令季』之語，必兄弟同時出鎮者。考《舊唐書·李程傳》，敬宗即位之五月，同平章事。開成二年二月，出爲襄州刺史、山南東道節度使。又《李石傳》，大和九年，同平章事。開成三年，拜章辭位，爲江陵尹、荆南節度使。漢南、荆南壤地相接。又據《新唐書·宗室世系表》，程、石俱爲襄邑恭王五世孫。凡此皆互證而悉合者也。惟後云『某爰初筮仕，即奉光塵，接班固於蘭臺，陪東皙於東觀，悲歡三紀，契闊四朝』，則與義山通籍之年不合。考開成二、三年，義山正在王茂元幕。茂元元和中，爲元膺判官，其先試校書郎，當在憲宗之初。歷憲、穆、敬、文爲四朝，文義恰合。是題首當有『爲濮陽公』四字，或傳鈔時脱寫耳。《舊唐書·地理志》：山南東道節度使治襄州，管襄、復、均、房、鄧、唐、隨、郢等州。《新唐書·地理志》：襄州宜城縣本率道，貞觀八年，省漢南縣入焉，天寶七載更名。〔按〕錢氏校箋是。據《舊唐書·文宗紀》，開成三年正月丙子（十七），以中書侍郎、同中書門下平章事李石爲荆南節度使，狀應上於其後。又據狀内『遠想亭皋，如飛木葉』語，其時當值秋令。故狀當上於開成三年秋。

〔二〕〔補注〕奥區，腹地。《後漢書·班固傳上》：『防禦之阻，則天下之奥區焉。』李賢注：『奥，深也。言秦地險固，爲天下深奥之區域。』

〔三〕〔補注〕勝概，美景。

〔四〕〔錢注〕《晋書·羊祜傳》：祜字叔子。帝將有滅吴之志，以祜爲都督荆州諸軍事。

〔五〕〔錢注〕《蜀志·諸葛亮傳》：荆州北據漢、沔，利盡南海，東連吴、會，西通巴、蜀，此用武之國。

〔六〕〔錢注〕《晋書·庾亮傳》：亮字元規，遷都督江、荆、豫、益、梁、雍六州諸軍事，開府儀同三司，假節。又：亮噉薤因留白，陶侃問曰：『安用此爲？』亮云：『故可以種。』侃云：『非惟風流，兼有爲政之實。』〔補注〕《晋書·庾亮傳》：『亮在武昌，諸佐吏殷浩之徒乘秋夜往共登南樓。俄而不覺亮至，諸人將起避之。亮徐曰：「諸君少住，老子於此處，興復不淺。」便據胡牀與浩等談詠竟坐。』此亦所謂『庾元規之風流』。

〔七〕〔補注〕徵文，驗證文才。

〔八〕〔錢注〕王符《潛夫論》：德政加於民，則多滌暢姣好，堅彊考壽。

〔九〕見《上令狐相公狀一》注〔三〕。

〔一〇〕〔補注〕戎律，軍紀；貞，整肅。《易·師》：『師貞，丈人，吉，無咎。』又：『象曰：師出以律。』

〔一一〕〔補注〕《漢書·百官公卿表》：『武帝元封五年，初置部刺史，掌奉詔條察州。』詔條，皇帝頒發之考察州郡官吏之條令。

〔一二〕〔錢注〕《後漢書·龐公傳》注：峴山在今襄陽縣。

〔一三〕〔錢注〕《水經》：沔水又東，過襄陽縣北。

〔一四〕〔錢注〕《梁書·柳惲傳》：惲少工篇什，始爲詩曰：『亭皋木葉下，隴首秋雲飛。』琅琊王元長見而嗟賞。『如』，疑當作『始』。〔按〕作『如』意自可通，且與上句『遥想』相應。

〔一五〕《全文》原作『柳宫務間』，據錢校改。〔錢注〕《史記·絳侯世家》：匈奴大入邊，以河内守亞夫爲將軍，軍細柳以備胡。陸倕《石闕銘序》：役休務簡。

〔一六〕〔錢注〕《晋書·杜預傳》：預拜鎮南大將軍，都督荆州諸軍事。立功之後，從容無事，乃躭思經籍，爲《春秋左氏經傳集解》。又參考衆家譜第，謂之釋例。又作《盟會圖》《春秋長曆》，備成一家之學。〔補注〕魯史，指《春秋》。

〔一七〕〔錢注〕《晋書·山簡傳》：簡出爲鎮南將軍，鎮襄陽，惟酒是躭。諸習氏，荆土豪族，有佳園池，簡每出遊嬉，多之池上，置酒輒醉，名之曰『高陽』。時有童兒歌曰：『山公出何許？往至高陽池。日夕倒載歸，酩酊無所知。時時能騎馬，倒著白接籬。』按：宴習池爲簡鎮襄陽時事，其先歷爲州刺史。『太守』二字，或攢簇用之。

〔一八〕〔錢注〕《晋書·車胤傳》：胤善於賞會，當時每有盛坐而胤不在，皆云『無車公不樂』。謝安遊集之日，輒開筵待之。

〔一九〕〔錢注〕《詩集·漫成三首》注：朱曰：何遜集《范廣州宅聯句》：『洛陽城東西，却作經年别。昔去雪如花，今來花似雪。』雲嘗遷廣州刺史。馮按：亦見范集聯句，共八句，此上四句，范雲作也。下四句何遜作。而選本有只取上四句，作范雲《别詩》者。

〔二〇〕見《上令狐相公狀二》注〔一四〕。

〔二一〕〔錢注〕張衡《南都賦》：遊女弄珠於漢皋之曲。李善注、《韓詩外傳》曰：鄭交甫將南適楚，遵彼漢皋臺下，乃遇二女，佩兩珠，大如荆雞之卵。

〔二二〕〔補注〕《禮記·曲禮上》：『樂不可極。』《詩·唐風·蟋蟀》：『好樂無荒，良士瞿瞿。』鄭玄箋：『荒，廢亂也。』無荒，不荒廢政事。

〔二三〕〔補注〕令季，指李程之弟李石。親鄰，指荆南。詳注〔一〕。

〔二四〕〔錢注〕《詩·小雅·節南山》：『尹氏大師，維周之氐，秉國之均。』《列女傳》：文伯相魯，敬姜謂之曰：『服重任，行遠道，正直而固者，軸也。軸可以爲相。』〔補注〕鈞（同均）以制陶，軸以轉車。鈞軸，喻擔負國家政務重任之宰相。當時鈞軸，謂程、石兄弟昔時相繼爲相。

〔二五〕〔錢注〕《梁書·武陵王紀傳》：世祖與紀書曰：兄肥弟瘦，無復相見之期；讓棗推梨，永罷歡愉之日。〔按〕事原出《後漢書·趙孝傳》：『及天下亂，人相食，孝弟禮爲餓賊所得。孝聞之，即自縛詣賊曰：「禮久餓羸瘦，不如孝肥飽。」賊大驚，並放之，謂曰：「可且歸，更持米糒來。」孝求不能得，復往報賊，願就亨。衆異之，遂不害。鄉黨服其義。』兄肥弟瘦，蓋謂其兄弟友愛。錢氏失注，兹補出。

〔二六〕〔補注〕《禮記·大學》：『所謂治國必先齊其家者，其家不可教，而能教人者，無之。』

〔二七〕〔補注〕《左傳·閔公元年》：『諸夏親暱，不可棄也。』諸夏，周代分封之中原各諸侯國，泛指中原地區。此指國内，與四夷相對而言。

〔二八〕〔錢注〕《史記·封禪書》：明廷者，甘泉也。〔按〕此『明廷』，即聖明之朝廷，非特指甘泉宫。屏，輔也。

〔二九〕〔錢注〕《晉書·謝安傳》：安棲遲東土，累辟不就。時安弟萬爲西中郎將，總藩任之重。安雖處衡門，其名猶出萬之右。

〔三〇〕〔錢注〕《南史·謝靈運傳》：孟顗字彦重，平昌安丘人，衛將軍昶弟也。昶、顗並美風姿，時人謂之雙珠。昶貴盛，顗不就辟。

〔三一〕〔錢曰〕文中『匹』字多作『疋』，此或是『匹士』。〔補注〕據《晉書·謝安傳》，謝安字安石，早年曾辭官隱居會稽之東山，經朝廷屢次徵聘，方從東山復出，官至司徒，爲東晉重臣。又，臨安、金陵亦有東山，亦謝安游憩之地，『安雖受朝寄，然東山之志始末不渝，每形於言色。』《禮記·禮器》：『君子大牢而祭，謂之禮；匹士大牢而祭，謂之攘。』孔穎達疏：『匹士，士也……言其微賤，不得特使爲介乃行，故謂之匹也。』匹士，謂其棲遲衡門。

〔三二〕〔錢注〕《漢書·吾丘壽王傳》注：白屋，以白茅覆屋也。〔按〕彥重，孟顗字，參注〔三〇〕。白屋，亦謂其不就辟。

〔三三〕〔錢注〕桓寬《鹽鐵論》：古者庶人耋老而後衣絲，其餘則麻枲而已，故命曰布衣。

〔三四〕〔補注〕《禮記·王制》：『父之齒隨行，兄之齒雁行，朋友不相踰。』雁行，喻兄弟齊飛。

〔三五〕〔補注〕《詩·小雅·常棣》：『脊令在原，兄弟急難。』脊令，同鶺鴒。鶺鴒接翼，喻兄弟並駕。

〔三六〕〔補注〕《禮記·玉藻》：『古之君子必佩玉……進則揖之，退則揚之，然後玉鏘鳴也。』入共鏘金鳴玉，謂其兄弟在朝均爲高官顯宦。大邑高封，見《爲濮陽公涇原讓加兵部尚書表》注〔五三〕。出聯大邑高封，謂出則俱爲雄藩。下二句即此意而申之。

〔三七〕〔錢注〕《後漢書·劉表傳》：豈可擁甲十萬，坐觀成敗。

〔三八〕〔錢注〕《逸周書·作雒解》：乃建大社於國中，其壝東青土，南赤土，西白土，北驪土，中央釁以黃土。將建諸侯，鑿取其方一面之土，苞以黃土，苴以白茅，以爲土封，故曰受列土於周室。

〔三九〕〔補注〕《論語·子路》：『魯、衛之政，兄弟也。』魯爲周公之封國，衛爲周公之弟康叔之封國，其政治亦相伯仲。

〔四〇〕〔錢注〕聃季、康叔。見《左傳》。〔補注〕《左傳·僖公二十四年》：『故封建親戚以蕃屏周。管、蔡、郕、霍、魯、衛、毛、聃、郜、雍、曹、滕、畢、原、酆、郇，文之昭也。』又《定公四年》：『武王之母弟八人，周公爲太宰，康叔爲司寇，聃叔爲司空。』『分康叔以大路……封畛土，略自武父以南，及圃田之北竟。』『聃季授土，陶叔授民，命以《康誥》，而封於殷墟。』冉叔，周文王次子；康叔，周武王弟姬封，初封于康。冉叔、康叔封地接近。

朕也。

〔四一〕〔錢注〕《舊唐書·高祖紀》：羣臣上謚曰大武皇帝，廟號高祖。荀悦《漢紀》：是高廟之靈，使公覺

〔四二〕〔補注〕《易·師》：『大君有命，開國承家。』孔疏：『大君，謂天子也。』

〔四三〕〔補注〕筮仕，古人將出仕，卜問吉凶。《左傳·閔公元年》：『初，畢萬筮仕於晋，遇屯之比。』初筮仕，即初爲官。

〔四四〕〔錢注〕繁欽《與魏文帝牋》：冀事速訖，旋侍光塵。〔補注〕光塵，敬稱對方風采。

〔四五〕〔錢注〕《後漢書·班固傳》：召詣校書郎，除蘭臺令史。

〔四六〕〔錢注〕《晋書·束晳傳》：轉佐著作郎，撰《晋書》帝紀、十志。遷轉博士，著作如故。《舊唐書·職官志》：門下省弘文館。後漢有東觀，魏有崇文館，皆著撰文史、鳩聚學徒之所。武德初，置修文館，後改爲弘文館。〔補注〕《晋書·束晳傳》：『學既積而身困，夫何爲乎祕丘？』按：李程曾爲集賢殿正字，而茂元曾爲祕書省校書郎。『蘭臺』『東觀』，當指此。參注〔一〕。

〔四七〕〔錢注〕《詩·擊鼓》傳：契闊，勤苦也。〔按〕自憲宗即位至文宗開成三年，約歷三紀；四朝，指憲、穆、敬、文。

〔四八〕〔錢注〕《書·洪範》：『無虐煢獨，而畏高明。』孔穎達疏：『高明，謂貴寵之人。』

〔四九〕〔錢注〕司馬相如《喻巴蜀檄》：喁喁然皆嚮風慕義。

〔五〇〕〔錢注〕《顔氏家訓》：追思平昔之指，銘肌鏤骨。

〔五一〕〔補注〕《論語·子罕》：『歲寒然後知松柏之後彫也。』

〔五二〕〔補注〕《論語·學而》：『貧而無諂，富而無驕。』

〔五三〕〔錢箋〕時王茂元鎮涇原，李程鎮漢南，故有『尊主安人』之語，益見題首必有脱字。《漢書·鼂錯傳》：其立法也，非以苦民傷衆而爲之機陷也，以之興利除害尊主安民而救暴亂也。

〔五四〕〔錢注〕《史記・陳餘傳》：夫以一趙尚易燕，況以兩賢王左提右挈，而責殺王之罪，滅燕易矣。

爲濮陽公論皇太子表〔一〕

臣某言：今月某日，得本道進奏院狀報，今月六日，宰臣鄭某等〔二〕，率三省官屬〔三〕，入論皇太子事者〔四〕。褫魄疆埸〔五〕，馳魂輦轂〔六〕。莫知本末，伏用驚惶。臣某中謝。

臣聞《禮》贊元良〔七〕，《易》標明兩〔八〕。是司匕鬯〔九〕，以奉宗祧〔一〇〕。華夏式瞻，邦家大本〔一一〕。自昔質文或異〔一二〕，步驟雖殊〔一三〕。既立之以賢，則輔之有道。北宫養德〔一四〕，東序承榮〔一五〕。務近正人〔一六〕，用光繼體〔一七〕。周則周公爲太傅，太公爲太師〔一八〕；漢則疏氏二賢〔一九〕，商山四老〔二〇〕。内揚孝道，外盡忠規，猶在去彼嫌猜，辨其疑似〔二一〕。不由微細，輕致動摇。乃得守三十代之丕圖〔二二〕，延四百年之景祚〔二三〕。著于史册，焕若丹青〔二四〕。

伏惟皇帝陛下，道冠百王，功高三古〔二五〕，事窮化本，謀洞幾先〔二六〕。皇太子自正位春坊〔二七〕，傳輝望苑〔二八〕。陛下旁延雋乂〔二九〕，以贊温文〔三〇〕，並學探泉源〔三一〕，氣壓浮競〔三二〕，嗜魚不進〔三三〕，求玦莫從〔三四〕。有王褒之獻箴〔三五〕，無卞蘭之奉賦〔三六〕。今縱麤乖睿旨，微嗛聖心〔三七〕，當以猶屬妙齡，未加元服〔三八〕，或攜徒御〔三九〕，時縱逸游〔四〇〕。樂野夏儲，亦常觀舞〔四一〕；南皮魏副，屢見飛觴〔四二〕。陛下濬發慈仁，殷勤指教〔四三〕，稍踰規戒，即震威靈。雖伐木析薪，必循其理〔四四〕；而逝梁發笱〔四五〕，亦有可虞。抑臣又聞：父之於子也，有嚴訓而無責善〔四六〕；君之於臣也，有掩惡而復録功。故得各務日新〔四七〕，並從夕改〔四八〕，同寘于道，不傷其慈。儻犯在斯須，便遺天性；過當造次，遽抵國章。則以古以今，孰爲令子；在朝在野，誰曰全臣？虚牽復之微言〔四九〕，失不貳之深旨〔五〇〕。

伏惟陛下，侔覆育于天地，霽赫怒于雷霆〔五一〕。復許省勵宫闈，卑謝師傅〔五二〕。蹈殊休于列聖〔五三〕，慰欽矚于兆人〔五四〕。臣才則荒涼，志惟朴騃〔五五〕，因緣代業〔五六〕，蒙被官榮。竊諸侯之土田〔五七〕，領大將之旗鼓〔五八〕。當車折檻〔五九〕，合首他人；瀝膽刺心〔六〇〕，正當今日。而名非朝籍〔六一〕，務切軍機，道阻且躋〔六二〕，佇立以泣〔六三〕。龍樓獻直〔六四〕，戴逵之詞翰蔑聞〔六五〕；鳳闕拜章〔六六〕，張儼之精誠未泯〔六七〕。干冒宸極〔六八〕，無任隕涕祈恩之至。謹遣某官某奉表陳論以聞〔六九〕。

〔一〕本篇原載《文苑英華》卷六二五第八頁、清編《全唐文》卷七七一第一八頁、《樊南文集詳注》卷一。〔徐箋〕此茂元鎮涇原時上也。《舊書·文宗紀》：開成三年，九月壬戌，上以皇太子慢游敗度，欲廢之。移太子於少陽院，殺太子宫人左右數十人。冬十月庚子，太子薨于少陽院。《文宗二子傳》：莊恪太子永，文宗長子也，母曰王德妃。大和四年封魯王，六年册爲皇太子。開成三年暴薨。時傳云：太子，德妃之出也，晚年寵衰。賢妃楊氏恩渥方深，懼太子他日不利于己，故日加誣譖，太子終不能自辨明也。太子既薨，上意追悔。因會寧殿宴，小兒緣橦，有一夫在下，憂其墮地若狂者。上問之，乃其父也。上因感泣，謂左右曰：『朕富有天下，不能全一子。』遂召樂官劉楚材、宫人張十十等責之曰：『陷吾太子，皆爾曹也。』〔馮箋〕《王栖曜傳》：栖曜，濮州濮陽人。貞元中，鄜坊丹延節度、觀察使。子茂元，幼有勇略，從父征伐知名。元和中，爲右神策將軍。大和中，廣州刺史、嶺南節度使。

《新書・傳》：茂元交煽權貴。鄭注用事，遷涇原節度使。注敗，悉出家貲餉兩軍，得不誅，封濮陽郡侯。按：《舊・傳》漏書鎮涇原。〔按〕《舊唐書・文宗紀》紀文宗欲廢太子事在『開成三年九月壬戌』，壬戌爲是月初七；與此表所稱『今月六日』相差一日。長安至涇州四百九十三里，文宗欲廢太子、宰相入論之消息十日前可到涇原。故此表約上於開成三年九月上旬之末。

〔二〕〔徐注〕時鄭覃爲首相。〔馮注〕《宰相表》：大和九年十一月，鄭覃同中書門下平章事。開成四年五月，罷爲尚書左僕射。〔補注〕據《新唐書・宰相表》，其時宰相尚有陳夷行、楊嗣復、李珏。

〔三〕〔徐注〕《新書・百官志》：尚書省、中書省、門下省，是爲三省。

〔四〕〔徐注〕《文宗二子傳》：開成三年，上以皇太子晏游敗度，不可教導，將議廢黜。特開延英，召宰臣及兩省、御史臺五品已上，南班四品已上官對。宰臣及衆官以爲儲后年小，可俟改過，國本至重，願寬宥。御史中丞狄兼謩上前雪涕以諫，詞理懇切。翌日，翰林學士六人，洎神策六軍軍使十六人又進表陳論，上意稍解。其日一更，太子歸少陽院，中人張克己等數十人連坐至死及剥色流竄。

〔五〕埸，《全文》誤作『場』，據《英華》改。〔徐注〕《晉書・伏乞國仁傳論》曰：當褫魂沙漠。〔補注〕褫，奪；疆埸，指邊境。《左傳・桓公十七年》：『疆埸之事，慎守其一，而備其不虞。』

〔六〕〔徐注〕曹植表：入侍輦轂。

〔七〕〔馮注〕《禮記・文王世子》：一有元良，萬國以貞，世子之謂也。〔補注〕《書・太甲下》：『一人元良，萬邦以貞。』此『元良』指大善、至德。而《禮記・文王世子》之『元良』則指世子之大德至善，後遂作爲太子之代稱。

〔八〕〔徐注〕《易》：明兩作離，大人以繼明照于四方。〔補注〕《文選・謝靈運〈擬魏太子鄴中集詩・王粲〉》：『不謂息肩願，一旦值明兩。』呂延濟注：『武帝既明，而太子又明，故謂太子爲明兩也。』李白《商山四皓》詩：『一行佐明兩，欻起生羽翼。』此『明兩』即指太子。

〔九〕〔馮注〕《易》：《震》亨，不喪匕鬯，出可以守宗廟社稷，以爲祭主也。又：震爲長子。《禮記》：王立七廟，遠廟爲祧。〔補注〕《易·震》：『震驚百里，不喪匕鬯。』王弼注：『匕，所以載鼎實；鬯，香酒。奉宗廟之盛也。』是司匕鬯，謂太子主持宗廟祭祀。

〔一〇〕〔徐注〕《周禮》：小宗伯，辨廟祧之照穆。《左傳》：叔向曰：『寡君敢拜齊君之安我先君之宗祧也。』〔馮注〕《禮記》：王立七廟，遠廟爲祧。

〔一一〕〔徐注〕《漢書·叔孫通傳》：通曰：『太子天下大本，本一摇，天下震動。』

〔一二〕〔補注〕《論語·爲政》：『子曰：「殷因於夏禮，所損益可知也；周因於殷禮，所損益可知也。」』何晏集解引馬融曰：『所損益，謂文質三統。』朱熹集注：『文質謂夏尚忠，商尚質，周尚文。』《論語·雍也》：『質勝文則野，文勝質則史。』

〔一三〕〔馮注〕《孝經鉤命决》：三皇步，五帝驟，三王馳，五霸鶩。《論語撰考讖》：考靈差德，堯步舜驟，禹馳湯鶩，德有優劣，故日行轉疾。《後漢書·律曆志》：三五步驟，優劣殊軌。〔徐注〕《後漢書·崔寔傳》：步驟之差，各有云設。

〔一四〕〔馮注〕《三輔黄圖》：北宫有太子宫甲觀、畫堂。《禮記·文王世子》：立太傅，少傅而養之，欲其知父子君臣之道也。〔徐注〕梁簡文帝《答徐摛書》：山濤有言，東宫養德而已。〔補注〕《三輔黄圖·北宫》：『北宫在長安城中，近桂宫，俱在未央宫北，周四十里。高帝時制度草創，孝武增修之。』

〔一五〕榮，《英華》注：集作『勞』，非。〔徐注〕《禮記·文王世子》曰：始立學者，既興器用幣，然後釋菜，乃退，儐于東序。〔馮注〕《禮記·文王世子》：凡學世子及學士，凡祭與養老之禮，皆于東序。又曰：凡大合樂，必遂養老。注曰：大合樂時，天子視學。《祭義》：食三老五更於太學，天子袒而割牲，執醬而饋，執爵而酳，冕而總干。又曰：天子設四學，當入學而太子齒。此云『承榮』，謂太子承天子之榮以養老乞言也。〔補注〕東序，傳爲夏代大學，亦爲國老養老之所。《禮記·王制》：『夏后氏養國老於東序。』鄭玄注：『東序、東膠亦大學，在國中王宫之東。』孔穎達疏：『《文王世子》云：「學干戈羽籥於東序。」以此約之，故知皆學名也。養老必在學者，以學教孝悌之處，故於中養老。』

〔一六〕〔徐注〕《漢書·賈誼傳》：太子乃生而見正事，聞正言，行正道，左右前後，皆正人也。

〔一七〕〔徐注〕《穀梁傳》：承明繼體，則守文之君也。〔馮注〕《史記·外戚世家》：繼體守文之君。註曰：謂是嫡子，繼先帝之正體而立者也。

〔一八〕〔徐注〕《漢書·賈誼傳》：昔者成王幼在襁抱之中，召公爲太保，周公爲太傅，太公爲太師。

〔一九〕〔徐注〕《漢書》：地節三年，立皇太子，疏廣爲太傅，兄子受爲少傅。其後乞骸骨歸，道路觀者曰：賢哉二大夫。

〔二〇〕〔徐注〕《史記》：高祖欲易太子，及宴，置酒，太子侍。東園公、甪里先生、綺里季、夏黄公從太子，年皆八十餘，鬚眉皓白。上大驚，曰：『煩公等卒調護太子。』〔馮注〕《高士傳》：四皓秦始皇時共入商雒，隱地肺山。按：《史》《漢》云四皓來以爲客，時時從入朝。是時叔孫通爲太傅，留侯行少傅事。而《北堂書鈔》引《史記》『漢高祖以商山四皓爲太子太師』，《唐類函》亦有之，云出《史記·外戚世家》。今《史記》無此語。《晋書·閻纘傳》：四皓爲師，子房爲副，竟復成就。

〔二一〕嫌猜，《英華》作『猜嫌』；似，《英華》作『是』。

〔二二〕〔徐注〕《左傳》：成王定鼎于郟鄏，卜世三十，卜年七百。

〔二三〕〔徐注〕《後漢書·獻帝紀》：贊曰：終我四百，永作虞賓。《張衡傳》：衡謂崔瑗曰：『吾觀《太玄》，方知子雲妙極道數。漢家得天下二百歲之書也，復二百歲，殆將終乎？所以作者之數必顯，一世常然之符也。漢四百歲，《玄》其興矣。』注：子雲當哀帝時，著《太玄經》。自漢初至哀帝二百歲，自中興至獻帝一百八十九年也。〔馮注〕《後漢書·張衡傳》：漢四百歲。

〔二四〕〔徐注〕揚子《法言》：聖人之言，明若丹青也。〔按〕古代丹册紀勳，青史紀事，故『丹青』可指史籍。王充《論衡·書虚》：「俗語不實，成爲丹青。丹青之文，聖賢惑焉。」

〔二五〕〔補注〕三古，上古、中古、近古之合稱，所指時限各别。如《漢書·藝文志》「世歷三古」顔注引孟康曰：「然則伏羲爲上古，文王爲中古，孔子爲下古。」《禮記·禮運》「始諸飲食」孔穎達疏：「伏羲爲上古，神農爲中古，五帝爲下古。」此謂「功高三古」，當指古帝王言。

〔二六〕洞，徐注本作「動」。幾，《英華》作「機」。

〔二七〕〔馮注〕《廣韻》注：漢官有太子坊，坊亦省名。《梁書·徐摛傳》：摛文體既别，春坊盡學之。《舊書·睿宗紀》：改門下坊爲左春坊，典書坊爲右春坊。〔徐注〕《新書·百官志》：左春坊，左庶子二人，正四品。〔補注〕魏、晋以來稱太子宫爲春坊，又稱春宫。《晋書·愍懷太子傳論》：「及于繼明宸極，守器春坊。」至於左、右春坊，則爲太子宫所屬官署名。唐置太子詹事府，以統衆務；左右二春坊，以領諸局。此「春坊」與「正位春坊」之指太子宫者義有别。

〔二八〕〔徐注〕《漢書·武五子傳》：戾太子據，元狩五年立爲皇太子。及冠，上乃爲立博望苑，使通賓客。

〔二九〕〔徐注〕《晋書·張華傳》：劉卞曰：「東宫俊乂如林。」〔補注〕《書·説命下》：「旁招俊乂，列于庶位。」孔傳：「廣招俊乂，使列衆官。」

〔三〇〕〔徐注〕《禮記》：三王教世子必以禮樂，是故其成也懌，恭敬而温文。

〔三一〕〔徐注〕班固《典引》：與之斟酌道德之淵源。〔馮曰〕唐諱「淵」爲「泉」。

〔三二〕〔徐注〕《晋書·賈充傳》：浮競之徒，莫不盡禮事之。〔徐箋〕《文宗二子傳》：上以魯王年幼，思得賢傅輔導之，因以户部侍郎庾敬休守本官兼魯王傅，太常卿鄭肅兼王府長史，户部郎中李踐方兼王府司馬。尋册爲太子，以王起、陳夷行爲侍讀。〔馮按〕其時爲東宫官者頗多。

〔三三〕〔馮注〕賈誼《新書》：文王使太公望傅太子發。嗜鮑魚，太公不與，曰：「禮，鮑魚不登于俎。豈有非禮而可以養太子哉！」

〔三四〕〔徐注〕魏文帝《與鍾大理書》：近日南陽宗惠叔稱君侯昔有美玦，乃不忽遺，嘉貺益腆，敢不欽承。

〔三五〕〔徐注〕《初學記》：周王褒《太子箴》曰：庶僚司箴，敢告閽寺。

〔三六〕奉，《全文》作『奏』，據《英華》改。〔馮注〕《魏略》：卞蘭獻賦，贊述太子德美，太子報曰：『蘭此賦豈吾實哉！事雖不諒，義足嘉也。』由是見親敬。《魏志・武宣卞皇后傳》：太后弟子奉車都尉蘭。〔徐注〕魏卞蘭《讚太子賦》：竊見所作《典論》及諸賦、頌，奉讀無倦。

〔三七〕嗛，《英華》作『慊』。〔徐注〕嗛音銜。《説文》：嗛，口有所銜也。《史記・佞幸傳》：太后由此嗛嫣。集解：徐廣曰：嗛與銜通。〔馮注〕《史記・外戚世家》：景帝恚心嗛之。按：嗛與銜同，又與歉同，皆見《史》《漢》注。

〔三八〕〔徐注〕《儀禮》：令月吉辰，始加元服。〔補注〕元服，指冠。《漢書・昭帝紀》：（元鳳）四年春正月丁亥，帝加元服。顏師古注：元，首也。冠者，首之所服，故曰元服。

〔三九〕〔徐注〕《詩》：徒御不驚。

〔四〇〕縱，《英華》注：一作『致』。

〔四一〕〔馮注〕《山海經》：大樂之野，夏后啓于此舞《九代》，乘兩龍。按：《海外西經》：大樂之野，一曰大遺之野。《太平御覽》《玉海》引之皆作『大樂』，而每有作『欒』者，形近而誤也。

〔四二〕〔徐注〕《文選》注：漢勃海郡有南皮縣。〔馮注〕《漢書・疏廣傳》：廣曰：『太子國儲副君。』魏文帝《與吴質書》：每念昔日南皮之游，誠不可忘。又：每至觴酌流行，絲竹並奏，酒酣耳熱，仰而賦詩。《文選》曹子建《公讌》詩，與兄丕讌飲作。〔補注〕曹植《侍太子坐詩》：『清醴盈金觴，餚饌縱横陳。』

〔四三〕〔徐注〕濬，《全文》作『睿』，據《英華》改。《晋書・宗室傳》：張方受其指教。〔補注〕濬發，從深處發出。

〔四四〕〔徐注〕《詩・小弁》之篇曰：伐木掎矣，析薪扡矣。舍彼有罪，予之佗矣。傳：伐木者掎其顛，析薪者隨其理。箋：掎其顛者不欲妄踣之，扡，謂觀其理也。隨其理者不欲妄挫折之。以言今王之遇太子，不如伐木析薪也。

〔四五〕〔徐注〕《詩》：無逝我梁，無發我笱。箋：逝，之也。之人梁，發人笱，此必有盜魚之罪。以言褒姒淫色，來嬖於王，盜我太子母子之寵。按：此聯之意，蓋以宜臼喻太子，褒姒比賢妃也。〔馮曰〕唐人用詞少忌諱耳。〔補注〕梁，水中捕魚壩；笱，捕魚具。

〔四六〕〔補注〕《孟子·離婁下》：『夫章子，子父責善而不相遇也。責善，朋友之道也；父子責善，賊恩之大者。』

〔四七〕〔徐校〕得，一作『能』。〔補注〕《易·繫辭上》：『富有之謂大業，日新之謂盛德。』孔穎達疏：『其德日日增新。』

〔四八〕〔馮注〕《文選·曹子建〈上責躬詩表〉》：以罪棄生，則違古賢夕改之勸。註曰：曾子曰：『君子朝有過，夕改，則與之；夕有過，朝改，則與之。』注曾子云云，見《大戴禮·立事》篇。

〔四九〕微，《英華》注：集作『至』。〔徐注〕《易》：牽復，吉。〔補注〕牽復，謂牽引回復正道。

〔五〇〕〔補注〕《論語·雍也》：『有顏回者，好學，不遷怒，不貳過。』何晏集解：『不貳過者，有不善，未嘗復行。』

〔五一〕〔徐注〕《說文》：霽，雨止也。《漢書·魏相傳》：相心善其言，爲霽威嚴。注：臣瓚曰：霽，止也。〔馮注〕《詩》：王赫斯怒。〔補注〕霽，收斂威怒之貌而呈和悦之色。

〔五二〕〔補注〕省勵，檢查自勵。卑謝，卑辭謝過。師傅，指太子太師、太傅。

〔五三〕〔補注〕殊休，特異之福禄。蹈，襲。

〔五四〕〔補注〕欽矚，敬重屬望。

〔五五〕〔徐注〕《漢書·息夫躬傳》：內實騃，不曉政事。師古曰：騃，愚也。

〔五六〕〔馮注〕唐諱『世』爲『代』。

〔五七〕〔徐注〕《詩・魯頌・閟宫》曰：錫之山川，土田附庸。

〔五八〕〔徐注〕《左傳》：師之耳目，在吾旗鼓。《漢書・韓信傳》：信建大將之旗鼓，鼓行出井陘口。〔馮注〕《周禮》：若作其民而用之，則以旗鼓兵革帥而至。

〔五九〕〔馮注〕《漢書・杜鄴傳》：禽息憂國，碎首不恨。應劭曰：禽息，秦大夫，薦百里奚而不見納。繆公出，當車以頭擊闑，腦乃播出。繆公感寤，而用百里奚，秦以大治。〔徐注〕《漢書・薛廣德傳》：上欲御樓船，廣德當乘輿車，免冠頓首曰：『宜從橋。』詔曰：『大夫冠。』廣德曰：『陛下不聽臣，臣自刎，以血汙車輪。』《朱雲傳》：雲曰：『臣願賜尚方斬馬劍，斬佞臣一人，以厲其餘。』上問：『誰也？』曰：『安昌侯張禹。』上大怒，御史將雲下，雲攀檻，檻折。雲呼曰：『臣得從龍逢、比干遊於地下，足矣。』

〔六〇〕〔馮注〕吴均詩：開胸瀝膽時一顧。按：『披肝瀝膽』字屢見。〔徐注〕《隋書・李德林傳》：《天命論》云：披肝瀝膽。李陵《答蘇武書》：陵不難刺心以自明。

〔六一〕〔馮注〕《三輔黄圖》：漢宫門各有禁，非侍衛通籍之臣不敢妄入。《北史・隋文帝紀》：開皇二年三月，初命入宫殿門通籍。按：隋復行此制，惟京職乃云通籍，若出外即云『非朝籍』矣。今人概以筮仕爲通籍，誤也。〔按〕此『朝籍』即指朝官之籍。時在涇原任節度使，故云『名非朝籍』。

〔六二〕躋，《全文》作『修』，據《英華》改。〔補注〕《詩・秦風・蒹葭》：『溯洄從之，道阻且躋。』躋，高而陡。

〔六三〕〔補注〕《詩・邶風・燕燕》：『瞻望弗及，佇立以泣。』

〔六四〕〔徐注〕《漢書》：孝成皇帝，元帝太子也。上常急召，太子出龍樓門，不敢絶馳道。

〔六五〕蔑，《全文》作『莫』，據《英華》改。〔馮注〕隋戴逵《皇太子箴》曰：『無謂父子無間，江充掘蠱；無謂兄弟無攜，倡優起舞。』此戴逵隋時人，非晋戴安道。〔按〕徐注誤引《晋書・戴逵傳》『王珣上疏曰：逵年在耆老，清風彌劭，東宫虚德，式筵事外，宜加旌命，以參僚侍』之文，故馮注有此兩戴逵之辨。

〔六六〕〔馮注〕班固《西都賦》：設璧門之鳳闕，上觚棱而棲金爵。注曰：《漢書》曰：建章宫其東則鳳闕，高二十餘丈，其南有璧門之屬。《三輔故事》曰：建章宫闕上有銅鳳皇。金爵即銅鳳也。

〔六七〕〔徐注〕《吴志·三嗣主傳》注：《吴録》：張儼字子節，以博聞多識拜大鴻臚，使晉。李善《文選》注：張儼《請立太子師傅表》曰：陛下應期，順乾作主。

〔六八〕〔徐注〕《晉書·傅咸傳》：億兆顒顒，戴仰宸極。

〔六九〕《全文》無『陳論』二字，據《英華》補。

爲濮陽公上楊相公狀〔一〕

伏見今月某日制書〔二〕，伏承相公由大司徒之率屬〔三〕，掌中祕書之樞務〔四〕。寵延注意〔五〕，榮叶沃心〔六〕。凡備生靈，莫非陶冶。伊昔帝賚良弼〔七〕，岳降名神〔八〕。夢出傅巖，高宗才得于胥靡〔九〕；卜從渭水，西伯止逢于釣翁〔一〇〕。豈若相公涵泳天池，翺翔雲路〔一一〕，然後光膺爰立〔一二〕，顯副僉諧〔一三〕。接庾亮之分曹，必資孔演〔一四〕；列王濛之對掌，宜屬劉惔〔一五〕。允契同昇，果聞並命。祇神塞望〔一六〕，華夏式瞻〔一七〕。某夙奉恩光，今叨任使〔一八〕。守朝那之右地，鎮安定之遺封〔一九〕。不獲趨賀黑幡〔二〇〕，拜伏金印〔二一〕。空知踴躍，莫可奮飛〔二二〕。下情云云。

校注

〔一〕本篇原載清編《全唐文》卷七七三第一四頁、《樊南文集補編》卷二。〔錢注〕（楊相公）楊嗣復也。《舊唐書》本傳：開成二年，爲户部侍郎。三年正月，與同列李珏並以本官同平章事。〔按〕《舊唐書·文宗紀》：開成三年，正月『戊申（按是年正月庚申朔，正月無戊申日，當依《新唐書·宰相表》作戊辰，即初九），以諸道鹽鐵轉運使、正議大夫、守户部尚書、上柱國、弘農郡開國伯、食邑七百户、賜紫金魚袋楊嗣復可本官同中書門下平章事，朝議郎、户部侍郎判户部事、上柱國，賜紫金魚袋李珏可本官同中書門下平章事，依前判户部事。』《新唐書·文宗紀》及《宰相表》並作『諸道鹽鐵轉運使、户部尚書楊嗣復』，似當以《舊·紀》所載『守户部尚書』爲是。狀云『伏見今月某日制書，伏承相公由大司徒之率屬，掌中祕書之樞務』，似即指開成三年正月戊辰（初九）由守户部尚書拜相而言。然細審狀文，乃知此非指正月初拜相，而係指嗣復是年九月進爲中書侍郎之事。《新唐書·宰相表》：開成三年，『九月己巳，夷行爲門下侍郎，珏、嗣復爲中書侍郎。』正月以守户部尚書本官同平章事，猶是準相，至九月進位中書侍郎，方是正位。『由大司徒之率屬，掌中祕書之樞務』，即指嗣復由守户尚本官同平章事，進爲中書侍郎，即掌管中書省樞務之正式宰相一事。狀又云：『接庾亮之分曹，必資孔演；列王濛之對掌，宜屬劉惔。』庾亮、孔演（衍）東晋初俱補中書郎，此言『接庾亮之分曹，必資孔演』，即指楊、李二人同任中書侍郎。王濛與劉惔齊名，濛曾『徙中書郎』，此言『宜屬劉惔』，蓋謂惔雖未爲中書郎而宜有此任命也，此句亦以王、劉之『對掌』中書喻指楊、李之並爲中書侍郎。下『允契同昇，果聞並命』即指同時昇任爲中書侍郎而言，據此，本篇應作于開成三年九月己巳（十四）之後，約九月下旬。與《爲濮陽公上陳相公狀一》《爲濮陽公上李相公狀二》以及《爲濮陽公賀陳相公送土物狀》《爲濮陽公賀楊相公送土物狀》《爲濮陽公賀李相公送土物狀》均爲同時所上。

〔二〕〔錢注〕《新唐書·百官志》：凡王言之制有七。二曰制書，大賞罰、赦宥、慮囚、大除授則用之。

〔三〕〔補注〕《書·周官》：「司徒掌邦教，敷五典，擾兆民」。《周禮·地官·大司徒》：「大司徒之職，掌建邦之土地之圖與其人民之數，以佐王安擾邦國。」唐代户部掌全國土地、户籍、賦税、財政收入等事務，與大司徒之職大體相當。《書·周官》：「六卿分職，各率其屬。」率屬，所率領之屬官。嗣復開成二年十月入爲户部侍郎領鹽鐵使，開成三年正月以守户部尚書同平章事，其本官官階仍爲户部侍郎，故云「率屬」。

〔四〕〔錢注〕《舊唐書·職官志》：武德七年定令，以尚書、門下、中書、祕書、殿中、内侍爲六省。《新唐書·張文瓘傳》：同列以堂饌豐餘，欲少損，文瓘曰：「此天子所以重樞務，待賢才也。」〔按〕中祕書，此指職掌禁祕之中書省。掌中祕書之樞務，謂其任中書侍郎，掌中書省禁祕之樞務。白居易《寄隱者》：「云是右丞相，當國握樞務。」

〔五〕〔錢注〕《史記·陸賈傳》：天下安，注意相；天下危，注意將。〔補注〕注意，重視、關注。

〔六〕〔補注〕《書·説命上》：「啓乃心，沃朕心。」孔穎達疏：「當開汝心所有，以灌沃我心，欲令以彼所見教己未知故也。」指以治國之道開導帝王。

〔七〕〔補注〕《書·説命上》：「夢帝賚予良弼。」賚，賞賜。參注〔九〕。

〔八〕〔補注〕《詩·大雅·崧高》：「維岳降神，生甫及申。」

〔九〕〔錢注〕《史記·殷紀》：帝武丁思興復殷，夜夢得聖人，名曰説。使百工營求之野，得説於傅險中。是時，説爲胥靡，築於傅險。武丁舉以爲相，殷國大治。武丁崩，祖己立其廟爲高宗。〔補注〕胥靡，古代服勞役之奴隸或刑徒。

〔一〇〕〔錢注〕《史記·齊世家》：太公望吕尚嘗窮困，年老矣，以漁釣奸（干）周西伯。西伯將出獵，卜之，曰：所獲非龍非彲，非虎非羆，所獲霸王之輔。於是果遇太公於渭之陽，載與俱歸，立爲師。《晉書·張載傳》：周武無牧野之陣，則吕牙渭濱之釣翁也。

〔一一〕〔錢注〕《晉書·皇甫謐傳》：沖靈翼於雲路，浴天地以躍鱗。
〔一二〕〔補注〕《書·説命上》：『説築傅巖之野，惟肖，爰立作相，王置諸其左右。』爰立，指作相。
〔一三〕〔補注〕《書·舜典》記帝舜徵詢意見以任命臣工之事，多有『僉曰』『汝諧』之語，後遂以『僉諧』謂遴選、任命朝廷重臣。《梁書·江革傳》：『首佐台鉉，實允僉諧。』僉，都、皆。
〔一四〕〔錢注〕《晉書·孔衍傳》：中興初，與庾亮俱補中書郎。《楚辭·招魂》：分曹並進，遒相迫些。〔按〕分曹，猶分部門。《後漢書·百官志三》：『成帝初置尚書四人，分爲四曹。』《楚辭·招魂》之『分曹』係分隊之義。
〔一五〕惔，《全文》作『恢』，據錢校改。〔錢注〕《晉書·王濛傳》：濛與沛國劉惔齊名。簡文帝之爲會稽王也，常與孫綽商略諸風流人，綽言曰：『劉惔清蔚簡令，王濛温潤恬和。』及帝輔政，益貴幸之，與劉惔號爲入室之賓。《宋書·沈演之傳》：對掌禁旅。〔按〕據《晉書·王濛傳》，濛曾『徙中書郎』。
〔一六〕〔錢注〕《漢書·劉輔傳》：順神祇心，塞天下望。
〔一七〕〔補注〕《書·武成》：『華夏蠻貊，罔不率俾。』式瞻，敬仰、景慕。
〔一八〕〔錢注〕《戰國策》：臣駑下恐不足任使。
〔一九〕〔錢注〕《元和郡縣志》：涇州，漢置安定郡即此是也。《漢書·地理志》：朝那縣屬安定郡。又《陳湯傳》：即西收右地。〔補注〕右地，西部地區。
〔二〇〕〔錢注〕《後漢書·輿服志》：三公列侯黑轓。〔補注〕轓，本指車旁之擋泥板，此以黑轓指高官之車。
〔二一〕〔錢注〕《後漢書·趙壹傳》：計吏數百人皆拜伏庭中。《漢書·百官公卿表》：丞相、相國金印紫綬。
〔二二〕〔補注〕《詩·邶風·擊鼓》：『擊鼓其鏜，踴躍用兵。』又《邶風·柏舟》：『静言思之，不能奮飛。』毛傳：『不能如鳥奮翼而飛去。』

爲濮陽公上李相公狀二〔一〕

伏見今月某日制書，伏承相公假道版圖〔二〕，正位機密〔三〕。俞膺帝曰，歌叶臣哉〔四〕。動植具榮〔五〕，飛沈咸若〔六〕。爰稽往誥〔七〕，載考前經：齊定霸威，由皆以告仲父〔八〕；漢興王道，常謂不如蕭何〔九〕。此所以顯重輔臣，光昭宰匠〔一〇〕。以今况古，千載一時。且温嶠累遷，尚見讓而不拜〔一一〕；張華叙進，亦聞久始即真〔一二〕。斯實重難〔一三〕，常勞倚注〔一四〕。苟非才標棟幹〔一五〕，味極和羹〔一六〕，莫可比肩，孰能接武〔一七〕。六戎傾首〔一八〕，百辟寄心〔一九〕。某早被蔭庥〔二〇〕，常聞咳唾〔二一〕。今者適從亭障〔二二〕，方事鼓鼙〔二三〕。不敢擅棄虎符〔二四〕，輒趨鳳詔〔二五〕。下情云云。

〔一〕本篇原載清編《全唐文》卷七七四第一八頁、《樊南文集補編》卷四。題内『濮陽』二字，《全文》作『河東』，據張采田《會箋》校證改，詳見《爲濮陽公上楊相公狀一》注〔一〕。〔張箋〕『相公假道版圖，正位機密』，此指李珏以户部侍郎判户部事大拜也。〔按〕『假道』二句，蓋指李珏由户部侍郎本官同平章事進爲中書侍郎。開成三年正月戊辰，户部侍郎判户部李珏以本官同平章事。九月己巳，爲中書侍郎。本篇當爲賀李珏進中書侍郎而上，約作於開成三年九月下旬。詳見《爲濮陽公上楊相公狀》注〔一〕按語及本篇注〔二〕〔三〕〔一二〕。

〔二〕〔錢注〕《唐闕史》：近世逢掖恥呼本字，南省官局則曰版圖小績、春闈秋曹。〔補注〕版圖，户籍與地域圖册。《新唐書·百官志》：户部尚書、侍郎『掌天下土地、人民、錢穀之政，貢賦之差。』李珏原以户部侍郎、判户部事同中書門下平章事，旋進中書侍郎，猶借道於『户部侍郎判户部事』也。

〔三〕〔錢注〕《後漢書·竇憲傳》：内幹機密。箋：此亦當由户部入相者。〔補注〕正位，正式就職。相對於在此之前非正式職位而言。李珏開成三年正月戊辰以户部侍郎判户部事同中書門下平章事，猶是準相，至九月己巳進中書侍郎，方『正位』宰相。機密，掌管機要大事之部門、職務。唐中書省侍郎二人，『掌貳令之職，凡邦國之庶務，朝廷之大政皆參議焉』（《舊唐書·職官志》）。中書令位望崇高，不輕授人，中書侍郎遂爲中書省實際長官。唐制，四品以下官作宰相，加平章事名號。户部侍郎正四品，故加同中書門下平章事名號。中書侍郎正三品，爲正式之相位，故爲正位。

〔四〕〔補注〕《書·堯典》：『帝曰：俞。』俞，允諾之詞。《書·益稷》：『臣哉鄰哉，鄰哉臣哉。』孔傳：『鄰，近也。言君臣道近，相須而成。』叶，和洽。

〔五〕〔補注〕《周禮·地官·大司徒》：『辨五地之物生：一曰山林，其動物宜毛物，其植物宜早物。』

〔六〕〔補注〕飛沉，指鳥、魚。《書·皋陶謨》：『皋陶曰：「都，在知人，在安民。」禹曰：「吁，咸若時，惟帝其難之。」』後以『咸若』稱頌帝王之德化，謂萬物均能順其性、應其時、得其宜。

〔七〕〔錢注〕《慎子》：《書》，往誥也。〔補注〕往誥，往昔之文告。

〔八〕〔錢注〕《韓非子》：齊桓公時，晉客至，有司請禮，桓公告仲父者三。而優笑曰：『易哉爲君！一曰仲父，二曰仲父。』桓公曰：『吾聞君人者，勞於索人，佚於使人。吾得仲父已難矣，得仲父之後，何爲不易乎？』

〔九〕〔錢注〕《史記·高祖紀》：高祖曰：『夫運籌策帷帳之中，決勝千里之外，吾不如子房；鎮國家，撫百姓、給餽饟，不絶糧道，吾不如蕭何；連百萬之軍，戰必勝，攻必取，吾不如韓信。此三者，皆人傑也。』

〔一〇〕〔補注〕輔臣，指宰相。語本《韓詩外傳》卷八：『諫臣五人，輔臣五人，拂臣五人。』宰匠，亦指宰相。《蜀志·馬良傳》：『爲天下宰匠，欲大收物之力，而不量才節任，隨器付業，難乎其可與言智者也。』

〔一一〕〔錢注〕《晉書·温嶠傳》：進驃騎將軍開府儀同三司，嶠曰：『今日之急，殄寇爲先，未效勳庸而逆受寵榮，非所聞也。』固辭不受。

〔一二〕〔錢注〕《晉書·張華傳》：楚王瑋誅，華以首謀有功，拜右光禄大夫、開府儀同三司、侍中、中書監，固辭開府。賈謐與后共謀，以華庶族儒雅，欲倚以朝綱，以問裴頠，頠素重華，深贊其事。《漢書·王莽傳》：遂謀即真之事矣。按：《漢書》諸傳多作滿歲爲真，此即真，乃踐天子之位。後此史家，遂多沿用。〔補注〕《晉書·張華傳》：『初未知名……陳留阮籍見之，歎曰：「王佐之才也！」由是聲名始著。郡守鮮于嗣，薦華爲太常博士。盧欽言之於文帝，轉河南尹丞，未拜，除佐著作郎。頃之，遷長史，兼中書郎，朝議表奏，多見施用，遂即真。』叙進，按規定之等級次第進官。即真，指官吏由代理轉爲正式職務。張華入晉後曾爲度支尚書、中書令。此言『張華叙進，亦聞久始即真』，乃與李珏由準相而正位機密時僅九月相對而言，謂其深得文宗之倚重。

〔一三〕〔錢注〕《漢書·五行志》：所謂重難之時者也。〔補注〕重難，指宰相之職繁重艱難。

〔一四〕〔補注〕倚注，依賴器重。

〔一五〕〔錢注〕傅亮《爲宋公求加贈劉前軍表》：識量局致，棟幹之器也。

〔一六〕〔補注〕《書·説命下》：『若作和羹，爾惟鹽梅。』和羹，以不同調味品製成之羹湯，喻宰相輔助君主綜理國政。

〔一七〕能，錢注本作『云』，未出校。〔補注〕《禮記·曲禮上》：『堂上接武。』接武，步履相接。

〔一八〕六戎，見《爲濮陽公附送官告中使回狀》注〔二四〕。此處『六戎』泛指各少數民族。

〔一九〕〔錢注〕曹植《洛神賦》：長寄心於君王。〔補注〕百辟，指百官。《宋書·孔琳之傳》：『羡之内居朝右，外司輦轂，位任隆重，百辟所瞻。』

〔二〇〕〔錢注〕《爾雅》：庇、庥，蔭也。

〔二一〕〔錢注〕《莊子》：孔子遊乎緇帷之林，休乎杏壇之上，有漁父者，下船而來，孔子曰：『幸聞咳唾之音。』〔補注〕咳唾，稱美對方言語。

〔二二〕〔補注〕亭障，邊塞要地設置之堡壘。

〔二三〕〔補注〕《禮記·樂記》：『君子聽鼓鼙之聲，則思將帥之臣。』鼓鼙，大鼓與小鼓，軍中樂器。

〔二四〕〔補注〕虎符，帝王授予臣下兵權與調發軍隊之虎形信符。唐代改用魚符。

〔二五〕〔錢注〕梁元帝《陸倕墓銘》：兩升鳳誥。〔補注〕鳳誥，皇帝之制誥，借指中書省。

爲濮陽公上陳相公狀一〔一〕

伏見今月某日制書，奉承相公顯由起部〔二〕，光踐黄樞〔三〕。唯彼秦官〔四〕，必加漢相〔五〕。是能超絶庶尹〔六〕，冠映羣倫〔七〕。昔荀悦榮登，止通《左氏》〔八〕；張華寵拜，空對建章〔九〕。豈若相公翊贊皇猷〔一〇〕，發揮清問〔一一〕，恥君不及堯、舜〔一二〕，欲人盡若胥、庭〔一三〕。式叶具瞻〔一四〕，爰從正位〔一五〕。馮參帷幄，式展于矜嚴〔一六〕；杜恕紀綱，不資于交援〔一七〕。曠百千歲，無三四人。某忝沐陶甄〔一八〕，謬居藩服〔一九〕。心懸廊廟，同邊馬之嘶鳴〔二〇〕；身縶節旄〔二一〕，羨塞鴻之騫翥〔二二〕。無由拜賀，伏用兢惶〔二三〕。

〔一〕本篇原載清編《全唐文》卷七七三第一五頁、《樊南文集補編》卷二。〔錢箋〕此狀爲陳夷行初入相時作。

《舊唐書·文宗紀》：開成二年四月，工部侍郎陳夷行本官同中書門下平章事。《新》《舊》二書《陳夷行傳》，《新書·宰相表》並同。考義山入王茂元涇原幕，馮譜定在開成三年，而此文實爲二年事，豈其時已至涇原耶？〔張箋〕王氏之婚，李執方爲之道地，而韓畏之慫恿之力居多……《寄惱韓同年》詩自注：時韓住蕭洞。又有『我爲傷春心自醉，不勞君勸石榴花』句，當時情事，參證可見。然則本年爲濮陽代作表、狀（按：張氏將《爲濮陽公賀丁學士啓》及本篇均繫於開成二年），或者議婚時藉此爲媒贄邪？要之義山爲人憑倩作文，自未第時已然，固不能據爲入幕確據也。〔岑仲勉曰〕按狀云：『伏見今月某日制書，奉承相公顯由起部，光踐黃樞，惟彼秦宫（官），必加漢相。』據《通典》二一：『門下侍郎。秦官有黃門侍郎，漢因之……凡禁門黃闥，故號黃門。』門下侍郎，玄宗時亦嘗一度改稱黃門。黃樞即黃門也。狀又云：『昔荀悦榮登，止通《左氏》；張華寵拜，空對建章。』據《後漢書》九二及《晉書》三六，悦、華均曾拜黃門侍郎。凡此皆祝頌夷行進門下侍郎之詞，故狀下文復有『爰從正位』語，蓋前以工侍同平章事，猶是準相而已。《新表》六三，開成三年，『九月己巳，夷行爲門下侍郎。』此正三年入涇幕後作，張氏殊疏於數典。（《平質》戊錯會《爲濮陽公上陳相公第一狀》條）〔按〕岑說是。賀陳夷行進門下侍郎及楊嗣復、李珏進中書侍郎三狀蓋同時作，均約在開成三年九月下旬所上。

〔二〕〔錢注〕《舊唐書·職官志》：工部，南朝謂之起部。有所營造，則置起部尚書，畢則省之。

〔三〕〔錢注〕《梁書·蕭昱傳》：徒穢黃樞。〔按〕黃樞，即黃門，詳注〔一〕引岑仲勉《平質》。

〔四〕官，《全文》作『宫』，據錢校改。參下注按語。秦官，此指黃門侍郎，詳注〔一〕引岑仲勉《平質》。

〔五〕〔錢注〕《通典》：相國、丞相皆秦官。唐侍中、中書令是真宰相，以他官參掌者，無定員，但加同中書門下三品及平章事、知政事、參知機務、參與政事及平章軍國重務之名者，並爲宰相。亦漢行丞相事之例也。〔按〕錢注非。二句蓋謂門下侍郎之官必加於宰相，方得爲真宰相也。參注〔一〕引岑仲勉《平質》。

〔六〕〔補注〕《書·益稷》：『百獸率舞，庶尹允諧。』孔傳：『尹，正也，衆正官之長。』蔡沈集傳：『庶尹者，衆百官府之長也。』此指百官。

〔七〕〔補注〕揚雄《法言・孝至》：『聖人聰明淵懿，繼天測靈，冠乎羣倫。』羣倫，同類。

〔八〕〔錢注〕《後漢書・荀悦傳》：年十二能説《春秋》。又：獻帝頗好文學，悦累遷祕書監、侍中。〔補注〕《後漢書・荀悦傳》：『初辟鎮東將軍曹操府，遷黄門侍郎。』

〔九〕〔錢注〕《晋書・張華傳》：武帝嘗問漢宫室制度及建章千門萬户，華應對如流，帝甚異之。數歲拜中書令。〔補注〕《晋書・張華傳》：『晋受禪，拜黄門侍郎。』

〔一〇〕〔補注〕翊贊，輔助。皇猷，皇帝之謀畫。《三國志・蜀志・吕凱傳》：『今諸葛丞相英才挺出，深覩未萌，受遺託孤，翊贊季興。』

〔一一〕〔補注〕《書・吕刑》：『皇帝清問下民。』孔穎達疏：『帝堯清審詳問下民所患。』

〔一二〕〔補注〕《書・説命下》：『昔先正保衡，作我先王，乃曰：「予弗克俾厥后惟堯舜，其心愧恥，若撻于市。」』傳曰：『言伊尹不能使其君如堯舜，則恥之若見撻于市，故成其能。』

〔一三〕〔錢注〕司馬貞《三皇本紀》：大庭氏、赫胥氏，三皇以來有天下者之號。《後漢書・仲長統傳論》：世非胥、庭。

〔一四〕〔補注〕《詩・小雅・節南山》：『赫赫師尹，民具爾瞻。』具瞻，謂爲衆人所瞻望。

〔一五〕〔補注〕《易・坤》：『君子黄中通理，正位居體。』孔穎達疏：『居中得正，是正位也。』按：正位，謂正式擔任宰相之職，蓋前此猶是準相。參注〔一〕引岑氏《平質》。

〔一六〕〔錢注〕《漢書・馮參傳》：參爲人矜嚴，好修容儀，以嚴見憚，終不能親近侍帷幄。

〔一七〕〔錢注〕《魏志・杜恕傳》：恕在朝，不結交援，專心向公。每政有得失，常引綱維以正言。

〔一八〕〔錢注〕《漢書・董仲舒傳》注：陶人作瓦器謂之甄。〔補注〕陶甄，喻陶冶、教化。

〔一九〕〔補注〕《周禮・夏官・職方氏》：『乃辨九服之邦國……（鎮服）外方五百里曰藩服。』此指邊地藩鎮。

〔二〇〕〔錢注〕《玉篇》：嘶，馬鳴也。〔補注〕李陵《答蘇武書》：『涼秋九月，塞外草衰，夜不能寐，側耳遠聽，胡笳互動，牧馬悲鳴，吟嘯成羣，邊聲四起。』

〔二一〕節旄，見《爲濮陽公官後上中書門下狀》注〔八〕。

〔二二〕〔錢注〕盧思道《孤鴻賦序》：揚子曰：鴻飛冥冥，鶱翥高也。〔補注〕鶱翥，高飛貌。

〔二三〕〔錢注〕江總《爲衡陽王讓吴郡表》：兢惶之至，春冰可陟。

爲濮陽公賀陳相公送土物狀〔一〕

右伏以相公蘭臺克成於故事〔二〕，黄扉顯正於嘉謀〔三〕。道協五臣〔四〕，名高六相〔五〕。遠流休問〔六〕，實激含靈〔七〕。某忝建高旌〔八〕，方掀大旆〔九〕。軍中之執〔一〇〕，既闕於請纓〔一一〕；土貢之餘，尚盈於厥篚〔一二〕。前件物等，薄如蜩甲〔一三〕，輕甚鴻毛〔一四〕。是願達誠，敢求覩物〔一五〕？延陵至鄭，不隔紵衣之微〔一六〕；孔聖删詩，無廢《木瓜》之興〔一七〕。貴賤雖聞有異，古今未始無兹。干觸威嚴，伏增兢懼。

〔一〕本篇原載清編《全唐文》卷七七四第一七頁、《樊南文集補編》卷四。題内『濮陽』二字，《全文》作『河東』，據張采田校證改，詳見《爲濮陽公上楊相公狀一》注〔一〕。〔按〕陳相公，陳夷行。《舊唐書·文宗紀》：開成二年四月，守尚書工部侍郎陳夷行以本官同中書門下平章事。《新唐書·宰相表》：開成三年九月己巳，夷行爲門下侍郎。狀有『蘭臺克成於故事，黄扉顯正於嘉謀，道協五臣，名高六相』之語，『蘭臺』句指其由守尚書工部侍郎拜相，『黄扉』句指其進門下侍郎，黄扉，即黄門、黄樞，指門下省。狀當爲陳夷行進門下侍郎後送土物致賀而上。《爲濮陽公上陳相公狀一》『光踐黄樞』『爰從正位』，亦即本篇『黄扉顯正於嘉謀』之意，賀其由準相而正位即真也。彼狀之『超絶庶尹，冠映羣倫』，亦即本篇『道協五臣，名高六相』之意。然則二篇實同時之作，既致以賀狀，又致送土物也。約開成三年九月下旬作。

〔二〕〔錢注〕《漢書·百官公卿表》：御史大夫有兩丞，秩千石，一曰中丞，在殿中蘭臺，掌圖籍祕書。〔按〕此『蘭臺』即『蘭省』，指尚書省，用尚書郎握蘭含香趨走丹墀奏事之典（見應劭《漢官儀》卷上）。克成，完成、實現。故事，舊事。此謂夷行由守尚書工部侍郎拜相已成舊事。

〔三〕〔錢注〕孔稚圭《爲王敬則讓司空表》：啓黄扉而燮五緯。〔補注〕黄扉，即黄門，指門下省。嘉謀，高明之治國謀略。《書·君陳》：『爾有嘉謀嘉猷，則入告爾后于内，爾乃順之于外。』顯正，即顯居正位。此謂其進門下侍郎而正位即真，更獻嘉謀。

〔四〕〔補注〕《論語·泰伯》：『舜有臣五人，而天下治。』何晏注：『孔曰：禹、稷、契、皋陶、伯益。』他書尚有周文王五臣、武王五臣、晉文公五臣、楚威王五臣之記載。然此句『五臣』實用《宋書·謝弘微傳》：『太祖即位，（謝弘微）爲黄門侍郎，與王華、王曇首、殷景仁、劉湛等號五臣。』正切陳夷行進門下侍郎。

〔五〕〔錢注〕《管子》：黄帝得蚩尤而明於天道，得大常而察於地利，得奢龍而辨於東方，得祝融而辨於南方，得大封而辨於西方，得后土而辨於北方。黄帝得六相，而天地治，神明至。〔補注〕此『六相』疑指六卿。《書·周官》：『六卿分職，各率其屬。』《漢書·百官公卿表》：『周官則備矣，天官冢宰，地官司徒，春官宗伯，夏官司馬，秋官司寇，冬官司空，是爲六卿。』隋、唐以後亦用以稱吏、户、禮、兵、刑、工六部尚書。武后光宅元年，曾改吏部曰天官、户部曰地官、禮部曰春官、兵部曰夏官、刑部曰秋官、工部曰冬官，正與『六相』分指天地四方相應。

〔六〕〔補注〕休問，美譽。

〔七〕〔補注〕《晉書·桓玄傳論》：『夫帝王者，功高宇内，道濟含靈。』含靈，具靈性之人類。激，激勵。

〔八〕〔錢注〕虞羲《詠霍將軍北伐詩》：蔽日引高旌。〔補注〕建旌，指出任節度使。唐時節度使領刺史者受任，賜雙旌雙節。見《新唐書·百官志四下》。

〔九〕〔補注〕《左傳·僖公二十八年》：『城濮之戰，晉中軍風於澤，亡大旆之左旃。』六旆，即高旌。

〔一〇〕〔補注〕《禮記·曲禮》：『野外軍中無摯，以纓、拾、矢可也。』傳曰：『非爲禮之處，用時物相禮而已。纓，馬繁纓也，拾謂射鞲。』摯，古代初次求見時所送之禮物，又作『贄』。商隱作『執』，或因《禮記·檀弓上》有『哀公執贄請見之』之句而以『執』爲『贄』。然『執』『摯』本可通。《説文·手部》：『摯，握持也。』桂馥義證：『握持也者，《釋詁》拱執也，執即摯。』

〔一一〕〔錢注〕《漢書·終軍傳》：南越與漢和親，乃遣軍使南越，説其王，欲令入朝，比内諸侯。軍自請：『願受長纓，必羈南越王而致之闕下。』〔按〕錢注誤。此『請纓』之『纓』即軍中用時物相禮之『纓』。請，謁見、拜謁。請纓，謂拜謁以纓爲摯（贄）也。『軍中之執，既闕於請纓』，蓋謂軍中闕於拜謁之摯禮。

〔一二〕〔補注〕《書·禹貢》：『禹别九州，隨山浚川，任土作貢。』土貢，古代臣民或藩屬向君主進獻之土産。

〔一三〕〔錢注〕《莊子》：景曰：『予蜩甲也，蛇蜕也，似之而非也。』蜩甲，蟬殼。

〔一四〕〔錢注〕司馬遷《報任少卿書》：或輕於鴻毛。

〔一五〕〔錢注〕《太平御覽》：崔鴻《後燕録》曰：王猛伐洛陽、將發，謂慕容垂曰：『吾將遂清東夏，或爲東山之别，見物思人，卿將何以爲信？』垂以佩刀遺之。〔按〕此句未必用典，錢所引亦不切。

〔一六〕〔補注〕《左傳·襄公二十九年》：『（吴公子札）聘於鄭，見子産，如舊相識。與之縞帶，子産獻紵衣焉。』延陵，指季札。《公羊傳·襄公二十九年》：『（季札）去之延陵，終身不入吴國。』延陵，吴邑。《史記·吴太伯世家》：『季札封于延陵。』後因借指季札。隔，絶。

〔一七〕〔補注〕《史記·孔子世家》：『古者詩三千餘篇，及至孔子，去其重，取可施于禮義，上采契、后稷，中述殷、周之盛，至幽、厲之缺……三百五篇，孔子皆弦歌之。』《漢書·叙傳》：『伏羲畫卦，書契後作。虞夏商周，孔纂其業。纂書删詩，綴禮正樂。』《詩·衛風·木瓜》：『投我以木瓜，報之以瓊琚。』

爲濮陽公賀楊相公送土物狀〔一〕

右伏以相公光由版籍〔二〕，顯拜樞衡〔三〕。浴威鳳於池中〔四〕，問喘牛於路左〔五〕。華夷共慶，陰陽以調〔六〕。某雖久在民間，常居軍右〔七〕。早識薛宣之必相〔八〕，夙知蔣琬之爲公〔九〕。情異常時，事殊庶品〔一〇〕。敢申野外之贄〔一一〕，粗罄橐中之裝〔一二〕。前件物等，價纔數金〔一三〕，重非兼乘〔一四〕。同炙背之願獻〔一五〕，况藉手以無因〔一六〕。姚察養廉，何妨於花練〔一七〕；謝安敦素，猶取於蒲葵〔一八〕。塵黷尊嚴，伏深兢越〔一九〕。

〔一〕本篇原載清編《全唐文》卷七七四第一七頁、《樊南文集補編》卷四。題内『濮陽』二字，《全文》作『河東』，據張采田校證改。詳《爲濮陽公上楊相公狀一》注〔一〕。〔張箋〕『相公光由版籍，顯拜樞衡』，此指嗣復以户部尚書登庸也。〔按〕張氏辨『河東』爲『濮陽』之誤甚是，然謂此狀爲賀楊嗣復登庸（初拜相）則非。《舊唐書·文宗紀》：開成三年正月戊申（當依《新唐書·宰相表》作『戊辰』），守户部尚書楊嗣復以本官（其本官係户部侍郎）同中書門下平章事。《新唐書·宰相表》：開成三年九月己巳，嗣復爲中書侍郎。狀云『相公光由版籍，顯拜樞衡』，乃指其由户部侍郎本官同平章事正位中書侍郎，由準相而即真也。此與《爲濮陽公賀陳相公送土物狀》《爲濮陽公賀李相公送土物狀》均同時之作，約開成三年九月下旬。

〔二〕〔錢箋〕此似由户部入相者。《周禮》『司民』注：版，今户籍也。〔補注〕《新唐書·百官志》：『户部，尚書一人，正三品；侍郎二人，正四品下。掌天下土地、人民、錢穀之政，貢賦之差。』版籍，户口册。此代指户部。

〔三〕〔錢注〕《太平御覽》：應劭《漢官儀》：沖帝册書曰：『太尉趙峻，貳掌樞衡。』〔補注〕樞衡，朝廷權力中樞，此指作爲决策機構之中書省。顯拜樞衡，指進中書侍郎，亦即《爲濮陽公上李相公狀二》『正位機密』之意。

〔四〕〔錢注〕《漢書·宣帝紀》：南郡獲白虎、威鳳爲寶。〔按〕此顯用中書鳳凰池事。魏晋南北朝時設中書省於禁苑，掌管機要，故稱中書省爲『鳳凰池』（鳳凰池本禁苑中池名）。《晋書·荀勗傳》：『勗久在中書，專管機事。及失之，甚罔罔悵悵。或有賀之者，勗曰：「奪我鳳凰池，諸君賀我耶？」』此句顯指嗣復進中書侍郎。

〔五〕〔錢注〕《漢書·丙吉傳》：吉爲丞相，嘗出，逢清道羣鬬者，死傷横道，吉過之不問，前行逢人逐牛，牛喘吐舌。吉使騎吏問：『逐牛行幾里矣？』掾吏獨謂丞相前後失問，吉曰：『民鬬相殺傷，長安令、京兆尹職所當禁，備逐捕。宰相不親小事，非所當於道路問也。方春少陽用事，未可大熱。恐牛近行用暑故喘，此時氣失節。三公典調和陰陽，職所當憂，是以問之。』

〔六〕〔補注〕《漢書·貢禹傳》：『調和陰陽，陶冶萬物，化正天下。』調和陰陽，喻宰相處理政務。

〔七〕〔補注〕軍右，軍中貴顯之位。

〔八〕〔錢注〕《漢書·薛宣傳》：宣字贛君，補不其丞。琅琊太守趙貢行縣，見宣，甚説其能。從宣歷行屬縣，還之府，令妻子與相見，戒曰：『贛君至丞相，我兩子亦中丞相史。』後代張禹爲丞相，封高陽侯，除趙貢兩子爲史。

〔九〕〔錢注〕《蜀志·蔣琬傳》：琬夜夢，有一牛頭在門前，意甚惡之。呼問占夢趙直，直曰：『牛角及鼻，「公」字之象。君位必當至公，大吉之徵也。』

〔一〇〕〔補注〕庶品，百官。《後漢書·皇甫規傳》：『大賊縱横，流血丹野，庶品不安，譴戒累至，殆以姦臣權重之所致也。』

〔一一〕野外之贄，見《爲濮陽公賀陳相公送土物狀》注〔一〇〕。

〔一二〕〔錢注〕《管子》：垂橐而入，攟載而歸。〔補注〕橐中之裝，囊中所裝之物。《漢書·陸賈傳》：『賜賈橐中裝，直千金。』

〔一三〕〔錢注〕《莊子》：我世世爲洴澼絖，不過數金。

〔一四〕〔錢注〕顔之推《古意》：華彩燭兼乘。〔補注〕兼乘，兩輛車，謂每車備一副車。

〔一五〕〔錢注〕《列子》：宋國有田父，常衣緼黂，僅以過冬。暨春東作，自暴於日，不知天下之有廣厦隩室，綿纊狐貉，顧謂其妻曰：『負日之暄，人莫知者，以獻吾君，將有重賞。』嵇康《與山巨源絶交書》：野人有快炙背而美芹子者，欲獻之至尊。

〔一六〕〔補注〕《左傳·襄公十一年》：『凡我同盟，小國有罪，大國致討，苟有以藉手，鮮不赦宥。』藉手，借助。

〔一七〕〔錢注〕《陳書·姚察傳》：察自居顯要，甚勵清潔。嘗有私門生送南布一端、花綀一匹，察謂之曰：『此物於吾無用。既欲相款接，幸不煩爾。』此人遜請，猶冀受納，察厲色驅出。〔補注〕曰『何妨』，蓋反用其意。綀，粗麻織物。

〔一八〕〔錢注〕《晉書·謝安傳》：安少有盛名，時多愛慕。鄉人有罷中宿縣者，安問其歸資，答曰：『有蒲葵扇五萬。』安乃取其中者捉之，京師士庶競市，價增數倍。

〔一九〕〔錢注〕《晉書・何琦傳》：豈可復以朽鈍之質，塵黷清朝哉？〔補注〕塵黷，猶玷污。兢越，恐懼隕跌。

爲濮陽公賀李相公送土物狀〔一〕

伏以相公脱屣華省〔二〕，振衣中樞〔三〕，温樹人問而莫知〔四〕，非熊帝感而斯兆〔五〕。軸青史而祇將紀德〔六〕，列景鐘而唯待銘功〔七〕。某任屬啓行〔八〕，志唯盡敵〔九〕。誰言樽散〔一〇〕，最沐陶甄。是敢竊獻食芹〔一一〕，輒羞行潦〔一二〕。前件物等，非因杼軸〔一三〕，不曰苞苴〔一四〕。曾未足云，殊無所直。温孫弘之被〔一五〕，纔可禦寒〔一六〕；易晏子之裘，尚猶爲隘〔一七〕。輕冒威重〔一八〕，伏用慚惶。

〔一〕本篇原載清編《全唐文》卷七七四第一七頁、《樊南文集補編》卷四。題内『濮陽』二字，《全文》作『河東』，據張采田校證改，詳見《爲濮陽公上楊相公狀一》注〔一〕。〔按〕張氏《會箋》將本篇及賀楊、陳上土物狀共三篇與上楊、李、鄭謝加兵部尚書三狀統繫於開成三年，未標月份，實則包括本篇在内之三篇上土物狀均爲開成三年九月己巳（十四）後作。狀云『相公脱屣華省，振衣中樞』，謂其由户部侍郎進爲中書侍郎，由準相而正位即真也。《新唐書・宰相表》：開成三年九月己巳，珏爲中書侍郎。狀約作於九月下旬。

〔二〕〔錢注〕潘岳《秋興賦》：獨展轉於華省。《淮南子》：堯年衰志閔，舉天下而傳之舜，猶卻行而脱屣也。〔補注〕《漢書·郊祀志上》：『嗟乎！誠得如黄帝，吾視去妻子如脱屣耳！』顔師古注：『屣，小履。脱屣者，言其便易，無所顧也。』華省，清貴之省署，此指尚書省。珏本官爲户部侍郎，開成三年正月戊辰，以户部侍郎判户部事本官同平章事。

〔三〕〔錢注〕《楚辭·漁父》：新浴者必振衣。《通典》：魏、晋以來，中書監、令掌贊詔命，記會時事，典作文書。以其地任樞近，多承寵任，是以人固其位，謂之鳳皇池焉。〔按〕此明指李珏進中書侍郎。

〔四〕〔錢注〕《漢書·孔光傳》：光凡典樞機十餘年，或問光：『温室省中樹何木也？』光默不應。〔補注〕温樹，即温室（宫殿名）樹，泛指宫廷中花木。此贊其周密謹慎，在中書而不泄露機密。

〔五〕〔錢注〕《六韜》：文王卜田，史扁爲卜曰：于渭之陽，將大得焉。非龍非彲，非熊非羆，兆得公侯，天遺女（汝）師。文王齋戒三日，田于渭陽，卒見吕尚坐茅以漁。〔按〕事見《史記·齊太公世家》：『西伯將出獵，卜之，曰：「非龍非彲，非熊非羆，所獲霸王之輔。」於是周西伯獵，果遇太公於渭之陽。』

〔六〕〔錢注〕《漢書·藝文志》：《青史子》五十七篇。注：古史官紀事之書。〔按〕此『青史』未必專指，或是泛指史籍。江淹《詣建平王上書》：『並圖青史。』

〔七〕〔錢注〕《國語》：晋悼公曰：『昔克潞之役，秦來圖敗晋功，魏顆以其身卻退秦師於輔氏，親止杜回，其勳銘於景鐘。』韋昭注：『景鐘，景公鐘也。』〔按〕後以景鐘爲褒功之典。

〔八〕〔補注〕《詩·大雅·公劉》：『弓矢斯張，干戈戚揚，爰方啓行。』啓行，出發、起程。此指征行。

〔九〕〔補注〕《國語·周語中》：『夫戰，盡敵爲上，守和同順義爲上。故制戎以果毅，制朝以序成。』盡敵，全殲敵軍。

〔一〇〕見《爲濮陽公上李相公狀一》注〔三〕。

〔一一〕〔錢注〕《列子》：昔人有美戎菽，甘枲莖、芹萍，對鄉豪稱之。鄉豪取嘗之，蜇於口，慘於腹，衆哂而怨之。〔補注〕嵇康《與山巨源絶交書》：『野人有快炙背而美芹子者，欲獻之至尊。雖有區區之意，亦已疏矣。』

〔一二〕〔補注〕《詩·大雅·泂酌》：『泂酌彼行潦，挹彼注兹，可以餴饎。』《左傳·隱公三年》：『苟有明信，澗、溪、沼、沚之毛……潢、汙、行潦之水，可羞於王公。』孔疏：『行，道也；雨水謂之潦。言道上聚流者也。』羞，進獻。

〔一三〕〔補注〕《詩·小雅·大東》：『小東大東，杼柚其空。』杼柚，織布機。非因杼軸，謂非因聚斂民財而得。

〔一四〕〔錢注〕《荀子》：湯旱而禱曰：『政不節歟？使民疾歟？宫室榮歟？婦謁盛歟？苞苴行歟？讒夫昌歟？何以不雨而斯極也？』苞苴，指賄賂。楊倞注：『貨賄必以物苞裹，故總謂之苞苴。』

〔一五〕〔錢注〕《史記·平津侯傳》：公孫弘以爲人臣病不儉節，爲布被，食不重肉。

〔一六〕〔錢注〕《文子》：衣足以蓋形禦寒。

〔一七〕〔補注〕《禮記·檀弓下》：『曾子曰：「晏子可謂知禮也已，恭敬之有焉。」有若曰：「晏子一狐裘三十年，遣車一乘，及墓而反。國君七个，遣車七乘；大夫五个，遣車五乘。晏子焉知禮？」曾子曰：「國無道，君子耻盈禮焉。國奢則示之以儉，國儉則示之以禮。」』

〔一八〕〔錢注〕鄒陽《獄中上書自明》：『誘於威重之權。』

爲濮陽公奏臨涇平涼等鎮准式十月一日起燒賊路野草狀〔一〕

右臣當道，最近寇戎〔二〕，實多蹊隧〔三〕。每當寒凍，須有隄防〔四〕。今纔畢秋收〔五〕，未甚霜降。井泉不合，草木猶滋〔六〕。雖已及時，未宜縱火〔七〕。臣已散帖諸鎮訖〔八〕，候皆黄落〔九〕，即議焚除。稍越舊規〔一〇〕，不敢不奏。謹録狀奏。

〔一〕本篇原載清編《全唐文》卷七七二第一六頁、《樊南文集補編》卷一。〔錢注〕《新唐書·地理志》：關内道，涇州領臨涇縣，渭州領平涼縣。又：原州平涼郡，中都督府，望。廣德元年没吐蕃。節度使馬璘表置行原州於靈臺之百里城。貞元十九年徙治平涼，元和三年又徙治臨涇。《通鑑·唐昭宗紀》注：北荒寒早，至秋草先枯死；近塞差暖，霜降草猶未盡衰。焚其野草，則馬無所食而飢死。〔按〕文云『纔畢秋收，未甚霜降』，題稱『十月一日起燒賊路野草』，狀當上於九月。商隱開成四年秋已由祕書省校書郎調補弘農尉，不復在涇原王茂元幕。故此狀當上於開成三年九月。

〔二〕〔錢注〕（寇戎）謂吐蕃。

〔三〕〔錢注〕《莊子》：至德之世，山無蹊隧，澤無舟梁。〔補注〕蹊隧，小路。

〔四〕〔補注〕《禮記·月令》：『（孟秋之月）命百官，始收斂，完隄防，謹壅塞，以備水潦。』按：此『隄防』指攔水之隄壩，本文則爲防備之義。

〔五〕〔錢注〕《荀子》：春耕夏耘秋收冬藏。

〔六〕〔補注〕《禮記·月令》：『天子命有司，祈祀四海、大川、名源、淵澤、井泉。』井泉，水井。《禮記·檀弓上》：『必有草木之滋焉。』滋，生長繁茂。

〔七〕〔錢注〕《大戴禮記》：九月，主夫出火。主夫也者，主以時縱火也。〔按〕據此二句，狀亦明爲九月所上。

〔八〕〔錢注〕《通鑑·唐憲宗紀》注：主帥文書下諸將，謂之帖。

〔九〕〔補注〕《禮記·月令》：『季秋之月……草木黄落。』

〔一〇〕〔補注〕據上『雖已及時，未宜縱火』句，舊規當於九月燒賊路野草，今因『草木猶滋』，故延至十月一日，因言『稍越舊規』。

爲濮陽公賀牛相公狀〔一〕

相公才爲時生，道應夢得〔二〕。六月一息，宜澡刷於天池〔三〕；五色成章，必鶱翔於雲路〔四〕。嵇山莫峻〔五〕，黄波未宏〔六〕。朱絃奏廟，而八音以和〔七〕；瑞玉禮天，而百神斯肅〔八〕。不有人傑〔九〕，誰康帝家〔一〇〕？

始者召入紫宸〔一一〕，親承清問〔一二〕。仲舒演《春秋》之奥〔一三〕，孫弘闡《洪範》之微〔一四〕。抉摘姦豪，指切貴近〔一五〕。雲霞動色，日月迴光。超絶古今，喧傳華夏。蒙恬之筆鋒斯挫〔一六〕，張永之紙價彌高〔一七〕。言在必行，得之何讓〔一八〕？運祚唯深源是繫〔一九〕，富貴逼安石不休〔二〇〕。密勿平章〔二一〕，從容輔翼〔二二〕。或武思禁暴，則暫别鳳池；及功著于藩，則復還龍節〔二三〕。夷險一致〔二四〕，左右皆安。爰自保釐，遂昇端揆〔二五〕。納言名幘，進賢號冠〔二六〕。師長羣僚〔二七〕，協宣庶績〔二八〕。得人之盛，非才不居〔二九〕。王珣在朝，晋室每多其經籍〔三〇〕；徐宣留務，魏帝不視其文書〔三一〕。式究彝倫〔三二〕，是稱尊顯。固當允諧羣議，克注上心，重秉國鈞〔三三〕，復執人柄〔三四〕。

某謬逢嘉會，素乏殊能。而受寄疆場〔三五〕，假名省署〔三六〕，清光莫覩，丹慊徒深〔三七〕。望京華而甚遥，聽邊吹而增欷。下情伏增抃賀攀戀之至。

校注

〔一〕本篇原載清編《全唐文》卷七七四第一〇頁、《樊南文集補編》卷四。題内『濮』字，《全文》作『滎』，據錢校改。〔錢箋〕『滎』，疑當作『濮』。按：後狀（編著者按：指《爲滎陽公上衡州牛相公狀》）爲僧孺在衡時作，前狀（指《爲滎陽公賀牛相公狀》）爲徙汝時作，皆在宣宗初鄭亞刺桂之時，又有『昭潭』『南荒』作證，無可疑者。惟此狀用詞多切僕射，玩『爰自保釐，遂昇端揆』二語，必由留守召拜。而本傳汝州内召，僅拜太子少師，留守、僕射皆非所歷。惟上溯開成三年，僧孺由東都留守召爲尚書左僕射，時鄭亞未出，而王茂元正鎮涇原。竊疑文爲濮陽而作。且狀云『邊吹增欷』，既切涇原；『假名省署』，亦與茂元歷任京職合也。又前後兩狀，皆詳叙會昌貶斥時事，而此篇獨否，足徵作文之在前。意編次者，因同爲上牛相之文，遂訛『濮』爲『滎』耳。或謂茂元黨於贊皇，不應上書奇章，則鄭亞又何嘗非李黨？往來通問，並與黨局無關。集中此類甚多，不足疑也。〔按〕張氏《會箋》據《舊·紀》並參《牛僧孺傳》，於開成三年書：九月戊寅，以東都留守牛僧孺爲尚書左僕射，置本篇於開成三年編年文之最後。戊寅爲九月二十三日，狀當上於此後。涇原距京師四百九十三里，狀約上於九月末或十月初，賀牛僧孺召爲左僕射。

〔二〕〔錢注〕《書序》：高宗夢得説。

〔三〕〔錢注〕《莊子》：北冥有魚，其名爲鯤。化而爲鳥，其名爲鵬。海運則將徙於南冥。南冥者，天池也。鵬之徙於南冥也，水擊三千里，摶扶揺而上者九萬里，去以六月息者也。風之積也不厚，則其負大翼也無力。故九萬里，則風斯在下矣，而後乃今培風。背負青天而莫之夭閼者，而後乃今將圖南。蜩與鷽鳩笑之曰：『我決起而飛，搶榆枋，時則不至而控於地而已矣，奚以之九萬里而南爲？』《齊書·卞彬傳》：澡刷不謹。〔補注〕澡刷，沐浴並刷理羽毛。

〔四〕〔錢注〕《山海經》：丹穴之山，有鳥如雞，五采而文，名曰鳳凰。《晉書·皇甫謐傳》：沖靈翼於雲路。

〔五〕〔錢注〕《世説》：嵇康風姿特秀，山公曰：『嵇叔夜之爲人也，巖巖若孤松之獨立；其醉也，傀俄若玉山之將崩。』

〔六〕〔錢注〕《後漢書·郭太傳》：叔度之器，汪汪若千頃之波。〔按〕叔度，黄憲字。《後漢書·郭太傳》載郭太謂：『叔度汪汪若千頃陂，澄之不清，淆之不濁。』

〔七〕〔補注〕《禮記·樂記》：『清廟之瑟，朱絃而疏越，壹倡而三歎，有遺音者矣。』《書·舜典》：『三載，四海遏密八音。』孔傳：『八音，金、石、絲、竹、匏、土、革、木。』

〔八〕〔補注〕《儀禮·覲禮》：『乘墨東，載龍旂弧韣，乃朝以瑞玉有繅。』鄭玄注：『瑞玉，謂公桓圭、侯信圭、伯躬圭、子穀璧、男蒲璧。』《詩·周頌·時邁》：『懷柔百神，及河喬嶽。』

〔九〕〔補注〕《文子·上禮》：『行可以爲儀表，智足以決嫌疑，信可以守約，廉可以使分財，作事可法，出言可道，人傑也。』《史記·高祖本紀》：『（張良、蕭何、韓信）此三者，皆人傑也。吾能用之，此吾所以取天下也。』

〔一〇〕〔錢注〕《晉書·左貴嬪傳》：右睇帝家。〔補注〕康，安也，治理也。蔡邕《獨斷》：『安樂治民曰康。』

〔一一〕〔錢注〕《唐會要》：高宗龍朔三年四月，移仗就蓬萊宫新作含元殿，始御紫宸殿聽政，百寮奉賀新宫成也。

〔一二〕〔補注〕《書·吕刑》：『皇帝清問下民，鰥寡有辭于苗。』孔疏：『帝堯清審詳問下民所患。』

〔一三〕〔錢注〕《漢書·董仲舒傳》：仲舒少治《春秋》，武帝即位，舉賢良文學之士，而仲舒以賢良對策。〔補

注〕《漢書·董仲舒傳》載仲舒對曰：『臣謹案《春秋》之中，視前世已行之事，以觀天人相與之際，甚可畏也。國家將有失道之敗，而天迺先出災害以譴告之。尚不知變，而傷敗迺至。以此見天心之仁愛人君，而欲止其亂也。』此即所謂『演《春秋》之奥。』

〔一四〕〔錢注〕《漢書·公孫弘傳》：弘年四十餘，乃學《春秋》雜説。元光五年，復徵賢良文學。上策詔諸儒，時對者百餘人，天子擢弘對爲第一。又《五行志》：孔子述《春秋》，則《乾》《坤》之陰陽，效《洪範》之咎徵，天人之道粲然著矣。〔按〕公孫弘對策中有『今人主和德於上，百姓和合於下，故心和則氣和，氣和則形和，形和則聲和，聲和則天地之和應矣。故陰陽和，風雨時，甘露降，五穀登，六畜蕃』等語，闡述天人感應之説，即所謂『闡《洪範》之微』。

〔一五〕〔錢注〕《新唐書·牛僧孺傳》：元和初，以賢良方正對策，條指失政，其言鯁訐，不避宰相。《漢書·孫寶傳》：傅太后曰：『故欲擿觖以揚我惡。』注：擿觖，謂挑發之也。《史記·酷吏傳》：王温舒者，陽陵人也。素居廣平時，皆知河内豪姦之家。《後漢書·崔駰傳》：指切長短。《史記·劉敬傳》：彼亦知，不肯貴近。〔補注〕指切，猶斥責。貴近，顯貴之近臣。

〔一六〕〔錢注〕《藝文類聚》：《博物志》：蒙恬造筆。

〔一七〕〔錢注〕《宋書·張永傳》：永能爲文章，善隸書，紙及墨皆自營造。《晉書·左思傳》：思賦《三都》成，時人未之重。安定皇甫謐有高譽，思造而示之，謐稱善，爲其賦序。於是豪貴之家競相傳寫，洛陽爲之紙貴。

〔一八〕〔錢校〕何，胡本作『安』。

〔一九〕〔錢注〕《晉書·殷浩傳》：浩字深源。屏居墓所幾十年，于時擬之管、葛。王濛、謝尚猶伺其出處，以卜江左興亡。

〔二〇〕〔錢注〕《晉書·謝安傳》：安字安石。妻見家門富貴，而安獨静退，乃謂曰：『丈夫不如此也。』安掩鼻曰：『恐不免耳。』〔補注〕逼，近。據《晉書·謝安傳》：安以淝水之戰『總統功，進拜太保。安方欲混一文軌，上疏求自北征，乃進都督揚江荆司豫徐兗青冀幽并寧益雍梁十五州軍事，加黄鉞，其本官悉如故。』卒贈太傅。安在淝水之戰前已爲尚書僕射，領吏部，加後將軍。及中書令王坦之出爲徐州刺史，詔安總關中軍事。進中書監、驃騎將軍、録尚書事。加司徒。復加侍中，都督揚豫徐兗青五州幽州之燕國諸軍事、假節。『富貴逼安石不休』當指此類。

〔二一二〕〔錢注〕《漢書·劉向傳》注：密勿，猶黽勉從事也。《新唐書·百官志》：貞觀八年，僕射李靖以疾辭位，詔疾小瘳，三兩日一至中書門下平章事。而平章之名，蓋起于此。

〔二一二〕〔補注〕《禮記·文王世子》：『保也者，慎其身以輔翼之，而歸諸道者也。』輔翼，輔佐。

〔二一三〕〔錢注〕《新唐書·牛僧孺傳》：元和初，以賢良方正對策，調伊闕尉，遷監察御史，進累考功員外郎、集賢殿直學士。穆宗初，以庫部郎中知制誥，徙御史中丞，以户部侍郎同中書門下平章事。尋遷中書侍郎。敬宗立，進封奇章郡公。是時，政出近倖，數表去位，授武昌節度使、同平章事。文宗立，李宗閔當國，屢稱僧孺賢，復以兵部尚書平章事，進門下侍郎、弘文館大學士。固請罷，乃檢校尚書左僕射平章事，爲淮南節度副大使。開成初，表解劇鎮，以檢校司空爲東都留守。三年，召爲尚書左僕射。以足疾不任謁，檢校司空、平章事，爲山南東道節度使。會昌元年，下遷太子少保。進少師。明年，以太子太傅留守東都。劉稹誅，而石雄軍吏得從諫與僧孺交結狀，又河南少尹吕述言：『僧孺聞稹誅，恨歎之。』武宗怒，黜爲太子少保、分司東都，累貶循州長史。宣宗立，徙衡、汝二州，還爲太子少師卒。〔補注〕『武思禁暴』數句，謂其兩居相位、兩出鎮武昌、淮南也。《荀子·議兵》：『兵者所以禁暴除害也。』《詩·大雅·崧高》：『四國于蕃，四方于宣。』蕃，通『藩』，屏障，此指藩鎮。《周禮·地官·掌節》：『凡邦國之使節，山國用虎節，土國用人節，澤國用龍節。』龍節，龍形符節，此指節度使之旌節。

〔二一四〕〔錢注〕任昉《爲武帝初封功臣詔》：忠勤茂德，夷險一致。〔補注〕夷險，平坦與艱險。

〔二一五〕〔錢注〕《新唐書·牛僧孺傳》：開成初，以檢校司空爲東都留守。三年，召爲尚書左僕射。〔補注〕保釐，治理百姓，保護扶持使之安定。語本《書·畢命》：『越三日壬申，王朝步自宗周，至于豐，以成周之衆，命畢公保釐東郊。』此以『保釐』指僧孺任東都留守。端揆，指相位。宰相居百官之首，總攬國政，故稱。此指僧孺爲尚書左僕射。

〔二六〕〔錢注〕《晋書·職官志》：尚書令，冠進賢兩梁冠、納言幘。僕射與令同。

〔二七〕〔錢注〕《魏志·賈詡傳》：尚書僕射，官之師長，天下所望。

〔二八〕〔錢注〕《初學記》：《晋起居注》：太康元年，詔云：尚書舊置左右僕射，所以恢演政典，協宣庶績。中間久廢，其復置之。〔補注〕《書·堯典》：『允釐百工，庶績咸熙。』孔傳：『績，功也。』庶績，各種事業。

〔二九〕〔錢注〕《宋書·殷景仁傳》：喉脣之任，非才莫居。

〔三〇〕珣，《全文》作『詢』，據錢校改。〔錢注〕詢，當作『珣』。《晋書·王珣傳》：珣徵爲尚書右僕射，領吏部，轉左僕射。時帝雅好典籍，珣與殷仲堪、徐邈、王恭、郗恢等，並以才學見昵於帝。

〔三一〕〔錢注〕《魏志·徐宣傳》：宣爲左僕射，車駕幸許昌，總統留事。帝還，主者奏呈文書。詔曰：『吾省與僕射何異？』竟不視。〔補注〕留務，留守所掌政務。

〔三二〕〔補注〕《書·洪範》：『王乃言曰：嗚呼，箕子！惟天陰騭下民，相協其居，我不知其彝倫攸叙。』彝倫，常理。此謂典範、表率。《魏書·彭城王勰傳》：『自古統天位主，曷常不賴明師、仗賢輔，而後燮和陰陽、彝倫民物者哉！』

〔三三〕〔補注〕《詩·小雅·節南山》：『尹氏大師，維周之氐。秉國之均，四方是維。』均，通『鈞』。國鈞，國柄。

〔三四〕〔錢注〕（人柄）民柄。唐諱『民』作『人』。〔補注〕《左傳·襄公二十三年》：『既有利權，又執民柄。』民柄，對臣民之賞罰之權。此與上『國鈞』均指宰相職權。

〔三五〕埸，《全文》誤作『場』，據錢注本改。〔補注〕《左傳·桓公十七年》：『疆埸之事，慎守其一，而備其不虞。』孔疏：『疆埸，謂界畔也。』此指出鎮涇原邊境。

〔三六〕〔錢注〕馮氏謂『王茂元涇原入朝，歷爲京職。』今觀此語，知在鎮已先遥領矣。後《磬田副使賓牒》

云：『節旄移所，省閣將歸。』可以互證。《後漢書·袁敞傳》：後假名上書。〔補注〕假名省署，蓋指其出鎮涇原先後加檢校工部尚書、兵部尚書事。錢注引《爲濮陽公涇原署營田副使賓牒》『節旄移所，省閣將歸』，乃指茂元自嶺南節度入朝之事，與『假名省署』之以方鎮檢校工部、兵部尚書義異。

〔三七〕〔錢校〕申，胡本作『深』。〔按〕錢注本此句作『丹慊徒申』，然《全文》、胡本均作『丹慊徒深』，恐係錢氏誤録。

爲張周封上楊相公啓〔一〕

某啓：某聞不祥之金，大冶所惡〔二〕；自衒之士，明時不容〔三〕。斯實格言〔四〕，足爲垂訓〔五〕。然或顧逢伯樂，但伏鹽車〔六〕；聽屬鍾期，不調緑綺〔七〕。皋壤摇落〔八〕，老大傷悲〔九〕。同劉勝之寒蟬〔一〇〕，效子綦之枯木〔一一〕。則亦跡歸棄世，行闕揚名〔一二〕。

某價乏琳琅〔一三〕，譽輕鄉曲〔一四〕，麤沾科第，薄涉藝文。錐不穎於囊中〔一五〕，水竟深於山上〔一六〕。淹留侯國〔一七〕，祇事戎麾〔一八〕。插羽佩韃〔一九〕，從相公於關右〔二〇〕；束書載筆，隨校尉於河源〔二一〕。自北徂南〔二二〕，已秋復夏。心驚於急弦勁矢〔二三〕，目斷於高足要津〔二四〕。而又永念敝廬，空餘喬木〔二五〕。山中桂樹〔二六〕，遠愧於幽人〔二七〕；日暮柴車，莫追於傲吏〔二八〕。捋鬚理鬢〔二九〕，霜雪呈姿〔三〇〕；弔影颸音〔三一〕，煙霞絶想〔三二〕。

徒以相公遠敦世故〔三三〕，容在恩門，存趙氏之孤〔三四〕，受梁王之禮〔三五〕。竽將濫吹〔三六〕，石有參瓊〔三七〕。咳唾隨風〔三八〕，眄睞成飾〔三九〕。追維疇曩〔四〇〕，曾是逢迎〔四一〕。蜀郡登文翁之堂〔四二〕，上國醉曹參之酒〔四三〕。吹噓盡力〔四四〕，撫愛形顏〔四五〕。雖以捧承，莫能銜戴。況許之高選〔四六〕，光彼宦情〔四七〕，以曲臺之任用猶輕〔四八〕，憲署之發揮方盛〔四九〕，仍期官牒〔五〇〕，不越歲時。今則節邁白藏〔五一〕，候臨玄律〔五二〕，燕雖戀主〔五三〕，馬亦嘶風〔五四〕。郭伋還州，尚不欺於童子〔五五〕；文侯校獵，寧爽約於虞人〔五六〕？苟四時之信是乎〔五七〕，亦一諾之恩斯及〔五八〕。

況自元和以後，公侯冢嫡〔五九〕，卿士子孫，與之同時，歷然可數。莫不翔踰鳥道〔六〇〕，泳出龍津〔六一〕。或並命南臺〔六二〕，或迭居青瑣〔六三〕。金朱照耀〔六四〕，軒蓋追隨〔六五〕。某雖忝伊人〔六六〕，亦惟華胄〔六七〕。比王、謝之子弟，誠有重輕〔六八〕；在嵇、吕之交朋〔六九〕，宿常連接〔七〇〕。而獨分光鄰女〔七一〕，貸潤監河〔七二〕。野鶴天麟〔七三〕，絶比倫於朝右〔七四〕；髯參短簿〔七五〕，困擬議於軍前。竊聽重言〔七六〕，常興深歎。

是以願馳蹇步，暫奉光塵〔七七〕。儻或厠錯薪之斯翹〔七八〕，詠歸荑之自牧〔七九〕，少窺上路，試睨重霄。擊水三千，暫隨鵬運〔八〇〕；蹬流十二，免使魚勞〔八一〕。猶能贊叙燮調〔八二〕，謳歌鎔範〔八三〕。庶無雅拜，以累於君公〔八四〕；不使繁聲，見憂於仲子〔八五〕。心懷台席〔八六〕，夢結邊城。寓尺牘而畏達空函〔八七〕，寫丹誠而慚非健筆〔八八〕。仰望恩顧，下情無任攀戀感激惶懼之至。

校注

〔一〕本篇原載《文苑英華》卷六六一第一頁、清編《全唐文》卷七七七第一六頁、《樊南文集詳注》卷三。〔徐箋〕《舊書》：開成三年正月，楊嗣復同中書門下平章事。〔馮箋〕《新書·藝文志》：張周封《華陽風俗録》一卷。字子望，西川節度使李德裕從事，試協律郎。按：《酉陽雜俎》屢稱工部員外郎張周封，又稱補闕張周封也。李衛公大和六年由西川入朝，張久不在其幕矣。又據《尚書故實》云：顧長康《清夜遊西園圖》，本張惟素物，後入内，復流人間。惟素子周封，涇川從事，秩滿居京，有人將此求售，遽以絹數匹贖得。余初疑涇川即王茂元幕，然此圖尋被豪士以計取奉王涯，則在茂元之前矣。嗣復至武宗立，乃罷相。張於嗣復相後，尚充邊幕，乃據昔日之口惠而重希其升進也。約當開成三、四年。郭若虚《圖畫見聞志》：及十家事起，流落一粉鋪家，郭承嘏侍郎閽而市之。後流傳至令狐相公家。一日，宣宗問有何名畫，具以圖對，復進入内。〔按〕張周封爲涇州從事，又見《唐語林》卷七（當本《尚書故實》）。據本篇『追維疇曩，曾是逢迎。蜀國登文翁之堂，上國醉曹參之酒』之句，似楊嗣復鎮西川期間（大和九年三月至開成二年十月），張周封曾在其幕，或前往謁見。馮浩編開成三、四年，張采田編開成四年。據啓内『今則節邁白藏，候臨玄律』之語，作啓時在秋冬之際，約十月初。而開成四年秋，商隱已在弘農尉任，似不可能爲『夢結邊城』之張周封代作此啓。而開成三年秋冬，商隱正在涇原幕。頗疑其時張周封復入涇原爲幕僚，或在附近某一邊鎮充幕職，故商隱有此代作。

〔二〕〔馮注〕《莊子》：大冶鑄金，金踴躍曰：『我且必爲鏌鋣。』大冶必以爲不祥之金。〔補注〕大冶，技術精湛之鑄造金屬器之工匠。

〔三〕〔馮注〕《漢書·東方朔傳》：四方士多上書言得失，自衒鬻者以千數。《文選》注：《越絶書》：衒女不貞，衒士不信。〔徐注〕曹植表：自衒自媒者，士女之醜行也。

〔四〕〔徐注〕潘岳《閑居賦》：奉周任之格言。善曰：《論語考比讖》：賜問曰：『格言成法，亦可以次序也？』〔馮注〕《魏志·崔琰傳》：此周、孔之格言。

〔五〕〔徐注〕陸倕《石闕銘》：作範垂訓。

〔六〕〔馮注〕《戰國策》：驥服鹽車而上太行，中阪遷延，負棘不能上。伯樂遭之，下車攀而哭之。驥於是俛而噴，仰而鳴，彼見伯樂之知己也。

〔七〕〔馮注〕《吕氏春秋》：伯牙鼓琴，鍾子期聽之。方鼓而志在太山，鍾子期曰：『善哉乎！巍巍乎若泰山。』少選之間，而志在流水，鍾子期曰：『善哉乎！洋洋乎若流水。』〔徐注〕《列子》：伯牙善鼓琴，鍾子期善聽。傅玄《琴賦序》：蔡邕有緑綺琴。〔補注〕《文選·張載〈擬四愁詩〉》『佳人遺我緑綺琴』李善注引傅玄《琴賦序》作：『齊桓公有鳴琴曰號鐘，楚莊有鳴琴曰繞梁，中世司馬相如有緑綺，蔡邕有焦尾，皆名器也。』徐氏或引誤。

〔八〕〔徐注〕謝朓《辭隨王牋》：皋壤摇落，對之惆悵。《莊子》：山林與？皋壤與？使我欣欣然樂與？樂未畢也，哀又繼之。

〔九〕〔徐注〕古樂府辭：少壯不努力，老大徒傷悲。

〔一〇〕〔馮注〕《後漢書·黨錮·杜密傳》：劉勝知善不薦，聞惡無言，隱情惜己，自同寒蟬。

〔一一〕〔徐注〕《莊子》：南郭子綦隱几而坐，顔成子游曰：『何居乎？形固可使如槁木，而心固可使如死灰乎？』

〔一二〕〔徐注〕《孝經》：揚名於後世。

〔一三〕〔馮注〕《書·禹貢》：雍州，厥貢惟璆、琳、琅玕。《爾雅》：西北之美者，有崑崙虚之璆、琳、琅玕焉。

〔一四〕〔徐注〕司馬遷《報任安書》：僕少負不羈之才，長無鄉曲之譽。〔馮注〕《淮南子·主術訓》：朝廷之所不舉，鄉曲之所不譽。《後漢書·和帝紀》：科别行能，必由鄉曲。

〔一五〕〔馮注〕《史記》：平原君謂毛遂曰：『賢士之處世也，譬若錐之處囊中，其末立見。』遂曰：『臣乃今日請處囊中耳，使遂蚤得處囊中，乃穎脱而出，非特其末見而已。』

〔一六〕〔馮注〕《易·蹇》：彖曰：蹇，難也。象曰：山上有水，蹇，君子以反身修德。〔補注〕王弼注：『山上有水，蹇難之象。』

〔一七〕侯國，《英華》作『蓮幕』，注：一作『侯國』。

〔一八〕祇事，《英華》作『栖託』，注：一作『祇事』。〔馮注〕《世說》：謝公與王右軍書曰：敬和棲託好佳。（按：馮注本從《英華》作『栖託』。）

〔一九〕〔補注〕插羽，插羽箭。鞬，箭囊。插羽佩鞬，謂佩帶弓箭，戎裝在軍幕供職。

〔二〇〕〔徐注〕王粲《從軍詩》：相公征關右，赫怒震天威。善曰：曹操爲丞相，故曰相公。〔馮注〕《魏志》：建安二十年，公西征張魯，自武都入氐。至陽平，入南鄭，降張魯。注曰：是行也，侍中王粲作詩以美曰：『相公征關右，赫怒震天威。一舉滅獯虜，再舉服羌夷。西收邊地賊，忽若俯拾遺。』

〔二一〕〔徐注〕《漢書·張騫傳》：騫以校尉從大將軍擊匈奴。又：漢使窮河源，其山多玉石，采來，天子案古圖書，名河所出山曰崑崙云。鮑照樂府詩：始隨張校尉，占募到河源。

〔二二〕〔徐校〕南，一作『東』。

〔二三〕〔徐注〕陸機詩：年往迅勁矢，時來亮急弦。

〔二四〕〔徐注〕《古詩》：何不策高足，先據要路津？

〔二五〕〔馮注〕取故家喬木之義。〔補注〕《左傳·襄公二十三年》：『猶有先人之敝廬在。』《孟子·梁惠王下》：『所謂故國者，非謂有喬木之謂也，有世臣之謂也。』《文選·顏延之〈還至梁城作〉》：『故國多喬木，空城凝寒雲。』李善注：『《論衡》曰：觀喬木，知舊都。』

〔二六〕山，《英華》作『月』，非。注：集作『山』。

〔二七〕〔徐注〕淮南王《招隱士》：桂樹藂生兮山之幽。

〔二八〕〔徐注〕《後漢書·逸民傳》：韓康字伯休，桓帝以安車聘之。使者奉詔造康，康辭安車，自乘柴車，冒晨先使者發。至亭，康因逃遁。郭璞詩：漆園有傲吏。〔馮注〕《文選·江淹〈雜體詩·擬陶徵君田居〉》曰：『日暮巾柴車，路闇光已夕。』注曰：『《歸去來》曰：或巾柴車。』按：此聯言無以爲家，不能高隱也。郭璞詩『漆園有傲吏」，而《歸去來》有曰『倚南窗以寄傲』也。『或巾柴車』，與《晉書》『或命巾車』小異。〔按〕此『傲吏』即指陶潛。《晉書·陶潛傳》載潛爲彭澤令，『郡遣督郵至縣，吏白應束帶見之。潛歎曰：「吾不能爲五斗米折腰，拳拳事鄉里小人邪！」』《宋書·陶潛傳》：『起爲州祭酒，不堪吏職，少日自解歸。』陶潛《飲酒》：『疇昔苦長飢，投耒去學仕……是時向立年，志意多所恥。遂盡介然分，終死歸田里。』此即所謂『傲吏』也。與韓康事無涉。謂己不能效陶潛之棄官歸隱，日暮駕柴車以出遊也。巾，指爲車張上帷幕。

〔二九〕〔徐注〕《世説補》：王國寶構謝太傅於孝武帝，召桓子野飲，太傅亦在座，桓撫箏而歌曹子建《怨詩》，太傅泣下，捋其鬚曰：『使君於此處不凡。』《晉書·王恭傳》：自理鬚鬢，神無倦容。〔馮注〕《吴志》：朱桓捋孫權鬚。〔按〕捋鬚理鬢，常語，未必用事。

〔三〇〕〔徐注〕孔融《薦禰衡表》：志懷霜雪。〔按〕言鬚鬢如霜雪，歎年衰也。

〔三一〕〔徐注〕曹植《責躬表》：形影相弔，五情愧赧。

〔三二〕〔徐注〕《南史·徐炯傳》：表曰：瞻仰煙霞，伏增悽戀。〔補注〕煙霞，此指隱居山林。

〔三三〕〔補注〕敦，厚。世故，世交、故交。

〔三四〕〔馮注〕《史記·趙世家》：屠岸賈攻趙氏，滅其族。朔妻有遺腹，生男。程嬰、公孫杵臼謀取他人嬰兒負之，衣以文褓，匿山中。嬰出，謬言趙氏孤處，遂殺杵臼與孤兒，趙氏真孤乃反在。

〔三五〕〔徐注〕《漢書·文三王傳》：梁孝王武招延四方豪傑，自山東游士莫不至，齊人羊勝、公孫詭、鄒陽之屬。

〔三六〕〔馮注〕《韓子》：齊宣王使人吹竽，必三百人。南郭處士請爲王吹竽，廩食與三百人等。宣王死，湣王立，好一一聽之，處士逃。《御覽》引之，又云：一一聽之，乃知其濫吹也。

〔三七〕〔徐注〕《闞子》：宋愚人得燕石，以爲大寶，藏以華櫝十重，緹巾十襲，客掩口胡盧而笑。〔馮注〕《詩》：尚之以瓊華乎而。傳曰：瓊華，美石，士之服也。箋曰：瓊華，石色似瓊也。按：正義引《玉藻》『士佩瓀珉玉』，蓋碝石、碔砆，皆石之似玉者。《山海經》注：武夫，赤地白文。而《詩》三言瓊華、瓊瑩、瓊英，皆言石色似瓊，故此句云。非用宋人寶燕石也。〔按〕馮注是。參，雜、亂。

〔三八〕〔馮注〕《莊子》：孔子遊乎緇帷之林，有漁父者下船而來。孔子曰：『幸聞咳唾之音。』趙壹《嫉邪賦》：勢家多所宜，咳唾自成珠。夏侯湛《抵疑》：咳唾成珠玉，揮袂出風雲。〔補注〕《莊子·秋水》：『子不見夫唾者乎？噴則大者如珠，小者如霧。』又《漁父》：『竊待於下風，幸聞咳唾之音以卒相丘也。』此以『咳唾』稱美楊相公之言辭對自己之恩賞。

〔三九〕〔徐注〕任昉《到大司馬記室牋》：咳唾爲恩，眄睞成飾。以上皆言在幕之意。

〔四〇〕〔徐注〕盧諶詩：借日如昨，忽爲疇曩。

〔四一〕〔徐注〕《戰國策》：田光造焉，太子跪而逢迎，卻行爲道。〔補注〕逢迎，接待。

〔四二〕〔徐注〕《漢書·循吏傳》：文翁爲蜀郡守，修起學官於成都市中，招下縣子弟以爲學官子弟。至今巴蜀好文雅，文翁之化也。〔馮注〕任豫《益州記》：文翁學堂在大城南。經火災，蜀郡太守高眹修復繕立，圖畫聖賢古人像及禮器瑞物，堂西有二石屋。餘互詳《爲李郎中祭竇端州文》『文移而石室摧基』句注。《舊書·嗣復傳》：大和四年七月，爲東川節度。九年三月，爲西川節度。〔按〕此言『蜀郡』，明指西川。登堂，指爲其賓客，受其接待。參注〔一〕按語。

〔四三〕〔馮注〕《左傳》：於是始大，通吳于上國。《史記》：曹參爲漢相，日夜飲醇酒。卿大夫已下吏及賓客見參不事事，來者皆欲有言，參輒飲以醇酒。間之，欲有所言，復飲之，醉而後去。〔按〕此『上國』指京師，馮注引『上國』指中原各國。

〔四四〕〔徐校〕盡力，一作『力盡』。〔徐注〕《後漢書·鄭泰傳》：孔公緒噓枯吹生。

〔四五〕〔徐注〕《漢書·張安世傳》：安世瘦懼，形於顔色。〔馮注〕《爾雅》注：撫，愛撫也。

〔四六〕〔馮注〕《後漢書·王暢傳》：是時政事多歸尚書，桓帝特詔三公，令高選庸能。〔徐注〕《通典》：吳時餘曹通爲高選，而吏部特一時之最。〔按〕此句「高選」似指選補較高品級之官吏，而非指用高標準選拔官吏，亦非指高第，因張已「釃沾科第」。

〔四七〕〔徐注〕《晋書・阮裕傳》：吾少無宦情。〔補注〕光，廣也。

〔四八〕見《代彭陽公遺表》「曲臺備位」注。

〔四九〕揮，《英華》作「輝」，誤。〔馮注〕協律郎屬太常寺，亦禮官之屬，故（上句）用「曲臺」。此謂許内授憲官。〔補注〕發揮，此指充分表現其才能。杜牧《代人舉周敬復自代狀》：「掌綸言於西掖，才稱發揮。」

〔五〇〕〔徐注〕《漢書・匡衡傳》：但以無階朝廷故隨牒在遠方。師古曰：隨牒，謂隨選舉之恒牒，不被超擢者。〔馮注〕《後漢書・李固傳》：其列在官牒者。〔按〕官牒，此指授官之文書，非指記載官吏姓名、爵禄之簿籍。

〔五一〕〔徐注〕梁元帝《纂要》：秋曰白藏。〔補注〕《爾雅・釋天》：「秋爲白藏。」秋於五色爲白，序屬歸藏，故稱。

〔五二〕〔徐注〕謝惠連《雪賦》：玄律窮，嚴氣升。〔補注〕玄律，謂冬季。

〔五三〕〔馮注〕巢燕去來，固如戀主，然此與《爲東川崔從事福寄尚書彭城公啓》「燕别張巢」意同所未詳也。〔補注〕《左傳・襄公二十九年》：「夫子之在此也，猶燕之巢于幕上。」此似以燕戀舊主喻巢幕之張周封戀往日之幕主楊嗣復。聯繫上文「蜀郡登文翁之堂」句，張周封曾入楊嗣復西川幕之事益顯。

〔五四〕〔馮注〕《吴越春秋》：子胥曰：「胡馬望北風而立。」《古詩》：胡馬依北風。〔補注〕《文選》李善注引《韓詩外傳》曰：「代馬依北風，飛鳥棲故巢，皆不忘本之謂也。」

〔五五〕〔馮注〕《後漢書・郭伋傳》：伋在并州，始至，行部到西河美稷。有童兒數百，各騎竹馬，道次迎拜。及事訖，復送至郭外，問「使君何日當還？」伋謂從事，計日當告之。既還，先期一日。伋爲違信於諸兒，遂止于野亭，須期乃入。

〔五六〕〔馮注〕《韓子》：魏文侯與虞人期獵，明日會天疾風，左右止侯，侯不聽，曰：「疾風失信，吾不爲。」

遂犯風往，而罷虞人。按：《戰國策》作『是日飲酒樂，天雨』，與『疾風』異。

〔五七〕〔徐注〕《魏略》：曹植上書曰：古者聖居，與日月齊其明，四時等其信。〔補注〕《吕氏春秋·貴信》：『天地之大，四時之化，而不能以不信成物也。』

〔五八〕〔徐注〕《漢書》：楚人諺曰：『得黄金百斤，不如得季布一諾。』

〔五九〕嫡，《全文》作『嗣』，據《英華》改。〔按〕商隱父名嗣，當避父諱，作『嫡』是也。冢嫡，本指嫡長子，此泛指後嗣。

〔六〇〕〔徐注〕《南中志》：交阯郡治龍編，自興古鳥道四百里。〔馮注〕鳥道，猶雲路，如鴻漸鵬摶之類，非謂峻險。〔按〕馮注是。

〔六一〕〔馮注〕《晉書·郤詵等傳贊》：鳥路曾飛，龍津派泳。餘詳下文『墱流十二，免使魚勞』句注引《辛氏三秦記》。〔補注〕謂他人皆翱翔雲路，登於高位。

〔六二〕〔補注〕南臺，指御史臺，以其在宫闕西南，故稱。《通典·職官六》：『後漢以來謂之御史臺，亦謂之蘭臺寺。梁及後魏、北齊，或謂之南臺。』

〔六三〕〔補注〕應劭《漢官儀》卷上：『黄門郎，每日暮，向青瑣門拜，謂之夕郎。』此以『青瑣』指門下省。

〔六四〕〔徐注〕揚子《法言》：使我紆朱懷金，其樂不可量已。

〔六五〕〔補注〕曹植《公讌詩》：『清夜遊西園，飛蓋相追隨。』軒蓋，有篷蓋之車，貴顯者所乘。

〔六六〕〔徐注〕《詩》：所謂伊人。〔補注〕伊人，指上文所謂『公侯冢嫡，卿士子孫』。

〔六七〕亦惟，《英華》注：集作『共推』。〔徐注〕《南史》：何昌寓謂坐客曰：遥遥華胄。〔馮注〕《晉書·石季龍載記》：雍、秦二州望族，遂在戍役之列，既衣冠華胄，宜蒙優免。

〔六八〕〔徐注〕《世説》：王、謝舊齊名。〔馮注〕王、謝門才最盛，詳《晉書》《南史》。〔補注〕《晉書·謝安傳》：『（謝玄）少穎悟，與從兄朗俱爲叔父安所器重。安嘗戒約子姪，因曰：「子弟亦何豫人事，而正欲使其佳？」諸人莫有言者。玄答曰：「譬如芝蘭玉樹，欲使其生於庭階耳。」」

〔六九〕〔徐注〕顔延之《五君詠》：交呂既鴻軒，攀嵇亦鳳舉。〔馮注〕《晋書·嵇康傳》：東平呂安，服康高致，每一相思，輒千里命駕，康友而善之。

〔七〇〕宿常，《英華》作『夙嘗』。〔馮注〕向子期《思舊賦序》：余與嵇康、呂安，居止接近。

〔七一〕〔馮注〕《戰國策》：甘茂亡秦，且之齊，出關，遇蘇子曰：『江上之處女，有家貧而無燭者。處女相與語，欲去之。無燭者謂處女曰：「妾以無燭故，常先至，掃室布席。何愛於餘明之照四壁者，幸以賜妾。」處女相語，以爲然而留之。』《史記·甘茂傳》：貧人女與富人女會績，貧人女曰：『我無以買燭，而子之燭光幸有餘。可分我餘光，無損子明，而得一斯便焉。』當引此。

〔七二〕〔徐注〕《莊子》：莊周家貧，往貸粟於監河侯，曰：『視車轍中，有鮒魚焉，曰：「我東海之波臣也，君豈有升斗之水活我哉？」』

〔七三〕〔徐注〕《晋書》：嵇紹始入洛，或謂王戎曰：『昨於稠人中見嵇紹，昂昂然如野鶴之在雞羣。』《陳書·徐陵傳》：陵年數歲，寶誌手摩其頂曰：『天上石麒麟也。』〔馮曰〕鶴、麟並用，似更有典。

〔七四〕〔徐注〕盧諶詩：謬共疲隸，授之朝右。〔補注〕朝右，位列朝班之右，指朝廷大官。

〔七五〕〔馮注〕《晋書·郄超傳》：桓温遷大司馬，超爲參軍，温傾意禮待。時王珣爲主簿，亦爲温所重。府中語曰：『髯參軍，短主簿，能令公喜，能令公怒。』超髯，王珣短故也。

〔七六〕〔徐注〕《莊子》有重言、寓言、卮言。〔補注〕《莊子·寓言》：『寓言十九，重言十七。』郭注：『寄之他人，則十言而九見信；世之所重，則十言而七見信。』陸德明釋文：『重言，謂爲人所重之言也。』

〔七七〕〔馮注〕《老子》：挫其鋭，解其紛，和其光，同其塵。〔徐注〕《吴志》：陸遜與關羽書曰：『延慕光塵，思稟良規。』〔補注〕沈約《讓五兵尚書表》：『駑足蹇步，終取躓於鹽車。』光塵，敬稱對方風采。

〔七八〕〔徐注〕《詩》：翹翹錯薪，言刈其楚。〔補注〕楚，雜薪之中尤翹翹者。翹楚，謂傑出人材。

〔七九〕之，《英華》作『於』。〔徐注〕《詩》：自牧歸荑，洵美且異。〔補注〕毛傳：『牧，田官也。荑，茅之始生也。』鄭箋：『洵，信也。茅，絜白之物也。自牧田歸荑，其信美而異者，可以供祭祀。猶貞女在窈窕之處，媒氏達之，可以配人君。』

〔八〇〕見《爲濮陽公賀牛相公狀》注〔三〕。

〔八一〕墱，《英華》作『澄』，誤。〔徐注〕『澄』當作『墱』。《水經注》：魏武王堨漳水迴流東注，號天井堰。二十里中，作十二墱，墱相去三百步，令互相灌注，一源分爲十二流，皆懸水門。故左思之賦《魏都》，謂『墱流十二，同源異口』也。《詩》箋：魚勞則尾赤。〔馮曰〕按：作『墱』似矣。但其事本爲灌溉田野，與『魚勞』無涉。此處取升進之義，當用龍門事。《穆天子傳》：『北登孟門九河之磴。』孟門，即龍門之上口也。《辛氏三秦記》：江海大魚，集龍門下數千，登者化龍，不登者點額暴鰓。此事爲名場用熟矣，但無『十二』之字，或别有據，或偶誤用，未可定，而命意則必然也。徐氏所引，似未然。《文選》劉淵林注：今鄴下有十二墱。〔按〕墱流，有臺階之排水溝渠。《文選·魏都賦》李周翰注：『墱，級次。』墱流十二，則魚可逐級躍而登之，不似龍門之高而難登，致點額暴鰓也，故云『免使魚勞』。此蓋二事合用，不必疑。作『墱』是。

〔八二〕〔補注〕《書·周官》：『立太師、太傅、太保，兹惟三公，論道經邦，燮理陰陽。』孔傳：『和理陰陽。』燮調，猶燮理，指宰相協和治理。

〔八三〕〔徐注〕王融《策秀才文》：且有後命，復兹鎔範。〔補注〕鎔範，熔鑄之模具。喻培育人材。

〔八四〕〔徐注〕《漢書·何武傳》：武字君公。徙京兆尹，二歲，坐舉方正所舉者，召見槃辟雅拜，有司以爲詭衆虚僞，武坐左遷楚内史。〔馮注〕《周禮·春官》：大祝辨九拜，七曰奇拜。注曰：讀爲奇偶之奇，謂先屈一膝，今雅拜是也。

〔八五〕〔徐注〕《後漢書·宋弘傳》：弘字仲子，薦沛國桓譚。帝令鼓琴，好其繁聲。弘聞之不悦，悔於薦舉。

〔八六〕心，《英華》作『仁』，非。台，《英華》作『右』，注：集作『台』。

〔八七〕〔徐注〕《漢書·游俠傳》：陳遵性善書，與人尺牘，主皆藏去以爲榮。〔馮注〕《晋書·殷浩傳》：浩廢爲庶人，徙東陽。後桓温將以浩爲尚書令，遺書告之。浩欣然答書，慮有謬誤，開閉者數十，竟達空函，大忤温意。由是遂絶。

〔八八〕〔徐注〕曹植表：乃臣丹情之至願。任昉表：永昌之丹慊獲申。又：陛下察其丹款。善曰：曹大家《蟬賦》：復丹款之未足。《北史·突厥傳》：君肅謂處羅曰：『今啓民入臣天子，甚有丹誠者何也？』魏文帝《與吴質書》：孔璋章表殊健，微爲繁富。杜甫詩：聲華當健筆。又：健筆凌《鸚鵡》。又：凌雲健筆意縱横。岑參詩：雄詞健筆皆若飛。〔馮注〕《晋書·劉喬傳》：劉弘與喬牋曰：披露丹誠，不敢不盡。徐陵《讓表》：雖復陳琳健筆，未盡愚懷。

〔蔣士銓曰〕穩順可觀。（《忠雅堂全集·評選四六法海》卷三）

爲濮陽公奉慰皇太子薨表〔一〕

臣某言：今月某日，得本道進奏院狀報〔二〕，今月某日以皇太子奄謝東宫〔三〕，輟今月十三日至來月一日朝參者〔四〕。前星失色〔五〕，少海驚波〔六〕。欷結一人〔七〕，悲纏萬國〔八〕。臣某誠涕誠咽，頓首頓首。伏以皇太子地當守器，賢可承祧〔九〕。金馬銅羊〔一〇〕，早聞正位〔一一〕；鸞旌雞戟〔一二〕，方慶修齡〔一三〕。豈謂釁屬黄離，禍生蒼震〔一四〕。宣猷庭内〔一五〕，秋冬之學空存〔一六〕；博望苑中〔一七〕，監撫之儀莫覩〔一八〕。伏惟皇帝陛下，悼深伊將〔一九〕，念切瑶山〔二〇〕，嗟上賓之不留〔二一〕，惜外陽而無驗〔二二〕。青宫掩涕〔二三〕，玄圃酸心〔二四〕。臣限守邊隅，久違京闕，不獲奔走，奉慰闕庭，無任悲咽惶慕之至！

〔一〕本篇原載清編《全唐文》卷七七一第二一頁、《樊南文集補編》卷一。〔錢箋〕《舊唐書·文宗紀》：開成三年九月，以皇太子慢遊敗度，欲廢之，殺太子宮人左右數十人。冬十月，太子薨於少陽院。又《文宗二子傳》：莊恪太子永，文宗長子也。母曰王德妃。大和四年封魯王。六年册爲皇太子。開成三年暴薨。時傳云：德妃晚年寵衰，賢妃楊氏恩渥方深，懼太子他日不利於己，故日加誣譖，太子終不能自辨明也。太子既薨，上意追悔。本集有《爲濮陽公論皇太子表》，後有《皇太子薨慰宰相狀》。〔按〕據《舊唐書·文宗紀》，皇太子薨於開成三年十月庚子（十六），《新書·紀》《通鑑》並同。本文言『今月某日，以皇太子奄謝東宫，輟今月十三日至來月一日朝參者』，前一『今月』必指『太子奄謝東宫』之十月，而後一『今月』自亦同前指十月。然太子薨於十月十六，如十月十三即開始輟朝參，於情理不合，或『十三』字有誤，爲『十七』之訛歟？則此表當上於開成三年十月下旬初。

〔二〕〔錢注〕《舊唐書·代宗紀》：大曆十二年，諸道邸務在上都名曰留後，改爲進奏院。

〔三〕〔錢注〕《吕氏春秋》高誘注：東宫，太子所居。〔補注〕奄謝，去世。

〔四〕〔錢注〕《舊唐書·職官志》：凡京司文武執事，九品以上，每朔望朝參。五品以上及供奉官、員外郎、監察御史、太常博士，每日參。

〔五〕〔錢注〕《史記·天官書》：東宫，蒼龍房心，心爲明堂大星，天王前後星子屬。注：心之大星，天王也。前星太子，後星庶子。《漢書·李尋傳》：列星皆失色，厭厭如滅。

〔六〕〔錢注〕《山海經》：無皋之山，南望幼海。注：即少海也。張衡《西京賦》：散似驚波。〔補注〕杜甫《壯游》：『崆峒殺氣黑，少海旌旗黃。』宋葉廷珪《海録碎事・帝王》：『天子比大海，太子比少海。』《韓非子・外儲説左上》《淮南子・墬形訓》均有『少海』之名，所指爲渤海，太子之喻義或由此引申。

〔七〕〔錢注〕《廣雅》：歔欷，悲也。〔補注〕一人，指天子。《書・太甲下》：『一人元良，萬邦以貞。』

〔八〕〔錢注〕任昉《王文憲集序》：悲纏教義。

〔九〕〔錢注〕沈約《立太子詔》：自昔哲后，降及近代，莫不立儲樹嫡，守器承祧。〔補注〕守器，守護國家之重器。太子主宗廟之器，故借指太子。承祧，承繼奉祀祖先之宗廟，亦借指太子。

〔一〇〕〔錢注〕《吴志・孫登傳》：登，權長子也。魏黃初二年，立爲太子。嘗失盛水金馬盂，覺得其主，左右所爲，不忍致罰。《初學記》：《晉東宫舊事》：皇太子有銅水羊一枚，管自副。

〔一一〕〔錢校〕聞，原作『開』，今據胡本改正。〔錢注〕《南齊書・文惠太子傳》：既正位東儲，善立名尚。

〔一二〕〔錢注〕《初學記》：徐廣《東宫頌》：命服惟九，龍旗鸞旌。又《晉東宫舊事》：崇福門雞鳴戟十張。〔補注〕太子門戟曰雞戟。

〔一三〕〔錢注〕阮籍《詠懷詩》：列仙停修齡。

〔一四〕〔補注〕黃離，喻太子。《易・離》：『六二，黃離，元吉。』本指日旁之雲彩，因受日光照射，色多赤黃。唐人多以黃離喻太子。如劉禹錫《蘇州賀冊皇太子箋》：『伏惟皇太子殿下，允膺上嗣，光啓東朝，蒼震發前星之輝，黃離表重輪之瑞。』瞿蜕園箋證謂，古人以明兩作離喻太子。（《易・離》：『明兩作離，大人以繼明照於四方。』孔疏：『離爲日，日爲明。今有上下二體，故云明兩作離也。』《文選・謝靈運〈擬魏太子鄴中集詩・王粲〉》：『不謂息肩顧，一旦值明兩。』吕延濟注：『武帝既明，而太子又明，故謂太子爲明兩也。』）。蒼震：《易・説卦》：『帝出乎震。』又：『萬物出乎震。震，東方也。』蒼爲東方之色，故曰蒼震。太子居東宫，故曰蒼震。

〔一五〕〔錢注〕潘尼《皇太子集應令詩》：置酒宣猷庭，擊鐘靈沼濱。

〔一六〕〔補注〕《禮記・文王世子》：『文王之爲世子也，凡學，世子及學士必時。春秋學干戈，秋冬學羽籥，皆於東序……秋學禮，執禮者詔之；冬讀書，典書者詔之。』

〔一七〕〔錢注〕《漢書・武五子傳》：太子據，元狩元年立爲皇太子。及冠就宫，上爲立博望苑，使通賓客。

〔一八〕〔補注〕監撫，監國、撫軍，爲皇太子之職責。《左傳・閔公二年》：『（太子）君行則守，有守則從，從曰撫軍，守曰監國，古之制也。』君主外出，太子留守，代行處理國政，謂之監國；從君出征，謂之撫軍。梁簡文帝《昭明太子集序》：『皇上垂拱巖廊，積成庶務，式總萬機，副是監撫。』

〔一九〕〔錢校〕將，疑當作『水』。〔錢注〕劉向《列仙傳》：王子喬，周靈王太子晋也。好吹笙，作鳳皇鳴。遊伊、洛之間，道士浮丘公接以上嵩高山。三十餘年後，求之於山上，見柏良曰：『告我家七月七日，待我於緱氏山巔。』至是，果乘白鶴駐山頭，望之不得到，舉手謝時人，數日而去。《山海經》：蔓渠之山，伊水出焉。〔按〕謂太子仙逝。

〔二〇〕〔錢注〕《山海經》：西北海之外有榣山，其上有人，號曰太子長琴。顓頊生老童，老童生祝融，祝融生太子長琴，是處榣山。

〔二一〕〔錢注〕《逸周書・太子晋解》：王子曰：『吾後三年，上賓於帝所。』〔補注〕上賓，作客於天帝之所，喻指逝世。

〔二二〕〔錢注〕《史記・扁鵲傳》：扁鵲過虢，虢太子死，扁鵲曰：『若太子病，所謂尸蹷者也。』乃使弟子子陽，礪鍼砥石，以取外三陽五會，有間，太子蘇。

〔二三〕〔錢注〕東方朔《神異經》：東方有宫，建以五色青石，門有銀榜，以青石碧鏤，題曰『天地長男之宫』。《楚辭・離騷》：長太息以掩涕兮。〔補注〕太子居東宫，東方屬木，於色爲青，故稱太子所居爲青宫。

〔二四〕〔錢注〕陸機《皇太子宴玄圃宣猷堂有令賦詩》李善注：《洛陽記》曰：東宫之北曰玄圃園。梁元帝《鄭衆論》：豈不痛鼻酸心，憶洛陽之宫陛。

爲濮陽公皇太子薨慰宰相狀〔一〕

右，今月日，得本道進奏院狀報，今月日，皇太子奄違儲貳〔二〕。伏以皇太子，道著武闈〔三〕，位高象輅〔四〕。方將傳輝蘭殿〔五〕，積慶桂宫〔六〕。花枕畫轓〔七〕，永綏福履〔八〕；銅扉銀牓〔九〕，克懋温文〔一〇〕。豈謂釁結洊雷〔一一〕，禍纏重海〔一二〕。商山羽翼，嗟綺季之俱還〔一三〕；緱嶺雲霞，與浮丘而莫返〔一四〕。相公恩深銘釜〔一五〕，地屬持衡〔一六〕。攀東序以心傷〔一七〕，望春坊而目斷〔一八〕。某忝蒙委寄，常竊寵榮。不獲齒列班行，奔波慰叙〔一九〕。下情無任悲咽遑迫之至！

〔一〕本篇原載清編《全唐文》卷七七三第一二頁、《樊南文集補編》卷二。〔按〕與上篇《爲濮陽公奉慰皇太子薨表》同時作，詳上篇注〔一〕按語。

〔二〕〔錢注〕袁宏《後漢紀》：太子，國之儲貳，巨命所繫。〔補注〕奄違，忽然違棄，謂逝世。

〔三〕〔錢注〕王融《三月三日曲水詩序》：儲后睿哲在躬，妙善居質，出龍樓而問豎，入虎闈而齒胄。按：唐諱「虎」，故作「武」。〔補注〕虎闈，路寢之旁門。《周禮·地官·師氏》《左傳·昭公十一年》均有「虎門」，係路寢門（闈爲宫中小門）。又，古時國子學稱「虎闈」，因其地在虎門之左。《文選·王融〈三月三日曲水詩序〉》李善注：「《周禮》曰：師氏以三德教國子，居虎門之左。」《禮記·祭義》：「天子設四學，當入學而太子齒。」

〔四〕〔錢注〕《宋書·禮志》：泰始四年，建安王休仁參議東宫車服，宜降天子二等，驂駕四馬，乘象輅。詔可。〔補注〕象輅，亦作象路，以象牙爲飾之車，爲帝王所乘。《周禮·春官·巾車》：『象路，朱樊纓，七就，建大赤以朝，異姓以封。』鄭玄注：『象路，以象飾諸末。』

〔五〕〔錢注〕《初學記》：《漢武故事》：帝生於猗蘭殿，四歲立爲膠東王，七歲立爲皇太子。

〔六〕〔錢注〕《漢書·成帝紀》：帝，元帝太子也。初居桂宫。上嘗急召，太子出龍樓門，不敢絶馳道。

〔七〕〔錢注〕《初學記》：《晋東宫舊事》：皇太子有大漆枕，銀花鐶鈕自副。《後漢書·輿服志》：皇太子安車、朱班輪、青華蓋、金華蚤、黑槺文畫幡。

〔八〕〔補注〕《詩·周南·樛木》：『樂只君子，福履綏之。』毛傳：『履，禄；綏，安也。』

〔九〕〔錢注〕《漢書·成帝紀》注：張晏曰：門樓上有銅龍，若白鶴、飛廉之爲名也。『銀牓』，見《爲濮陽公奉慰皇太子薨表》注〔一三〕。

〔一〇〕〔補注〕《禮記·文王世子》：『禮樂交錯於中，發形於外，是故其成也懌，恭敬而温文。』温文，温和有禮。

〔一一〕〔補注〕《易·震》：『洊雷震。君子以恐懼修省。』孔穎達疏：『洊，重也，因仍也。雷相因仍，乃爲威震也。』又《易·説卦》以震卦象徵長子，因以『洊雷』比喻太子。庾信《哀江南賦》：『遊洊雷之講肆，齒明離之胄筵。』此處當用後義。

〔一二〕〔錢注〕崔豹《古今注》：漢明帝爲太子，樂人作歌詩四章，曰：『日重光，月重輪，星重輝，海重潤。』

〔一三〕〔錢注〕《史記·留侯世家》：上欲易太子，及燕，置酒，太子侍，四人從，年皆八十有餘，鬚眉皓白，衣冠甚偉。上怪之。四人前對，各言名姓，曰東園公、甪里先生、綺里季、夏黄公。上乃大驚。四人皆曰：『竊聞太子仁孝，恭敬愛士，天下莫不延頸欲爲太子死者，故臣等來耳。』上曰：『煩公幸卒調護太子。』四人爲壽畢，趨去。上召戚夫人曰：『彼四人輔之，羽翼已成，難動矣。』《漢書·王貢兩龔鮑傳序》：漢興有園公、綺里季、夏黄公、用里先生。此四人者，當秦之世，避而入商雒深山。

〔一四〕見《爲濮陽公奉慰皇太子薨表》注〔一九〕。

〔一五〕〔錢注〕《魏志·鍾繇傳》：文帝在東宫，賜繇五熟釜，爲之銘曰：『於赫有魏，作漢藩輔。厥相惟鍾，實幹心膂。靖恭夙夜，匪遑安處。百寮師師，楷兹度矩。』

〔一六〕〔錢注〕《白帖》：奉持衡之職，必在至公。〔補注〕持衡，持斗柄。璇，衡爲北斗七星中之二星。一至四爲斗魁，又名『璇璣』；五至七爲斗柄，又名『玉衡』。持衡，喻執掌權柄，此指宰相之職。

〔一七〕〔補注〕《禮記·王制》：『夏后氏養國老於東序。』鄭玄注：『東序、東膠亦大學，在國中王宫之東。』又《文王世子》：『學干戈羽籥於東序。』故用爲太子之典。餘參《爲濮陽公論皇太子表》『東序承榮』注。

〔一八〕〔錢注〕《通典》：隋罷詹事，分東宫，置門下坊、典書坊，以分統諸局。唐置詹事府，以統衆務，置左右二春坊，以領諸局。〔按〕魏、晋以來稱太子宫爲春坊，又稱春宫。『望春坊而目斷』之『春坊』即太子宫之代稱，非指太子宫所屬官署左右春坊，參《爲濮陽公論皇太子表》注〔二七〕編著者補注。

〔一九〕〔錢注〕仲長統《昌言》：救患赴急，跋涉奔波者，憂樂之盡也。

爲濮陽公與周學士狀〔一〕

學士時仰高標，世推直道，果當清切〔二〕，以奉恩私。地接蓬山〔三〕，居遥閬苑〔四〕。敢期塵路〔五〕，獲望冰容〔六〕？然前者猶蒙問以好音〔七〕，致之尺牘〔八〕，是何眷遇，孰可欽承？某自領藩條，累蒙朝奬。皆因學士每於敷奏〔九〕，輒記姓名，深憂李廣之不侯〔一〇〕，曲辨孟舒之長者〔一一〕。不有所自，安能及兹？方限征行，末由款謁，空餘深戀，貯在私誠。伏惟特賜信察。

〔一〕本篇原載《全唐文》卷七七四第一九頁、《樊南文集補編》卷四。題内「濮陽」二字，《全文》作「河東」，錢注本同，據岑仲勉説改。〔張箋〕（編大中五年至九年居柳仲郢東川幕期間，云）不詳何年。〔岑仲勉曰〕余按《箋》三開成三年下《爲河東公上楊相》等八狀（編著者按：包括《爲河東公上鄭相公狀》在内），經張氏考定「河東」爲「濮陽」之訛，已無疑問，獨此一篇猶成漏網，其實亦代茂元作也。説詳《翰苑壁記注補》周墀條。（《平質》己）〔按〕岑説是。據《重修承旨學士壁記》：「周墀，開成二年十二月二十五日，自考功員外郎、知制誥充翰林學士。三年十一月十六日，加職方郎中。」此狀之周學士，正開成三年充翰學之周墀。題内「河東」亦「濮陽」之誤。味狀内「某自領藩條，累蒙朝奬。皆因學士每於敷奏，輒記姓名」等語，蓋指其既加工部尚書，又加兵部尚書之事。狀當上於開成三年春夏間茂元加兵部尚書之後，是年十一月十六日周墀加職方郎中之前。

〔二〕〔錢注〕劉楨《贈徐幹》詩：拘限清切禁。〔補注〕清切，指清貴而接近皇帝之官職，如翰林學士。白居易《夏日獨直寄蕭侍御》：「翰林清切司。」

〔三〕〔錢注〕《後漢書·竇章傳》：學者稱東觀爲老氏臧室，道家蓬萊山。〔補注〕此與下「閬苑」均泛指仙境，用以喻指清貴之翰苑。

〔四〕〔錢注〕《淮南子》：崑崙之上，是謂閬風。又上是謂玄圃。《太平御覽》：《集仙録》曰：王母者，龜山金母也，所居實在春山崑崙之圃，閬風之苑。

〔五〕〔錢注〕王融《謝竟陵王示法制啓》：灑法水於塵路。〔補注〕塵路，與『蓬山』『閬苑』仙境相對之塵俗仕路。

〔六〕〔錢注〕王融《離合賦物爲詠》：冰容慚遠鑒。〔補注〕《莊子·逍遥遊》：『藐姑射之山有神人居焉，肌膚若冰雪，綽約若處子。』冰容當用之，猶神仙之容顔。

〔七〕〔補注〕《詩·檜風·匪風》：『誰將西歸，懷之好音。』潘岳《爲賈謐作贈陸機》：『發言爲詩，俟望好音。』問，遺、贈。

〔八〕〔補注〕《史記·扁鵲倉公列傳》：『緹縈通尺牘，父得以後寧。』尺牘，謂書信。

〔九〕〔補注〕《書·舜典》：『敷奏以言。』敷奏，向君主陳奏。

〔一〇〕〔錢注〕《史記·李將軍傳》：廣嘗與望氣王朔燕語，曰：『自漢擊匈奴而廣未嘗不在其中，而諸部將校尉以下，才能不及中人，然以擊胡軍功取侯者數十人，而廣不爲人後，然無尺寸之功以得封邑者，何也？豈吾相不當侯耶？』

〔一一〕見《爲尚書濮陽公涇原讓加兵部尚書表》注〔四一〕。

爲濮陽公涇原謝冬衣狀〔一〕

右，某月日，中使某至，奉宣聖旨，賜臣及大將兼諸鎮防秋兵馬等〔二〕，前件敕書手詔並冬衣者，臣並已準詔旨宣示給散訖。恩極解衣〔三〕，榮加降璽〔四〕，戴山未重〔五〕，負日非暄〔六〕。臣謬領藩垣〔七〕，適當戎狄。唯憑廟算〔八〕，麤振軍威〔九〕。絶漠獵迴〔一〇〕，幸無警急〔一一〕；高烽火過〔一二〕，但報平安〔一三〕。直以地勢多陰〔一四〕，川形稍背，三伏常聞於屏箑〔一五〕，九秋尋訝於垂繒〔一六〕。代馬暫嘶〔一七〕，隴山無葉〔一八〕；燕鴻未過〔一九〕，涇水先冰〔二〇〕。是以每降王臣，仍迂御筆〔二一〕。緘封垂露〔二二〕，寵錫禦冬〔二三〕。非玉女裁成〔二四〕，即仙人織出〔二五〕。徒驚在笥〔二六〕，莫覩因鍼〔二七〕。始顧孱微，深懼不勝冠帶〔二八〕；旋蒙被服，便如能執干戈〔二九〕。遍逮軍前，歷霑麾下。達喜氣而陳根復秀〔三〇〕，動歡聲而蟄户潛開〔三一〕。華楚成行，曳婁塞路〔三二〕。其山南、宣歙三道大將等〔三三〕，雖久居炎燠，不慣嚴凝〔三四〕，亦既更衣〔三五〕，皆忘易地。賈餘勇而例思盡敵〔三六〕，感鴻私而咸願殺身〔三七〕。各限征行，不獲陳謝。臣與大將等無任瞻天戀闕感恩屏營之至。

〔一〕本篇原載《文苑英華》卷六三三第五頁、清編《全唐文》卷七七二第一七頁、《樊南文集詳注》卷二。

〔按〕馮譜繫開成三年冬，張箋繫開成四年初。朝廷所賜冬衣，當於冬令送達諸鎮。涇原地處北邊，『燕鴻未過，涇水先冰』，寒衣送達當在冬初。張箋所繫時日稍遲。

〔二〕〔馮注〕《舊書·陸贄傳》：河隴陷蕃以來，西北邊常以重兵守備，謂之『防秋』。皆河南、江淮諸鎮之軍，更番成役。〔按〕即下文『山南、宣歙三道』之將士。

〔三〕〔徐注〕《漢書·韓信傳》：漢王解衣衣我，推食食我。

〔四〕〔馮注〕降璽書，即敕書手詔也。《漢書·循吏傳》：二千石有治理效，輒以璽書勉勵。

〔五〕〔徐注〕《列子》：大壑中有五山，天帝使巨鼇戴之。〔馮注〕《莊子》：狂接輿曰：『其於治天下也，猶涉海鑿河而使蚊負山也。』〔補注〕戴山，語出《楚辭・天問》：『鼇戴山抃，何以安之？』句意則謂感戴君恩之重如戴山也。

〔六〕〔馮注〕《列子》：宋國有田夫，常衣緼黂，僅以過冬。暨春東作，自曝於日，不知天下有廣厦、隩室、綿纊、狐貉，顧其妻曰：『負日之暄，人莫知者，以獻吾君，當有重賞。』〔補注〕謂勝於負日之暄，既切君恩之温暖，又關合冬衣之暖。

〔七〕〔徐注〕《詩》：价人維藩，大師維垣。〔補注〕藩垣，藩籬與垣墻，此喻屏障一方之方鎮。

〔八〕〔馮注〕《孫子》：夫未戰而廟勝，得算之多者也。〔徐注〕孫楚書：廟勝之算，應變無窮。

〔九〕振，《英華》作『展』，注：集作『振』。

〔一〇〕漠，《英華》注：集作『塞』。

〔一一〕〔馮注〕曹植《白馬篇》：邊城多警急，虜騎數遷移。〔徐注〕《史記・信陵君傳》：公子與魏王博，而北境傳舉烽，言趙寇至，且入界。公子止王曰：『趙王田獵耳，非爲寇也。』復博如故。

〔一二〕〔馮校〕烽，似當作『峯』。〔馮注〕《説文》：㷭燧，候表也。邊有警則舉火。《衛公兵法》：烽臺於高山四顧險絶處置之，無山亦於孤迥道平地置。

〔一三〕〔徐注〕《唐六典》：凡烽候所置，大率相去三十里。其放烽有一炬、二炬、三炬、四炬者，隨賊多少而爲差焉。《新書》：哥舒翰麾下來告急，上不時召見。及暮，平安火不至，上始懼。案：鎮戍每日初夜放煙一炬，謂之平安火。

〔一四〕〔徐注〕《漢書・鼂錯傳》：胡貉之地，積陰之處也。

〔一五〕〔徐注〕潘岳《秋興賦》：屏輕箑，釋纖絺。〔補注〕屏箑，去扇不用，謂三伏不熱。

〔一六〕〔徐注〕《玉臺新詠》傅玄有《歷九秋篇》。謝惠連《雪賦》：裸壤垂繒。〔補注〕謂九月深秋即下雪。

〔一七〕〔馮注〕《戰國策》：蘇秦説秦惠王曰：『大王之國，北有胡貉代馬之用。』按：古詩每言『代馬』，注云代郡之邑。《典略》：代馬，陰之精。〔補注〕《文選·曹植〈朔風詩〉》：『仰彼朔風，用懷魏都。願騁代馬，倏忽北徂。』劉良注：『代馬，胡馬也。』

〔一八〕〔徐注〕《漢書·地理志》：隴西郡。注：應劭曰：隴底在其西也。

〔一九〕〔徐注〕李涉詩：南隨越鳥北燕鴻。

〔二〇〕〔徐注〕《三秦記》：涇水出开頭山，至高陵縣而入渭，與渭水合流三百里，清濁不相雜。

〔二一〕〔徐注〕《北史·彭城王勰傳》：帝令勰爲露布辭，及就，尤類帝文，有人見者，咸謂御筆。〔補注〕御筆，即上文『敕書手詔』。

〔二二〕〔徐注〕《法書要録》：漢曹喜工篆隸，善懸針垂露之法。〔補注〕垂露，指垂露書。《初學記》卷二一引王愔《文字志》：『垂露書，如懸針而勢不遒勁，阿那如濃露之垂，故謂之垂露。』按：垂露，又與君主垂雨露之恩關合。庚信《謝明皇帝賜絲布等啓》：『垂露懸針，書恩不盡。』

〔二三〕〔徐注〕《詩》：我有旨蓄，亦以禦冬。

〔二四〕〔馮注〕《述異記》：瑯琊郡靈山有方石，昔有神女于此搗衣，謂之『玉女擣衣砧』。又：萍鄉西津玉女岡，天將雨，先湧五色氣於石間，俗謂玉女披衣。按：《晋書·志》：安成郡萍鄉縣。故此事亦見《安成記》，有刊作泭鄉者，誤。〔徐注〕《禮記》：國君取夫人之辭曰：『請君之玉女，與寡人共有敝邑。』〔按〕此『玉女』與下『仙人』對舉，即泛稱仙女。《神異經·東荒經》：『（東王公）恒與一玉女投壺。』

〔二五〕〔徐注〕《北史·畢衆敬傳》：獻仙人文綾一百疋。

〔二六〕〔徐注〕《書》：惟衣裳在笥。

〔二七〕覩，《全文》作『匪』，《英華》同。《英華》注：集作『覩』，兹據改。〔補注〕謂仙衣之成不用針線刀尺。極贊其做工之精緻。

〔二八〕〔馮注〕《後漢書·梁冀傳》：諷衆人共薦其子胤爲河南尹，胤一名胡狗。時年十六，容貌甚陋，不勝冠帶，道路見者，莫不嗤笑焉。

〔二九〕執干戈，見《安平公兗州謝上表》注〔三六〕。

〔三〇〕〔徐注〕氾勝之引古語：土長冒橛，陳根可拔，耕者急發。〔補注〕秀，抽穗開花。

〔三一〕〔徐注〕《禮記》：仲秋之月，蟄蟲坏户。

〔三二〕〔徐注〕《詩》：子有衣裳，弗曳弗婁。〔補注〕《詩》孔疏：『曳者，衣裳在身，行必曳之；婁與曳連，則同爲一事。』

〔三三〕〔馮注〕此防秋兵也。山南有東、西兩道，與宣歙爲三。

〔三四〕〔馮注〕《禮記》：天地嚴凝之氣，始于西南，而盛于西北。

〔三五〕〔馮注〕《漢書·灌夫傳》：坐皆起更衣。

〔三六〕〔徐注〕《左傳》：齊高固入晉師曰：『欲勇者賈余餘勇。』又：先丹木曰：『盡敵而反。』

〔三七〕〔徐注〕《漢書·宣元六王傳》：張博書：『願殺身報德。』〔補注〕鴻私，猶鴻恩。

〔蔣士銓曰〕玉谿雕鏤已極，氣格漸卑。學者問津此種，由是而王、楊，而徐、庾，日變月化，以臻至善。（《忠雅堂全集·評選四六法海》卷二）

爲尚書濮陽公賀鄭相公狀〔一〕

右伏見今月某日制書，以相公累請退閑〔二〕，特從休澣〔三〕，式崇階級〔四〕，無廢平章〔五〕。元老道尊〔六〕，必用三王之禮〔七〕；中樞務重〔八〕，猶當五日爲期〔九〕。伏惟相公德契昭融〔一〇〕，言成啓沃〔一一〕。太丘家法，若守官司〔一二〕；京兆門風，宜書甲令〔一三〕。仰攀日月，高拱星辰〔一四〕。爲堯闢四聰，禹來五諫〔一五〕。

始者以釁生鼎飪〔一六〕，禍接藩維〔一七〕。前殿朝迴〔一八〕，莫收金印〔一九〕；凶門師出〔二〇〕，空委油幢〔二一〕。當是非擾攘之間，即内外危疑之際〔二二〕，相公克凝庶績〔二三〕，顯執大權，爲易于難，制動以静。皂襜斯入，無聞鮑永之兵〔二四〕；黄閣洞開，例醉曹參之酒〔二五〕。然後澄清流品，提絜紀綱。補吏盡去刻深〔二六〕，用人不由黨援〔二七〕。咸有一德〔二八〕，于今三年〔二九〕。深惟逃責之規〔三〇〕，載切避榮之旨〔三一〕。削藁章數〔三二〕，免冠請頻〔三三〕。張良卻粒之懷，錙銖軒冕〔三四〕；范蠡扁舟之志，夢想江湖〔三五〕。異代結交〔三六〕，殊時合志。果當渥澤〔三七〕，爰峻等威〔三八〕。祇奉青宫〔三九〕，監臨東觀〔四〇〕。教温文于漢宇〔四一〕，總端揆于秦官〔四二〕。百辟之劍佩以隨〔四三〕，六館之生徒是屬〔四四〕。手扶帝座〔四五〕，身帶天光〔四六〕。何澄闕朝，寧妨理事〔四七〕；杜夷就第，無曠執經〔四八〕。焕發丹青〔四九〕，光昭簡素〔五〇〕。乾惕無咎〔五一〕，謙尊以光〔五二〕。

某謬奉詔條〔五三〕，嘗承廟算〔五四〕。慚指蹤而未曾獲兔〔五五〕，仰儀刑而徒歎登龍〔五六〕。亦冀終遂息肩〔五七〕，永當褫帶〔五八〕。地遊蒙穀，更趨方外之神人〔五九〕；洞入華陽，猶認山中之宰相〔六〇〕。羈牽尚爾〔六一〕，抃賀無期。瞻望輝光，伏增攀戀。

〔一〕本篇原載清編《全唐文》卷七七三第一六頁、《樊南文集補編》卷二。〔錢箋〕（鄭相公）鄭覃也。《舊唐

書》本傳：大和九年十月，遷尚書右僕射，兼判國子祭酒。李訓、鄭注伏誅，召覃入禁中草制敕，明日以本官同平章事。旋加弘文館大學士。開成三年二月，進位太子太師。十二月，三上章求罷，詔落太子太師，餘如故，仍三五日一入中書，商量政事。〔張箋〕開成三年十二月丙午，守太子太師、尚書右僕射、門下侍郎、國子祭酒、同平章事鄭覃罷太子太師，仍三五日入中書。（《舊·紀》）此賀其罷政退閑也。〔按〕丙午爲十二月二十二日，狀應上於其後，約十二月末。據《新唐書·宰相表》，鄭覃罷相在開成四年五月丙申，此時雖罷太子太師，仍爲宰相，唯三五日入中書而已。

〔二〕〔錢注〕《後漢書·孔融傳》：及退閑職，賓客日盈其門。〔補注〕退閑，謂退職閑居。

〔三〕〔錢注〕《初學記》：休假亦曰休沐。漢律，吏五日得一下沐。言休息以洗沐也。書記所稱曰歸休，亦曰休急、休澣。〔補注〕鮑照《玩月西門廨中》：『休澣自公日，宴慰及私辰。』休澣，本指官吏按例休假。此謂從其所請，平日可不上班，唯三五日一入中書。

〔四〕〔錢注〕《鶡冠子》：臣不虚貴階級。〔補注〕階級，指尊卑上下之等級。

〔五〕〔錢注〕《新唐書·百官志》：貞觀八年，僕射李靖以疾辭位。詔疾小瘳，三兩日一至中書門下平章事。而平章之名蓋起于此。

〔六〕〔補注〕《詩·小雅·采芑》：『方叔元老，克壯其猶。』毛傳：『元，大也。五官之長，出於諸侯，曰天子之老。』此指年資位望皆高之重臣。

〔七〕〔補注〕《禮記·學記》：『能爲師，然後能爲長；能爲長，然後能爲君。故師也者，所以學爲君也。是故擇師不可不慎也。記曰：「三王四代唯其師。」此之謂乎？』

〔八〕〔錢注〕《通典》：魏、晉以來，中書監令掌贊詔命，記會時事，典作文書。以其地任樞近，多承寵任，是以人固其位，謂之鳳皇池焉。

〔九〕〔補注〕《詩·小雅·采緑》：『終朝采藍，不盈一襜。五日爲期，六日不詹。』此即『三五日一入中書』

之意。

〔一〇〕〔補注〕《詩·大雅·既醉》：「昭明有融，高朗令終。」毛傳：「融，長；朗，明也。」昭融，借指帝王之鑒察。契，合。

〔一一〕〔補注〕《書·説命上》：「啓乃心，沃朕心。」啓沃，指竭誠開導、輔佐君主。

〔一二〕〔錢注〕《後漢書·陳寔傳》：寔字仲弓，除太丘長。卒謚文範先生。子紀亦以至德稱。兄弟孝養，閨門雍和，後進之士皆推慕其風。〔補注〕《左傳·隱公五年》：「若夫山林川澤之實，器用之資，皁隸之事，官司之守，非君所及也。」杜預注：「小臣有司之職，非諸侯之所親也。」《新唐書·鄭覃傳》：「覃清正退約，與人未嘗串狎。位相國，所居第不加飾，内無妾媵。女孫適崔皋，官裁九品衛佐，帝重其不昏權家。覃之侍講，每以厚風俗、黜朋比再三爲天子言，故終爲相。」

〔一三〕〔錢注〕《魏書·韋閬杜銓傳》：「閬京兆杜陵人，銓京兆人。」史臣曰：韋、杜舊族門風，名亦不殞。《漢書·叙傳》：著于甲令。〔補注〕甲令，朝廷頒佈之重要法令。《新唐書·鄭珣瑜傳》謂其「性嚴重少言，未嘗以私託人，而人亦不敢謁以私」，其子鄭覃「疾惡多所不容，世以爲太過，憚之」，覃子裔綽「峭立有父風」。

〔一四〕〔補注〕《論語·爲政》：「子曰：爲政以德。譬如北辰，居其所而衆星共（拱）之。」北辰，北極星。此謂鄭覃忠心拱衛君主如衆星之拱北辰。

〔一五〕〔錢注〕《鬻子》：禹治天下，以五聲聽，門懸鼓、鐘、鐸、磬，而置鞀。爲銘於簨簴曰：「教寡人以道者擊鼓，教寡人以義者擊鐘，教寡人以事者振鐸，語寡人以憂者擊磬，語寡人以獄訟者揮鞀。」此之謂五聲。〔補注〕《書·舜典》：「月正元日，舜格于文祖，詢于四岳，闢四門，明四目，達四聰。」孔穎達疏：「達四方之聰，使爲己遠聽四方也。」五諫，五種進諫方式，諸書所載名目各有不同。《説苑·正諫》：「諫有五：一曰正諫，二曰降諫，三曰忠諫，四曰戇諫，五曰諷諫。」《白虎通·諫諍》：「人懷五常，故有五諫，謂諷諫、順諫、窺諫、指諫、陷諫。」然皆與「禹」無關。頗疑此句「禹」與上句「堯」皆借喻文宗（上句闢四聰係舜事，非堯事）。

〔一六〕〔補注〕《易・鼎》：『鼎，元吉，亨。彖曰：鼎，象也。以木巽火，亨飪也。』鼎飪，喻治國之大臣、宰相。相傳傅説以調鼎烹飪之事向武丁喻説治國之理，故云。此當指甘露之變之主謀者宰相李訓。

〔一七〕〔補注〕藩維，藩鎮，當指與李訓共謀之鳳翔節度使鄭注、邠寧節度使郭行餘、太原節度使王璠等。

〔一八〕〔錢注〕《史記・高祖紀》：蕭丞相營作未央宮，立東闕、北闕、前殿、武庫、太倉。〔補注〕前殿，此指文宗所昇之含元殿，參注〔二二〕。

〔一九〕〔補注〕《漢書・百官公卿表》：丞相相國金印紫綬。『莫收金印』，指宰相死於甘露之變。參注〔二二〕。

〔二〇〕〔錢注〕《淮南子》：將已受斧鉞、爪鬋，設明衣，鑿凶門而出。〔補注〕凶門，北向之門。師出凶門，示必死之決心。此當指宦官所率禁兵露刃出，遇人即殺之情事，即《有感二首》（其二）『兇徒劇背城』意。

〔二一〕〔錢注〕《晉書・輿服志》：皂輪車上加青油幢，朱絲繩絡。諸王三公有勳德者，特加之。〔補注〕空委油幢，當與上『莫收金印』意類，指李訓、王涯、賈餗、舒元輿等大批朝官被殺戮，空委坐車。

〔二二〕〔錢注〕《舊唐書・李訓》《鄭注》等傳：文宗性守正嫉惡，以宦者權寵太過，心不堪之。因鄭注得寵王守澄，俾之援訓，冀黄門之不疑也。大和九年九月，訓同平章事。訓既秉權衡，即謀誅内豎。雖爲鄭注引用，及禄位俱大，勢不兩立，出注爲鳳翔節度使。約以其年十一月誅中官，須假兵力，乃以郭行餘爲邠寧節度使、王璠爲太原節度使，羅立言權知京兆大尹事，韓約爲金吾衛使，李孝本權知中丞事，冀璠、行餘未赴鎮間，廣令召募豪俠及金吾臺府之從者，俾集其事。是月二十一日，帝御紫宸。班定，韓約奏：『金吾左仗院石榴樹，夜來有甘露。』訓奏曰：『甘露降祥，俯在宫禁。陛下宜親幸在仗觀之。』上出紫宸門，由含元殿東階昇殿，令宰相兩省官先往視之，既還，曰：『臣等恐非真甘露。』上乃令左右軍中尉、樞密内臣往視之。既去，訓召王璠、郭行餘曰：『來受敕旨！』璠恐悚不能前，行餘獨拜殿下。時兩鎮官健，皆執兵在丹鳳門外。訓已令召之，惟璠從兵入，邠寧兵竟不至。中尉、樞密至左仗，聞幕下有兵聲，驚恐走出，内官迴奏，韓約氣懾汗流。中官又奏曰：『事急矣，請陛下入内。』訓呼金吾衛士來護乘輿。内官決殿後罘罳，舉輿疾趨，訓攀呼曰：『陛下不得入内。』金吾衛士隨訓入。立言、孝本率從人上殿縱擊，内官死傷者數十人。訓時愈急，邐迤入宣政門。帝瞋目叱訓，内官郗志榮奮拳擊其胸，訓仆地。帝入東上閤門，門即闔。須臾，内官率禁兵露刃出，遇人即殺。宰相王涯、賈餗、舒元輿方中書會食，聞難出走，諸司從吏死者六七百人。訓走入終南山，出山，爲盩厔鎮將宗楚所得，械送京師，乃斬訓。注與訓謀事有期，欲中外協勢。聞訓事發，自鳳翔率親兵赴闕，聞敗，乃還。監軍使張仲清已得密詔，伏兵斬注。仇士良鞫涯反狀，涯實不知其故，榜笞不勝其酷，乃令手書反狀，自誣與訓同謀。獄具，與王璠、羅立言、賈餗，舒元輿、李孝本，腰斬於獨柳樹下。坐訓而族者，凡十一家，人以爲冤。〔補注〕擾攘，混亂。

〔二三〕〔補注〕《書·堯典》：『允釐百工，庶績咸熙。』孔傳：『績，功也。言衆功皆廣。』庶績，猶各種事業。

〔二四〕〔錢注〕《東觀漢記》：鮑永拜僕射，行將軍事。性好文德，雖行將軍，常衣皂襜褕，路稱『鮑尚書兵馬』。〔補注〕皂襜，黑色罩衣，爲非正朝之服，因其寬大而長作襜襜然之狀，故名。

〔二五〕〔錢注〕《漢舊儀》：丞相廳事閣曰黄閣。不敢洞開朱門，以別於人主，故以黄塗之。《史記·曹相國世家》：參代蕭何爲漢相國，舉事無所變更，擇郡國吏木詘於文辭、重厚長者，即召除爲丞相史。吏之言文刻深，欲務聲名者，輒斥去之。日夜飲醇酒。賓客見參不事事，來者皆欲有言。至者，參輒飲以醇酒；間之，欲有所言，復飲之，醉而後去，終莫得開説。〔按〕『皂襜』二句，即申説『爲易于難，制動以静』意，謂其唯以安定爲務。

〔二六〕見注〔二五〕『吏之言文刻深，欲務聲名者，輒斥去之』。刻深，苛刻、嚴酷。

〔二七〕〔錢注〕援，去聲。

〔二八〕〔補注〕《書·泰誓中》：『乃一德一心，立定厥功，惟克永世。』孔傳：『汝同心立功，則能長世以安民。』

〔二九〕〔補注〕《詩·豳風·東山》：『自我不見，于今三年。』按：三年，指自甘露之變迄開成三年末。

〔三〇〕〔錢注〕任昉《爲齊明帝讓宣城郡公表》：四海之議，於何逃責。

〔三一〕〔錢注〕夏侯湛《東方朔畫贊》：退不終否，進亦避榮。

〔三二〕〔錢注〕《漢書·孔光傳》：光典樞機十餘年，時有所言，輒削草藁。

〔三三〕〔錢注〕《戰國策》：田單免冠徒跣肉袒而進，退而請死罪。〔補注〕謂屢求罷官退閑。

〔三四〕〔錢注〕《史記·留侯世家》：留侯稱曰：『今以三寸舌爲帝者師，封萬户，位列侯，此布衣之極，於良足矣。願棄人間事，欲從赤松子遊耳。』乃學辟穀，道引輕身。任昉《南徐州蕭公行狀》：丘園東國，錙銖軒冕。

〔三五〕〔錢注〕《史記·貨殖傳》：范蠡既雪會稽之耻，乃乘扁舟浮於江湖。

〔三六〕〔錢注〕《陳書·蕭允傳》：鄱陽王出鎮會稽，允爲長史，帶會稽郡丞。行經延陵季子廟，設蘋藻之薦，託異代之交，爲詩以叙意。〔補注〕承上文，謂與功成身退之張良、范蠡異代同志，不戀名位富貴。

〔三七〕〔錢注〕《後漢書·鄧騭傳》：被雲雨之渥澤。〔補注〕渥澤，喻君主之恩澤。

〔三八〕〔補注〕《左傳·文公十五年》：『伐鼓于朝，以昭事神，訓民事君，示有等威，古之道也。』杜預注：『等威，威儀之等差。』峻等威，謂提高其品級，即下四句所云。

〔三九〕〔錢注〕謂爲太子太師。青宫，見《爲濮陽公奉慰皇太子薨表》注〔一三〕。〔補注〕加太子太師在開成三年三月庚午，見《新書·宰相表》。

〔四〇〕〔錢注〕謂加弘文館大學士。《舊唐書·職官志》：門下省弘文館。後漢有東觀，魏有崇文館，皆著撰文史、鳩聚學徒之所。武德初，置修文館，後改爲弘文館。〔按〕覃加弘文館大學士事在加太子太師之前，參注〔一〕。武后垂拱後，以宰相兼領館務。

〔四一〕温文，見《爲濮陽公皇太子薨慰宰相狀》注〔一〇〕。『宇』，《全文》作『字』，據錢校改。〔錢校〕『字』，疑當作『宇』。顔延之《車駕幸京口侍遊蒜山作》：巖險去漢宇，襟衛徙吴京。

〔四二〕〔錢注〕謂爲僕射。《舊唐書·職官志》：尚書省，尚書令總領百官，儀刑端揆，其屬有六尚書。凡庶務，皆會而決之。左右僕射各一員，貳令之職。自不置令，僕射總判省事。《漢書·百官公卿表》：僕射秦官。〔按〕

覃加尚書右僕射在大和九年十月，在甘露之變前。

〔四三〕〔補注〕《書·洛誥》：『汝其敬識百辟享，亦識其有不享。』孔傳：『奉上謂之享。言汝爲王，其當敬識百君諸侯之奉上者，亦識其有違上者。』此『百辟』指諸侯。『百辟之劍佩以隨』之『百辟』則指百官。《宋書·孔琳之傳》：『羡之内居朝右，外司輦轂，位任隆重，百辟所瞻。』岑參《和賈至舍人早朝大明宫之作》：『金闕曉鐘開萬户，玉階仙仗擁千官。花迎劍佩星初落，柳拂旌旗露未乾。』此即『總領百官』意。

〔四四〕〔錢注〕謂兼判國子祭酒。《舊唐書·職官志》：國子監祭酒，掌邦國儒學訓導之政令。有六學：一國子學、二太學、三四門、四律學、五書學、六算學。《後漢書·馬融傳》：融常坐高堂，施絳紗帳，前授生徒，後列女樂。〔按〕覃兼國子祭酒亦大和九年十月事。

〔四五〕〔錢注〕《太平御覽》：《天官星占》曰：紫微者，天之帝座也。

〔四六〕〔補注〕《左傳·莊公二十二年》：『有山之材，而照之以天光。』天光，指日光。此喻皇帝之光輝。

〔四七〕〔錢注〕《晉書·何準傳》：準子澄。安帝即位，遷尚書左僕射。時澄脚疾，固讓，特詔不朝，坐家視事。

〔四八〕〔錢注〕《晉書·杜夷傳》：夷爲祭酒，辭疾未嘗朝會，皇太子三至夷第，執經問義。《舊唐書·鄭覃傳》：覃長於經學，稽古守正。以宰相兼判國子祭酒，奏太學置五經博士各一人。緣無職田，請依王府官例，賜禄粟，從之。又進《石壁九經》一百六十卷。

〔四九〕〔錢注〕《漢書·蘇武傳》：雖古竹帛所載，丹青所畫，何以過子卿？〔補注〕焕發，照射。丹青，指史籍。古以丹册記勳，青史記事。

〔五〇〕〔補注〕簡素，竹簡與絹帛，指書籍典册。

〔五一〕〔補注〕《易·乾》：『君子終日乾乾，夕惕若厲，無咎。』孔穎達疏：『言每恒終竟此日，健健自强，勉力不有止息。』

〔五二〕〔補注〕《易·謙》："謙，尊而光，卑而不可踰。"孔疏："尊者有謙而更光明盛大。"

〔五三〕〔錢注〕《漢書·百官公卿表》：武帝元封五年，初置部刺史，掌奉詔條察州。注：《漢官典質儀》曰：刺史班宣，周行郡國，省察治狀，黜陟能否，斷治冤獄，以六條問事。非條所問，即不省。〔補注〕詔條，皇帝所頒考察官吏之條令。謬奉詔條，謙稱已任涇州刺史、涇原節度使。

〔五四〕廟算，見《爲濮陽公涇原謝冬衣狀》注〔八〕。

〔五五〕〔錢注〕《史記·蕭相國世家》：高祖以蕭何功最盛，封爲酇侯。功臣皆曰："何反居臣等上，何也？"帝曰："諸君知獵乎？夫獵，追殺獸兔者，狗也。而發蹤指示獸處者，人也。今諸君徒能得走獸耳，功狗也。至如蕭何發蹤指示，功人也。"羣臣皆莫敢言。

〔五六〕〔錢注〕《後漢書·李膺傳》：膺獨持風裁，以聲名自高，士有被其容接者，名爲登龍門。

〔五七〕〔補注〕《左傳·襄公二年》："鄭成公卒，子駟請息肩於晉。"息肩，卸去負擔。此指休官。

〔五八〕〔補注〕褫帶，解下革帶，謂辭官。《易·訟》："上九，或錫之鞶帶，終朝三褫之。"褫，解也。

〔五九〕〔錢注〕《淮南子》：若士者，古之神仙也。燕人盧敖，秦時遊于北海，經于太陰，入于玄闕，至于蒙穀之山，而見若士焉。欣欣然方迎風軒輊而舞。敖曰："夫子殆可與敖爲友乎？"若士曰："吾與汗漫期於九垓之外，不可以久住。"乃舉臂竦身，遂入雲中。《莊子》：子桑户、孟子反、子琴張三人相與友。子桑户死，或編曲，或鼓琴而歌，孔子曰："彼遊方之外者也。"

〔六〇〕認，《全文》作"詔"，從錢校據胡本改正。〔錢注〕《南史·陶弘景傳》：弘景上表辭禄。止於句容之句曲山，恒曰："此山下是第八洞宫，名金陵華陽之天。"乃中山立館，自號華陽隱居。屢加禮聘，並不出。國家每有吉凶征討大事，無不前以諮詢。時人謂爲山中宰相。

〔六一〕〔錢注〕《後漢書·申屠蟠傳》：彼豈樂羈牽哉！

〔張采田曰〕文中用典甚切。

爲濮陽公上陳相公狀三〔一〕

某當道行軍司馬崔瑨〔二〕，朝奏在城，今月十七日得狀云：今月十二日，于太清宫齋宿處〔三〕，獲謁見相公。伏承首座相公〔四〕，特論某所請不許吐蕃交馬，事合大體。當時魏謩起居備録其事者〔五〕。伏以本道，與鳳翔節制雖殊〔六〕，封疆相接，俱當料敵〔七〕，同切成謀〔八〕。蕞爾寇戎〔九〕，不循盟誓〔一〇〕，稽留重使〔一一〕，侮易大朝〔一二〕。既以非時，又稱繼好〔一三〕。深慮得請〔一四〕，便有乘機。遂敢竊獻情誠，屢陳箋疏〔一五〕。言雖當病，事且侵官〔一六〕。加以思惟，方憂罪責。不謂相公更因敷奏〔一七〕，深賜褒稱。使賈誼上書，達于天聽〔一八〕；山濤立論，著在史官〔一九〕。榮冠一時，名留百古。顧兹非望〔二〇〕，皆有所因。仰戴恩輝，略逾涯分。謹當坐以待旦〔二一〕，居無求安〔二二〕。墾叔子之田疇〔二三〕，修李興之政具〔二四〕。忽承後命，有以先登〔二五〕。驫冀驅馳〔二六〕，用爲報效。伏惟始終恩賜知察。

〔一〕本篇原載清編《全唐文》卷七七三第一六頁、《樊南文集補編》卷二。〔張箋〕案文云：『伏承首座相公，特論某所請不許吐蕃交馬，事合大體，當時魏謩起居備録其事者。』《舊唐書·魏謩傳》：『開成三年，轉起居舍人。』則狀爲其時所上。〔按〕《通鑑・文宗開成三年》：正月，『上命起居舍人魏謩獻其祖文貞公笏。』可證三年正月魏謩已任起居舍人。又，陳夷行至開成四年四月罷爲吏部侍郎。則此狀當上於此前。開成四年春商隱已釋褐爲祕書省校書郎，故狀應上於開成三年。狀内『首座相公』，即指陳夷行（詳注〔四〕），而據《新唐書・宰相表》，陳夷行開成三年九月己巳始正位即真爲門下侍郎，狀當上於其後。

〔二〕〔錢注〕《舊唐書・職官志》：節度使行軍司馬一人。〔按〕《大唐故嶺南觀察支使試大理評事崔君（恕）墓誌銘并序》，攝嶺南經略推官前試太常寺奉禮郎崔瑨撰。時代稍早（長慶四年撰，下距開成三年凡十四年），或即一人。《新唐書・百官志》：『行軍司馬，掌弼戎政。居則習蒐狩，有役則申戰守之法，器械、糧糒、軍籍、賜予皆專焉。』李翰《淮南節度行軍司馬廳壁記》：『軍出于内謂之將，鎮于外謂之使，佐其職者謂之行軍司馬。』係節度使之上佐，多由文人充任。

〔三〕〔錢注〕《舊唐書・玄宗紀》：天寶二年，改西京玄元廟爲太清宫，東京爲太微宫，天下諸郡爲紫極宫。又《禮儀志》：昊天上帝、五方帝、皇地祇、神州及宗廟爲大祀，散齋四日，致齋三日。齋官皆於散齋之日，集於尚書省受誓戒，太尉讀誓文。致齋之日，三公於尚書省安置；餘官各於本司。若皇城内無本司，於太常郊社、太廟署安置。又：凡欲郊祀，必先朝太清宫。

〔四〕〔錢注〕《春明退朝録》：唐制宰相四人，首相爲太清宫使，次三相皆帶館職：弘文館大學士、監修國史、集賢殿大學士，以此爲序。按：《新唐書・宰相表》，陳夷行於開成三年二月入相（編著者按：錢氏引《新唐書・宰相表》有誤，應爲開成二年四月入相），其前居相位者，尚有李固言、鄭覃、李石。至三年正月則楊嗣復、李珏同時入相。此首座未知何指。〔按〕開成三年正月丙子後，宰相在位者鄭覃、陳夷行、楊嗣復、李珏。狀稱陳夷行爲相公，似與所云『首座相公』有别。然細審狀文，前云『伏承首座相公，特論某所請不許吐蕃交馬，事合大體。當時魏謩起居備録其事者』，後云『不謂相公更因敷奏，深賜褒稱。使賈誼上書，達于天聽；山濤立論，著在史官』，則所謂『首座相公』實即相公陳夷行。據《新唐書・宰相表》，夷行於開成三年九月己巳，始正位爲門下侍郎，狀應作於其後。

〔五〕〔錢注〕《舊唐書·文宗紀》：上自開成初復故事，每入閤，左右執事立於螭頭之下，君臣論奏得以備書，故開成政事最詳於近代。又《魏謩傳》：開成三年，轉起居舍人。又《職官志》：起居舍人二員，從六品上。《新唐書·藝文志》：《文宗實録》四十卷，魏謩監修。〔補注〕《新唐書·百官志》：『天子御正殿，則（起居）郎居左，（起居）舍人居右。有命，俯陛以聽，退而書之，季終以授史官……大和九年，詔入閤日，起居郎、舍人具紙筆立螭頭下，復貞觀故事。』

〔六〕鳳翔，見《爲彭陽公上鳳翔李司徒狀》注〔一〕。節制，見《上鳳翔李司徒狀》注〔八〕。

〔七〕〔錢注〕《戰國策》：不料敵而輕戰。〔補注〕料敵，估量、判斷敵情。

〔八〕〔補注〕成謀，成算，已定之計劃打算。

〔九〕〔補注〕《左傳·昭公七年》：『鄭雖無腆，抑諺曰「蕞爾國」，而三世執其政柄。』蕞爾，小也。

〔一〇〕〔補注〕《左傳·昭公十六年》：『昔我先君桓公與商人皆出自周，庸次比耦以艾殺此地，斬之蓬蒿藜藿，而共處之，世有盟誓以相信也。』

〔一一〕〔錢注〕《史記·匈奴傳》：漢留匈奴使，匈奴亦留漢使。又《龜策傳補》：無所稽留。《戰國策》：發重使使之楚。〔補注〕重使，負有全權重任之使臣。

〔一二〕〔錢注〕《魏志·明帝紀》注：《魏略》：『亮又侮易益土。』〔補注〕侮易，欺凌、輕視。

〔一三〕〔補注〕《左傳·襄公元年》：『凡諸侯即位，小國朝之，大國聘焉。以繼好結信，謀事補闕，禮之大者也。』

〔一四〕〔補注〕《左傳·僖公十年》：『夷吾無禮，吾得請於帝矣，將以晋畀秦，秦將祀余。』得請，謂所請獲准。

〔一五〕〔錢注〕按：《全唐文》卷六百八十四，載王茂元《奏吐蕃交馬事宜狀》云：右臣得所由狀報，吐蕃請於鳳翔交馬者。臣伏以吐蕃衆則犬羊，心唯蛇豕。不思率服，但逞姦欺。國家務以懷柔，極其撫御。敦惠好於非類，擇使命於本朝。容養甚宏，錫賚非薄。昔魏酬倭國，止於銅鏡鉗文；漢遺單于，不過犀毗綺袷。並一介之使，將萬里之恩。豈若陛下選彼周行，取於宗屬。而敢淹停曠日，留止彌年。久已迴車，又請交馬。視其詭詐，難以保明；深算機宜，未可容許。臣又見蕃中人來説云：其首領素已年侵，更兼心疾，不恤其衆，連誅舊臣。差徵無時，凶荒累歲。以此遂違盟約，仍致逗遛。今恐事出多端，致由羣下，上欺聖德，旁損廟謨。翻覆難知。善惡未決。竊計君奕，合有表章。伏望更敕羣臣商量，且命界首止絶。儻須存遠馭，要示殊恩，但言彼蕃來往不時，邊將奏論甚切，亦無妨國體，未阻戎心。臣自擁節旄，亟踰星琯，修裝器械，蓄積糧儲。又時巡訪川源，討尋蹊隧。每當衝要，必有隄防。增築故城，穿濬新塹。偏箱鹿角，未易可當；木柹魚膏，不曾虛棄。雖臨摇落，免有寇攘，忖彼物情，未能□衆。其若便侵亭障，自起煙塵，臣且率勵當軍，猶可獨當一面。況其鄰道，悉是强兵，敢忘充國之請行，不慮張宗之辭難。伏乞聖恩鑒臣鐵石，納臣芻蕘，使其畏慴威靈，挫平姦宄。臣不勝憤激懇迫之至。《吴志・吕蒙傳》：每陳大事，常口占爲箋疏。〔張箋〕（《奏吐蕃交馬事宜狀》）文極古樸，未知亦由義山代作否？〔按〕涇原王茂元幕有掌書記裴遽，詳《爲濮陽公陳許奏韓琮等四人充判官狀・裴遽》：『臣昔忝鑿門，辟爲記室，屬辭而宿構無異，論兵而故校多歸。』故狀文亦可能爲裴遽所擬。

〔一六〕〔補注〕《左傳・成公十六年》：『國有大任，焉前專之？且侵官，冒也；失官，慢也；離局，姦也。』侵官，侵越權限而侵犯其他官員之職權。此指侵犯鳳翔節度使陳君奕之職權。

〔一七〕〔補注〕《書・舜典》：『敷奏以言。』孔傳：『敷，陳；奏，進也。』

〔一八〕〔錢注〕《漢書・賈誼傳》：誼數上疏，陳政事，多所欲匡建。

〔一九〕〔錢注〕似用暗合孫吴事。《晋書・山濤傳》：吴平之後，帝詔天下罷軍役。濤論用兵之本，以爲不宜去州郡武備，其論甚精。于時咸以爲不學孫、吴而暗與之合。《漢書・藝文志》：古之王者，世有史官。

〔二〇〕〔錢注〕《漢書・息夫躬傳》：欲求非望。

〔二一〕〔補注〕《書·太甲上》：『先王昧爽丕顯，坐以待旦，旁求俊彦，啓迪後人，無越厥命以自覆。』

〔二二〕〔補注〕《論語·學而》：『子曰：君子食無求飽，居無求安。』

〔二三〕〔錢注〕《晋書·羊祜傳》：祜字叔子。帝將有滅吴之志，以祜爲都督荆州諸軍事。吴石城守去襄陽七百餘里，每相遥害。祜患之，竟以詭計，令吴罷守。於是戍邏減半，分以墾田八百餘頃。

〔二四〕〔錢注〕按《後漢書·盧芳傳》：李興引兵至單于庭迎芳。《蜀志·諸葛亮傳》注：晋劉弘觀亮故宅，命太傅掾李興爲文。《吴志·朱然傳》：魏將李興等斷然後道。〇以上三人，皆無政績可考，疑『興』當作『恂』。《後漢書·李恂傳》：拜兖州刺史，遷張掖太守。後復徵拜謁者，使持節領西域副校尉。西域殷富，多珍寶，諸國侍子及督使賈胡數遺恂奴婢、宛馬、金銀、香罽之屬，一無所受。北匈奴數斷西域車師、伊吾、隴沙以西，使命不得通。恂設購賞，遂斬虜帥，懸首軍門。自是道路夷清，恩威並行。遷武威太守。〇又與羊祜作對。蓋因不許吐蕃交馬，益修邊備也。〔按〕錢氏疑『興』當作『恂』，近是。據《後漢書·李恂傳》，恂『安定臨涇人』。時茂元鎮涇原，正恂之舊里，故引恂事爲喻。又傳載恂『拜侍御史，持節使幽州，宣布恩澤，撫慰北狄，所過皆圖寫山川、屯田、聚落百餘卷，悉封奏上，肅宗嘉之。』此亦『修政具』之一例。

〔二五〕〔補注〕《左傳·僖公九年》：『齊侯將下拜，孔曰：且有後命。』後命，續發之命令。《左傳·隱公十一年》：『潁考叔取鄭伯之旗蝥孤以先登。』

〔二六〕冀，《全文》作『異』，據錢校改。

爲濮陽公補保定尉張鴟巡官牒〔一〕

前件官，卑棲州縣，富有文辭。過蘭成射策之年〔二〕，誠思屈跡〔三〕；當陸展染髭之日，難議折腰〔四〕。屬賓榻方施〔五〕，使車旁午〔六〕，假其候館〔七〕，聊免没階〔八〕。事須差攝館驛巡官〔九〕，仍立行隨副使、行軍已下〔一〇〕。

〔一〕本篇原載清編《全唐文》卷七七八第一七頁、《樊南文集補編》卷八。〔錢注〕《新唐書·地理志》：保定縣，上，屬關内道涇州。又《百官志》：節度使館驛，巡官四人。〔按〕張氏《會箋》與《上張雜端狀》同繫開成四年，當因其不能定編具體時間而殿於涇幕所撰諸文後。據後《爲濮陽公與丁學士啓》，開成四年閏正月，商隱尚在涇原幕。然是年春已釋褐爲祕省校書郎，故本篇及下篇最遲當在釋褐之前作。

〔二〕〔錢注〕《周書·庾信傳》：信字蘭成。庾信《哀江南賦》：王子洛濱之歲，蘭成射策之年。〔補注〕《庚子山集·滕王逌原序》：『年十五，侍梁東宮講讀……玉墀射策，高中甲科。』即《哀江南賦》所云『蘭成射策之年』。

〔三〕〔錢注〕任昉《宣德皇后令》：劍氣凌雲，而屈迹於萬夫之下。〔補注〕屈迹，猶屈身。謂屈居卑僚。

〔四〕〔錢注〕《宋書·謝靈運傳》：臨川王義慶招集文士，何長瑜以韻語序義慶州府僚佐云：陸展染鬢髮，欲以媚側室。青青不解久，星星行復出。折腰，見《上張雜端狀》『五斗米安可折腰』注。

〔五〕〔錢注〕《後漢書·徐穉傳》：陳蕃爲太守，在郡不接賓客，唯穉來，特設一榻，去則懸之。

〔六〕〔錢注〕《漢書·霍光傳》：使者旁午。注：一縱一横爲旁午。猶言交横也。

〔七〕〔補注〕《周禮·地官·遺人》：『五十里有市，市有候館，候館有積。』鄭玄注：『候館，樓可以觀望者也。』此指接待過往官員之驛館。

〔八〕〔補注〕《論語·鄉黨》：『没階，趨進，翼如也。』没階，下盡台階。没階趨走，形容縣尉迎送上司卑屈之禮。

〔九〕差攝，見《爲濮陽公涇原署營田副使賓牒》注〔二六〕。

〔一〇〕〔錢注〕《舊唐書·職官志》：節度使，副使一人，行軍司馬一人，判官二人，掌書記一人，參謀無員數，隨軍四人。

爲濮陽公上張雜端狀〔一〕

保定賢弟昨至〔二〕，纔獲披承，已欽夷雅〔三〕。是觀玉季，如對金昆〔四〕。陸有機、雲〔五〕，劉惟繇、岱〔六〕。豈惟昔日，獨有齊名？況不羞小官，無辭委吏〔七〕，一枝桂既經在手〔八〕，五斗米安可折腰〔九〕？候館屈才〔一〇〕，固難維縶〔一一〕；前籌佇美〔一二〕，即議轉遷〔一三〕。端公厚賜眷知〔一四〕，又聯姻好，今兹折簡〔一五〕，復輟吹篪〔一六〕。此時敢曰恩門，他日便爲世故〔一七〕。永言欣會，難以諮陳，伏惟亮察。

校注

〔一〕本篇原載清編《全唐文》卷七七五第二三頁、《樊南文集補編》卷七。題首『爲濮陽公』四字《全文》原缺，據岑仲勉説補。〔錢注〕《新唐書·百官志》：侍御史久次者一人知雜事，謂之雜端。〔張箋〕是涇原時作（繫開成四年）。〔岑仲勉曰〕文有『保定賢弟昨至』語……狀又云：『是觀玉季，如對金昆……況不羞小官，無辭委吏，一枝桂既經在手，五斗米安可折腰？候館屈才，固難維縶；前籌佇美，即議轉遷。端公厚賜眷知，又聯姻好。』與《補保定尉張鴝巡官牒》『過蘭成射策之年，誠思屈跡；當陸展染髭之日，難議折腰。屬賓榻方施，使車旁午，假其候館，聊免没階』，語氣正合。然『維縶』『轉遷』，不切商隱身分，是此狀亦代茂元作，應補『爲濮陽公』四字也。《祭張書記文》列名『安定張某』，馮注六（按：指《樊南文集詳注》卷六）疑皆茂元婿。以『又聯姻好』句覘之，張某殆雜端子弟，惜皆缺其名矣。雜端余頗疑即曾充牛僧孺淮南副使之張鷟，但乏碻證。〔按〕岑説可信，兹於題首補『爲濮陽公』四字。此『張雜端』當即《祭張書記文》中之『安定張某』（茂元婿，商隱連襟）與本狀中之保定賢弟（張鴝）之父，故狀以機、雲兄弟擬其二子。此狀蓋與《爲濮陽公補保定尉張鴝巡官牒》後先同時作。鴝補巡官後抵涇原，故商隱代擬此狀。參上篇注〔一〕按語。

〔二〕〔錢箋〕有《爲濮陽公補保定尉張鴝巡官牒》，疑即其人也。《新唐書·地理志》：保定縣，上，屬關内道涇州。《顔氏家訓》：凡與人言，稱彼祖父母、世父母、父母，及長姑，皆加『尊』字；自叔父以下，則加『賢』字，尊卑之差也。

〔三〕〔錢注〕任昉《王文憲集序》：夷雅之體，無待韋絃。〔補注〕夷雅，平和閒雅。

〔四〕〔錢注〕《南史·王份傳》：份子琳，琳長子銓，美風儀，善占吐，時人以爲玉昆金友。〔補注〕金昆玉季，對人兄弟之美稱。玉季，指保定尉張鴻；金昆，指其兄，即茂元之婿「安定張某」。

〔五〕〔錢注〕《晉書·陸雲傳》：雲少與兄機齊名，號曰二陸。

〔六〕〔錢注〕《吴志·劉繇傳》：繇字正禮，兄岱字公山。繇州辟部濟南，平原陶丘洪薦繇，欲令舉茂才，刺史曰：「前年舉公山，奈何復舉正禮乎？」洪曰：「若明使君用公山於前，擢正禮於後，所謂御二龍於長塗，騁騏驥於千里，不亦可乎？」

〔七〕〔補注〕委吏，古代管理糧倉之小官。《孟子·萬章下》：「孔子嘗爲委吏矣，曰：『會計當而已矣。』」

〔八〕〔錢注〕《晉書·郤詵傳》：武帝問詵曰：「卿自以爲何如？」詵對曰：「臣舉賢良對策，爲天下第一，猶桂林之一枝，崐山之片玉。」

〔九〕〔錢注〕《晉書·陶潛傳》：潛爲彭澤令，郡遣督郵至縣，吏白應束帶見之，潛歎曰：「吾不能爲五斗米折腰，拳拳事鄉里小人邪？」解印去縣。

〔一〇〕候館，見《爲濮陽公補保定尉張鴻巡官牒》注〔七〕。

〔一一〕〔補注〕《詩·小雅·白駒》：「皎皎白駒，食我場苗。縶之維之，以永今朝。」縶，絆；維，繫。此指挽留賢者，參本篇鄭玄箋。

〔一二〕前籌，見《爲濮陽公附送官告中使回狀》注〔五一〕。

〔一三〕〔錢注〕王粲《爵論》：爵自一級轉登十級，而爲列侯，譬猶秩自百石，轉遷而至於公也。

〔一四〕〔錢注〕《通典》：侍御史號爲臺端，他人稱之曰端公。其知雜事者，謂之雜端。

〔一五〕〔補注〕折簡，折半之簡。古人以竹簡作書。《資治通鑑·魏邵陵厲公嘉平三年》胡注：「漢制：簡長二尺，短者半之。蓋單執一札謂之簡。折簡者，折半之簡，言其禮輕也。」此句「折簡」疑即裁紙寫信之意。

〔一六〕〔補注〕《詩·小雅·何人斯》：「伯氏吹壎，仲氏吹箎。」箎，狀如笛之管樂器。此以「吹箎」切「仲氏」。

〔一七〕〔補注〕世故，猶世交。

爲濮陽公涇原署營田副使賓牒〔一〕

員外簪紱傳芳〔二〕，珪璋挺秀〔三〕。蘊請纓之壯志〔四〕，擅夢筆之雄才〔五〕。諷于後庭〔六〕，賦推麗則〔七〕；試于前殿〔八〕，策號賢良〔九〕。猶以有感一言，來從三揖〔一〇〕。卑栖嶺表〔一一〕，遠蹈海隅。綿歷四周，往還萬里。洎節旄移所〔一二〕，省閣將歸〔一三〕，永懷求舊之誠〔一四〕，尚鬱圖南之勢〔一五〕。且爲邦猶聞乎去食〔一六〕，制敵難曠于運籌〔一七〕。兼仗折衝〔一八〕，是資談笑〔一九〕。諸葛亮意在蔣琬，果以成功〔二〇〕；趙莊子善彼欒書，竟能集事〔二一〕。既見君子〔二二〕，竊慕古人〔二三〕。幸當屈以求伸〔二四〕，無惜翔而後集〔二五〕。事須請攝節度副使〔二六〕。

〔一〕本篇原載清編《全唐文》卷七七八第一七頁、《樊南文集補編》卷八。〔錢注〕濮陽公、涇原，見《爲尚書濮陽公涇原讓加兵部尚書表》注〔一〕。營田副使，見同文注〔三〕。〔按〕張采田《會箋》繫開成四年，當是因不能定編何年而與下篇同繫涇幕期間所撰諸文之最後。然商隱開成四年春已釋褐爲祕書省校書郎，釋褐前吏部試判。故此文最晚當在商隱任祕書省校書郎之前。參上二篇注〔一〕。文有『卑栖嶺表，遠蹈海隅。綿歷四周，往還萬里。洎節旄移所，省閣將歸，永懷求舊之誠，尚鬱圖南之勢』等語，錢云『茂元由嶺南節度移鎮涇原，此副使當其舊僚也』，是。按節度使多兼領營田使，此當爲協助節度使分掌屯田諸事宜者。

〔二〕紱，《全文》作『祓』，誤，據錢校改。〔錢注〕《舊唐書·職官志》：尚書諸司員外郎，從第六品上階。按：唐代官制，員外置者甚多，不獨郎也。陸機《晋平西將軍孝侯周處碑》：簪紱揚名。〔補注〕員外，當是此副使任幕職時所帶京銜。簪紱，冠簪與纓帶，借指仕宦。

〔三〕〔錢注〕劉峻《辨命論》：珪璋特秀。〔補注〕《禮記·聘義》：『珪璋特達，德也。』珪璋，玉製禮器。此以珪璋挺秀喻資質優異，才德出衆。

〔四〕〔錢注〕《漢書·終軍傳》：南越與漢和親，乃遣軍使南越，説其王，欲令入朝，比内諸侯，軍自請：『願受長纓，必羈南越王而致之闕下。』

〔五〕〔錢注〕《南史·江淹傳》：淹嘗夢一丈夫，自謂郭璞，謂淹曰：『吾有筆在卿處多年，可以見還。』淹乃探懷中，得五色筆一以授之。爾後爲詩，絶無美句，時人謂之才盡。

〔六〕〔錢注〕《漢書·王褒傳》：太子喜褒所爲《甘泉》及《洞簫頌》，令後宫貴人左右皆誦讀之。〔補注〕諷，背誦、誦讀。

〔七〕〔錢注〕揚子《法言》：詩人之賦麗以則，辭人之賦麗以淫。

〔八〕〔錢注〕《史記·高祖紀》：蕭丞相營作未央宫，立東闕，北闕、前殿、武庫、太倉。〔補注〕前殿，君主坐朝之正殿。

〔九〕〔錢注〕《漢書·武帝紀》：元光元年，詔曰：『賢良明於古今王事之體，受策察問，咸以書對，著之於篇。』於是董仲舒、公孫弘等出焉。〔補注〕《史記·孝文本紀》：『及舉賢良方正直言極諫者，以匡朕之不逮。』

〔一〇〕來從，《全文》作『從來』，錢校據胡本校正，從之。〔補注〕《禮記·聘義》：『聘禮……三揖而後至階，三讓而後升，所以致尊讓也。』《周禮·秋官·司儀》：『賓三揖三讓，登，再拜受幣。』三揖三讓爲古代迎賓之禮。來從三揖，謂其來爲幕賓也。

〔一一〕〔錢注〕《後漢書·酈炎傳》：修翼無卑棲。

〔一二〕〔錢注〕茂元由嶺南節度移鎮涇原。此副使，當其舊僚也。〔按〕茂元罷鎮嶺南爲大和九年四月事（《舊書·文宗紀下》：大和九年四月，『丙戌，以桂管觀察使李從易爲廣州刺史、嶺南節度使。』即代茂元），而九年十月，『癸未，以前廣州節度使王茂元爲涇原節度使。』張采田謂其間『必有入蒞京職事，《陳情表》云：「誓以歸彼冗員，處之散地」可見。故紀文書「前廣州刺史」也。』

〔一三〕〔錢注〕《後漢書·獻帝紀》：於是尚書令以下，皆詣省閣謝。餘詳《爲濮陽公賀牛相公狀》注〔一〕及『假名省署』句箋。〔按〕此即自廣州歸入蒞京職事。

〔一四〕〔補注〕《書·盤庚上》：『人惟求舊，器非求舊，惟新。』

〔一五〕見《爲濮陽公賀牛相公狀》注〔三〕。〔補注〕謂其仕途未達，壯志未伸。

〔一六〕〔補注〕《論語·顏淵》：『子貢問政，子曰：「足食，足兵，民信之矣。」子貢曰：「必不得已而去，於斯三者何先？」曰：「去兵。」子貢曰：「必不得已而去，於斯二者何先？」曰：「去食。自古皆有死，民無信不立。」』

〔一七〕〔錢注〕《蜀志·諸葛亮傳》注：張儼《默記》曰：制敵以智。〔補注〕《史記·高祖本紀》：『夫運籌策帷帳之中，決勝千里之外，吾不如子房。』曠，缺。

〔一八〕〔錢注〕《晏子春秋》：仲尼曰：『夫不出樽俎之間，而知千里之外，其晏子之謂也。可謂折衝矣。』〔補注〕折衝，使敵之戰車後撤，指制敵取勝。

〔一九〕〔錢注〕左思《詠史詩》：吾慕魯仲連，談笑却秦軍。

〔二〇〕〔錢注〕《蜀志·蔣琬傳》：琬字公琰。丞相亮開府，辟爲東曹掾，遷爲參軍長史，加撫軍將軍。亮數外出，琬常足食足兵以相供給。亮每言：『公琰託志忠雅，當與吾共贊王業者也。』亮卒，以琬爲尚書令。俄而遷大將軍，録尚書事。琬神守舉止有如平日，由是衆望漸服。

〔二二〕〔補注〕《左傳·宣公十二年》：『趙莊子曰：「欒伯，善哉！實其言，必長晉國。」』按：欒書，即欒武子，春秋晉大夫，領下軍，後代郤克爲中軍元帥。晉厲公六年，率師伐鄭，楚兵救鄭，大敗楚師於鄢陵。晉由此威震諸侯。事又見《左傳·成公十八年》及《史記·晉世家》。集事，成事、成功。《左傳·成公二年》：『此車一人殿之，可以集事。』

〔二三〕〔補注〕《詩·周南·汝墳》：『既見君子，不我遐棄。』又《鄭風·風雨》：『既見君子，云何不喜。』

〔二三〕〔錢注〕曹植《七啓》：竊慕古人之所志。

〔二四〕〔補注〕《易·繫辭下》：『尺蠖之屈，以求信（伸）也。』

〔二五〕〔補注〕《論語·鄉黨》：『翔而後集。』

〔二六〕〔錢注〕《通典》：其未奉報者稱攝。

爲濮陽公與丁學士狀〔一〕

近頻附狀，伏計相次達上。自學士罷領南臺〔二〕，復還内署〔三〕，朝委攸重〔四〕，時論愈歸。夫一時效功，逐惡者鷹隼〔五〕；千年呈瑞，應聖者鸞皇〔六〕。擊搏殊能，翱翔異品。當在紫庭無事〔七〕，應《韶》《濩》以來儀〔八〕；豈復白野有求〔九〕，與雲羅而並出〔一〇〕？唯聽後命〔一一〕，爰副具瞻〔一二〕。

某才謝適時，仕無明略〔一三〕。久乘亭障〔一四〕，長奉鼓鼙〔一五〕。猿臂漸衰〔一六〕，燕頷相誤〔一七〕。弊廬仍在〔一八〕，白首未歸〔一九〕。顧皋壤以興嗟〔二〇〕，念路歧而增歎〔二一〕。當依餘眷〔二二〕，庶愜後圖〔二三〕。仰望音徽，不勝丹赤〔二四〕。

〔一〕本篇原載清編《全唐文》卷七七三第一九頁、《樊南文集補編》卷二。〔錢箋〕《舊唐書·文宗紀》：開成三年十一月，以翰林學士丁居晦爲御史中丞。正與茂元同時。文云『罷領南臺，復還内署』，意其後尚有再入翰林之事，而紀文不載，《新》《舊》二書亦俱無專傳可考。前有《爲濮陽公賀丁學士啓》。〔張箋〕《翰苑羣書·學士壁記》：『丁居晦，開成四年閏正月自御史中丞改中書舍人。五年二月二日賜紫，其年三月十三日遷户部侍郎、知制誥，其月二十三日卒官，贈吏部侍郎。』此賀其由御史中丞改中書舍人也。〔按〕文云『自學士罷領南臺，復還内署，朝委攸重，時論僉歸』，當非乍改中書舍人時所上，張謂『賀其由御史中丞改中書舍人』，似未全合。狀謂『久乘亭障，長奉鼓鼙。猿臂漸衰，燕頷相誤。弊廬仍在，白首未歸』，頗有久鎮邊地、思入居京職之意，或希丁爲其援手也。是年春義山釋褐爲祕書省校書郎，釋褐前必由吏部試判。此狀當係義山仍居涇幕時作，繫開成四年春，閏正月至三月間。

〔二〕〔錢注〕《通典》：御史臺，梁及後魏、北齊謂之南臺。〔補注〕以其在宫闕西南，故稱南臺。御史中丞爲御史臺之副長官，故云『罷領南臺』。

〔三〕〔錢注〕《新唐書·百官志》：學士之職，本以文學、言語被顧問，出入侍從，因得參謀議，納諫諍，其禮尤寵；而翰林者，待詔之所也。唐制，文書詔令，中書舍人掌之。自太宗時，名儒學士時時召以草制，然猶未有名號。乾封以後，始號北門學士。玄宗初，置翰林待詔，既而又選文學之士，號翰林供奉。開元又改翰林供奉爲學士，別置學士院，專掌内命。凡拜免將相、號令征伐，皆用白麻。其後，選用益重，而禮遇益親，號爲内相。凡充其職者無定員，自諸曹尚書下至校書郎，皆得與選。《漢書・孔光傳》：行内署門户。〔補注〕内署，指翰林院，因院設於宫禁之内，故稱。唐初，中書省設中書舍人，負責起草詔命。至玄宗開元二十六年，置翰林學士，掌内制；中書舍人掌外制。然唐時尚無嚴格區别，故亦稱「内署」。

〔四〕朝委，見《爲濮陽公上鳳翔李司徒狀》注〔二〕。

〔五〕〔補注〕《左傳・文公十八年》：「見無禮於其君者，如鷹鸇之逐鳥雀也。」《漢書・孫寶列傳》：「以立秋日署（侯）文東部督郵入見，勑曰：今日鷹隼始擊，當順天氣，取姦惡，以成嚴霜之誅。」

〔六〕〔錢注〕《後漢書・仇覽傳》：時考城令河内王涣，政尚嚴猛。聞覽以德化人，置爲主簿，謂覽曰：「主簿聞陳元之過，不罪而化之，得無少鷹鸇之志耶？」覽曰：「以爲鷹鸇，不若鸞鳳。」

〔七〕〔錢注〕《宋書・符瑞志》：周成王少，周公旦攝政，鳳皇翔庭。成王援琴而歌曰：「鳳皇翔兮於紫庭，余何德兮以感靈？」

〔八〕〔補注〕《左傳・襄公二十九年》：「見舞《韶濩》者。」杜預注：「殷湯樂。」《文選・王屮〈頭陀寺碑文〉》：「步中《雅》《頌》，驟合《韶》《護》。」李善注引鄭玄曰：「《韶》，舜樂；《護》，湯樂也。」《書・益稷》：「《簫韶》九成，鳳皇來儀。」孔傳：「儀，有容儀。備樂九奏而致鳳皇，則餘鳥獸不待九而率舞。」

〔九〕〔錢曰〕（白野）未詳。〔補注〕白野，疑用《詩・小雅・白駒》：「皎皎白駒，食我場苗。縶之維之，以永今朝。」寓求賢之意。

〔一〇〕〔錢注〕鮑照《舞鶴賦》：掩雲羅而見羈。

〔一一〕後命，見《爲濮陽公上陳相公狀三》注〔二五〕。

〔一二〕具瞻，見《爲濮陽公上陳相公狀一》注〔一四〕。

〔一三〕〔錢注〕《漢書・辛慶忌傳》：明略威重，任國柱石。〔補注〕明略，高明之謀略。

〔一四〕〔錢注〕《戰國策》：卒戍四方守亭障者參列。〔補注〕乘，登。亭障，邊塞要地設置之堡壘。

〔一五〕〔補注〕《禮記·樂記》：『君子聽鼓鼙之聲，則思將帥之臣。』鼓鼙，大鼓與小鼓，古代軍中樂器。

〔一六〕〔錢注〕《史記·李將軍傳》：廣爲人長，猿臂，其善射亦天性也。

〔一七〕〔錢注〕《後漢書·班超傳》：相者指曰：『生燕頷虎頸，飛而食肉，此萬里封侯相也。』

〔一八〕〔補注〕《禮記·檀弓下》：『君之臣免於罪，則有先人之敝廬在，君無所辱命。』

〔一九〕〔錢注〕潘岳《金谷集作詩》：白首同所歸。

〔二〇〕〔錢注〕《莊子》：山林與？皋壤與？使我欣欣然樂與？樂未畢也，哀又繼之。

〔二一〕〔錢注〕《列子》：楊朱見歧路而泣之，爲其可以南，可以北。

〔二二〕〔錢校〕當，疑當作『常』。

〔二三〕〔補注〕《左傳·桓公六年》：『以爲後圖，少師得其君。』後圖，今後之計。

〔二四〕〔錢注〕《魏志·張既傳》注：《魏略》：誠謂將軍亦宜遣一子，以示丹赤。

上河中鄭尚書狀〔一〕

不審近日尊體何如？尚書居敬行簡〔二〕，自誠而明〔三〕，踐履華資〔四〕，彰灼休問〔五〕。頃者廉車察俗〔六〕，露冕臨人〔七〕，當分陝水旱之餘，控二京舟車之會〔八〕。空懸竹使〔九〕，不坐棠陰〔一〇〕。閉閤而四民自安〔一一〕，移書而百城向化〔一二〕。爰歸司會，是總掄材〔一三〕。且去四聰八達之謡〔一四〕，鄙拔十得五之少〔一五〕。不容私謁〔一六〕，大闢公途〔一七〕。論辯有光，皆相無失〔一八〕。蔡廓之不署紙尾〔一九〕，王惠之莫發書封〔二〇〕。欲以儗人〔二一〕，實在異日。固合便登台座〔二二〕，光贊帝謨。蓋以德水名都〔二三〕，條山巨鎮〔二四〕，北控并、代〔二五〕，東接周、韓〔二六〕，作皇都之股肱，擁朔方之兵甲〔二七〕。是以暫勞大旆〔二八〕，惠此一方。浹以仁聲，先之和氣。昔何武之揚州入輔〔二九〕，黄霸自潁川登庸〔三〇〕。今古一時，賢哲相望。側聆後命，是亦非遥。某早獲趨承，常深獎眷。末由祇謁，無任馳誠。

〔一〕本篇原載清編《全唐文》卷七七五第四頁、《樊南文集補編》卷五。〔錢箋〕（河中鄭尚書）鄭肅也。《舊唐書》本傳：檢校禮部尚書，兼河中尹、河中節度使。又《文宗紀》：開成四年閏月，以吏部侍郎鄭肅檢校禮部尚書，河中晋絳慈隰等州節度使。又《地理志》：河中節度治河中府，管蒲、晋、絳、慈、隰等州。〔按〕據《舊唐書·文宗紀》，鄭肅出鎮河中在開成四年閏（正）月甲申朔。狀云『是以暫勞大旆，惠此一方』，似出鎮未久。編開成四年春。狀末云『某早獲趨承，常深獎眷』，與商隱身份經歷不甚合，疑題首脱『代濮陽公』四字。王茂元大和六年左右曾『叨相青宫』，爲太子輔導官。而鄭肅大和六年曾以太常卿兼魯王府長史，同年十月，魯王永册爲太子。故二人早已結識。

〔二〕〔補注〕《論語·雍也》：『居敬而行簡，以臨其民，不亦可乎？』居敬，謂持身恭敬。行簡，行事簡易。

〔三〕〔補注〕《禮記·中庸》：『自誠明謂之性，自明誠謂之教。誠則明矣，明則誠矣。』誠明，至誠之心與完美之德性。

〔四〕〔錢注〕《魏書·李彪傳》：踐履華資。〔補注〕華資，顯貴之地位。

〔五〕〔補注〕休問，美好之聲譽。

〔六〕車，《全文》作『居』，蓋聲誤，據錢校改。〔錢注〕《舊唐書·崔鄲傳》：凡三按廉車，率由清簡。《白帖》：觀察使觀風察俗，振領提綱。〔補注〕廉車，觀察使赴任所乘之車。此指其爲陝虢觀察使事，見注〔八〕。

〔七〕〔錢注〕《藝文類聚》：《華陽國志》：郭賀爲荆州刺史，明帝到南陽巡狩，賜三公服，敕行部去襜露冕，使百姓見之，以彰有德。

〔八〕〔錢注〕《舊唐書·鄭肅傳》：開成初，出爲陝虢都防禦觀察使。《後漢書·張衡傳》：擬班固作《二京賦》。〔補注〕《公羊傳·隱公五年》：『自陝而東者，周公主之；自陝而西者，召公主之。』傳周初周公旦，召公奭分陝而治。陝虢觀察使治陝州。此『分陝』即指陝虢觀察使轄區。

〔九〕〔錢注〕《史記·文帝紀》：二年九月，初與郡守相爲銅虎符、竹使符。注：應劭曰：銅虎符第一至第五，當發兵，遣使者至郡合符，符合乃聽受之。竹使符以竹箭五枚，長五寸，鐫刻篆書，第一至第五。

〔一〇〕〔錢注〕《史記·燕召公世家》：召公巡行鄉邑，有棠樹，決獄政事其下。謝莊《宋孝武帝哀册文》：陝左清郊，棠陰虛館。

〔一一〕〔錢注〕《漢書·韓延壽傳》：延壽守左馮翊，民有兄弟相與訟田，延壽大傷之，曰：『幸得備位，爲郡表率，不能宣明教化，至今民有骨肉争訟，咎在馮翊。』因入卧傳舍，閉閤思過。於是訟者深自悔，皆自髡肉袒謝，願以田相移，終死不敢復事。〔補注〕四民，指士、農、工、商。《書·周官》：『司空掌邦土，居四民，時地利。』

〔一二〕〔錢注〕《後漢書·賈琮傳》：琮即移書告示，各使安其資業。又：百城聞風，自然竦震。

〔一三〕〔錢注〕《舊唐書·鄭肅傳》：開成二年九月，召拜吏部侍郎。〔補注〕《周禮·天官·司會》：『司會掌邦之六典八法八則之貳，以逆邦國都鄙官府之治。以九貢之法，致邦國之財用，以九賦之法，均節邦之財用。掌國之官府郊野縣都之百物財用。凡在書契版圖者之貳，以逆羣吏之治，而聽其會計。』司會，主管財政經濟，及對羣官政績之考察。《周禮·地官·山虞》：『凡邦工入山林而掄材，不禁。』掄材，此指選拔人材。『司會』『掄材』，指吏部侍郎考察、選拔官吏之職責。

〔一四〕聰，《全文》作『總』，涉上句『總』字而誤。從錢校據胡本改正。〔錢注〕《魏志·諸葛誕傳》注：《世語》曰：是時，當世俊士夏侯玄、諸葛誕、鄧颺之徒，共相題表，以玄、疇四人爲『四聰』，誕、備八人爲『八達』。〔補注〕《書·舜典》：『明四目，達四聰。』

〔一五〕〔錢注〕《蜀志·龐統傳》：統性好人倫，每所稱述，多過其才。時人問之，答曰：『拔十失五，猶得其半，而可以崇邁世教，使有志者自勵，不亦可乎？』任昉《爲范雲讓吏部封侯第一表》：拔十得五，尚曰比肩。

〔一六〕〔錢注〕《史記·申屠嘉傳》：嘉爲人廉直，門不受私謁。

〔一七〕〔錢注〕《晋書·阮种傳》：營職不干私義，出心必由公塗。

〔一八〕〔錢注〕《國語》：桓公召而與之語，訾相其質，足以比成事。解：訾，量也；相，視也。

〔一九〕〔錢注〕《宋書·蔡廓傳》：廓徵爲吏部尚書，録尚書徐羨之曰：『黄門郎以下，悉以委蔡，自此以上，故宜共參同異。』廓曰：『我不能爲徐干木署紙尾也。』遂不拜。干木，羨之小字也。選案黄紙，録尚書與吏部尚書連名，故廓云『署紙尾』也。

〔二〇〕書，錢注本作『私』，未出校，疑涉上文『私謁』而誤。〔錢注〕《宋書·王惠傳》：以蔡廓爲吏部尚書，不肯拜，乃以惠代焉。惠被召即拜。人有與書求官者，得輒聚置閣上，及去職，印封如故時。談者以廓之不拜，惠之即拜，雖事異而意同也。

〔二一〕〔補注〕《禮記·曲禮下》：『儗人必於其倫。』鄭玄注：『儗，猶比也。』

〔二二〕〔補注〕台座，指宰相之位。

〔二三〕〔錢注〕《史記·始皇紀》：二十五年，更名河曰德水。《戰國策》：名都數十。〔補注〕德水名都，指河中府，即蒲州。下『條山巨鎮』同指。

〔二四〕〔錢注〕《元和郡縣志》：河中府河東縣雷首山，一名中條山。吴均《八公山賦》：若夫神基巨鎮，卓犖荆河。

〔二五〕〔錢注〕《舊唐書·地理志》：鎮州領縣井陘，漢縣，武德元年，改爲并州。貞觀七年，廢并州屬河北道。又：代州中都督府屬河東道。〔按〕并，并州，即太原府。《新唐書·地理志》：『太原府太原郡，本并州，開元十一年爲府。』并州、代州均屬河東道，以其在河中府之北，故曰『北控并、代』，錢注并州誤。

〔二六〕〔錢注〕（周、韓）指陳許。本集《爲濮陽公陳許舉人自代狀》：臣所部乃秦、韓戰伐之鄉，周、鄭交圻之地。《漢書·地理志》：周地，柳七星、張之分野也。今之河南洛陽、穀城、平陰、偃師、鞏、緱氏，是其分也。韓地，角、亢、氐之分野也。韓分晉得南陽郡及潁川之父城、定陵、襄城、潁陽、潁陰、長社、陽翟、郟，東接汝南，西接弘農，得新安、宜陽，皆韓分也。

〔二七〕〔錢注〕《舊唐書·地理志》：河中府，隋河東郡。《史記·季布傳》：布爲河東守。孝文時，人有言其賢者，孝文召欲以爲御史大夫。復有言其勇，使酒難近。至留邸一月見罷，布因進曰：『陛下無故召臣，此人必有以臣欺陛下者。今臣至，無所受事罷去，此人必有以毀臣者。臣恐天下有識聞之，有以窺陛下也。』上默然良久，曰：『河東吾股肱郡，故特召君耳。』《新唐書·方鎮表》：朔方節度使。廣德二年，罷河中、振武節度，以所管七州隸朔方。大曆十四年，析置河中、振武、邠寧三節度。（按：錢注引《方鎮表》文字有誤，今據原書改正。）

〔二八〕〔補注〕《左傳·僖公二十八年》：『城濮之戰，晋中軍風於澤，亡大旆之左旃。』大旆，此指節度使之旌旗。

〔二九〕〔錢注〕《漢書·何武傳》：武遷揚州刺史五歲，入爲丞相。

〔三〇〕〔錢注〕《漢書·黄霸傳》：霸爲潁川太守，治爲天下第一。五鳳三年，代丙吉爲丞相。〔補注〕登庸，指選拔任用爲宰相。語本《書·堯典》：『帝曰：疇咨若時登庸。』

爲楊贊善奏請東都灑掃狀〔一〕

右，臣先臣贈太保某〔二〕，塋在河南縣界〔三〕。臣自終喪紀，便參朝倫〔四〕。三年贊道於宫廷〔五〕，千里違離於墳墓。竊惟令式，合許芟除〔六〕。追遠興情，敢希榮于陸曄〔七〕；報恩未死，寧自誓于義之〔八〕。伏乞聖慈，特從丹懇〔九〕。

校注

〔一〕本篇原載《文苑英華》卷六四四第七頁、清編《全唐文》卷七七三第八頁、《樊南文集詳注》卷二。〔徐注〕《新書·地理志》：東都，隋置，武德四年廢。貞觀六年號洛陽宫，顯慶二年曰東都，光宅元年曰神都，神龍元年復曰東都。天寶元年曰東京，上元二年罷京。肅宗元年復爲東都。〔馮注〕《舊書·志》：河南道河南府，隋大業元年，自故洛城西移十八里置新都，今都城是也。按：楊氏，如於陵贈司空、嗣復贈左僕射，皆弘農人也，與此不合。惟楊元卿於吴元濟叛時，詭辭離蔡，毁家效順，由是官於朝；至大和五年節度河陽，就加司空，改汴宋亳觀察使；大和七年，年七十，寢疾歸洛陽，詔授太子太保，卒贈司徒。子延宗，開成中爲磁州刺史，以罪誅，事詳《舊》《新書·傳》。此云『贈太保』『塋在河南縣』，必即元卿，而《傳》之『贈司徒』，或小誤也。延宗當先爲贊善，後乃刺磁。此文約爲開成四年作。〔按〕《唐故桂州員外司户滎陽鄭府君墓誌銘并叙》曾提及『故汴州節度使楊公元卿前鎮三城』，與《傳》所云合。《傳》謂『延宗開成中爲磁州刺史，坐謀逐河陽節度使以自立，爲其黨所告，臺司推鞫得實，誅之」，馮謂「先爲贊善，後乃刺磁」，固是，然謂開成四年作此狀，似稍遲。因無確證，暫依馮氏繫開成四年。

〔二〕某，《英華》作「其」（屬下句）。

〔三〕〔徐注〕《地理志》：河南府，治河南縣。

〔四〕參，《英華》作「忝」。〔徐注〕《左傳》：齊孝公卒，有齊怨，不廢喪紀，禮也。〔補注〕《禮記·文王世子》：「喪紀以服之輕重爲序，不奪人親也。」鄭玄注：「紀，猶事也。」朝倫，猶朝班。

〔五〕〔馮注〕似爲莊恪太子官屬。〔補注〕贊善大夫爲東宫官，正五品上，掌傳令，諷過失，贊禮儀，以經教授諸郡王。莊恪太子卒於開成三年十月。

〔六〕〔徐注〕《舊書·憲宗紀》：元和元年二月，詔常參官寒食拜墓，在畿内聽假日往還，他州府奏取進止。〔補注〕芟除，此指刈除墳墓上之雜草。

〔七〕曄，《全文》避玄燁諱改「煜」。〔徐注〕《晉書·陸曄傳》：蘇峻平，加衛將軍，以勳進爵爲公。咸和中，求歸鄉里拜墳墓，因以卒。

〔八〕〔徐注〕《晉書·王羲之傳》：稱病去郡，於父母墓前自誓。朝廷以其誓苦，亦不復徵之。

〔九〕從，《英華》注：一作「鑒」，集作「允」。

爲濮陽公陳情表〔一〕

臣某言：臣聞事君以忠者，所宜效死；食君之禄者，亦戒妨賢〔二〕。苟非内慊私誠，外憂官謗〔三〕，則安肯固辭武節〔四〕，强委信圭〔五〕，拒七命賜國之榮〔六〕，捨萬里封侯之策〔七〕？必知不可，安敢無言。臣某中謝。

臣因緣代業〔八〕，遭逢聖時〔九〕，竊嘗有志四方〔一〇〕，不掃一室〔一一〕。奉隨武之家事，無媿陳辭〔一二〕；纂鄧傅之門風，不傷清議〔一三〕。屬者每憂不試〔一四〕，深恥因媒〔一五〕。自薦之書，朝投象魏〔一六〕；殊常之澤，暮降芸香〔一七〕。其後契闊星霜，羈離戎旅。從軍王粲，徒感所知〔一八〕；草檄陳琳〔一九〕，亦常交辟〔二〇〕。吕元膺東京保釐之日〔二一〕，李師道天平畔换之時〔二二〕。潛入其徒，盈于留邸〔二三〕。臣此時尚持白簡〔二四〕，猶著青袍〔二五〕。元膺知臣傳劍論兵〔二六〕，本于仁信〔二七〕；佩鞬插羽〔二八〕，亦識孤虚〔二九〕。俾以發姦〔三〇〕，假之捕盜〔三一〕，幸無容刃〔三二〕，以及焚巢〔三三〕。

旋帶銀章〔三四〕，俄分竹使〔三五〕。隼旟楚峽〔三六〕，出以分憂〔三七〕；熊軾郢城〔三八〕，忽然通貴〔三九〕。豈意復踰五嶺〔四〇〕，更授再麾〔四一〕。中間叨相青宫〔四二〕，忝司緹騎〔四三〕，纔通閨籍〔四四〕，又處藩條〔四五〕。越井朝臺〔四六〕，備經艱險；貪泉湞水〔四七〕，益勵平生。是甘馬革之言〔四八〕，常懼武皮之誚〔四九〕。及聖造遠流南極〔五〇〕，許拱北辰〔五一〕，黄犢留官〔五二〕，胡牀掛柱〔五三〕，如生羽翼〔五四〕，若出嬰羅〔五五〕，誓以歸彼冗員，處之散地〔五六〕。

俄以朝那闕守〔五七〕，昆壤須人〔五八〕，一去闕庭〔五九〕，五罹寒燠。處京畿五百里之内〔六〇〕，控蕃寇數十州之多。提鼓燒烽，增埤濬洫〔六一〕。雖國家遠追上策〔六二〕，不事交争〔六三〕；然蛇豕難防〔六四〕，犬羊易縱，苟罷嚴徹警，則負約渝盟〔六五〕。臣自受命以來，爲日斯久，未嘗一日不修戰格〔六六〕，未嘗一日不數軍儲〔六七〕。使士有鬭心，人無虚額，使之偵候〔六八〕，咸亦聞知〔六九〕。尚未能率厲驍雄，揣摩鋒鏑〔七〇〕，遠收麻壘〔七一〕，直取艾亭〔七二〕。成大朝經武之威〔七三〕，畢微臣報主之分。可書竹帛〔七四〕，不辱旂常〔七五〕。

蓋以久處炎荒，備薰瘴毒〔七六〕，内摇心力，外耗筋骸。雖馬援據鞍，尚能矍鑠〔七七〕；而班超攬鏡，不覺蕭衰〔七八〕。恐無以早就大功，久當重任。自思已熟，求退爲宜〔七九〕。伏惟皇帝陛下，道冠百王，功高三代，照臨若日，覆露如天〔八〇〕。況今國不乏人，時稱多士〔八一〕，有才略在臣之右，齒髮少臣之年〔八二〕，俾代處是邦〔八三〕，遞臨斯位，以之責效，誰曰不然！俾前達後生〔八四〕，皆無蔽滯；由中及外，得以交相。成陛下適時之方〔八五〕，減微臣固寵之責〔八六〕。臣不勝祈恩懇迫之至。謹差某官某奉表以聞〔八七〕。

〔一〕本篇原載《文苑英華》卷六〇二第五頁、清編《全唐文》卷七七一第一七頁、《樊南文集詳注》卷一。〔徐箋〕此王茂元爲涇原節度求代表也。踰月而甘露之變作。《舊書·文宗紀》：大和九年，李訓、鄭注用事。是歲冬十月癸未，以前廣州節度使王茂元爲涇原節度使。『中人掎摭』之事，當在此際。而表云『一去闕庭，五罹寒暑』，蓋中人得其重賂，故能久帥涇原。其陳情當在開成四年之秋冬，去文宗之升遐無幾矣。〔馮箋〕按《舊書·職官志》：凡諸軍鎮使副使以上皆四年一替。茂元鎮涇原，至開成四年冬滿四年之期，此表亦循例也。上表後當即受代入朝。〔按〕茂元大和九年十月出鎮涇原，至開成四年十月任期已滿。此表云『一去闕庭，五罹寒暑』，係從大和九年至開成四年首尾所歷年數。表當爲開成四年十月任期已滿時所上。時已入冬，與『五罹寒燠』正合。

〔二〕〔徐注〕《説苑》：虞丘子謂楚莊王曰：『臣爲令尹，處士不升，妨羣賢路。』

〔三〕〔徐注〕《左傳》：敢辱高位，以速官謗。

〔四〕〔馮注〕《周禮》：掌節，凡邦國之使節，山國用虎節，土國用人節，澤國用龍節，皆金也，以英蕩輔之。《漢書》：元封元年詔曰：『朕將巡邊垂，擇兵振旅，躬秉武節。』《舊書·職官志》：旌以專賞，節以專殺。〔補注〕

武節，將帥憑以專制軍事之符節。非『虎節』之諱改。

〔五〕信，《英華》作『侯』，注：集作『信』。〔馮注〕《周禮》：大宗伯，以玉作六瑞，侯執信圭。注曰：信，當爲『身』，聲之誤也。〔補注〕《周禮》鄭玄注云：『身圭、躬圭，蓋皆象以人形爲瑑飾，文有麤縟耳，欲其慎行以保身。圭長皆七寸。』或謂信圭係受到天子信用之象徵，故以喻指皇帝予以委任之印信。『强委』之『委』，係『棄』義。

〔六〕〔馮注〕《周禮》：大宗伯，以九儀之命，正邦國之位。壹命受職，再命受服，三命受位，四命受器，五命賜則，六命賜官，七命賜國，八命作牧，九命作伯。

〔七〕〔馮注〕《後漢書·班超傳》：相者曰：『祭酒布衣諸生耳，而當封侯萬里之外。』後永元中，爲西域都護，封定遠侯。又：超久在絶域，年老思土，上疏曰：『臣不敢望到酒泉郡，但願生入玉門關。』

〔八〕〔徐注〕盧諶詩序：因緣運會，得蒙接事。《孔叢子》：仲尼大聖，自兹以降，世業不替也。〔補注〕因緣，憑藉。代業，世業，唐諱『世』作『代』。

〔九〕逢，《英華》注：集作『遇』。

〔一〇〕嘗，《英華》作『常』，注：集作『嘗』。〔徐注〕《左傳》：姜氏謂（晋）公子曰：『子有四方之志。』〔馮注〕《禮記》：男子生，桑弧蓬矢六，射天地四方。男子之所有事也，必先有志於其所有事。

〔一一〕〔馮注〕《後漢書·陳蕃傳》：蕃庭宇蕪穢，蕃曰：『大丈夫處世，當掃除天下，安事一室乎？』

〔一二〕〔英華原注〕《左傳》：范武子即士會，士會即隨會。至隋，始改『隨』爲『隋』。〔馮注〕《左傳》：子木問范武子之德於趙孟，對曰：『夫子之家事治，言于晋國無隱情，祝史陳信於鬼神無愧辭。』

〔一三〕纂，馮注本作『慕』。〔徐注〕《後漢書·鄧禹傳》：禹有子十三人，各使守一藝。修整閨門，教養子孫，皆可以爲後世法。顯宗即位，拜爲太傅。《晋書·山簡傳》：郭泰、許劭之倫，明清議於草埜。〔馮注〕《後漢書·鄧禹傳》：自祖、父、禹教訓子孫，皆遵法度，閨門静居。按：清議之於鄧氏，俟考。

〔一四〕〔馮注〕曹植《求自試表》：微才不試，没世無聞；禽息鳥視，終於白首。

〔一五〕〔徐注〕《説苑》：孟嘗君曰：「縷因針而入，不因針而急；嫁女因媒而成，不因媒而親。〔馮注〕《韓詩外傳》：宋玉因其友見楚襄王，襄王待之無以異，乃讓其友。友曰：『夫薑桂因地而生，不因地而辛；女因媒而嫁，不因媒而親。子之事王未耳，何怨於我？』按：此則謂耻求人薦舉也。

〔一六〕〔馮注〕《周禮》：太宰正月之吉，縣治象之法于象魏。注曰：象魏，闕也。疏曰：周公謂之象魏，雉門之外兩觀，闕高魏魏然，孔子謂之觀。

〔一七〕〔徐注〕《晋書·裴頠傳》：臣亦不敢聞殊常之詔。魚豢《魏略》：芸香辟紙魚蠹，故藏書臺曰芸臺。〔馮箋〕《新書·傳》：茂元少好學，德宗時上書自薦，擢試校書郎，改太子贊善大夫。

〔一八〕〔徐注〕王粲《從軍詩》：從軍有苦樂，但問所從誰。所從神且武，焉得久勞師？

〔一九〕草，《英華》作『掌』，注：集作『草』。〔徐注〕《典略》：陳琳字孔璋。草檄文成，以呈太祖。太祖先苦頭風，是日疾發，卧讀琳所作，翕然而起曰：「此愈我疾。」

〔二〇〕〔徐注〕《魏志》：琳被太祖辟爲丞相掾屬。〔馮注〕《魏志》：太祖以爲軍謀祭酒，管記室。按：此則茂元嘗爲書記。

〔二一〕〔徐注〕《書》：王以成周之衆，命畢公保釐東郊。箋：《舊書》：吕元膺，字景文，鄆州東平人。元和中代權德輿爲東都留守。〔馮注〕《新書·傳》：元膺署茂元防禦判官。〔補注〕保釐，治理百姓，保護扶持使之安定。

〔二二〕道，《英華》作『古』。畔，《英華》注：集作『叛』。换，《全文》作『援』，誤，據《英華》改。〔徐注〕《漢書·叙傳》：項氏畔换，黜我巴蜀。注：强恣貌。箋：師古，當作『師道』。《舊書·李正己傳》：師道，師古異母弟。師古死，其奴不發喪，潛遣使迎師道於密州而立之。元和元年十月，加檢校工部尚書，充平盧軍及淄青節度副大使，知節度事。自正己及師道，竊有鄆、曹等十二州六十年矣。《新書·方鎮表》：元和十五年，賜鄆曹濮節度使號天平軍。〔馮注〕《南史·宋武帝紀》：劉毅叛换，志肆姦暴。《玉篇》引《詩》云：無然伴换。注：伴换，猶跋扈也。按：叛、畔古通。叛逆每云叛换，其字甚多。《舊書·李正己傳》：（元和）十年，王師討蔡州。初，師道置留邸於河南府，兵諜雜以往來，吏不敢辨。因吴元濟北犯汝、鄭，郊畿多警，防禦兵盡戍伊闕。師道潛以兵數十百人内其邸，謀焚宫闕而肆殺掠。既烹牛饗衆矣，明日將出，會有小將詣留守吕元膺告變。

〔二三〕〔馮注〕《漢書·季布傳》：至，留邸。師古曰：郡國朝宿之舍在京者率名邸。《舊書·憲宗紀》：元和十年八月，淄青節度李師道陰與嵩山僧圓淨謀反，勇士數百人伏於東都進奏院，乘洛城無兵，欲竊發焚燒宫殿而肆行剽掠。小將楊進、李再興告變，留守吕元膺乃出兵圍之，賊突圍而出，入嵩岳山棚，盡擒之。訊其首，僧圓淨主謀也。僧臨刑歎曰：『誤我事，不得使洛城流血。』

〔二四〕〔徐注〕《晋書》：傅玄每有奏劾，或值日暮，捧白簡，整簪帶，坐而待旦。案《代僕射濮陽公遺表》云：『藍衫不脱，竹簡仍持。』與此同意。白簡即竹簡。《唐會要》：武德四年，詔五品以上執象笏，六品以下執竹木笏。《初學記》云：笏，手板也。〔馮注〕按徐説固是，而《初學記》引崔篆《御史箴》曰：簡上霜凝，筆端風起。又引《宋書》：顔延之爲御史中丞，何尚之與之書曰：『絳騶清路，白簡深劾。』《通典》曰：魏時御史八人，當大會殿中，簪白筆側陛而坐，以奏不法。蓋御史以糾察彈劾爲職，凡彈事日輒奉白簡以聞。此則不計品階之高下者。

〔二五〕〔徐注〕《古詩》：青袍似春草。（《遺表》所云）藍衫即青袍。杜氏《通典》：貞觀四年，令八品、九品以上服青。時茂元爲元膺防禦判官，判官例以御史充，故青袍，義山詩所謂『青袍御史』是也。〔馮注〕按《唐會要》《舊書·志》，六品、七品服緑，八品、九品服青。後以深青亂紫，改著碧青碧藍，仍相類也。

〔二六〕〔馮注〕《史記·太史公自序》：在趙者以傳劍論顯。服虔曰：世善傳劍也。蘇林曰：傳，手搏論而釋之。又：《自序孫子吴起贊》曰：非信仁廉勇，不能傳劍論兵書也。〔徐注〕《後漢書·馬援傳》：帝常言，伏波論兵與我意合。

〔二七〕〔徐注〕《孫子》：將者，智、信、仁、勇、嚴也。

〔二八〕〔馮注〕《左傳》：左執鞭弭，右屬櫜鞬。羽，箭也。〔補注〕鞬，馬上盛弓矢之具。

〔二九〕〔徐注〕《漢書・藝文志》：五行家有《風后孤虚》二十卷。《後漢書・方術傳》：孤虚之術。注曰：孤謂六甲之孤辰，若甲子旬中，戌亥無干，是爲孤也。對孤爲虚。《趙彦傳》：朝廷令宗資討泰山殘賊，彦爲資陳孤虚之法。〔馮注〕《抱朴子》：太公曰：『從孤擊虚，萬人無餘，一女子當百丈夫。』〔補注〕孤虚，古代方術用語。以十天干順次與十二地支相配爲一旬，所餘之兩地支稱爲孤，與『孤』相對者爲『虚』。古代常用以推算吉凶禍福及事之成敗。

〔三〇〕〔徐注〕《漢書・趙廣傳》：其發姦擿伏如神。

〔三一〕〔徐注〕《後漢書・劉玄傳》注：漢法，十里一亭，亭置一長，捕賊掾專捕盜賊也。

〔三二〕刃，《英華》注：集作『忍』。〔馮注〕用投刃皆虚之義，見《天台山賦》，本《莊子》庖丁遊刃有餘之語也。

〔三三〕〔徐注〕《易》：鳥焚其巢，旅人先笑後號咷。〔馮箋〕《舊書・吕元膺傳》：元膺追兵伊闕，圍留邸，半月無敢進攻。防禦判官王茂元殺一人而後進。或有毁其墉而入者。賊衆突出，轉掠郊墅，東濟伊水，望山而去。元膺誡境上兵，重購捕之。數月，官兵圍於谷中，盡獲之。

〔三四〕〔徐注〕《漢書・百官公卿表》：凡吏秩比二千石以上皆銀印青綬。注：《漢舊儀》：銀印背龜紐，其文曰章。

〔三五〕〔徐注〕《漢書・文帝紀》注：應劭曰：竹使符，皆以竹箭五枚，長五寸。鐫刻篆書第一至第五。〔馮注〕《漢書・文帝紀》：二年初，與郡守爲銅虎符，竹使符。張晏曰：符以代古之圭璋，從簡易也。師古曰：各分其半，右留京師，左以與之。

〔三六〕隼旟，見《爲安平公謝除兖海觀察使表》注〔三三〕。〔馮注〕楚峽，歸州也。《晋書・志》：秭歸，故楚子國。《舊書・志》：歸州，隋巴東郡之秭歸縣，其屬縣即古巫縣，夔子之地，巫峽在其境。本集《祭文》有『秭歸作牧』句可證。《文苑英華》有茂元作《三閭大夫屈先生祠堂銘》，中云：『元和十五年，余刺建平之再歲也。』歸州在晉爲建平郡矣。徐氏以爲峽州，誤也。茂元文止傳此篇。

〔三七〕〔徐注〕《晉書・宣帝紀》：固辭，天子曰：『此非以爲樂，乃分憂耳。』詳見《代彭陽公遺表》『惟切分憂』注。〔按〕指出任刺史之職。

〔三八〕〔徐注〕《後漢書・輿服志》：三公列侯伏熊軾黑轓。《漢書・地理志》：江夏郡竟陵郡有鄖鄉。楚鄖公邑。箋：鄖城，指郢州。〔馮注〕《舊書・志》：郢州長壽縣，漢竟陵縣地，屬江夏郡。又均州有鄖鄉縣，漢錫縣地，屬漢中郡。則此云『鄖城』，斷不指均，而當指郢矣。〔補箋〕《祭外舅贈司徒公文》：『乃乘驄馬，來臨秭歸……遷去鄖城，仍臨蔡壤。』王茂元任歸州刺史在元和十四年至長慶元年末，其移刺郢州當在長慶二年至寶曆元年。參郁賢皓《唐刺史考》。

〔三九〕〔徐注〕《南史・蕭琛傳》：近於通貴。〔馮注〕《南史・沈慶之傳》：慶之既通貴。字習見。〔補注〕通貴，通達顯貴。

〔四〇〕〔徐注〕《漢書・張耳傳》：南有五嶺之戍。注：裴氏《廣州記》云：大庾、始安、臨賀、桂陽、揭陽，是爲五嶺。〔馮注〕《史記・始皇本紀》：三十三年，發諸人遣戍。注曰：五嶺，《廣州記》云：大庾、始安、臨賀、揭陽、桂陽。《輿地志》云：一曰臺嶺，亦名塞上，今名大庾；二曰騎田；三曰都龍，四曰萌諸，五曰越嶺。《後漢書・吳祐傳》：踰越五嶺。注曰：領者，西自衡山之南，東至於海，一山之限耳。別標名則有五焉。按：都龍，或作『都龐』；萌諸，或作『萌渚』；而越嶺即始安也。餘參《爲尚書濮陽公涇原讓加兵部尚書表》『屬者出征海嶠』注。

〔四一〕再麾，見《代安平公華州賀聖躬痊復表》注〔二四〕。〔馮箋〕按《舊書・文宗紀》：大和二年四月，以邕管經略使王茂元爲容管經略使。《地理志》：邕州朗寧郡，容州普寧郡，皆屬嶺南道。二經略使，嶺南五管中之都督府也。茂元本傳略之矣。凡節度、觀察、經略等使辭日，賜雙旌雙節，見《百官志》。再麾者，即雙旌之義。或謂因移鎮故再麾，謬也。下有《爲滎陽公桂州謝上表》云『叨賜再麾』，時固初出鎮也。唐文以雙旌爲再麾者極多。二句謂踰嶺而兩爲經略。〔補箋〕《祭外舅贈司徒公文》：『容山至止，朗寧去思。』按王茂元任邕管經略使約在大和元年至二年四月，任容管經略使在大和二年四月至五年左右。

〔四二〕〔馮注〕《神異經》：東明山中有宫，青石爲牆，門有銀牓，以青石碧鏤題曰：天地長男之宫。〔補注〕此『青宫』借指太子東宫。東方屬木，於色爲青，故稱太子宫爲青宫。叨相青宫，指其爲東宫官屬。

〔四三〕〔徐注〕《環濟要略》：司隸出，從緹騎。《通典》：漢執金吾，緹騎二百人，持戟五百二十人。輿服導從，光生滿路。唐爲左右金吾衛，置大將軍一人，將軍二人副其事。〔馮注〕《周禮》注疏：緹，其色紅赤。今時五伯緹衣，古兵服之遺色。《後漢書·志》：執金吾緹騎二百人。據此，茂元爲金吾衛將軍，《紀》文不誤。《舊·傳》云『元和中爲右神策將軍』，誤矣。而東宫官有賓客、詹事、少詹事，茂元必一爲之，傳又遺之矣。〔張箋〕《補編·祭文》亦云：『既相温文，旋遷徼衛。複道親警，嚴更密隸。統臨緹騎，東都之上將今官；意氣朱旗，南嶽之諸劉昔誓。』《新書·百官志》：『太子賓客正三品，掌侍從規諫，贊相禮儀。』是茂元之罷容管，必以賓客等官内召，又除金吾將軍而後出使也。

〔四四〕〔徐注〕謝朓詩：纔通金閨籍。〔馮注〕按金閨即金門。此謂方居京職。《三輔黄圖》：漢宫門各有禁，非侍衛通籍之臣不敢妄入。《史記·魏其侯傳》：太后憎竇嬰，除嬰門籍，不得入朝請。〔補注〕《漢書·元帝紀》『令從官給事宫司馬門中者，得爲大父母父母兄弟通籍』顔師古注引應劭曰：『籍者，爲二尺竹牒，記其年紀、名字、物色，懸之宫門，案省相應，乃得入也。』

〔四五〕〔徐曰〕謂出帥嶺南。〔馮注〕《隋書·公孫景茂傳》：宜升戎秩，兼進藩條。《舊書·紀》：大和七年正月，以右金吾衛將軍王茂元爲嶺南節度使。《舊書·傳》：檢校工部尚書、嶺南節度使。在安南招懷蠻落，頗立政能。按《舊書·志》：廣州刺史充嶺南五府經略使，安南都督亦所屬也。但此『安南』字未知無誤否。

〔四六〕〔徐注〕《太平御覽》：《郡國志》曰：廣州越井崗，一云越王井，言趙佗誤墜酒杯於井，遂浮出石門，故諺曰『石門通越井』也。《明一統志》：越秀山在廣州府城内，上有越王臺故址，昔尉佗因山爲之。又有越王井，一名趙佗井，南漢劉氏號爲玉龍泉。《水經注》：尉佗舊治處，負山帶海，博敞渺目。佗因岡作臺，北面朝漢。圓基千步，直峭百尺，頂上二畝，複道迴環，朔望升拜，名曰朝臺。王象之《輿地紀勝》：朝臺在廣州番禺縣西五里。案：李涉《鷓鴣詞》云：『越岡連越井，越鳥更南飛。』即此越王井也。〔馮注〕《寰宇記》：天井岡，廣州南海縣北四里。《南越志》：天井岡下有越王井，深百餘尺，云是趙佗所鑿。諸井鹹鹵，惟此井甘泉，可以煮茶。昔有人誤墜酒杯於此井，遂流出石門，故詩云『石門通越井』。

〔四七〕〔英華原注〕《漢武帝紀》：下湞水。湞水出湞陽縣，今屬英州，改作真陽。集作『須』，非。〔徐注〕《晉書》：吴隱之爲廣州，石門有貪泉，傳云飲者貪。隱之酌而飲之，爲詩曰：『若使夷、齊飲，終當不易心。』《漢書》：樓船將軍楊僕出豫章，下湞水。師古曰：湞，音丈庚反。《水經注》：溱水南逕湞陽縣，西出湞陽峽，左則湞水注之。水出南海龍川縣西，逕湞陽縣南，右注湞水，故應劭曰『湞水西入溱』也。《元和郡縣志》：石門水一名貪泉，出廣州南海縣西三十里平地。湞水在韶州曲江縣東一里。《太平寰宇記》：曲江，漢舊縣，以湞水屈曲爲名。

〔四八〕〔馮注〕《後漢書·馬援傳》：援謂孟冀曰：『男兒要當死於邊野，以馬革裹尸還葬耳，何能卧牀上在兒女子手中邪？』冀曰：『諒爲烈士當如此矣。』

〔四九〕〔徐注〕《揚子》：羊質而虎皮，見草而悦，見狼而戰。箋：《遺表》云：『兩踰嶺嶠，四建牙旗。』是茂元官嶺南者再也。自鄖城遷者似是郡守，而下文云『中間叨相青宫，忝司緹騎』，則又自嶺南入爲京職……恐初解嶺南而還，别授儲官，史載之不詳耳。

〔五〇〕〔徐注〕《淮南子》：章亥自北極步至南極。〔補注〕聖造，聖恩。南極，南方極遠之地，此指嶺南。

〔五一〕〔補注〕《論語·爲政》：『爲政以德，譬如北辰，居其所，而衆星共（拱）之。』此謂許其供職朝廷。

〔五二〕〔徐注〕《晉書·羊祜傳》：祜兄子篇，爲鉅平侯，奉祜嗣。篇歷官清慎，有私牛於官舍産犢，及還而留之。〔馮注〕又《王遜傳》：遜遷上洛太守，私牛馬在郡生駒犢者，秩滿悉以付官。《魏略》：時苗建安中入丞相府，出爲壽春令，乘薄軬車黄牸牛，布被囊。居官歲餘，牛生一犢，及其去，留其犢，曰：『令來時本無此犢，犢是淮南所生有也。』

〔五三〕〔徐注〕《魏略》：裴潛爲兗州刺史，嘗作一胡牀，及其去也，留以掛柱。〔馮注〕程大昌《演繁露》：胡牀本自虜來，隋改名交牀，唐時又名繩牀。裴潛事，見《魏志·傳》注。

〔五四〕〔馮注〕《禮記》：羽翼奮。〔徐注〕魏文帝詩：身輕生羽翼。

〔五五〕〔徐注〕郭璞《江賦》：憋神使之嬰羅。〔馮注〕唐人每以嶺外爲險遠，故云。

〔五六〕〔馮注〕《後漢書》：蔡邕論長吏之還朝者，若器用優美，不宜處之冗散。〔徐箋〕此言解嶺南節度而歸，惟願爲冗散也。

〔五七〕〔徐注〕《漢書·地理志》：安定郡有朝那縣。應劭曰：《史記》『故戎那邑』也。案：朝那故城在今陝西平涼府城東南。唐涇州安定郡治保定縣，即今府治平涼縣，古朝那地也。

〔五八〕〔徐注〕楊惲《報孫會宗書》：安定山谷之間，昆夷舊壤。《新書·方鎮表》：大曆三年，置涇原節度使，治涇州。貞元六年，涇原節度領四鎮北庭行軍節度使。元和四年，增領行渭州。〔馮注〕《舊書·志》：涇原節度領涇、原、渭、武四州。

〔五九〕〔徐注〕潘岳《西征賦》：竊託慕于闕庭。

〔六〇〕內，《全文》作『地』，此從《英華》。〔補注〕《周禮·地官·大司徒》：『乃建王國焉，制其畿方千里而封樹之。』賈公彦疏：『王畿千里，以象日月之大，中置國城，面各五百里。』《元和郡縣圖志》卷三：『涇州東南至上都四百八十里。』

〔六一〕〔馮注〕埤，與『陴』同，城上女墻也。如《左傳》：『授兵登陴。』此與《漢書·劉向傳》『增陴爲高』之義相類而微異。〔補注〕洫，護城河。

〔六二〕追，《英華》注：集作『敦』。

〔六三〕〔徐注〕《漢書·匈奴傳》：王莽欲窮追匈奴。嚴尤諫曰：『匈奴爲害，未聞上世有必征之者也。後世三家，周、秦、漢征之，然皆未有得上策者也。周得中策，漢得下策，秦無策焉。』

〔六四〕〔徐注〕《左傳》：申包胥曰：『吴爲封豕長蛇，以薦食上國。』

〔六五〕〔徐箋〕自廣德元年涇原没于吐蕃以後，頻復頻陷。〔馮箋〕按唐與吐蕃，肅、代時已與會盟，而德宗建中四年有清水之盟，貞元三年有平涼川之盟。平涼川近涇州。是時已劫盟，渾瑊奔而免。自後使命往來，屢申盟好，而寇掠時有。《舊書·吐蕃傳》曰：雖每遣行人來修舊好，背惠食言，不顧禮義。而涇州廣德元年曾爲吐蕃所陷，自後入寇，此州每被其兵。皆詳史文。

〔六六〕曰，《英華》作『食』。〔馮注〕《舊書·張仁愿傳》：爲朔方軍總管，於河北築三受降城，不置壅門及卻敵戰格之具。或曰：『邊城禦賊之所，不爲守備，何也？』仁愿曰：『寇至當併力出戰，迴顧望城，猶須斬之，何用守備，生其退恧之心？』《通典》：笓籬戰格，於女牆上跳出三尺，用避矢石。

〔六七〕〔徐校〕日，疑當作『食』。〔徐注〕《左傳》：歸而飲至，以數軍實。〔馮注〕《吴志·周魴傳》：輂貲運糧，以爲軍儲。

〔六八〕〔馮注〕偵候，探候也。史文屢見。〔徐注〕《晋書·桓玄傳》：玄偵候還云：裕軍四塞，不知多少。

〔六九〕〔馮箋〕《舊書·吐蕃傳》：涇州之西，惟有連雲堡，每偵候賊之進退。貞元三年九月，吐蕃陷之，涇州不敢開西門，樵蘇殆絶。按：探此以見涇州偵候之要地耳。至四年三月，《通鑑》仍書『劉昌復築連雲堡』也。又《太平御覽》引《唐書》：元和中，涇原節度使段祐請城涇州西北之臨涇城。其界有青石嶺，亦連雲堡之地。

〔七〇〕摩，《英華》作『磨』。〔補注〕鋒鏑，刀刃與箭鏃。

〔七一〕〔馮注〕《初學記》：《秦州記》曰：枹罕城西有麻壘，壘中可容萬衆。

〔七二〕〔馮注〕《漢書·地理志》：天水郡豲道縣騎都尉治密艾亭。按：秦州本天水郡，時陷於吐蕃，故云。

〔七三〕〔馮注〕《左傳》：子姑整軍而經武乎？〔徐注〕《後漢書·杜篤傳》：辛氏秉義經武。〔補注〕經武，整治武備。

〔七四〕〔徐注〕《後漢書·鄧禹傳》：禹曰：『但願垂功名於竹帛耳。』〔馮注〕《吴越春秋》：樂師曰：『名可留於竹帛。』

〔七五〕〔馮注〕《周禮·春官》：司常，日月爲常，交龍爲旂。《夏官》：司勳，凡有功者，銘書於王之太常，祭於大烝，司勳詔之。

〔七六〕薰，《英華》作『熏』。〔徐注〕《番禺雜編》：嶺外二三月爲青草瘴，四五月爲黄梅瘴，六七月爲新水瘴，八九月爲黄茅瘴。〔馮注〕《太平御覽》引《郡國志》：容州瘴氣，春爲青草瘴，秋爲黄茅瘴。蓋嶺外已有瘴，至南尤多瘴癘也。茂元歷邕、容、廣州，故云。

〔七七〕〔馮注〕《後漢書·馬援傳》：援年六十二，據鞍顧盼，以示可用。帝笑曰：『矍鑠哉，是翁也！』遂遣率馬武等征五溪。

〔七八〕〔徐注〕《後漢書·班超傳》：超自以久在絶域，年老思土，上疏曰：『臣超犬馬齒殲，常恐年衰，奄忽僵仆。』超妹昭亦上書請超曰：『超年最長，今且七十，衰老被病，頭髮無黑。』《晋書·王衍傳》：在車中攬鏡自照。

〔七九〕〔徐注〕《後漢書·韋彪傳》：詔曰：中被篤疾，連上求退。

〔八〇〕〔徐注〕《晋語》：是先主覆露子也。注：露，潤也。《淮南子》：帝者覆露昭導，普施而無私。〔馮注〕《漢書·嚴助傳》：陛下垂德惠以覆露之。〔補注〕覆露，蔭庇，養育。

〔八一〕〔補注〕《書·多方》：『猷告爾有方多士，暨殷多士。』《詩·大雅·文王》：『濟濟多士，文王以寧。』多士，衆多賢士。

〔八二〕〔徐注〕《漢書》：高后令大謁者張澤報冒頓書曰：『年老氣衰，齒髮墮落。』

〔八三〕〔馮校〕上三字似有一衍。

〔八四〕〔馮校〕『俾』字重，或疑作『庶』。

〔八五〕〔徐注〕《晋書·王羲之傳》：遺謝安書曰：『豈非適時之宜邪？』

〔八六〕〔馮注〕《漢書·韓王信傳》：韓增寬和自守，保身固寵，不能有所建明。

〔八七〕某官某，《全文》作『某官』，據《英華》補。

〔蔣士銓曰〕大是卑近，存以備覽。（《忠雅堂全集·評選四六法海》卷二）

祭韓氏老姑文〔一〕

猗歟我家，世奉玄德〔二〕。讓弟受封〔三〕，勤王賜國〔四〕。名芳彝鼎〔五〕，勳盈史册。季孟國、高〔六〕，秦晉欒、郤〔七〕。恭惟柔範，載稟淵塞〔八〕。既作女師〔九〕，乃爲嬪則〔一〇〕。潁水波清〔一一〕，梁園月明〔一二〕。言旋百兩〔一三〕，且拜雙旌〔一四〕。託傒令弟〔一五〕，配國名卿。入從述職，出輔專征〔一六〕。螽斯不妬〔一七〕，鳳凰和鳴〔一八〕。此時同慶，東郡分榮〔一九〕。使者責梁〔二〇〕，公子專魏〔二一〕。帝念元昆，人思仲氏。杖節赴敵〔二二〕，斬芻盡瘁〔二三〕。無以家爲〔二四〕，或從王事〔二五〕。《禮》優内子〔二六〕，《詩》美夫人〔二七〕。冕紘瑱紞〔二八〕，山蕨澗蘋〔二九〕。子元罕見〔三〇〕，冀缺如賓〔三一〕。《緑衣》有感，翟茀仍新〔三二〕。遽歎夜川〔三三〕，遄聞晝哭〔三四〕。原阡舊署〔三五〕，孟隣斯卜〔三六〕。閒居獻壽〔三七〕，作賦之官〔三八〕。弓裘望襲〔三九〕，菽水承歡〔四〇〕。福善餘基〔四一〕，好謙舊祉。復自良人，集於之子。

爰從上蔡〔四二〕，去臨易水〔四三〕。空報登壇〔四四〕，未聞曳履〔四五〕。鼂父先歸，莫之能比〔四六〕。趙母上言，蓋不得已〔四七〕。寒暄結患〔四八〕，燥濕爲疵〔四九〕。徒虚百禄〔五〇〕，靡效三毉〔五一〕。嗚呼！壽夭所賦，彭殤不移〔五二〕。誰能了悟，孰不憂悲！何茲達識，乃克先知。同易簀以就正〔五三〕，如買棺而指期〔五四〕。苟有所累，安能及斯！

道遠轘轅〔五五〕，程遥河、洛。建旐臨塗〔五六〕，移舟就壑〔五七〕。日慘林嶺〔五八〕，風淒灌薄。積靄茫茫。行煙漠漠〔五九〕。某等誠深通舊，情協先親。始自童子，至於成人，年將二紀，恩冠六姻〔六〇〕。念升堂之如昨〔六一〕，慟幽夜之無晨〔六二〕。歌停行路，舂輟比鄰〔六三〕。雖寓辭之有所，終含酸而莫伸〔六四〕。壺清塊酎〔六五〕，俎薄羞芹〔六六〕。惟餘彤管，有美清塵〔六七〕。嗚呼尚饗〔六八〕！

〔一〕本篇原載《文苑英華》卷九九一第四頁、清編《全唐文》卷七八二第二二頁、《樊南文集詳注》卷六。《英華》題下原注：故易定韓尚書太夫人。《全文》無此注。〔馮箋〕題首當亦有『爲某』字也。細檢史書，乃知『易定韓尚書太夫人』者，韓弘弟韓充之妻，而易定節度韓威之母也。此云『勤王賜國』，疑亦代李氏之人所作。史於傳、表，皆不載充之子威，然以史文合之，則確然無疑矣。《舊書·韓弘韓充傳》：弘於貞元十五年檢校工部尚書、汴州刺史、宣武軍節度使。訖平吴元濟、誅李師道，弘乃入朝，在鎮二十餘年。充亦依兄主親兵。韓氏必婚於汴州，故『潁水』以下六句云然也。充以親逼權重，元和六年單騎走洛陽。朝廷亮其節，擢右金吾衛將軍。十五年，代姪公武爲鄜坊節度使、檢校工部尚書，所謂『入從述職，出輔專征』也。時弘以司徒、中書令兼河中尹、河中晉絳節度等使。長慶二年二月，充换義成軍、鄭滑節度使。兄弟皆秉節鉞，寵冠一時。義成治滑州，故曰『此時同慶，東郡分榮』也。是年七月，汴州軍亂，逐李愿，立都將李㝏。朝廷以充久在汴，衆心悦附，命爲宣武節度，兼統義成之師討之。梁、魏，即汴州，用信陵事切梁、魏，又切兄弟。下文接云『元昆』『仲氏』，惟思其舊績，故有此新授也。

《紀》云：八月，充發軍入汴，營于千塔。《新書·傳》謂『戰郭橋，破之』，《通鑑》云『斬首千餘級』，故有『杖節』二語。汴人素懷充，皆踴躍相賀。充密籍部伍間，得構惡者千餘人。一日下令，并父母妻子立出之，敢逡巡境內者斬，軍政大理。四年八月，暴疾卒。時充當多內寵，薄其夫人，得疾或由於好色，故『子元』以下六句云然也。《紀》書『開成三年十月，易定軍亂，不納新使李仲遷，立張璠子元益爲留後。十一月，以蔡州刺史韓威爲定州刺史、義武軍節度、北平軍等使』，與『爰從上蔡，去臨易水』合，則必充之子矣。《通鑑》云『義武節度張璠疾甚，戒其子元益舉族歸朝。及薨，軍中欲立元益，不納李仲遷，宰相欲發兵討之。上以易定地狹人貧，緩之當自生變，乃除元益代州刺史。軍中果有異議，以不便李仲遷爲辭，朝廷爲之罷仲遷。待張元益出定州，乃除韓威爲節度』。至開成五年八月，又有『易定軍亂，逐節度使陳君賞。君賞誅亂卒，軍城復安』之事，則君賞赴鎮，必更在前，而韓威之何以去易定，檢閱不得。玩『空報登壇，未聞曳履』諸句，豈威有不急承詔命之事，其母乃不得已而自上奏歟？抑有他故，乃即改除君賞歟？史皆疏漏，無可再考。又按：《舊·紀》大和八年十二月，書『以棣州刺史韓威爲安南都護』，與易定之既除韓威，而旋改授陳君賞相類。則韓威之不即赴鎮，可參觀矣。〔張箋〕此義山自祭。韓氏太夫人當是義山族姑，馮氏謂代西平家作，誤。　又云：玩文用『黿父』『趙母』故實，韓威當更有獲罪賜死事，其得罪未必因羈延赴鎮之故。考《舊·紀》九月先書『以易州刺史李仲遷爲義武軍節度使』，又云『易定軍亂，不納新使李仲遷，立張璠子元益爲留後』，則韓威赴鎮，或即討元益，因兵敗被貶死，惜史傳無可徵實也。〔張編開成四年〕（岑仲勉曰）（張箋）乃拾馮説而衍之者。馮之誤，余已辨正於《方鎮表正補》。黿父、趙母，無非表其有先見，謂韓氏姑幸止威不令赴鎮，否則早如君賞之被逐。此等隸事，不易確切，故爲斷章取義，猶之姑是女性而乃用黿父典實耳。張箋常以不可泥看爲解，此處反躬蹈其弊。（《平質》乙承訛）　又曰：馮注……謂威不赴鎮，誠得厥解。是馮於文內『黿父先歸，莫之能比；趙母上言，蓋不得已』四句，又注云『則韓威當是僞言赴鎮而乃羈延以得罪也』（吴氏《考證》襲其説），則大失厥指。蓋威不赴鎮，必上書辭謝，及朝廷不許，乃由其母上書自陳病狀，故以『黿父先歸』爲比，且言其出於不得已也。下文『何兹達識，乃克先知』，亦與稱母病相照應。由是言之，則韓威再辭不拜，朝廷乃即改除君賞，《補國史》繫其事於開成三年爲不虚（按：開成三年《通鑑考異》引《補國史》：『（張元益）全家赴闕，詔以神策軍使陳君賞爲帥。』）今《表》三年韓威後應續著君賞，四年則單著君賞刪却韓威，然後其情節乃得貫通無滯也。（《唐方鎮年表正補》）〔按〕韓氏老姑爲商隱之族姑。文首『猗歟我家，世奉玄德。讓弟受封，勤王賜國』，即指《北史·序傳》『涼武昭王李暠子翻，晋昌郡太守；翻子寶，魏太武帝時授沙州牧燉煌公；長子承，太武賜爵姑臧侯，遭父喪，承應傳先封，以自有爵，乃以本封讓弟茂，時論多之』之事。馮氏於注内雖引此，然疑此文爲李姓他人如西平者作，非也。然文又云『某等誠深通舊，情協先親』，則亦非義山一人自祭，或兼同族兄弟而致祭也。據《舊唐書·文宗紀》，韓威除易定在開成三年十一月壬申。其母由患病至去世，再至長途歸葬（『道遠轜輴，程遥河、洛。建旐臨塗，移舟就壑』），其間時日必不甚短。張氏《會箋》繫開成四年，可從。又據《册府元龜》卷一四〇《帝王部·旌表四》：『開成四年十二月，贈故易定觀察判官兼侍御史李士季給事中……士季爲易定節度張璠從事，璠卒之初，士季知留後，三軍欲立璠之子元益，士季不從，遂爲亂兵所害。至是舉褒贈之典。』士季被害後，朝廷又任命易州刺史李仲遷爲定州刺史、充義武軍節度使（時在開成三年九月壬申）。十月，『易定軍亂，不納新使李仲遷，立張璠子元益爲留後』（《舊·紀》），故十一月『壬申，以蔡州刺史韓威爲定州刺史、義武軍節度』（同上），韓威之未赴任，當因上述軍亂情事也。

〔二〕〔補注〕《詩·周頌·潛》：『猗與漆、沮，潛有多魚。』鄭玄箋：『猗與，歎美之言也。』《書·舜典》：『玄德升聞，乃命以位。』玄德，潛蓄不著於外之德性。〔馮曰〕李氏源出柱下史，故曰『世奉玄德』也。

〔三〕〔馮注〕《北史·序傳》：涼武昭王之孫寶，魏太武時授沙州牧燉煌公。長子承，太武賜爵姑臧侯。寶卒，承應傳先封，以自有爵，乃以本封讓弟茂，時論多之。『讓弟受封』，似當指此。《新書·表》，承後爲姑臧房，茂後爲燉煌房。文所序，當爲承、茂之裔。《表》於武陽、姑臧、燉煌、丹陽四房下，别標李陵之裔，魏賜姓丙氏、唐賜姓李氏一支；又標隴西李氏、後徙京兆一支，此則西平王之祖父也。《舊·傳》云：『晟代居隴右。』而先世未曾遠溯，不知亦出姑臧、燉煌否？『勤王賜國』，似指西平。然序汴州之亂，語無迴護，『季孟國、高』二語，亦與西平家世尊貴不合。勤王立功，李族不乏其人。其屬何房，無可確定。觀起句所云，必本是李氏，非以功賜姓者也。〔按〕《請盧尚書撰李氏仲姊河東裴氏夫人誌文狀》云：『昔我先君姑臧公以讓弟受封，故子孫代繼德禮，蟬聯之盛，著於史諜。』是《祭韓氏老姑文》所謂『猗歟我家，世奉玄德。讓弟受封，勤王賜國』，即指商隱先世李承『讓弟受封』事，與西平無涉。馮氏未見《補編》，故有此疑。

〔四〕〔馮注〕《左傳》：狐偃言於晉侯曰：『求諸侯莫如勤王。』〔按〕『勤王賜國』事俟考，當亦商隱先世事，而非近如西平之立功受爵者。

〔五〕〔徐注〕《禮記》：衛孔悝鼎銘：悝拜稽首曰：『對揚以辟之，勤大命施於烝彝鼎。』〔補注〕謂於彝鼎上勒文紀功，名垂後世。

〔六〕〔徐注〕季孟國、高，謂在國、高之間。《論語》：以季孟之間待之。〔補注〕國、高，國子、高子之並稱。二人均爲春秋時齊國上卿。《左傳·僖公十二年》：『管仲辭曰：「臣，賤有司也，有天子之二守國、高在。」』杜注：『國子、高子。天子所命，爲齊守臣，皆上卿也。』

〔七〕〔徐注〕秦晉欒、郤，謂與欒、郤爲匹。〔補注〕欒、郤，欒書、郤克，春秋時晉大夫，曾先後爲晉中軍元帥。

〔八〕〔徐注〕《詩》：仲氏任只，其心塞淵。《晉書·袁宏傳贊》曰：公衡冲達，秉志淵塞。〔補注〕柔範，猶閨範。淵塞，見識深遠，篤厚誠實。

〔九〕〔徐注〕宋玉《神女賦》：顧女師。善曰：古者皆有女師，教以婦德。《漢書·外戚傳》：班婕好誦《詩》及《窈窕》《德象》《女師》之篇。〔馮注〕《詩》：言告師氏。傳曰：師，女師也。

〔一〇〕〔徐注〕謝朓《哀册》：思媚諸姑，貽我嬪則。〔補注〕嬪則，爲婦之準則。

〔一一〕〔馮注〕《漢書·灌夫傳》：夫字仲孺，潁陰人也。宗族賓客爲權利，横潁川。潁川兒歌之曰：『潁水清，灌氏寧；潁水濁，灌氏族。』

〔一二〕〔徐注〕《西京雜記》：梁孝王遊於忘憂之館，集諸遊士，使各爲賦，公孫乘爲《月賦》。梁園，見《上令狐相公狀二》注〔二〇〕。

〔一三〕旋，《英華》作『從』。〔補注〕《詩・召南・鵲巢》：『之子于歸，百兩御之。』毛傳：『百兩，百乘也。諸侯之子嫁於諸侯，送御者皆百乘。』

〔一四〕〔補注〕雙旌，唐代節度使領刺史者出行時之儀仗。《新唐書・百官志四下》：『節度使掌總軍旅，顓誅殺……辭日，賜雙旌雙節。』『言旋』二句謂姑出嫁並拜見擔任節度使之韓弘。參題注引馮箋。

〔一五〕託，《英華》作『計』。注：集作『託』。〔徐注〕謝靈運詩：末路值令弟。

〔一六〕〔徐注〕《禮記・王制》：諸侯賜弓矢，然後征。《晉書・虞預傳》：疏曰：淮夷作難，召伯專征。〔按〕事詳題注引馮箋。

〔一七〕〔徐注〕《詩序》：《螽斯》，后妃子孫衆多也。言若螽斯不妬忌，則子孫衆多也。

〔一八〕〔徐注〕《左傳》：懿氏卜妻敬仲，其妻占之曰：吉。是謂鳳凰于飛，其鳴鏘鏘。

〔一九〕郡，《英華》作『都』。注：集作『群』。均誤。〔徐注〕《魏書・地形志》：東郡，秦置，治滑臺城。〔馮注〕《舊書・志》：滑州，隋東郡，武德元年改，以有古滑臺也。〔按〕事詳題注引馮箋。

〔二〇〕〔馮注〕《漢書・文三王傳》：梁王使人刺殺爰盎及他議臣十餘人，賊未得也。天子遣使冠蓋相望於道，覆按梁事。使者責二千石急，梁相軒丘豹及内史安國皆泣諫王。王乃令羊勝、公孫詭皆自殺，出之。上由此怨望於梁王。此處只取梁地，不用事實。

〔二一〕〔馮注〕《史記・魏世家》：惠王三十一年，徙治大梁。又《信陵君傳》：魏公子無忌者，魏安釐王異母弟也。安釐王二十年，秦昭王已破趙長平軍，又進兵圍邯鄲。公子姊爲趙惠文王弟平原君夫人，數遺魏王及公子書，請救於魏。魏王使將軍晉鄙救趙，留軍壁鄴。平原君使者冠蓋相屬。魏王畏秦，終不聽。公子從侯生計，殺晉鄙，將晉鄙軍擊秦，秦軍解去。公子留趙十年，秦日夜出兵東伐魏，公子趣駕歸救魏。魏王見公子泣，以上將軍印授公子，公子遂將。使使遍告諸侯，諸侯各遣將救魏。公子率五國兵破秦軍，乘勝逐至函谷關。公子威振天下。此取信陵魏王之弟，比前充爲弘弟，兼取歸魏將兵，以喻來鎮汴州，非取救趙事也。特詳引，使易辨耳。〔按〕事詳題注引馮箋。

〔二二〕〔徐注〕《晋書·宣帝紀》：諸葛亮復來挑戰，帝將出兵以應之。辛毗杖節立軍門，帝乃止。〔馮曰〕杖節臨戎，史書屢見。

〔二三〕〔徐注〕《後漢書·第五倫傳》：倫攝會稽太守。雖爲二千石，躬自斬芻養馬。〔按〕事詳題注引馮箋。芻，飼草。

〔二四〕〔馮注〕《漢書·霍去病傳》：上爲治第，令視之，對曰：『匈奴不滅，無以家爲也。』

〔二五〕〔馮注〕《易·坤卦》：或從王事，無成有終，地道也，妻道也，臣道也。

〔二六〕〔徐注〕《左傳》：趙姬以叔隗爲内子而己下之。《禮記》：卿之配曰内子，大夫之配曰孺人，曰命婦。

〔二七〕〔徐注〕《詩序》：《鵲巢》，夫人之德也。〔補注〕《詩·召南·鵲巢》：『維鵲有巢，維鳩居之。』此似以鳩佔鵲巢暗喻後婦之得寵，而正室不妬，故美之，須與前『螽斯不妬』合看。

〔二八〕〔徐注〕《魯語》：敬姜曰：王后親織玄紞，公侯之夫人加之以紘綖。《左傳》：臧哀伯諫曰：『衡紞紘綖，昭其度也。』注：衡，維持冠者；紞，冠之垂者；紘，纓從下而上者；綖，冠上覆。〔馮注〕疏曰：紞者，縣瑱之繩，垂於冠兩旁。《詩》：玉之瑱也，充耳琇瑩。傳曰：充耳謂之瑱。箋云：充耳所以縣瑱，或謂之紞紘，纓皆以結冠於人首。

〔二九〕〔徐注〕《詩序》：《草蟲》，大夫妻能以禮自防也。其詩曰：『陟彼南山，言采其蕨。』《采蘋》，大夫妻能循法度也，其詩曰：『于以采蘋，南澗之濱。』

〔三〇〕〔徐注〕《漢書·朱博傳》：博字子元，夜寢早起，妻希見其面。

〔三一〕〔徐注〕《左傳》：初，臼季使過冀，見冀缺耨，其妻饁之敬，相待如賓。

〔三二〕〔徐注〕《詩序》：《緑衣》，衛莊姜傷己也。妾上僭，夫人失位而作是詩也。《碩人》，閔莊姜也，其詩曰：『翟茀以朝。』〔補注〕翟茀，古代貴族婦女所乘之車，車簾兩邊或車厢兩旁以翟羽爲飾。

〔三三〕夜，徐注本作『逝』，非。〔馮曰〕夜川，哀輓常語。

〔三四〕〔徐注〕《禮記》：穆伯之喪，敬姜晝哭。文伯之喪，晝夜哭。孔子曰：『知禮矣！』〔按〕參題注引馮箋。

〔三五〕〔徐注〕《漢書·游俠傳》：京兆尹曹氏葬茂陵，民謂其道爲京兆阡。原涉慕之，迺買地開道立表，署曰南陽阡。人不肯從，謂之原氏阡。

〔三六〕〔徐注〕《列女傳》：孟母舍近墓。孟子之少也，嬉戲爲墓間之事，踴躍築埋。孟母曰：『此非所以居處子也。』乃去舍市旁，其子嬉戲爲賈，又曰：『此非所以居處子也。』乃舍學宫之旁。其子遊戲，乃設俎豆揖讓進退。曰：『此可以居處子矣。』長遂成大儒。

〔三七〕〔徐注〕潘岳《閑居賦序》：太夫人在堂，有羸老之疾，尚何能違膝下色養，而屑屑從斗筲之役乎？乃作《閑居》之賦曰：『稱萬壽以獻觴，咸一懼而一喜。』

〔三八〕〔馮注〕曹大家《東征賦》：惟永初之有七兮，余隨子兮東征。注曰：子穀爲陳留長，大家隨至官，作《東征賦》。

〔三九〕〔補注〕弓裘，謂父子世代相傳之事業。《禮記·學記》：『良冶之子，必學爲裘；良弓之子，必學爲箕。』高適《古樂府飛龍曲留上陳左相》：『相門留户牖，卿族嗣弓裘。』

〔四〇〕〔徐注〕《禮記》：孔子曰：『啜菽飲水盡其歡，斯謂之孝。』

〔四一〕基，《全文》作『慶』，此從《英華》。〔徐注〕《書》：天道福善禍淫。

〔四二〕〔徐注〕《舊書·地理志》：蔡州汝南郡，領上蔡縣。

〔四三〕〔馮注〕《水經》：易水出涿郡故安縣閻鄉西山。〔按〕臨易水，指任義武軍節度使。參題注引馮箋。

〔四四〕〔徐注〕《漢書·韓信傳》：蕭何曰：『王必欲拜之，擇日齋戒，設壇場，具禮，乃可。』王許之。〔補注〕登壇，指除韓威爲易定節度使。

〔四五〕〔馮注〕《漢書·鄭崇傳》：哀帝擢爲尚書僕射，數諫諍，每見，曳革履，上笑曰：『我識鄭尚書履聲。』〔補注〕未聞曳履，謂韓威未拜受任命。

〔四六〕〔馮注〕《漢書·鼂錯傳》：錯所更令三十章，諸侯讙譁。錯父從潁川來，謂錯曰：『劉氏安矣而鼂氏危，吾去公歸矣。』遂飲藥死，曰：『吾不忍見禍逮身。』

〔四七〕〔馮注〕《史記·趙奢傳》：趙王以奢子括爲將，代廉頗。其母上書言於王曰：『括不可使將，願王勿遣之。王終將之，即有不稱，妾得無隨乎？』王許諾。及括敗，王以母先言，竟不誅也。細玩語氣，似言不比在治所先歸，而乃在家上書。則韓威當是僞言赴鎮，而乃羈延以得罪也。〔按〕詳題注引岑箋。

〔四八〕患，《英華》作『恙』。

〔四九〕〔補注〕疵，小病。《素問·本病論》：『民病温疫，疵發風生。』

〔五〇〕〔徐注〕《詩》：百禄是荷。

〔五一〕〔馮注〕《列子》：楊朱之友季梁得疾，七日大漸。其子謁三醫，一曰矯氏，二曰俞氏，三曰盧氏，診其所疾。俄而季梁之疾自瘳。

〔五二〕〔馮注〕《莊子音義》：彭祖名鏗，堯臣，封於彭城。歷虞、夏至商，年七百歲。《世本》云：姓籛名鏗，年八百歲。一云周時，即老子也。殤子，短命者也，或云年十九以下爲殤。王羲之《蘭亭序》：齊彭、殤爲妄作。〔徐注〕《莊子》：莫壽乎殤子，而彭祖爲夭。

〔五三〕〔徐注〕《禮記》：曾子寢疾，病，曾元、曾申坐於足，童子曰：『華而睆，大夫之簀與？』曾子曰：『然，斯季孫之賜也，我未之能易也。元，起易簀！』曾元曰：『夫子之病革矣，不可以變。』曾子曰：『吾何求哉！吾得正而斃焉斯已矣。』舉，扶而易之，席未安而没。

〔五四〕〔馮注〕《後漢書·謝夷吾傳》：豫尅死日，如期果卒。敕其子曰：『漢末當亂，必有發掘之禍。』使懸棺下葬，墓不起墳。時博士渤海郭鳳好圖讖，先自知死期，豫令弟子市棺斂具，至其日而終。按：文用郭鳳事。以上數聯，其母當以憂而死也。《檀弓》：買棺外内易。〔按〕謂韓氏老姑有先見之明，得免死於兵亂之域易定也。參題注引岑箋。

〔五五〕〔徐注〕《左傳》：使候出諸轘轅。《初學記》：轘轅關在洛陽。

〔五六〕旐，《英華》作『兆』，誤。〔補注〕建旐，樹靈旐也。

〔五七〕〔馮注〕《莊子》：藏舟於壑，藏山於澤，謂之固矣。然而夜半有力者負之而走，昧者不知也。郭注曰：方言生死變化之不可逃，故先舉固逃之極然，然後明以必變之符。

〔五八〕〔徐曰〕林嶺，疑是『林巒』。

〔五九〕〔徐注〕謝朓詩：生煙紛漠漠。

〔六〇〕〔徐注〕《隋書》：鄭善果母謂善果曰：『今此秩俸，當須散贍六姻。』〔馮注〕《北史·序傳》：顯貴門族，榮益六姻。

〔六一〕〔馮注〕《吴志》：周瑜字公瑾。初，孫堅徙家於舒，堅子策與瑜同年，獨相友善，瑜推道南大宅以舍策，升堂拜母，有無通共。

〔六二〕〔徐注〕《文選·陸機〈挽歌〉》：大暮安可晨。注：張奂遺令曰：『地底冥冥，長無曉明。』

〔六三〕〔徐注〕《曲禮》：鄰有喪，春不相。里有殯，不巷歌。《史記·商君傳》：趙良曰：『五羖大夫死，童子不歌謡，舂者不相杵。』《漢書·孫寶傳》：寶祭竈，請比鄰。

〔六四〕〔徐注〕江淹《恨賦》：亦復含酸茹歎。

〔六五〕酎，《英華》作『酧』，注：集作『酧』。〔徐注〕《漢書》注：酎，三重釀醇酒也。

〔六六〕〔補注〕《列子·楊朱》：『昔人有美戎菽、甘枲莖芹萍子者，對鄉豪稱之。鄉豪取而嘗之，蜇於口，慘於腹。衆哂而怨之，其人大慚。』此以芹喻祭品微薄。

〔六七〕〔徐注〕《詩》：静女其孌，貽我彤管。傳曰：古有后夫人，必有女史彤管之法。史不記過，其罪殺之。事無大小，記以成法。〔補注〕彤管，古代女史記事所用之杆身朱漆之筆。此指筆。清塵，贊美韓氏老姑之清高風範。謝靈運《述祖德詩》：『苕苕歷千載，遥遥播清塵。』

〔六八〕尚饗，《英華》作『哀哉』，馮本從之。

爲渤海公謝罰俸狀〔一〕

右臣伏準御史臺牒，奉恩旨，以臣不先覺察妖賊賀蘭進興等〔二〕，宜罰兩月俸料者〔三〕。伏以霧市微妖〔四〕，潢池小寇〔五〕，有乖先覺，上黷宸聰〔六〕。昔漢以捕盗不嚴〔七〕，猶加黜削〔八〕；晋以發姦無狀，亦峻科條〔九〕。豈若皇帝陛下，恩極好生〔一〇〕，德惟宥過〔一一〕。與其漏網〔一二〕，止以罰金〔一三〕。臣與寮屬等無任戴恩宥罪屏營之至〔一四〕。

〔一〕本篇原載《文苑英華》卷六二八第五頁，清編《全唐文》卷七七二第一八頁，《樊南文集詳注》卷二。題内『渤海』二字，《英華》《全文》均誤作『濮陽』，據馮浩校箋改。〔馮箋〕舊作『濮陽』，誤，今改正。按：『濮陽』爲王茂元。考茂元由涇原入朝，似曾爲御史中丞，然在武宗已即位時，而此事乃開成四年，茂元尚在涇原，何云『不覺察』哉？且身爲中丞，又何云『準御史臺牒』哉？必非也。《舊書·紀》：開成四年閏正月，高元裕爲御史中丞。藍田縣人賀蘭進興與里内五十餘人相聚念佛，神策鎮將皆捕之。以爲謀逆，當大辟。元裕疑其冤，請出進等付臺覆問，然後行刑，從之。即此事也。史作『進』，此作『進興』，《新書·魏謩傳》亦作『進興』。《傳》曰：『元裕建言未報，謩又言獄不在有司，法有輕重，何從而知？帝詔神策軍以官兵留仗内，餘付御史臺。臺憚仇士良，不敢異，卒皆誅死。』蓋高元裕在臺既疑此事有冤，而元裕遷京尹，此案方定，故以『不先覺察』責之。所叙自明，乃誤『渤海』爲『濮陽』也，故竟改正。〔張箋〕案《文集·爲尚書渤海公舉人自代狀》云：『臣謬蒙抽擢，素乏材能。況又方營鄗、畢，肇建園陵，苟推擇之不先，則顛覆而斯在。』是元裕尹京，必在文宗將葬，七八月間……馮氏改『濮陽』爲『渤海』，謂代元裕之作，今從之。惟謂事在開成四年，恐未確，疑是開成五年元裕未爲京兆以前事。《傳》文從『爲御史中丞』叙下，乃連類而及之耳，無庸泥定也。〔按〕馮氏據《舊唐書·文宗紀》所載開成四年高元裕爲御史中丞時賀蘭進興一案，證題内『濮陽』當作『渤海』，得其實，今從之。然罰俸一事之具體時間，尚難定論。《新書·魏謩傳》：『始謩之進，李珏、楊嗣復實推引之。武宗立，謩坐二人黨，出爲汾州刺史。俄貶信州長史。』《舊書·魏謩傳》則謂：『武宗即位，李德裕用事，謩坐楊、李之黨，出爲汾州刺史。楊、李貶官，謩亦貶信州長史。』則謩之貶汾刺，似當在開成五年正月辛卯武宗既立之後，其年八月楊嗣復、李珏出爲湖南觀察使、桂管觀察使之前。而賀蘭進興一案，文宗『自臨問，詔命斬囚以徇，御史中丞高元裕建言……未報。謩上言，帝停決，詔神策軍以官兵留仗内，餘付御史臺。臺憚士良，不敢異，卒皆誅死』（《新書·魏謩傳》）。然則賀蘭進興一案之處理與謩之上言，固在開成四年十月文宗因感傷『不能全一子』而『舊疾遂增』之前，是時文宗尚能正常理事。謩亦未遷諫議大夫（詳見《通鑑》）。然狀既云『伏準御史臺牒，奉恩旨，以臣不先覺察妖賊賀蘭進興等』，則其時元裕當已離御史中丞任。《全唐文》卷七六四蕭鄴《大唐故吏部尚書贈尚書右僕射渤海高公神道碑》云：『擢拜御史中丞……議者以爲風憲振職，自元和以來，惟公爲稱首，進尚書右丞，改京兆尹。』知元裕任京兆尹前尚任尚書右丞一職。故罰俸之事亦有可能在元裕任尚書右丞之時，其時文宗或尚在位也。張箋舉《爲尚書渤海公舉人自代狀》，謂元裕尹京必在文宗將葬（開成）七八月間。然《爲渤海（疑爲『京兆』之誤）公舉人自代狀》絶非上於開成五年七八月間文宗將葬時，而係會昌六年所上（詳該狀注〔一〕按語），此不贅。故酌編本篇於開成四年。

〔二〕見注〔一〕引馮箋。

〔三〕〔補注〕俸料，唐代官員除俸禄外，又給食料、厨料等（折成錢鈔謂之料錢），二者合稱『俸料』。唐趙元一《奉天録》卷二：『泚（朱泚）以國家府庫之殷，重賞應在京城公卿家屬，皆月給俸料，以安其心。』

〔四〕〔徐注〕《後漢書·張霸傳》：霸子楷，字公超，隱居弘農山中，學者隨之，所居成市，後華陰山南遂有公超市。性好道術，能作五里霧。時關西人裴優亦能爲三里霧，自以不如楷，從學之，楷避不肯見。桓帝即位，優遂行霧作賊，事覺，被考，引楷，言從學術，楷坐繫廷尉詔獄。

〔五〕〔馮注〕《漢書·循吏傳》：宣帝以龔遂爲渤海太守，謂遂曰：『君欲何以息其盜賊？』遂對曰：『海濱遐遠，不霑聖化，其民困於飢寒而吏不恤，故使陛下赤子盜弄陛下之兵於潢池中耳。』〔補注〕潢池，池塘。

〔六〕〔馮注〕二句指疑有冤而奏請也，必元裕何疑。

〔七〕捕，《英華》注：集作『逋』。

〔八〕〔馮注〕《漢書·元后傳》：王賀字翁孺，爲武帝繡衣御史，逐捕魏郡羣盜堅盧等黨與，翁孺皆縱不誅，以奉使不稱免。歎曰：『吾聞活千人有封子孫，吾所活者萬餘人，後世其興乎？』〔徐注〕《漢書·酷吏傳》：作沈命法曰：羣盜起不發覺，發覺而弗捕，滿品者二千石以下至小吏主者皆死。

〔九〕〔徐曰〕未詳。《漢書·丙吉傳》：召東曹案邊長吏瑣科條其人。〔馮曰〕晉事，檢之《刑法志》，未有符者，俟再考。〔補注〕發姦，揭發壞人壞事。《韓非子·制分》：『發姦之密，告過者免罪受賞，失姦者必誅連刑。』峻科條，猶云處以嚴刑峻法，科條指法律條文。徐注引《漢書·丙吉傳》之『科條』指分類整理成條款、綱目，非其義。晉事未詳。

〔一〇〕〔補注〕《書·大禹謨》：『好生之德，洽于民心。』

〔一一〕德，《英華》注：集作『仁』。〔補注〕《書·大禹謨》：『皋陶曰：帝德罔愆，臨下以簡，御衆以寬，罰弗及嗣，賞延於世。宥過無大，刑故無小。』

〔一二〕〔馮注〕《漢書·酷吏傳》：號爲網漏吞舟之魚。《老子》：天網恢恢，疏而不漏。

〔一三〕〔徐注〕《漢書·張釋之傳》：釋之奏當此人犯蹕，當罰金。

〔一四〕〔馮注〕寮屬，當謂在臺時之寮屬。

爲濮陽公上華州陳相公狀〔一〕

伏蒙榮賜手筆〔二〕。某揣摩莫效〔三〕，耽玩無聞〔四〕。不過功曹，平生素分〔五〕；顧爲小相，曩昔殊榮〔六〕。而幸遇清朝〔七〕，遂階貴仕〔八〕。玉門關外，何成異域之功〔九〕；灞水亭邊，徒有舊時之號〔一〇〕。此皆頃在邊上日〔一一〕，相公方調殷鼎〔一二〕，正運漢籌〔一三〕，不復軍租〔一四〕，仍寬虜級〔一五〕，已得入叨九扈，克罷再麾〔一六〕。恩顧未酬〔一七〕，音徽仍繼。禮踰名品〔一八〕，事越等倫。望星宿于三台〔一九〕，背惟浹汗〔二〇〕；感《春秋》之一字〔二一〕，心不容銘〔二二〕。仰望旌門〔二三〕，恨無羽翼〔二四〕。下情云云。

〔一〕本篇原載清編《全唐文》卷七七三第一四頁、《樊南文集補編》卷二。〔錢箋〕（華州陳相公）陳夷行也。《舊唐書》本傳：開成二年四月，同平章事。四年九月，出爲華州刺史。《新唐書·地理志》：華州屬關内道。〔按〕《舊唐書·文宗紀》：開成五年七月制：檢校禮部尚書、華州刺史陳夷行復爲中書侍郎同平章事。則此狀應上於開成五年七月陳夷行由華州入相前。又狀稱『已得入叨九扈，克罷再麾』，則當上於茂元已罷涇原，入朝爲司農卿之後。按茂元入朝在開成五年正月辛巳（初四）文宗卒後（詳注〔一六〕）。故此狀應上於開成五年正月至七月間。

〔二〕〔錢注〕《後漢書·趙壹傳》：仁君忽一匹夫，於德何損？而遠辱手筆，追路相尋，誠足愧也。〔補注〕手筆，指書信。

〔三〕〔錢注〕《戰國策》：蘇秦夜發書陳篋數十，得太公《陰符》之謀，伏而讀之，簡練以爲揣摩。《補注》揣摩，揣度對方，以相比合，係戰國時策士之游説術。

〔四〕〔錢注〕《晋書·皇甫謐傳》：謐躭玩典籍，忘寢與食，時人謂之『書淫』。

〔五〕〔錢注〕《後漢書·馬武傳》：帝與諸侯功臣讌語，從容言曰：『諸卿不遭際會，自度爵禄何所至乎？』高密侯鄧禹先對曰：『臣少嘗學問，可郡文學博士。』帝曰：『卿鄧氏子，志行修整，何爲不掾功曹？』〔補注〕素分，本分。

〔六〕〔補注〕《論語·先進》：『宗廟之事，如會同，端章甫，願爲小相焉。』小相，儐相，諸侯祭祀、盟會時之司儀官。

〔七〕〔錢注〕《後漢書·史弼傳》：使臣得於清朝，明言其失。

〔八〕〔補注〕《左傳·僖公二十三年》：『夫有大功而無貴仕，其人能靖者與有幾？』杜預注：『貴仕，貴位。』

〔九〕〔錢注〕《後漢書·班超傳》：超嘗投筆嘆曰：『大丈夫無它志略，猶當效傅介子、張騫，立功異域，以取封侯，安能久事筆硯間乎？』後封定遠侯。超久居絶域，年老思土，上疏曰：『臣不敢望到酒泉郡，但願生入玉門關。』〔補注〕此言未能如班超之立功異域，收復陷没于吐蕃之河西、隴右地區。

〔一〇〕〔錢注〕《史記·李將軍傳》：廣家居數歲，嘗夜從一騎出，還至霸陵亭。霸陵尉醉，呵止廣，廣騎曰：『故李將軍。』尉曰：『今將軍尚不得夜行，何乃故也！』《漢書·地理志》：霸水出藍田谷入渭。〔補注〕此謂已投閒賦散。

〔一一〕〔錢注〕〔邊上〕謂涇原。

〔一二〕〔錢注〕《史記·殷本紀》：阿衡（伊尹）欲干湯而無由，乃爲有莘氏媵臣，負鼎俎，以滋味説湯，至於王道。〔補注〕《韓詩外傳》卷七：『伊尹，故有莘氏僮也。負鼎操俎調五味，而立爲相，其遇湯也。』調鼎，調和鼎鼐，喻指任宰相。

〔一三〕〔錢注〕《史記·留侯世家》：高帝曰：『運籌策帷帳中，決勝千里外，子房功也。』

〔一四〕〔錢校〕復，疑當作『擾』。〔錢注〕《史記·馮唐傳》：唐曰：『臣大父言，李牧爲趙將居邊，軍市之租皆自用饗士，賞賜決於外，不從中擾也。』〔按〕復，償還。不復軍租，似指不要求償還所欠軍租。

〔一五〕〔錢注〕《史記·馮唐傳》：『今臣竊聞魏尚爲雲中守，其軍市租盡以饗士卒，私養錢。且尚坐上功首虜差六級，陛下之吏，削其爵。由此言之，雖得廉頗、李牧，弗能用也。』〔按〕謂寬限其應斬獲之戎虜首級。

〔一六〕〔錢注〕謂涇原罷鎮入朝爲司農卿。本集馮氏曰：凡節度、觀察、經略等使，辭日賜雙旌雙節，見《百官志》。『再麾』，即雙旌之義。〔補注〕《左傳·昭公十七年》：『九扈爲九農正。』杜預注：『扈有九種也……以九扈爲九農之號，各隨其宜以教民事。』九扈，傳爲少皡時主管農事之官名，故用以借指司農卿。王茂元自涇原入朝爲司農卿，在開成五年正月辛巳（初四）文宗卒後。《爲濮陽公陳許謝上表》云：『旋屬皇帝陛下，荆枝協慶，棣萼傳輝。臣得先巾墨車，入拜丹陛。』《祭外舅贈司徒公文》云：『排闥無及，持符載泣。荷紫泥之降數，馳墨車而來急。』《爲外姑祭張氏女文》云：『及登農揆，去赴天朝。』均可證。

〔一七〕〔錢注〕《南齊書·劉瓛傳》：有乖恩顧。

〔一八〕〔錢注〕《宋書·范泰傳》：既可以甄其名品。〔補注〕名品，名位品級。

〔一九〕〔錢注〕《晉書·天文志》：三台六星，三公之位也。在人曰三公，在天曰三台。

〔二〇〕〔錢注〕《史記·陳丞相世家》：文帝問右丞相周勃曰：『天下一歲決獄幾何？』勃謝曰：『不知。』問：『天下一歲錢穀出入幾何？』勃又謝不知，汗出沾背，愧不能對。

〔二一〕〔錢注〕《穀梁傳集解序》：一字之褒，寵踰華衮之贈。〔補注〕杜預《春秋經傳集解序》謂《春秋》『以一字爲褒貶』。

〔二二〕〔錢注〕《吴志·周魴傳》：銘心立報，永矣無貳。

〔二三〕〔補注〕《周禮·天官·掌舍》：『爲帷宫，設旌門。』賈公彦疏：『食息之時，則張帷爲宫，樹立旌旗以表門。』

〔二四〕〔錢注〕徐淑《答夫詩》：恨無兮羽翼，高飛兮相追。

爲濮陽公上淮南李相公狀一〔一〕

某初到京即附狀，伏計上達。某幼嘗困學〔二〕，晚亦獻書〔三〕。自履宦途〔四〕，常依德宇〔五〕。果蒙陶冶〔六〕，遂至顯榮。無陸賈籍甚之名〔七〕，遂王華富貴之願〔八〕。然實脂膏不潤〔九〕，冰蘗居懷〔一〇〕。頃在藩方，常憂典憲〔一一〕。請田五輩，遠戒于貪夫〔一二〕；投香一斤，近追于廉士〔一三〕。及移邊鄙〔一四〕，屢易星霜。魏尚莫計于收租〔一五〕，李牧不聞于捕虜〔一六〕。獲修覲禮〔一七〕，復忝卿曹〔一八〕。位重大農〔一九〕，榮兼右揆〔二〇〕。當金穀之任〔二一〕，爲后稷之官〔二二〕。供億既切于堯厨〔二三〕，主掌實關于周庾〔二四〕。諒非巧宦〔二五〕，亦異當仁〔二六〕。相公顧遇特深，音徽遠降〔二七〕，存十年之長〔二八〕，垂一字以褒〔二九〕。雖蕭何之自下周昌〔三〇〕，曾難比數；仲尼之兄事子産〔三一〕，莫可等夷。捧緘悸魂〔三二〕，伸紙流汗〔三三〕。方縈職署〔三四〕，獨曠門墻。仰望恩輝〔三五〕，伏馳魂夢。

〔一〕本篇原載清編《全唐文》卷七七三第九頁、《樊南文集補編》卷二。題内『濮陽』，《全文》作『汝南』，據錢校改。〔錢箋〕『汝南』，疑當作『濮陽』，下三狀同。此下，《上淮南李相公狀》凡三首，第三狀有『元和六年』之語，既指李吉甫而言，則相公自屬德裕。即第二狀云『恩詔榮徵』，亦與武宗初立徵召德裕相符，其爲贊皇已無疑義。惟標題『汝南』，則文爲周墀而作。首篇云『位重大農，榮兼右揆』，似爲墀判度支時語。然事在大中元年，時德裕已分司東都，與節度淮南之時，中隔武宗一朝，年不相及，其可疑者一也。且『大農』乃司農卿，而非度支，『右揆』乃僕射之稱，亦非周墀所歷之官，其可疑者二也。又『及移邊鄙』等語，當與西戎接壤，而墀刺華之後，旋移鄂岳、江西、鄭滑三鎮，地不相接，其可疑者三也。竊謂『汝南』乃『濮陽』之譌。第一狀，當爲王茂元由涇原入朝時作。據《外舅司徒公文》云『鄙卿曹之四至』，與『復忝卿曹』之語合；『農官望集』，與『位重大農』之語合；『省揆名在』，與『榮兼右揆』之語合。由此推之，則所云『及移邊鄙』者，乃其節度涇原也。又前云『晚亦獻書』者，乃其上書自薦也。蓋茂元入朝，爲文宗初崩時事，時德裕尚鎮淮南。及德裕由淮南入相，則茂元已出鎮陳許，故第二狀云『叨忝圭符』，第三狀云『伏限守藩，中外相左，無緣接晤』。此茂元與德裕修書通問之由，而屬之汝南，終難强合者也。再後《爲汝南公與蘄州李郎中狀》云『罷護六戎，歸塵九署』，似即茂元之罷鎮涇原，入爲農卿。又云『時逼園陵』，即武宗初立，召爲將作監事，而與周墀事迹亦不相合，是『汝南』仍當爲『濮陽』之譌。惟連改四題，近於武斷，故詳列其説以質知者。《舊唐書·地理志》：淮南節度使，治揚州，管揚、楚、滁、和、舒、壽、廬等州，使親王領之。〔張箋〕考茂元之出鎮陳許，事在會昌元年，時德裕正位台席久矣，安得復云『淮南相公』，第二狀（『叨忝圭符』）特指其從前歇歷而言。第三狀則謂方在京服官，無由迎謁耳。錢説似小誤。〔按〕錢氏箋『相公』爲德裕，詳辨『汝南』乃『濮陽』之譌，考辨精確。然謂第二狀爲德裕已由淮南入相、茂元已出鎮陳許時所上則非，且在引證狀文時改第三狀『伏限守官，莫由迎謁』之原文爲『伏限守藩，中外相左，無緣接晤』，以就其茂元時已出鎮陳許之説，尤屬訛謬。張箋謂第二狀『叨忝圭符』指茂元從前歇歷，第三狀謂方在京服官，無由迎謁，亦確。惟謂茂元出鎮陳許在會昌元年，則誤，詳《爲濮陽公陳許謝上表》注〔一〕。本狀當上於開成五年正月文宗逝世，武宗繼立，召茂元入朝任職之後，同年七月召李德裕自淮南入朝之前。德裕入相月份，商隱《太尉衛公會昌一品集序》謂『四月某日入覲』，張氏《會箋》從之。《舊書·李德裕傳》則謂『武宗即位，七月召德裕於淮南，九月授門下侍郎、同平章事』，《通鑑》更具體記載爲『九月甲戌朔，至京師；丁丑，以德裕爲門下侍郎、同平章事。』岑仲勉、傅璇琮則力辨德裕入相當以史書爲可信（岑説詳見《玉谿生年譜會箋平質》乙《李德裕入相月》條，傅説詳見《李德裕年譜》）。狀首云『某初到京即附狀，伏計上達』，則上此狀時離『初到京』已有一段時日。且茂元『初到京即附狀』上德裕後，德裕又有狀回復（『音徽遠降』『捧緘』）。故此狀之寫作時間，約當開成五年春夏間。

〔二〕〔補注〕《論語·季氏》：『生而知之者，上也；學而知之者，次也；困而學之，又其次也；困而不學，民斯爲下矣。』

〔三〕獻書，見《爲尚書濮陽公涇原讓加兵部尚書表》注〔二一〕、〔二二〕。

〔四〕〔錢注〕《梁書·伏挺傳》：常以其父宦途不至，深怨朝廷。

〔五〕〔錢注〕《國語》：今君之德宇，何不寬裕也。〔補注〕德宇，有德者之屋宇，喻蔭庇。

〔六〕〔錢注〕《抱朴子》：陶冶庶類。

〔七〕〔錢注〕《史記·陸賈傳》：游漢廷公卿間，名聲籍甚。〔補注〕籍甚，盛大，言聲名得所藉而益甚。

〔八〕見《爲濮陽公附送官告中使回狀》注〔一二〕。

〔九〕〔錢注〕《後漢書·孔奮傳》：奮守姑臧長，力行清潔，或以爲身處脂膏，不能以自潤，徒益苦辛耳。

〔一〇〕〔補注〕冰蘗居懷，喻寒苦自守。屢見。劉言史《初下東周贈孟郊》：『素堅冰蘗心，潔持保賢貞。』

〔一一〕〔錢注〕《後漢書·應劭傳》：典憲焚燎。〔補注〕典憲，法典、法令。此謂常憂觸犯典章法令。

〔一二〕〔錢注〕《史記·王翦傳》：翦將兵六十萬人，始皇自送至灞上。翦行，請美田宅園池甚衆。既至關，使使還請善田者五輩。賈誼《鵩鳥賦》：貪夫殉財兮。〔補注〕五輩，五批、五次。

〔一三〕〔錢注〕《晉書·吴隱之傳》：後至自番禺，其妻劉氏齎沈香一斤。隱之見之，遂投於湖亭之水。〔按〕以上數句，言其在嶺南任節鎮期間清廉自守。

〔一四〕〔補注〕《左傳·襄公四年》：『邊鄙不聳，民狎其野，穡人成功。』移邊鄙，此指移鎮涇原。

〔一五〕〔錢注〕《史記·馮唐傳》：唐曰：『臣大父言，李牧爲趙將居邊，軍市之租皆自用饗士，賞賜決於外，不從中擾也。今臣竊聞魏尚爲雲中守，其軍市租盡以饗士卒，私養錢。且尚坐上功首虜差六級，陛下下之吏，削其爵。由此言之，雖得廉頗、李牧，弗能用也。』

〔一六〕〔錢注〕《史記·李牧傳》：牧常居代、雁門，備匈奴，爲約曰：『匈奴即入盜，急入收保，有敢捕虜者斬。』

〔一七〕〔補注〕《儀禮·覲禮》：『覲禮第十。』賈公彦疏：『鄭《目録》云：覲，見也。諸侯秋見天子之禮。』獲修覲禮，此指文宗逝世、武宗繼立後將茂元自涇原徵召入朝，即《爲濮陽公陳許謝上表》『旋屬皇帝陛下，荆枝協慶，棣萼傳輝，臣得先巾墨車，入拜丹陛」之謂。

〔一八〕〔錢注〕《通典》：漢以太常、光禄勳、衛尉、太僕、廷尉、大鴻臚、宗正、大司農、少府謂之九寺大卿。後漢九卿而分屬三司，多進爲三公，各有署曹掾吏，隨事爲員。〔補注〕復忝卿曹，指茂元入朝爲司農卿之事。參注〔一九〕。

〔一九〕〔錢注〕《舊唐書·職官志》：司農寺卿一員，從三品上。〔補注〕大農，即大司農。九卿之一，北齊時稱司農寺卿，隋、唐同。《史記·平準書》：『桑弘羊爲治粟都尉，領大農。』

〔二〇〕〔錢注〕《舊唐書·職官志》：尚書省左、右僕射各一員，從二品。〔補注〕商隱《爲外姑祭張氏女文》云：『及登農揆，去赴天朝。』《祭外舅贈司徒公文》云：『省揆名在，農官望集。』與此狀之『位重大農，榮兼右揆』同指茂元自涇原入朝後任司農卿，加檢校右僕射。揆指宰相之職位，右揆，指右僕射。農揆，謂司農卿兼右僕射。省揆，謂尚書省右僕射，因係檢校官，故云『名在』『榮兼』。

〔二一〕〔錢注〕揚雄《大司農箴》：時惟大農，爰司金穀。

〔二二〕〔補注〕后稷，古代農官。《書·舜典》：『帝曰：棄，黎民阻飢，汝后稷，播時百穀。』

〔二三〕〔錢注〕《帝王世紀》：堯時厨中自生肉脯，薄如翣，摇則風生，使食物寒而不臭，名曰翣脯。〔補注〕《左傳·隱公十一年》：『寡人唯是一二父兄，不能共（供）億。』供，給；億，安。供億，猶供給。堯厨，猶御厨。

〔二四〕〔錢注〕庾信《哀江南賦》：『我之掌庾承周，以世功而爲族。』〔補注〕《周禮·考工記·陶人》：『庾實二觳，厚半寸，脣寸。』孫貽讓正義注引戴震曰：『量之數，斗二升曰觳，十斗曰斛，二斗四升曰庾。』此處『庾』泛指糧庫。《周禮》有庾人，掌管倉儲。《新唐書·百官志》：司農寺，卿一人，從三品。掌倉儲委積之事。凡京都百司官吏禄廩、朝會、祭祀所須，皆供焉。

〔二五〕〔錢注〕《史記·汲黯傳》：黯姑姊子司馬安，文深巧善宦，官四至九卿。

〔二六〕〔補注〕《論語·衛靈公》：『當仁不讓於師。』

〔二七〕〔錢注〕陸機《演連珠》：乘風載響，則音徽自遠。〔補注〕音徽，美稱對方書信。
〔二八〕〔補注〕《禮記·曲禮上》：『十年以長，則兄事之。』按：茂元年長德裕十二歲。
〔二九〕〔錢注〕《穀梁傳集解序》：一字之褒，寵踰華衮之贈。
〔三〇〕〔錢注〕《史記·周昌傳》：昌爲人彊力，敢直諫，自蕭、曹等皆卑下之。
〔三一〕〔錢注〕《家語》：孔子曰：『夫子産於民爲惠主，於學爲博物，吾以兄事之，而加愛敬。』
〔三二〕〔錢注〕緘，束篋也。《水經注》：窺深悸魂。〔補注〕緘，此指書信。
〔三三〕〔錢注〕吴質《答東阿王書》：發函伸紙。
〔三四〕〔錢注〕《後漢書·楊震傳》：而今枝葉賓客，布列職署。
〔三五〕〔錢注〕江淹《爲建平王謝賜石硯書》：空貢恩輝。

爲濮陽公與蘄州李郎中狀〔一〕

某本無宦業〔二〕，過沐朝恩。罷護六戎〔三〕，歸塵九署〔四〕。以任兼金穀〔五〕，時逼園陵〔六〕，有愧交親〔七〕，未遑簡問〔八〕。解攜稍久〔九〕，諸趣如何？山公醉時〔一〇〕，謝守吟罷〔一一〕，茗芽含露〔一二〕，鼯簟迎風〔一三〕。遠想音容，杳動心素〔一四〕。惟珍重珍重〔一五〕！

〔一〕本篇原載清編《全唐文》卷七七三第一二頁、《樊南文集補編》卷二。題内『濮陽』二字，《全文》作『汝南』，據錢校改。詳見《爲濮陽公上淮南李相公狀一》注〔一〕。〔錢箋〕《新唐書·地理志》：蘄州，屬淮南道。《舊唐書·職官志》：尚書左右諸司郎中，第五品上階。李郎中，未詳。〔岑仲勉曰〕《唐詩紀事》四七，李播登元和進士第，以郎中典蘄州。《廣記》二六一，唐郎中李播典蘄州。又《劉夢得文集》二八有《送蘄州李郎中赴任》詩。余嘗薈合數證，謂播初典蘄應在會昌二已前（參《方鎮表正補》荆南盧弘宣）；今參此文，又知開成五年播已出守，與余前説合。此李郎中即播，更無疑矣。《樊川集》九《進士龔軺誌》：『會昌五年十二月，某自秋浦守桐廬，路由錢塘——時刺史趙郡李播曰。』同集一〇《杭州南亭子記》：『趙郡李子烈播，立朝名人也，自尚書比部郎中出爲錢塘。』知播系出趙郡，字子烈。惟比中是典蘄已前所官，抑典蘄後又入爲比中，無可確考矣。（《平質》已缺證《蘄州李郎中》條）〔按〕朱金城《白居易年譜》謂白氏《送蘄春李十九使君赴郡》之『蘄州李十九使君』即李播，繫此詩於開成三年，瞿蜕園《劉禹錫集箋證》亦繫其《送蘄州李郎中赴任》於同時。郁賢皓《唐刺史考》謂李播開成三年春至五年在蘄州刺史任。本篇有『任兼金穀，時逼園陵』語，『任兼金穀』指爲司農卿；『時逼園陵』，錢氏謂指『武宗初立，召爲將作監事』，聯繫《爲濮陽公上淮南李相公狀二》『況今時逼藏弓』之語，當均指開成五年八月壬戌文宗葬章陵之事。故此狀當上於此前不久。又狀有『𧸘簟迎風』語，雖書信套語，亦可揣知其時天氣尚熱。約開成五年七月間作。

〔二〕〔錢注〕馬融《長笛賦》：宦夫樂其業。〔補注〕宦業，猶政績。

〔三〕〔補注〕六戎，泛指西北邊地少數民族，參見《爲濮陽公附送官告中使回狀》注〔二四〕。護，監視。罷護六戎，指罷涇原節度使所擔負之監視西北邊地少數民族之職事。

〔四〕〔補注〕九署，即九卿之署。據《新唐書・百官志》：唐内府設太常寺、光禄寺、衛尉寺、宗正寺、太僕寺、大理寺、鴻臚寺、司農寺、太府寺，寺各有卿一人。茂元入朝後任司農卿。塵，污，謙稱任職。

〔五〕任兼金穀，指司農寺之職事，見《爲濮陽公上淮南李相公狀一》注〔一一〕。

〔六〕〔補注〕園陵，帝王墓地。時逼園陵，指文宗葬章陵之時間已逼近。據《新唐書・文宗紀》：開成五年八月，『壬戌，葬元聖昭獻孝皇帝于章陵。』又《王茂元傳》：『召爲將作監。』將作監掌土木工匠之政。

〔七〕〔錢注〕《荀子》：交親而不比。〔補注〕交親，親戚朋友、親朋故舊。

〔八〕〔補注〕簡問，通書信。

〔九〕〔錢注〕陸機《赴洛詩》：拊膺解攜手。〔補注〕解攜，分手。

〔一〇〕〔錢注〕《晋書・山濤傳》：濤飲酒至八斗方醉。〔補注〕《世説新語・任誕》：『山季倫爲荆州，時出酣暢，人爲之歌曰：「山公時一醉，徑造高陽池。日莫倒載歸，茗艼無所知。復能乘駿馬，倒著白接籬。舉手問葛彊，何如并州兒？」』

〔一一〕〔錢注〕《宋書・謝靈運傳》：靈運出爲永嘉太守，郡有名山水，所至輒爲詩詠，以致其意。

〔一二〕〔錢注〕陸羽《顧渚山記》：王智深《宋録》曰：豫章王子尚，訪曇濟道人于八公山，道人設茶茗，子尚味之曰：『此甘露也，何言茶茗？』〔補注〕《新唐書・地理志》：蘄州蘄春郡，土貢：白紵、簟、鹿毛筆、茶、白花蛇、烏蛇脯。劉禹錫《送蘄州李郎中赴任》有『薤葉照人呈夏簟，松花滿盌試新茶』之句，可證蘄州産茶。茗芽，指茶芽。含露，狀新采製之茶似猶含露之清香。

〔一三〕〔錢注〕白居易詩注：蘄州出䪥葉簟。〔按〕白居易《寄李蘄州》有句云：『簟冷秋生薤葉中。』自注：『蘄州出好笛及薤葉簟。』䪥，同『薤』。

〔一四〕〔補注〕心素，亦作『心愫』，即心意、心願。王羲之《雜帖》：『足下不返，重遣信往問，願知心素。』

〔一五〕〔馮注〕王僧孺《與何炯書》：離别珍重。

爲侍郎汝南公華州謝加階狀〔一〕

右臣伏奉今月某日制書，加賜臣階朝散大夫者〔二〕。榮從日下〔三〕，恩自天中〔四〕。臣聞周室設官，實重大夫之號〔五〕；漢臣異禮，則加朝請之名〔六〕。若臣者辨乏談天〔七〕，文非擲地〔八〕。貪叨華顯，綿歷光陰。當陛下御極之初，分陛下憂人之寄〔九〕。金章紫綬，已塵求瘼之榮〔一〇〕，崇級清階〔一一〕，更切昇高之望〔一二〕。循揣斯久〔一三〕，怔忪莫寧〔一四〕。惟當勤奉詔條，所希矗賾官謗〔一五〕。誠深感勵，情切違離。犬戀主而空深〔一六〕，蚊負山而何力〔一七〕。無任感恩望闕結戀屏營之至。

〔一〕本篇原載《文苑英華》卷六二八第四頁，清編《全唐文》卷七七二第一四頁、《樊南文集詳注》卷二。〔徐注〕《新書·百官志》：其辨貴賤、叙勞能則有品有爵有勳有階，以時考覈而升降之，所以任羣材、治百事。〔馮注〕按《舊書·志》：華爲上州，刺史從三品。朝請大夫從第五品上階，朝散大夫從第五品下階。唐制，職與階不齊，詳《代彭陽公遺表》注〔四三〕。《舊書·周墀傳》：墀字德升，汝南人，長慶二年擢進士第，開成四年拜中書舍人。武宗即位，出爲華州刺史、鎮國軍潼關防禦等使。後至大中時，封汝南男。《新書·傳》：武宗即位，以疾改工部侍郎，出爲華州刺史。按《舊書·紀》《陳夷行傳》：開成五年七月，以檢校禮部尚書華州刺史召入，復同平章事。則周墀代陳刺華，亦在此際也。〔按〕馮譜繫開成五年，張箋改繫會昌元年。馮譜是。周墀出守華州，在開成五年七月陳夷行自華州召入之時，狀云：『當陛下御極之初，分陛下憂人之寄。金章紫綬，已塵求瘼之榮；崇級清階，更切昇高之望。』由『御極之初』出鎮華州至加階，一氣敘下，玩其語氣，加階事仍在武宗即位之當年。周墀開成五年三月十三日改工部侍郎知制誥（據丁居晦《重修承旨學士壁記》），故稱『侍郎汝南公』。其後開成五年十月作《獻華州周大夫十三丈啓》題稱『大夫』，即本狀謝加階之『朝散大夫』，可證本狀當作於開成五年十月之前，離七月赴華州任時不遠。兹編開成五年秋。

〔二〕〔徐注〕《百官志》：朝請大夫從五品上，朝散大夫從五品下。

〔三〕〔徐注〕《晉書》：陸雲與荀隱素未相識，嘗會張華座，雲抗手曰：『雲間陸士龍。』隱曰：『日下荀鳴鶴。』鳴鶴，隱字。〔補注〕古以帝王比日，故稱帝王所在之京都爲日下。『日下』事又見《世説新語·排調》。

〔四〕〔補注〕天中，天之中央。《晉書·天文志》：『北斗七星在太微北，七政之樞機，陰陽之元本也。故運乎天中，而臨制四方，以建四時，而均五行也。』此與『日下』同指京都、朝廷。

〔五〕〔徐注〕《詩》：三事大夫。〔補注〕周代在國君之下有卿、大夫、士三等，各等又分上、中、下三級。

〔六〕請，《英華》作『散』，注：集作『請』。〔馮注〕《漢書·成帝紀》：宗室朝請。注曰：請，才性反。《後漢書·二十八將論》：雖寇、鄧之高動，耿、賈之鴻烈，分土不過大縣數四，所加特進、朝請而已。按：《晉書·志》：奉朝請本不爲官，無員。漢東京罷三公，外戚宗室諸侯多奉朝請，奉朝會請召而已。蓋職閑而階崇者也。而《漢官解詁》曰：三輔職如郡守，獨奉朝請，則以爲榮矣。今以華州爲上輔，故引用之。《漢律》：諸侯春朝天子曰朝，秋曰請。漢時無『朝散』之名也。又按：朝請、朝散，雖同五品，然既分上下階，不應以朝散而用朝請，更疑授朝請而上文誤刊作『散』耳。〔按〕未可定。異禮，殊異之禮遇。

〔七〕辨，《英華》作『辯』，字通。〔徐注〕《史記·荀卿傳》：齊人頌曰：談天衍。應劭曰：著書所言多大事，故齊人號『談天鄒衍』。

〔八〕〔徐注〕《世説》：孫興公作《天台山賦》成，以示范榮期云：『卿試擲地，要作金石聲。』

〔九〕分憂，見《代彭陽公遺表》注〔六五〕。

〔一〇〕〔補注〕求瘼，訪求民間疾苦。《南史·循吏傳序》：『日昃聽政，求瘼卹隱。』塵，污。此言爲郡守。

〔一一〕〔徐注〕《晋書·王愷傳》：愷、愉並少踐清階。〔補注〕此謂加朝散大夫之階。

〔一二〕切，《英華》作『竊』。非。〔補注〕切，合也。

〔一三〕〔補注〕循揣，尋思。

〔一四〕〔徐注〕王褒《四子講德論》：百姓怔忪。〔補注〕怔忪，驚恐不安。

〔一五〕〔徐注〕《左傳》：敢辱高位，以速官謗。

〔一六〕〔徐注〕潘岳《西征賦》：猶犬馬之戀主，竊託慕於闕庭。

〔一七〕〔徐注〕《莊子》：狂接輿曰：『其於治天下也，猶涉海鑿河，而使蚊負山也。』

爲濮陽公祭太常崔丞文〔一〕

年月日，惟靈泰岳繁祉〔二〕，安平望族〔三〕。潤地勢於長源〔四〕，構堂基於修麓〔五〕。藍田之産，宜有良玉〔六〕；徂徠之林，宜無凡木〔七〕。

昔我待子，松玉之間，冀十城之得價〔八〕，望千尋而可攀〔九〕。大年不登〔一〇〕，逸足方駛〔一一〕。松欲秀而先蠹，玉將攻而遽毁。聞問之時〔一二〕，歎悼何已！

惟我承乏，受命南征〔一三〕，一言相許〔一四〕，攜手同行〔一五〕。敻絶萬里，飄泊雙旌〔一六〕。念兩婢之價倍，媿五羖之酬輕〔一七〕。地接殊鄰〔一八〕，風移中土〔一九〕。五嶺三江〔二〇〕，炎飈瘴雨〔二一〕。釣犀之潭〔二二〕，跕鳶之渚〔二三〕。席上從容，幕中宴語〔二四〕。先防載苡之謗〔二五〕，更示投香之所〔二六〕。因使庸虛〔二七〕，不罹罣罟〔二八〕。越井之酋〔二九〕，甘綏之女〔三〇〕，時清則銅鏑納厨〔三一〕，歲稔則銀簪叩鼓〔三二〕。豈我之自，惟子是與。

相從來覲，又往於涇〔三三〕。風埃古戍，霜雪孤亭。偏裘之服〔三四〕，縵胡之纓〔三五〕。塞迥而晨嚴刁斗〔三六〕，沙平而夜警兜零〔三七〕。指吾以虜隙，勉吾以武經〔三八〕。正慰窮邊，俄還京邑〔三九〕。北庭減價〔四〇〕，南轅雪泣〔四一〕。章臺辟掾，方喜趙嘉之來〔四二〕；棘署選丞〔四三〕，仍見譙玄之入〔四四〕。是焉踐歷，更俟飛翻〔四五〕。況乎鳳沼，又接鴒原〔四六〕。何釁成乎燥溼，而厲結乎寒暄〔四七〕。未及西山之藥〔四八〕，旋爲東嶽之魂〔四九〕。憶昔舊許貟歸〔五〇〕，青門出餞〔五一〕，樂作而歎起〔五二〕，杯行而淚泫〔五三〕。俱容與於風波〔五四〕，共沉吟於鐘箭〔五五〕。揮袂如昨〔五六〕，郵書甚頻〔五七〕。雖遥道里〔五八〕，未闊聲塵〔五九〕。孰謂念歸之日，翻爲有慟之晨。嗚呼哀哉！

仿佛荒阡，依稀古陌〔六〇〕。徐動丹旐〔六一〕，永歸玄宅〔六二〕。願執紼而身遠〔六三〕，想移舟而目極〔六四〕。迥野秋思〔六五〕，羣山暮色。悵白髮之衰翁〔六六〕，哭青雲之舊客〔六七〕。聊兹寄奠，莫寫西悲〔六八〕。已乎崔子，爲吾歆之〔六九〕！

〔一〕本篇原載《文苑英華》卷九八九第九頁、清編《全唐文》卷七八一第一一頁、《樊南文集詳注》卷六。〔馮箋〕（章臺辟掾，方喜趙嘉之來；棘署選丞，仍見譙玄之入）崔由涇原入爲京尹掾，茂元亦入朝爲太常，故仍選爲丞。（馮譜編開成五年）〔張箋〕（馮氏）所測近似，故據編（開成五年）。〔按〕商隱《爲濮陽公上陳相公狀三》有『某當道行軍司馬崔瑨』其人。《新唐書·百官志四下》：行軍司馬『掌弼戎政。居則習蒐狩，有役則申戰守之法，器械、糧糒、賜予皆專焉。』係節度使幕府之高級僚佐。文中述及崔某在涇原時，『指吾以虜隙，勉吾以武經』，與行軍司馬之職合，或即崔瑨乎？據戴偉華《唐方鎮文職僚佐考》引崔瑨撰《大唐故嶺南觀察支使試大理評事崔君（恕）墓誌銘并序》，知瑨曾於長慶三至四年鄭權任嶺南節度使時攝嶺南經略推官。又據本文，瑨曾從茂元至嶺南，爲嶺南節度使幕從事。崔之卒當在開成五年茂元入調京職之後，出鎮陳許之前。參文中『迥野秋思』之語，其葬當在秋天。故祭文當爲開成五年秋作。馮浩謂茂元入朝爲太常（卿），此誤解本文『棘署』二句所致。詳後辨。

〔二〕岳，徐注本作『社』。〔馮校〕一作『社』，誤。〔馮注〕《周語》：胙四岳國，命爲侯伯，賜姓曰姜，氏曰有吕。又：齊、許、申、吕，由大姜。《左傳》：夫許，太岳之胤也。注曰：太岳，神農之後，堯四岳也。又：齊東郭偃臣崔武子，曰：『今君出自丁，臣出自桓。』《新書·表》：齊丁公伋嫡子季子讓國叔乙，食采於崔，遂爲崔氏。《元和郡縣志》：恒州獲鹿縣井陘口，今名土門口。南山下有土門崔家，爲天下甲族，源出博陵安平矣。

〔三〕安平，《英華》誤作『平安』。〔馮注〕《後漢書·崔駰傳》：涿郡安平人也。按：《新書·表》崔氏定著十房，其七曰博陵安平房，八、九、十曰博陵大、二、三房。〔徐注〕《姓譜》：東萊侯生二子：伯基、仲牟。伯基居清河東武城，仲牟居博陵安平。

〔四〕〔徐注〕《易》：地勢坤。

〔五〕〔徐注〕《詩》：自堂徂基。〔馮注〕（二句）謂源遠地高。

〔六〕〔馮注〕《吴志·諸葛恪傳》：瑾長子，少知名。《江表傳》曰：恪少有才名，權見而奇之，謂瑾曰：『藍田生玉，真不虚也。』《宋書》文帝美謝莊，同此語。

〔七〕徠，《英華》作『來』。〔徐注〕《詩》：徂徠之松。《水經注》：汶水西南流逕徂徠山西，山多松柏，《詩》所謂『徂徠之松』也。《鄒山記》曰：『徂徠山在梁甫奉、高、博三縣界，猶有美松，亦曰尤崍之山。』〔馮注〕唐以前最重門地，故先叙家世。

〔八〕〔徐注〕《史記·藺相如傳》：秦王欲以十五城易和氏璧。〔馮注〕潘岳《西征賦》：辱十城之虚壽，奄咸陽以取進。謂澠池之會，秦羣臣請以趙十五城爲秦王壽，藺相如亦請以秦咸陽爲趙王壽。而王僧孺詩：『十城屢請易，千金幾争聘。』庾信文：『價重十城，名高千馬。』則皆舉成數言也。

〔九〕〔徐注〕《藝文類聚》：《神境記》曰：滎陽郡南有石室，室後孤松千丈。袁宏詩：森森千丈松，磊落非一節。〔馮注〕《世説》：庾子嵩目和嶠，森森如千丈松，施之大厦，有棟梁之用。

〔一〇〕〔徐注〕《莊子》：小年不及大年。〔補注〕大年，壽長。

〔一一〕〔馮注〕傅毅《舞賦》：獲駿逸足。《説文》：駛，疾也。《正韻》：駛、駃同。《蜀志·楊洪傳》：洪領蜀郡太守，書佐何祇有才策功幹，舉郡吏。數年爲廣漢太守，洪尚在蜀郡。《益部耆舊傳》曰：每朝會，祇次洪坐，嘲祇曰：『君馬何駛？』祇曰：『故吏馬不敢駛，但明府未著鞭耳。』衆傳之以爲笑。

〔一二〕〔馮注〕《漢書·嚴助傳》：數年不聞問。〔補注〕聞問，聞音訊，此謂聞凶問。

〔一三〕〔徐注〕《左傳》：攝官承乏。〔馮注〕《吴志·薛綜傳》：子珝，珝弟瑩。孫皓時，瑩獻詩曰：珝忝千里，受命南征。箋：大和七年正月，王茂元爲嶺南節度使。詳《年譜》。〔補注〕承乏，承繼空缺之職位。任官之謙詞。

〔一四〕〔徐注〕《漢書·伍被傳》：淮南王安曰：『男子之所死者一言耳。』師古曰：言男子感氣，相許一言，不顧其死。

〔一五〕〔補注〕《詩·邶風·北風》：『惠而好我，攜手同行。』

〔一六〕〔徐注〕《新唐書·百官志》：節度使掌總軍旅，顓誅殺。辭日，賜雙旌雙節。雙旌唯節度領刺史者有之，諸州不與焉。儲光羲詩：今之太守古諸侯，出入雙旌垂九旒。通用爲太守之故事矣。〔馮注〕唐自中葉後，刺史多典兵。

〔一七〕〔徐注〕《世説》：祖光禄常自爲母炊爨作食，王平北以兩婢餉之，因取爲中郎。人有戲之者曰：『奴價倍婢。』祖云：『百里奚亦何必輕於五羖之皮邪？』注：祖納，温嶠薦爲光禄大夫。《王乂别傳》：乂爲平北將軍。〔馮注〕《晉書·祖納傳》：納少孤貧，自炊爨以養母。平北將軍王敦聞之，遺其二婢，辟爲從事中郎。有戲之曰：『奴價倍婢。』納曰：『百里奚何必輕於五羖皮耶！』按：《世説》注作『王平北乂』。《史記·秦本紀》：晉虜虞大夫百里傒，以爲秦繆公夫人媵於秦。百里傒亡秦走宛。繆公聞百里傒賢，欲重贖之，恐楚人不與，乃請以五羖羊皮贖之。繆公與語國事，大悦，授之國政，號曰『五羖大夫』。

〔一八〕〔徐注〕揚雄《長楊賦》：遐方疏俗，殊鄰絶黨之域。

〔一九〕〔徐注〕吴大鴻臚張儼《默記》：魏氏誇中土。〔補注〕謂南中風俗與中土不同。

〔二〇〕〔徐注〕《初學記》：沈懷遠《南越志》曰：廣信江、始安江、鬱林江亦爲三江，在越也。五嶺見《爲濮陽公陳情表》『豈意復踰五嶺』注。

〔二一〕颷，《全文》作『風』，據《英華》改。〔補注〕炎颷，當即今之熱帶風暴。

〔二二〕〔徐注〕《太平御覽》：鄧德明《南康記》曰：贛潭在郡下。昔有長者於此潭以釣爲事，恒作漁父歌，其聲慷慨。忽綸動，須臾一物，形似水牛，眼光如鏡。或言水犀浮躍逐綸，角帶金鏁，釣客因引得鏁出水數十丈，鏁斷，餘數尺，是珍寶。《明一統志》：金鎖潭在廣州府清遠縣東三十里，相傳秦時崑崙貢犀牛，帶金鎖走入潭中。晉時有羅公者釣潭中，收綸得金索，曳之，有犀牛出，掣斷其索，得一尺許。按：贛潭不隸桂管（編著者按：當作

『嶺南』或『廣州』），當以在清遠者爲是。〔馮注〕《藝文類聚》：竺法真《登羅山疏》曰：增城縣南有列渚洲，洲南又有午潭。北岸有石，周員三丈。漁人見金鎖牛常出水，盤鎖此石上。縣民張安釣於石上，躡得金鎖數十尋，俄有物從水中引之，力不能禁，以刃斷之，唯得數尺，遂致大富。《太平御覽》《寰宇記》皆載此，晋義熙中事也。又《寰宇記》：清遠縣金鎖潭，秦時崑崙貢犀牛，帶金鎖走入潭中。晋時有漁人周重宋者，釣得金鎖，牽之，見犀牛，掣之不得，忽斷，得金鑠一尺。《御覽》又引《南康記》云云，蓋一事而屢見。

〔二三〕〔馮注〕《後漢書·馬援傳》：援勞饗軍士，從容謂官屬曰：『當吾在浪泊、西里間，下潦上霧，毒氣重蒸，仰視飛鳶，跕跕墮水中。』〔徐注〕跕跕，墮貌，音都牒、泰牒二反。

〔二四〕〔補注〕《國語·周語中》：『交酬好貨皆厚，飲酒宴語相説也。』宴語，閒談，閒宴時共語。

〔二五〕苡，《英華》作『薏』。〔馮注〕《後漢書·馬援傳》：在交阯，常餌薏苡實，用能輕身省慾，以勝瘴氣。南方薏苡實大，軍還，載之一車。及卒後，有上書譖之者，以爲前所載還，皆明珠文犀。

〔二六〕〔馮注〕《晋書》：吴隱之，隆安中爲廣州刺史，歸自番禺，其妻劉氏齎沈香一斤，隱之見之，遂投於湖亭之水。《寰宇記》：沈香浦，在今南海縣西北二十里石門之内，亦曰投香浦。

〔二七〕〔徐注〕徐陵《與王僧智書》：還顧庸虚，未應偕此。〔補注〕庸虚，謙稱才能低下，學識淺薄。

〔二八〕〔馮注〕《詩》：罪罟不收，靡有夷瘳。

〔二九〕酋，《英華》作『首』，馮本從之。〔徐曰〕當作『酋』。越井，見《爲濮陽公陳情表》『越井朝臺』注。〔馮曰〕首爲首領，如《王方慶傳》有『都督廣州管内諸州首領』之語。徐氏謂當改『酋』，不必也。〔按〕作『首』雖亦通，然《全文》作『酋』，與徐校合。

〔三〇〕〔徐校〕甘，疑作『南』。〔馮注〕《舊書·地理志》：廣州南海郡四會縣，武德五年於縣治北置南浽州。貞觀八年改湞州，十三年省。浽，《新書·志》作『綏』。按：徐説未是，甘綏當是地名，甘或是姓，謂蠻中之女也。俟再考。下二句分頂。

〔三一〕銅，《英華》注：集作「筒」。非。〔馮注〕《博物志》：交州山夷，名曰俚子，弓長數尺，箭長尺餘，以燋銅爲鏑，塗毒藥於鏑鋒，中人即死。燋銅者，故燒器。其長老能別燋銅聲，以物杵之，其聲得燋毒者，偏鑿取以爲箭鏑。《南州異物志》：交、廣之界，民曰烏滸，有棘厚十餘寸，破以作弓，削竹爲矢，以銅爲鏃，長八寸，毒藥傅矢。按：厨爲庖屋，又櫝也。此謂納箭於櫝，猶《左傳》「知莊子抽矢菆，納諸厨子之房」。注曰：房，箭舍也。義固相通。或疑即誤「房」爲「厨」，則未然。

〔三二〕〔徐注〕《後漢書·馬援傳》：於交阯得駱越銅鼓。注：裴氏《廣州記》曰：狸獠鑄銅爲鼓，鼓惟高大爲貴，面闊丈餘。初成，懸於庭。剋晨置酒，招致同類，來者盈門。豪富子女，以金銀爲大釵，執以叩鼓。叩竟留遺主人也。

〔三三〕〔徐箋〕《新書·王茂元傳》：鄭注用事，遷涇原節度使。

〔三四〕裻，《英華》注：集作「喪」。非。〔馮注〕《晋語》：公使申生伐東山，衣之偏裻之衣。〔補注〕韋昭注：「裻在中，左右異，故曰偏。」裻，衣背縫。以背縫爲界，衣服兩半之顔色不同。亦指戎衣。《文選·左思〈魏都賦〉》：「齊被練而銛戈，襲偏裻以讃列。」吕向注：「偏裻，戎衣名。」此處「偏裻之服」即指戎衣。

〔三五〕〔徐注〕《莊子》：趙太子悝謂莊周曰：「吾生所見劍士，皆縵胡之纓。」〔補注〕縵胡纓，武士冠纓，亦指武服。縵胡，粗而無紋理之帽帶。左思《魏都賦》：「三屬之甲，縵胡之纓。」

〔三六〕〔徐注〕《漢書·李廣傳》：不擊刁斗自衛。孟康曰：刁斗以銅作鐎，受一斗，晝炊飯食，夜擊持行，故名曰刁斗。今在滎陽庫中也。蘇林曰：形似銷，無緣。師古曰：鐎音譙，温器。銷即銚也。今俗或謂銅銚。按：刁如字，俗掉尾作「一音貂」，謬也。

〔三七〕兜零，見後《爲中丞滎陽公桂州賽城隍神文》「合烽櫓以保民」注。〔馮注〕兜零施於高物。〔補注〕兜零，籠子。《史記·魏公子列傳》「北境傳舉烽」裴駰集解引文穎則曰：「作高木櫓，櫓上作桔槔，桔槔頭兜零，以薪置其中，謂之烽。」與《漢書·賈誼傳》注引文穎曰稍有不同。

〔三八〕兩『吾』字，《英華》均作『我』。〔徐注〕《左傳》：隨武子曰：『兼弱攻昧，武之善經也。』〔補注〕武經，兵書。

〔三九〕俄，《英華》作『我』，注：集作『忽』。

〔四〇〕〔徐注〕《新書·地理志》：北庭大都護府，屬隴右道。〔馮曰〕涇原在北方，故云。〔按〕此『北庭』非專指北庭大都護府，馮解是。因崔瑨還京，故戎幕爲之減色，因云『北庭減價』。

〔四一〕轅，《英華》注：一作『園』。雪，《英華》作『屑』，誤。〔徐注〕《左傳》：令尹南轅返旆。

〔四二〕〔徐注〕《後漢書》：趙岐，京兆長陵人，初名嘉，辟司空掾，復爲皮氏長。會河東太守劉祐去郡，而中常侍左琯兄滕代之。岐耻疾宦官，即自西歸。京兆尹延篤復以爲功曹。〔補注〕章臺，漢長安街名。《漢書·張敞傳》載敞『守京兆尹……時罷朝會，過走馬章臺街，使御吏驅，自以便面拊馬。』此以『章臺』代指京兆尹。謂崔爲京兆尹辟爲掾屬。

〔四三〕〔馮注〕李涪《刊誤》：凡言九寺，皆曰棘卿。《周禮》：三槐九棘，三公九卿之任也。近代惟大理得言棘卿，下寺則否。九卿皆樹棘木，大理則於棘下訊鞫其罪，所謂司寇聽刑於棘木之下。按：棘署，無妨統稱。《萬花谷》：楊收曰：漢制，總羣官而合聽曰省，分務而專治曰寺。按：此『棘署』，明謂太常也。《周禮·秋官》：朝士，掌外朝之法。左九棘，孤卿大夫位焉；右九棘，公侯伯子男位焉。《漢書·表》：太常，博士屬焉。《後漢書·志》：太常卿，每選試博士，奏其能否。《北史》：邢卲請置學，奏云：『槐官棘寺，顯麗於中。』《白帖》：太常卿居九寺之先，冠九列之首。其稱太常爲棘署者以此。若大理卿之稱棘署，則專以聽訟棘木之下爲義也。崔由涇原入爲京尹掾，茂元亦入朝爲太常，故仍選爲丞。〔按〕古代九卿統稱棘卿，唐以後專稱大理寺卿。王讜《唐語林·補遺四》：『凡言九寺，皆曰棘卿。《周禮》：「三槐九棘。」槐者，懷也，上佐天子，懷來四夷。棘者，言其赤心以奉其君。皆三公九卿之任也。唐世惟大理得言棘卿，他寺則否。』洪邁《容齋四筆·官稱別名》：『唐人好以它名標榜官稱……司農爲走卿，大理爲棘卿。』此爲『棘卿』由統稱轉爲專稱之情況。至於『棘署』，則當統指九卿之署。結合下句

『譙玄』用典，當指崔爲棘署中之太常寺丞。

〔四四〕〔馮注〕《後漢書·獨行傳》：譙玄，巴郡閬中人。成帝永始二年，詣公車，對策高第，拜議郎。後遷太常丞，以弟服去職。〔按〕茂元未爲太常卿，馮箋非。茂元自涇原入京，任司農卿、將作監，加檢校右僕射，未任它職。

〔四五〕俟，《英華》作『徯』，馮本從之。〔徐注〕王粲《贈蔡子篤詩》：苟非鴻雕，孰能飛翻？〔馮注〕『徯』有平、上二聲。〔補注〕徯，等待、期望。

〔四六〕〔馮注〕《晉書》：荀勖守中書監。久之，守尚書令。勖久在中書，專管機事，及失之，甚惘悵。或有賀之者，勖曰：『奪我鳳凰池，諸君賀我耶！』謝莊《讓中書令表》：璧門天邃，鳳沼神深。《詩》：脊令在原，兄弟急難。按：必其昆弟爲中書舍人，諸崔中未及細考。

〔四七〕二句中『乎』字，《英華》均作『於』。〔徐注〕《左傳》：子罕曰：『吾儕小人，皆有闔廬以辟燥濕寒暑。』徐陵書：亟積寒暄。

〔四八〕〔馮注〕魏文帝詩：西山一何高，高高殊何極。上有兩仙童，不飲亦不食。與我一丸藥，光耀有五色。

〔四九〕〔徐注〕《日知録》：嘗考《史記》《漢書》，未有泰山考鬼之説。自哀、平之際讖緯之書出，然後有如《遁甲開山圖》所云：『泰山在左，亢父在右；亢父知生，梁父知死。』《博物志》所云：『泰山一曰天孫，言爲天帝之孫，主召人魂魄，知生命之長短者。』其見於史者，則《後漢書·方術傳》：許峻自云：『嘗篤病三年不愈，乃謁泰山請命。』《烏桓傳》：死者魂靈歸赤山，赤山在遼東西北數千里，如中國人死者魂靈歸泰山也。《三國志·管輅傳》：謂其弟辰曰：『但恐歸泰山，治鬼不得，治生人如何？』而古辭《怨歌行》云：齊度游四方，各繫泰山録。人間樂未央，忽然歸東嶽。陳思王《驅車篇》云：魂神所繫屬，逝者感斯征。劉楨《贈五官中郎將》詩云：常恐游岱宗，不復見故人。應璩《百一詩》云：年命在桑榆，東嶽與我期。然則鬼論之興，其在東京之世乎？

〔五〇〕〔徐注〕『員』與『云』同。《左傳》：楚靈王曰：『昔吾皇祖伯父昆吾，舊許是宅。』〔馮注〕《左傳》：

諸侯伐鄭，晋荀罃至於西郊，東侵舊許。注曰：許之舊國，鄭新邑。

〔五一〕〔徐注〕《三輔黄圖》：長安城東出，南頭第一門曰霸城門，民間或曰青門。《漢書·疏廣傳》：公卿大夫故人邑子設祖道，供帳東都門外。〔馮曰〕此非茂元鎮陳許時也。細玩通篇，蓋崔丞家在舊許。此因病急歸，而茂元在京出餞之也。

〔五二〕〔徐注〕《左傳》：享曹太子，初獻，樂奏而歎，施父曰：『曹太子其有憂乎！非歎所也。』

〔五三〕〔徐注〕王粲《公宴詩》：但愬杯行遲。

〔五四〕俱，《全文》作『但』，據《英華》改。容與，《英華》注：集作『悔吝』，非。〔徐注〕屈原《九章》：船容與而不進兮，淹回水而凝滯。銑曰：容與，徐動貌。謝靈運詩：辛勤風波事。〔馮注〕《九章》：順風波而流從兮，焉洋洋而爲客。

〔五五〕鐘，徐本作『羽』，誤。〔馮注〕《後漢書·志》：孔壺爲漏，浮箭爲刻。《後漢書·賈復傳》：帝召諸將議兵事，未有言，沈吟久之。《古詩十九首》：沈吟聊躑躅。時崔以病歸，必由水程，而其算將盡也。

〔五六〕〔徐注〕《晋書·夏侯湛傳》：抵疑曰：揮袂出風雲。〔補注〕揮袂，揮手告别，徐注非。

〔五七〕〔徐注〕《後漢書·張衡傳》：使人未返，復獲郵書。

〔五八〕〔徐注〕《後漢書·寇恂傳》：長安道里居中，應接近便。〔補注〕據《元和郡縣圖志》，許州至上都長安一千二百六十里。

〔五九〕〔補注〕聲塵，猶音訊。

〔六〇〕〔徐注〕沈約詩：荒阡亦交互。《風俗通》：南北曰阡，東西曰陌。

〔六一〕〔補注〕丹旐，出喪所用紅色銘旌。

〔六二〕〔徐注〕《魏志·文帝紀》注：鄄城侯植爲誄曰：背三光之昭晰兮，歸玄宅之冥冥。〔補注〕玄宅，指墳墓。

〔六三〕〔徐注〕《禮記》：助喪必執紼。〔馮注〕《檀弓》：弔於葬者必執引，若從柩及壙，皆執紼。〔補注〕執紼，喪葬時手執牽引靈柩之大繩以助行進。

〔六四〕目極，《全文》作『莫及』，據《英華》改。〔馮注〕《莊子》：藏舟於壑，藏山於澤，謂之固矣，然而夜半有力者負之而走，昧者不知也。郭註曰：方言生死變化之不可逃，故先舉固逃之極然，然後明之以必變之符。〔補注〕移舟，以喻事物之必變，不可固守，常用以喻指生命之變故。

〔六五〕野，《全文》作『夜』，據《英華》改。

〔六六〕悵，《全文》作『恨』，據《英華》改。

〔六七〕〔徐注〕《史記．伯夷傳》：非附青雲之士，惡能施於後世？〔補注〕青雲，喻志向遠大。舊客，指舊日之幕賓。

〔六八〕〔徐注〕《詩》：我東曰歸，我心西悲。〔馮曰〕茂元尚在京，故曰西悲。

〔六九〕吾，《英華》作『我』。〔補注〕歆，饗也。謂祭祀時神靈享用祭品之香氣。

爲弘農公上虢州後上中書狀〔一〕

右，某伏奉某日制書出守〔二〕，以某日到任上訖。伏以境臨東雍〔三〕，地帶上陽〔四〕，内匪沃饒〔五〕，外繁傳置〔六〕。遘驕陽積潦之患〔七〕，困苗螟葉蟿之灾〔八〕。將活齊人〔九〕，在擇良牧〔一〇〕。某因緣儒術，塵汙郡符〔一一〕，皆由相公假以羽毛〔一二〕，飾之丹雘〔一三〕。隼飛旟上〔一四〕，懼失於頒條〔一五〕；熊伏軾前〔一六〕，恐乖於求瘼〔一七〕。惟當夙宵罔懈〔一八〕，深薄爲虞〔一九〕。冀勞來而有成〔二〇〕，庶疲羸而獲泰。下情無任云云。

校注

〔一〕本篇原載清編《全唐文》卷七七四第一九頁、《樊南文集補編》卷五。〔錢箋〕按弘農爲楊氏郡望，而《新唐書·宰相世系表》無歷職與之相合者。惟《舊唐書·楊虞卿傳》云：虢州弘農人。從兄汝士，開成四年卒。子知温，登進士第，累官至禮部郎中、知制誥，入爲翰林學士、户部侍郎，轉左丞。出爲河南尹、陝虢觀察使。約計時代相及。又與下兩篇「曲臺」「維桑」「兩考官」並合，似爲近之。然河南尹、陝虢觀察使皆不治虢州，未敢牽合。《新唐書·地理志》：虢州弘農郡，雄，屬河南道。《舊唐書·職官志》：上州刺史，從第三品。〔張箋〕（將本篇及《爲弘農公虢州上後上三相公狀》《爲弘農公上兩考官狀》統置於不編年文，並加案語云）以文中「出守郡符」及「近郡」語推之，是虢州刺史，非陝虢觀察使也。《翰苑羣書·學士題名》：「楊知温大中十一年九月八日自禮部郎中充。十二年十一日拜中書舍人。十四年十月拜工部侍郎知制誥。」則爲陝虢在咸通間，錢説未的。《劉夢得集》有《寄楊虢州與之舊姻》詩，首云：「避地江湖知幾春，今來本郡擁朱輪。」必即其人。《夢得外集》又有《祭虢州楊庶子文》云：「維大和六年月日。」中叙楊之仕履甚詳，云：「歷佐侯藩，拾遺君前，克揚直聲，不愠左遷。五剖竹符，皆有聲績，南湘潛化，巴人啞啞。比陽布和，戰地盡闢；壽春武斷，姦吏奪魄。滎波砥平，士庶同適。朝典陟明，俾臨本州。静治三載，卧分主憂。直氣潛消，頹几不留。九天難問，萬化同休。」則楊於大和六年卒於虢，而祭文言「静治三載」，其出刺當在大和三四年間。惜名無可考耳。檢《夢得集》，又有《寄唐州楊八歸厚》詩，合之祭文「比陽布和」二語，似虢州即爲歸厚也。此狀乃楊赴任時作，中云「因緣儒術，塵汙郡符」，皆與祭文合。惟第二狀「拔自曲臺」語不符，或楊尚有入莅京職事，祭文所叙從略歟？據《劉集》頗可編年。〔岑仲勉曰〕按《夢得集》之楊虢州爲歸厚，誠屬無疑。然唐人重郎官，歷典五州，曾未省略，何此獨不言？是知《李集》弘農公之必非歸厚也。以余求之，此弘農公殆十九爲名傳於今而曾注《荀子》之楊倞。沈亞之《送韓北渚赴江西序》：『北渚賓仕於江西府，其友相與訊其將處者而誰歟？曰：有弘農生倞耳。』倞爲汝士族子，曾官主客郎中，其前一名爲高少逸（《郎官柱》），約在開成中，則與曲臺（禮部）合。倞元和末注《荀子》，則與因緣儒術合。會昌四年葬之《馬紓志》，撰人題汾州刺史楊倞，合諸《郎官題名》之時代，刺汾已前，當曾典守他州。循此推之，倞自主中出刺虢州，約在開成四、五年（據《新·表》，四年七月甲辰至五年八月庚午期間，宰相三人），即商隱守弘農尉時代作。弘農，虢州郭下，宜乎有此代勞矣。若在大和三、四年，則商隱猶未及冠，僅露頭角，大和六年已前，尚無編年文可考。謝上表狀，鉅竟委諸後生小子乎？考訂既竟，欣然有得，蓋由此知儒家之楊倞與詩人之商隱，曾發生一段因緣，前頭史家所未道及也。（《平質》已缺證十五《弘農公》條）〔按〕岑説雖未有實證能證明楊倞曾刺虢州，然於兩狀内之『曲臺』『儒術』等關鍵詞語頗能相合，尤可注意者，爲此説與商隱作尉弘農之時間恰好相合，從而得以合理解釋商隱何以有此代作。檢《唐刺史考》，李景讓約開成三、四年任虢州刺史，四年入爲禮部侍郎，開成五年虢刺空缺，則楊倞或即在李景讓入爲禮侍時或稍後由主中出刺虢州。商隱赴弘農尉任在開成四年夏秋間（參《李商隱詩歌集解》第一册《出關宿盤豆館對叢蘆有感》按語）。則是年七月至翌年八月期間均有可能代作此狀（商隱開成五年九月初三所作《與陶進士書》猶稱弘農尉李某）。二狀又有『遘驕陽積潦之患，困苗螟葉蠹之災』『使平原境内，盡死飛蝗』之語，查《新唐書·五行志》，『開成五年七月，霖雨』，『開成五年夏，幽、魏、博、鄆、曹、濮、滄、齊、德、淄、青、兖、海、河陽、淮南、虢、陳、許、汝等州螟蝗害稼。占曰：國多邪人，朝無忠臣，居位食禄，如蟲與民争食，故比年蟲蝗。』可見此次蝗災範圍遍及今河南、北及山東地區。蝗災之前通常有旱情，災後又逢『霖雨』，故狀内有上引記叙灾情之語。據此，狀或開成五年七八月間所上，楊之刺虢亦在其時。

〔二〕〔錢注〕顔延之《五君詠》：『一麾乃出守。』

〔三〕〔錢注〕《舊唐書·地理志》：華州，隋京兆郡之鄭縣。《隋書·地理志》：京兆郡鄭縣。後魏置東雍州，有少華山。〔按〕虢州與華州鄰接，故云『境臨東雍』。

〔四〕〔錢注〕《左傳》注：上陽，虢國都，在弘農陝縣東南。

〔五〕内，《全文》作『爲』，據錢校改。〔補注〕《左傳·成公六年》：『必居郇瑕氏之地，沃饒而近鹽。』沃饒，土地肥沃，物産豐饒。

〔六〕〔錢注〕《漢書·文帝紀》：太僕見馬遺財足，餘皆以給傳置。〔補注〕傳置，驛站。外繫傳置，謂虢州地當東、西京間交通要道，送往迎來之務繁劇。

〔七〕〔錢注〕《春秋考異郵》：旱之爲言，悍也，陽驕蹇所置也。《説文》：潦，雨水大貌。

〔八〕〔錢注〕《詩·大田》傳：食心曰螟，食葉曰螣，食根曰蟊，食節曰賊。

〔九〕〔錢注〕《漢書·食貨志》注：齊，等也。無有貴賤，謂之齊民，猶今言平民矣。按：唐諱『民』，故作『人』。

〔一〇〕〔錢注〕《吴志·陸凱傳》：胤，凱弟也。評：胤身絜事濟，著稱南土，可謂良牧矣。〔補注〕良牧，此指郡守、刺史。

〔一一〕郡符，見《爲安平公賀皇躬痊復上門下狀》『忝分符竹』注。唐代郡守用銅魚符。

〔一二〕〔錢注〕《陳書·蕭引傳》：引善隸書，高宗嘗披奏事，指引署名曰：『此字筆勢翩翩，如鳥之欲飛。』引謝曰：『此乃陛下假其羽毛耳。』

〔一三〕〔補注〕《書·梓材》：『若作梓材，既勤樸斲，惟其塗丹雘。』丹雘，供塗飾之紅色顔料。此喻恩澤。

〔一四〕〔補注〕《周禮·春官·司常》：『鳥隼爲旟，龜蛇爲旐……州里建旟，縣鄙建旐。』隼旗，畫有隼鳥之旗幟，古代爲州郡長官所建。

〔一五〕〔補注〕頒條，頒佈律條。漢代刺史以六條考察州郡官吏。屢見。

〔一六〕熊軾，見《爲安平公賀皇躬痊復上門下狀》『對熊軾以自悲』注。

〔一七〕〔錢注〕《後漢書·循吏傳序》：光武長於民間，廣求民瘼，觀納風謠。

〔一八〕〔補注〕《詩·大雅·抑》：『夙興夜寐，灑埽庭内，維民之章。』

〔一九〕〔補注〕《詩·小雅·小旻》：『戰戰兢兢，如臨深淵，如履薄冰。』

〔二〇〕〔補注〕《詩·小雅·鴻雁序》：『萬民離散，不安其居，而能勞來還定，安集之。』勞來，以恩德招之使來。

爲弘農公虢州上後上三相公狀〔一〕

某本無遠韻〔二〕，實謝修途〔三〕。鄒衍文辭，敢逃怪忤〔四〕；揚雄鉛槧，終取寂寥〔五〕。豈意相公拔自曲臺〔六〕，致之近郡〔七〕。貴從剖竹〔八〕，感在維桑〔九〕。雖恩獎之是懷〔一〇〕，亦憂兢而斯在〔一一〕。但當課其錢鎛〔一二〕，督以杼機〔一三〕。使渤海田中，永無佩犢〔一四〕；平原境内，盡死飛蝗〔一五〕。免斯人溝壑之虞，曠他日簡書之責〔一六〕。伏惟特賜恩察。

校注

〔一〕本篇原載清編《全唐文》卷七七四第二〇頁、《樊南文集補編》卷五。〔按〕繫年考證見上篇注〔一〕。三相公，據《新唐書·宰相表》，開成四年七月甲辰至五年五月，宰相有楊嗣復、李珏、崔鄲；開成五年五月至八月，宰相有崔鄲、崔珙、李珏。如兩狀作於開成五年七、八月間，則三相公爲崔鄲、崔珙、李珏。

〔二〕〔補注〕《晉書・庾敳傳》：『敳字子嵩，長不滿七尺，而腰帶十圍，雅有遠韻。』

〔三〕〔補注〕張華《情詩》之四：『懸邈極修途，山川阻且深。』此指仕進之長途。

〔四〕〔錢注〕《史記・孟荀傳》：騶衍深觀陰陽消息而作怪迂之變，《終始》《大聖》之篇，其語閎大不經。

〔五〕〔錢注〕《西京雜記》：揚子雲常懷鉛提槧，從諸計吏，訪殊方絶域四方之語。左思《詠史詩》：寂寂揚子宅，門無卿相輿。寥寥空宇中，所講在玄虚。

〔六〕〔錢注〕《漢書・藝文志》：《曲臺后蒼記》九篇。注：曲臺，天子射宮也。西京無太學，於此行禮也。〔補注〕《文選・司馬相如〈長門賦〉》：『覽曲臺之央央。』李善注：《三輔黄圖》曰：『未央東有曲臺殿。』漢時作天子射宮，又立爲署，置太常博士弟子，爲著記校書之處。岑仲勉謂曲臺指禮部，楊倞在出刺虢州前爲主客郎中，係禮部屬官，故云『拔自曲臺』，詳上篇注〔一〕引岑氏説。

〔七〕〔錢注〕《漢書・王莽傳》：粟米之内曰内郡，其外曰近郡。〔補注〕《元和郡縣圖志》，虢州，西北至上都四百三十里。

〔八〕〔補注〕剖竹，猶剖符。古代帝王分封諸侯、功臣時，以竹符爲信證，剖分爲二，君臣各執其一。後又稱授州郡長官爲剖竹，參見《爲安平公賀皇躬痊復上門下狀》『忝分符竹』注。唐代郡守用銅魚符爲信證。

〔九〕〔補注〕《詩・小雅・小弁》：『維桑與梓，必恭敬止。』維桑，指故鄉。虢州爲弘農公（楊倞）之郡望，亦可能即爲其家居之地，故云。

〔一〇〕〔錢注〕《宋書・王弘傳》：過蒙恩奬。

〔一一〕〔錢注〕《宋書・王景文傳》：以此居貴位要任，常有致憂兢理不？

〔一二〕〔補注〕《詩・周頌・臣工》：『命我衆人，庤乃錢鎛。』錢鎛，本爲兩種農具，此指農耕之事。課，督促。

〔一三〕〔錢注〕《説文》：縢，機持經者也；杼，機之持緯者。〔補注〕杼機，指紡織。

〔一四〕〔錢注〕《漢書·龔遂傳》：爲渤海太守，民有帶持刀劍者，使賣劍買牛，賣刀買犢，曰：『何爲帶牛佩犢？』

〔一五〕〔錢注〕《後漢書·趙憙傳》：憙遷平原太守，青州大蝗，侵入平原界輒死。

〔一六〕〔補注〕斯人，斯民。《孟子·梁惠王下》：『凶年饑歲，君之民老弱轉乎溝壑，壯者散而之四方者，幾千人矣。』《詩·小雅·出車》：『豈不懷歸，畏此簡書。』朱熹集注：『簡書，戒命也。』

上華州周侍郎狀〔一〕

某文非勝質〔二〕，黠不半癡〔三〕。辛勤一名〔四〕，契闊九品〔五〕。獻書指佞，遠愧南昌〔六〕；懸棒申威，近慚北部〔七〕。竊思頃者，伏謁於遊梁之際〔八〕，受知於入洛之初〔九〕。彭羕自媒，率多徑進〔一〇〕；禰衡懷刺，幸不虛投〔一一〕。爾後以地隔仙凡，位殊貴賤，十鑽槐燧，一拜蓮峯〔一二〕。眄睞未忘〔一三〕，吹噓尚切〔一四〕。已吟棄席〔一五〕，忽詠歸荑〔一六〕。儻或求忠信於十室之間〔一七〕，感意氣於一言之會，聖人門下，不聞互鄉〔一八〕；童子車中，匪輕壯士〔一九〕。則猶希薄伎，獲蔭清光。雖曠闕於門牆〔二〇〕，長仿佛於旌棨〔二一〕。驥疲吴坂，已逢伯樂而鳴〔二二〕；蝶過漆園，願入莊周之夢〔二三〕。下情無任攀戀感激之至。

校注

〔一〕本篇原載清編《全唐文》卷七七五第一一頁、《樊南文集補編》卷六。〔錢箋〕（華州周侍郎）周墀也。《新唐書》本傳：武宗即位，以疾改工部侍郎，出爲華州刺史。《新唐書·地理志》：華州，屬關内道。〔張箋〕（繫會昌元年）案文有『已吟棄席，忽詠歸荑』語，當是江鄉歸途作，意在希冀入幕，其後爲汝南公代作諸表，似可互證。〔按〕張氏繫年誤。《舊書·文宗紀》：開成五年『秋七月制：檢校禮部尚書、華州刺史陳夷行復爲中書侍郎同平章事。』周墀之由工部侍郎出爲華州刺史當與夷行之入朝同時。狀又謂已『辛勤一名，契闊九品。獻書指佞，遠愧南昌，懸棒申威，近慚北部』，用縣尉典，可證其時商隱尚在弘農尉任，未移家關中從調（商隱自濟源移家長安在開成五年九月末，見《上河陽李大夫狀一》及《上李尚書狀》），故此狀當上於開成五年九月前，約七、八月間。馮、張『江鄉之游』之誤，已另有辨正。

〔二〕〔補注〕《論語·雍也》：『質勝文則野，文勝質則史。文質彬彬，然後君子。』

〔三〕〔錢注〕《晉書·顧愷之傳》：愷之在桓温府，常云：『愷之體中，癡黠各半，合而論之，正得平耳。』

〔四〕〔補注〕一名，指登進士第，獲得功名。

〔五〕〔錢注〕謂補弘農尉。《新唐書·地理志》：虢州弘農縣，緊。《舊唐書·職官志》：上縣、中縣尉，從第九品上階。〔補注〕契闊，勤苦貌。

〔六〕〔錢注〕《漢書·梅福傳》：福補南昌尉，後去官歸。是時，成帝委任大將軍王鳳。鳳專執擅朝，王氏寖盛，灾異數見，羣臣莫敢正言。福上書，上不納。張華《博物志》：堯時，有屈軼草生於庭，佞人入朝，則屈而指之，一名指佞草。〔按〕梅福所上書，具載《漢書》本傳，内有『方今君命犯而主威奪，外戚之權日以益隆』等語，即指王鳳專權而言。

〔七〕〔錢注〕《魏志・武帝紀》：除洛陽北部尉。注：《曹瞞傳》曰：太祖初入尉廨，繕治四門，造五色棒，懸門左右各十餘枚，有犯禁者，不避豪彊，皆棒殺之。荀悦《申鑒》：高祖雖能申威於秦、項，而屈於商山四公。

〔八〕〔錢注〕《史記・梁孝王世家》：孝王築東苑，方三百餘里，招延四方豪傑，自山以東游説之士，莫不畢至。〔補注〕《史記・司馬相如列傳》：『是時梁孝王來朝，從游説之士齊人鄒陽、淮陰枚乘、吴莊忌夫子之徒，相如見而説之，因病免，客游梁。梁孝王令與諸生同舍，相如得與諸生游士居數歲。』

〔九〕〔錢注〕《晉書・陸機傳》：機太康末，與弟雲俱入洛，造太常張華。華素重其名，如舊相識。

〔一〇〕〔錢注〕《蜀志・彭羕傳》：羕欲納説先主，乃往見龐統。統與羕非故人，又適有賓客，羕徑上統牀卧。統客既罷，往就羕坐。羕又先責統食，然後共語。統大善之，遂致之先主。曹植《求自試表》：夫自衒自媒者，士女之醜行也。

〔一一〕〔錢注〕《後漢書・禰衡傳》：建安初，來遊許下。始達潁川，乃陰懷一刺，既而無所之適，至於刺字漫滅。〔按〕此句反用其事。刺，名刺，竹木爲之。猶今之名片。

〔一二〕〔錢注〕馮《譜》：義山於開成三年試宏詞。時座主爲周墀。而墀爲華州刺史，在武宗之初，與『十鑽槐燧』不合。然唐人於應舉前，必干謁當途以通聲氣，或義山與墀相知有素，不必定始於應舉時也。《初學記》：《華山記》曰：華山頂上生千葉蓮花。〔補注〕《周禮・夏官・司爟》『四時變國火，以救時疫』鄭玄注：『鄭司農説以鄹子曰：春取榆柳之火，夏取棗杏之火……冬取槐檀之火。』槐燧，以槐木取火之器。十鑽槐燧，謂十年。據狀文『伏謁於遊梁之際，受知於入洛之初』及『十鑽槐燧』語，商隱初謁周墀約在大和中。商隱大和五年在令狐楚天平幕時，楚『歲給資裝，令隨計上都』，始參加進士試。『遊梁』指在楚幕；『入洛』指抵京應試。商隱之『伏謁』『受知』周墀當在此時。自大和五年至開成五年，首尾十年，與『十鑽槐燧』正合。『一拜蓮峯』，謂拜謁見任華州刺史之周墀。

〔一三〕〔錢注〕任昉《到大司馬記室箋》：咳唾爲恩，眄睞成飾。〔補注〕眄睞，眷顧。

〔一四〕〔錢注〕《後漢書·鄭太傳》：孔公緒清談高論，嘘枯吹生。〔補注〕《宋書·沈攸之傳》：『卵翼吹嘘，得升官秩。』吹嘘，此指奬掖。

〔一五〕〔補注〕《韓非子·外儲説左上》：『（晋）文公反國，至河，令籩豆捐之，席蓐捐之，手足胼胝、面目黧黑者後之。咎犯聞之而夜哭。公曰：「寡人出亡二十年，咎犯聞之不喜而哭，意不欲寡人反國邪？」犯對曰：「籩豆所以食也，席蓐所以卧也，而君捐之；手足胼胝，面目黧黑，勞有功者也，而君後之。」』事又見《淮南子·説山訓》：『文公棄荏席，後黴黑，咎犯辭歸。』棄席字當本此。此以自喻淪棄。

〔一六〕〔補注〕《詩·邶風·静女》：『自牧歸荑，洵美且異。』鄭箋：『洵，信也。茅，絜白之物也。自牧田歸荑，其信美而異者，可以供祭祀；猶貞女在窈窕之處，媒氏達之，可以配人君。』

〔一七〕〔補注〕《論語·公冶長》：『子曰：十室之邑，必有忠信如丘者焉，不如丘之好學也。』

〔一八〕〔錢校〕聞，疑當作『問』。〔補注〕《論語·述而》：『互鄉難與言，童子見，門人惑。子曰：「與其進也，不與其退也。唯何甚？人潔己以進，與其潔也。不保其往也。」』鄭玄注：『互鄉，鄉名也。其鄉人言語自專，不達時宜，而有童子來見。門人怪孔子見之。』皇侃疏：『言教化惟進是與，惟退是抑，無來而不納。』此似借孔子見互鄉人，以美周墀之『無來而不納』。

〔一九〕〔錢注〕《史記·季布傳》：季布者，楚人也。項籍使將兵，數窘漢王。及項羽滅，高祖購求季布千金。布匿濮陽周氏。周氏乃髡鉗季布，衣褐衣，置廣柳車中，并與其家僮數十人，之魯朱家所，賣之。朱家乃乘軺車之洛陽，見汝陰侯滕公曰：『以季布之賢，而漢求之急如此，此不北走胡，即南走越耳。夫忌壯士以資敵國，此伍子胥所以鞭荆平王之墓也。君何不從容爲上言耶？』

〔二〇〕〔補注〕《論語·子張》：『夫子之牆數仞，不得其門而入，不見宗廟之美，百官之富，得其門者或寡矣。』按：商隱開成三年春參加博學宏辭科考試，周墀判吏部西銓，已被録取上之中書，因中書長者云『此人不堪』，遂抹去之。故此云『曠闕於門牆』，未能成爲周墀之門生。

〔二一〕〔錢注〕謝朓《始出尚書省》詩：載筆陪旌棨。李善注：韋昭《漢書注》曰：棨，戟也。

〔二二〕〔錢注〕劉琨《答盧諶詩序》：昔騄驥倚輈於吴坂，長鳴於伯樂，知與不知也。

〔二三〕〔錢注〕《莊子》：昔者莊周夢爲蝴蝶，栩栩然蝴蝶也；俄而覺，則蘧蘧然周也。《史記·莊子傳》：莊子，蒙人也，名周，嘗爲蒙漆園吏。

爲濮陽公上淮南李相公狀二〔一〕

伏承恩詔榮徵。聖上肇自漢藩〔二〕，顯當殷鼎〔三〕，必先求舊，以謹維新〔四〕。夫昭貴族而理近官〔五〕，爲邦之遠算〔六〕；險不懟而怨不怒〔七〕，事君之大忠〔八〕。相公受寄累朝〔九〕，允懷明德〔一〇〕。傅巖克申三命，未盡嘉謀〔一一〕；晉室更作五軍，尚慚多讓〔一二〕。喜愠罔形于用捨，是非無撓于去留。簡素騰輝〔一三〕，鐘彝溢美〔一四〕。而又志唯逃富〔一五〕，道惡多藏〔一六〕。闞尹之粮一筐，皆因君賜〔一七〕；江氏之田半頃，豈爲孫謀〔一八〕？固合長在廟廷，永光帝載〔一九〕。使庶政絶貪婪之患〔二〇〕，大朝無黨比之憂〔二一〕。況今者時逼藏弓〔二二〕，禮當輔主〔二三〕。元侯功大〔二四〕，獨申攀送之哀〔二五〕；伯父位尊〔二六〕，使率駿奔之列〔二七〕。移寒在律〔二八〕，鼓物須雷〔二九〕，凡在含靈〔三〇〕，莫不延頸〔三一〕。某早蒙恩異，獲奉輝光。蔣琬牛頭，省占佳夢〔三二〕；謝安麈尾，屢聽清談〔三三〕。果得叨忝圭符〔三四〕，留連旗鼓〔三五〕。捫心自愧〔三六〕，没齒難忘〔三七〕。竊計軒車〔三八〕，已臻伊、洛〔三九〕。佇見方明展事〔四〇〕，庭燎陳儀〔四一〕。雨將至而柱礎先知〔四二〕，風欲來而巢居盡識〔四三〕。下情無任欣抃踴躍之至，伏惟特賜恩察。

〔一〕本篇原載清編《全唐文》卷七七三第一〇頁、《樊南文集補編》卷二。題内『濮陽』二字，《全文》作『汝南』，據錢校改。詳《爲濮陽公上李相公狀一》注〔一〕。〔錢箋〕《舊唐書·李德裕傳》：開成二年，授淮南節度副大使知節度事。五年正月，武宗即位。七月，召德裕於淮南。〔按〕狀云『伏承恩詔榮徵』，『竊計軒車，已臻伊、洛，佇見方明展事，庭燎陳儀』，顯係德裕奉詔内調，已離淮南使府，未達長安，行至洛陽一帶時代茂元馳狀致意之作。案德裕於開成五年七月内召，九月甲戌（初一）抵京師，則行至伊、洛一帶時當在八月。文云『況今者時逼藏弓，禮當輔主。元侯功大，獨申攀送之哀。』係指是年八月壬戌（十九）文宗將葬章陵之事，則又可證狀當上於此前不久。故今編此狀於開成五年八月上中旬。文内『果得叨忝圭符，留連旗鼓』，係承上『某早蒙恩異』而言，乃追述大和七年德裕爲相時王茂元任嶺南節度使事，與開成五年九月茂元任陳許觀察使事無涉，詳『叨忝圭符』注。

〔二〕漢藩，錢氏箋注本作『海藩』，『海』字顯誤，當依《全唐文》作『漢藩』。〔錢注〕《顔氏家訓》：上荆州必稱峽西，下揚都言去海郡。〔按〕錢氏在無别本依據之情況下擅改『漢』爲『海』，絶不可通；又引《顔氏家訓》『下揚都言去海郡』以釋『海藩』，則更將『海藩』屬之在淮海之德裕，尤屬舛誤。漢藩，用漢文帝以代王繼立事。《漢書·文帝紀》：『孝文皇帝，高祖中子也，母曰薄姬。高祖十一年，誅陳豨，定代地，立爲代王，都中都。十七年秋，高后崩，諸吕謀爲亂，欲危劉氏。丞相陳平、太尉周勃、朱虚侯劉章共誅之，謀立代王……遂即天子位。』唐武宗之繼位，情況與漢文類似，《新唐書·武宗紀》：『武宗……，穆宗第五子也……始封潁王……開成五年正月，文宗疾大漸，神策軍護軍中尉仇士良、魚弘志矯詔廢皇太子成美復爲陳王，立潁王爲皇太弟。辛巳，即皇帝位于柩前。』故用漢文以代王入承大統之典以喻指武宗以潁王立爲帝。商隱《爲李貽孫上李相公啓》『始者主上以代邸承基』，即本篇『聖上肇自漢藩』之意。肇，起也。

〔三〕〔錢注〕《史記·殷本紀》：阿衡（伊尹）欲干湯而無由，乃爲有莘氏媵臣，負鼎俎，以滋味説湯，至于王道。〔補注〕當，值，遇。殷鼎，此即指以調鼎味説湯之伊尹。顯當殷鼎，謂武宗顯值伊尹式之賢才德裕。

〔四〕〔補注〕求舊，謂用人務求故老舊臣。《書·盤庚上》：『人惟求舊，器非求舊，惟新。』《詩·大雅·文王》：『周雖舊邦，其命維新。』維新，更新政治。《書·胤征》：『殲厥渠魁，脅從罔治。舊染汙俗，咸與維新。』此『維新』係自新義，非本文所用。

〔五〕〔錢注〕《國語》：晋文公至自王城，公屬百官，賦職任功，昭舊族，愛親戚。胥、籍、狐、箕、欒、郤、柏、先、羊舌、董、韓實掌近官。諸姬之良，掌其中官；異姓之能，掌其遠官。〔補注〕昭，顯揚。近官，朝官，因其接近帝王，故稱。《國語》韋昭注：『十一族，晋之舊姓，近官朝廷者。』理，通『賚』，賞賜。

〔六〕〔錢注〕《後漢書·朱祐等傳論》：然原夫深圖遠算。

〔七〕〔錢注〕《國語》：彘之亂，宣王在召公之宫，國人圍之，召公曰：『昔吾驟諫王，王不從，以及此難。今殺王子，王其以我爲懟而怒乎？夫事君者險而不懟，怨而不怒，況事王乎？』乃以其子代宣王，宣王長而立之。

〔八〕〔錢注〕《荀子》：以德復君而化之，大忠也。〔按〕參見注〔七〕。

〔九〕〔錢注〕按《舊唐書》本傳：德裕元和中累辟諸府從事，十四年入朝。至武宗初，歷事憲、穆、敬、文、武五朝。《後漢書·朱暉等傳贊》：朱生受寄。〔補注〕受寄，受朝廷之委託，付以重任。

〔一〇〕〔補注〕明德，指才德兼備之人。《詩·大雅·皇矣》：『帝遷明德，串夷載路。』朱熹集傳：『明德，謂明德之君，即太王也。』

〔一一〕〔補注〕《書·説命上》：『高宗夢得説，使百工營求諸野，得諸傅巖。作《説命》三篇……爰立作相，王置諸其左右，命之曰：「朝夕納誨，以輔台德。若金，用汝作礪；若濟巨川，用汝作舟楫；若歲大旱，用汝作霖雨。」』《説命》有上中下三篇，故稱『三命』。

〔一二〕〔補注〕《左傳・僖公三十一年》：『秋，晋蒐于清原，作五軍以禦狄，趙衰爲卿。』孔疏：『《晋語》云：文公命趙衰爲卿，讓於欒枝、先軫；後又使爲卿，讓於狐偃、狐毛；卒，又使爲卿，讓於先且居。公曰：趙衰三讓，其所讓皆社稷之衛也。』五軍，上、中、下軍、新上軍、新下軍。

〔一三〕〔錢注〕荀勖《穆天子傳序》：序古文《穆天子傳》者，太康二年，汲縣民不准盜發古塚所得書也，皆竹簡素絲編。〔按〕簡素，古代用以書寫之竹簡與絹帛，猶簡册。錢注以『竹簡素絲編』釋簡素，非。

〔一四〕〔錢注〕《莊子》：夫兩喜必多溢美之言。〔補注〕鐘彝，青銅禮器，指刻在鐘鼎彝器上之文字。

〔一五〕〔錢注〕《國語》：鬬且語其弟曰：『昔鬬子文三舍令尹，無一日之積，恤民之故也。』成王聞子文之朝不及夕也，於是乎每朝設脯一束，糗一筐，以羞（進獻食物）子文。成王每出子文之禄，必逃，王止而後復。人謂子文曰：『人生求富，而子逃之，何也？』對曰：『夫從政者以庇民，民多曠者，而我取富焉，是勤民以自封也，死無日矣！吾逃死，非逃富也。』

〔一六〕〔錢注〕《老子》：多藏必厚亡。

〔一七〕見注〔一五〕。

〔一八〕〔錢注〕江淹《與交友論隱書》：望在五畝之宅，半頃之田，鳥赴簷上，水帀階下，則請從此隱，長謝故人。〔補注〕《詩・大雅・文王有聲》：『詒厥孫謀，以燕翼子。』王維《裴僕射濟州遺愛碑》：『爲其身計，保乎忠貞；將爲孫謀，貽以清白。』朱熹《詩集傳》解『詒厥孫謀，以燕翼子』云：『謀及其孫，則子可以無事矣。』

〔一九〕〔補注〕《書・堯典》：『咨四岳：有能奮庸熙帝之載，使宅百官揆，亮采惠疇。』孔傳：『載，事也。』帝載，帝王之事業。

〔二〇〕〔錢注〕《楚辭・離騷》注：愛財曰貪，愛食曰婪。

〔二一〕〔錢注〕王逸《九思》：貪枉兮黨比。〔補注〕黨比，結黨朋比。

〔二二〕〔錢注〕《史記·封禪書》：黄帝采首山銅，鑄鼎於荆山下。鼎既成，有龍垂胡髯下迎黄帝。黄帝上騎，羣臣後宫從上者七十餘人，龍乃上去。餘小臣不得上，乃悉持龍髯，龍髯拔，墮，墮黄帝之弓。百姓仰望黄帝既上天，乃抱其弓與胡髯號，故後世因名其處曰鼎湖，其弓曰烏號。庾信《周祀圜丘歌》：弓藏高隴，鼎没寒門。〔補注〕藏弓，帝王安葬之諱辭。時逼藏弓，謂其時迫近文宗葬章陵（八月壬戌）之日。

〔二三〕〔錢注〕《漢書·昭帝紀》：以侍中奉車都尉霍光爲大司馬、大將軍，受遺詔輔少主。

〔二四〕〔補注〕元侯，諸侯之長。《左傳·襄公四年》：『三《夏》，天子所以享元侯也，使臣弗敢與聞。』

〔二五〕攀送之哀，指臣下攀送已故君主之哀，見注〔二二〕。

〔二六〕〔補注〕《書·康王之誥》：『今予一二伯父尚胥暨顧，綏爾先公之臣服于先王。』孔傳：『天子稱同姓諸侯曰伯父。』此借指李德裕。商隱《太尉衛公會昌一品集序》：『（武宗）詔曰：淮海伯父，汝來輔予。』

〔二七〕駿奔，疾奔。《書·武成》：『邦甸侯衛，駿奔走，執豆籩。』《詩·周頌·清廟》：『濟濟多士，秉文之德，對越在天，駿奔在廟。』使率駿奔之列，謂使之爲相率領朝廷中濟濟多士之行列。

〔二八〕〔錢注〕阮籍《詣蔣公奏記》李善注：劉向《别録》曰：鄒衍在燕，有谷寒，不生五穀。鄒子吹律而温，生黍。

〔二九〕〔補注〕《易·繫辭上》：『鼓之以雷霆，潤之以風雨。』又：『鼓萬物而不與聖人同憂。』韓康伯注：『萬物由之以化，故曰鼓萬物也。』

〔三〇〕〔錢注〕《春秋元命苞》：含靈盛壯。〔補注〕含靈，有靈性之人類。

〔三一〕〔錢注〕《列子》：天下丈夫女子，莫不延頸舉踵，而願安利之。

〔三二〕〔錢注〕《蜀志·蔣琬傳》：琬夜夢，有一牛頭在門前，意甚惡之。呼問占夢趙直，直曰：『牛角及鼻，公字之象。君位必當至公，大吉之徵也。』

〔三三〕〔錢注〕《晋書·謝安傳》：羲之謂曰：『今四郊多壘，宜思自效。而虚談廢務，浮文妨要，恐非當今所宜。』安曰：『秦任商鞅，二世而亡，豈清言致患耶？』按：《謝安傳》無麈尾事，似因《南齊書·陳顯達傳》有『麈尾王、謝家物』一語，從而牽合耳。〔按〕古人清談時每執麈尾，謝安善清談，故云。

〔三四〕〔錢注〕王融《永明十一年策秀才文》：頃深汰珪符。〔張箋〕特指其從前歷歷而言。〔補箋〕《舊唐書·文宗紀》，大和七年正月，以右金吾衛將軍王茂元爲嶺南節度使。二月，守兵部尚書李德裕以本官同中書門下平章事。是則茂元嶺南節度使之任命，實與李德裕之任宰相無涉。爲述恩誼，不妨作此語。且文云『叨忝圭符，留連旗鼓』，則并二月以後之任期亦包括在內，並無矛盾。

〔三五〕見《爲濮陽公附送官告中使回狀》注〔八〕。

〔三六〕〔錢注〕《後漢書·申屠剛傳》注：《烈士傳》：内手捫心，知不如子。

〔三七〕〔補注〕《論語·憲問》：『奪伯氏駢邑三百，飯疏食，没齒無怨言。』《禮記·大學》：『君子賢其賢而親其親，小人樂其樂而利其利，此所以没世不忘也。』

〔三八〕〔錢注〕《左傳》注：軒，大夫車。

〔三九〕〔錢注〕〔伊洛〕謂東都。《新唐書·地理志》：河南道，其大川伊、洛。〔補注〕杜甫《北征》：『伊、洛指掌收，西京不足拔。』

〔四〇〕〔錢注〕《漢書·律曆志》：太甲元年，使伊尹作《伊訓》，曰：惟太甲元年十有二月乙丑朔，伊尹祀于先王，誕資有牧方明。言雖有成湯、太丁、外丙之服，以冬至越茀祀先王于方明。注：《覲禮》：諸侯覲天子，爲壇十有二尋，加方明于其上。又注：方明，神明之象也，以木爲之，方四尺，畫六采，東青，西白，南赤，北黑，上玄，下黄。《宋書·禮志》：日時展事，可以延敬。〔補注〕方明，上下四方神明之象。古代諸侯朝見天子時所置。

〔四一〕〔補注〕《周禮·秋官·司烜氏》：『凡邦之大事，共墳燭庭燎。』鄭玄注：『墳，大也。樹於門外曰大燭，於門内曰庭燎，皆所以照衆爲明。』古代朝覲時設庭燎（庭中照明之火炬）。《詩·小雅·庭燎》：『夜如何其？夜未央，庭燎之光。君子至止，鸞聲鏘鏘。』

〔四二〕〔錢注〕《淮南子》：山雲蒸而柱礎潤。

〔四三〕〔錢注〕張華《情詩》李善注：《春秋漢含孳》曰：巢居之鳥先知風。

爲濮陽公上淮南李相公狀三〔一〕

不審自跋涉道路〔二〕，尊體何如？伏計不失調護。昔周文纘十五王之緒，顯正舊邦〔三〕；襄孫總十一德之基，方寧故國〔四〕。今惟新之曆〔五〕，始叶卜于姬公〔六〕；作輔之臣〔七〕，又徵言于單子〔八〕。以今況古〔九〕，千載一時。

某竊思章武皇帝之朝，元和六年之事〔一〇〕：鎮南建議，初召羊公〔一一〕；征北求人，先咨謝傅〔一二〕。故得齊剸封豕〔一三〕，蔡剔長鯨〔一四〕。伏惟相公清白傳資〔一五〕，馨香襲慶〔一六〕。始自辛卯〔一七〕，至于庚申〔一八〕，雖號歷四朝〔一九〕，而歲纔三紀〔二〇〕。淮王堂搆〔二一〕，既高大壯之規〔二二〕；漢相家聲〔二三〕，復有急徵之詔〔二四〕。桂苑之舊賓未老〔二五〕，金縢之遺字猶新〔二六〕。燮理雖繫于陰陽〔二七〕，怵惕固深于霜露〔二八〕。且廣陵奥壤，江都巨邦〔二九〕，爰在頃時，亦經蕪政〔三〇〕。風移厭劾〔三一〕，俗變侵凌〔三二〕。家多紛若之巫〔三三〕，户絶孌兮之女〔三四〕。相公必寘于理〔三五〕，大爲其防〔三六〕。鄴中隳河伯之祠〔三七〕，蜀郡破水靈之廟〔三八〕。然後教之厚俗〔三九〕，喻以有行〔四〇〕。用榛栗棗修〔四一〕，遠父母兄弟〔四二〕。隱形吐火〔四三〕，知非鬼不祭之文〔四四〕；抱布貿絲〔四五〕，識爲嫁曰歸之旨〔四六〕。化高方岳〔四七〕，威動列城〔四八〕。陳於太史之詩〔四九〕，列在諸侯之史〔五〇〕。

今者重持政柄，復注皇情〔五一〕，便當佐禹陳謨〔五二〕，輔堯考績〔五三〕。鄉誅下比〔五四〕，朝舉養廉〔五五〕。中臺獎枕杜之郎〔五六〕，外郡表靳芻之婦〔五七〕。然後司成立學〔五八〕，謁者求書〔五九〕，大講廢官〔六〇〕，咸修闕政〔六一〕，致于仁壽〔六二〕，煦以和平〔六三〕。凡在生靈，孰不欣望。

某早塵下顧，曾奉指蹤〔六四〕。江左單衣〔六五〕，每留夢寐；柳城素几〔六六〕，行覲尊顏。伏限守官〔六七〕，莫由迎謁。空知抃賀，不可奮飛〔六八〕。下情無任瞻望踴躍之至！

〔一〕本篇原載清編《全唐文》卷七七三第一〇頁、《樊南文集補編》卷二。題内「濮陽」二字，《全文》作「汝南」，據錢校改，詳《爲濮陽公上淮南李相公狀一》注〔一〕。〔錢箋〕《舊唐書·李德裕傳》：「開成五年九月，授門下侍郎、同平章事。」及德裕由淮南入相，則茂元已出鎮陳許，故第二狀云「叨忝圭符」，第三狀云「伏限守藩，中外相左，無緣接晤」，此茂元與德裕修書通問之由。〔張箋〕第三狀則謂方在京服官，無由迎謁耳。〔按〕文云「始自辛卯，至于庚申」，「不知跋涉道路，尊體何如」，明此狀係開成五年庚申徵召德裕入朝途中，商隱代茂元迎賀之作。下又云「柳城素几，行覲尊顏。伏限守官，莫由迎謁」，則德裕此時已過伊洛（第二狀謂「竊計軒車，已臻伊、洛」）而行近京師，即將面謁。時茂元仍在朝爲官，故云「伏限守官，莫由迎謁」，錢箋竟將此二句改爲「伏限守藩，中外相左，無緣接晤」，以證成其茂元時已出鎮陳許之説，甚屬訛謬。德裕九月初一（甲戌）抵京師（見第一狀注〔一〕），故本篇約作於開成五年八月下旬。

〔二〕〔錢注〕《詩·載馳》傳：草行曰跋，水行曰涉。

〔三〕〔錢注〕《國語》：自后稷之始基靖民，十五王而文始平之。〔補注〕纘緒，繼承先王之餘緒、世業。《詩·

魯頌・閟宮》：『奄有下土，纘禹之緒。』《禮記・中庸》：『武王纘大王、王季、文王之緒，壹戎衣而有天下。』顯，明。舊邦，指周。

〔四〕〔錢注〕《國語》：晋孫談之子周適周，事單襄公。襄公曰：『周將得晋國，其行也文。夫敬，文之恭也；忠，文之實也；信，文之孚也；仁，文之愛也；義，文之制也；知，文之輿也；勇，文之帥也；教，文之施也；孝，文之本也；惠，文之慈也；讓，文之材也。此十一者，夫子皆有焉。被文相德，非國何取？』及厲公之亂，召周子而立之，是爲悼公。解：談，晋襄公之孫，惠伯，談也。周者，談之子，晋悼公之名。按：唐自高祖至武宗凡十五世。又武宗由潁邸入繼大統。觀此可知義山隸事之密。

〔五〕惟新，見《爲濮陽公上淮南李相公狀二》注〔四〕。

〔六〕〔補注〕《書・泰誓中》：『朕夢協朕卜，襲于休祥，戎商必克。』姬公，指周公姬旦。《文心雕龍・史傳》：『自周命維新，姬公定法。』

〔七〕〔錢注〕《後漢書・郎顗傳》：文、武創德，周、召作輔。

〔八〕〔補注〕單子，指單襄公。參見注〔四〕。

〔九〕〔錢注〕《魏志・杜畿傳》：以今况古，陛下自不督必行之罰，以絶阿黨之原耳。

〔一〇〕〔錢注〕《舊唐書・憲宗紀》：憲宗聖神章武孝皇帝。元和六年正月，以淮南節度使、中書侍郎、同平章事趙國公李吉甫復知政事。〔按〕德裕，吉甫子。

〔一一〕〔錢注〕《晋書・羊祜傳》：帝將有滅吴之志，以祜爲都督荆州諸軍事。後寢疾，求入朝面陳伐吴之計，舉杜預自代。又《杜預傳》：帝密有滅吴之計，而朝議多違，惟預、羊祜、張華與帝意合。祜病舉預自代。祜卒，拜鎮南將軍都督荆州諸軍事。《史記・公孫弘傳》：始與臣等建此議，今皆倍之。〔補箋〕此二句殆指李吉甫引薦武元衡事。《新唐書・李吉甫傳》：『始，吉甫當國，經綜政事，衆職咸治。引薦賢士大夫，愛善無遺……與武元衡連位，未幾節度劍南，屢言元衡材，宜還爲相。』《通鑑・憲宗元和八年》：『三月甲子，徵前西川節度使、同平章事武元衡入知政事。』此以羊祜比吉甫，以杜預比元衡。吉甫、元衡均宰相中力求對叛鎮用兵者，元和九年伐淮西叛鎮吳元濟之決策，吉甫力主之。吉甫元和九年十月暴病卒後，憲宗『悉以用兵事委武元衡』（《通鑑・元和十年》）。

〔一二〕〔錢注〕《晉書・謝玄傳》：苻堅彊盛，邊境數被侵寇，朝廷求文武良將可以鎮禦北方者，安乃以玄應舉。又《謝安傳》：安薨，贈太傅。〔補箋〕此二句殆指請任薛平爲義成節度使事。《新唐書・李吉甫傳》：『（魏博）田季安疾甚，吉甫請任薛平爲義成節度使，以重兵控邢、洺，因圖上河北險要所在。帝張於浴堂門壁，每議河北事，必指吉甫曰：「朕日按圖，信如卿料矣。」』薛平任義成節度使，事見《通鑑・元和七年》。

〔一三〕〔錢注〕《舊唐書・李師道傳》：自李正已至師道，竊有鄆、曹等十二州六十年矣。元和十年，王師討蔡州，師道使賊燒河陰倉，斷建陵橋。初，師道置留邸於河南府。吳元濟北犯汝、鄭，防禦兵盡戍伊闕，師道潛以兵內其邸，謀焚宮闕而肆殺掠。會有小將詣留守呂元膺告變，元膺追伊闕兵圍之，賊衆突出，入嵩山，官軍共圍之谷中，盡獲之。及誅吳元濟，師道恐懼，上表乞聽朝旨，請割三州。師道婢有號蒲大姊、袁七孃者曰：『自先司徒以來，有此十二州，奈何一旦無苦而割之邪？』師道從之而止。乃詔諸軍討伐。十年十二月，武寧節度李愿遣將王智興擊破師道之衆。十三年，滄州節度鄭權、徐州李愬、魏博田弘正、陳許李光顏諸軍四合，累下城栅。師道使劉悟將兵當魏博軍，既敗，乃召將吏謀曰：『今天子所誅，司空一人而已。悟與公等皆被驅逐就死地，何如轉禍爲福？』乃以兵趣鄆州，擒師道而斬其首送於魏博軍，元和十四年二月也。按：《舊唐書・李吉甫傳》：元和九年冬，暴病卒。誅師道在十四年二月，事出其後。文蓋以羣帥成功，推本宰輔用人之力耳。鄭亞《會昌一品集序》亦言「圖蔡料齊，外定內理」也。〔補注〕封豕，大豬，喻貪暴者。《左傳・昭公二十八年》：『（伯封）實有豕心，貪惏無饜，忿纇無期，謂之封豕。』

〔一四〕〔錢注〕《舊唐書・李吉甫傳》：淮西節度使吳少陽卒，其子元濟請襲父位。吉甫以爲淮西內地，不同河朔，宜因時而取之，頗叶上旨，始爲經度淮西之謀。又《吳元濟傳》：元濟，少陽長子也。初攝蔡州刺史。及父死，不發喪，以病聞。因假爲少陽表請元濟主兵務。少陽判官楊玄卿先奏事在京師，得盡言經略淮西事於宰相李吉甫。

元和十年正月，詔元濟在身官爵並宜削奪，合兵進討。六月，命裴度爲宰相，淮右用兵之事，一以委之。十一年春，諸軍雲合。十二年正月，李愬表請軍前自效。十一月愬夜出軍，其月十日夜，至蔡州城下，坎墻而畢登，賊不之覺。十一日，攻衙城，擒元濟至京，斬之於獨柳。〔補注〕《左傳·宣公十二年》：『古者明王伐不敬，取其鯨鯢而封之，以爲大戮。』劉知幾《史通·敘事》：『論逆臣則呼爲問鼎，稱巨寇則目以長鯨。』

〔一五〕〔錢注〕《新唐書·李德裕傳》：德裕，元和宰相吉甫子也。《後漢書·楊震傳》：震性公廉，子孫常蔬食步行。或欲令爲開産業，震不肯曰：『使後世稱爲清白吏子孫，以此遺之，不亦厚乎？』

〔一六〕〔補注〕《書·酒誥》：『弗惟德馨香，祀登聞于天。』《國語·周語上》：『其德足以昭其馨香，其惠足以同其民人。』

〔一七〕〔錢注〕（辛卯）元和六年。

〔一八〕〔錢注〕（庚申）開成五年。

〔一九〕〔錢注〕（四朝）憲、穆、敬、文。

〔二〇〕〔補注〕自元和六年（八一一）至開成五年（八四〇），前後歷三十年。此云『三紀』，蓋取約數。

〔二一〕〔錢注〕《漢書·淮南王傳》：上憐淮南王廢法不軌，自使失國早夭，乃立淮南王三子，王淮南故地，三分之，阜陵侯安爲淮南王。〔補注〕《書·大誥》：『若考作室，既底法，厥子乃弗肯堂，矧肯構？』孔傳：『以作室喻治政也，父已致法，子乃不肯爲堂基，況肯構立屋乎？』堂構，喻繼承祖上之遺業。按：元和三年九月，德裕之父吉甫曾任淮南節度使，德裕亦於開成二年授淮南節度副大使知節度事，後先相繼，故云『淮南堂構』。

〔二二〕〔補注〕《易·繫辭下》：『上古穴居而野處，後世聖人易之以宫室，上棟下宇，以待風雨，蓋取諸《大壯》。』《大壯》卦上震下乾，震爲雷，乾爲天（天形似圓蓋），其卦象爲上有雷雨，下有御雨之圓蓋，故云創建宫室以避風雨係取象於《大壯》。後以《大壯》爲創建宫室之典。此謂德裕節度淮南能光大父業。

〔二三〕〔錢注〕《漢書·平當傳》：當爲丞相，卒，子晏以明經歷位大司徒。漢興，唯韋、平父子至宰相。司馬遷《報任少卿書》：隤其家聲。

〔二四〕〔錢注〕《漢書・鮑宣傳》：急徵故大司馬傅喜。《舊唐書・李德裕傳》：初，德裕父吉甫年五十一，出鎮淮南，五十四自淮南復相。今德裕鎮淮南復入相，一如父之年，亦爲異事。

〔二五〕〔錢注〕左思《吳都賦》劉逵注：吳有桂林苑、落星樓，樓在建鄴東北十里。〔按〕此處『桂苑舊賓』上承『淮南堂搆，既高大壯之規』而言，當指往日吉甫節度淮南時之幕賓。蓋因漢淮南王劉安賓客作《招隱士》，賦中有『桂樹叢生兮山之幽』，『攀援桂枝兮聊淹留』之句，遂以『桂苑』指淮南幕府。據戴偉華《唐方鎮文職僚佐考》，元和三至五年李吉甫鎮淮南時文職僚佐有孔戡、楊同慈、崔國禎、王起、張某等人，其中王起與李德裕交情頗篤。

〔二六〕〔錢校〕字，原作『事』，今據胡本改正。〔按〕錢校是，兹從之。金縢，事見《書・金縢》，見《爲安平公賀皇躬痊復上門下狀》注〔八〕。

〔二七〕〔補注〕《書・周官》：『立太師、太傅、太保，兹惟三公，論道經邦，燮理陰陽。』燮理陰陽，指任宰相之職。

〔二八〕〔補注〕《書・冏命》：『怵惕惟厲，中夜以興，思免厥愆。』孔傳：『言常悚懼惟危，夜半以起，思所以免其過悔。』《禮記・祭義》：『霜露既降，君子履之，必有悽愴之心，非其寒之謂也。春雨露既濡，君子履之，必有怵惕之心，如將見之。』

〔二九〕〔錢注〕《舊唐書・地理志》：揚州，隋江都郡。武德九年改爲揚州。天寶元年改爲廣陵郡。乾元元年復爲揚州。自後置淮南節度使。《晉書・孝武帝紀》：又三吳奧壤，股肱望郡。

〔三〇〕〔補注〕蕪政，雜亂無章之政教風俗。按：此二句所指當即下文所述當地之迷信風俗。參注〔三八〕所引李德裕在浙西觀察使任上變弊風、除淫祠之事。淮南地區之迷信風俗，本傳雖未載，然於浙西地區可約略見之。或德裕鎮淮南時，亦有類似革除蕪政弊俗之事，而史未載。

〔三一〕〔錢注〕《魏志・董卓傳》注：《獻帝起居注》曰：李傕喜鬼怪左道之術，常有道人及女巫，歌謳擊鼓下神，祠祭六丁，符劾厭勝之具，無所不爲。〔補注〕厭劾，指用迷信之法消灾除邪。

〔三二〕〔補注〕《禮記·經解》：『聘覲之禮廢，則君臣之位失，諸侯之行惡，而倍畔侵凌之敗起矣。』

〔三三〕〔補注〕《易·巽》：『巽在牀下，用史巫紛若，吉無咎。』孔穎達疏：『紛若者，盛多之貌。』

〔三四〕〔補注〕《詩·邶風·静女》：『静女其孌。』毛傳：既有静德，又有美色。

〔三五〕〔錢注〕《後漢書·齊武王縯傳》：朕不忍置之于理。《禮·月令》注：理，治獄官也。

〔三六〕〔補注〕《禮記·坊記》：『大爲之坊（通防），民猶踰之。』大防，指大的原則界限。

〔三七〕〔錢注〕《史記·滑稽傳》褚先生補曰：西門豹爲鄴令，會長老，問之民所疾苦。長老曰：『苦爲河伯娶婦。』豹問其故，對曰：『鄴三老、廷掾常歲賦斂百姓，收取其錢，爲河伯娶婦，與祝巫共分其餘錢持歸。當其時，巫行視人家女好者，即娉取。爲治齋宫河上，女居其中。共粉飾之，如嫁女牀席，令女居其上，浮之河中。始浮，行數十里乃没。』至其時，豹往會之，呼河伯婦來，視之曰：『是女子不好，煩大巫嫗爲入報河伯，得更求好女，後日送之。』即使吏卒抱大巫嫗投之河中。有頃，復投三弟子。豹曰：『巫嫗、弟子不能白事，煩三老爲入白之。』復投三老河中。鄴吏民大驚恐。從是以後，不敢復言爲河伯娶婦。

〔三八〕〔錢注〕《抱朴子》：第五公誅除妖道，而既壽且貴；宋廬江罷絶山祭，而福禄永終；文翁破水靈之廟，而身吉民安；魏武禁淫祀之俗，而洪慶來假。《舊唐書·李德裕傳》：德裕爲浙西觀察使。江嶺之間，信巫祝，惑鬼怪，有父母兄弟厲疾者，舉室棄之而去。德裕欲變其風，擇鄉人之有識者，諭之以言，繩之以法。數年之間，弊風頓革。屬郡祠廟，按方志前代名臣、賢后則祠之，四郡之内，除淫祠一千一十所。〔補注〕水靈，水神。

〔三九〕〔錢注〕《後漢書·荀淑傳》：所以崇國厚俗篤化之道也。

〔四〇〕〔補注〕《詩·邶風·泉水》：『女子有行，遠父母兄弟。』有行，謂出嫁。

〔四一〕〔補注〕《左傳·莊公二十四年》：『女贄，不過榛、栗、棗、脩，以告虔也。』

〔四二〕〔錢注〕《新唐書·李德裕傳》：德裕節度劍南西川，蜀人多鬻女爲人妾。德裕爲著科約，凡十三而上，執三年勞，下者五歲。及期則歸之父母。餘見注〔四〇〕。

〔四三〕〔錢注〕《晉書·夏統傳》：女巫章丹、陳珠能隱形匿影，吞刀吐火。

〔四四〕〔補注〕《論語·爲政》：『非其鬼而祭之，諂也。』

〔四五〕〔補注〕《詩·衛風·氓》：『氓之蚩蚩，抱布貿絲，匪來貿絲，來即我謀。』

〔四六〕〔錢校〕爲，當作『謂』。〔補注〕《易·漸》：『女歸，吉。』孔穎達疏：『女人……以夫爲家，故謂嫁曰歸也。』

〔四七〕〔補注〕《書·周官》：『王乃時巡，考制度于四岳。諸侯各朝于方岳，大明黜陟。』方岳，四方之山岳，古指東岳泰山、西岳華山、南岳霍山（一云衡山）、北岳恒山。

〔四八〕〔補注〕《左傳·僖公十五年》：『賂秦伯以河外列城五。』

〔四九〕〔補注〕《禮記·王制》：『命太史陳詩，以觀民風。』鄭玄注：『陳詩，謂采其詩而視之。』孔穎達疏：『此謂王巡守見諸侯畢，乃命其方諸侯大師是掌樂之官，各陳其國風之詩，以觀其政令之善惡。』按：據此，『太史』或爲『大師』之誤，蓋涉下句『史』字而誤。

〔五〇〕〔補注〕春秋時列國皆有史。《孟子·離婁下》：孟子曰：『王者之迹熄而《詩》亡，《詩》亡然後《春秋》作。晉之《乘》、楚之《檮杌》、魯之《春秋》，一也。其事則齊桓、晉文，其文則史。孔子曰：「其義則丘竊取之矣。」』

〔五一〕〔錢注〕按：德裕先於大和七年二月入相，八年九月罷出，見《舊書》本傳。此時由淮南徵入復相也。

〔補注〕《左傳·昭公七年》：『三世執其政柄，其用物也弘矣，其取精也多矣。』

〔五二〕〔補注〕《書·大禹謨》：『皋陶矢厥謨，禹成厥功，帝舜申之，作《大禹皋陶謨》。』孔穎達疏：『皋陶爲帝舜陳其謀。』

〔五三〕〔補注〕《書·舜典》：『三載考績。三考，黜陟幽明。』孔傳：『三年有成，故以考功。九歲則能否幽明有別，黜退其幽者，升進其明者。』

〔五四〕〔錢注〕《國語》：有不慈孝於父母，不長弟於鄉里，驕躁淫暴，不用上者，有則以告，有而不告謂之下比。〔補注〕下比，謂庇護壞人。比，勾結、庇護。誅，責罰。

〔五五〕〔錢注〕《漢書·董仲舒傳》：立學校之官，州郡舉茂材孝廉，皆自仲舒發之。

〔五六〕〔錢注〕應劭《漢官儀》：尚書爲中臺。《後漢書·鍾離意傳》：藥崧家貧爲郎，常獨直臺上，無被，枕杫，食糟糠。帝每夜入臺，輒見崧，問其故，甚嘉之。《方言》：（杫）俎几也。蜀漢之間曰杫。

〔五七〕〔錢注〕《漢書·嚴安傳》：今外郡之地或幾千里。《後漢書·第五倫傳》：倫拜會稽太守，躬自斬芻養馬，妻執炊爨。

〔五八〕〔補注〕《禮記·文王世子》：『樂正司業，父師司成。』孔穎達疏：『父師主太子成就其德行也。』

〔五九〕〔錢注〕《漢書·成帝紀》：河平三年，光禄大夫劉向校中祕書，謁者陳農使使求遺書於天下。〔補注〕謁者，掌賓贊受事，即爲天子傳達。

〔六〇〕〔補注〕《論語·堯曰》：『謹權量，審法度，脩廢官，四方之政行焉。』廢官，有職而無其官，或有官而不稱其職。

〔六一〕〔補注〕《漢書·嚴助傳》：『朝有闕政，遺王之憂。』

〔六二〕〔錢注〕《漢書·王吉傳》：驅一世之民，躋之仁壽之域。〔補注〕仁壽，謂有仁德而長壽。《論語·雍也》：『知者動，仁者静；智者樂，仁者壽。』

〔六三〕〔補注〕《易·咸》：『聖人感人心而天下和平。』《易林·蒙之小畜》：『陰陽順叙，以成和平。』

〔六四〕指蹤，見《爲尚書濮陽公賀鄭相公狀》注〔五四〕。

〔六五〕〔錢注〕《晉書·王覽傳》：覽子裁。覽後奕世多賢才，興於江左矣。裁子導，别有傳。又《王導傳》：導善於因事。時帑藏空竭，庫中惟有練數千端，鬻之不售，而國用不給。導患之，乃與朝賢俱制練布單衣，於是士人翕然競服之，綀遂踊貴。其爲時所慕如此。

〔六六〕〔錢注〕《魏志·毛玠傳》：玠以儉率人。太祖平柳城，班所獲器物，特以素屏風、素凴几賜玠曰：『君有古人之風，故賜君古人之服。』〔補注〕《新唐書·李德裕傳》：『不喜飲酒，後房無聲色娱。』

〔六七〕〔錢注〕魏文帝《與朝歌令吴質書》：塗路雖局，官守有限。

〔六八〕〔補注〕《詩·邶風·柏舟》：『静言思之，不能奮飛。』

與陶進士書〔一〕

去一月多故，不常在，故屢辱吾子之至，皆不覯。昨又垂示《東岡記》等數篇，不惟其辭采奥大，不宜爲冗慢無勢者所窺見，且又厚紙謹字，如貢大諸侯卿士及前達有文章積學者，何其禮甚厚而所與之甚下耶〔二〕？

始僕小時，得劉氏《六説》讀之〔三〕，嘗得其語曰：『是非繫於褒貶，不繫於賞罰；禮樂繫於有道，不繫於有司。』密記之。蓋嘗於《春秋》法度〔四〕，聖人綱紀，久羡懷藏，不敢薄賤。聯綴比次〔五〕，手書口詠，非惟求以爲己而已，亦祈以爲後來隨行者之所師禀。

已而被鄉曲所薦，入來京師〔六〕，久亦思前輩達者〔七〕，固已有是人矣。有則吾將依之。繫鞻出門，寂寞往返其間，數年，卒無所得，私怪之。而比有相親者曰：『子之書，宜貢於某氏某氏，可以爲子之依歸矣。』即走往貢之。出其書，乃復有置之而不暇讀者；又有默而視之，不暇朗讀者；又有始朗讀，而中有失字壞句不見本義者〔八〕。進不敢問，退不能解，默默已已，不復咨歎。故自大和七年後，雖尚應舉〔九〕，除吉凶書〔一〇〕，及人憑倩作牋啓銘表之外，不復作文。文尚不復作，況復能學人行卷耶〔一一〕？

時獨令狐補闕最相厚〔一二〕，歲歲爲寫出舊文納貢院〔一三〕。既得引試，會故人夏口主舉人〔一四〕，時素重令狐賢明，一日見之於朝，揖曰：『八郎之交誰最善〔一五〕？』綯直進曰『李商隱』者，三道而道，亦不爲薦託之辭，故夏口與及第〔一六〕。然此時實於文章懈退，不復細意經營述作，乃命合爲夏口門人之一數耳〔一七〕！爾後兩應科目者〔一八〕，又以應舉時與一裴生者善，復與其挽拽〔一九〕，不得已而入耳。前年乃爲吏部上之中書〔二〇〕，歸自驚笑，又復懊恨周、李二學士以大法加我〔二一〕。夫所謂博學宏辭者〔二二〕，豈容易哉！天地之灾變盡解矣，人事之興廢盡究矣，皇王之道盡識矣，聖賢之文盡知矣，而又下及蟲豸草木鬼神精魅，一物已上，莫不開會〔二三〕。此其可以當博學宏辭者邪？恐猶未也。設他日或朝廷或持權衡大臣宰相，問一事，詰一物，小若毛甲〔二四〕，而時脱有盡不能知者〔二五〕，則號博學宏辭者，當其罪矣〔二六〕！私自恐懼，憂若囚械。後幸有中書長者曰〔二七〕：『此人不堪。』抹去之。乃大快樂，曰：此後不能知東西左右〔二八〕，亦不畏矣！

去年入南場作判〔二九〕，比於江淮選人，正得不憂長名放耳〔三〇〕。尋復啓與曹主〔三一〕，求尉於虢〔三二〕。實以太夫人年高，樂近地有山水者〔三三〕；而又其家窮，弟妹細累〔三四〕，喜得賤薪菜處相養活耳。始至官，以活獄不合人意，輒退去〔三五〕。將遂脱衣置笏，永夷農牧〔三六〕。會今太守憐之，催去復任〔三七〕。逕使不爲升斗汲汲，疲瘁低儽耳〔三八〕。然至於文字章句，愈怗息不敢驚張〔三九〕。嘗自呪願得時人曰：『此物不識字，此物不知書。』是吾生獲『忠肅』之謚也〔四〇〕。而吾子反殷勤如此者，豈不知耶？豈有意耶？不知則可，有意則已虛矣。

然所以拳拳而不能忘者，正以往年愛華山之爲山，而有三得〔四一〕：始得其卑者朝高者〔四二〕，復得其揭然無附著〔四三〕，而又得其近而能遠〔四四〕。思欲窮搜極討，灑豁襟抱〔四五〕。始以往來番番〔四六〕，不遂其願。間者得李生於華郵〔四七〕，爲我指引巖谷，列視生植〔四八〕，僅得其半。又得謝生於雲臺觀〔四九〕，暮留止宿，旦相與去，愈復記熟。後又復得吾子於邑中〔五〇〕，至其所不至者，於華之山無恨矣。三人力耶？今李生已得第，而又爲老貴人從事〔五一〕，雲臺生亦顯然有聞於諸公間，吾子之文粲然成就如是。我不負華之山，而華之山亦將不負吾子之三人矣。以是思得聚會，話既往探歷之勝。至於切磋善惡，分擘進趨，僕此世固不待學奴婢下人，指誓神佛而後已耳。吾子何所用意耶。？

明日東去〔五二〕。既不得面，寓意惘惘。九月三日，弘農尉李某頓首。

〔一〕本篇原載《唐文粹》卷九〇總五八九頁、清編《全唐文》卷七七六第四頁、《樊南文集詳注》卷八。〔徐曰〕陶進士不知其名，豈即所謂『華山尉』耶！〔馮曰〕未可定。〔按〕商隱《華山尉》云：『陶生，有恒人。善養，又善與人遊，又善爲官。會昌初，生病骨熱且死。是年長安中進士爲陶生誄者數十人。生在時，吾已得之矣；及既死，吾又得之。』單憑『陶生』及『生在時，吾已得之』之語，固難定陶進士之爲陶生也。據文末所載月日及文內『前年乃爲吏部上之中書』『去年入南場作判』之記述，本篇當爲開成五年九月三日所作。

〔二〕〔補注〕所與，所結交。甚下，謙言己之地位低下。

〔三〕〔徐注〕《新書·藝文志》：經解類有劉迅《六説》五卷。《劉迅傳》：迅續《詩》《書》《春秋》《禮》《樂》

五説書成，不以示人。李邯鄲《書目》：迅作《六説》以繼六經，標作書之誼而著其目，惟《易》闕而不叙。〔馮注〕《舊書·傳》：劉知幾子迅，右補闕，撰《六説》五卷。《國史補》：劉迅著《六説》以探聖人之旨，惟説《易》不成。行於代者，五篇而已，識者伏其精峻。

〔四〕〔補注〕杜預《春秋經傳集解序》：『《春秋》雖以一字爲褒貶，然皆須數字以成言。』孔穎達疏：『褒則書字，貶則稱名。』

〔五〕〔補注〕聯綴比次，集合編排（經書的）有關材料。

〔六〕來，《文粹》《全文》皆同，馮本作『求』。〔馮注〕求，謂入京求舉也。〔補注〕被鄉曲所薦，謂經府試由地方推舉入京參加禮部試，即爲鄉貢進士。

〔七〕久，《文粹》作『又』，馮本從之。〔馮注〕又亦，謂又將求知己也。

〔八〕中，《全文》作『終』，誤，據《文粹》改。〔馮曰〕譏誚太毒。〔補注〕失字壞句，諷其不識字、讀破句。

〔九〕〔補注〕大和七年、九年及開成二年商隱均爲鄉貢進士，參加禮部試。據此句，大和七年之前，商隱必曾應舉。參見《上崔華州書》『凡爲進士者五年』注。

〔一〇〕〔補注〕吉凶書，爲吉事、凶事所作之文。《周禮·春官·天府》：『凡吉凶之事，祖廟之中，沃盥，執燭。』鄭玄注：『吉事，四時祭也；凶事，后王喪。』

〔一一〕〔馮注〕唐人應舉者，卷軸所爲詩文，投之卿大夫，謂之行卷。〔按〕唐人行卷之記載，見於趙彦衛《雲麓漫鈔》、程大昌《演繁露》、錢易《南部新書》等書。『所謂行卷，就是應試的舉子將自己的文學創作加以編輯，寫成卷軸，在考試以前送呈當時社會上、政治上和文壇上有地位的人，請求他們向主司即主持考試的禮部侍郎推薦，從而增加自己及第的希望的一種手段。』（程千帆《唐代進士行卷與文學》）另有考試前向主司納省卷之規定，與行卷有别。

〔一二〕〔補注〕令狐補闕，令狐綯，開成二年爲左補闕。馮浩《玉谿生年譜》云：『《彭陽遺表》（商隱開成二年十一月代擬）已稱左補闕綯，《舊書・綯傳》：「服闋後，改左補闕。」小疏也。」張采田《會箋》云：『案《陶進士書》述未得第事，亦稱令狐補闕，馮説是矣。』張氏又引《舊書・李德裕傳》開成二年（五月）德裕授淮南節度副大使，拾遺令狐綯等連章論德裕妄奏錢帛事，以證其時綯尚爲拾遺，其改左補闕當在秋冬間。

〔一三〕〔馮曰〕唐時進士必先寫舊文納貢院，不徒憑一日之短長也。〔按〕寫舊文納貢院，即所謂納省卷。元結《文編序》：『天寶十二年，漫叟以進士獲薦，名在禮部。會有司考校舊文，作文編納於有司。』可見納省卷係禮部對應試舉子之規定。納省卷通常在考試前一年冬天，亦有在考試當年正、二月者。李肇《國史補》卷下：『開元二十四年，考功郎中李昂，爲士子所輕詆。天子以郎署權輕，移職禮部，始置貢院。』貢院爲科舉考試場所。

〔一四〕〔補注〕夏口，指現任鄂岳觀察使高鍇。主舉人，主持科舉考試。詳注〔一六〕。

〔一五〕交，《文粹》作『友』。〔補注〕八郎，指令狐綯。綯行八。商隱有《令狐八拾遺綯見招送裴十四歸華州》。

〔一六〕〔徐注〕《新書》本傳：開成二年，高鍇知貢舉。令狐綯雅善鍇，獎譽甚力，故擢進士第。《舊書・高鍇傳》：大和七年，遷中書舍人。九年十月，以本官權知禮部貢舉。開成元年，爲禮部侍郎。凡掌貢部三年，每歲登第者四十人。選擢雖多，頗得實才，抑豪華，擢孤進，至今稱之。尋轉吏部侍郎。其年九月，出爲鄂州刺史、御史大夫、鄂岳觀察使。書稱『夏口』，以此也。〔馮曰〕（亦不爲薦託之辭）正深於薦託也，乃云爾哉。鍇出爲鄂岳觀察使，故稱『夏口公』，而不稱其郡望，則是時鍇尚在鄂岳也。餘詳《年譜》。《十道志》：鄂州，漢江夏郡。《江夏記》曰：一名夏口。沙陽、夏汭、鄂渚、鈞渚，皆其名。〔按〕高鍇約開成五年九、十月間卒於鄂岳任上，接替其任者爲崔蠡，見吴廷燮《唐方鎮年表》。崔蠡約開成五年十月到鄂岳任。商隱撰此書時，高鍇尚未卒於鄂岳任。參見《爲濮陽公陳許舉人自代狀》注〔一〕按語。

〔一七〕〔馮曰〕味此數句，其感令狐淺矣，時必已漸乖也。

〔一八〕〔徐注〕（兩應科目）謂舉博學宏辭及南場試判。〔馮注〕兩應科目，係他科也。《通考》列唐一代進士，每曰是年進士幾十幾人，諸科幾人。開成二年，有諸科三人。徐氏謂即下博學宏詞、南場試判，非也。〔張箋〕徐樹穀箋……是也。馮氏謂指他科，引《通考》開成二年諸科爲證，不知義山登第，過關試後即東下。冬，又有興元之行。唐時應吏部試，皆始於孟冬，終於季春。則所謂應他科者，更在何時邪？〔按〕徐、張説是。科目，指唐代分科選拔官吏之名目。《雲麓漫鈔》卷六：『唐科目至繁，《唐書》志多不載。』其天子自詔曰制舉，見於史者凡五十餘科，故謂之科目。此處乃指博學宏辭科與書判拔萃科，係吏部主持。

〔一九〕拽，《全文》誤『洩』，據《文粹》改。

〔二〇〕〔馮注〕宏詞試於吏部，如《舊書·紀》咸通二年，試吏部宏詞選人是也，故曰『吏部上之中書』。〔張箋〕蓋唐代選人應科目者，皆先試於吏部。取中後，銓曹銓擬，上之中書，以待覆審（《唐會要》曰：『其銓綜也，南曹綜覈之，廢置與奪之，銓曹注擬之，尚書僕射兼書之，門下詳覆之，覆成而後過官。』是也）。玩書語，當是宏詞之試，已取中於吏部，至銓擬注官之後，始被中書駁下也。〔按〕張説是。

〔二一〕〔馮注〕周，周墀也。見《爲侍郎汝南公華州謝加階狀》注〔一〕。李未知何人，疑爲讓夷。《舊書·傳》：讓夷，大和初爲右拾遺，充翰林學士，轉左補闕。三年遷職方員外郎、左司郎中。充職九年，拜諫議大夫。開成元年，以本官兼起居舍人事。二年，拜中書舍人。讓夷既先充翰林學士，則轉郎官，必如周墀之兼内職，亦與學士同職也。〔張箋〕周、李二學士，周謂周墀、李即李回。《補編·上座主李相公狀》稱回爲座主。《詩集·華州周大夫宴席》自注：西銓。《舊書·職官志》：『吏部三銓：尚書爲尚書銓。侍郎二人，分中銓、東銓。』《唐會要》：『乾元二年，改中銓爲西銓。』凡銓事吏部主之，然亦有他官兼判者……墀蓋於是年權判西銓，回蓋於是年充宏詞考官，義山爲所考取注擬。受知之深，故書中特舉之。〔按〕張箋是。商隱又有《爲湖南座主隴西公賀馬相公登庸啓》，亦稱李回爲座主。大法，大刑，即下所謂『憂若囚械』。

〔二二〕〔補注〕《通典》卷十五《選舉》三：『選人有格限未至而能試文三篇，謂之宏詞；試判三條，謂之拔萃，亦曰超絶。詞美者得不拘限而授職。』《新唐書·選舉志》：『凡試判登科謂之「入等」，甚拙者謂之「藍縷」。選未滿而試文三篇謂之「宏詞」，試判三條謂之「拔萃」。中者即授官。』王鳴盛《十七史商榷》：『此蓋指登第未得就選，故曰「選未滿」，中宏詞、拔萃即授官。』宏詞試由吏部官員主持。具體之考官可由他官充任。

〔二三〕〔補注〕開會，通曉理解。

〔二四〕〔補注〕甲，甲爪。

〔二五〕〔補注〕脱，偶或。盡不能知，似當作『不能盡知』。或解『盡』爲『終』。

〔二六〕其，《全文》作『有』，據《文粹》改。〔馮注〕謂他人不足罪，唯舉宏博者當之也。《左傳》：子孔當罪。

〔二七〕〔馮曰〕中書長者，必令狐綯輩相厚之人。〔張曰〕似之。義山以婚於王氏，致觸朋黨之忌。〔按〕商隱試宏博在前，入涇幕在後，與王氏成婚更在入幕後。試宏博時尚無遭令狐綯所忌之婚姻背景，馮説似乏據。

〔二八〕〔馮注〕《後漢書·逢萌傳》：詔書徵萌，託以老耄，迷路東西，不知方面所在。

〔二九〕〔馮注〕南場，謂吏部。〔補注〕南場，即南院，唐代官署，屬吏部，負責選拔人材。李肇《唐國史補》卷下：『自開元二十二年，吏部置南院，始縣長名，以定留放。』去年南場作判，指開成四年試書判拔萃科。

〔三〇〕〔徐注〕《新書·選舉志》：高宗總章二年，司列少常伯裴行儉始設長名牓，引銓注法。按此書所言，則義山兩應科目，皆在尉弘農之前。〔馮注〕《舊書·裴行儉傳》：咸亨初，爲吏部侍郎，始設長名、姓歷、牓引、銓注等法。封演《聞見録》：高宗龍朔之後，以不堪任職者衆，遂出長牓，放之冬集，俗謂之長名。《舊書·李峴傳》：爲荆南節度、江陵尹、知江淮選補使。後又知江淮舉選，置銓洪州。《新書·選舉志》：其後江南、淮南、福建，大抵因歲水旱，皆遣選補使，即選其人。而廢置不常，選法又不著。按《通典》：黔中、嶺南、閩中郡縣之官，不由吏部，以京官五品以上一人充使就補，御史一人監之，四歲一往，謂之南選，唐初制也。其後立制不一。考之《唐會要》，則貞元時，停福建選補；長慶以後，每停黔、嶺選補。開成五年，嶺南節度使盧鈞奏海嶠擇吏與江淮不同，嶺中往弊是南選，今弊是北選。餘詳《爲滎陽公桂州舉王克明等充縣令主簿狀》『既經久而不謀，亦柔良而曷寄』注。

則其時閩、嶺選補久停，故此專言江淮也。又按：南場作判，乃吏部常例，試判非謂拔萃也。拔萃自在尉弘農罷後，詳年譜。徐氏誤會而駁本傳之非，則轉謬矣。〔補注〕《通鑑·中宗景龍三年》：『中書侍郎兼知吏部侍郎、同平章事崔湜，吏部侍郎同平章事鄭愔俱掌銓衡……選法大壞。湜父挹爲司業，受選人錢，湜不之知，長名放之。』胡三省注引宋白曰：『長名牓定留放，留者入選，放者不得入選。』參注〔二九〕引李肇《唐國史補》。二句係牢騷憤語，謂已參加書判拔萃科考試，比同於江淮地區之候選士人，正得以不憂被長名牓放落而已。南場作判，已見注〔一九〕。馮力辨其非試拔萃，非，參見注〔一八〕。

〔三一〕〔補注〕曹主，負責選補官吏之長官。《新唐書·百官志一》：吏部郎中，掌文官階品、朝集、禄賜、假使，一人掌選補流外官。員外郎二人，從六品上，一人判南曹。

〔三二〕〔馮注〕《舊書》本傳：釋褐祕書省校書郎，調補弘農尉。〔補注〕弘農爲虢州治。

〔三三〕〔補注〕約開成元年，商隱奉母居濟源。《上令狐相公狀六》作於開成二年登進士第後東歸濟源省母時，狀有云：『濟上漢中，風煙特異；恩門故國，道里斯同。北堂之戀方深，東閣之知未謝。』濟源與虢州相距不遠，故云『近地』。

〔三四〕〔補注〕細累，年幼牽累。

〔三五〕〔徐注〕《新書》本傳：以活獄忤觀察使孫簡，將罷去。〔按〕參《任弘農尉獻州刺史乞假歸京》詩。

〔三六〕〔補注〕夷，等同。陸機《謝平原内史表》：『苟削丹書，得夷平民，則塵洗天波，謗絶衆口。』

〔三七〕〔徐注〕《新書》本傳：會姚合代簡，諭使還官。〔馮注〕《新書·傳》：姚崇曾孫合，元和中進士及第，調武功尉。善詩，世號『姚武功』者。歷陝虢觀察使，終祕書監。按《舊書·傳》，崇玄孫合。餘詳《年譜》。陝虢觀察使即自領陝州刺史，故曰『今太守』也。姚合於開成四年八月涖陝，而五年冬暮，又別有京兆公涖陝，見代作賀表。則此書在五年九月也。

〔三八〕〔馮注〕《説文》：儽，垂貌，一曰嬾解。落猥切。〔補注〕低儽，疲困貌。

〔三九〕怗，《全文》作『帖』，據《文粹》改。〔馮注〕《公羊傳》：僖公四年，卒怗荆。《玉篇》：怗，服也，静也。〔補注〕怗息，安静貌，與『驚張』（張皇）義相反。

〔四〇〕〔補注〕《左傳·文公十八年》：『高辛氏有才子八人……忠肅共懿，宣慈惠和，天下之民謂之「八元」。』孔疏：『忠者，與人無隱，盡心奉上也；肅者，敬也，應機敏達，臨事恪勤也。』

〔四一〕〔馮注〕《通典》：華州，西至京兆府百八十里，東至弘農二百三十五里，西岳華山在焉。鄭縣有少華，華陰縣，大華山在南，有潼關。

〔四二〕《文粹》脱『得』字。

〔四三〕〔補注〕揭然，高聳、高舉貌。

〔四四〕〔馮曰〕似全以華山喻己之於令狐：始居其門，今不復附著，跡雖遠而心猶近，以爲迴護之詞。下文『切磋』數句意尤明顯。陶進士必與令狐有相涉者，而令狐氏華原人也。〔按〕『近而能遠』，似指貌若近而心則遠，與馮箋意正相反。

〔四五〕〔補注〕謂窮遊盡探華山之幽勝，以暢懷抒襟。

〔四六〕〔補注〕番番，一次又一次。此處有『匆匆』義。

〔四七〕〔補注〕間者，近來。郵，驛站。

〔四八〕〔補注〕生植，生物、植物。

〔四九〕〔馮注〕雲臺觀在華山，觀側有莊，唐、宋説部中屢見。〔補注〕雲臺觀在華山雲臺峯上，北周道士焦道廣建。又，宋建隆二年陳摶亦曾建雲臺觀。

〔五〇〕《文粹》無『復』字。〔馮注〕邑中，似即華陰縣。

〔五一〕〔補注〕從事，指幕僚。

〔五二〕〔馮曰〕《與陶進士書》九月『東去』，而次年還京乃在春時……則江鄉之游，不過數月耳。（《玉谿生年譜》）〔按〕馮浩蓋謂九月三日乃商隱南游江鄉之首途，岑仲勉已辨其以『東去』爲『南游』之誤，及江鄉之游之並不存在。編著者已另有辨正。此『東去』當是『東去』濟源移家，詳《上河陽李大夫狀一》注〔一〕。

〔馮浩曰〕感述既淺，憤懣殊深，與《别令狐書》大異矣。

上河陽李大夫狀一〔一〕

不審自拜違後尊體何如？二十五翁尚書，挺生公族〔二〕，作範儒流〔三〕，踐履道義之門〔四〕，優游名教之樂〔五〕。伏計頤衛，無爽康寧〔六〕。此蓋人所禱祠，神保正直〔七〕。下情伏增抃賀之至。

富平重鎮〔八〕，成皋巨防〔九〕。自頃太守非魏尚之才〔一〇〕，司馬失穰苴之令〔一一〕，坐隳戎律，乾没軍租〔一二〕。誰謂殷若長城〔一三〕，翻見盡爲敵國〔一四〕。二十五翁允膺宸眷，出總藩條。心作靈臺〔一五〕，潛運黄公之略〔一六〕；手爲天馬〔一七〕，暗開玄女之符〔一八〕。單車以馳，杖節而入，盡羈駭獸〔一九〕，先殪捷猿〔二〇〕。然後蘇彼疲羸，惠此鰥寡〔二一〕。免飛芻輓粟之弊〔二二〕，除横征擅賦之門〔二三〕。昨者故侯，實有逆子〔二四〕，敢因微策，密有他圖。人得而誅〔二五〕，天奪之魄〔二六〕，盡窮餘黨，半在中權〔二七〕。此際誠合絶洹水之波〔二八〕，腥長平之草〔二九〕。二十五翁曲分蘭艾〔三〇〕，大别淄、澠〔三一〕，飛魂不寃，枯骨猶愧〔三二〕。此真所謂仁者之勇無敵〔三三〕，丈人之師以貞〔三四〕。名冠百城〔三五〕，功高一代。

而又梁園竹苑，素多詞賦之賓〔三六〕；淮浦桂叢，廣集神仙之客〔三七〕。以思柔之旨酒，用順氣之和聲〔三八〕。初筵有儀〔三九〕，一石不亂〔四〇〕。某才非擲地〔四一〕，辯乏談天〔四二〕。著撰不工，王隱文寧逮意〔四三〕；

懶慢相會，嵇康志有所安〔四四〕。而早預宗盟〔四五〕，又連姻媾〔四六〕。曲蒙賞會，略過輩流〔四七〕。况拔自州人〔四八〕，昇爲座客〔四九〕，將何以詠歌盛德〔五〇〕，祇奉深恩？覥冒不容〔五一〕，顧瞻自失。

伏以仍世羈宦〔五二〕，厥家屢遷。占數爲民〔五三〕，莫尋喬木〔五四〕；晝宫受弔〔五五〕，曾乏弊廬〔五六〕。近以親族相依，友朋見處，卜鄰上國〔五七〕，移貫長安〔五八〕。始議聚糧〔五九〕，俄霑厚賜。衣裾輕楚〔六〇〕，疋帛珍華〔六一〕，負荷不勝，推讓何及！雖婁公説漢，不問乎褐衣帛衣〔六二〕；而孔子觀周，亦資於一車一豎〔六三〕。策微往哲，事過前修。倘非因不失親，愛忘其醜〔六四〕，退惟蹇薄〔六五〕，安所克堪？白露初凝〔六六〕，朱門漸遠〔六七〕。西園公子，恨軒蓋之難攀〔六八〕；東道主人，仰館穀而猶在〔六九〕。丹霄不泯，白首知歸〔七〇〕。伏惟終始憐察。

〔一〕本篇原載清編《全唐文》卷七七五第一二頁、《樊南文集補編》卷六。〔錢箋〕（河陽李大夫）李執方也。是編（按：指《樊南文集補編》）所録，河陽李大夫、李尚書、易定李尚書、許昌李尚書、忠武李尚書，皆李執方也。而官職互歧，原編錯亂，遂致迷其先後。今故略稽時代而論列之。按：《舊唐書·文宗紀》：開成二年六月，以左金吾衛將軍李執方爲河陽三城、懷州節度使。義山亦於是時婚於王氏（編著者按：義山婚於王氏在開成三年入涇原幕後）。本集《爲韓同年上河陽李大夫啓》，馮箋以執方爲茂元妻兄弟。二李交誼，前無可考，似始於此。是編《上河陽李大夫》二狀，首篇言何弘敬拒命，事在開成五年，下云『卜鄰上國，移貫長安，始議聚糧，俄霑厚賜』，是即本集《祭姪女文》所云『移家關中』也。自開成五年至會昌四年，中閲五載，亦與『寄瘞爾骨，五年於兹』語合，是狀當作於開成五年也。次篇云『卹以長途，假之駿足』，與《上李尚書狀》『昨者伏蒙恩造，重有霑賜，兼假長行人乘』等，似皆爲同時之作。惟執方之鎮易定，史無明文，而馮譜列之陳許之前，亦由參會文義而得。考會昌三年，王茂元卒，而《上易定李尚書狀》即詳叙其事，則此狀當作於會昌三、四年之間也。《舊唐書·武宗紀》，會昌四年九月，忠武軍節度王宰移鎮河東，似執方當於此時代鎮。忠武爲陳許軍名，此《上許昌李尚書》二狀，首篇云『伏承旌幢，尋達忠武』，自爲尚未受任之詞。次篇則專叙茂元歸葬之事，是當作於會昌四年也。至《上忠武李尚書狀》，云『先皇以倦勤厭代，聖上以睿哲受圖』，則作於宣宗即位之初，時必執方尚未去鎮。後云『果應急召，咸副僉諧』，似尚有内召還朝之事。又有《爲滎陽公與昭義李僕射狀》，似大中初年又出鎮昭義。徧檢史文，苦無可考。新、舊《唐書》皆不爲執方立傳，馮譜參觀互證，已費苦心，愚更不能别求確證以實之矣。（錢箋原置《上許昌李尚書狀二》題下，今按編年文次序酌移於此）《舊唐書·地理志》：河陽三城懷州節度使，治孟州，領孟、懷二州。〔張箋〕考義山移家從調，以《贈别令狐補闕》詩證之，事在本年夏初，《補編》有《上河陽李大夫》二狀、《上李尚書》一狀，皆移家時執方假騾馬致謝之作。惟中一狀云：『昨者故侯……功高一代』云云，所言即指（何）弘敬事。使弘敬盜位果在十一月，則與義山移家之時不合。且十一月義山正留滯江潭，安得有此？若謂移家當在會昌元年，《祭姪女文》所謂『五年於兹』者，溯之又相歧異矣。玩狀『白露初凝，朱門漸遠』之語，寫景乃秋時，則弘敬事必更在前，斷非十一月。〔按〕狀在叙述移家事及蒙執方厚賜後云：『白露漸凝，朱門漸遠』，顯係自濟源移家前致謝執方厚賜之口吻。『白露初凝』指通常爲農曆九月之寒露季節，已届深秋，張氏謂移家事在夏初，顯誤。商隱《與陶進士書》作於開成五年九月三日，末仍署『弘農尉李某』，可證其時尚未移家，移家當在此後。商隱移家長安前，當先至河陽拜謁李執方，得其厚贈，此狀當是拜别後至濟源時所上，故篇首云『不知自拜違後尊體何如』。自濟源移家前夕，又得執方賜借騾馬草料等，故復有狀二。二狀蓋濟源移家前一時先後之作。至於張氏所謂『留滯江潭』之江鄉之遊，純屬子虚烏有，已另有辨正；而張氏所疑『昨者故侯』一節，岑仲勉已正其誤，詳注。狀上於開成五年九月上中旬。

〔二〕〔錢注〕左思《蜀都賦》：揚雄含章而挺生。〔補注〕公族，諸侯或君主之同族。此指唐皇室同族。語本《詩·魏風·汾沮洳》：『殊異乎公族。』執方行二十五。

〔三〕〔錢注〕《漢書·藝文志》：儒家者流，出於司徒之官。

〔四〕〔補注〕《易·繫辭上》：『成性存存，道義之門。』

〔五〕〔錢注〕《晋書·樂廣傳》：王澄、胡毋輔之等任放爲達，或至裸體者，廣聞而笑曰：『名教内自有樂地，何必乃爾？』

〔六〕〔補注〕頤衛，猶保養。《書·洪範》：『五福：一曰壽，二曰富，三曰康寧，四曰攸好德，五曰考終命。』康寧，無疾病。

〔七〕〔補注〕《書·洪範》：『無反無側，王道正直。』又：『三德：一曰正直，二曰剛克，三曰柔克。』按：錢氏以爲『神保』語本《詩》，然《詩·小雅·楚茨》凡三言『神保』，均美稱先祖神靈，疑非所用。此句『神保正直』即神祐正直之意。

〔八〕〔錢注〕《元和郡縣志》：河陽縣南城在縣西，四面臨河，即孟津之地，亦謂之富平津。周、隋爲宫，貞觀置鎮。

〔九〕〔錢注〕《新唐書·地理志》：孟州汜水縣東南有成皋故關。《戰國策》：齊有長城巨防，足以爲塞。〔補注〕成皋，春秋時爲鄭之虎牢。楚、漢相争時，劉邦、項羽曾相持於此。漢初於此置成皋縣，爲歷代軍事重鎮，故曰『巨防』。

〔一〇〕〔錢注〕謂李泳之亂。《通鑑》：文宗開成二年六月，河陽軍亂，節度使李泳奔懷州。泳，長安市人，寓籍禁軍，以賂得方鎮。所至恃所交結，貪殘不法，其下不堪命，故作亂。丁未，貶泳澧州長史。戊申，以左金吾將軍李執方爲河陽節度使。魏尚，見《爲濮陽公上李相公狀一》注〔一五〕。

〔一一〕〔錢注〕《史記·司馬穰苴列傳》：齊景公召穰苴，以爲將軍，穰苴曰：『願得君之寵臣以監軍。』景公使莊賈往，穰苴與莊賈約曰：『旦日日中，會於軍門。』夕時，莊賈乃至。於是遂斬莊賈，以徇三軍。

〔一二〕〔錢注〕《漢書·張湯傳》：始爲小吏，乾没。注：如淳曰：豫居物以待之，得利爲乾，失利爲没。師古曰：乾音干。軍租，見《爲濮陽公上淮南李相公狀一》注〔一五〕。〔補注〕乾没，此指侵吞公家財物。

〔一三〕〔錢注〕《宋書·檀道濟傳》：道濟見收，脱幘投地曰：『乃復壞汝萬里之長城。』〔補注〕殷，高峻貌。

〔一四〕〔錢注〕《史記·吴起傳》：若君不修德，舟中之人，盡爲敵國也。

〔一五〕〔錢注〕《莊子》：靈臺者，有持而不知其所持而不可持者也。注：靈臺者，心也。

〔一六〕〔錢注〕李康《運命論》：張良受黄石之符，誦《三略》之説。李善注：《黄石公記序》曰：黄石者，神人也。有《上略》《中略》《下略》。〔補注〕黄公，指秦末之黄石公，又稱圯上老人，曾授《太公兵法》於張良。詳《史記·留侯世家》。

〔一七〕〔錢注〕《真誥》：手爲天馬，鼻爲仙源。

〔一八〕〔錢注〕《史記·五帝紀》注：《正義》曰：《龍魚河圖》云：黄帝攝政，有蚩尤兄弟八十一人，威振天下，誅殺無道。萬民欲命黄帝行天子事，黄帝以仁義不能禁止蚩尤，乃仰天而歎。天遣玄女下授黄帝兵符，伏蚩尤。

〔一九〕〔錢注〕《吴志·薛綜傳》：卒聞大軍之至，鳥驚獸駭。〔補注〕羈，拘繫。

〔二〇〕〔錢注〕《淮南子》：猨得木而捷。《通鑑》：河陽軍士既逐李泳，日相扇欲爲亂。九月，李執方索得首亂者七十餘人，悉斬之，餘黨分隸外鎮，然後定。

〔二一〕〔補注〕《書·無逸》：『懷保小民，惠鮮鰥寡。』《孟子·梁惠王下》：『老而無妻曰鰥，老而無夫曰寡，老而無子曰獨，幼而無父曰孤，此四者，天下之窮民無告者。』

〔二二〕〔錢注〕《史記·主父偃傳》：又使天下蜚芻輓粟。〔補注〕飛芻輓粟，迅速運送糧草。

〔二三〕〔錢注〕《史記·平準書》：不敢言擅賦法矣。〔補注〕擅賦，擅立名目之賦税。

〔二四〕〔錢注〕《新唐書·藩鎮·魏博傳》：何進滔居魏十餘年，開成五年死，子重順襲。武宗詔河陽李執方、滄州劉約諭朝京師，或割地自效，不聽命。時帝新即位，重起兵，乃授福王綰節度大使，以重順自副，賜名弘敬。《後漢書·城陽恭王祉傳》：祉以故侯嫡子。《魏志·楊阜傳》：汝背父之逆子。〔張箋〕『昨者故侯……功高一代』云云，所言即指弘敬事。〔岑仲勉曰〕余按《通鑑》二四六，進滔卒於十月，差雖一月，要不在秋前。狀文『故侯』一段，實承上執方處分河陽亂事言，『故侯』指李泳。《通鑑》云：『節度使李泳奔懷州，軍士焚府署，殺泳二子。』當即狀之『逆子』。史文過略，未得其情耳。『故侯』猶前侯，非已故之謂。如曰不然，狀方叙河陽亂事，如轉入魏博，自應特提，今云『昨者故侯』，於語安乎？重霸自知留後，朝廷且屬兩鎮使相勸，未敢討叛，商隱可遽稱『逆子』乎？執方、劉約之勸，重霸均不聽命，則蘭艾淄澠，更屬無着。試問執方有力處分魏博乎？（《平質》戊錯會《魏博節度使何進滔卒》條）〔按〕岑氏考辨箋釋是。

〔二五〕〔錢注〕《莊子》：爲不善乎顯明之中者，人得而誅之。

〔二六〕〔補注〕《左傳·宣公十五年》：『劉康公曰：「不及十年，原叔必有大咎，天奪之魄矣。」』

〔二七〕〔補注〕《左傳·宣公十二年》：『前茅慮無，中權，後勁。』杜預注：『中軍制謀，後以精兵爲殿。』此句中之『中權』則爲主將之義。司空圖《復安南碑》：『中權令峻，按虎節以風生；上將策奇，指龍編而天落。』

〔二八〕〔錢注〕《新唐書·地理志》：魏州領洹水縣。《水經》：洹水出上黨泫氏縣，東過隆慮縣北，又東北出山，過鄴縣南，又東過内黄縣北。〔按〕錢氏誤解『昨者故侯，實有逆子』爲魏博鎮何進滔、何重順父子事，殆因此句『洹水』而致。以爲洹水流經鄴縣、内黄，鄰近魏州，洹水縣又曾屬魏州，而李執方又適曾諭重順朝京師，遂引重順事爲解。實則此句『絶洹水之波』當與下句『腥長平之草』同爲用典。戰國時蘇秦説趙肅侯，使韓、魏、齊、楚、燕、趙六國將相會於洹水之上，定盟合力抗秦。《戰國策·趙策二》：『令天下之將相，相與會于洹水之上。』『絶洹水之波』，殆指執方率軍平亂之盛大聲勢。又《韓非子·初見秦》：『昔者紂爲天子，將率天下甲兵百萬，左飲於淇溪，右飲於洹谿，淇水竭而洹水不流。』或活用此典以形容執方之壯盛聲威，『絶洹水之波』即『洹水不流』也。

〔二九〕〔錢注〕《史記·秦紀》：昭襄王四十七年，秦攻趙，使武安君白起擊，大破趙於長平，四十餘萬盡殺之。

〔三〇〕〔錢注〕《楚辭·離騷》：户服艾以盈要（腰）兮，謂幽蘭其不可佩。

〔三一〕〔錢注〕《吕氏春秋》：淄、澠之合，易牙嘗而知之。〔補注〕淄、澠二水，均在今山東省境内，其味不同。

〔三二〕〔錢注〕《漢書·尹賞傳》：生時諒不謹，枯骨後何葬。〔補注〕飛魂、枯骨，即《通鑑》所載『李執方索得首亂者七十餘人，悉斬之』。

〔三三〕〔補注〕《論語·憲問》：『仁者必有勇。』

〔三四〕〔補注〕《易·師》：『師貞，丈人，吉，無咎。』孔穎達疏：『師，衆也；貞，正也；丈人，謂嚴莊尊重之人。言爲師之正，唯得嚴莊丈人監臨主領，乃得吉無咎。』

〔三五〕〔錢注〕《後漢書·賈琮傳》：琮即移書告示，各使安其資業。又：百城聞風，自然竦震。

〔三六〕〔錢注〕《史記·梁孝王世家》注：平臺一名修竹苑。餘見《上令狐相公狀二》注〔二〇〕。

〔三七〕〔錢注〕淮南王（按：應作淮南小山）《招隱士》：桂樹叢生兮山之幽。餘見《上令狐相公狀二》注〔一九〕。

〔三八〕〔補注〕《詩·小雅·鹿鳴》：『我有旨酒，以燕樂嘉賓之心。』《禮記·樂記》：『正聲感人而順氣應之，順氣成象而和樂興焉。』順氣，和順正直之氣。

〔三九〕〔補注〕《詩·小雅·賓之初筵》：『賓之初筵，温温其恭。其未醉止，威儀反反。』

〔四〇〕〔錢注〕《太平御覽》：《魏略》曰：王陵表滿寵年邁，過耽酒。帝令還朝，問以方事以察之。寵既至，進見，飲酒至一石不亂。

〔四一〕〔錢注〕《晋書·孫綽傳》：綽作《天台賦》初成，以示范榮期曰：『卿試擲地，當作金石聲也。』

〔四二〕〔錢注〕《史記·孟荀傳》：騶衍之術迂大而閎辨，奭也文具難施，淳于髡久與處，時有得，善言。故齊人頌曰：『談天衍，雕龍奭，炙轂過髡。』〔補注〕《史記·孟子荀卿列傳》裴駰集解引劉向《别録》：『騶衍之所言，五德終始，天地廣大，盡言天事，故曰「談天」。』

〔四三〕〔錢注〕《晋書·王隱傳》：隱雖好著述，而文辭鄙拙，蕪舛不倫。

〔四四〕〔錢注〕嵇康《與山巨源絶交書》：縱逸來久，情意傲散，簡與禮相背，懶與慢相成。

〔四五〕〔補注〕《左傳·隱公十一年》：『周之宗盟，異姓爲後。』此『宗盟』指天子與諸侯之盟會。而本句之宗盟指同宗、同姓。

〔四六〕〔錢注〕本集馮氏曰：執方爲王茂元妻兄弟。《説文》：姻，婿家也；媾，重婚也。

〔四七〕〔補注〕賞會，賞愛理解。或謂參與玩賞聚會。《晋書·車胤傳》：『又善於賞會，當時每有盛坐而胤不在，皆云：無車公不樂。』輩流，同輩。

〔四八〕〔錢注〕《舊唐書》商隱本傳：懷州河内人。按：時懷州尚隸河陽節度，至會昌三年，始别置刺史，見《爲懷州刺史上後上門下狀》注〔一〕。

〔四九〕〔錢注〕《後漢書·孔融傳》：融字文舉，好士，喜誘益後進，賓客日盈其門，常歎曰：『坐上客恒滿，尊中酒不空，吾無憂矣。』

〔五〇〕〔錢注〕王褒《四子講德論》：吾所以詠歌之者，美其君術明而臣道得也。

〔五一〕〔補注〕覥冒，覥顔蒙受。《周書·文帝紀上》：『覥冒恩私，遂階榮寵。』

〔五二〕〔錢注〕《漢書·叙傳》：仍世作相。《晋書·張翰傳》：『人生貴適志，何能羈宦數千里以要名爵乎？』〔補注〕《舊唐書·李商隱傳》：『曾祖叔恒，年十九登進士第，位終安陽令。祖俌，位終邢州録事參軍。父嗣。』父嗣曾爲獲嘉令，見《請盧尚書撰李氏仲姊河東裴氏夫人誌文狀》。其《請盧尚書撰曾祖妣誌文狀》云：『始夫人既孀，教邢州君以經業得禄，寓居於滎陽。』故其家自祖父一輩起即自懷遷鄭。

〔五三〕〔錢注〕《漢書·叙傳》：大臣名家，皆占數于長安。〔補注〕占數，上報家中人數，入籍定居。占數爲民，謂在寓居之現地申報户口落籍爲民。

〔五四〕〔補注〕《孟子·梁惠王下》：『所謂故國者，非謂有喬木之謂也，有世臣之謂也。』喬木，指故居舊里。

〔五五〕〔補注〕《禮記·檀弓下》：『哀公使人弔蕢尚，遇諸道，辟於路，畫宫而受弔焉。』注：『畫宫，畫地爲宫象。』

〔五六〕〔補注〕《禮記·檀弓下》：『曾子曰：「蕢尚不如杞梁之妻之知禮也。齊莊公襲莒于奪，杞梁死焉。其妻迎其柩於路，而哭之哀。莊公使人弔之，對曰：君之臣不免於罪，則將肆諸市朝，而妻妾執；君之臣免於罪，則有先人之敝廬在，君無所辱命。」』此謂先人之敝廬已不可復尋。

〔五七〕〔補注〕上國，指京師。江淹《四時賦》：『憶上國之綺樹，想金陵之蕙枝。』商隱《越燕二首》：『上國社方見，此鄉秋不歸。』《杏花》：『上國昔相值，亭亭如欲言；異鄉今暫賞，脈脈豈無恩？』所指均京師。《左傳·昭公二十七年》：『吴子使延州來季子聘于上國。遂聘于晋，以觀諸侯。』此『上國』指中原各諸侯國，與『卜鄰上國』之『上國』義有異。

〔五八〕〔錢注〕《隋書·于義傳》：善安等各懷恥愧，移貫他州。《新唐書·地理志》：長安縣屬京兆府。餘詳注〔一〕。〔按〕此『長安』指京城。然商隱此次移家，居於樊南，正屬長安縣管轄。

〔五九〕〔錢注〕《莊子》：適千里者三月聚糧。

〔六〇〕〔補注〕輕楚，輕軟鮮麗。

〔六一〕〔錢注〕《漢後書·西南夷傳》：懷抱疋帛。又《懿獻梁皇后紀》：服御珍華。

〔六二〕〔錢注〕《史記·劉敬傳》：敬過洛陽，高帝在焉。（婁敬）脱輓輅，衣其羊裘，見齊人虞將軍曰：『臣願見上言便事。』虞將軍欲與之鮮衣，（婁）敬曰：『臣衣帛，衣帛見；衣褐，衣褐見。終不敢易衣。』

〔六三〕一豎，《全文》作『二豎』，據錢校改。〔錢注〕《史記·孔子世家》：孔子適周，魯君與之一乘車，兩馬，一豎子俱。

〔六四〕〔錢注〕《晋書·劉曜載記》：且陛下若愛忘其醜，以臣微堪指授，亦能輔導義光，仰遵聖軌。

〔六五〕〔錢注〕《釋名》：蹇，跛蹇也。病不能作事，今託病似此，而不宜執事役也。〔補注〕蹇薄，駑鈍淺薄。

〔六六〕〔錢注〕左思《蜀都賦》：白露凝，微霜結。〔補注〕吴澄《月令七十二候集解》：『寒露，九月節，露氣寒冷，將凝結也。』

〔六七〕〔錢注〕魯褒《錢神論》：排朱門，入紫闥。〔補注〕本句『朱門』指顯貴者之門户，實指執方所居。朱門漸遠，是行程中口吻。

〔六八〕〔錢注〕曹植《公讌詩》：公子敬愛客，終宴不知疲。清夜遊西園，飛蓋相追隨。

〔六九〕〔補注〕《左傳·僖公三十年》：『若舍鄭以爲東道主，行李之往來，共（供）其乏困，君亦無所害。』此以東道主人指李執方。又《僖公二十八年》：『楚師敗績……晋師三日館穀，及癸酉而還。』館穀，此指食宿款待。

〔七〇〕〔錢注〕潘岳《金谷集作詩》：白首同所歸。

上河陽李大夫狀二〔一〕

祇承人迴〔二〕，伏奉誨示，并賜借騾馬及野戎館熟食、草料等〔三〕。將遠燕昭之臺，猶入鄭莊之館〔四〕。退自循揣，實踰津涯。況又卹以長途，假之駿足。一日而至〔五〕，借車非類於東方〔六〕；千里以遥〔七〕，乘騾更同於蓟子〔八〕。拜違漸遠，負荷彌深。還望恩光，不勝攀戀。

〔一〕本篇原載清編《全唐文》卷七七五第一四頁、《樊南文集補編》卷六。〔按〕狀爲謝執方賜借騾馬、草料等而上。據篇末『拜違漸遠』語，當是自濟源登程後所上，與前狀同時而稍後，約開成五年九月下旬。

〔二〕〔錢注〕《通鑑·唐肅宗紀》注：所由人有所監典，祇承人聽指呼、給使令而已。〔補注〕祇承人，侍者。

〔三〕〔錢注〕《唐會要》：諸道不合給驛券人等，承前皆給路次轉達牒，令州縣給熟食程糧草料，自今以後，宜委門下省檢勘。〔補注〕野戍館，野外駐軍之哨所館舍。

〔四〕〔錢注〕鮑照《放歌行》：將起黄金臺。李善注：王隱《晉書》曰：段匹磾討石勒，進屯故安縣故燕太子丹金臺。《上谷縣圖經》曰：黄金臺，易水東南十八里，燕昭王置千金於臺上，以延天下之士。二説既異，故具引之。《史記·鄭當時傳》：當時字莊。常置驛馬長安諸郊，請謝賓客，夜以繼日。〔補注〕此以燕昭臺喻指執方使府，以鄭莊館喻備有驛馬之野戍館。

〔五〕〔補注〕《左傳·莊公十二年》：『南宫萬奔陳，以乘車輦其母，一日而至。』按：此以『一日而至』狀其速度之快，且切『乘車輦其母』。

〔六〕〔錢注〕《漢書·東方朔傳》：朔之文辭，有從公孫弘借車，劉向所録。

〔七〕〔補注〕《禮記·王制》：『自江至於衡山，千里而遥；自東河至於東海，千里而遥；自東河至於西河，千里而近；自西河至於流沙，千里而遥。』此以『千里以遥』指自濟源至長安之大致路程。

〔八〕〔錢注〕葛洪《神仙傳》：京師貴人欲見薊子訓，而無緣致之。子訓比居有年少，爲太學生，諸貴人呼語，爲一致子訓來。書生歸事子訓，子訓曰：『吾某月某日當往。』期日去所居，以其日中時到京師，是不能半日行千餘里。既至，凡二十三處，便有二十三子訓各在一處，於是遠近大驚。子訓去，適出門，諸貴人到門，書生言適去東陌上乘青騾者是也，各走馬逐之不及。〔補注〕此亦極言其千里以遥，旦夕可至。

上李尚書狀〔一〕

昨者伏蒙恩造〔二〕，重有霑賜〔三〕，兼假長行人乘等，以今月十日到上都訖〔四〕。既獲安居，便從常調〔五〕。成兹志願，皆自知憐〔六〕。伏以無褐無車〔七〕，古人屢有；饋飱受館〔八〕，諸侯不常。皆才可持危扶顛〔九〕，辯或離堅合異〔一〇〕，尚有歷七十國而不遇其主〔一一〕，曠五百歲而方希一賢〔一二〕。道之難行〔一三〕，運不常會，苟至於此，知如之何！

某始在弱齡〔一四〕，志惟絶俗，每北窗風至〔一五〕，東皋暮歸〔一六〕，彭澤無絃〔一七〕，不從繁手〔一八〕；漢陰抱甕，寧取機心〔一九〕？巖桂長寒〔二〇〕，嶺雲鎮在〔二一〕。誓將適此〔二二〕，實欲終焉。其後以婚嫁相縈，兄弟未立，陽貨有迷邦之誚〔二三〕，王華生處世之心〔二四〕。靡顧《移文》〔二五〕，言從初服〔二六〕。幸李公之閽者，不拒孔融〔二七〕；讀蔡氏之家書，未歸王粲〔二八〕。粗聞六蔽〔二九〕，聊玩九流〔三〇〕。行與時違，言將俗背。方朔雖彊於自舉〔三一〕，匡衡竟中於丙科〔三二〕。駕鼓未休〔三三〕，搶榆而止〔三四〕。然竊觀古昔之事，遐聽上下之交，有合自一言〔三五〕，獎因片善〔三六〕，不以齒序〔三七〕，不以位驕。想見其人，可與爲友。近古以降，斯風頓微，處貴有隔品之嚴〔三八〕，於道絶忘形之契。中間柳澹年猶乳抱，李北海因與結交〔三九〕；裴遴跡困泥塗，王右丞常所前席〔四〇〕。時之不可，人以爲悲。愚雖甚微，頗嚮斯義。自頃昇名貢籍〔四一〕，厠足人流〔四二〕，未嘗輒慕權豪，切求紹介〔四三〕。用脅肩諂笑，以競媚取容〔四四〕。袁生之門，但聞有雪〔四五〕；墨子之突，曾是無煙〔四六〕。每虞三揖之輕〔四七〕，略以千鈞自重〔四八〕。

閤下念先市骨〔四九〕，志在采葑〔五〇〕，引以從遊，寄之風興〔五一〕，玳筵高敞〔五二〕，畫舸徐牽〔五三〕。分越加籩〔五四〕，事殊設醴〔五五〕。憐賈生之少〔五六〕，恕禰衡之狂〔五七〕。此際舉觴而恨異漏卮，對案而慚非巨壑〔五八〕。謝家東土，延賓而別待車公〔五九〕；王令臨邛，爲客而先言犬子〔六〇〕。彼之榮重，殊謂寂寥。伏間聲塵〔六一〕，已移弦晦〔六二〕。隋王朱邸，方同故掾之心〔六三〕；燕地黄金〔六四〕，更落他人之手。追攀未及〔六五〕，結戀無任。瞻望門墻，若在霄漢。伏惟始終識察。

〔一〕本篇原載清編《全唐文》卷七七五第六頁、《樊南文集補編》卷五。〔錢箋〕（李尚書）李執方也。詳《上河陽李大夫狀一》注〔一〕。〔張箋〕考義山移家從調，以《贈别令狐補闕》詩證之，事在本年（按：指開成五年）夏初。《補編》有《上河陽李大夫》二狀、《上李尚書》一狀，皆移家時執方假騾馬賜物致謝之作。又曰：唐時内外官從調者，不限已仕、未仕，選人期集，始於孟冬，終以季春。〔岑仲勉曰〕夫移家而後從調，移家（張）箋繫於五年之夏，則從調應在開成五之冬會昌元之春。（《平質》乙承訛《開成末江鄉之遊》）又曰：《祭外舅文》：『公在東藩，愚當再調。』東藩指忠武。再調在開成五年冬，亦一旁證。（同上《王茂元爲陳許》）〔按〕狀有『伏蒙恩造，重有霑賜，兼假長行人乘等，以今月十日到上都訖。既獲安居，便從常調』之語，係移家抵達長安後所上。此前之《上河陽李大夫狀一》有『近以親族相依，友朋見處，卜鄰上國，移貫長安，始議聚糧，俄霑厚賜……白露初凝，朱門漸遠』等語，係移家前夕所上，時值深秋寒露季節。《與陶進士書》作於開成五年九月初三，書末猶署『弘農尉李某』，明其時尚未辭尉從調，張謂移家從調在夏初，顯誤。書末有『明日東去』語，馮浩解爲南遊江鄉，以《上河陽李大夫狀一》『白露初凝，朱門漸遠』語參證之，此『東去』殆即去濟源移家也。義山至濟源移家，當先至河陽李執方使府，其時約在九月中旬。然後方至濟源。移家登程約在九月下旬。本狀有『伏間聲塵，已移弦晦』語，謂河陽拜別執方已過下旬，然則『今月十日到上都訖』之『今月』定指十月無疑。此狀當上於開成五年十月十日或稍後。商隱此次移家辭尉，本爲常調，孟冬十月正常調開始之時。然據此後諸狀，商隱移家關中後不久即赴陳許。茂元鎮陳許，招其前往，《祭外舅贈司徒公文》云：『公在東藩，愚當再調。賁帛資費，銜書見召。水檻幾醉，風亭一笑。』其時約在十月下旬。在陳許幕爲茂元草擬表狀牒文多篇，歲末年初，又曾寓華州周墀幕，有爲周墀、韋琮所擬表狀。即此亦可證開成五年九月至會昌元年正月，商隱絕無馮、張所謂『江鄉之遊』。事關本年商隱重要行蹤，故於考證本篇繫年時詳辨之。

〔二〕〔錢注〕梁簡文帝《謝賜敕使入光嚴殿禮拜啓》：臣粗蒙恩造。〔補注〕恩造，頌稱帝王或顯貴之栽培。

〔三〕〔錢注〕梁簡文帝《謝賜玉佩啓》：恩發内府，猥垂霑賜。

〔四〕〔錢注〕《舊唐書·肅宗紀》：元年建卯月，以京兆府爲上都。餘詳《上河陽李大夫狀一》注〔一〕及本篇注〔一〕按語。〔補注〕長行，遠行。人乘，僕役與騾馬。

〔五〕〔錢注〕曹植《與吳季重書》：前日雖因常調，得爲密坐。《新唐書·選舉志》：三歲而又試，三試而不中第，從常調。本集馮氏曰：列傳中既爲内外官從調試判與拔萃者甚多，其以尉而試判者亦時見。箋：此文爲移家京師後作，已詳《上河陽李大夫狀一》注〔一〕矣。再考《新唐書》商隱本傳：調弘農尉，以忤孫簡將罷去。會姚合代簡，諭使還官。而姚合之觀察陝虢，《舊·紀》列諸開成四年。下文云『駕鼓未休，搶榆而止』，又《上河東公啓》云『虞寄爲官，何嘗滿秩』，蓋義山以才人爲末吏，本非心所樂爲，必其還官未久，旋即辭任，故開成五年即移家京師，以求試判。厥後會昌二年，又以書判拔萃，參觀互證，原委瞭然。馮氏以《祭姪女文》之赴調，誤爲謁選，遂以移家關中爲釋褐時事，列諸開成四年，而與《譜》内會昌二年從調試判之説轉相矛盾，故詳考而附辨之。

〔補注〕常調，按常規遷選官吏。錢氏引曹植《與吴季重書》之『常調』係『平常戲狎』義，非此句常調之義。

〔六〕〔補注〕謂得以實現移家從調之願望，均緣執方之恩知垂憐。

〔七〕〔錢注〕《戰國策》：齊人有馮煖者，使人屬孟嘗君，願寄食門下，孟嘗君笑而受之。左右以君賤之也，食以草具。居有頃，倚柱彈其劍，歌曰：『長鋏歸來乎，食無魚。』左右以告，孟嘗君曰：『食之。』居有頃，復彈其鋏，歌曰：『長鋏歸來乎，出無車。』左右以告，孟嘗君曰：『爲之駕。』於是乘其車，揭其劍，過其友曰：『孟嘗君客我。』〔補注〕《詩·豳風·七月》：『無衣無褐，何以卒歲？』

〔八〕〔補注〕《左傳·僖公二十三年》：『晋公子重耳之及于難也……及曹，曹共公聞其駢脅，欲觀其裸。浴，薄而觀之。僖負羈之妻曰：「吾觀晋公子之從者，皆足以相國。若以相，夫子必反其國。反其國，必得志于諸侯。得志于諸侯而誅無禮，曹其首也。子盍蚤自貳焉。」乃饋盤飧，置璧焉。公子受飧反璧。』饋飧，進獻飯食。按：晋公子重耳出亡途中，『過衛，衛文公不禮焉。出于五鹿，乞食于野人，野人與之塊。』『及鄭，鄭文公亦不禮焉。』此即所謂『饋飧受館，諸侯不常。』以反襯李執方在商隱移家時所給予之多方資助。參見《上河陽李大夫狀一》《上河陽李大夫狀二》。

〔九〕〔補注〕《論語·季氏》：『危而不持，顛而不扶。』持危扶顛，扶持危殆局面。

〔一〇〕〔錢注〕《莊子》：公孫龍問於魏牟曰：『龍少學先生之道，長明仁義之行，合同異，離堅白，困百家之知，窮衆口之辨。』〔補注〕合同異，戰國時惠施學派之哲學命題與基本觀點，即合異爲同；離堅白，戰國時公孫龍學派之哲學命題，即分開石之堅與白之兩種屬性。此喻善辯。

〔一一〕〔錢注〕李康《運命論》：應聘七十國，而不一獲其主。李善注：《説苑》：趙襄子謂子路曰：『吾嘗問孔子曰：「先生事七十君，無明君乎？」孔子不對，何謂賢也？』

〔一二〕〔錢注〕《顔氏家訓》：古人云千載一聖，猶旦暮也；五百年一賢，猶比膊也。

〔一三〕〔補注〕《論語·公冶長》：『道不行，乘桴浮于海。』

〔一四〕〔錢注〕陶潛《始作鎮軍參軍經曲阿》詩：弱齡寄事外。〔補注〕《禮記·曲禮上》：『二十曰弱，冠。』

〔一五〕〔錢注〕《晋書·陶潛傳》：爲彭澤令。義熙三年，解印去縣。嘗言夏月虚閑，高卧北窗之下，清風颯至，自謂羲皇上人。性不解音，而畜素琴一張，絃徽不具，每朋酒之會，則撫而和之。〔補注〕陶潛《與子儼等疏》：『常言：五六月中，北窗下卧，遇凉風暫至，自謂是羲皇上人。』此爲《晋書·陶潛傳》所本。

〔一六〕〔錢注〕陶潛《歸去來辭》：登東皋以舒嘯。

〔一七〕見注〔一五〕。

〔一八〕〔錢注〕馬融《長笛賦》：繁手累發，密櫛疊重。

〔一九〕〔錢注〕《莊子》：子貢過漢陰，見一丈人，方將爲圃畦，鑿隧而入井，抱甕而出灌。子貢曰：『有械於此，鑿木爲機，後重前輕，挈水若抽，數若泆湯，其名爲槔。』爲圃者曰：『吾聞之，有機械者，必有機事；有機事者，必有機心。吾非不知，羞而不爲也。』

〔二〇〕〔補注〕淮南小山《招隱士》：『桂樹叢生兮山之幽，偃蹇連蜷兮枝相繚。山氣巃嵸兮石嵯峨，谿谷嶄巖兮水曾波。猿狖羣嘯兮虎豹嘷，攀援桂枝兮聊淹留。』

〔二一〕〔錢注〕陶弘景《答詔詩》：山中何所有？嶺上生白雲。〔補注〕鎮，常也，長也。

〔二二〕〔補注〕《詩·魏風·碩鼠》：『誓將去女，適彼樂土。』

〔二三〕〔補注〕《論語·陽貨》：『陽貨欲見孔子，孔子不見。歸孔子豚。孔子伺其亡也而往拜之，遇諸塗。謂孔子曰：「來！予與爾言，曰：懷其寶而迷其邦，可謂仁乎？」』迷邦，謂有才德而不爲國家所用。

〔二四〕〔錢注〕《宋書·王華傳》：華少有志行，以父存亡不測，布衣蔬食，不交游，如此十餘年，爲時人所稱美。高祖欲收其才用，乃發廞喪問，使華制服，服闋，歷職著稱。〔補注〕《宋書·王華傳》：『會稽孔寧子……與華並有富貴之願……華每閒居諷詠，常誦王粲《登樓賦》曰：冀王道之一平，假高衢而騁力。』

〔二五〕〔錢注〕《齊書·孔稚圭傳》：鍾山在都北，其先周彦倫隱於此山，後應詔出爲海鹽縣令，欲却過此山，孔生乃假山靈之意移之，使不許得至。

〔二六〕〔錢注〕《楚辭·離騷》：退將復修吾初服。〔按〕《離騷》『初服』謂未仕時之服，似非此句『初服』之意。《書·召誥》：『王乃初服。』謂開始從事某項事務。此指初入仕。

〔二七〕〔錢注〕《後漢書·孔融傳》：河南尹李膺以簡重自居，不妄接士賓客，敕外自非當世名人及與通家，皆不得白。融欲觀其人，語門者曰：『我是李君通家子弟。』門者言之。膺請融問曰：『高明祖父嘗與僕有恩舊乎？』融曰：『然。先君孔子與君先人李老君同德比義而相師友，則融與君累世通家。』衆坐莫不歎息。

〔二八〕〔錢注〕《魏志·王粲傳》：粲徙長安，左中郎將蔡邕見而奇之。時邕賓客盈坐，聞在門，倒屣迎之曰：『此王公孫也，有異才，吾不如也。吾家書籍文章，盡當與之。』

〔二九〕〔補注〕六蔽，不好學引起之六種弊病，語本《論語·陽貨》：『子曰：由也，女聞六言、六蔽矣乎……好仁不好學，其蔽也愚；好知不好學，其蔽也蕩；好信不好學，其蔽也賊；好直不好學，其蔽也絞；好勇不好學，其蔽也亂；好剛不好學，其蔽也狂。』

〔三〇〕〔錢注〕《漢書·藝文志》：儒家者流，出於司徒之官；道家者流，出於史官；陰陽家者流，出於羲和之官；法家者流，出於理官；名家者流，出於禮官；墨家者流，出於清廟之官；從横家者流，出於行人之官；雜家者流，出於議官；農家者流，出於農稷之官；小説家者流，出於稗官。諸子十家，其可觀者九家而已。

〔三一〕〔錢注〕《漢書·東方朔傳》：武帝初即位，四方士多上書言得失，自衒鬻者以千數。朔初來上書，文辭不遜，高自稱譽，上偉之。

〔三二〕〔錢注〕《史記·張丞相傳》褚先生補曰：『匡衡才下，數射策不中，至九乃中丙科。』〔按〕此謂己多次應舉，方登下第。

〔三三〕〔錢注〕《後漢書·循吏傳序》：建武十三年，異國有獻名馬者，日行千里，詔以馬駕鼓車。〔補注〕駕鼓，本以稱頌漢光武帝不務玩好，崇尚節儉之美德。後用作大材小用之典。杜甫《送從弟亞赴安西判官》：『吾聞駕鼓車，不合用騏驥。』此句即用其義。

〔三四〕見《爲濮陽公賀牛相公狀》注〔三〕。〔補注〕搶榆，短程飛掠。

〔三五〕〔錢注〕《宋書·周朗等傳論》：徒以一言合旨，仰感萬乘。

〔三六〕〔錢注〕《陳書·世祖紀》：每有一言入聽，片善可求，何嘗不褒奬抽揚，緘書紳帶。

〔三七〕〔錢校〕序，胡本作『叙』。

〔三八〕〔錢注〕《新唐書·竇易直傳》：初，元和中，鄭餘慶議僕射上儀，不得與隔品官亢禮。易直爲中丞，奏駁之。及爲僕射，乃自用隔品致恭，爲時鄙笑。〔補注〕隔品，指官位相隔一品。唐玄宗尊崇張説，命僕射視事，坐受御史中丞、左右丞、吏部侍郎四品官廷拜之禮，後遂成故事，稱隔品致敬。《新唐書·陳夷行傳》：『比日左右丞、吏部侍郎、御史中丞皆爲僕射拜階下，謂之隔品致敬。』按：唐代僕射從二品，而左右丞、吏部侍郎、御史中丞爲正、從四品，故爲隔品。

〔三九〕〔錢注〕《新唐書·宰相世系表》：柳氏澹，字中庸，洪府户曹參軍。又《文藝傳》：李邕爲汲郡、北海太守。邕雖詘而文名天下，時稱李北海。柳并弟澹，字中庸。《魏書·尒朱榮傳》：寄治乳抱之日。《戰國策》：論行而結交者，立名之士也。

〔四〇〕〔錢注〕《新唐書·文藝傳》：王維三遷尚書右丞。别墅在輞川，地奇勝，有華子岡、欹湖、竹里館、柳浪、茱萸沜、辛夷塢。與裴迪游其中，賦詩相酬爲樂。按：裴迪之名屢見於《右丞集》，而裴逖則無，未知别有一人否。《史記·商君傳》：鞅見，李公與語，不自知膝之前於席也。〔補注〕泥塗，喻卑下之地位。《左傳·襄公三十年》：『武不才，任君之大事，以晋國之多虞，不能由吾子，使吾子辱在泥塗久矣，武之罪也。』前席，事又見《史記·賈生列傳》。

〔四一〕〔錢注〕范攄《雲溪友議》：文宗元年秋，詔禮部高侍郎鍇復司貢籍。〔補注〕貢籍，貢士之名册、貢士之行列。《新唐書·選舉志》：『唐制，取士之科……由學館者曰生徒，由州縣者曰鄉貢，皆升於有司而進退之。』《唐摭言·統序科第》：『自武德辛巳歲四月一日，敕諸州學士及早有明經及秀才、俊士、進士明於理體、爲鄉里所稱者，委本縣考試，州長重覆，取其合格，每年十月隨物入貢。斯我唐貢士之始也。』

〔四二〕〔錢注〕《莊子》：然則厠足而墊之致黄泉，人尚有用乎？《蜀志·龐統等傳評》：龐統雅好人流。〔按〕錢引《蜀志》之『人流』係評論人物之意，非此句『人流』之義。此句『人流』指具有某種社會地位之同類人。《顔氏家訓·後娶》：『河北鄙於側出，不預人流。』即此義。

〔四三〕〔錢注〕《戰國策》：勝請爲紹介而見之於將軍。

〔四四〕〔錢注〕張衡《西京賦》：列爵十四，競媚取榮。

〔四五〕見《上令狐相公狀四》注〔一二〕。

〔四六〕〔錢注〕《文子》：墨子無黔突，孔子無暖席，非以貪禄慕位，欲起天下之利，除萬民之害也。〔補注〕黔突，被炊煙熏黑之煙囱。《淮南子·修務訓》：『孔子無黔突，墨子無煖席。』高誘注：『黔言其突，竈不至於黑，坐席不至於温，歷行諸國，汲汲於行道也。』此謂貧困而不能舉炊。

〔四七〕〔補注〕《周禮·夏官·司士》：『孤卿特揖，大夫以其等旅揖，士旁三揖。』鄭玄注引鄭司農云：『卿、大夫、士，皆君之所揖。』《左傳·哀公三年》：『君夫人在堂，三揖在下。』杜注：『三揖，卿、大夫、士。』

〔四八〕〔錢注〕左思《詠史詩》：賤者雖自賤，重之若千鈞。

〔四九〕〔錢注〕本集馮氏曰：閤、閣音義每通。《戰國策》：郭隗先生曰：『古有以千金求千里馬者，涓人求之，馬已死，買其骨五百金。君大怒，涓人曰：「死馬且買之五百金，況生馬乎？馬今至矣。」不期年，千里馬之至者三。』

〔五〇〕〔補注〕采葑，謂不因其短而舍其所長。《詩·邶風·谷風》：『采葑采菲，無以下體。』葑，即蔓菁，葉、根、莖均可食，然根、莖味苦，故云無因其根、莖（下體）味苦而舍棄其葉。

〔五一〕〔補注〕《詩·大序》：『故詩有六義焉：一曰風，二曰賦，三曰比，四曰興，五曰雅，六曰頌。』
〔五二〕〔錢注〕劉楨《瓜賦》：熏玳瑁之筵。〔補注〕玳筵，謂豪華、珍貴之宴席。
〔五三〕〔錢注〕梁元帝《赴荆州泊三江口詩》：畫舸覆緹油。
〔五四〕〔補注〕《左傳·昭公六年》：『夏，季孫宿如晉，拜莒田也。晉侯享之，有加籩。』杜預注：『籩豆之數，多於常禮。』分，指禮儀之界限。籩，竹製禮器。
〔五五〕〔錢注〕《漢書·楚元王傳》：元王敬禮申公等，穆生不耆酒，常爲穆生設醴。〔補注〕醴，甜酒。
〔五六〕〔錢注〕《史記·賈生傳》：賈生名誼，年十八，以能誦詩書聞於郡中。吴廷尉爲河南守，聞其秀才，召置門下，甚幸愛。孝文皇帝初立，吴公徵爲廷尉，乃言賈生年少，頗通諸子百家之書，文帝召以爲博士。
〔五七〕〔錢注〕《後漢書·禰衡傳》：孔融既愛衡才，數稱述於曹操。操欲見之，而衡素相輕疾，自稱狂病，不肯往。
〔五八〕〔錢注〕曹植《與吴質書》：食若填巨壑，飲若灌漏巵。《初學記》：《東觀漢記》曰：尹敏，字幼季，與班彪相厚，每相與談，常對案不食，晝即至暝，夜即徹明。
〔五九〕〔錢注〕《晉書·車胤傳》：胤善於賞會，當時每有盛坐而胤不在，皆云『無車公不樂』。謝安遊集之日，輒開筵待之。〔補注〕東土，即東土山，謝安在金陵城東南比照會稽東山所築之山，一名土山。《晉書》云謝安于土山營墅，樓館林竹甚盛，每攜中外子姪往來遊集，即此東土山。
〔六〇〕〔錢注〕《史記·司馬相如傳》：相如字長卿，少時，其親名之曰犬子。相如素與臨邛令王吉相善，相如往，舍都亭。臨邛中多富人，卓王孫、程鄭相謂曰：『令有貴客，爲具召之。』并召令。令既至，相如謝病不能往，臨邛令不敢嘗食，自往迎相如。相如不得已，彊往，一坐盡傾。
〔六一〕間，《全文》作『聞』，據錢校改。〔補注〕間，隔。聲塵，尊稱對方之聲容風采。謂與執方分别相隔。
〔六二〕〔錢注〕《釋名》：晦，灰也。月死爲灰，月光盡似之也。弦，月半之名也，其形一旁曲，一旁直，若張弓弦也。〔補注〕已移弦晦，謂已過一月中之下弦及月末，即下旬。商隱拜違李執方約在九月中下旬之交，至作此書時（十月十日）正所謂『移弦晦』。

〔六三〕〔錢注〕《南齊書·謝朓傳》：朓歷隋王文學。子隆好辭賦，朓以文才，尤被賞愛。世祖敕朓還朝，遷新安王中軍記室，朓箋辭子隆曰：『皐壤搖落，對之惆悵；歧路東西，或以嗚邑。』謝朓《拜中書記室辭隨王箋》：唯待青江可望，候歸艎於春渚；朱邸方開，效蓬心於秋實。』

〔六四〕〔錢注〕《上谷郡圖經》：黄金臺，易水東南十八里，燕昭王置千金於臺上，以延天下之士。

〔六五〕〔錢校〕及，胡本作『即』。

獻舍人河東公啓〔一〕

某啓：前月十日，輒以舊文一軸上獻，即日補闕令狐子直至〔二〕，伏知猥賜披閲。今日重於令狐君處伏奉二十三日榮示，特迂尊嚴，曲加褒飾，捧緘伸紙，終慚且驚。某本乏英華〔三〕，且無聲采〔四〕，雖成書有託〔五〕，而爲裘未工〔六〕。重以迫於世資〔七〕，窘此家素〔八〕。管寧木榻，坐已膝穿〔九〕；孔伋縕袍，行而肘見〔一〇〕。然猶開卷獨得〔一一〕，懸頭自强〔一二〕。韋編鐵撾，屢聞斷折〔一三〕；亡書墜册，矗識篇題〔一四〕。而投足多難〔一五〕，寫誠無所〔一六〕。舉非高第〔一七〕，仕怯上農〔一八〕。虞寄爲官，何嘗滿秩〔一九〕；王華處世，寧願異人〔二〇〕？况在下寮〔二一〕，獨無誰語〔二二〕，一至於此，欲罷不能。每念大漢之興，好文爲最〔二三〕，悦《洞簫》之製，則諷在後庭〔二四〕；美《子虛》之文，則恨不同世〔二五〕。然猶揚雄以草《玄》見誚〔二六〕，馬卿亦用貲爲郎〔二七〕。何賓實之紛綸〔二八〕，而名義之乖爽！況乎志異數子，事非當時。司寇栖栖〔二九〕，反歎爲佞〔三〇〕；嗇夫喋喋，誰爲非賢〔三一〕？又安可坐榮於寒谷之中〔三二〕，自致於剛氣之上〔三三〕？矧灰籥難駐〔三四〕，圭管無停〔三五〕，若使蜀臣之九考不移〔三六〕，漢郎之三朝莫遇〔三七〕，人嘲染鬢〔三八〕，帶憤減圍〔三九〕，即葛洪命屯，永處跛驢之伍〔四〇〕；田光精竭，必爲駑馬所先〔四一〕。伊秀銳之既衰，亦鉎穎之都盡〔四二〕。方今外無戰伐，内富英賢，閣下文爲世師〔四三〕，行爲人範〔四四〕，廓至公之路，優接下之誠〔四五〕，是願竊望門闌，仰干閽侍〔四六〕。果蒙旌異，特損緘題。夫收掌上之妍者〔四七〕，在假之長袖〔四八〕；騁櫪中之駿者〔四九〕，必資於坦塗。然後可求其宛轉之能〔五〇〕，責其滅没之效〔五一〕。是當延望，實在深誠。儻蒙一使御車〔五二〕，與之下座〔五三〕，雖不足丹青時輩〔五四〕，領袖諸生〔五五〕，冀獲預於游談〔五六〕，庶少賢於博弈〔五七〕。伏惟念録，謹啓。

校注

〔一〕本篇原載清編《全唐文》卷七七八第一五頁、《樊南文集補編》卷八。〔錢箋〕本集馮箋：河東公爲柳仲郢。《新》《舊》二傳皆不載其爲舍人事，筮仕之始，史家多不致詳。必别求一人以實之，則亦終無確證，不如因仍舊説爲得耳。〔張箋〕舍人河東公，柳璟也。《翰苑羣書·重修承旨學士壁記》：『璟，開成二年七月十九日自庫部員外郎知制誥充。三年二月九日，遷中書舍人；五年十月，改禮部侍郎，出院。（按：張氏繫本篇於開成五年。）〔岑曰〕（張）箋二謂據《壁記》，但《壁記》璟并未加承旨，張引誤。璟遷中舍殆在五年二月，説見拙著《壁記注補》，柳璟此遷與商隱詩文無關，殊覺無緣闌入。（《平質》戊錯會六《開成三年二月翰林學士承旨柳璟遷中舍》）〔按〕

岑氏《平質》認爲柳璟遷中舍與商隱詩文無關，其《翰林學士壁記注補九》則反之，認爲張氏定商隱文所獻對象爲柳璟，『良合』。《注補》在考證柳璟遷中舍時間爲開成五年同時，又辨《壁記》『五年十月，改禮部侍郎出院』一節有誤。云：『「五年」疑是上文所錯簡……《舊唐書》傳云「武宗朝轉禮部侍郎，再司貢籍，時號得人。」』岑氏之意，蓋認爲柳璟轉禮部侍郎在會昌年間。然《新唐書·柳登傳》明謂：『璟……會昌二年，再主貢部。』則其會昌元年必已主貢部。且其會昌元年主貢舉之事，又見於《唐語林》及《永樂大典》引《蘇州府志》，可證璟於會昌元年春主貢舉之前已遷禮部侍郎，《重修承旨學士壁記》謂其『（開成）五年十月，改禮部侍郎』當不誤。若然，則此啓當上於開成五年九、十月間，正當辭尉移家從調時。

〔二〕見《獻舍人彭城公啓》注〔二〕。

〔三〕〔補注〕英華，精英華彩。《禮記·樂記》：『和順積中，而英華發外。』

〔四〕〔錢注〕《宋書·樂志》：系綴聲采。〔補注〕聲采，聲譽。

〔五〕〔錢注〕《哀江南賦》：奉立身之遺訓，受成書之顧託。〔補注〕《漢書·司馬遷傳》載其父臨終時執遷手而泣曰：『予死，爾必爲太史；爲太史，毋忘吾所欲論著矣。』此即所謂『成書有託』。

〔六〕〔補注〕《禮記·學記》：『良冶之子必學爲裘，良弓之子必學爲箕。』爲裘，喻子弟能承父兄之事業。

〔七〕〔錢注〕《漢書·貨殖傳》：士設反道之行，以追時好而取世資。〔按〕世資，世代之資望，祖輩之功業。

〔八〕〔補注〕家素，此與『世資』對舉，指家庭素來之地位、境況。

〔九〕〔錢注〕《魏志·管寧傳》注：《高士傳》曰：管寧自越海及歸，常坐一木榻，積五十餘年，未嘗箕股，其榻上當膝處皆穿。

〔一〇〕〔錢注〕《説苑》：子思居於衛，緼袍無表。〔按〕子思，孔子子鯉之子，名伋，著《子思》二十三篇。

〔一一〕〔錢注〕《南史·陶潛傳》：潛與子書曰：少來好書，偶愛閑静，開卷有得，便欣然忘食。

〔一二〕〔錢注〕《楚國先賢傳》：孫敬好學，時欲寤寐，奮志，懸頭屋梁以自課。〔按〕事又見《太平御覽》卷三六三引《漢書》。此類事頗多。崔鴻《前秦録》載姜宇事似之。

〔一一三〕〔錢注〕《太平御覽》：《論語比考讖》曰：孔子讀《易》，韋編三絶。鐵擿三折，漆書三滅。〔補注〕韋編，指連綴竹簡之皮繩。鐵撾，即鐵擿，供穿引用之鐵針，用以編綴竹簡。

〔一一四〕〔錢注〕《漢書·張安世傳》：上行幸河東，嘗亡書三篋，詔問莫能知，惟安世識之，具作其事。後購求得書，以相校，無所遺失。

〔一一五〕〔錢注〕張華《鷦鷯賦》：投足而安。

〔一一六〕〔錢注〕《蜀志·諸葛亮傳》：遂解帶寫誠。

〔一一七〕〔錢注〕《漢書·鼂錯傳》：時對策者百餘人，惟錯爲高第。〔按〕《上韋舍人狀》謂『頃蒙舍人，奬以小文，致之高第』，此啓又謂『舉非高第』，蓋因此啓所指係進士試，前啓所指係吏部試。

〔一一八〕見《獻相國京兆公啓》注〔一一六〕。

〔一一九〕〔錢注〕《陳書·虞寄傳》：寄前後所居官，未嘗至秩滿，纔期年數月，便自求解退。

〔一二〇〕〔錢注〕《宋書·王華傳》：華以情事異人，未嘗預宴集，終身不飲酒，有燕不之詣。又：華少有志行，以父存亡不測，布衣蔬食，不交游，如此十餘年，爲時人所稱美。高祖欲收其才用，乃發廞（王華父）喪問，使華制服，服闋，歷職著稱。

〔一二一〕〔錢注〕《後漢書·班固傳》：秉筆下僚。

〔一二二〕〔錢校〕『無』，當作『與』。司馬遷《報任少卿書》：『是以獨鬱悒而誰與語？』

〔一二三〕〔錢注〕《漢書·淮南王安傳》：時武帝方好藝文。

〔一二四〕〔錢注〕《漢書·王褒傳》：太子喜褒所爲《甘泉》及《洞簫頌》，令後宫貴人左右皆誦讀之。〔補注〕諷，背誦。

〔一二五〕〔錢注〕《史記·司馬相如傳》：客遊梁，著《子虛》之賦，上讀而善之，曰：『朕獨不得與此人同時哉！』

〔二六〕見《上劉舍人狀》注〔五〕。

〔二七〕〔錢注〕《史記·司馬相如傳》：相如字長卿，以貲爲郎，事孝景帝爲武騎常侍，非其好也。

〔二八〕〔錢注〕《莊子》：名者，實之賓也。

〔二九〕栖栖，《全文》作『棲棲』，從錢校據胡本改正。〔補注〕《論語·憲問》：『丘何爲是栖栖者與？無乃爲佞乎？』栖栖，忙碌不安貌。

〔三〇〕佞，《全文》作『幸』，錢校據胡本改正，從之。注見上條。

〔三一〕〔錢注〕《史記·張釋之傳》：文帝問上林尉諸禽獸簿，尉不能對。虎圈嗇夫從旁代尉對甚悉。文帝曰：『吏不當若是邪？』詔釋之拜嗇夫爲上林令。釋之曰：『夫絳侯、東陽侯稱爲長者，此兩人言事，曾不能出口，豈效此嗇夫諜諜利口捷給哉！』乃不拜嗇夫。〔按〕爲，謂也。

〔三二〕〔錢注〕阮籍《詣蔣公奏記》李善注，劉向《别録》曰：鄒衍在燕，有谷寒，不生五穀，鄒子吹律而温，生黍。

〔三三〕〔錢注〕《抱朴子》：太清之中，其氣甚罡，剛能勝人也。師言鳶飛轉高，則但直舒兩翅，了不復扇摇之而自進者，漸乘剛炁故也。

〔三四〕〔錢注〕《後漢書·律曆志》：候氣之法，以木爲案，每律各一，從其方位，以葭莩灰抑其内端，案曆而候之，氣至灰去。〔按〕灰籥，即灰管。此借指時序。

〔三五〕〔補注〕圭管，猶玉管，即上注中候氣所用之律管。古以竹爲之，亦有以玉爲之。李商隱《池邊》：『玉管葭灰細細吹。』《晉書·律曆志》：『黄帝作律，以玉爲管……爲十二月音。至舜時，西王母獻昭華之琯，以玉爲之。及漢章帝時，零陵文學奚景，於泠道舜祠下得白玉琯。又武帝太康元年，汲郡盗發六國時魏襄王冢，亦得玉律。則古者又以玉爲管矣。』

〔三六〕〔錢注〕《蜀志·郤正傳》：正官不過六百石，假文見意，號曰《釋譏》。其辭曰：九考不移，固其所執也。〔按〕錢引《釋譏》文有誤，文云：『挺身取命，幹兹奥祕，躊躇紫闥，喉舌是執，九考不移，有入無出。』裴注：『《尚書》曰：「三載考績，黜陟幽明。九考則二十七年。」』

〔三七〕遇，《全文》作『過』，據錢校改。〔錢注〕張衡《思玄賦》李善注：《漢武故事》曰：顔駟，不知何許人，漢文帝時爲郎。至武帝時，嘗輦過郎署，見駟龙眉皓髮，上問曰：『叟何時爲郎，何其老也？』答曰：『臣文帝時爲郎，文帝好文而臣好武，至景帝好美而臣貌醜，陛下即位好少而臣已老矣，以三世不遇，故老於郎署。』

〔三八〕〔錢注〕《宋書·謝靈運傳》：臨川王義慶招集文士，何長瑜以韻語序義慶州府僚佐云：『陸展染鬢髮，欲以媚側室。青青不解久，星星行復出。』

〔三九〕〔錢注〕《梁書·沈約傳》：約久處端揆，有志台司，帝終不用。以書陳情於徐勉曰：『開年以來，病增慮切。百日數旬，革帶常應移孔；以手握臂，率計月小半分。以此推算，豈能支久！』

〔四〇〕〔錢注〕葛洪《抱朴子自序》：假令奮翅則能凌厲玄霄，騁足則能追風躡景，猶欲戢勁翮於鷦鷯之羣，藏逸跡於跛驢之伍。

〔四一〕〔錢注〕《戰國策》：燕有田光先生者，其智深，其勇沉。太子避席而請曰：『燕秦不兩立，願先生留意也。』田光曰：『臣聞騏驥盛壯之時，一日而馳千里，至其衰也，駑馬先之。今太子聞光盛壯之時，不知吾精已消亡矣。』

〔四二〕〔錢注〕張協《七命》李善注：芒，鋒刃也。左思《吴都賦》李善注：鄭玄曰：穎，鋒也。〔補注〕秀，本指植物抽穗，此指顯露，特異。

〔四三〕〔錢注〕《鶡冠子》：海内荒亂，立爲世師。

〔四四〕〔錢注〕任昉《南徐州蕭公行狀》：師氏之選，允歸人範。

〔四五〕〔補注〕《書·太甲中》：『奉先思孝，接下思恭。』

〔四六〕〔補注〕《易·説卦》：『爲果蓏，爲閽寺。』閽寺，閽人與寺人，古代宫中掌門禁之官。此以『閽寺』指守門人、侍役。

〔四七〕〔錢注〕《太平御覽》：《漢書》曰：趙飛燕能爲掌上舞。

〔四八〕〔錢注〕《韓非子》：長袖善舞。

〔四九〕〔錢注〕《方言》：櫪，梁、宋、齊、楚、北燕之間或謂之樎，或謂之皂。

〔五〇〕〔錢注〕王嘉《拾遺記》：燕昭王即位二年，廣延國來獻善舞者二人，一名旋娟，一名媞嫫。王登崇霞之臺，乃召二人徘徊翔舞，殆不自支。其舞一名《縈塵》，言其體輕，與塵相亂；次曰《集羽》，言其婉轉若羽毛之從風；末曲曰《旋懷》，言其支體纏蔓，若入懷袖也。

〔五一〕效，《全文》作『功』，從錢校據胡本改正。〔錢注〕《列子》：伯樂曰：『良馬可形容筋骨相也，天下之馬者，若滅、若没、若存、若失，若此者絶塵弭轍。』

〔五二〕〔錢注〕《後漢書·李膺傳》：膺性簡亢，無所交接，荀爽常就謁膺，因爲其御，既還，喜曰：『今日乃得御李君矣！』其見慕如此。

〔五三〕見《上漢南盧尚書狀》注〔四四〕。

〔五四〕〔錢注〕《後漢書·竇章傳》：收進時輩。〔補注〕丹青，使增輝、生色。

〔五五〕〔錢注〕《晋書·裴秀傳》：後進領袖有裴秀。

〔五六〕〔錢注〕《戰國策》：是以外客遊談之士，無敢盡忠於前者。

〔五七〕〔補注〕《論語·陽貨》：『飽食終日，無所用心，難矣哉！不有博弈者乎？爲之，猶賢乎已。』博，局戲；弈，圍棋。

獻華州周大夫十三丈啓〔一〕

大夫以南陽惠化〔二〕，爲東雍先聲〔三〕。旬日之來，謳歌已洽。今者北誅雜虜〔四〕，西却諸戎〔五〕。蓮岳分憂〔六〕，雖期於河潤〔七〕；雲臺佇議〔八〕，終動於天慈。伏料即時，必降徵詔。某方從羈宦〔九〕，遽遠深恩。昔日及門，預三千之弟子〔一〇〕；今晨即路，隔百二之關河〔一一〕。瞻望清光，不任攀結。

〔一〕本篇原載清編《全唐文》卷七七八第一三頁、《樊南文集補編》卷八。〔錢箋〕（華州周大夫）周墀也。詳《爲汝南公賀元日朝會上中書狀注〔一〕。《新唐書·地理志》：華州屬關内道。〔按〕張采田《會箋》繫會昌二年。據《通鑑·會昌二年》：五月，『那頡啜帥其衆自振武、大同，東因室韋、黑沙，南趣雄武軍，窺幽州，盧龍節度使張仲武遣其弟仲至將兵三萬迎擊，大破之，斬首捕虜不可勝計』，似與『北誅雜虜』合。又，『八月，（回鶻烏介）可汗帥衆過杷頭烽南，突入大同川，驅掠河東雜虜牛馬數萬，轉鬭至雲州城門……庚午，詔發陳、許、徐、汝、襄陽等兵屯太原及振武、天德，俟來春驅逐回鶻。』似與『西却諸戎』合。張氏之繫會昌二年，或緣於此。然可疑之點頗多。一、文云『大夫以南陽惠化，爲東雍先聲，旬日之來，謳歌已洽』，當是指其到任後不久即惠化政成，爲民謳歌，而非會昌二年在任已歷三載之情景。又『蓮岳分憂』語，與作於開成五年七月周墀到任後不久之《爲侍郎汝南公華州謝加階狀》『當陛下御極之初，分陛下憂人之寄』辭意略同，似亦可作爲此啓上於武宗初立時之佐證。二、文云『某方從羈宦，遽遠深恩」「今晨即路，隔百二之山河」，謂因羈宦而遠離華州及關中。周墀刺華，起開成五年七月，迄會昌三年，在此四年中，會昌三年商隱居母喪，會昌元年未授官，均無所謂「羈宦」之經歷。會昌二年冬母喪前任職祕省，雖亦可謂「羈宦祕閣」，然不可云「遽遠深恩」（華州爲京師近甸，距京師僅一百八十里），更不得云「隔百二之山河」（百二山河即指秦地，亦即京師所在），故此啓亦非會昌二年作。頗疑此啓係開成五年初冬應王茂元之招赴陳許途次作。王茂元出鎮陳許，在開成五年十月（參《爲濮陽公陳許謝上表》《爲濮陽公上賓客李相公狀一》注〔一〕）。據《祭外舅贈司徒公文》「公在東藩，愚當再調。貢帛資費，銜書見召」之語，及陳許代茂元所擬諸表狀啓牒，商隱當於開成五年十月十日移家長安後不久，即奉茂元之召赴陳許。啓文所謂「方從羈宦」，殆即指赴陳許幕職，而「今晨」所「即」之「路」，即赴陳許之路也。華州離陳許一千餘里（據《舊唐書·地理志》），故云「遽遠深恩」「隔百二之山河」（華州亦關中之一部分）。至於啓中「今者北誅雜虜，西却諸戎」，殆指開成五年十月，「天德軍使温德彝奏：「回鶻潰兵侵逼西城（朔方西受降城），亘六十里，不見其後。邊人以回鶻猥至，恐懼不安。」詔振武節度使劉沔屯雲迦關以備之」之事（見《通鑑》卷二四六），與商隱作此啓之時正合。其時周墀抵華州任爲時不久（最多三月），故有「旬日之來，謳歌已洽」之語，題稱「華州周大夫」，知其時周墀已加朝散大夫之階，且爲時未久。十三，係周墀之行第。

〔二〕〔錢注〕《漢書·召信臣傳》：遷南陽太守，其化大行，吏民親愛信臣，號之曰召父。《後漢書·杜詩傳》：遷南陽太守，時人方於召信臣，故南陽爲之語曰：「前有召父，後有杜母。」傅玄《太僕龐侯誄》：惠化風揚。

〔三〕〔錢注〕《舊唐書·地理志》：華州，隋京兆郡之鄭縣。《隋書·地理志》：京兆郡鄭縣，後魏置東雍州，有少華山。

〔四〕〔錢注〕謂討回鶻。〔按〕詳注〔一〕按語。

〔五〕〔錢注〕謂平党項。詳《上座主李相公狀》「而又代朔舊戎」注。〔按〕錢注引《新書·武宗紀》党項寇鹽州，係會昌三年十月事，其時商隱已丁母憂家居近一年，與啓內「方從羈宦」之語顯然不合，非，詳注〔一〕

按語。

〔六〕〔錢注〕《初學記》：《華山記》曰：華山頂生千葉蓮花。《白帖》：刺史類共理。注：漢宣曰：『與我共理者，其唯二千石乎？』又『分憂』注：分主憂。

〔七〕〔錢注〕《後漢書·郭伋傳》：徵拜潁川太守，召見辭謁，帝勞之曰：『賢能太守去帝城不遠，河潤九里，冀京師並蒙福也。』〔按〕用典切華州距帝城不遠。

〔八〕〔錢注〕江淹《上建平王書》：結綬金馬之庭，高議雲臺之上。〔補注〕雲臺，東漢洛陽南宮中高臺。漢光武帝時，用作召集羣臣議事之所，後借指朝廷。漢明帝時，因追念前世功臣，圖畫鄧禹等二十八將於南宮雲臺。

〔九〕〔錢注〕《晉書·張翰傳》：人生貴適志，何能羈宦數千里以要名爵乎？

〔一〇〕〔錢注〕本集《與陶進士書》：前年乃爲吏部上之中書。又復懊恨周、李二學士以大法加我。夫所謂博學宏詞者，豈容易哉！馮氏曰：周，周墀也。《史記·孔子世家》：以《詩》《書》《禮》《樂》教弟子，蓋三千焉。〔按〕開成三年商隱應宏博試，周墀判吏部西銓，故云『昔日及門，預三千之弟子』。

〔一一〕〔錢注〕《史記·高祖紀》：秦形勝之國，帶河山之險，縣隔千里，持戟百萬，秦得百二焉。注：蘇林曰：得百中之二焉。秦地險固，二萬人足當諸侯百萬人也。關河，見《爲安平公賀皇躬痊復上門下狀》注〔一六〕。

爲濮陽公陳許奏韓琮等四人充判官狀〔一〕

韓琮〔二〕

右件官早中殊科〔三〕，榮推雅度〔四〕。弦柔以直〔五〕，濟伏而清〔六〕。頃佐憲臺，且丁家難〔七〕，當喪而齒未嘗見〔八〕，既祥而琴不成聲〔九〕。逮此變除〔一〇〕，未蒙抽擢。臣頃居鎮守，琮已列賓僚〔一一〕。謀之既臧〔一二〕，剛亦不吐〔一三〕。願稽中選，榮借外藩。伏請依資賜授憲官〔一四〕，充臣節度判官。

段瓌〔一五〕

右件官言思無邪〔一六〕，學就有道〔一七〕。屢爲從事，常佐正人〔一八〕。加以富有文辭〔一九〕，精於草隸〔二〇〕，儁而且檢，通亦不流〔二一〕。臣所部稍遠京都，每繁章奏，敢兹上請，乞以自隨。伏請依資賜授憲官，充臣節度掌書記〔二二〕。

裴蘧〔二三〕

右件官魯國名儒，酇鄉右族〔二四〕。松寒更翠〔二五〕，馬老不迷〔二六〕。臣昔忝鑿門〔二七〕，辟爲記室〔二八〕，屬辭而宿構無異〔二九〕，論兵而故校多歸〔三〇〕。委以前籌〔三一〕，見其餘地〔三二〕。伏以前任大理評事〔三三〕，已三十三箇月，比於流輩，已是滯淹〔三四〕。伏請特授憲官，充臣觀察支使。

夏侯曈〔三五〕

右件官藏器於身〔三六〕，爲仁由己〔三七〕。齊莊難犯〔三八〕，勁挺不摇。臣任切拊循〔三九〕，務繁稽勾〔四〇〕，思留仙尉〔四一〕，以重賓階〔四二〕。伏請依資改授一官，充臣節度巡官。

以前件狀如前。臣四朝受任〔四三〕，三鎮叨榮〔四四〕，慕碣石之築宫〔四五〕，廣延儒雅；效西河之擁篲〔四六〕，樂得賢才。韓琮等並無所因依，不由請託〔四七〕。久諳才地〔四八〕，堪列幕庭。伏希殊私〔四九〕，盡允誠請。謹録奏聞，伏聽敕旨。

〔一〕本篇原載《文苑英華》卷六三九第四頁、清編《全唐文》卷七七二第一九頁、《樊南文集詳注》卷二。

〔按〕王茂元出鎮陳許，在開成五年十月（詳見《爲濮陽公陳許謝上表》注〔一〕），本狀當爲茂元赴陳許前所上，兹編開成五年十月。視狀内『敢兹上請，乞以自隨』語，亦赴鎮前奏狀。馮譜、張箋繫會昌元年，誤。

〔二〕〔徐注〕《新書·藝文志》：韓琮字成封，大中中湖南觀察使。〔補注〕韓琮長慶四年登進士第，曾先後佐王茂元涇原、陳許幕。後任司封員外郎。大中五年左右，擢户部郎中，遷中書舍人。後任湖南觀察使，爲軍將石載順等所逐。咸通中仕至右散騎常侍。生平詳見《唐才子傳校箋》卷六。

〔三〕〔補注〕《唐才子傳》：『琮字成封（《唐詩紀事》作代封），長慶四年李羣榜進士及第。』

〔四〕〔徐注〕《晉書·劉曜傳論》：習以華風，温乎雅度。

〔五〕〔馮注〕《韓子》：西門豹性急，佩韋以自緩；董安于性緩，佩弦以自急。〔補注〕《後漢書·五行志》：『京都童謡曰：直如弦，死道邊；曲如鈎，反封侯。』《後漢書·李固傳贊》：『燮同趙孤，世載弦直。』此謂其性格柔和而品行正直。

〔六〕〔馮注〕《山海經》：王屋之山，㴩水出焉，而西北流注于泰澤。郭景純云：㴩、沇聲相近，沇即濟也。《水經注》：濟水出王屋山，潛行地下，至共山南，復出於東丘。按：近人（胡渭）《禹貢錐指》中引舊記，濟水出王屋山頂太乙池，伏流地中，東行九十里復見也。《禹貢》：溢爲滎，東出于陶丘北。吴澄曰：溢者，言如井泉自中而滿，非有來處；出者，言在平地，自下而涌，非有上流。蓋濟瀆所經之地，其下皆有伏流，遇空竇即涌出，如濼水之趵突泉與阿井，皆濟之伏流所發也。〔補注〕《書·禹貢》：『導沇水，東流爲濟，入于河，溢爲滎，東出于陶丘北，又東至于菏，又東北會于河，又北東入于海。』阮籍《東平賦》：『其外有濁河縈其溏，清濟盪其樊。』《戰國策·燕策一》：『齊有清濟濁河。』《文選·謝朓〈始出尚書省〉》『濁河穢清濟』李善注引孔安國《尚書注》曰：『濟水入河，並流十數里，清濁異色，混爲一流。』

〔七〕〔馮注〕韓當爲侍御史，以喪免。

〔八〕〔徐注〕《禮記》：高子皐之執親之喪也，泣血三年，未嘗見齒，君子以爲難。

〔九〕〔徐注〕《禮記》：孔子既祥，五日彈琴而不成聲，十日而成笙歌。〔馮注〕《禮記》：子夏既除喪而見，予之琴，和之而不和，彈之而不成聲。〔補注〕祥，親喪滿一年或二年而祭之統稱。

〔一〇〕〔馮注〕《家語》：夫禮可爲繼也，故哭踊有節，而變除有期。〔補注〕變除，變服除喪。

〔一一〕〔馮注〕鎮涇原時，韓已在幕。

〔一二〕〔補注〕《詩·小雅·小旻》：『謀之其臧，則具是違；謀之不臧，則具是依。』臧，善。

〔一三〕〔補注〕《詩·大雅·烝民》：『人亦有言，柔則茹之，剛則吐之。』剛亦不吐，謂不畏懼强梁。

〔一四〕〔馮注〕憲官，謂御史銜。

〔一五〕瓌，《全文》作『環』，據《英華》改。〔馮箋〕《書史會要》：段瓌工於翰墨，有名當世。此云『精於草隸』，疑即此人。〔按〕互詳下狀注〔三〕。

〔一六〕邪，《英華》作『諂』，注：集作『邪』。〔補注〕《論語・爲政》：『《詩》三百，一言以蔽之，曰思無邪。』《詩・魯頌・駉》：『思無邪，思馬斯徂。』

〔一七〕〔補注〕《論語・學而》：『（君子）敏於事而慎於行，就有道而正焉，可謂好學也已。』何晏集解引孔安國曰：『有道，有道德者。』

〔一八〕〔徐注〕《書》：惟厥正人，既富方穀。

〔一九〕〔徐注〕《左傳》：非文辭不爲功。

〔二〇〕〔徐注〕潘岳《楊荆州誄》：草隸兼善。〔馮注〕《書斷》：隸書，秦下邽人程邈所作。章草，漢黄門令史史游所作。草書，後漢徵士張伯英所造。按：古人草隸兼善者甚多。

〔二一〕〔徐注〕《晉書・嵇紹傳》：曠而有檢，通而不雜。〔補注〕儁，才智傑出；檢，有約束。流，放縱、無節制。《易・繫辭上》：『旁行而不流。』王弼注：『應變旁通而不流淫也。』

〔二二〕〔補箋〕開成五年十月，商隱因茂元『銜書見召』，乃赴陳許幕，爲茂元草擬初上任時之表狀啓牒，然因時值商隱『再調』，故並未正式擔任掌書記，故不久即離陳許幕（會昌元年正月已在華州，有《爲汝南公華州賀赦表》《爲京兆公陜州賀南郊赦表》。本狀奏辟段瓌爲節度掌書記，正商隱未正式擔任陳許幕職之明證。張箋謂商隱居陳許幕，辟掌書記，誤。）

〔二三〕〔補箋〕據狀文『臣昔忝鑿門，辟爲記室』，裴薳在王茂元鎮涇原時即已辟爲掌書記，其入涇幕之時間，當早於商隱入涇幕之開成三年春。故在涇幕期間，商隱雖草表狀多篇，然非擔任掌書記之職亦甚明。

〔二四〕〔馮注〕《宰相世系表》：秦非子之支孫封𨛦鄉，因以爲氏，今聞喜𨛦城是也。六世孫陵當周僖王時，封爲解邑君，乃去邑從衣爲裴。一云晋平公封顓頊之孫鍼於周川之裴中，號裴君。疑不可辨。𨛦音裴。

〔二五〕〔補注〕《論語・子罕》：『歲寒然後知松柏之後彫也。』《莊子・讓王》：『天寒既至，霜雪既降，君是以知松柏之茂也。」

〔二六〕〔徐注〕《韓子》：管仲、隰朋從于桓公而伐孤竹，春往冬返，迷惑失道。管仲曰：「老馬之智可用也。」乃放老馬而隨之，遂得道行。

〔二七〕鑿，《英華》一作「監」，非。〔徐注〕《淮南子》：大將受命已，則設明衣，翦指爪，鑿凶門而出。〔補注〕高誘注：「凶門，北向門也。將軍之出，以喪禮處之，以其必死也。」

〔二八〕〔馮曰〕此亦在涇原時。

〔二九〕宿，《英華》作「夙」。〔徐注〕《禮記》：屬辭比事，《春秋》教也。《魏志》：王粲善屬文，舉筆便成，無所改定，時人常以爲宿構。

〔三〇〕〔徐注〕《後漢書·隗囂傳》：使王遵持節監大司馬吴漢，留屯於長安。遵知囂必敗滅，而與牛邯舊故，知其有歸義意，以書喻之，邯乃謝士衆歸命洛陽。〔馮注〕按《國策》：甘茂攻宜陽，三鼓之而卒不上，右將有尉對曰：「公不論兵，必大困。」此「論」，治之義也。其餘皆作論議用，字習見矣。「故校」，猶舊校，謂老於軍事者皆推與之，第所用未及檢明。或引山濤論不應去州郡武備，暗合孫、吴，亦未似也。〔按〕論兵，即研究軍事、兵法。

〔三一〕委，《英華》作「畫」，注：集作「委」。〔馮注〕《史記·留侯世家》：酈食其謀橈楚權，復立六國後，漢王曰：「善。」以酈生語告於子房，子房曰：「陛下事去矣，臣請借前箸爲大王籌之。」

〔三二〕〔馮注〕《莊子》：恢恢乎其于游刃必有餘地矣。

〔三三〕〔馮注〕《漢書》：宣帝初置廷尉左右平。按：隋置大理評事，唐因之。《舊書·志》：從八品下階。凡幕官每帶此銜。

〔三四〕〔徐注〕沈約彈文：玷辱流輩，莫斯爲甚。《左傳》：楚子使然丹舉淹滯。〔補注〕淹滯，謂有才德而久淪下位。

〔三五〕〔補箋〕《樊川文集》卷一九《夏侯曈除忠武軍節度副使薛途除涇陽尉充集賢校理制》云：『前昭義軍節度判官、朝議郎、殿中御史内供奉夏侯曈等。曈以科名辭學，開敏多才，久游諸侯。』知夏侯曈在高銖任忠武節度使期間（大中元年至六年）任節度副使。此前又曾任昭義軍節度判官。〔按〕互詳下篇注〔四〕。

〔三六〕〔徐注〕《易》：君子藏器于身，待時而動。

〔三七〕〔補注〕《論語·顔淵》：『顔淵問仁。子曰：「克己復禮爲仁。一日克己復禮，天下歸仁焉。爲仁由己，而由乎人哉！」』

〔三八〕〔補注〕《禮記·祭義》：『孝子將祭祀，必有齊莊之心以慮事。』齊莊，嚴肅誠敬。

〔三九〕拊循，《英華》作『循良』，非。《英華》注：集作『拊循』。〔徐注〕《漢書·韓信傳》：信曰：『且信非得素拊循士大夫。』〔馮注〕《史記·司馬穰苴傳》：身自拊循之。《淮南王傳》：拊循百姓。〔補注〕拊循，安撫。

〔四〇〕〔馮注〕（稽勾）稽考勾當之意。勾音遘。

〔四一〕〔馮注〕《漢書》：梅福補南昌尉，後去官歸壽春，常以讀書養性爲事。一朝棄妻子去九江，至今傳以爲仙。〔補注〕據『思留仙尉』語，似夏侯曈原任某縣尉。

〔四二〕〔徐注〕庾信碑：下賓階而顧問。〔補注〕賓階，指幕賓。古時賓主相見，賓自西階上，故稱。《書·顧命》：『大輅在賓階面，綴輅在阼階面。』

〔四三〕〔徐注〕（四朝）謂穆、敬、文、武。

〔四四〕〔徐注〕（三鎮）謂嶺南、涇原、陳許。

〔四五〕〔徐注〕《史記》：騶衍如燕，昭王築碣石宫，身親往師之。

〔四六〕〔馮注〕《史記》：子夏居西河教授，魏文侯受子夏經藝。《文選·阮籍〈奏記〉》：子夏處西河之上，而文侯擁篲。善曰：《吕氏春秋》：白圭曰：魏文侯師子夏。李奇《漢書注》曰：擁篲爲恭也，如今卒持帚也。〔補注〕擁篲，執帚。帚以掃除清道，故迎候賓客擁篲以示敬。

〔四七〕〔馮注〕《漢書·翟方進傳》：爲相公潔，請託不行郡國。《後漢書·蔡邕傳》：並以小文超取選舉，開請託之門，違明王之典。

〔四八〕〔徐注〕《晋書·王藴傳》：藴輒連狀白之曰：『某人有地，某人有才。』務存進退，各隨其方。《南史·王僧達傳》：僧達自負才地，三年間便望宰相。〔馮注〕《晋書·王恭傳》：自負才地高華。又《鄭默傳》：不以才地矜物。〔補注〕才地，才能與門第。

〔四九〕〔補注〕殊私，猶殊恩。

爲濮陽公許州請判官上中書狀〔一〕

韓琮〔二〕、段瓌〔三〕、裴蘧、夏侯曈〔四〕，右件官等，或斷金舊友〔五〕，或傾蓋新知〔六〕。既有藉于賓榮，敢自輕于主擇〔七〕？輒以具狀奏請訖。伏乞相公曲賚殊恩，盡允私懇。使免孤鄭驛〔八〕，不辱燕臺〔九〕。謹録狀上。

〔一〕本篇原載清編《全唐文》卷七七三第一三頁、《樊南文集補編》卷二。〔錢注〕《舊唐書·王茂元傳》：授忠武軍節度、陳許觀察使。又《地理志》：忠武軍節度使，管陳、許、蔡三州。判官，見《爲尚書濮陽公涇原讓加兵部尚書表》注〔三〕。《舊唐書・職官志》：中書省，中書令二員，中書侍郎二員。本集有《爲濮陽公陳許奏韓琮等四人充判官狀》。〔按〕中書，即中書門下之省，非專指中書省。他狀或僅書『中書』，或書『中書門下』，其實一也，均指在位之宰相，狀稱『伏乞相公』可見。此狀應與《爲濮陽公陳許奏韓琮等四人充判官狀》同爲開成五年十月茂元赴陳許任前所上，詳前狀注〔一〕。

〔二〕見《爲濮陽公陳許奏韓琮等四人充判官狀》注〔二〕。

〔三〕〔錢校〕瓌，原作『環』，本集同。按本集《充判官狀》，馮氏曰：『《書史會要》：「段瓌工於翰墨，有名當世。」此云「精於草隸」，疑即此人而名小誤歟？』今胡本作『瓌』，與《書史會要》合。又《全唐文》段瓌有《舉人自代狀》，正與本集《充判官狀》文同，其爲形似致誤無疑，故即據以改正。《新唐書・崔鉉傳》：鉉所善者，鄭魯、楊紹復、段瓌、薛蒙，頗參議論。時語曰：鄭、楊、段、薛，炙手可熱；欲得命通，魯、紹、瓌、蒙。〔按〕《全唐文》卷七五九段瓌《舉人自代狀》當即商隱《爲濮陽公陳許奏韓琮等四人充判官狀・段瓌》之誤入。文非段瓌所作，題亦不當作《舉人自代狀》。然可證字當作『瓌』，不作『環』。

〔四〕〔錢注〕按《文苑英華》有《授夏侯瞳忠武軍節度副使制》文，爲杜牧譔。《通鑑》：懿宗咸通十一年四月，『徐賊餘黨相聚閭里爲羣盜，詔徐州觀察使夏侯瞳招諭之。』意即瞳後所歷官也。

〔五〕〔補注〕《易・繫辭上》：『二人同心，其利斷金。』

〔六〕〔錢注〕《家語》：孔子之郯，遭程子於途，傾蓋而語終日，甚相悦。《楚辭・九歌》：樂莫樂兮新相知。

〔七〕〔補注〕《左傳・襄公二十七年》：『《詩》以言志，志誣其上而公怨之，以爲賓榮，其能久乎！』賓榮，賓客之榮寵。又《隱公十一年》：『周諺有之曰：山有木，工則度之；賓有禮，主則擇之。』杜預注：『擇所宜而行之。』

〔八〕〔錢注〕《史記・鄭當時傳》：當時字莊，常置驛馬長安諸郊，請謝賓客，夜以繼日。

〔九〕〔錢注〕鮑照《放歌行》：將起黃金臺。李善注：王隱《晉書》曰：段匹磾討石勒，進屯故安縣故燕太子丹金臺。《上谷縣圖經》曰：黃金臺，易水東南十八里。燕昭王置千金於臺上，以延天下之士。二説既異，故具引之。

爲濮陽公上賓客李相公狀一〔一〕

不審近日尊體何如？相公踐履道樞〔二〕，優游天爵〔三〕。功無與讓〔四〕，故勇于退〔五〕；能不自伐〔六〕，故葆其光〔七〕。自罷理陰陽〔八〕，就安調護〔九〕，鳳池來者〔一〇〕，守咎繇之矢謨〔一一〕；雞樹後生〔一二〕，奉蕭何之畫一〔一三〕。用而無喜，成則不居〔一四〕。求之古今，實焕緗素〔一五〕。

某早蒙恩顧，累忝藩方。本冀征轅，得由東洛〔一六〕。伏以延英奉辭之日〔一七〕，宰臣俟對之時，止得便奏發期〔一八〕，不敢更求枉路〔一九〕。限於流例〔二〇〕，莫獲起居。瞻望恩光，不任攀戀。儻蒙知其丹赤〔二一〕，賜以始終，則雖間山川〔二二〕，若在軒屏〔二三〕。伏惟時賜恩察〔二四〕。

〔一〕本篇原載清編《全唐文》卷七七三第一八頁、《樊南文集補編》卷二。〔錢箋〕（賓客李相公）李德裕也。下篇云『地控淮、徐，氣連荆楚』，又云『許下出征』，知爲茂元鎮陳許時作，而年月難以深考。以本集《爲濮陽公陳許謝上表》及後《外舅司徒公文》推之，約在武宗初立之際矣。《舊唐書·李德裕傳》，大和七年二月，德裕以本官平章事，進封贊皇伯。八年，王守澄進鄭注，復進李訓。其年秋，上欲授訓諫官，德裕奏曰：『李訓小人，不可在陛下左右。』上顧王涯曰：『商量別與一官。』遂授四門助教。俄而鄭注亦自絳州至，惡德裕排己。九月十日，復召李宗閔於興元，授中書侍郎平章事，代德裕，出德裕爲興元節度使。尋改檢校尚書左僕射、潤州刺史、鎮海軍節度、蘇常杭潤觀察等使，代王璠。德裕至鎮，奉詔安排宫人杜仲陽於道觀，與之供給。仲陽者，漳王養母，王得罪，放仲陽於潤州故也。九年三月，左丞王璠、户部侍郎李漢進狀，論德裕在鎮，厚賂仲陽，結託漳王，圖爲不軌。四月，帝於蓬萊殿召王涯、李固言、路隋、王璠、李漢、鄭注等，面證其事。璠、漢加誣搆結，語甚切至。路隋奏曰：『德裕實不至此。誠如璠、漢之言，微臣亦合得罪。』羣論稍息。尋授德裕太子賓客，分司東都。其月，又貶袁州長史。路隋坐證德裕，罷相。其年七月，宗閔坐救楊虞卿，貶處（編著者按：應爲『虔』）州；李漢坐黨宗閔，貶汾州。十一月，王璠與李訓造亂伏誅，而文宗深悟前事，知德裕爲朋黨所誣。明年二月，量移滁州刺史。七月，遷太子賓客。十一月，檢校户部尚書，復浙西觀察使。開成二年五月，授揚州大都督長史、淮南節度副大使、知節度使事。四年四月，就加檢校尚書左僕射。五年正月，武宗即位。召德裕於淮南。九月，授門下侍郎、同平章事。下篇云『君子信讒』，似即指杜仲陽事。特兩爲太子賓客事稍在前，然無他人可以當之也。《舊唐書·職官志》：太子賓客四員，正三品。（張箋）開成四年十二月，以杭州刺史李宗閔爲太子賓客分司東都（《舊·紀》）。案《舊書·宗閔傳》：『開成元年，量移衢州司馬。三年，楊嗣復輔政，與宗閔厚善，欲拔用之，而畏鄭覃沮議，乃託中人密諷於上。翌日，以宗閔爲杭州刺史。四年冬，遷太子賓客分司東都。時鄭覃、陳夷行罷相，嗣復方再拔用宗閔知政事，俄而文宗崩。會昌初，李德裕秉政，嗣復、李珏皆竄嶺表。三年，劉稹據澤潞叛。德裕以宗閔素與劉從諫厚，上黨近東都，宗閔分司非便，出爲封州刺史，又發其舊事，貶郴州司馬，卒於貶所。』是宗閔會昌三年以前，正爲太子賓客，未嘗離東都也。《補編·爲濮陽公上賓客李相公狀》二篇，首狀云：『某早蒙恩顧，累忝藩方。本冀征轅，得由東洛。伏以延英奉辭之日，宰臣俟對之時，止得便奏發期，不敢更求枉路。限於流例，莫獲起居。』次狀云：『此方地控淮、徐，地連荆楚，不惟土薄，兼亦冬温。』狀爲茂元出鎮陳許時作。茂元出鎮陳許，史無年月，參諸本集表、狀諸文，當在會昌元年。時宗閔方以朋黨之嫌，退居閒散之地，故狀云：『相公踐履道樞，優遊天爵。

功無與讓，故勇於退；能不自伐，故葆其光。自罷理陰陽，就安調護……用而無喜，成則不居，求之古今，實煥緗素。』又云：『相公昔在先朝，實康大政。當君子信讒之日，禀達人大觀之規。』與本傳所言皆合，其爲宗閔，了無疑矣。錢楞仙箋《補編》，妄以李德裕當之。考《李德裕傳》，兩爲太子賓客分司東都，一在大和九年，尋貶袁州長史；一在開成元年，旋檢校户部尚書，復浙西觀察使。開成二年，節度淮南。武宗即位，德裕由淮南入相。會昌初，茂元出鎮陳許之時，正德裕重居台席之時。狀中所述，是豈當日情事耶？故參考史文而訂之於此（按：張箋繫此二狀於會昌元年，置《爲濮陽公陳許謝上表》之前）。〔按〕張氏辨賓客李相公非李德裕，而係李宗閔，狀爲王茂元出鎮陳許時所上，均是。然茂元出鎮陳許之年，當依吴廷燮《唐方鎮年表考證》卷上所云：『按王茂元於開成五年除忠武，據李商隱代茂元《陳許謝上表》。以時考之，李紳是年九月自宣武移淮南，彦威代紳，茂元又代彦威。』岑仲勉《玉谿生年譜會箋平質》乙承訛六《王茂元爲陳許》條即從吴説。現已考明茂元奉制出鎮陳許之日爲開成五年十月八日，其自長安啓程之期約當十月下旬，抵達許州則在十一月上旬，具詳《爲濮陽公陳許謝上表》注〔一〕按語。此上賓客李相公二狀，前狀當爲自長安啓程前所上。狀云『本冀征轅，得由東洛。伏以延英奉辭之日，宰臣俟對之時，止得便奏發期，不敢更求枉路』，係向宗閔解釋此次赴陳許時不經由洛陽拜謁之原因，乃啓程前所上，時約在開成五年十月下旬。

〔二〕〔錢注〕《莊子》：彼是莫得其偶，謂之道樞。〔補注〕道樞，道之樞要、關鍵。

〔三〕〔補注〕《詩·大雅·卷阿》：『伴奐爾游矣，優游爾休矣。』優游，悠閑自得。《孟子·告子上》：『仁義忠信，樂善不倦，此天爵也；公卿大夫，此人爵也。』

〔四〕〔錢注〕庾信《燕射歌辭》：功無與讓，銘太常之旌。

〔五〕〔錢注〕謝瞻《於安成答靈運詩》：勇退不敢進。〔補注〕《老子》：『功成名遂身退，天之道。』

〔六〕〔錢注〕《老子》：不自伐故有功。

〔七〕〔錢注〕《莊子》：注焉而不滿，酌焉而不竭，而不知其所由來，此之謂葆光。〔補注〕葆光，隱蔽其光輝，謂才智不外露。

〔八〕〔補注〕《書·周官》：『立太師、太傅、太保，兹惟三公，論道經邦，燮理陰陽。』孔傳：『和理陰陽。』罷理陰陽，指罷相位。

〔九〕〔補注〕調護，調教輔佐，語出《史記·留侯世家》：『上曰：「煩公幸卒調護太子。」』詳見《爲濮陽公皇太子薨慰宰相狀》注〔一三〕。就安調護，謂就任並安於太子賓客之閒職。

〔一〇〕鳳池，見《爲安平公賀皇躬痊復上門下狀》注〔二〇〕。鳳池來者，謂繼任之宰相。下『雞樹後生』義同。

〔一一〕〔補注〕《尚書》有《皋陶謨》。又《書·皋陶謨序》：『皋陶矢厥謨。』孔傳：『矢，陳也。』孔穎達疏：『皋陶爲帝舜陳其謀。』咎繇，同皋陶。

〔一二〕〔錢注〕《魏志·劉放傳》注：《世語》云：劉放、孫資久典機任，夏侯獻、曹肇心内不平。殿中有雞棲樹，二人相謂：『此亦久矣，其能復幾？』〔補注〕《論語·子罕》：『後生可畏，焉知來者之不如今也。』上句『來者』亦出於此。

〔一三〕〔錢注〕《史記·蕭相國世家》：（曹）參爲相國，百姓歌之曰：『蕭何爲法，顜若畫一；曹參代之，守而勿失。』

〔一四〕〔錢注〕《老子》：功成而不居。

〔一五〕〔錢注〕王筠《昭明太子哀册文》：偏該緗素。〔補注〕緗素，淺黄色絹帛，古時多用以書寫。此指書籍。

〔一六〕〔補注〕東洛，指東都洛陽。

〔一七〕〔錢注〕《唐六典》：大明宫宣政殿之左曰東上閤，右曰西上閤，次西曰延英門。其内之左曰延英殿。《舊唐書·職官志》：至德後，大將爲刺史者，兼治軍旅。遂依天寶邊將故事，加節度使之號，連制數郡。奉辭之日，賜雙旌雙節，如後魏、北齊故事。

〔一八〕〔錢注〕《唐會要》：開成元年正月，敕自今以後，每遇入閣日，次對官未要隨班並出，並于東階松樹下立待。宰臣奏事退，令齊至香案前，各奏本司公事。左右史待次對官奏事訖，同出。其年五月，中書門下奏：『自今以後，除刺史、並望延英對了進發，日限促不遇坐日，許于臺司通將待延英開日，辭了進發。』從之。

〔一九〕〔錢注〕忠武節度治許州，見《請判官狀》。《舊唐書·地理志》：許州在京師東一千二百里，至東都四百里。〔補注〕東都洛陽距京師八百五十里。如由東洛枉道至許州，共一千二百五十里，多出五十里。其時李德裕方入相，茂元赴陳許不由東洛，拜謁李宗閔，恐爲避嫌，『不敢更求枉路』云云，殆託詞也。

〔二〇〕〔補注〕流例，流傳下來的慣例。白居易《對酒》之五：『眼前流例君看取，且遣琵琶送一杯。』

〔二一〕〔錢注〕《魏志·張既傳》注：《魏略》：誠謂將軍亦宜遣一子，以示丹赤。

〔二二〕〔錢注〕《穆天子傳》：道里悠遠，山川間之。

〔二三〕〔錢注〕潘岳《秋興賦》：蟋蟀鳴乎軒屏。

〔二四〕〔錢校〕時，疑當作『特』。

爲濮陽公陳許謝上表〔一〕

臣某言：臣伏奉去月八日制書，授臣前件官，臣即以某月日到任上訖。當時集軍州官吏、僧道耆老等，揄揚王化〔二〕，宣布睿慈。連營咸鼓于《巽》風〔三〕，闔境均霑于《兑》澤〔四〕。臣某中謝。

臣才謝漢飛〔五〕，義慚燕使〔六〕。獻書求試〔七〕，學劍邀勳〔八〕。大舸千艘〔九〕，早竊樓船之任〔一〇〕；勝兵萬數〔一一〕，晚兼車騎之名〔一二〕。雖任在啓行〔一三〕，而時當柔遠〔一四〕。珠崖銅柱〔一五〕，祇務廉平〔一六〕；麻壘艾亭〔一七〕，莫能恢復〔一八〕。旋屬皇帝陛下，荆枝協慶〔一九〕，棣萼傳輝〔二〇〕，臣得先巾墨車〔二一〕，入拜丹陛〔二二〕。蘭臺假號〔二三〕，棘署參榮〔二四〕。奉漢后之園陵〔二五〕，獲申送往〔二六〕；掌周王之廩庾〔二七〕，方切事居〔二八〕。不謂遽董戎旃〔二九〕，還持武節〔三〇〕。賜國既高于七命〔三一〕，承家又慶于重侯〔三二〕。維彼壁田〔三三〕，實聯鼎邑〔三四〕，古之近甸，今也雄藩。想像汝南，星聚而先賢未遠〔三五〕；經過潁上，水濁而强族皆除〔三六〕。況在昔年，常鄰多壘〔三七〕。載瞻軍額〔三八〕，深見士心。貴忠孝之兩全，則忠可移孝〔三九〕；正文武之二道，則武可輔文。將謀將領之能〔四〇〕，必重英豪之選〔四一〕。豈虞拔擢〔四二〕，乃出孱微〔四三〕。謹當阜俗而必致人和，貞師而不爲兒戲〔四四〕。使流庸自占〔四五〕，驍悍知方〔四六〕。任棠水韰之規，臣當可服〔四七〕；黄霸米鹽之政〔四八〕，臣亦不遺。矗勤報效之資，用贖貪叨之責〔四九〕。奉違軒鏡〔五〇〕，幾落蕘蓂〔五一〕。比園葵以自傾，晝惟向日〔五二〕；羡海槎之不繫，秋則經天〔五三〕。感激而淚血沾衣，兢憂而汗雨浹背〔五四〕。無任感恩戀闕兢惕屏營之至〔五五〕！

校注

〔一〕本篇原載《文苑英華》卷五八六第三頁、清編《全唐文》卷七七一第一五頁、《樊南文集詳注》卷一。〔徐箋〕《舊書·王栖曜傳》：栖曜，濮州濮陽人，累官鄜坊丹延節度觀察使，檢校禮部尚書，兼御史大夫。子茂元，有勇略，從父征伐知名。元和中爲右神策將軍。大和中檢校工部尚書、廣州刺史、嶺南節度使，招懷蠻落，頗立政能。南中多異貨，茂元積聚家財鉅萬計。李訓之敗，中官利其財，掎摭其事，言茂元因王涯、鄭注見用。茂元懼，罄家財以賂兩軍。於是授忠武軍節度、陳許觀察使。故有是表也。《新書·方鎮表》：貞元三年，置陳許節度使，治許州。十年，賜號忠武軍。《地理志》：許州領縣九：長社、長葛、陽翟、許昌、鄢陵、扶溝、臨潁、舞陽、郾城。陳州領縣六：宛丘、太康、項城、溵水、南頓、西華。並屬河南道。《王栖曜傳》：茂元家積財，交煽權貴。鄭注用事，遷涇原節度使。注敗，悉出家貲餉兩軍，得不誅。封濮陽郡侯。召爲將作監。領陳許節度使。案茂元封濮陽郡侯，故稱濮陽公，此則以其爵也。〔馮箋〕《舊書·志》：忠武節度使管陳、許、蔡三州。《舊書·傳》：茂元授忠武軍節度、陳許觀察使。按：當在會昌元年，詳《年譜》。《舊書·德宗紀》：貞元二十年，陳許節度賜號忠武軍。按：《新書·表》似小誤。〔張箋〕（會昌元年）王茂元爲忠武軍節度、陳許觀察使。《爲外姑祭張氏女文》云：『及登農揆，去赴天朝，汝罷蒲津，聿來胥會。汝時不佑，忽爾孀殘。旋移許下，念汝支離。卜室築居，言遷潁上。』案《祭張書記文》在本年四月，時張氏喪夫，茂元尚在京。則陳許之除，或當是年秋冬間歟？〔岑仲勉曰〕（張）箋二依馮譜系會昌元……據《方鎮年表》及《考證》，茂元代王彥威，彥威代李紳爲宣武，而紳之去宣武在開成五年九月，則茂元除陳許當同年事。《爲外姑祭張氏女文》『忽爾孀殘，旋移許下』，張卒時茂元雖在京，但《祭張書記文》『今則列樹開封，揲蓍得吉……將歸宿莽之庭，欲閉青松之室』，是葬前致祭，無茂元尚在京師之迹也。《祭外舅文》『公在東藩，愚當再調』，東藩指忠武，再調在開成五年冬，亦一旁證。（《平質》乙承訛《王茂元爲陳許》條）〔按〕《舊唐書·武宗紀》：開成五年，『九月，以淮南節度使、檢校尚書左僕射李德裕爲吏部尚書、同中書門下平章事，尋兼門下侍郎，以宣武軍節度使、檢校吏部尚書、汴州刺史李紳代德裕鎮淮南。』是李紳之代德裕鎮淮南，在開成五年九月。王彥威由忠武徙宣武、王茂元由京職出鎮陳許，皆爲同時迭代之人事調動。《爲外姑隴西郡君祭張氏女文》云：『及登農揆，去赴天朝。汝罷蒲津，聿來胥會。朝堂夜閤，曲榻溫爐，稚子雛孫，滿吾懷抱。汝時不佑，忽爾孀殘。撫視冤傷，載慟心骨。旋移許下，念汝支離。』從開成五年茂元由涇原入爲司農卿叙起，接叙張氏女之孀殘與茂元之出鎮陳許，『忽爾』『旋移』，一氣叙下，其爲同年之事甚明。張書記審禮之葬，雖在會昌元年四月，然其卒則在開成五年（唐人墓誌中卒年與葬時相差半年以上或跨年者甚多）。表云『伏奉去月八日制書，授臣前件官』，此『去月』

當爲十月。蓋商隱《與陶進士書》作於開成五年九月初三，篇末猶署『弘農尉李某』，證明其時尚未辭尉再調，亦未移家關中。其移家之時間，當在是年九月中下旬，移家抵達上都長安，則爲十月十日。《上河陽李大夫狀一》『近以親族相依，友朋見處，卜鄰上國，移貫長安……白露初凝，朱門漸遠』，《上李尚書狀》『以今月十日到上都訖。既獲安居，便從常調』等語可證。如移家到長安爲九月十日，則九月三日甫自弘農東去，十日又到上都，幾無可能。商隱之移家抵長安爲十月十日，則茂元之被任命爲陳許觀察使亦在其時。茂元十月八日被命，商隱十月十日到長安，故云『公在東藩，愚當再調。賁帛資費，銜書見召。』商隱於是有陳許之行。之所以『銜書見召』者，十月八日茂元奉制書之日，商隱猶在移家途中，未到上都也。表又云『臣即以某月日到任上訖』，前言『去月』奉制，則到任已是十一月，篇末『奉違軒鏡，幾落蓂莢』，亦可證茂元自離京至抵達許州，時已隔月。故本篇當作於開成五年十一月。商隱在陳許代茂元所擬諸表狀啓牒，亦當爲同時先後之作。馮、張因力主開成五年九月至會昌元年正月商隱有所謂『江鄉之遊』，故將商隱代擬之陳許諸表狀啓牒統繫於會昌元年。現既證明茂元出鎮陳許在開成五年十月，商隱又隨往陳許，代擬一系列表狀，則開成五年九月至會昌元年正月，商隱無江鄉之遊，益可定論。商隱在陳許幕，似是暫時代理文書之事，《爲濮陽公陳許奏韓琮等四人充判官狀》有段瓌，係充節度掌書記之職。故本年十二月，即已離陳許而寓華州周墀幕。究其原因，蓋商隱移家長安，本爲從常調謀京職，故應召至陳許辦完到任初急需撰寫之一系列公文後，即離陳許而繼續求常調。

〔二〕揄，《英華》誤『諭』。王，《英華》作『皇』，注：集作『玄』。

〔三〕〔徐注〕《魏志》：劉備與孫權交戰，樹栅連營七百餘里。〔馮注〕《易》：《巽》爲風，《兑》爲澤。〔補注〕《易·説卦》有『巽爲木，爲風』之説，又云：『巽，東南也。』此處『巽風』當指東南之景風。《淮南子·墬形訓》：『東南曰景風。』高誘注：『巽氣所生也。一曰清明風。』

〔四〕〔補注〕《兑》爲《易》卦名，八卦之一，又六十四卦之一，象徵沼澤。巽風、兑澤，均喻指皇帝之惠政、恩澤。

〔五〕〔馮注〕《漢書·李廣傳》：廣爲右北平太守，匈奴號曰『漢飛將軍』，避之不入界。

〔六〕使，《英華》注：集作『客』。〔徐注〕《戰國策》：望諸君報燕王書曰：臣乃口受令，具符節，南使臣於趙，顧反命，起兵隨而攻齊。〔按〕望諸君，樂毅。

〔七〕〔徐注〕《新書》：茂元少好學，德宗時上書自薦，擢試校書郎，改太子贊善大夫。

〔八〕〔徐注〕《漢書·項籍傳》：學書不成，去，學劍。箋：《新書》：李元膺留守東都，署茂元防禦判官。

〔按〕參見《爲濮陽公陳情表》『其後契闊星霜，羈離戎旅』一段及注。

〔九〕〔徐注〕杜篤《論都賦》：大船萬艘，轉運相過。〔馮注〕《廣韻》：楚以大船曰舸。又：艘，船總名也。

〔一〇〕〔徐注〕《漢書》：元鼎五年，遣樓船將軍楊僕出豫章，下湞水。〔馮注〕謂鎮嶺南。

〔一一〕〔徐注〕勝，音升。《漢書·伍被傳》：勝兵可得二十萬。〔補注〕勝兵，猶精兵。

〔一二〕〔徐注〕《漢官儀》：漢興，置車騎將軍，金印紫綬，位次二千石。杜氏《通典》：漢文帝元年，始用薄昭爲車騎將軍。〔馮注〕《漢書·表》：孝文元年，薄昭爲車騎將軍。　謂鎮涇原。

〔一三〕〔徐注〕《詩》：元戎十乘，任在啓行。〔補注〕《詩·大雅·公劉》：『弓矢斯張，干戈戚揚，爰方啓行。』

〔一四〕〔徐注〕《書》：柔遠能邇。〔補注〕柔遠，安撫遠人。

〔一五〕〔徐注〕《漢書》：元鼎六年，定越地爲珠厓郡。注：應劭曰：郡在大海中，崖岸之邊，出真珠，故曰珠崖。《晉書·地理志》：日南郡象林縣南有銅柱，漢立此爲界，貢金供稅。《新書·南蠻傳》：環王本林邑，其南大浦有五銅柱，山形若倚蓋，西重巖，東涯海，漢馬援所植也。案：漢珠厓、儋耳二郡，今爲廣州瓊州府地。〔馮注〕《廣州記》：馬援到交阯，立銅柱爲漢之極界。

〔一六〕〔徐注〕《史記·倉公傳》：緹縈上書曰：『妾父爲吏，齊中稱其廉平。』

〔一七〕〔徐注〕《初學記》引《秦州記》曰：枹罕城西有麻壘，壘中可容萬衆。《漢書·地理志》：天水郡豲道縣騎都尉治密艾亭。《魏書·地形志》：梁興郡梁興縣有艾亭丘。〔馮曰〕秦州本天水郡，時陷於吐蕃，故云。

〔一八〕〔徐注〕《東都賦》：恢復疆宇。

〔一九〕協，《英華》作『叶』。〔馮注〕吳均《續齊諧記》：京兆田真兄弟三人，共議分財，皆平均，惟堂前一株紫荆，議欲破三片。明日，其樹即枯死，狀如火然。真大驚，謂諸弟曰：『是人不如木也。』因悲不自勝，不復解樹，樹應聲榮茂。兄弟相感，更合財寶，遂爲孝門。周景式《孝子傳》：古有兄弟，忽欲分異，出門見三荆同株，接葉連陰，歎曰：『木猶欣榮，況我而殊哉！』遂還爲雍和。

〔二〇〕〔馮注〕《詩》：常棣之華，鄂不韡韡。箋曰：承華者曰鄂。『不』當作『拊』。拊，鄂足也。鄂足得華之光明則韡韡然，喻弟以敬事兄，兄以榮覆弟。古聲不、拊同。拊，方于反，亦作『跗』。〔補注〕荆枝、棣萼，喻指文宗、武宗兄弟友于，弟繼兄位。

〔二一〕巾，《英華》誤『中』。〔徐注〕《周禮·春官》：巾車，掌公車之政令。又：服車，孤乘夏篆，卿乘夏縵，大夫乘墨車。注：墨車，不畫也。《儀禮·覲禮》：侯氏乘墨車，載龍旂弧韣，乃朝。〔補注〕墨車，不加文飾之黑色車乘，周制爲大夫所乘。巾，以帷幕裝飾車。巾車，指整車出行。

〔二二〕〔徐注〕《隋書·薛道衡傳》：《高祖頌》曰：驅馳丹陛。

〔二三〕〔馮注〕《舊書·志》：御史臺，魏、晉、宋爲蘭臺。御史大夫一員，從三品；中丞二員，正五品上。會昌二年十二月敕：大夫昇正三品，中丞昇正四品下。大夫秩崇，官不常置，中丞爲憲臺長。〔按〕此『蘭臺』非御史臺之别稱，乃指尚書省。應劭《漢官儀》卷上：『（尚書郎）握蘭含香，趨走丹墀奏事。』故尚書省可稱『蘭省』『蘭臺』。《爲濮陽公上楊相公狀一》：『柳營莫從於多讓，蘭臺超假於前行。』此『蘭臺』明指尚書省，與本篇『蘭臺』所指相同。蘭臺假號，謂加檢校右僕射，即《爲濮陽公上淮南李相公狀一》『榮兼右揆』；因係檢校官，故云『假號』。

〔二四〕〔徐注〕《周禮》：朝士掌建邦。外朝之法：左九棘，孤卿大夫位焉；右九棘，公侯伯子男位焉。〔馮注〕

《舊書・志》：太常寺，卿一員，正三品；少卿二員，正四品。按：後有《代祭太常崔丞文》，云『棘署選丞』，則棘署謂太常署也。〔按〕古代羣臣外朝時，立九棘區别九卿等級職位，故棘寺、棘署皆泛指九卿官署，非專指太常署。『棘署參榮』，謂已官忝九卿之榮也，指入朝爲司農卿（司農卿爲九卿之一），非如馮説爲太常少卿也。馮引《爲濮陽公祭太常崔丞文》『棘署選丞，仍見譙玄之入』，謂『茂元亦入朝爲太常，故仍選爲丞』，全屬誤解，文意蓋謂九寺中之太常寺選丞，崔瑨當其選也，與茂元無涉。

〔二五〕〔徐注〕《後漢書・光武紀》：詔修復西京園陵。注：園謂塋城，陵謂山墳。《通典》：將作監掌修作宗廟、路寢、宮室、陵園土木之功。〔馮注〕《舊書・志》：將作監，大匠一員，從三品。少匠二員，從四品下。《通典》：天寶中改爲大監、少監。按：太常卿之屬有諸陵署，掌先帝山陵守衛；而將作監領左校、右校、甄官、中校四署，喪葬所需及明器皆供之。此專謂初建章陵（按：文宗葬章陵）而茂元爲將作也。

〔二六〕〔補注〕《禮記・祭義》：『樂以迎來，哀以送往。』送往，謂禮葬逝世者（指文宗）。《左傳・僖公九年》：『送往事居。』杜注：『往，死者。』

〔二七〕〔徐注〕《周禮》：廩人掌九穀之數，以待國之匪頒、賙賜、稍食。《通典》：司農卿掌邦國倉儲之事。案茂元《遺表》云：『伏思任司農大卿之日，授忠武統帥之時，紫殿承恩，彤庭入對。』是由司農卿遷陳許節度，史略之耳。〔馮注〕《舊書・志》：司農寺，卿一員，從三品上；少卿一員，從四品上。掌倉儲委積之事，謹其出納。按：茂元入朝，當爲御史中丞、太常少卿、將作監，轉司農卿，遷陳許節度，史多略之。〔按〕馮氏據《爲外姑隴西郡君祭張氏女文》『及登農、揆』之句，謂『農，司農卿也；揆，端揆，僕射。據此，則加僕射，亦在武宗初立時』，張氏《會箋》則謂『加僕射而後出爲陳許節度使』。聯繫《爲濮陽公上淮南李相公狀一》『位重大農，榮兼右揆』之句，及《祭外舅贈司徒公文》『省揆名在，農官望集』之語，茂元入京後曾任司農卿、檢校右僕射可以肯定。《爲濮陽公上淮南李相公狀一》作於開成五年春夏間，可證其時茂元已『榮兼右揆』，不必等到秋冬間出鎮陳許時方加檢校右僕射也。至於任將作監，不但見於《新唐書・王茂元傳》，且見之於本篇『奉漢后之園陵，獲申送往』，《祭外舅贈司徒公文》『鄗、畢之地，軒轅之臺。葛緋將掩，柏陵始開』，亦可無疑。然所謂『爲御史中丞、太常少卿』，則馮氏誤解『蘭臺假號，棘署參榮』二句所致，已見注〔二三〕、〔二四〕編著者按語。且茂元開成五年春文宗卒後始赴召入朝，十月即出鎮陳許，在半載左右時間内亦不可能有多次遷轉官職之事。

〔二八〕〔徐注〕《左傳》：送往事居，耦俱無猜，貞也。案：往謂文宗，居謂武宗。文宗晏駕，茂元蓋嘗以將作監佐山陵之役，故曰『奉漢后之園陵』；武宗即位，除司農卿，故曰『掌周王之廩庾』。〔按〕《新唐書·王茂元傳》：『召爲將作監，領陳許節度使。』似以將作監内召。然證之商隱諸文，似先任司農卿，而後爲將作監。

〔二九〕〔徐注〕謝朓牋：契闊戎旃，從容讌語。〔補注〕董，統率。董戎旃，謂統率軍隊，爲一方節鎮。

〔三〇〕〔徐注〕《漢書》：元封元年詔曰：躬秉武節。《通典》：晋制，都督使持節爲上，持節次之，假節爲下。使持節得殺二千石以下，持節殺無官位人，若軍事，得與使持節同。唐分天下州郡，制爲諸道，每道置使，治於所部。其邊方有寇戎之地則加以旌節，謂之節度使，蓋古之持節都督。自至德以來，天下多難，諸道皆聚兵，增節度使爲二十餘道。〔馮注〕按《晋書·志》曰：前漢遣使，始有持節。今考如《蘇武》《汲黯》《傅介子傳》中所書是也。其後乃漸以爲都督軍事者之制。《新唐書·百官志》：武德初，邊要之地，置總管以統軍，加號使持節。《通典》：加號爲使持節，而實無節，但頒銅魚符而已。

〔三一〕〔徐注〕《周禮》：典命職曰：侯伯七命，其國家宫室車旗衣服皆以七爲節。〔馮注〕《周禮》：大宗伯，以九儀之命，正邦國之位，壹命受職，再命受服，三命受位，四命受器，五命賜則，六命賜官，七命賜國，八命作牧，九命作伯。〔按〕七命，周代官爵之第七級，賜國侯伯。鄭玄《周禮注》：『王之卿六命，出封加一等者。鄭司農云：出就侯伯之國。』賈公彦疏：『此後鄭、先鄭所云，皆據典命而言。以其王之卿六命，出封加一等即七命，是侯伯之國者也。』

〔三二〕〔徐注〕《易》：大君有命，開國承家。《漢書》：許、史、三王、丁、傅之家，皆重侯累將，窮極富貴。〔馮注〕：《楚辭·大招》：三圭重侯。〔補注〕謂王栖曜、王茂元父子，皆爲節鎮。

〔三三〕璧，《英華》誤『壁』。〔徐注〕《春秋》：桓公元年，三月，鄭伯以璧假許田。

〔三四〕〔徐注〕《左傳》：武王克商，遷九鼎于洛邑。

〔三五〕〔馮注〕《太平御覽·叙賢》引《異苑》：汝南陳仲弓與諸息姪就潁川荀季和父子，于時德星爲之聚。太史奏曰：『五百里内有賢人聚。』《漢書·志》：潁川郡、汝南郡。《隋書·志》：《汝南先賢傳》五卷。按《後漢書》：荀淑、陳寔同潁川郡。荀，潁陰縣人；陳，許縣人也。潁川、汝南二郡相去一百五十里。

〔三六〕潁，《英華》《全文》均誤作『穎』，據徐、馮二注本改。〔徐注〕《漢書·灌夫傳》：夫字仲孺，潁陰人也。宗族賓客爲權利，横潁川。潁川兒歌之曰：『潁水清，灌氏寧；潁水濁，灌氏族。』〔馮注〕《通典》：許州，秦爲潁川郡。

〔三七〕〔徐注〕《禮記》：四郊多壘，此卿大夫之辱也。〔馮注〕指淮蔡吴元濟叛事。

〔三八〕〔徐注〕《舊書·敬宗紀》：特置武昌軍額。〔馮注〕忠武賜號。〔補注〕軍額，猶軍隊之名號，與稱軍隊編制數額之『軍額』義異。

〔三九〕〔徐注〕《孝經》：君子之事親孝，故忠可移於君。

〔四〇〕〔徐注〕《南史·王融傳》：奏曰：近塞外微臣，苦求將領。〔馮注〕《左傳》：晋作三軍，謀元帥。按：兩『將』字雖音義不同，而《四六法海》作『咨謀』。竊疑本作『欲』而誤作『咨』，此亦誤作『將』也。

〔四一〕〔徐注〕《晋書·石譔傳》：譔曰：若非上哲，必由英豪。

〔四二〕〔徐注〕揚雄《劇秦美新》：數蒙渥惠，拔擢倫比。

〔四三〕出，《全文》作『去』，據《英華》改。

〔四四〕〔徐注〕《易》：《師》，貞，丈人，吉。《漢書》：周亞夫軍細柳，文帝勞軍至其營，曰：『嗟乎！此真將軍矣。向者灞上、棘門如兒戲耳。』

〔四五〕〔徐注〕《漢書·昭帝紀》：詔曰：比歲不登，民匱于食，流庸未盡還。師古曰：流庸，謂其去本鄉而行爲人庸作。《循吏·王成傳》：成爲膠東相，流民自占八萬餘口。師古曰：隱度名數而來附業也。占，之贍反。〔補注〕自占，自來歸附。

〔四六〕〔徐注〕《吴志·陸遜傳》：雖云師老，猶有驍悍。

〔四七〕〔馮注〕《後漢書·龐參傳》：參爲漢陽太守，郡人任棠者有奇節，隱居教授。參到，先候之，棠不與言，但以薤一大本、水一盂置户屏前，自抱孫兒伏於户下。主簿白以爲倨，參良久曰：『棠是欲曉太守也。水者，欲吾清也；拔大本薤者，欲吾擊强宗也；抱兒當户，欲吾開門恤孤也。』於是歎息而還。

〔四八〕事已見《代李玄爲崔京兆祭蕭侍郎文》注〔三四〕。〔補注〕米鹽，喻繁雜瑣碎。《漢書·循吏傳·黄霸》師古注：『米鹽，言雜而且細。』又《酷吏傳·咸宣》：『宣爲左内史，其治米鹽，事小大皆關其手。』

〔四九〕叨，《英華》作『饕』，注：集作『叨』。〔徐注〕《漢書·王莽傳》：馳傳天下，考覆貪饕。

〔五〇〕〔徐注〕《宣和博古圖》：昔黄帝液金作神物，爲鑑凡十有五。去古既遠，不能盡考。後世有得其一者，其制度以四靈位四方，以八卦定八極，十二辰環其外，二十四氣布其中，故與日月合明，鬼神通意。〔馮注〕《黄帝内經》：帝既與王母會於王屋，乃鑄大鏡十二，隨月用之。

〔五一〕〔徐注〕《帝王世紀》：堯時有異草夾階而生，每一日生一葉，至十五日生十五葉。至十六日，一葉落，至三十日落盡。若小月即一葉厭而不落，謂之蓂莢。〔按〕據『幾落堯蓂』句，茂元拜辭赴陳許，當在開成五年十月下半月，抵達許州則在十一月。

〔五二〕〔徐注〕《文選》有陸機《園葵詩》。《説文》：黄葵嘗傾葉向日，不令照其根。

〔五三〕〔徐注〕張華《博物志》：舊説天河與海通，近有居海渚者年年八月有浮槎來，甚大，往返不失期。此人乃多賫糧乘槎去，忽忽不覺晝夜。奄至一處，望室中見一女方織，一丈夫牽牛渚處飲之。人問爲何處，答曰：『君可詣蜀嚴君平。』此人還，問君平，君平曰：『某年某月，有客星犯牽牛。』即此人到天河也。〔補注〕羨海槎秋則經天，言己之心懷朝廷。

〔五四〕浹，《英華》注：集作「洽」。〔馮注〕《戰國・齊策》：揮汗成雨。餘屢見。

〔五五〕〔馮注〕《吳語》：申胥曰：「昔楚靈王三軍叛於乾谿，王親獨行，屏營徬徨於山林之中。」注：「屏，步丁切。」

爲濮陽公陳許舉人自代狀〔一〕

某官崔蠡〔二〕

右臣伏準某年月日敕，内外文武官上後三日舉一人自代者〔三〕。臣伏見前件官，欒、郤舊族〔四〕，鄒、魯名儒〔五〕。鏡納無私〔六〕，山高不讓〔七〕。而又循墻戒切〔八〕，銘座規深〔九〕。蘭省辭榮〔一〇〕，竹符出守。漢悲來暮〔一一〕，晋有去思〔一二〕。晦而轉彰〔一三〕，浼而尤白〔一四〕。既還綸閣〔一五〕，復掌禮闈〔一六〕。人驚吞鳳之才〔一七〕，士切登龍之望〔一八〕。及司版籍，以副地官〔一九〕，按比罔差〔二〇〕，孤終靡失〔二一〕。居然國器〔二二〕，實映朝倫〔二三〕。今汎水無兵，武昌非險〔二四〕。用爲廉問〔二五〕，尚鬱廟謀〔二六〕。臣所部乃秦、韓戰伐之鄉〔二七〕，周、鄭交圻之邑〔二八〕。軍踰千乘，地控三州〔二九〕。若以代臣，必爲名將。敢希睿澤，曲遂愚衷，俾寬竊位之譏〔三〇〕，冀獲進賢之賞〔三一〕。干冒陳薦，無任兢越。謹録奏聞，伏聽敕旨。

校注

〔一〕本篇原載《文苑英華》卷六三九第一頁、清編《全唐文》卷七七二第一八頁、《樊南文集詳注》卷二。題内『舉』字，《英華》注：集作『請』。〔馮校〕（題内『爲』字下）《英華》多『薦』字（按：馮氏所據當是明刊本，殘宋本《英華》無『薦』字）。〔徐箋〕案《方鎮表》：元和五年罷武昌軍節度使，置鄂岳都團練觀察使。十三年，增領申州。寶曆二年，省沔州。是其所領實鄂、岳、申三州也。狀云『沔水』『武昌』，明係鄂岳；『秦、韓戰伐之鄉，周、鄭交圻之地』，則陳許也。時崔蠡方除鄂岳觀察，而王茂元爲陳許節度，以鄂岳非當時重地，而已所部陳許乃中原要害，恐不勝任，故舉崔以自代。〔按〕馮譜、張箋均編會昌元年，馮謂茂元出鎮陳許在是年夏，張謂在是年秋冬間，均誤。《爲濮陽公陳許謝上表》注〔一〕按語已詳考茂元出鎮陳許在開成五年十月，抵達陳許在十一月。本篇上於上後三日，則亦當作於開成五年十一月，參注〔二〕。

〔二〕〔馮箋〕《舊書·崔寧傳》：寧弟孫蠡，元和五年擢第。大和初爲侍御史，三遷户部郎中，出爲汝州刺史。開成初，以司勳郎中徵。尋以本官知制誥，明年正拜舍人。三年，權知禮部貢舉。四年，拜禮部侍郎，轉户部。尋爲華州刺史、鎮國軍等使，再歷方鎮。按：《新書·傳》更略。此時豈已從華州觀察鄂岳耶？〔徐箋〕《舊書·李聽傳》：詔聽兼領魏博節度使，將兵北渡，魏人不納，其軍大敗。殿中侍御史崔蠡彈之。《新書·世系表》：崔蠡，南祖崔氏胤第三子。〔按〕《千唐志·唐故朝議郎持節光州諸軍事守光州刺史賜緋魚袋李公（潘）墓誌銘并序》謂李潘『以開成五年八月三日染疾于位，殁于弋陽之官舍』，且稱『今江夏崔公蠡……并交道之深契也。』墓銘作於開成五年十二月廿四之前（十二月廿四爲李潘葬期）。可證開成五年秋冬間，崔蠡已代卒於任之高鍇，在鄂岳觀察使任。高鍇開成三年九月至五年九月在鄂岳觀察使任，商隱作於開成五年九月三日之《與陶進士書》猶稱鍇爲『夏口公』，其卒期當在此後。張箋謂崔蠡會昌元年方代高鍇，鍇於會昌元年卒於任所，蓋緣其認爲商隱開成五年秋至會昌元年春有所謂『江鄉之遊』，故將商隱爲茂元代擬之陳許諸表狀統置於會昌元年秋冬間。不知其謂高鍇卒於會昌元年，與李潘墓誌直接衝突也。崔蠡之刺華州，此狀中並無反映，具體時間待考。

〔三〕〔馮注〕《舊書·紀》：德宗建中元年，常參官、諸道節度、觀察、防禦等使，都知兵馬使、刺史、少尹、畿赤令、大理司直評事等，授訖三日内，於四方館上表，讓一人自代。其表付中書門下，每官闕以舉多者授之。

〔四〕〔徐注〕《左傳》：叔向曰：『欒、郤、胥、原，降在皂隸。』〔馮注〕欒、郤，晋世卿。

〔五〕〔馮注〕《漢書·韋賢傳》：賢，魯國鄒人，以《詩》教授，號稱鄒、魯大儒。

〔六〕私，《英華》注：集作『疲』。〔徐注〕《世説》：袁羊曰：『何曾見明鏡疲於屢照，清流憚於惠風。』

〔七〕〔徐注〕李斯書：太山不讓土壤，故能成其大。

〔八〕〔馮注〕《左傳》：正考父佐戴、武、宣，三命兹益共，故其鼎銘云：一命而僂，再命而傴，三命而俯，循墻而走，亦莫余敢侮。〔補注〕循墻，謂避開道路中央，靠墻而行，以示恭謹或畏懼。《左傳》杜注：『言不敢安行也。』

〔九〕〔馮注〕《後漢書》：崔瑗字子玉，善爲書記箴銘。按：瑗《座右銘》曰：『慎言節飲食，知足勝不祥。』

〔一〇〕〔徐注〕元稹詩：並入紅蘭省。注：校書所也。〔馮注〕《白帖》：郎官曰蘭省。《漢官儀》：尚書郎懷香握蘭，含雞舌奏事。〔按〕馮注是。《舊唐書·崔寧傳》附《崔蠡傳》，謂其『三遷户部郎中，出爲汝州刺史』，『蘭省辭榮，竹符出守』，正謂其由户中出爲汝刺也。其出爲汝刺之年，當在大和八年，參《唐刺史考》。

〔一一〕〔徐注〕《後漢書》：廉范字叔度，建初中爲蜀郡太守。百姓歌之曰：『廉叔度，來何暮，不禁火，民安作。平生無襦今五袴。』

〔一二〕〔馮注〕《漢書·循吏傳》：所居民富，所去見思。《晋書》：樂廣所在，無當時功譽，每去職，爲人所思。〔徐注〕《晋書·謝安傳》：除吴興太守，在官無當時譽，去後爲人所思。

〔一三〕彰，《英華》作『明』，注：集作『彰』。〔徐注〕《易・明夷》：君子以莅衆，用晦而明。

〔一四〕〔補注〕《論語・陽貨》：『不曰白乎，涅而不緇。』浼，玷污。

〔一五〕〔徐注〕《晉書・王湛等傳論》：或任華綸閣，密勿于王言。《初學記》：中書職掌綸誥，前代詞人因謂之綸閣。〔補注〕此即《傳》所謂『以本官知制誥，明年正拜舍人』。

〔一六〕〔徐注〕任昉《王文憲集序》：出入禮闈。〔馮注〕《文選》注：《十洲記》曰：崇禮闈，即尚書上省門；崇禮東建禮門，即尚書下舍門。然尚書省二門名禮，故曰『禮闈』也。〔按〕復掌禮闈，即《傳》所謂『三年，權知禮部貢舉；四年，拜爲禮部侍郎』也。馮注誤。禮闈，指禮部主持之科舉考試。

〔一七〕〔徐注〕《西京雜記》：揚雄著《太玄》，夢吐白鳳。〔馮注〕似當作『吐鳳』。而李羣玉詩亦有曰：子雲吞白鳳，遂吐《太玄》書。又羅含（吞鳳）事，見《爲舉人獻韓郎中琮啓》注〔五〕。

〔一八〕望，《英華》作『譽』，注：集作『望』。〔徐注〕《後漢書》：李膺字元禮，以名聲自高，士有被其容接者，名爲『登龍門』。

〔一九〕〔徐注〕蓋曾爲户曹。《周禮・秋官》：司民，掌登萬民之數，自生齒以上，皆書于版。〔馮注〕《周禮・地官》：大司徒，掌土地之圖與其人民之數。〔補注〕版籍，户口册。司版籍，謂爲户部長官。『及司版籍，以副地官』，即《傳》所謂『轉户部（侍郎）』也。

〔二〇〕按比罔差，《英華》《全文》均作『比按西羌』，義不可通。《英華》注：集作『按比罔差』。是，兹據改。〔馮注〕《周禮》：小司徒，頒比法于六鄉之大夫，及三年則大比。註曰：大比，謂使天下簡閱民數及其財物也。鄭司農云：五家爲比，故以比爲名，今時八月案比是也。《後漢・志》：仲秋之月，縣道案户比民。《江革傳》：縣當案比。注曰：猶今見閲也。〔補注〕案比，即案户比民，清理户籍與人口。此户部之職責。徐注據誤文『比按西羌』而注曰『蓋曾使吐蕃』，顯誤。

〔二一〕孤，《英華》注：集作『初』。誤。終，《英華》《全文》均作『忠』，誤；《英華》注：集作『終』。是，茲據《英華》注改。〔馮注〕《周語》：仲山甫曰：『古者不料民而知其少多，司民協孤終。』注曰：無父曰孤。終，死也。按：二句承上文言之也。乃《英華》訛作『比按西羌，孤忠靡失』，而注曰：集作云云。以形近而誤矣。集作『初終』，亦刊刻之誤，今皆改正。

〔二二〕〔徐注〕《漢書·韓安國傳》：天子以爲國器。〔補注〕《論語·公冶長》：『子貢問曰：「賜也何如？」子曰：「女，器也。」曰：「何器也？」曰：「瑚、璉也。」』瑚、璉皆宗廟禮器，以喻治國安邦之器。

〔二三〕〔徐注〕《晉書·庾純傳》：宜加顯黜，以肅朝倫。〔補注〕朝倫，猶朝班。

〔二四〕〔徐注〕《漢書·地理志》：如淳曰：北方人謂漢水爲沔水。《新書·地理志》：鄂州江夏郡，治江夏縣。

案：鄂州不治武昌，以州本武昌軍節度使治，故舉武昌以爲言。〔馮注〕《書·禹貢》傳：漢上曰沔。《舊書·志》：鄂州江夏郡，江夏、武昌、漢陽等縣。武昌軍節度使治鄂州。

〔二五〕〔馮注〕按《新書·表》：武昌軍使，廢置不一，自元和五年至開成、會昌時，則爲團練觀察使，故云廉問。

〔二六〕〔徐注〕《後漢書·光武紀贊》曰：明明廟謀，赳赳雄斷。

〔二七〕〔補注〕戰國時韓國疆域約當今山西省東南角及河南省中部，介于秦、魏、楚三國之間，爲兵家必争之地。陳許節度使轄區正在河南中部，秦、韓常交兵於此。

〔二八〕〔補注〕圻，疆界。交圻，交界。

〔二九〕〔馮注〕〔三州〕陳、許、蔡三州。

〔三〇〕〔補注〕《論語·衛靈公》：『臧文仲其竊位者與？知柳下惠之賢，而不與立也。』

〔三一〕獲，《英華》作『受』，注：集作『獲』。〔徐注〕《漢書·蕭何傳》：上曰：『吾聞進賢受上賞，蕭何功最高，待鄂君乃得明。』於是因鄂千秋故所食關内侯邑二千户，封爲安平侯。

爲濮陽公上賓客李相公狀二〔一〕

不審近日尊體何如？此方地控淮、徐〔二〕，氣連荆楚〔三〕，不惟土薄〔四〕，兼亦冬温〔五〕。洛陽居萬國之中〔六〕，得四方之正〔七〕，或聞今歲亦不甚寒。相公百禄所綏〔八〕，五福攸集〔九〕。伏料調護〔一〇〕，常保康寧〔一一〕。從古以來，大賢所處，未有不功高而去，德盛而謙〔一二〕，以煙水爲歸塗〔一三〕，指神仙而投分〔一四〕。名高百古，事冠一時。然而内難外憂，不常而起；深謀密畫，須有所歸。則吕望老于渭濱，始持兵柄〔一五〕；周公還于洛邑〔一六〕，復秉國鈞〔一七〕。亦不草芥軒車〔一八〕，埃塵禄位。不關通介〔一九〕，蓋屬安危〔二〇〕。

相公昔在先朝，實康大政〔二一〕。當君子信讒之日〔二二〕，禀達人大觀之規〔二三〕。據梧但歌〔二四〕，反袂無歎〔二五〕。及爲賓望苑〔二六〕，分務洛師〔二七〕，徐勉園中，惟餘卉木〔二八〕；陶公嶺上，空有白雲〔二九〕。小竹帛之所傳，鄙鼎彝而不問。夫以行藏定分，用捨通方〔三〇〕，當遭時復生之前，立功立業者甚易〔三一〕；及受間被疑之後〔三二〕，不怨不怒者至難〔三三〕。遠則狼畏跋胡〔三四〕，鴟憂毁室〔三五〕；近則越蠡扁舟而獨往〔三六〕，漢良却粒以辭榮〔三七〕。雖同畏危機〔三八〕，亦不得中道〔三九〕。仰惟閫奥〔四〇〕，實冠品流。

今寶曆既初〔四一〕，聖政兹始。將安丕祚〔四二〕，必屬宗臣〔四三〕。凡在隱微，莫不祠禱。某早蒙獎拔，得被寵榮。番禺將去之時〔四四〕，獲醉上尊之酒〔四五〕；許下出征之日〔四六〕，猶蒙尺素之書〔四七〕。便道是拘〔四八〕，登門莫遂〔四九〕。向風弭節〔五〇〕，掩泣裁箋。思幄戀軒〔五一〕，不勝丹款。伏惟始終恩照。謹狀。

〔一〕本篇原載清編《全唐文》卷七七三第一八頁、《樊南文集補編》卷二。〔按〕狀有『此方……不惟土薄，兼亦冬温。洛陽居萬國之中，得四方之正，或聞今歲亦不甚寒』等語，可證狀係茂元抵達陳許任後所上，時間當在十一月仲冬季節。又據『許下出征之日，猶蒙尺素之書』之語，茂元出鎮陳許時，宗閔曾馳書致意，茂元之屢奉狀宗閔者，亦緣于此。

〔二〕〔錢注〕謂陳許。《新唐書·地理志》：徐州彭城郡，泗州臨淮郡，並屬河南道。〔按〕淮、徐，似當指徐州、揚州（即武寧、淮南）二節度使轄區。

〔三〕〔錢注〕《新唐書·地理志》：山南道蓋古荆、梁二州之域。〔按〕謂氣連古楚國之疆域，非專指山南道。

〔四〕〔補注〕《左傳·成公六年》：『郇瑕氏土薄水淺，其惡易覯。』土薄，謂土質貧瘠。

〔五〕〔錢注〕《春秋繁露》：火有變冬温夏寒。〔按〕曰『冬温』，曰『今歲亦不甚寒』，當是季節已届嚴寒之候而仍較温暖，始有此語，當已仲冬。如孟冬十月，則不大可能作此等口吻。

〔六〕洛陽，《全文》誤作『維揚』，據錢校改，參下注。

〔七〕〔錢注〕《史記·周紀》：成王在豐，使召公復營洛邑，如武王之意。周公復卜，申視，卒營築，居九鼎焉，曰：『此天下之中，四方入貢道里均。』

〔八〕〔補注〕《詩·商頌·長發》：『敷政優優，百禄是遒。』綏，安。

〔九〕〔補注〕《書·洪範》：『五福：一曰壽，二曰富，三曰康寧，四曰攸好德，五曰考終命。』

〔一〇〕〔補注〕調護，調養護理。《顏氏家訓·養生》：『調護氣息，慎節起卧。』與狀一『就安調護』之『調護』義異。

〔一一〕康寧，見注〔九〕。

〔一二〕〔補注〕《易·繫辭上》：『謙，德之柄也。』功高而去，用《老子》『功成名遂身退，天之道』。

〔一三〕〔補注〕謂歸隱於江湖。暗用越大夫范蠡佐越王勾踐滅吴後，功成身退，乘輕舟隱于五湖事，見《國語·越語下》。

〔一四〕〔錢注〕阮瑀《爲武帝與劉備書》：投分寄意。〔補注〕投分，定交，意氣相合。暗用張良輔漢祖功成後慕赤松子之游事，見《史記·留侯世家》。

〔一五〕見《爲濮陽公上楊相公狀》注〔一〇〕。

〔一六〕〔補注〕《書·金縢》：『既克商二年，（武）王有疾，弗豫……公歸，乃納册（請以身代之册）于金縢之匱中，王翼日乃瘳。武王既喪，管叔及其羣弟乃流言于國，曰：「公將不利于孺子（成王）。」周公……居東二年，則罪人斯得……秋，大熟，未穫，天大雷電以風，禾盡偃，大木斯拔，邦人大恐。王與大夫盡弁，以啓金縢之書，乃得周公……代武王之説。』於是成王復迎周公以歸洛，重執政柄。

〔一七〕〔補注〕《詩·小雅·節南山》：『尹氏大師，維周之氐，秉國之均。』均，通『鈞』，制陶器之模盤。秉鈞，喻執掌國家政權。

〔一八〕軒車，見《爲濮陽公上淮南李相公狀二》注〔三八〕，此喻高官。

〔一九〕〔錢注〕《魏志·徐邈傳》：或問盧欽：『徐公當武帝時，人以爲通；自在涼州及還京師，人以爲介，何也？』欽答曰：『往昔毛孝先、崔季珪等用事，貴清素之士，於是皆變衣服以爲名高，而徐公不改其常，故人以爲通。比來天下奢靡，轉相倣效，而徐公雅尚自若，不與俗同。故前日之通，乃今日之介也。是世人之無常，而徐公之有常也。』〔補注〕通介，通達與耿介。

〔二〇〕安危，見《爲濮陽公上楊相公狀》注〔五〕。

〔二一〕〔補注〕先朝，指文宗朝。康，治理。蔡邕《獨斷》：『安樂治民曰康。』李宗閔大和三年八月至九年六月兩度任宰相，見《新唐書·宰相表》。

〔二二〕〔補注〕《詩·小雅·小弁》：『君子信讒，如或酬之。』《通鑑·大和九年》：『京城訛言鄭注爲上合金丹，須小兒心肝，民間驚懼，上聞而惡之。鄭注素惡京兆尹楊虞卿，與李訓共構之，云此語出於虞卿家人。上怒，六月，下虞卿御史獄。注求爲兩省官，中書侍郎、同平章事李宗閔不許，注毀之於上，會宗閔救楊虞卿，上怒，叱出之。壬寅，貶明州刺史。』

〔二三〕〔錢注〕賈誼《鵩鳥賦》：達人大觀兮，物無不可。

〔二四〕〔錢注〕《莊子》：昭文之鼓琴也，師曠之枝策也，惠子之據梧也。三子之知幾乎？皆其盛者也，故載之末年。〔補注〕據梧，成玄英疏：『以梧几而據之談説，猶隱几者也。』陸德明釋文：『司馬云：梧，琴也。崔云：琴瑟也。』視『據梧但歌』語，似以後解爲優。據梧，操琴。

〔二五〕〔補注〕《公羊傳·哀公十四年》：『反袂拭面，涕沾袍。』

〔二六〕〔補注〕望苑，博望苑之省稱，見《爲濮陽公奉慰太子薨表》注〔一七〕。爲賓，指爲太子賓客。

〔二七〕〔補注〕洛師，洛京，指東都洛陽。《書·洛誥》：『予惟乙卯，朝至于洛師。』分務洛師，猶分司東都。

〔二八〕〔錢注〕《梁書·徐勉傳》：勉嘗爲書誡其子曰：中年聊於東田間營小園，聚石移果，雜以花卉，以娱休沐，用託性靈。

〔二九〕〔錢注〕陶弘景《答詔詩》：山中何所有，嶺上生白雲。〔按〕參《爲尚書濮陽公賀鄭相公狀》注〔六〇〕。

〔三〇〕〔錢注〕《漢書·韓安國傳》：通方之士，不可以文亂。〔補注〕通方，通曉道術，亦指通曉爲政之道。

〔三一〕〔錢注〕《魏志·鄧艾傳》：艾州里時輩南陽州泰，亦好立功業。〔補注〕《史記·律書》：『氣始於冬至，周而復生。』冬至陽氣初動，故云復生。

〔三二〕閒，《全文》作「簡」，據錢校改。

〔三三〕不怨不怒，見《爲濮陽公上淮南李相公狀二》注〔七〕。

〔三四〕〔補注〕《詩·豳風·狼跋》：「狼跋其胡，載疐其尾。公孫碩膚，赤舄几几。」詩序：「《狼跋》，美周公也。周公攝政，遠則四國流言，近則王不知。」狼跋二句，謂狼前進時躭心將頷下懸肉踩住，後退時又恐被尾所絆，以喻周公進退維谷之處境。

〔三五〕〔補注〕《詩·豳風·鴟鴞》：「鴟鴞鴟鴞，既取我子，無毁我室。」詩序：「《鴟鴞》，周公救亂也。成王未知周公之意，公乃爲詩以遺王，名之曰《鴟鴞》焉。」《書·金縢》：「周公居東二年，則罪人斯得。于後，公乃爲詩以貽王，名之曰《鴟鴞》，王亦未敢誚公。」

〔三六〕見《爲尚書濮陽公賀鄭相公狀》注〔三五〕。

〔三七〕見《爲尚書濮陽公賀鄭相公狀》注〔三四〕。

〔三八〕〔錢注〕《晋書·王豹傳》：且元康以來，宰相之患，危機竊發，不及容思。

〔三九〕〔補注〕中道，中正之道。《孟子·盡心下》：「孔子豈不欲中道哉！」

〔四〇〕〔錢注〕《漢書·叙傳》：窺先聖之壼奥。〔補注〕閫奥，深邃之内室，喻學問或事理之精微所在。《三國志·魏志·管寧傳》：「娱心黄老，游志六藝，升堂入室，究其閫奥。」

〔四一〕〔錢注〕《宋書·後廢帝紀》：夙膺寶曆。〔補注〕寶曆既初，指武宗新即位。

〔四二〕〔錢注〕陸雲《晋散騎常侍陸府君誄》：丕祚克昌。〔補注〕丕祚，皇統、帝位。

〔四三〕〔錢注〕《國語》：男女之饗，不及宗臣。〔補注〕《新唐書·李宗閔傳》：「李宗閔字損之，鄭王元懿四世孫。」故曰「宗臣」。

〔四四〕〔錢注〕謂節度嶺南。〔補注〕據《舊書·文宗紀》，大和七年正月，以右金吾衛將軍王茂元爲嶺南節度使。時李宗閔爲相。

〔四五〕〔錢注〕《漢書·平當傳》：賜上尊酒十名。注：稻米一斗，得酒一斗，爲上尊。〔按〕平當哀帝時爲丞相，以切宗閔之宰相身份。

〔四六〕〔錢注〕謂節度陳許。

〔四七〕〔錢注〕樂府《飲馬長城窟行》：中有尺素書。

〔四八〕〔錢注〕陸機《謝平原内史表》：拘守常憲，當便道之官。〔補注〕便道，猶即行，指拜官或受命後不必入朝謝恩，直接赴任。亦即前狀『止得便奏發期』。

〔四九〕〔補注〕登門，即登龍門，見《爲尚書濮陽公賀鄭相公狀》注〔五六〕。

〔五〇〕〔錢注〕顔延之《秋胡詩》：弭節停中阿。〔補注〕弭節，駐節，停車。

〔五一〕〔錢注〕鮑照《東武吟》：棄席思君幄，疲馬戀君軒。

爲司徒濮陽公祭忠武都押衙張士隱文〔一〕

惟爾業傳玄女〔二〕，冑自青陽〔三〕。三河設辨〔四〕，五郡推良〔五〕。廉用苞含立節〔六〕，柔將恭謹摧剛〔七〕。伊昔頑民，實鄰舊許〔八〕。豺終覆族〔九〕，犬猶戀主〔一〇〕。從諸侯之鈇鉞〔一一〕，逐大將之旗鼓〔一二〕，任重前驅〔一三〕，衆纔一旅〔一四〕。許伯則摩壘而旋〔一五〕，曹仁亦逢溝而渡〔一六〕。舉無遺算，仕匪遭時〔一七〕。何兹皓首〔一八〕，不識丹墀〔一九〕！劍折而空留玉匣〔二〇〕，馬死而猶挂金羈〔二一〕。刮骨瘡深〔二二〕，通中毒作〔二三〕，昔夢膏肓之豎〔二四〕，靡效君臣之藥〔二五〕。休拔趙幟〔二六〕，空張衛幕〔二七〕。塵凝而筆聚先投〔二八〕，蟲蠹而書攢舊閣〔二九〕。

余方守職〔三〇〕，爾欲埋魂〔三一〕。想鬚視虎〔三二〕。料臂看猿〔三三〕。泉驚夜壑〔三四〕，草變寒原〔三五〕。荒陌是永歸之里〔三六〕，老松無重啓之門〔三七〕。嗚呼！聽挽心傷〔三八〕，覩鼙目眩〔三九〕。苟公忠之義著〔四〇〕，雖古今而情見。冀幽壤之是聞〔四一〕，饗臨棺之一奠〔四二〕。

〔一〕本篇原載清編《全唐文》卷七八一第一二頁、《樊南文集補編》卷一二。〔錢箋〕文爲王茂元鎮陳許時作。《新唐書》本傳：茂元領陳許節度使。又徙河陽，討劉稹也。會病卒，贈司徒，謚曰威。《舊唐書·職官志》：太尉、司徒、司空各一員，謂之三公，並正一品。《新唐書·方鎮表》：貞元十年，陳許節度使賜號忠武軍節度使。《通鑑·唐玄宗紀》注：押牙者，盡管節度使牙内之事。〔按〕文有『余方守職，爾欲埋魂』及『草變寒原』語，當是開成五年仲冬茂元方莅陳許不久時所作。張箋編會昌元年，亦緣其認爲商隱開成五年秋至會昌元年冬有江鄉之游之故。詳《爲濮陽公陳許謝上表》注〔一〕按語。王茂元卒贈司徒，會昌三年九月茂元卒前商隱代擬之遺表猶稱『僕射』。本文題内之『司徒』二字或爲義山編《樊南甲集》時所追加。

〔二〕〔錢注〕《史記·五帝紀》注：正義曰：《龍魚河圖》云：黄帝攝政，有蚩尤兄弟八十一人，威振天下，誅殺無道。萬民欲命黄帝行天子事，黄帝以仁義不能禁止蚩尤，乃仰天而歎。天遣玄女下授黄帝兵符，伏蚩尤。

〔三〕〔錢注〕《新唐書·宰相世系表》：張氏出自姬姓，黄帝子少昊青陽氏第五子揮爲弓正，子孫賜姓張氏。

〔四〕〔錢注〕《史記·高帝紀》：悉發關内兵收三河士，南浮江漢以下，願從諸侯王擊楚之殺義帝者。注：河南、河東、河内。

〔五〕〔錢注〕《後漢書·竇融傳》：是時酒泉太守梁統、金城太守厙鈞、張掖都尉史苞、酒泉都尉竺曾、敦煌都尉辛彤，融皆與厚善。及更始敗，融與梁統議曰：『天下擾亂，未知何歸。河西斗絶在羌胡中，當推一人爲大將軍，共全五郡。』乃推融行河西五郡大將軍事。

〔六〕〔補注〕左思《吴都賦》：『苞筍抽節，往往縈結。』

〔七〕〔錢注〕《史記·季布傳》：諸公皆多季布能摧剛爲柔。又：季布弟季心，氣蓋關中，遇人恭謹。

〔八〕〔錢注〕〔頑民〕謂劉稹。詳《爲滎陽公與昭義李僕射狀》注〔四〕。〔補注〕《書·畢命》：『毖殷頑民，遷于洛邑，密邇王室，式化厥訓。』舊許，指許州，周時爲許國之地，故稱。按：劉稹據澤潞自立，事在會昌三年，作此文時劉從諫尚鎮澤潞，其非指三年後劉稹自立事甚明，錢注誤。此『頑民』當指元和年間據申、光、蔡等州反叛朝廷之淮西藩鎮吴元濟。許州鄰接蔡州，故云『伊昔頑民，實鄰舊許。』頑民，本指殷代遺民中堅決不服從周朝統治者，此借指對抗朝廷之藩鎮。

〔九〕〔補注〕《左傳·宣公四年》：『楚司馬子良生子越椒。子文曰：「必殺之。是子也，熊虎之狀而豺狼之聲，弗殺，必滅若敖氏矣……。」子良不可。子文以爲大夫慼。及將死，聚其族，曰：「椒也知政，乃速行矣，無及於難。」』《三國志·魏志·劉廙傳》：『臣罪應傾宗，禍應覆族。』豺終覆族，指吴元濟被擒處斬，家族亦遭戮。《舊唐書·憲宗紀》：元和十二年，『十一月丙戌朔，御興安門受淮西之俘，以吴元濟徇兩市，斬終獨柳樹……弟二人、子三人配流，尋誅之。』

〔一〇〕〔錢注〕曹植《上責躬詩表》：不勝犬馬戀主之情。〔按〕據此句及上句，張士隱或原爲淮西藩鎮吴元濟之舊部，後反正歸順朝廷者，故云『犬猶戀主』。

〔一一〕〔補注〕《禮記·王制》：『諸侯賜弓矢，然後征；賜鈇鉞，然後殺。』鈇鉞，斫刀與大斧，象徵帝王賜予諸侯之專征專殺大權。從諸侯之鈇鉞，謂居方鎮幕府爲軍將。下句義同。

〔一二〕〔錢注〕《史記·淮陰侯傳》：信東下井陘擊趙，未至，夜半傳發，選輕騎二千人，人持一赤幟，從間道草山而望趙軍。誡曰：『趙見我走，必空壁逐我，若疾入趙壁，拔趙幟，立漢赤幟。』乃使萬人先行出，背水陣。平旦，信建大將之旗鼓，鼓行出井陘口。

〔一三〕〔錢注〕《宋書·臧質傳》：質求前馳，此志難測。

〔一四〕〔補注〕《左傳·哀公元年》：「有田一成，有衆一旅。」注：「五百人爲旅。」

〔一五〕旋，錢本作「還」，未出校。〔補注〕《左傳·宣公十二年》：「許伯曰：『吾聞致師者，御靡旌，摩壘而還。』」摩壘，迫近敵人營壘，謂挑戰。

〔一六〕而，《全文》作「不」，據錢校改。〔錢注〕《魏志·曹仁傳》：仁屯江陵，拒吴將周瑜，遣部曲將牛金逆與挑戰，賊多，金衆少，遂爲所圍。仁被甲上馬，將其麾下壯士出城，去賊百餘步，迫溝，仁徑渡溝直前，衝入賊圍，金等乃得解。

〔一七〕〔錢注〕《史記·管晏傳》：吾嘗三仕三見逐於君，鮑叔不以我爲不肖，知我不遭時也。〔補注〕《三國志·吴志·三嗣主傳論》裴注引陸機《辨亡論上》：「謀無遺算，舉不失策。」舉，謀畫。

〔一八〕〔錢注〕李陵《與蘇武詩》：皓首以爲期。

〔一九〕〔錢注〕張衡《西京賦》李善注：《漢官典職》：丹漆地，故曰丹墀。

〔二〇〕〔錢注〕何遜詩：可憐玉匣劍，復此飛鳧舄。

〔二一〕〔錢注〕《説文》：羈，馬絡頭也。曹植《白馬篇》：白馬西北馳，連翩飾金羈。

〔二二〕〔錢注〕《蜀志·關羽傳》：字雲長。嘗爲流矢所中，貫其左臂。醫曰：「矢鏃有毒，毒入于骨，當破臂作創，刮骨去毒。」便伸臂令醫劈之，言笑自若。

〔二三〕〔錢注〕《史記·高祖紀》：漢王出行軍，病甚。注：《三輔故事》曰：楚、漢相距於京、索間六年，自被大創十二，矢石通中過者有四。

〔二四〕〔補注〕《左傳·成公十年》：「公疾病，求醫于秦。秦伯使醫緩爲之。未至，公夢疾爲二豎子，曰：『彼良醫也。懼傷我，焉逃之？』其一曰：『居肓之上，膏之下，若我何？』醫至，曰：『疾不可爲也……』」

〔二五〕〔錢注〕沈括《夢溪筆談》：舊説有藥用一君、二臣、三佐、五使之説。

〔二六〕見本篇注〔一二〕。

〔二七〕〔補注〕《左傳·襄公二十九年》：「（季札）自衛如晋，將宿于戚，聞鐘聲焉，曰：『異哉，吾聞之也，辯而不德，必加以戮。夫子（孫文子）獲罪於君以在此，懼猶不足，而又何樂！夫子之在此也，猶燕之巢於幕上。』」杜預注：「言至危。」

〔二八〕見《爲濮陽公上華州陳相公狀》注〔九〕。

〔二九〕〔錢注〕《穆天子傳》：天子東遊，次雀梁，蠹書於羽陵。〔按〕二句謂筆凝塵而書爲蟲蠹。

〔三〇〕〔錢注〕《史記·惠景間侯者年表》：竟無過，爲藩守職，信矣。〔補注〕守職，此指鎮陳許。

〔三一〕〔錢注〕鮑照《蕪城賦》：莫不埋魂幽石，委骨窮塵。

〔三二〕〔錢注〕《吴志·朱桓傳》注：《吴録》曰：桓奉觴曰：「臣當遠去，願一捋陛下鬚，無所復恨。」權凴几前席，桓進前捋鬚曰：「臣今日真可謂捋虎鬚也。」權大笑。〔補注〕《三國志·魏志·任城威王彰傳》：「少善射御，膂力過人，手格猛獸，不避險阻。數從征伐，志意慷慨……太祖喜持彰鬚曰：『黄鬚兒竟大奇也。』」疑用此事。錢注恐誤。

〔三三〕〔錢注〕《史記·李將軍傳》：廣爲人長，猿臂，其善射亦天性也。〔補注〕料，度，估量。

〔三四〕〔錢注〕《莊子》：夫藏舟於壑，藏山於澤，謂之固矣，然而夜半有力者負之而走，昧者不知也。〔按〕泉驚夜壑，狀山谷間泉墓之淒寂。

〔三五〕〔錢注〕《宋書·鄧琬傳》：烈火之掃寒原。

〔三六〕〔錢注〕《風俗通》：南北曰阡，東西曰陌。〔補注〕永歸之里，指墓地。崔豹《古今注·音樂》：「《薤露》《蒿里》，並喪歌也……亦謂人死魂魄歸於蒿里。」

〔三七〕〔錢注〕謝靈運《入彭蠡湖口詩》李善注：顧野王《輿地志》曰：自入湖三百三十里，窮於松門，東西四十里，青松偏於兩岸。〔按〕墓地多植松，稱松阡。此『松門』即墓門之謂。錢注引『松門』指江西新建之松門山，與文意無涉。

〔三八〕〔錢注〕《晉書·禮志》：挽歌出於漢武帝役人之勞，歌聲哀切，遂以爲送終之禮。

〔三九〕〔錢注〕《説文》：鼙，騎鼓也。《戰國策》：秦王目眩良久。

〔四〇〕〔錢注〕《莊子》：必服恭儉，拔出公忠之屬，而無所阿私，民孰敢不輯？

〔四一〕〔錢注〕徐廣《赴謝車騎葬還》詩：終天隔幽壤。

〔四二〕〔錢注〕《後漢書·明帝紀》：伏臘無糟糠，而牲牢兼於一奠。

爲濮陽公陳許補王琛衙前兵馬使牒〔一〕

牒奉處分〔二〕，我之偏裨〔三〕，琛最夙舊。且思往歲，嘗從孤軍〔四〕。衣偏裻之衣〔五〕，靡求盡飾〔六〕；掌維婁之事〔七〕，未始告勞〔八〕。晚節彌堅〔九〕，壯心不改〔一〇〕。土田漸廣，士卒逾多。念此老成〔一一〕，無令新間〔一二〕。事須補充衙前兵馬使。

〔一〕本篇原載清編《全唐文》卷七七八第一八頁、《樊南文集補編》卷八。陳許，見《爲濮陽公許州請判官上

中書狀》注〔一〕。〔錢注〕《新唐書・百官志》：天下兵馬大元帥，前軍兵馬使、中軍兵馬使各一人。《舊唐書・李載義傳》：以功遷衙前都知兵馬使。〔按〕本篇與以下三篇均爲開成五年十一月抵達陳許後補官之文牒，與奏辟韓琮等充判官須在赴鎮前進狀者不同。

〔二〕〔錢注〕《晉書・杜預傳》：預處分既定，乃啓請伐吴之期。〔補注〕處分，決定。錢引《晉書・杜預傳》之『處分』係處置、調度之義。

〔三〕〔錢注〕《漢書・馮奉世傳》：兵法曰：大將軍出，必有偏裨，所以揚威武、參計策。

〔四〕〔錢注〕《後漢書・吕布傳》：今將軍厚公臺不過於曹氏，而欲委全城，捐妻子，孤軍遠出乎？〔按〕據『琛最夙舊』及『且思往歲，嘗從孤軍』等語，似王琛在茂元任涇原節度使時即已爲裨將。

〔五〕〔錢注〕《國語》：使申生伐東山，衣之偏裻之衣。《史記・晉世家》注：服虔曰：偏裻之衣，偏，異色，駮不純。裻在中，左右異，故曰偏衣。〔補注〕裻，衣背縫。以衣背縫爲界，衣服兩半之顔色不同，故曰偏衣，亦曰偏裻。後亦指戎衣。

〔六〕〔補注〕《禮記・玉藻》：『弔則襲，不盡飾也；君在則裼，盡飾也。』盡飾，竭盡美飾。

〔七〕〔錢注〕《公羊傳》注：繫馬曰維，繫牛曰婁。

〔八〕〔補注〕《詩・小雅・十月之交》：『黽勉從事，不敢告勞。』

〔九〕〔錢注〕鄒陽《上書吴王》：至其晚節末路。〔補注〕《宋書・良吏傳・陸徽》：『年暨知命，廉尚愈高。冰心與貪流争激，霜情與晚節彌茂。』錢注引係末世之義。

〔一〇〕〔錢注〕魏武帝《碣石篇》（按：即《步出夏門行・龜雖壽》）：烈士暮年，壯心不已。

〔一一〕〔補注〕《書・盤庚上》：『汝無侮老成人，無弱孤有幼。』老成人指年高有德者。《詩・大雅・蕩》：『雖無老成人，尚有典刑。』老成人指舊臣。此句『老成』似兼用之，指年高有德之舊部。

〔一二〕間，《全文》作『問』，從錢校據胡本改正。〔補注〕《左傳・隱公三年》：『且夫賤妨貴，少陵長，遠間親，新間舊，小加大，淫破義，所謂六逆也。』

爲濮陽公補盧處恭牒〔一〕

右件官，家承禮訓〔二〕，學隸樂章〔三〕。屬陳國東門〔四〕，古多長袖〔五〕；楚王下邑〔六〕，俗漸南音〔七〕。將陳饗客之儀〔八〕，兼切移風之雅〔九〕。其謹防三惑〔一〇〕，無奪八音〔一一〕。杜濮水之遺聲〔一二〕，絶吴宫之竊笑〔一三〕。勿驕予官。事須補充樂營使〔一四〕。

〔一〕本篇原載清編《全唐文》卷七七八第一八頁、《樊南文集補編》卷八。〔錢箋〕玩文中『陳國』云云，亦鎮陳許時作。〔按〕錢箋是，當與上篇同爲開成五年十一月作。

〔二〕〔錢注〕任昉《王文憲集序》：家門禮訓，皆折衷於公。

〔三〕〔補注〕《禮記·曲禮下》：『居喪，未葬讀喪禮，既葬讀祭禮。喪復常，讀樂章。』樂章，配樂之詩。此似指管理音樂之機構，如太樂署。

〔四〕〔補注〕《詩·陳風·東門之枌》：『東門之枌，宛丘之栩。子仲之子，婆娑其下。』

〔五〕〔錢注〕《韓非子》：長袖善舞。

〔六〕見《上令狐相公狀二》注〔一四〕。〔補注〕下邑，國都以外之城邑，此指陳許鎮使府所在地許州。許國後爲楚所滅，故云『楚王下邑』。

〔七〕〔補注〕《左傳·成公九年》：『使與之琴，操南音。』杜預注：『南音，楚聲。』

〔八〕〔補注〕《周禮·春官·大宗伯》：『以饗燕之禮，親四方之賓客。』

〔九〕〔補注〕《禮記·樂記》：『移風易俗，天下皆寧。』

〔一〇〕〔錢注〕《後漢書·楊秉傳》：秉性不飲酒，又早喪夫人，遂不復娶。所在以淳白稱。嘗從容言曰：『我有三不惑：酒、色、財也。』

〔一一〕〔補注〕《書·舜典》：『三載，四海遏密八音。』孔傳：『八音：金、石、絲、竹、匏、土、革、木。』

〔一二〕〔錢注〕《史記·樂書》：衛靈公之晋，至濮水之上，夜半聞琴聲，召師涓聽而寫之。至晋，平公享之，靈公曰：『今者來，聞新聲，請奏之。』平公曰：『可。』命師涓坐師曠之旁，援琴鼓之。未終，師曠止之曰：『此亡國之聲也。昔師延與紂爲靡靡之樂，武王伐紂，師延走投濮水。故聞此聲必於濮水之上。』

〔一三〕〔錢注〕《史記·孫子傳》：吴王出宫中美女，得百八十人。孫子分爲二隊，以王之寵姬二人各爲隊長。約束既布，即三令五申之。於是鼓之右，婦人大笑。孫子復三令五申，而鼓之左，婦人復大笑。〔錢校〕此下疑脱四字。

〔一四〕〔錢注〕《舊唐書·陸長源傳》：加以叔度苛刻，多縱聲色，數至樂營，與諸婦人嬉戲，自稱孟郎。〔補注〕樂營，官妓之坊署。

爲濮陽公補仇坦牒〔一〕

牒奉處分。昔坦綺紈〔二〕，主吾筆劄〔三〕。二紀相失〔四〕，一朝來歸。惜其平生，老在書計〔五〕。今重之侯國〔六〕，亦有私朝〔七〕。豈無他人〔八〕，不可同日〔九〕。舉爲列校〔一〇〕，合屬連營〔一一〕。尚有藉于專精〔一二〕，俾兼司于稽勾〔一三〕。事須補充散兵馬使〔一四〕，兼勾節度觀察兩使案〔一五〕。

〔一〕本篇原載清編《全唐文》卷七七八第一八頁、《樊南文集補編》卷八。〔按〕當與前二牒同作於開成五年十一月，説見《爲濮陽公陳許補王琛衙前兵馬使牒》注〔一〕。據『昔坦綺紈，主吾筆劄』之句，仇坦曾在王茂元屬下職掌文書簡牘之事。

〔二〕〔錢注〕劉峻《廣絶交論》：弱冠王孫，綺紈公子。

〔三〕〔錢注〕《漢書·樓護傳》：護與谷永俱爲五侯上客，長安號曰『谷子雲筆札，樓君卿脣舌。』〔補注〕筆劄，或作『筆札』，毛筆與簡牘。主吾筆劄，指掌文書簡牘之事。

〔四〕〔錢注〕《史記·孔子世家》：孔子適鄭，與弟子相失。〔補箋〕據『二紀相失』句，仇坦二十餘年前曾在王茂元屬下主筆劄。自開成五年逆數二紀，其時當在元和末。考茂元初爲州刺，係元和十四年任歸州刺史（其《三閭大夫屈先生祠堂銘》云：『元和十五年，余刺建平之再歲也。』）。元和十四年至開成五年共二十二年，正合『二紀』之數。再後任郢州、蔡州刺史，則與『二紀』不合。唐代州刺史屬下有録事參軍，掌總録衆官署文簿。仇坦或曾任歸州録事參軍。

〔五〕〔錢注〕書計，見《禮記》，此似作『書記』用。〔補注〕《禮記·内則》：『十年，出就外傳。居宿於外，學書計。』此『書計』指文字與籌算，六藝中六書九數之學。錢氏謂作『書記』用，據上文『主吾筆劄』句，似之；然下云『尚有藉于專精，俾兼司于稽勾』，則『書計』仍爲文字與籌算之義。

〔六〕〔錢注〕《後漢書·百官志》：列侯所食縣爲侯國。〔補注〕侯國，此指陳許。茂元在寶曆初曾任蔡州刺史。陳許鎮轄許、陳、蔡等州。故云『重之侯國』。

〔七〕〔補注〕《禮記·玉藻》：『將適公所，宿齋戒……既服，習容，觀玉聲，乃出。揖私朝，煇如也，登車則有光矣。』孔穎達疏：『私朝，大夫自家之朝也。煇，光儀也。大夫行出至己之私朝，揖其屬臣煇如也。』按：此似以『私朝』借指幕府。

〔八〕〔補注〕《詩·鄭風·褰裳》：『子不我思，豈無他人？』又《唐風·杕杜》：『豈無他人，不如我同父。』《羔裘》：『豈無他人，維子之故。』

〔九〕〔補注〕《戰國策·趙策二》：『夫破人之與破於人也，豈可同日而言之哉！』

〔一〇〕〔錢注〕《後漢書·袁紹傳》：誠傷偏裨列校，勤不見紀。〔補注〕唐時地方軍隊設列校。宋秦觀《進策·盜賊下》：『唐自中葉以後，方鎮皆選列校，以掌牙兵。』

〔一一〕〔錢注〕《後漢書·袁紹傳》：連營稍前。〔補注〕連營，指軍府。

〔一二〕〔錢注〕《後漢書·陳紀傳》：愚以公宜事委公卿，專精外任。〔補注〕專精，此指仇坦所精之『書計』。

〔一三〕〔錢注〕勾，去聲。〔補注〕稽勾，計算查考。

〔一四〕〔錢注〕《通鑑·唐憲宗紀》注：散員兵馬使，未得統兵。

〔一五〕〔補注〕勾，勾當，主管。案，文案，文書簿籍。

爲濮陽公補顧思言牒〔一〕

右件官，山棲自高〔二〕，棋品無敵〔三〕。空縱爛柯之思〔四〕，未逢賭郡之時〔五〕。以其勢協爭雄〔六〕，事同攻昧〔七〕，易局中之急劫〔八〕，佐麾下之權謀〔九〕。事須補充州衙推〔一〇〕。方將對局〔一一〕，寧在沒階〔一二〕？仍宴集，不用公服趨走〔一三〕。

〔一〕本篇原載清編《全唐文》卷七七八第一八頁、《樊南文集補編》卷八。〔錢箋〕《舊唐書·宣宗紀》：大中二年，日本國王子入朝，貢方物。王子善棋，帝令待詔顧思言與之對手。蘇鶚《杜陽雜編》卷下：唐宣宗時，大中中，日本國王子來朝，善圍棋。上敕顧思言待詔對手。至三十三下，勝負未決，師言懼辱君命而汗下，凝思方敢落指，則謂之鎮神頭，乃是解兩征勢也。王子迴語鴻臚曰：『待詔第幾手耶？』鴻臚詭對曰：『第三手也。』王子曰：『願見第一。』曰：『王子勝第三，得見第二；勝第二，方得見第一。』王子掩局而吁曰：『小國之第一，不如大國之第三，信矣！』〔張箋〕此與上篇（按：指《爲濮陽公補仇坦牒》）無可徵實，既與前二牒同編，當亦一時所作。〔按〕顧師言與日本王子圍棋事又見《北夢瑣言》一、《南部新書》壬。《太平廣記》二二八引《杜陽雜編》。此牒與上三牒當同爲開成五年十一月在陳許作。

〔二〕〔錢注〕崔駰《達旨》：或盥耳而山棲。〔補注〕山棲，謂隱居山林。

〔三〕〔錢注〕《南史·梁簡文紀》：所著《棋品》五卷。又《柳惲傳》：梁武帝好弈棋，使惲品定棋譜，登格者二百七十八人，第其優劣，爲《棋品》三卷，惲爲第二焉。〔按〕此句『棋品』即棋藝義。

〔四〕〔錢注〕虞喜《志林》：信安山有石室，王質入其室，見二童子方對棋，看之，局未終，視其所執伐薪斧柯已爛朽。遽歸，鄉里已非矣。〔按〕事又見任昉《述異記》卷上。

〔五〕〔錢注〕《宋書·羊玄保傳》：玄保善弈棋，棋品第三。太祖與賭郡戲，勝，以補宣城太守。

〔六〕〔錢注〕《宋書·胡藩等傳論》：當二帝争雄，天人之分未決。〔補注〕協，同。

〔七〕〔補注〕《書·仲虺之誥》：『兼弱攻昧，取亂侮亡。』攻昧，攻擊昏亂無道者。

〔八〕〔錢注〕《水經注》：《陳留志》稱：阮簡爲開封令，縣側有劫賊，外白甚急數。簡方圍棋長嘯，吏云：『劫急！』簡曰：『局上有劫亦甚急。』其躭樂如此。〔補注〕劫，圍棋術語，黑白雙方往復提吃對方一子稱『劫』。

〔九〕〔錢注〕《史記·秦紀》：繆公與麾下馳追之。《漢書·藝文志》：兵權謀十三家。〔按〕即指下句兗州衙推而言。

〔一〇〕〔錢注〕《新唐書·百官志》：刺史領使，則置州衙推。〔按〕衙推，節度、團練、觀察諸使之下屬官吏。刺史領使，則置副使、推官、衙官、州衙推、軍衙推。

〔一一〕〔錢注〕《北史·魏收傳》：子建爲前軍將軍，十年不徙。在洛閑暇，頗爲弈棋。及一臨邊事，凡經五年，未曾對局。

〔一二〕没階，見《爲濮陽公補保定尉張鴉巡官牒》注〔八〕。

〔一三〕〔錢注〕《世説》：王長史爲中書郎，往敬和許，爾時積雪，長史從門外下車，步入尚書，著公服。

爲濮陽公上四相賀正啓〔一〕

伏以春日青陽〔二〕，歲當更始〔三〕，思將萬壽〔四〕，以奉三台〔五〕。伏惟相公，與國同休〔六〕，自天逢福〔七〕。唐堯之八十六載〔八〕，永奉宸聰；周文之九十七年〔九〕，長承睿算。某方臨征鎮〔一〇〕，伏賀無由，攀戀禱祠，不任丹懇〔一一〕。

〔一〕本篇原載清編《全唐文》卷七七六第七頁、《樊南文集補編》卷七。〔錢箋〕《春明退朝録》：『唐制宰相四人。』首相爲太清宫使，次三相皆帶館職：弘文館大學士、監修國史、集賢殿大學士。以此爲序。〔張箋〕案四相無可徵實，此啓亦不審在涇原作，抑陳許作也。附編於此（按：張附編於會昌元年爲濮陽公所擬陳許諸表狀牒文後）。〔按〕此啓當爲開成五年冬王茂元鎮陳許時所上。啓云：『某方臨征鎮，伏賀無由。』開成三年冬，商隱在涇原幕，然其時茂元任涇原節度使已歷四載，不得云『方臨征鎮』矣。賀正啓當於元日前送達，啓當作於開成五年十二月，是時商隱尚在陳許，翌年正月已在華州周墀幕。開成五年十二月，宰相有李德裕、崔鄲、崔珙、陳夷行。

〔二〕〔錢校〕日當作曰。《爾雅》：『春爲青陽。』〔按〕『春日青陽』本通。

〔三〕〔補注〕《禮記·月令》：『季冬之月……歲且更始。』

〔四〕〔補注〕《詩·小雅·南山有臺》：『樂只君子，萬壽無疆。』

〔五〕〔補注〕三台，星名，指三公。見《晉書·天文志上》。屢見。

〔六〕〔錢注〕《國語》：晉孫談之子周，適周事單襄公。晉國有憂，未嘗不戚；有慶，未嘗不怡。襄公曰：『爲晉休戚，不背本也。』

〔七〕〔錢注〕鮑照《代白紵舞歌辭》：邀命逢福丁溢恩。

〔八〕〔錢注〕《書·堯典》傳：堯年十六，以唐侯升爲天子，在位七十載，時八十六，老將求代。

〔九〕〔補注〕《禮記·文王世子》：『文王九十七乃終。』

〔一〇〕〔錢注〕《魏志·高貴鄉公紀》：四方征鎮，宣力之佐。

〔一一〕〔錢注〕王僧孺《禮佛唱導發願文》：各運丹懇。

爲汝南公華州賀赦表〔一〕

臣某言：伏奉正月九日制書〔二〕，南郊禮畢，改元爲某，大赦天下者〔三〕。奉郊禋以定天位〔四〕，新曆象以授人時〔五〕，《乾》健《離》明，《震》動《兑》悦〔六〕。跂行喙息〔七〕，罔不慶幸。臣某中賀。臣聞禋〔八〕昊天而旅上帝者〔九〕，聖王〔一〇〕之重事；覃殊休而發大號者〔一一〕，哲后之洪猷〔一二〕。故必致四圭以達誠〔一三〕，制六器而申敬〔一四〕。將崇嚴配〔一五〕。必在元旬〔一六〕。先之以蒼璧騂牲〔一七〕，重之以《雲門》大吕〔一八〕。然後王猶有闕於薦敬〔一九〕，爽彼告虔〔二〇〕。《周官》三代之文〔二一〕，絶而不續；漢氏萬靈之位〔二二〕，失而莫尋。豈若皇帝陛下，以大道遂羣生〔二三〕，以至公臨寶祚〔二四〕，上苞玄象〔二五〕，下總皇祇〔二六〕，黜幽陟明〔二七〕，興廢繼絶〔二八〕。靈芝甘露，鄙之而不告史官〔二九〕；赤雁白麟，陋之而不編瑞牒〔三〇〕。然後因孟月〔三一〕，卜上辛〔三二〕，率于國南〔三三〕，式是歲首〔三四〕。且天以陛下爲子，故必饗明誠〔三五〕；人以陛下爲天，故必流睿澤。踰千越萬〔三六〕，邁五登三〔三七〕。何則？取直言之科〔三八〕，則聽輿論者不足算〔三九〕；設宥過之令〔四〇〕，則除鄉議者未可儔〔四一〕。延賞推恩〔四二〕，用以勸禦災捍患之士〔四三〕；減租退責〔四四〕，將以矜火耕水耨之人〔四五〕。養庶老，頒淖糜暖帛之資〔四六〕；走羣望，潔犓牲瘞幣之禮〔四七〕。古不覩者復覩，古不聞者復聞。萬蟄蘇而六幽盡開〔四八〕，五刃藏而九土咸闢〔四九〕。臣當時集軍州官吏等丁寧告示訖〔五〇〕。況臣嘗備論思，獲叨侍從〔五一〕。當時仙禁，慚視草以無能〔五二〕；此日泰壇，望給薪而靡及〔五三〕。徘徊甸服，跼蹐關城〔五四〕，雖有慶於文明〔五五〕，竟無階于奔走〔五六〕。司馬談闕陪盛禮，没齒難忘〔五七〕；蕭望之願立本朝，馳魂莫及〔五八〕。無任抃舞結戀之至〔五九〕。

〔一〕本篇原載《文苑英華》卷五六〇第六頁、清編《全唐文》卷七七一第一〇頁、《樊南文集詳註》卷一。〔徐箋〕《舊書·周墀傳》：墀字德升，汝南人。長慶二年擢進士第。開成四年拜中書舍人，内職如故。武宗即位。出爲華州刺史、鎮國軍潼關防禦等使。《武宗紀》：會昌元年正月壬寅朔。庚戌，有事於郊廟。禮畢，御丹鳳樓，大赦改元。《新書·地理志》：華州領縣三：鄭、華陰、下邽。《百官志》：下之達上，其制有六：一曰表，二曰狀，三曰牋，四曰啓，五曰辭，六曰牒。〔馮校〕『賀』下當脱，『南郊』字。〔馮注〕《舊書·周墀傳》：後至大中時，封汝南男。《新書·傳》：武宗即位，以疾改工部侍郎，出爲華州刺史。按《舊書·紀》《陳夷行傳》：開成五年七月，以檢校禮部尚書、華州刺史召入，復同平章事。則周墀代陳刺華，亦在此際也。《新書·紀》：（會昌元年）正月己卯，朝獻太清宫。庚辰，朝享太廟。辛巳，有事於南郊，大赦改元。按《太平御覽》引此作『庚戌』，同《舊書》；《通鑑》引此作『辛巳』，同《新書》。《新書》紀事而不紀朔。《舊書》正月壬寅朔，二月乃又書壬寅。今以本集祭文（編著者按：指《祭張書記文》）是年四月辛丑朔，《舊紀》十一月丁酉朔，《通鑑》閏月十月，《舊紀》誤作兩十月，又《舊紀》開成五年正月戊寅朔，會昌二年正月丙申朔，合而推之，則《舊紀》二月壬寅（朔）不誤，正月實誤，當作壬申或癸酉朔。其九日或庚辰或辛巳，則一一畢符也。此爲無益之考核耳。又按：唐時郊天，頗不專用辛日，如大中元年正月，《舊．紀》戊申有事郊廟，《新．紀》作甲寅，要皆非辛也。此兩表（按：指本篇及《爲京兆公陝州賀南郊赦表》）云『卜上辛』，謂用典也可，謂適逢辛也可，其爲九日必然也。〔按〕據陳垣《二十史朔閏表》，會昌元年正月癸酉朔，《舊書》會昌元年正月、二月均書壬寅朔，其正月朔日所記干支顯誤。本文云：『伏奉正月九日制書，南郊禮畢，改元爲某。』又云：『因孟月，卜上辛。』是月九日爲辛巳，與《新書》《通鑑》所載相合，當以本文及《新書》《通鑑》爲正。華州距長安一百八十里（據《舊書．地理志》），制書一日可達。故本篇當作於會昌元年正月十日或稍後。據下篇《爲京兆公陝州賀南郊赦表》題，本篇題内『賀』字下當有『南郊』二字。北京圖書館藏清汪全泰輯、清王有耀齋刊本《義山文集》（五卷）本篇題即爲『爲汝南公華州賀南郊赦表』。

〔二〕〔徐注〕是月壬寅朔，越九日爲庚戌。〔按〕徐氏係據《舊書》之誤載推算，詳注〔一〕。

〔三〕〔徐注〕王應麟《玉海》：秦併諸侯日，大赦天下。由漢以來，或即位、建儲、改元、立后，皆有大赦，遂爲常制。

〔四〕〔徐注〕《周禮》：大宗伯以禋祀祀昊天上帝。《周語》：精意以享曰禋。《漢書．郊祀志》：兆於南郊，所以定天位也。

〔五〕〔徐注〕《書》：曆象日月星辰，敬授人時。

〔六〕〔徐注〕見《易．彖．傳》。〔補注〕《易．乾》：『天行健，君子以自强不息。』又，《離》：『彖曰：離，麗也。日月麗乎天，百穀草木麗乎土，重明以麗乎正，乃化成天下。』『象曰：明兩作，離，大人以繼明照於四方。』

《震》：『震，亨。』疏曰：『震，動也。此象雷之卦。天之威動，故以震爲名。』《兑》：『彖曰：兑，説也，剛中而柔外，説以利貞。』

〔七〕〔徐注〕《漢書·匈奴傳》：跂行喙息，蝡動之類。顔師古曰：跂行，凡有足而行者；喙息，凡以口出氣者。

〔八〕禋，《英華》《全文》均同。而徐、馮注本作『欽』，云：一作『禋』，非。〔按〕徐、馮殆因其用《書》『欽若昊天』而改，非有所據之別本異文。而此處『禋昊天』實用《周禮》，詳注〔九〕。

〔九〕〔徐注〕《書》：欽若昊天。《周禮》：掌次，大旅上帝。注：祭天于圜丘。〔補注〕《周禮·春官·大宗伯》：『以禋祀祀昊天上帝，以實祀日月星辰，以槱燎祀司中、司命、風師、雨師。』禋祀，古代祭天之禮儀，燔柴升煙，加牲體或玉帛於柴上焚燒。旅，奉養。

〔一〇〕王，《英華》作『人』，注：集作『王』。

〔一一〕〔徐注〕《易》：涣汗其大號。〔補注〕涣汗大號，謂帝王之號令，如人之汗，一出不復收。

〔一二〕洪，徐注本作『弘』，《全文》作『宏』，此從《英華》。

〔一三〕〔徐注〕《周禮》：典瑞，四圭有邸以祀天。注：夏正郊天也。〔補注〕四圭，古代貴族祭天所用之禮器。由整塊玉雕成，中央爲璧，四面鋭出爲圭，故稱。《周禮·考工記·玉人》：『四圭尺有二寸，以祀天。』

〔一四〕申，《全文》作『伸』，此從《英華》。〔徐注〕《周禮·大宗伯》：以玉作六器，以禮天地四方。〔按〕六器，指蒼璧、黄琮、青珪、赤璋、白琥、玄璜，分禮天地四方。

〔一五〕〔徐注〕《孝經》：嚴父莫大于配天。

〔一六〕〔徐注〕元旬，即元日。《禮記》：孟春之月，天子乃以元日祈穀于上帝。注謂：以上辛郊祭天也。《晉郊祀歌》：歷元旬，集首吉。〔按〕元旬，指每月前十天。

〔一七〕〔徐注〕《周禮·大宗伯》：以蒼璧禮天。《禮記·郊特牲》：牲用騂，尚赤也；用犢，貴誠也。

〔一八〕〔徐注〕《周禮》：大司樂乃奏黄鍾，歌大吕，舞《雲門》，以祀天神。

〔一九〕〔徐注〕《禮記·祭義》：其薦之也，敬以欲。

〔二〇〕〔徐注〕《魏志》：高堂隆疏曰：所以昭事上帝，告虔報施也。

〔二一〕〔徐注〕《書序》：武王既代殷命，滅淮夷，還歸豐，作《周官》。〔馮注〕《周官》即《周禮》。三代之文，謂三代郊祀之制。

〔二二〕〔馮注〕《史記·封禪書》：公孫卿曰：黄帝接萬靈明廷。明廷者，甘泉也。又：天子遂郊雍，幸甘泉，令祀官具太一祠壇。十一月辛巳朔旦冬至，昧爽，天子始郊拜太一，如雍郊禮。《漢書·郊祀志》：甘泉宫中爲臺室，畫天地泰一諸鬼神而置祭具，以致天神。按此萬靈之位，似指泰畤甘泉。而祠祀極多，備見《郊祀志》。

〔二三〕〔徐注〕曹植詩：苞育比羣生。《禮記》：大道之行也。

〔二四〕〔徐注〕《陰符經》：天之至私，用之至公。北齊《元會大饗歌》：寶祚眇無疆。

〔二五〕〔徐注〕《周禮·考工記》：天謂之玄。《易》：在天成象。《南史》：周弘正博物知玄象，善占候。〔補注〕玄象，天象，指日月星辰在天所成之象。

〔二六〕〔徐注〕顔延之序：皇祇發生之始。〔按〕皇祇，顔延之《三月三日曲水詩序》李善注：『皇，天神也；祇，地神也。』

〔二七〕〔徐注〕《書》：三考，黜陟幽明。

〔二八〕〔補注〕《禮記·中庸》：『繼絶世，舉廢國，治亂持危，朝聘以時，厚往而薄來，所以懷諸侯也。』班固《兩都賦序》：『興廢繼絶，潤色鴻業。』《論語·堯曰》：『興滅國，繼絶世。』

〔二九〕〔徐注〕《漢書·武帝紀》：元封二年，甘泉宫内中産芝九莖連葉，作《芝房之歌》。《宣帝紀》：元康元年，甘露降未央宫。神爵二年，鳳皇甘露降集京師。〔馮注〕又：元康四年，金芝九莖産函德殿銅池中。

〔三〇〕〔徐注〕《漢書·武帝紀》：太始三年二月，行幸東海，獲赤雁，作《朱雁之歌》。元狩元年冬十月，行幸雍，祀五時，獲白麟，作《白麟之歌》。班固《兩都賦序》：武、宣之世，衆庶説豫，福應尤盛，《白麟》《赤雁》《芝房》《寶鼎》之歌，薦於郊廟；神爵、五鳳、甘露、黄龍之瑞，以爲年紀。《後漢書·光武帝紀》：羣臣奏言：天下清寧，靈物仍降，宜令太史撰集，以傳來世。帝不納，常自謙無德，每郡國所上，輒抑而不當，故史官罕得紀焉。

〔三一〕月，《英華》作『春』，注云：集作『月』。〔徐注〕周庾信《祀五帝歌》：孟之月，陽之天。

〔三二〕卜，《英華》作『擇』，注云：集作『卜』。〔徐注〕《禮記》：郊之用辛也，周之始郊日以至。《春秋穀梁傳》：以十二月下辛卜，正月上辛祭。《漢書·禮樂志》：正月上辛，用祀甘泉圜丘。

〔三三〕〔徐注〕《禮記》：兆於南郊，就陽位也。杜氏《通典》：周制，祈穀壇名泰壇，在國南五十里。

〔三四〕〔徐注〕《後漢書·范升傳》：奏記曰：方春歲首，而動發遠征。

〔三五〕〔補注〕饗，祭獻。明誠，明哲真誠。

〔三六〕〔徐注〕《漢書·郊祀志》：黄帝萬諸侯而神靈之，封君七千。〔馮注〕按：即超越前古之意。舊引《漢書·郊祀志》（略）非也。〔按〕馮注是。

〔三七〕〔徐注〕《漢書·司馬相如傳》：上咸五，下登三。〔按〕邁五登三，即超越五帝，直登三皇之意。

〔三八〕取，《英華》注：集作『致』。〔徐注〕《漢書·武帝紀》：建元元年，詔舉賢良方正、直言極諫之士。〔馮曰〕互詳下篇。

〔三九〕〔徐注〕《左傳》：聽輿人之誦。《楚語》：輿人誦。注：輿，衆也。

〔四〇〕〔徐注〕《書》：宥過無大，刑故無小。

〔四一〕〔徐注〕《左傳》：鄭人游於鄉校，以論執政。然明謂子産：『毁鄉校，如何？』子産曰：『何爲？夫人朝夕退而游焉，以議執政之善否。其所善者，吾則行之；其所惡者，吾則改之，是吾師也。若之何毁之？』

〔四二〕〔徐注〕《書》：賞延於世。《漢書·諸侯王表》：武帝施主父之策，下推恩之令。〔馮曰〕推恩是泛語，非專用《漢書·諸侯王表》『武帝施主父之策，下推恩之令』。〔按〕馮説是。武帝用主父偃之策，令諸侯推恩分子弟，以地侯之，實爲削弱諸侯王勢力之策，與此處推恩指廣施恩惠義不同。

〔四三〕〔徐注〕《禮記》：能禦大灾，則祀之；能捍大患，則祀之。

〔四四〕〔徐注〕《漢書·惠帝紀》：帝即位，減田租，復十五税一。退責即已責。《左傳》：晋悼公即位，施舍已責。注：施恩惠，舍勞役，止逋責。〔馮注〕《左傳·成公二年》：楚子重曰：已責。註曰：棄逋責。

〔四五〕火耕水耨，《英華》誤作「水耕火耨」。〔徐注〕《漢書·武帝紀》：詔曰：江南之地，火耕水耨。應劭曰：燒草下水種稻。草死，獨稻長，所謂火耕水耨。

〔四六〕〔徐注〕《禮記·月令》：仲秋，養衰老，授几杖，行糜粥飲食。《王制》：有虞氏養國老於上庠，養庶老於下庠。又：七十非帛不暖。《漢書·文帝紀》：吏稟當受鬻者。師古曰：鬻，淖糜也。〔按〕淖糜，即所謂爛糊粥。

〔四七〕〔徐注〕《左傳》：韓宣子曰：『並走羣望。』注：晋所望祀山川，皆走往祈禱。《書》：望于山川。《周禮·大宗伯》：以血祭祭社稷、五祀、五嶽，以貍沈祭山林川澤。又《校人》：將事四海山川，飾黄駒。案：貍即瘞幣，黄駒則其所沉之牲也。《肆師》職云：次祀用牲幣，小祀用牲。鄭康成以嶽瀆爲次祀，山川爲小祀。〔補注〕望，遥祭山川、日月、星辰。

〔四八〕〔徐注〕《禮記·樂記》曰：蟄蟲昭蘇。班固《典引》：光被六幽。注：天地四方也。

〔四九〕〔徐注〕《齊語》：定三革，隱五刃。注：定，奠也；隱，藏也。三革，甲、胄、盾也；五刃，刀、劍、矛、戟、矢也。《魯語》：共工氏子曰后土，能平九土。注：九州之土也。

〔五〇〕〔徐注〕《漢書·谷永傳》：以丁寧陛下。師古曰：丁寧，謂再三告示也。

〔五一〕〔徐注〕《兩都賦序》：武、宣之世，言語侍從之臣，若司馬相如、虞丘壽王、東方朔、枚皋、王褒、劉向之屬，朝夕論思，日月獻納。

〔五二〕〔徐注〕《漢書·淮南王傳》：武帝每爲報書及賜，常召司馬相如等視草乃遣。案本傳：墀能爲古文，有史才，文宗重之，歷集賢學士、起居舍人、知制誥，充翰林學士，拜中書舍人，皆内職也。故有此語。

〔五三〕〔徐注〕《禮記·祭法》：燔柴於泰壇，祭天也；瘞埋於泰折，祭地也。《月令》：季冬之月，乃命四監收秩薪柴，以共郊廟及百祀之薪燎。《周禮》：委人，以式法共祭祀之薪蒸木材。

〔五四〕〔徐注〕《史記》：呂産入未央宫殿門，弗得入，徘徊往來。《書》：五百里甸服。《詩》：謂天蓋高，不敢不局。謂地蓋厚，不敢不蹐。陸機表：跼天蹐地，若無所容。案：甸服、關城，皆謂華州；關，潼關也。今華州華陰縣東一里爲潼關衛，衛東南四里有潼關故城，古桃林之塞即此，所謂『關城』也。

〔五五〕〔徐注〕《易》：見龍在田，天下文明。〔補注〕鮑照《河清頌》：『泰階既平，洪水既清，大人在上，區宇文明。』文明，文采光明。

〔五六〕〔馮注〕《書·武成》：祀于周廟，邦甸侯衛，駿奔走，執豆籩。《詩》：駿奔走在廟。

〔五七〕〔徐注〕《史記·自序》：是歲天子始建漢家之封，而太史公留滯周南，不得與從事，故發憤且卒。案：此『太史公』者，遷稱其父談也，與《贊》首太史公不同。

〔五八〕及，《英華》作『極』，義亦通。〔徐注〕《漢書·蕭望之傳》：望之爲平原太守，雅意在本朝，遠爲郡守，内不自得。

〔五九〕〔徐注〕潘岳《藉田賦》：觀者莫不忭舞乎康衢。

爲京兆公陝州賀南郊赦表〔一〕

臣某言：臣伏奉正月九日制書，郊禋禮畢〔二〕，改元爲某，大赦天下者。既事虞郊〔三〕，復新堯曆〔四〕。天潢瀉潤〔五〕，日觀揚輝〔六〕，普天率土〔七〕，罔不慶幸。臣某中賀。臣聞君人之孝，莫大於尊祖〔八〕；王者之敬，孰踰於事天？故必用因高之儀〔九〕，申嚴配之禮〔一〇〕，百神攸序〔一一〕，萬靈昭蘇〔一二〕，乃可覃殊澤〔一三〕，涣大號〔一四〕，禮成而德備，惠敷而慶弘。然而秦尚武功，先祈禳之事〔一五〕，故柴燎蕭薌未必饗〔一六〕；漢稱文物〔一七〕，重神仙之道〔一八〕，故《雲門》太簇未必和〔一九〕。既不講于禮官〔二〇〕，終致譏于儒者〔二一〕。

伏惟皇帝陛下，與春生育〔二二〕，並日照臨〔二三〕。究三代之質文〔二四〕，酌百王之損益〔二五〕，定午位〔二六〕，卜上辛〔二七〕，潔齊之誠〔二八〕，先掃除而遐達〔二九〕；孝思之志〔三〇〕，協氣臭以升聞〔三一〕。然後推作解之恩〔三二〕，降維新之令〔三三〕，設科以招諫諍〔三四〕，宥過以務哀矜〔三五〕。已責既恤于三農〔三六〕，録勳無遺于十代〔三七〕。頒粟帛而養耆老〔三八〕，走牲幣而徧山川〔三九〕。舉皇王之廢官，盡古今之能事。臣當時集軍州官吏丁寧告示訖。況臣嘗奉恩光〔四〇〕，叨居華顯。當太史撰日之際〔四一〕，猶立漢庭〔四二〕；及宗伯相儀之時〔四三〕，已辭魏闕〔四四〕。怊悵郡印〔四五〕，徘徊使車〔四六〕，徒深傾藿之誠〔四七〕，實積懸匏之嘆〔四八〕。召公邑内，敢思棠樹以追蹤〔四九〕；尹喜宅中，惟望靈符之復出〔五〇〕。臣不勝慶幸踴躍之至！

校注

〔一〕本篇原載《文苑英華》卷五六〇第七頁，清編《全唐文》卷七七一第一四頁，《樊南文集詳注》卷一。〔吴兆宜箋〕《舊唐書·張仲方傳》：大和九年十一月，李訓之亂，四宰相、中丞、京兆尹皆死。閤門使馬元贄斜開宣政衙門傳宣曰：『有敕召左散騎常侍張仲方。』仲方出班，元贄宣曰：『仲方可京兆尹。』京兆公當是仲方無疑也。……《舊唐書·文宗紀》：開成元年正月辛丑朔，帝常服御宣政殿受賀，遂宣詔大赦天下，改元開成。（《李義山文集箋注》）〔徐箋〕篇首云『伏奉正月九日制書，郊禋禮畢，改元大赦』，是即會昌元年正月庚戌（按：當作辛巳，見上篇校注〔一〕）之事也。前爲華州刺史作耳。京兆公不知何人。據本集有《爲河東公謝相國京兆公啓》，又有《爲柳珪謝京兆公啓》，又有《獻相國京兆公啓》，所謂京兆公者杜悰也……而史無出守陝州之事（下略）。《舊書·地理志》：陝州屬河南道。廣德元年，車駕幸陝州，以爲大都督府，領屬七：陝、峽石、靈寶、芮城、平陸、安邑、夏。〔馮箋〕徐氏以本集《代謝相國京兆公》諸啓、《獻相國京兆公啓》皆爲杜悰，此亦當代悰；而《舊》《新》傳無悰出守陝州之事，遂謂史文失此一遷，其説頗辯。余初亦從之而疑之，今而實知其謬也。《通鑑》：會昌元年三月，武宗將遣使誅楊嗣復等，户部尚書杜悰奔馬見德裕。是何嘗有出外之蹟哉？《舊書·傳》：韋温，京兆人，文宗時爲尚書左丞，出爲陝虢觀察使。武宗即位，李德裕用事，召拜吏部侍郎。今據此文，蓋温於武宗初出爲陝虢，傳文小舛耳。韋自漢扶陽侯徙京兆杜陵，故後世皆稱京兆。『城南韋、杜』，何可專屬杜哉？《獻相國京兆公啓》，亦非杜也。又按：此題與『獻相國京兆公』『與尚書渤海公』及詩之『寄興元渤海尚書』，書法本自分别，不細心考索，易致相混耳。《舊書·志》：陝虢觀察使治陝州。〔按〕吴箋錯誤明顯。徐箋以京兆公爲杜悰，馮氏亦已駁正。《舊書·文宗紀》：『（開成四年）八月庚戌朔，以給事中姚合爲陝虢觀察使。』而《舊書·韋温傳》：『出爲陝虢觀察使。武宗即位，李德裕用事，召拜吏部侍郎……居無何，出温爲宣歙觀察使。』杜牧《唐故宣州觀察使御史大夫韋公墓誌銘并序》：『出爲陝州防禦使、兼御史大夫，服章金紫。回鶻窺邊，劉稹繼以上黨叛，東徵天下兵，西出禁兵，陝當其沖。……入爲吏部侍郎，典一冬選。……復以御史大夫出爲宣、歙、池等州觀察使。』叙入爲吏部侍郎在劉稹叛（會昌三年四月）之後。據本文『當太史撰日』二句，則韋温於開成五年末至會昌三年在陝虢觀察使任。此表當爲温涖任後不久商隱爲其代擬。約會昌元年正月中旬作。

〔二〕〔補注〕郊禋禮，即南郊祭天之禮。見上篇注〔四〕。

〔三〕〔徐注〕《書·舜典》：肆類于上帝。《禮記·祭法》：有虞氏禘黄帝而郊嚳。

〔四〕〔徐注〕《書·堯典》：曆象日月星辰。〔按〕謂改元。

〔五〕〔徐注〕《史記・天官書》：西宮咸池曰天五潢。張衡《思玄賦》：乘天潢之汎汎兮，浮雲漢之湯湯。〔馮注〕《史記・天官書》：漢者金之散氣，其本曰水。絶漢曰天潢。〔按〕天潢，此喻皇族、帝王後裔，指武宗而言。

〔六〕〔徐注〕應劭《漢官儀》：泰山東南巖名日觀。日觀者，雞一鳴時見日始欲出，長三丈所。

〔七〕〔補注〕《詩・小雅・北山》：『溥天之下，莫非王土；率土之濱，莫非王臣。』

〔八〕〔徐注〕《詩序》：《生民》，尊祖也，后稷生於姜嫄，文、武之功，起於后稷，故推以配天焉。

〔九〕故，《英華》作『固』。〔徐注〕《禮記・禮器》曰：爲高必因丘陵。注：謂冬至祭天於圜丘之上也。隋牛弘郊祀歌辭：因高盡敬，掃地推誠。

〔一〇〕見上篇注〔一五〕。

〔一一〕《英華》作『百神序』，注：『集有「攸」字。』

〔一二〕《英華》作『萬靈昭』，注：『集有「蘇」字。』

〔一三〕澤，《英華》作『恩』。

〔一四〕見上篇注〔一一〕。

〔一五〕〔徐注〕《戰國策》：魯仲連曰：『彼秦者，棄禮義而尚首功之國也。』《漢書・郊祀志》：秦并天下，令祠官各以歲時奉祠，唯雍四時上帝爲尊。春以爲歲祠禱，因泮凍，秋涸凍，冬賽祠。案：雍四時，謂鄜時、吴陽武時、好時、密時，皆在雍，所以郊上帝也。〔馮注〕又：祝官有秘祝，即有灾祥，輒祝詞移過於下。

〔一六〕〔徐注〕《禮記・祭義》：燔燎羶薌，見以蕭光，以報氣也。《郊特牲》：既奠，然後焫蕭合羶薌。詳見前。〔按〕柴燎，燒柴祭天。《文選・潘岳〈閑居賦〉》：『天子有事于柴燎，以郊祖而展義。』李善注：『《爾雅》曰：祭天曰燔柴。郭璞曰：既祭，積薪燒之。』《禮記・郊特牲》鄭玄注：『蕭，薌蒿也，染以脂，合黍稷燒之……羶當爲馨，聲之誤也。』一説，羶薌指祭祀時燒牛羊肉之氣味。

〔一七〕〔徐注〕《左傳》：文物以紀之，聲明以發之。〔馮注〕按：漢時稽古禮文之事，武帝始作，備詳《漢書・

紀·贊》，云『稱文物』，謂此也。故下云『重神仙』。《漢書·武帝紀贊》：文、景務在養民，至於稽古禮文之事，猶多闕焉。武帝興太學，修郊祀，協音律，作詩樂，建封禪，禮百神，號令文章，焕焉可述。又《郊祀志贊》：漢武之世，文章爲盛。〔按〕文物，指禮樂制度。

〔一八〕〔徐注〕《漢書·武帝紀》：元鼎五年，立泰畤于甘泉，天子親郊見。《禮樂志》：武帝定郊祀之禮，祀太乙於甘泉，就乾位也。乃立樂府，以正月上辛用事甘泉圜丘，昏祠至明。案：甘泉太一祠壇，武帝用方士公孫卿立之，故曰重神仙之道。〔馮注〕《漢書·紀》：『文帝十五年，上幸雍，始郊見五帝。』武帝好神仙，詳《史記》《漢書》。

〔一九〕〔徐注〕《周禮·大司樂》：圜鍾爲宫，黄鍾爲角，太簇爲徵，姑洗爲羽。《雲門》之舞，冬日至，於地上之圜丘奏之。〔馮注〕《漢書·禮樂志》：武帝定郊祀之禮，乃立樂府，造爲詩賦，略論律吕，以合八音之調，作《十九章之歌》，以正月上辛，用事甘泉圜丘，使童男女七十八人俱歌。

〔二〇〕〔徐注〕《漢書·武帝紀》：元朔五年，詔令禮官勸學講議洽聞舉遺興禮。揚雄《劇秦美新》：禮官博士，卷其舌而不談。

〔二一〕〔徐注〕《漢書·郊祀志》：元帝好儒，貢禹、韋玄成、匡衡等相繼爲公卿。成帝初即位，衡奏言甘泉泰時、河東后土之祠宜徙置長安。下羣臣議，博士師丹等以爲甘泉、河東之祠非神靈所饗，宜徙就正陽大陰之處，違俗復古，循聖制，定天位。從之。

〔二二〕〔徐注〕班固《答賓戲》：其君天下也，養之如春。

〔二三〕〔徐注〕《書》：惟我文考，若日月之照臨。

〔二四〕〔補注〕《論語·爲政》：『子曰：殷因於夏禮，所損益，可知也；周因於殷禮，所損益，可知也。其或繼周者，雖百世，可知也。』何晏集解引馬融曰：『所損益，謂文質三統。』邢昺疏：『文質，夏尚忠，殷尚質，周尚文。』

〔二五〕〔補注〕《漢書・禮樂志》：『王者必因前王之禮，順時施宜，有所損益，即民之心，稍稍制作，至太平而大備。』餘參上注。

〔二六〕〔徐注〕庾信《周祀圜丘歌》：丙午封壇肅且圜。〔補注〕古以十二支配方位，午爲正南。午位，即正南之位。

〔二七〕〔徐注〕《禮記》：郊之用辛也，周之始郊日以至。《春秋・穀梁傳》：以十二月下辛卜，正月上辛祭。《漢書・禮樂志》：正月上辛，用祀甘泉圜丘。〔補注〕上辛，月上旬之辛日。《穀梁傳》范寧注：『郊必用上辛者，取其新潔莫先也。』《史記・樂書》：『漢家常以正月上辛祠太一甘泉。』

〔二八〕潔齊，《英華》作『齊潔』，《全文》作『潔齋』，兹從馮注本。〔徐注〕《易》：齊也者，言萬物之潔齊也。

〔二九〕〔徐注〕《禮記》：至敬不壇，掃地而祭。

〔三〇〕〔徐注〕《詩》：永言孝思。

〔三一〕協，《英華》作『叶』。〔馮注〕《禮記》：至敬不饗味而貴氣臭也。《書》：玄德升聞。

〔三二〕〔徐注〕《易》：雷雨作解，君子以赦過宥罪。

〔三三〕〔徐注〕《書》：舊染汙俗，咸與維新。

〔三四〕〔徐注〕《新書・選舉志》：制舉有賢良方正直言極諫科。

〔三五〕〔徐注〕《書》：皇帝哀矜庶戮之不辜。

〔三六〕〔徐注〕《左傳》：晋悼公即位，施舍已責。注：施恩惠，舍勞役，止逋責。《周禮》：三農生九穀。〔補注〕三農，古謂居住在平地、山區、水澤三類地區之農民，見《周禮》鄭玄注引鄭司農云。此泛指農民。

〔三七〕〔徐注〕《左傳》：范宣子囚叔向，祁奚曰：『社稷之固也，猶將十世宥之，以勸能者。』

〔三八〕〔徐注〕《漢書・文帝紀》：有司請八十已上月賜米肉酒，九十以上加帛絮。長吏閲視，丞若尉致。

〔三九〕見上篇注〔四八〕。

〔四〇〕〔徐注〕江淹《雜體詩》：宵人重恩光。

〔四一〕〔徐注〕《周禮》：太史職曰：大祭祀，與執事卜日。曹大家《東征賦》：時孟春之吉日兮，撰良辰而將行。〔李〕善曰：鄭玄《禮記注》云：撰，猶擇也。

〔四二〕〔徐注〕《漢書·陸賈傳》：賈以此游漢庭公卿間。〔按〕據此句，韋温出爲陝虢觀察使，當在開成五年十二月下辛至會昌元年正月上辛之間。即十二月二十九至正月初九之間，而以歲暮出陝之可能性較大。

〔四三〕〔徐注〕《周禮》：大宗伯，凡祀大神，享大鬼，祭大示，詔相王之大禮。〔按〕宗伯相儀，即指南郊祀典。

〔四四〕〔徐注〕《周禮》：縣治象之法於象魏。注：闕也。《莊子》：魏牟身在江海之上，心居魏闕之下。〔馮注〕按：於開成五年歲暮出而至陝，《舊·紀》不書也。

〔四五〕〔徐注〕《漢書·朱買臣傳》：視其印，會稽太守章也。〔馮注〕《漢書·百官公卿表》：凡吏秩比二千石以上皆銀印。注曰：《漢舊儀》云：銀印背龜鈕，其文曰章。又：郡守秩二千石，景帝更名太守。

〔四六〕〔徐注〕《漢書·蕭育傳》：以三公使車載育入殿中受策。〔馮注〕《周禮·夏官》：馭夫，掌馭貳車、從車、使車。注曰：使車，驅逆之車。

〔四七〕〔徐注〕曹植表：若葵藿之傾葉，太陽雖不爲之迴光，然終向之者，誠也。

〔四八〕匏，《英華》作『瓠』，注：疑作『匏』。〔徐注〕《詩》：匏有苦葉。《傳》：匏謂之瓠。瓠葉苦不可食也。《疏》：陸璣云：匏葉少時可爲羹，又可淹煮，極美。八月中堅强不可食，故云苦葉，瓠匏一也，故云謂之瓠。王粲《登樓賦》：懼匏瓜之徒懸兮，畏井渫之不食。翰曰：匏瓜爲物，繫而不食者也，仲宣自喻。〔馮注〕不必疑。《論語注》：匏，瓠也。匏瓜得繫一處者，不食故也。吾自食物，當東西南北，不得如不食之物，繫滯一處。按《古今注》：『瓠有柄曰懸瓠。』此則用《論語》以歎羈滯，即他篇羨海槎不繫之意。〔補注〕《論語·陽貨》：『吾豈匏瓜也哉！焉能繫而不食。』

〔四九〕〔徐注〕《詩序》：《甘棠》，美召公也。箋：召公聽男女之訟，不重煩勞百姓，止舍小棠之下而聽斷焉。國人思其人，敬其樹。《春秋·公羊傳》：自陝而東，周公主之；自陝而西，召公主之。注：今弘農陝縣。

〔五〇〕〔徐注〕《舊書》：天寶元年（正月），陳王府參軍田同秀上言，玄元皇帝降見於丹鳳門之通衢，告賜靈符在尹喜之故宅。上遣使就函谷故關尹喜臺西發得之。《地理志》：靈寶本桃林縣，以掘得寶符改名。

祭張書記文〔一〕

維會昌元年，歲次辛酉，四月辛丑朔，二十日庚申，隴西公、滎陽鄭某、隴西李某、安定張某、昌黎韓某、樊南李某〔二〕，謹以清酌之奠，致祭於故朔方書記張五審禮之靈〔三〕。嗚呼！古有不重千金〔四〕，殊輕尺璧〔五〕，或號百夫之防〔六〕，或作萬人之敵〔七〕，雖爭雄角秀〔八〕，殊途異跡，念閱水於千齡〔九〕，若衝飇之一息〔一〇〕。吁嗟審禮，寧或免之。瞭眸巨鼻〔一一〕，方口疏髭〔一二〕。始自渚宫〔一三〕，來遊帝里〔一四〕，論極懸河〔一五〕，文酬散綺〔一六〕，體物稱最，登高擅美〔一七〕。良時不來〔一八〕，躁進爲耻〔一九〕。門巷蓬蒿〔二〇〕，荒凉如此。藩溷筆硯〔二一〕，寂寥而已。

梁多文士，漢有賢王〔二二〕，猶市駿骨〔二三〕，肯驚夜光〔二四〕。長裾既曳〔二五〕，健筆誰當〔二六〕？職高蓮幕，官帶芸香〔二七〕。青袍若草〔二八〕，白簡如霜。東閤朝暖〔二九〕，西園夜凉〔三〇〕。震豈殺公〔三一〕，諶惟故吏〔三二〕。渭濱迴流馬之運〔三三〕，峴首奉辭曹之諱〔三四〕。松筠不改，琴罇有寄。三徑方營〔三五〕，一畝乏地〔三六〕。多文爲富〔三七〕，無事當貴〔三八〕。亦解《客嘲》〔三九〕，還答《賓戲》〔四〇〕。迴翔逸軌〔四一〕，傲睨重霄〔四二〕。將期晚節，更峻清標。懸蛇結疊〔四三〕，鬬蟻成妖〔四四〕。迴生乏祖洲之草〔四五〕，續斷無弱水之膠〔四六〕。陳尸重來而何望〔四七〕？楚魂一散而難招〔四八〕。嗚呼！神道甚微，天理難究。桂蠹蘭敗〔四九〕，龜年鶴壽〔五〇〕。在長短而且然〔五一〕，於妍醜而何有〔五二〕！

某等早承餘眷，晚獲聯姻〔五三〕。或感極外家〔五四〕，延自出之念〔五五〕；或恩深猶子，多引進之仁〔五六〕。或敬屬丈人之行〔五七〕，或情兼內妹之親〔五八〕。有美吾姨〔五九〕，靈慶攸屬〔六〇〕。尊公則師長庶僚〔六一〕，夫人則儀刑六族〔六二〕。門高再世之侯，家享萬鍾之禄。經過款狎〔六三〕，出入遊陪。映人玉潤〔六四〕，覆水蓮開〔六五〕。春歸別墅，月滿高臺。嵇山傾倒〔六六〕，謝雪徘徊〔六七〕。惜景而持繩欲繫〔六八〕，邀歡而秉燭相催〔六九〕。

中歎乖離，今多至止〔七〇〕。仲叔辭辟而方返〔七一〕，梅福罷官而未幾〔七二〕，一則歸從回鴈之峰〔七三〕，一則至自跕鳶之水〔七四〕。方將爲笛裁竹〔七五〕，緣箏斬梓〔七六〕，驅羿射鴻〔七七〕，招任釣鯉〔七八〕，豁契闊於屯夷〔七九〕，極平生之宴喜〔八〇〕。良覿雖屢〔八一〕，深懷未從。三靈莫效〔八二〕，一夢俄終。露先寒而隕葉，漏未盡而聞鐘〔八三〕。

今則列樹開封〔八四〕，揲蓍得吉〔八五〕。絳旐前引〔八六〕，桐棺後出〔八七〕。隱轔原野〔八八〕，淒涼雲日〔八九〕。將歸宿莽之庭〔九〇〕，欲閉青松之室〔九一〕。殷勤舊偶〔九二〕，冀望諸孤〔九三〕。未歸下國〔九四〕，且寓皇都〔九五〕。江遠惟哭，天高但呼〔九六〕。必有餘慶〔九七〕，非無後圖〔九八〕。嗚呼哀哉！壺有芳醪，俎多肥羜〔九九〕，叫嗥不聞，精靈何處〔一〇〇〕！鬱憤徒極，含辭莫敘。冀有鑒於酸嘶，庶無乖於酣飫〔一〇一〕。

〔一〕本篇原載《文苑英華》卷九九〇第六頁、清編《全唐文》卷七八二第一二頁、《樊南文集詳注》卷六。〔按〕據文首，此文作於會昌元年四月二十日。據《爲外姑隴西郡君祭張氏女文》，茂元有『七女五男』。此張審禮與『隴西公、滎陽鄭某、隴西李某、安定張某、昌黎韓某、樊南李某』，合之正爲茂元之七壻。

〔二〕〔馮注〕六人似皆王茂元婿也。隴西公似以爵尊，故稱公，未考其何人也，其人與《詩集》之李千牛，疑是兩人，詩之千牛，似少年也。此亦更有李某矣。韓某是畏之。以序而論，畏之、義山所娶，皆茂元之季女矣。〔按〕《爲外姑隴西郡君祭張氏女文》云：『吾配汝先世，二十餘年，七女五男，撫之如一。往在南海，令子云亡，藐爾兩孤，未勝多難。提挈而至，踰涇涉河。十年之間，母子俱盡。念汝差長，慰吾最深。』則張審禮所娶者，殆爲茂元之長女。

〔三〕致，《全文》作『敬』，據《英華》改。〔馮注〕《元和郡縣志》：靈州常爲朔方節度使治所。〔按〕開成元年至五年，鎮朔方者爲魏仲卿。張之爲朔方書記，或在魏去任之後，新節度使接任之時。

〔四〕〔徐注〕古樂府：不惜黄金散盡，只畏白日蹉跎。〔馮注〕用季布事，見《爲張周封上楊相公啓》『亦一諾之恩斯及』注。

〔五〕〔徐注〕《帝王世紀》：禹不重徑尺之璧，而愛日之寸陰。〔馮注〕謂得人勝於得寶也，如《楚書》『惟善爲寶』之類。徐氏引《帝王世紀》……誤矣。

〔六〕〔徐注〕《詩》：維此仲行，百夫之防。

〔七〕〔徐注〕《蜀志·張飛傳》：魏謀臣程昱等，咸稱羽、飛萬人之敵也。

〔八〕雖，《英華》無此字。

〔九〕〔徐注〕陸機《歎逝賦》：川閲水以成川，水滔滔而日度。世閲人而爲世，人冉冉而行暮。

〔一〇〕〔徐注〕陳琳《武軍賦》：若衝風之飛秋葉。

〔一一〕〔馮注〕《論衡》：孟子相人以眸子焉，心清而眸子瞭，心濁而眸子眊。人生目輒眊瞭，眊瞭禀之於天，不同氣也。按：《論衡》有《刺孟》篇。此亦駁孟之語。《漢書·陳遵傳》：長頭大鼻，容貌甚偉。

〔一二〕〔徐注〕《御覽》引《瀨鄉記·李母碑》曰：老子方口。〔馮注〕《説文》：頿，口上鬚也。徐鉉曰：俗作『髭』，非。《吴録》：孫權方額大口。

〔一三〕〔馮注〕《左傳》：王在渚宫。《通典》：在今荆州江陵縣。

〔一四〕〔徐注〕《漢書·高帝紀》：高祖，沛豐邑中陽里人也。陸倕《石闕銘》：或以光從帝里。〔按〕此帝里指京城長安，徐引《漢書·高帝紀》誤。

〔一五〕極，《全文》作『激』，據《英華》改。徐本作『邀』，亦誤。〔馮注〕《晋書·郭象傳》：好《老》《莊》，能清言。太尉王衍每云：『聽象言，如懸河瀉水，注而不竭。』

〔一六〕散，《英華》作『段』。〔徐注〕謝朓詩：餘霞散成綺。〔馮注〕陸機《文賦》：藻思綺合。

〔一七〕〔二句〕並見《爲李貽孫上李相公啓》『辭窮體物，律變登高』注。謂張擅長寫作詩賦。

〔一八〕〔徐注〕李陵詩：良時不再至。

〔一九〕爲，徐本作『何』。

〔二〇〕〔馮注〕《三輔決録》：張仲蔚，平陵人，隱身不仕，所居蓬蒿没人，博物好屬詩賦。

〔二一〕〔徐注〕臧榮緒《晋書》：左思欲作《三都賦》，構思十稔，門庭藩溷，皆著紙筆，遇得一句，即疏之。

〔二二〕〔補注〕《史記·梁孝王世家》：『於是孝王築東苑，方三百餘里……招延四方豪桀，自山以東游説之士，莫不畢至，齊人羊勝、公孫詭、鄒陽之屬。』

〔二三〕〔馮注〕《戰國策》：郭隗先生曰：『古之君人，有以千金求千里馬者，三年不能得。涓人請求之，得千里馬。馬已死，買其骨五百金，於是不期年，千里馬之至者三。』

〔二四〕肯，《英華》作『首』，馮本從之。〔徐注〕鄒陽《獄中上梁王書》：明月之珠，夜光之璧，以暗投人於道路，衆莫不按劍相眄者。〔馮曰〕此乃反用。

〔二五〕〔馮注〕《漢書·鄒陽傳》：飾固陋之心，則何王之門不可曳長裾乎？謝脁《辭隨王牋》：長裾日曳，後乘載脂。

〔二六〕〔徐注〕徐陵《讓表》：雖復陳琳健筆，未盡愚懷。

〔二七〕〔馮曰〕謂帶祕書郎之銜。下二句似謂更帶侍御史銜。或亦通用耳。

〔二八〕若，《全文》作『如』，據《英華》改。〔補注〕《古詩》：『青袍似春草，長條隨風舒。』唐時幕府官居六品，服深緑，故云『青袍』。

〔二九〕〔補注〕《漢書·公孫弘傳》：『弘……數年至宰相封侯，於是起客館，開東閤以延賢人。』

〔三〇〕〔補注〕曹植《公讌詩》：『清夜遊西園，飛蓋相追隨。』

〔三一〕〔馮注〕《晉書·魏舒傳》：舒爲司徒。陳留周震累爲諸府所辟。辟書下，公輒喪，號震爲『殺公掾』。莫有辟者。舒乃命之，而竟無患。

〔三二〕〔徐注〕盧諶《贈劉琨詩序》：故吏從事中郎盧諶死罪死罪。

〔三三〕〔馮注〕《蜀志·諸葛亮傳》：亮悉大衆由斜谷出，以流馬運。據武功五丈原，與司馬宣王對於渭南。分兵屯田，耕者雜於渭濱居民之間，而百姓安堵，相持百餘日。亮病，卒於軍。

〔三四〕〔徐注〕《禮記》：太史典禮，執簡記奉諱惡。〔馮注〕《晉書·羊祜傳》：祜卒，荆州人爲祜諱名，屋室皆以門爲稱，改户曹爲辭曹。祜開府累年，不辟士。始有所命，會卒，不得除署。以上叙入幕而府主卒也，豈即指鎮朔方者歟？曰梁、曰漢，不必拘看。

〔三五〕見《爲賀拔員外上李相公啓》「三徑無歸」注。

〔三六〕乏，《英華》作「之」，馮本從之。〔徐注〕《禮記》：儒有一畝之宫，環堵之室。

〔三七〕多文，《全文》作「文多」，據《英華》乙。〔馮注〕《禮記》：多文以爲富。

〔三八〕〔徐注〕《戰國策》：顔觸辭去，曰：「無罪以當貴。」

〔三九〕〔馮注〕《漢書·揚雄傳》：雄方草《太玄》，泊如也。或嘲雄以玄尚白，而雄解之，號曰《解嘲》。

〔四〇〕〔馮注〕《後漢書·班固傳》：固自以二世才術，位不過郎，感東方朔、揚雄，自論以不遭蘇、張、范、蔡之時，作《賓戲》以自通焉。

〔四一〕〔徐注〕《晉書·王沈等傳論》：齊逸軌而長騖。

〔四二〕〔徐注〕江淹《擬郭璞詩》：傲睨採木芝。

〔四三〕〔馮注〕《後漢書·華佗傳》：嘗行道，見有病咽塞者，因語之曰：「道隅賣餅人，萍虀甚酸，可取三升飲之，病自當去。」即如佗言，立吐一蛇，乃懸於車而候佗。顧視壁北，懸蛇以十數，乃知其奇。按：書記以不得志而病，故用此以寓抑塞之意。舊注（按：指徐注）引《風俗通》：應彬爲汲令，賜主簿杜宣酒，壁上懸弩照於杯影如蛇。又《晉書·樂廣傳》：廣爲河南尹，有親客見杯中有蛇，既飲而疾。於時河南聽事壁上有角，漆畫作蛇，廣意杯中蛇即角影也。二事是影如蛇，非懸蛇，似是而非也。

〔四四〕〔馮注〕《晉書·殷仲堪傳》：父師，嘗患耳聰，聞牀下蟻動，謂之牛鬭。按：《世説》云：病虚悸。《續晉陽秋》云：有失心病。

〔四五〕〔馮注〕《十洲記》：祖洲，在東海中，上有不死草。人已死三日者，以草覆之皆活。草生瓊田中，或名養神芝。

〔四六〕〔馮注〕《十洲記》：鳳麟洲在西海中，洲四面有弱水繞之，鴻毛不浮，不可越也。洲上多仙家，煮鳳喙麟角作膠，名爲續弦膠，能續弓弩斷弦。〔徐注〕《漢書·西域傳》：安息長老傳聞條支有弱水，西王母亦未嘗見。師古曰：《玄中記》云：昆侖之弱水，鴻毛不能起也。《仙傳拾遺》：武帝幸華林苑，射虎兕，弩絃斷，以靈膠續之，武士數人對引不脫。

〔四七〕〔徐注〕《古詩》：下有陳死人，杳杳即長暮。裴啓《語林》：張湛好於齋前種松樹，養鴝鵒，時人謂張『屋下陳尸』。

〔四八〕〔徐注〕宋玉《招魂》序：《招魂》者，宋玉之所作也。宋玉憐哀屈原忠而斥棄，愁懣山澤，魂魄放佚，厥命將落，故作《招魂》。〔馮按〕前『千金』『尺璧』，似切楚人。此二句，一切張姓，一切楚人。

〔四九〕〔徐注〕《漢書·南越王傳》：獻桂蠹一器。師古曰：此蟲食桂，故味辛，而漬之以蜜食之也。《文子》：叢蘭欲發，秋風敗之。

〔五〇〕〔徐注〕《文選·郭璞〈遊仙詩〉》：借問蜉蝣輩，寧知龜鶴年。善曰：《養生要論》曰：龜鶴有千百之數。道家之言，鶴曲頸而息，龜潛匿而噎，此其所以爲壽也。

〔五一〕〔徐注〕《左傳》：邾子曰：『命在養民，死之短長，時也。』

〔五二〕〔徐注〕《世説補》：范蔚宗《在獄詩》云：好醜共一丘，何足異枉直。〔馮曰〕言命之修短，不論才不才也。

〔五三〕〔徐注〕《梁書·劉峻傳》：自此聯姻帝室。

〔五四〕〔徐注〕《漢書·丙吉傳》：遺詔所養武帝曾孫，名病，已在掖庭外家者。〔馮注〕外家，母氏之家也。如《後漢書·王符傳》：安定俗鄙庶孽，而符無外家，爲鄉人所賤。

〔五五〕〔徐注〕《左傳》：吕相絶秦，曰：『康公我之自出。』

〔五六〕〔馮注〕《禮記·檀弓》：喪服，兄弟之子，猶子也，蓋引而進之也。按：後人多汎用（引進）矣。〔徐注〕《後漢書·延篤傳》：欲令引進之。

〔五七〕〔徐注〕《漢書·匈奴傳》：鞮侯單于自言：『漢天子，我丈人行。』師古曰：丈人，尊老之稱。行音胡浪反。

〔五八〕〔馮注〕《魏志·夏侯淵傳》：淵妻，太祖内妹。《晋書·宣五王傳》：武陵王澹妻郭氏，賈后内妹也。按：賈后母，廣成君郭槐也。舅之女，故稱内妹。以上叙戚誼，似可分屬，然難臆斷。

〔五九〕〔徐注〕《左傳》：息嬀將歸，過蔡，蔡侯曰：『吾姨也。』止而見之。〔補注〕《詩·鄭風·野有死麕》：『有美一人，清揚婉兮。』

〔六〇〕〔徐注〕《後漢書·光武紀》：贊曰：靈慶既啓。〔馮按〕此謂其妻。

〔六一〕〔徐注〕《晋書·陳壽傳》：丁儀、丁廙有盛名於魏，壽謂其子曰：『可覓千斛米見與，當爲尊公作佳傳。』〔馮注〕〔尊公〕謂茂元。《舊書·志》：僕射統理六官，綱紀庶務。

〔六二〕〔徐注〕《禮記》：天子之妃曰后，諸侯曰夫人。〔馮曰〕謂隴西郡君。

〔六三〕〔徐注〕阮籍《詠懷詩》：趙、李相經過。《南史·阮顒傳》：與鄧琬款狎。

〔六四〕〔馮注〕《晋書·衛玠傳》：玠妻父樂廣，有海内重名，議者以爲『婦公冰清，女婿玉潤』。

〔六五〕〔馮注〕張平子《東京賦》：芙蓉覆水。梁簡文帝《采蓮賦》：臥蓮華而覆水。此用蓮幕事。

〔六六〕〔徐注〕《世説》：嵇康風姿特秀，山公曰：『嵇叔夜之爲人也，其醉也傀俄若玉山之將崩。』

〔六七〕〔馮注〕謝惠連《雪賦》：徘徊委積。 賦以梁王、鄒生、枚叔託興，故引以言同幕。

〔六八〕〔馮注〕傅休奕詩：安得長繩繫白日。

〔六九〕〔徐注〕《古詩》：晝短苦夜長，何不秉燭遊？

〔七〇〕多，徐本作『冬』，非。〔馮曰〕文義當作『多』字，不可作『冬』。

〔七一〕〔馮注〕《後漢書》：太原閔仲叔，建武中，應司徒侯霸之辟。既至，霸不及政事，徒勞苦而已。仲叔恨曰：『以爲不足問耶？不當辟也。辟而不問，是失人也。』遂辭出，投劾而去。

〔七二〕見《爲濮陽公陳許奏韓琮等四人充判官狀》『思留仙尉』注。

〔七三〕〔徐注〕《方輿勝覽》：衡陽有回雁峯，至此不南去。在今衡州城南。〔馮注〕按《禹貢》：『揚州，彭蠡既豬，陽鳥攸居。』已有不更南之意也。盛弘之《荆州記》曰：衡山三峯，紫蓋、石囷、芙蓉。芙蓉最爲竦桀。後人又云：祝融、紫蓋、雲密、石廩、天柱五峯爲最大。而迴雁之峯，承用亦已久矣。《埤雅》：鴻雁南翔，不過衡山。今衡山之旁，有峯曰迴雁峯，蓋南地極燠，人罕識雪者，故雁望衡山則止。

〔七四〕〔馮注〕《後漢書·馬援傳》：援勞饗軍士，從容謂官屬曰：『當吾在浪泊、西里間，下潦上霧，毒氣重蒸，仰視飛鳶，跕跕墮水中。』跕鳶，伏波征交阯、九真時也。後征武陵五溪，則朗州、辰州之地。後人或有混引者，誤也。以上四句，叙諸人之蹤跡，未必一一依次分屬。而『迴雁』句，似與義山詩句可合。〔按〕馮氏蓋謂『一則歸從回雁之峯』句與《送千牛李將軍赴闕五十韻》中『異縣期迴雁，登時已飯鯖』二句相合，以爲開成五年至會昌元年義山有所謂『江鄉之遊』作佐證也。然本篇上文『某等早承餘眷，晚獲聯姻。或感極外家，延自出之念；或恩深猶子，多引進之仁；或敬屬丈人之行；或情兼内妹之親』等句，顯係分指張審禮之諸僚壻；而『中歎乖離，今多至止』。仲叔辭辟而方返，梅福罷官而未幾。一則歸從回雁之峯，一則至自跕鳶之水』數句，亦與上文相類，係分指諸連襟。其中『梅福』句顯指義山自己，則『一則歸從回雁之峯』當指他人。如『梅福』句與『歸從回雁』同指義山，則此處所指僅爲二人，與『今多至止』不合。當是每句各指一人，方與上文相稱。至於《送千牛李將軍赴闕五十韵》『異縣期迴雁，登時已飯鯖』二句，則已另有解，不贅。

〔七五〕〔徐注〕張騭《文士傳》：蔡邕告吴人曰：『吾昔嘗經會稽高遷亭，見屋椽竹，東間第十六，可以爲笛。』取而用之，果有異聲。

〔七六〕〔徐注〕曹植《與吴質書》：伐雲夢之竹以爲笛，斬泗濱之梓以爲箏。

〔七七〕〔徐曰〕（鴻）疑作『烏』。《淮南子》：堯時十日並出，草木焦枯。堯命羿仰射十日，中其九烏，皆死，墮羽翼。

〔七八〕任，《英華》作『何』，馮本從之。〔徐注〕《莊子》：任公子爲大鈎巨緇，五十犗以爲餌，蹲乎會稽，投竿東海，期年不得魚。已而大魚食之。任公子得若魚，離而腊之，自制河以東，蒼梧以北，莫不厭若魚者。按：羿無射鴻事，蓋此只取其善射。如任公子之釣，亦未嘗有釣鯉事也。〔馮注〕《列子》：詹何以獨繭爲綸，芒針爲鈎，荆篠爲竿，剖粒爲餌，引盈車之魚於百仞之淵。按：招何、招任皆可。

〔七九〕〔徐注〕傅亮表：臣契闊屯夷，旋觀終始。

〔八〇〕〔徐注〕《詩》：魯侯燕喜。潘岳《西征賦》：陸賈之優游宴喜。〔馮注〕《詩》：吉甫燕喜。

〔八一〕〔徐注〕杜甫詩：逍遥展良覿。

〔八二〕〔補注〕道教稱三魂爲三靈。《黄庭内景經·瓊室》：『何爲死作令神泣，忽之禍鄉三靈殁。』梁丘子注：『三靈，三魂也。謂爽靈、胎光、幽精。』

〔八三〕見《代僕射濮陽公遺表》『悼鐘漏之先迫』注。

〔八四〕〔徐注〕《易》：葬之中野，不封不樹。

〔八五〕〔補注〕揲著，數著草，古代占卜之方式。《關尹子·八籌》：『古之善揲著灼龜者，能於今中示古，古中示今。』

〔八六〕〔馮注〕《檀弓》：『設旐，夏也。』謂夏禮葬車設旐。又曰：『銘，明旌也。以死者爲不可别已，故以其旗識之。』按：凡言丹旐、丹幡，皆此物。

〔八七〕〔徐注〕《墨子》：禹葬會稽，衣衾三領，桐棺三寸。

〔八八〕轔，《英華》作『軫』。〔馮注〕揚雄《甘泉賦》：振殷轔而軍裝。師古曰：殷轔，盛貌。《文選注》曰：言盛多也。《羽獵賦》：殷殷軫軫。注曰：殷軫，盛貌。殷音隱。（下略）

〔八九〕日，《英華》作『月』，注：集作『日』。

〔九〇〕〔徐注〕《離騷》：夕攬長洲之宿莽。

〔九一〕〔補注〕青松之室，指墓室。墓地多植松樹，故稱。

〔九二〕舊，《英華》注：「集作賢。」馮注本作「賢」，注「一作舊」。

〔九三〕〔徐注〕《左傳》：公曰：「以是藐諸孤，辱在大夫。」

〔九四〕〔徐注〕《左傳》：孤突適下國。注：下國，曲沃新城。《吴語》：天若不知有罪，則何以使下國勝？注：下國，吴自謂也。〔按〕此「下國」與「上國」（指皇都）相對而言，指京師以外之地，此指張之故鄉江陵。

〔九五〕〔馮曰〕謂寓殯也。

〔九六〕但，《英華》作「大」。

〔九七〕〔徐注〕《易》：積善之家，必有餘慶。

〔九八〕〔徐注〕《左傳》：鬬伯比曰：「以爲後圖。」〔馮曰〕俟圖遷歸故鄉。

〔九九〕〔徐注〕《詩》：既有肥羜，以速諸父。〔補注〕羜，出生五個月的小羊，泛指未長大的羊。

〔一〇〇〕〔馮曰〕前「瞭眸」二句，「客嘲」二句，與此「芳醪」「肥羜」「叫噪」「酣飫」，明寫張是粗濁飲食之人，亦傷輕薄矣。〔按〕此爲諸人共祭，由商隱執筆撰寫之祭文。抒寫彼此先前之親情友誼，傷其一生之坎坷不遇，并無鄙薄嘲笑之意。「瞭眸」二句贊其儀表；「客嘲」二句贊其文才。唐人用典，往往取其一端，較少迴避顧忌事典中之其它方面。「既有肥羜，以速諸父」，《詩經．小雅．伐木》中爲正面陳述；「叫噪不聞」，爲生者之聲音，而死者不聞，亦非譏嘲張之粗濁。

〔一〇一〕酣，《英華》作「䣶」，注：集作「酣」。〔徐注〕《詩》：飲酒之飫。杜預《左傳注》：飫，厭也。〔馮按〕張書記，王茂元婿也。當與《爲外姑隴西郡君祭張氏女文》合證，而同中不能無異。《祭女文》云「七女五男」，此列六人僚婿，其數合也。彼云「先丘江渚」，此云「始自渚宫」，張當爲江陵人，其地合也。彼云「久而不第」，此亦云「良時不來」，皆言其未遇也。彼叙孀殘於鎮陳許前，又云「權厝三趙」，此會昌元年而曰「未歸下國，且寓皇都」，時、事亦符也。書記之卒未久，似以將出鎮陳許，故急爲權厝矣。惟此書「朔方書記」，與彼之「來岐下」「罷蒲津」迥異。此叙幕事是實，在幕而府公乃卒，非乍辟而遽卒，似不可謂罷蒲津後曾暫有朔方之辟也。是爲大不同者。然同者多，而不同者一，且合證焉可也。〔按〕據『震豈殺公，諶惟故吏』二句，張審禮蓋其府主故吏，而此次則朔方辟聘不久，府主遽卒。罷蒲津後張審禮仍不妨有此一辟也。馮浩指出：『彼（按：指《祭張氏女文》）叙孀殘於鎮陳許前』，若排除馮譜繫茂元出鎮陳許在會昌元年之失，僅謂張卒在茂元鎮陳許前，則其説不誤。惟馮氏以爲『似以將出鎮陳許，故急爲權厝』則非。張爲朔方書記，其卒地未必爲長安，而極有可能卒於朔方。《祭張氏女文》云：『旋移許下，念汝支離。卜室築居，言遷潁上。』蓋王茂元接受任命，先移許下。爾後念張氏寡居，『卜室築居』，遷張氏女至陳州。本篇云：『殷勤舊偶，冀望諸孤。未歸下國，且寓皇都。』張氏當於離京赴陳州前行此葬禮，將張審禮寓殯於京城附近之三趙。其具體時間，本篇開頭已點明爲會昌元年四月二十日。

上劉舍人狀〔一〕

違闕稍久，結戀伏深。前月獲望門墻，值有賓客〔二〕，吐辭未盡，受顧如初。某孤僻寡徒，懶慢成性〔三〕。虞生治《易》，衆論同侵〔四〕；揚子草《玄》，當時共笑〔五〕。因緣一命〔六〕，羈紲三年〔七〕，常賴恩知，免至顛殞。伏以士之營道抱器〔八〕，處世立名，誠宜俟彼時來，亦在申於知者〔九〕。内惟庸薄，竊有比方〔一〇〕：陳蕃甚貧，未欲掃除一室〔一一〕；孟光雖醜，已嘗偃蹇數夫〔一二〕。倚望光輝，實在造次〔一三〕。伏惟終始念察。

〔一〕本篇原載清編《全唐文》卷七七五第一六頁、《樊南文集補編》卷六。〔錢箋〕（劉舍人）劉瑑也，詳《獻舍人彭城公啓》注〔一〕。〔張箋〕案此劉舍人與『舍人彭城公』皆不詳何人，是一是二，亦難逆揣。錢氏皆疑爲劉瑑。考《重修承旨學士壁記》，瑑大中三年六月始由翰林學士拜中書舍人，時義山方留假參軍，與狀語不合。狀有『因緣一命，羈屑三年』語，自開成二年登第數之，至開成五年辭尉求調，正三年。狀爲是年所作無疑。惟舍人別是一人，必非瑑也。（張箋編開成五年）〔岑仲勉曰〕按（開成）二年數至五年是四年，張謂是三年，古人無此計數法。且登第尚未入仕，惟開成四年釋褐後補弘農尉（編著者按：應爲祕書省校書郎），始是一命之官。由四年至會昌元年求調，故曰羈屑三年也……抑德裕以五年九月至京，商隱以是月東去，而啓云：『即日補闕令狐子直顧及，伏話恩憐……方今聖政維新，朝綱大舉，徵伊、皋爲輔佐，用褒、向以論思。』狀云：『違闕稍久，結戀伏深，前月獲望門墻，值有賓客。』皆是商隱入居京邸口氣，殊不容系諸五年也。依此推之，《獻舍人河東公啓》亦應同改編會昌元年方合。（《平質》丁失鵠五《獻劉舍人啓狀》條）〔按〕據『因緣一命，羈絏三年』語，狀必上於會昌元年，岑説是，兹從之。參見《獻舍人彭城公啓》注〔一〕。劉舍人非瑑，見下篇注〔一〕。《獻舍人河東公啓》當爲開成五年十月前所上，説見前。

〔二〕值有賓客，見《上華州周侍郎狀》注〔一〇〕。

〔三〕懶慢成性，見《上河陽李大夫狀一》注〔四四〕。

〔四〕〔錢注〕《吴志·虞翻傳》注：《翻別傳》曰：翻初立《易注》，奏上曰：『臣高祖父故零陵太守光，少治孟氏《易》，世傳其業，至臣五世。臣蒙先師之説，依經立注。』又：翻放棄南方，云：『自恨疏節，骨體不媚，生無可與語，死以青蠅爲弔客，使天下一人知己者，足以不恨。』依《易》設象，以占吉凶。

〔五〕〔錢注〕《漢書・揚雄傳》：雄草《太玄》，或嘲雄以玄尚白，而雄解之，號曰《解嘲》。

〔六〕〔補注〕《左傳・昭公七年》：『三命茲益共。一命而僂，再命而傴，三命而俯。』周時官階自一命至九命，一命爲最低之官階。《北史・周紀上》：『以第一品爲九命，第九品爲一命。』一命，泛指最低微之官職。商隱開成四年釋褐爲祕書省校書郎，正九品上階，此即所謂『一命』。又《禮記・玉藻》『一命緼韍幽衡』『一命襢衣』，義並同。

〔七〕〔錢校〕絏，胡本作『屑』。〔補注〕《左傳・僖公二十四年》：『臣負羈絏從君巡於天下。』杜預注：『羈，馬羈；絏，馬韁。』羈絏，謂受羈困淹滯不進。

〔八〕〔錢注〕《魏志・陳思王植傳》：植常自憤怨，抱利器而無所施。〔補注〕《禮記・儒行》：『儒有合志同方，營道同術。』營道，研習道藝。《易・繫辭下》：『君子藏器於身，待時而動，何不利之有？』抱器，指懷才待時。

〔九〕〔錢注〕《晏子春秋》：士者詘乎不知己，而申乎知己。

〔一〇〕竊，《全文》作『切』，據錢校改。

〔一一〕〔錢注〕《後漢書・陳蕃傳》：蕃嘗閑處一室，而庭宇蕪穢。父友薛勤謂曰：『孺子何不灑埽以待賓客？』蕃曰：『大丈夫處世，當掃除天下，安事一室乎？』

〔一二〕〔錢注〕《後漢書・梁鴻傳》：鴻字伯鸞，尚節介，勢家慕其高節，多欲女之，鴻並絶不娶。同縣孟氏有女，狀肥醜而黑，擇對不嫁，曰：『欲得賢如梁伯鸞者。』鴻聞而聘之。及嫁，始以裝飾入門。七日而鴻不答。妻請曰：『竊聞夫子高義，簡斥數婦，妾亦偃蹇數夫矣。今而見擇，敢不請罪。』鴻曰：『吾欲裘褐之人，可與俱隱深山者爾。』妻乃更爲椎髻，著布衣，操作而前。鴻曰：『此真梁鴻妻也。』字之曰德曜，名孟光。〔補注〕偃蹇，傲視。

〔一三〕〔補注〕造次，須臾、片刻。《後漢書・寇恂傳》：『且耿府君在上谷，久爲吏人所親，今易之，得賢則造次未安，不賢則秖更生亂。』

獻舍人彭城公啓〔一〕

某啓：即日補闕令狐子直顧及〔二〕，伏話恩憐，猥加庸陋，惶惕所至，感結仍深〔三〕。某長於丘樊〔四〕，早慚師友。雖乏許靖幹時之材具〔五〕，實懷殷浩當世之心機〔六〕。而運與願乖，言將俗背。一丘一壑〔七〕，遠愧於幽棲〔八〕；十辟二徵〔九〕，近慚於藉甚〔一〇〕。已迫地勢〔一一〕，屬此門衰〔一二〕，藐念流離，莫或遑息〔一三〕。喬木空在〔一四〕，弊廬已頽〔一五〕。遂與時人，俱爲歲貢〔一六〕。三試於宗伯，始忝一名〔一七〕；三選於天官〔一八〕，方階九品〔一九〕。俸微五斗〔二〇〕，病滿十旬〔二一〕。李陵空拳，勇而無益〔二二〕；陳平裸體，美亦何爲〔二三〕！

方今聖政維新，朝綱大舉，徵伊、皋爲輔佐〔二四〕，用褒、向以論思〔二五〕。大室澆風〔二六〕，廓開雅道〔二七〕。縲囚爲學，重見程生〔二八〕；掌固受經〔二九〕，復聞鼂子〔三〇〕。沉淪者延頸，逃散者動心。是敢竊假菲詞，仰干哲匠〔三一〕，果蒙咳唾，以及泥塗〔三二〕。王遜之遥舉董聯〔三三〕，方斯未逮；蔡邕之出迎王粲〔三四〕，與此非同。得水可期〔三五〕，摶風有望〔三六〕，坐生羽翼〔三七〕，平視煙霄。儻或不恡鑄人〔三八〕，必令附驥〔三九〕，雖不足深窺閫奥〔四〇〕，遠及幾微〔四一〕，然比於鼠識吉凶〔四二〕，燕知戊己〔四三〕，既殊異類，蓋有深誠。延望光雲〔四四〕，尚隔仙路〔四五〕。伏紙魂動，濡毫氣增。伏願始終念察。

校注

〔一〕本篇原載清編《全唐文》卷七七八第一四頁、《樊南文集補編》卷八。〔錢箋〕本集馮箋：彭城公爲劉瑑。按義山於開成二年登進士第，釋褐秘書省校書郎，調補弘農尉。此篇云『始忝一名』『方階九品』，下篇（按：指《獻舍人河東公啓》）云『舉非高第，仕怯上農』，皆補尉後語，與前《上劉舍人狀》語意略同。唐人應舉之先，多干謁當事，此必補尉之後，不甘沉没下僚，復求從調試判。會昌二年，復以書判拔萃，重入秘書省爲正字，可證也。義山登第，多藉令狐綯延譽之力。此彭城公，下篇河東公，皆子直爲之介紹，綯之爲補闕，在開成初年，見本集《彭陽公遺表》。其由補闕爲户部員外郎，在會昌二年，見《舊唐書》綯子《（令狐）滈傳》。文稱『聖政維新』，似當爲會昌初年所作。考《舊唐書·劉瑑傳》：『會昌末，累遷尚書郎、知制誥，正拜中書舍人。』似爲時稍後。而既云『正拜』，或其先早經試職。《新唐書·宰相世系表》：劉氏定著七房，一曰彭城。〔張箋〕彭城公不詳，容再考。又云：必非劉瑑。瑑於會昌末累遷尚書郎、知制誥，正拜中書舍人，此啓則上於開成五年，時不相及矣。又云：義山辭尉求調，乃武宗初即位時，非會昌元年，今編此（開成五年）。〔岑曰〕錢云：『文稱聖政維新，似會昌初作。』是也。（張）箋二誤辭尉求調爲武宗初即位時（辨見前《王茂元爲陳許》條），因同編於開成五年，非是。……啓云：『即日補闕令狐子直顧及，伏話恩憐，……方今聖政維新，朝綱大舉，徵伊、皋爲輔佐，用褒、向以論思。』皆是商隱入居京邸時口氣，殊不容系諸五年也。依此推之，《獻舍人河東公啓》亦應同改編會昌元年方合。（《平質》丁失鵠五《獻劉舍人啓狀》）〔按〕作年錢、岑説是。商隱開成五年九月三日『東去』（見《與陶進士書》）乃爲移家。約九月下旬『白露初凝』時自濟源移家，十月十日抵達長安（見《上河陽李大夫狀一》《上李尚書狀》及兩篇題注）。本擬『既獲安居，便從常調』，旋因王茂元出鎮陳許，『貲帛資費，銜書見召』，遂赴召入幕，在幕約逾月。會昌元年初春又有暫寓華州周墀幕之跡。從調之事，遂延至會昌元、二年。此啓有『竊假菲詞，仰干哲匠，果蒙咳唾，以及泥塗』一類話語，顯爲求調前蒙其延譽表示感激之詞。如依張説繫於開成五年武宗初即位時，則與啓内『徵伊、皋爲輔佐』（當指徵李德裕自淮南入相，時在開成五年九月）之語不符；如謂啓上於開成五年九月之後，會昌元年之前，則又與『俸微五斗，病滿十旬』語不合（開成五年九月三日商隱猶在弘農尉任，『病滿十旬』當在此後百餘日）。故本篇當從錢、岑之説繫會昌元年。唯具體月份難詳考。『彭城公』張氏已指出『必非劉瑑』。其拜中書舍人之具體時間，據岑仲勉《翰林學士壁記注補十》爲大中三年六月十四日，較《舊唐書》所説之時間更後。

〔二〕〔錢注〕《舊唐書·令狐綯傳》：字子直，爲左補闕。又《職官志》：左補闕二員，從七品上。〔按〕令狐綯開成二年已爲左補闕，開成五年父喪服闋，仍爲左補闕，兼史館修撰。至會昌二年改任户部員外郎。會昌元年尚在補闕任上。

〔三〕〔錢注〕魏武帝《塘上行》：感結傷心脾。

〔四〕〔錢注〕謝莊《月賦》：臣東鄙幽介，長自丘樊。

〔五〕〔錢注〕《蜀志·許靖傳》：靖字文休。南陽宋仲子與蜀郡太守書：文休倜儻瑰瑋，有當世之具，足下當以爲指南。潘岳《西征賦》：實幹時之良具。

〔六〕〔錢注〕《晋書·殷浩傳》：以中原爲己任。〔補注〕《晋書·殷浩傳》：『浩識度清遠……于時擬之管、葛。王濛、謝尚猶伺其出處以卜江左興亡。』因相與省之，知浩有確然之志。既反，相謂曰：『深源（浩字）不起，當如蒼生何！』

〔七〕〔錢注〕《晋書·謝鯤傳》：明帝問曰：『論者以君方庾亮，自謂何如？』答曰：『端委廟堂，使百寮準則，鯤不如亮。一丘一壑，自謂過之。』〔補注〕《漢書·叙傳上》：『漁釣於一壑，則萬物不奸其志；棲遲於一丘，則天下不易其樂。』一丘一壑，指退隱山野。

〔八〕〔錢注〕謝靈運《鄰里相送方山》詩：資此永幽棲。

〔九〕〔錢注〕《後漢書·董扶傳》：扶少與任安齊名，前後宰輔十辟，公車三徵，皆不就。

〔一〇〕〔錢注〕《史記·陸賈傳》：游漢廷公卿間，名聲藉甚。〔按〕藉甚，盛大、卓著。

〔一一〕〔錢注〕左思《咏史詩》：地勢使之然，由來非一朝。〔按〕地勢，指地位。

〔一二〕〔錢注〕李密《陳情表》：門衰祚薄。〔按〕門衰猶衰門，指門第衰敗。

〔一三〕〔補注〕《詩·邶風·旄丘》有『瑣兮尾兮，流離之子』之句，毛傳訓流離爲『鳥名』，恐非詩之原意。清方玉潤《詩經原始》：『流離，漂散也。』此句用流離，亦係流轉離散之義。《詩·召南·殷其靁》：『何斯違斯，莫敢遑息。』遑息，空閒休息。

〔一四〕〔補注〕喬木，指故里懷州河内。《孟子·梁惠王下》：『所謂故國者，非謂有喬木之謂也，有世臣之謂也。』

〔一五〕〔補注〕《左傳·襄公二十三年》：『齊侯歸遇杞梁之妻於郊，使弔之。辭曰：「殖之有罪，何辱命焉？猶有先人之敝廬在，下妾不得與郊弔。」』

〔一六〕〔補注〕《漢書·食貨志上》：『諸侯歲貢少學之異者於天子，學于大學，命曰造士。』《新唐書·選舉志上》：『唐制，取士之科……由州縣者曰鄉貢……每歲仲冬，州、縣、館、學舉其成者送之尚書省，而舉選不繇館、學者，謂之鄉貢。』

〔一七〕〔錢注〕《通典》：開元二十四年，制移貢舉於於禮部，以侍郎掌之。〔補注〕宗伯，此指禮部侍郎。《書·周官》：『宗伯掌邦禮，治神人，和上下。』《周禮·春官·宗伯》：『乃立春官宗伯，使師其屬而掌邦禮，以佐王和邦國。』鄭玄注：『宗伯，主禮之官。』後因稱禮部尚書爲大宗伯，禮部侍郎爲少宗伯。商隱大和五至七年、九年、開成二年屢試於禮部，方登進士第，故云『三試於宗伯，始忝一名。』其中大和五至七年，主考官皆爲賈餗，故與九年、開成二年合稱爲『三試』。

〔一八〕〔錢注〕《通典》：凡旨授官，悉由於尚書，文官屬吏部，武官屬兵部，謂之銓選。

〔一九〕〔補注〕商隱開成二年登進士第後，於二月七日過吏部關試，三年參加博學宏辭科考試，銓擬注官後被中書駁下，四年再試判吏部方釋褐授祕書省校書郎（正九品上階），旋調補弘農尉（從九品上階），故云『三選於天官，方階九品』。

〔二〇〕見《爲濮陽公上張雜端狀》注〔九〕。指任弘農尉。

〔二一〕〔補注〕病滿十旬，指辭弘農尉事。唐元和以後，假滿百日，即應停官。《唐會要》卷八二《休假》條：『元和元年八月御史臺奏：職事官假滿百日，即合停解……從之。』

〔二二〕〔錢注〕司馬遷《報任少卿書》：李陵一呼勞，軍士無不起，躬流涕，沫血飲泣，張空弮，冒白刃，北首爭死敵。〔補注〕空弮，無箭之弓。

〔二三〕〔錢注〕《史記·陳丞相世家》：陳平爲人長，美色。項羽略地至河上，平往歸之。殷王反楚，平往擊，降殷王而還。漢王攻下殷王，項王怒，將誅定殷者將吏。平懼誅，閒行杖劍亡。渡河，船人見其美丈夫獨行，疑其亡將，要中當有金玉寶器，目之，平恐，乃解衣裸體，佐刺船，船人知其無有，乃止。

〔二四〕〔補注〕伊、皋，指伊尹、皋陶，分別爲商代名相、舜之大臣。此當指徵淮南節度使李德裕入朝爲相。

〔二五〕〔錢注〕班固《兩都賦序》：故言語侍從之臣，若司馬相如、虞丘壽王、東方朔、枚皋、王褒、劉向之屬，朝夕論思，日月獻納。〔按〕當指劉舍人、柳璟等文學侍從之臣。

〔二六〕〔錢注〕王屮《頭陀寺碑》：澆風下黷。

〔二七〕〔錢注〕《蜀志·龐統傳》：雅道陵遲。

〔二八〕〔錢注〕『程』，疑當作『崔』。《後漢書·崔瑗傳》：以事繫東郡發干獄，獄掾善爲《禮》，瑗閒考訊時，輒問以《禮説》。〔補注〕《漢書·黄霸傳》：『坐公卿大議庭中，知長信少府夏侯勝非議詔書大不敬，霸阿從不舉劾，皆下廷尉，繫獄當死，霸因從勝受《尚書》獄中。』知『縲囚爲學』之事不止一端，錢校未可定。縲囚，同纍因，見《左傳・成公二年》：『兩釋纍囚，以成其好。』

〔二九〕固，《全文》作『囿』，從錢校據胡本改。

〔三〇〕聞，《全文》作『開』，從錢校據胡本改。〔錢注〕《史記・鼂錯傳》：以文學爲太常掌故。孝文帝時，天下無治《尚書》者，獨聞濟南伏生治《尚書》，年九十餘，老不可徵。乃詔太常，使人往受之。太常遣錯受《尚書》伏生所。詩集《贈劉五經》：『縲囚爲學貴，掌固受經忙。』馮氏曰：『掌故，掌故事。《周禮・夏官》掌固，與此大異。乃後世此或亦作「固」，非其義矣，豈古字可通耶？』按《文選・兩都賦序》注：孔安國射策爲掌固。《西都賦》注：匡衡射策甲科，除太常掌故。六臣本亦作『掌固』。鮑照《論國制啓》：宜令掌固刊而撰之。丘遲《爲王博士讓表》：非除部養之勤，豈通掌固之業？皆二字通用之證。《唐六典》『尚書省掌固十四人』，亦即掌故也。

〔三一〕〔補注〕哲匠，明達而富有才能之大臣。

〔三二〕〔補注〕《莊子・漁父》：『竊待於下風，幸聞咳唾之音以卒相丘也。』此以『咳唾』稱美彭城公之延譽。《左傳・襄公三十年》：『武不才，任君之大事，以晉國之多虞，不能由吾子，使吾子辱在泥塗久矣，武之罪也。』此以『泥塗』喻卑下之地位。

〔三三〕聯，《全文》作『聰』，據錢校改。〔錢注〕《晉書・王遜傳》：遜爲寧州刺史，未到州，遙舉董聯爲秀才。

〔三四〕〔錢注〕《魏志・王粲傳》：粲徙長安，左中郎將蔡邕見而奇之。時邕賓客盈坐，聞在門，倒屣迎之曰：『此王公孫也，有異才，吾不如也。吾家書籍文章，盡當與之。』

〔三五〕〔錢注〕《管子》：蛟龍得水，而神可立也。

〔三六〕見《爲濮陽公賀牛相公狀》注〔三〕。

〔三七〕〔錢注〕魏文帝《遊仙詩》：服藥四五日，身輕生羽翼。

〔三八〕〔錢注〕揚子《法言》：或問世言鑄金，金可鑄歟？曰：『吾聞覿君子者問鑄人，不聞鑄金。』或曰：

『人可鑄歟？』曰：『孔子鑄顔淵矣。』

〔三九〕〔錢注〕《史記·伯夷傳》：顔淵雖篤學，附驥尾而行益顯。

〔四〇〕〔補注〕閫奥，深邃之内室，喻學問或事理之精微深奥所在。

〔四一〕〔補注〕幾微，隱微，預兆。

〔四二〕〔錢注〕《抱朴子》：鼠壽三百歲，滿百歲則色白，善憑人而卜，名曰仲能。知一年中吉凶，及千里外事。

〔四三〕〔錢注〕《抱朴子》：鶴知夜半，燕知戊己，而未必達於他事也。

〔四四〕〔錢注〕《三昧海經》：於幢幡中，化光明雲。

〔四五〕〔錢注〕《水經注》：隱淪仙路，骨謝懷靈。〔按〕此以『仙路』喻仙禁之路。

爲李兵曹祭兄濠州刺史文〔一〕

年月日〔二〕，伏惟靈天枝挺秀，帝系傳芳。材高杞梓〔三〕，價重珪璋〔四〕。蘭芷斯茂，先以馨香〔五〕；干鏌將用，不刓鋒芒〔六〕。始備千牛，俄仕諸衛〔七〕。逸意方起〔八〕，絶足猶縶〔九〕。爰佐羣僕〔一〇〕，亦掾神京〔一一〕。邑惟一宅〔一二〕，曹實五兵〔一三〕。地峻流急，官閒政清。嵩、少曉霽〔一四〕；伊、洛秋明。侶能吟之謝客〔一五〕，伴作賦之賈生〔一六〕。遂擢堯厨〔一七〕，曾調湯膳〔一八〕。位列大朝，名參内殿〔一九〕。朱紱輝華，銀龜犒粲〔二〇〕。漢有宗正〔二一〕，委之親賢〔二二〕。貳彼惟月，人寧我先〔二三〕？外夷求騁〔二四〕，天子憂邊。《皇華》始賦〔二五〕，紫綬俄懸〔二六〕。雄其出塞之任，假以中臺之權〔二七〕。不拜無慚於蘇武〔二八〕，去節寧類於王焉〔二九〕。銜鬚誓死〔三〇〕，齧雪獲全〔三一〕。帝仗使者，吾無愧旃。既返中華〔三二〕，止同屬國〔三三〕。蒼蠅難祛〔三四〕，貝錦方織〔三五〕。好丹非素〔三六〕，點白爲黑〔三七〕。遭時不知，非予有慼〔三八〕。既先忌於絳、灌〔三九〕，遂不容於欒、郤〔四〇〕。

竟陵山水〔四一〕，鍾離控扼〔四二〕。名貴隼旟，時瞻熊軾〔四三〕。人以功遷，吾由謗得。其明若神〔四四〕，其惠如春〔四五〕。先除黠吏〔四六〕，且活疲民〔四七〕。汙萊盡闢〔四八〕，邑室重新。草祥木瑞〔四九〕，獸去鳥馴〔五〇〕。方候徵還〔五一〕，俄嬰美疢。積微而桓侯竟晚〔五二〕，達命而徐公待盡〔五三〕。恍恍空驚〔五四〕，遅遅未信。誰知泉路之高低，孰測夜臺之遠近〔五五〕。永惟良配，亦實女師〔五六〕。庶姜猶效〔五七〕，君子是宜。異室無怨，同穴有期〔五八〕。河魴著詠，皎日裁詩〔五九〕。嗚呼哀哉！龜筮協從，日時斯卜。將去荒郊〔六〇〕，言辭華屋〔六一〕。草樹縈帶，川原迴複。白髪孤弟，臨棺慟哭。失慈撫於終身，宛聲容之在目。心摧則冰炭交集〔六二〕，血下而綆縻相續〔六三〕。萬古永訣，百身何贖〔六四〕？酒滿未御，肴乾未臨。已矣伯氏，來慰哀心。

〔一〕本篇原載《文苑英華》卷九九二第三頁、清編《全唐文》卷七八一第二一頁、《樊南文集詳注》卷六。題内『濠』字，《全文》作『亳』，據《英華》改。徐本亦誤作『亳』。〔馮箋〕此李君是以宗正卿出使外夷，歸而貶郡者也。檢《舊書·紀》及《吐蕃》《迴紇傳》，會昌、大中兩朝，李姓奉使者頗多，官職、事蹟皆不類。惟大中五年十二月書盜斫景陵神門戟，京兆尹韋博罰兩月俸，貶宗正卿李文舉睦州刺史，陵令吴閲岳州司馬，奉衣令裴讓隋州司馬。《册府元龜》明罰類所載同。《舊》《新書·志》云：諸陵署，令一人，掌山陵守衛。景陵在奉先縣，是則李文舉等被貶由此。而其先文舉曾奉使出塞，《紀》文失書，《舊書·宣紀》史臣自言簡籍遺落也。文中隱其被貶之實，而叙其奉使歸來，轉遭忌謗。余初疑其與《紀》文『十一年十月，入迴鶻册禮使，衛尉少卿王端章出塞，黑車子路阻而迴，貶賀州司馬』者同例，殊疏誤矣。此所祭者爲李文舉無疑也。蓋先刺睦，繼刺濠而卒。又云『方候徵還』，則刺濠已久。文爲義山東川歸後所作明矣。（按：馮譜繫大中十一年。）〔張箋〕《舊·紀》及《吐蕃》《迴紇傳》，李姓出使者頗多，馮氏妄以李文舉當之。考李文舉祇見《舊書·宣紀》，云（略），其前之奉使及後之徙濠皆無考。乃馮氏不徵史文，憑虚臆決，輒改文中『竟陵山水』爲『嚴陵』，以證實其爲睦州，尤武斷矣。何年所作，無從懸測。（按：張箋置不編年文中。）〔按〕張氏駁馮説甚是，然對李兵曹之兄究爲何人及此文作年則未加考證。今據有關材料考知李兵曹之兄爲李從簡。《新唐書·宗室世系表·讓皇帝房》載：『濠、復等州刺史李從簡。』《册府元龜·外臣部·通好》（卷九〇八）載：『（大和九年）十一月，以宗正少卿李從簡守本官、兼御史中丞，持節，充入吐蕃答賀正使，仍賜紫金魚袋。』又：《奉使部·失指》（卷六六四）：『李從簡開成初爲左金吾衛將軍、兼御史中丞，將命虜廷，不能專對，貶復州刺史。』以上材料與本文所述諸項盡皆相合。一、《表》列從簡『讓皇帝房』下，文云：『天枝挺秀，帝系傳芳。』二、《元龜》謂從簡爲『左金吾衛將軍』，文云：『始備千牛，俄仕諸衛。』三、《元龜》謂從簡『以宗正少卿守本官、兼御史中丞，持節……仍持紫金魚袋』，文云：『漢有宗正，委之親賢……外夷求聘，天子憂邊。《皇華》始賦，紫綬俄懸。雄其出塞之任，假以中臺之權。』四、《元龜》謂從簡『將命虜廷，不能專對，貶復州刺史』，文雖隱去其遭貶之實際原因，謂其因遭讒謗而貶（『蒼蠅難祛，貝錦方織。好丹非素，點白爲黑。』），然在使歸遭貶此一基本情節上則一致。五、《表》載從簡任『濠、復等州刺史』，《元龜》云『貶復州刺史』，文云：『竟陵山水，鍾離控扼。』竟陵指復州（竟陵郡），鍾離指濠州（鍾離郡）。二者對照，可以顯見從簡自吐蕃奉使歸，乃先貶復州，後移濠州（《表》『濠、復等州刺史』，濠、復之順序應對調）。馮氏在毫無其他證據之情況下竟臆改『竟陵』爲『嚴陵』，以就其李文舉貶睦州之誤説，張氏斥之爲『武斷』，誠不爲過。以上對照，足以證明祭文中之『濠州刺史』即爲李從簡。檢《唐會要·吐蕃》載：『（開成）二年，遣使論監通來朝。先是宗正少卿、兼御史中丞李從簡入蕃。其年五月，至自蕃中，進國信……詔以其信物頒賜宰臣以下。』據此，從簡亦應於開成二年五月同期到達長安。其貶復州，當在開成二年五月以後。如刺復州時間在一年以上，遷濠州刺史當在開成四年左右。文中叙其在濠州治績，又云『方候徵還，俄嬰美疢』，可推知其刺濠時間必不甚短。其俟朝廷徵還，既與其外貶已歷時較長有關，亦可能與文宗卒武宗立，朝廷人事變化有關。據此可大致推斷李從簡約卒於開成五年武宗繼位之後。而葬祭之事，則當更晚，約會昌元年。

〔二〕『年月日』三字《全文》脱，據《英華》補。

〔三〕〔馮注〕《左傳》：聲子曰：『如杞梓皮革，自楚往也。惟楚有材，晋實用之。』

〔四〕價，《英華》注：集作『位』。〔馮注〕《詩》：如圭如璋。〔徐注〕《禮記》：圭璋特達，德也。

〔五〕〔徐注〕《南史·王僧孺傳》：任昉贈詩曰：『敬之重之，如蘭如芷。』曹植《七啓》：酷烈馨香。

〔六〕剉，《英華》作『挫』，字通。〔徐注〕《吴越春秋》：干將者，吴人造劍二枚，一曰干將，二曰莫邪。庾信《神道碑》：鎮北鋒鋩。

〔七〕〔徐注〕《通典》：千牛，刀名。後魏有千牛備身，掌執御刀，因以名職。顯慶五年，置左右千牛府，後改爲衛。置大將軍一人，將軍各一人。〔馮注〕《舊書·職官志》：千牛備身左右，正六品下階。諸衛已上，王公已下高品子孫起家爲之。按：諸衛，如左右衛、左右驍之類，共十六。杜牧集有《原十六衛》。詳《舊》《新書·志》。

〔八〕起，《英華》作『超』。

〔九〕〔馮注〕孔融《論盛孝章書》：燕君市駿馬之骨，非欲以騁道里，乃當以招絶足也。〔補注〕絶足，奔馳神速之駿馬，千里馬。

〔一〇〕〔馮注〕爲太僕寺之屬。《書·冏命》：正于羣僕侍御之臣。

〔一一〕〔徐注〕謝朓《哀策》：背神京之弘敞。〔補注〕謂爲京兆府掾曹。

〔一二〕〔馮注〕二宅，謂鎬京、洛邑也。《洛誥》『公既定宅』，《畢命》『申畫郊圻』，成周之邑事也。

〔一三〕〔馮注〕《舊書·職官志》：京兆、河南、太原府，有功、倉、户、兵、法、士等六曹參軍事各二人。此蓋爲東都尹兵曹參軍。〔按〕當是河南府兵曹參軍。

〔一四〕〔馮注〕《爾雅》：山大而高崧。注曰：今中嶽嵩高山依此名。戴延之《西征記》：東謂太室，西謂少室，嵩其總名也。潘岳《懷舊賦》：前瞻太室，旁眺嵩丘。

〔一五〕〔馮注〕《宋書·謝靈運傳》：文章之美，江左莫逮。又曰：每一詩至，都邑貴賤，莫不競寫。鍾嶸《詩品》：謝靈運生於會稽，旬日而幼度亡。其家以子孫難得，送靈運於錢塘杜明師養之，十五方還都，故名客兒。謝客爲元嘉之雄，顔延年爲輔。

〔一六〕〔徐注〕《漢書·藝文志》：賈誼賦七篇。

〔一七〕〔徐注〕《帝王世紀》：堯時厨中自生肉脯，薄如翣，摇則風生，使食物寒而不臭，名曰翣脯。〔馮注〕《瑞應圖》：蓮莆，一名倚扇，一名實閶，一名倚箑，如蓮枝，多葉少根，如絲，轉而風生。主飲食清涼，驅殺蟲蠅。堯時，生於厨，冬死夏生。又舜時，生於厨右階左。

〔一八〕曾，《英華》作『仍』。湯膳，見《爲中丞滎陽公赴桂州長樂驛謝敕設狀》『饌分殷鼎』注。〔馮注〕（二句）謂遷光禄寺官。

〔一九〕列，《英華》注：集作『字』。〔徐注〕王粲詩：晝日處大朝，日暮薄言歸。《吴志·吕蒙傳》：蒙疾發，權時在公安，迎置内殿。

〔二〇〕銀黿，見《祭桂州城隍神祝文》『賜紫金魚袋』注。〔補注〕銀黿，黿形銀印。《漢官儀》：王公侯金印，二千石銀印，皆黿紐。蒨粲，鮮明貌。

〔二一〕〔馮注〕《漢書·百官公卿表》：宗正，秦官，掌親屬。

〔二二〕〔馮注〕宗正必以宗室爲之。〔徐注〕《漢書》：劉德字路叔，爲宗正，與立宣帝。地節中，以親親行謹厚封爲陽武侯。〔補注〕《新唐書·百官志》：宗正寺，卿一人，從三品；少卿二人，從四品上；丞二人，從六品上。掌天子族親屬籍，以别昭穆。

〔二三〕〔徐注〕《書》：卿士惟月。〔馮注〕《離騷》：恐高辛氏之先我。陸機《文賦》：怵他人之我先。〔補注〕貳彼惟月，謂爲（宗正寺）少卿也。

〔二四〕求，《英華》注：集作『永』。非。騁，徐注本作『聘』，非。〔補注〕求騁，求恣肆放縱，求逞其肆欲。

〔二五〕〔徐注〕《詩序》：《皇皇者華》，君遣使臣也。

〔二六〕〔馮注〕《舊書·輿服志》：三品紫綬。《職官志》：御史大夫，正三品。按：凡出使皆假御史大夫或中丞之號。此則大夫也。〔按〕李從簡係兼御史中丞，非大夫，見上引《元龜》九〇八及六六四。御史中丞正四品，而此言『紫綬』，未知孰誤。

〔二七〕〔徐注〕《漢書·匈奴傳》：凡五將軍兵十餘萬騎，出塞各二千餘里。〔補注〕中臺，内臺，此指御史臺。假以中臺之權，指兼御史中丞。

〔二八〕〔馮注〕《後漢書·鄭衆傳》：衆爲越騎司馬，顯宗遣衆持節使匈奴。衆至北庭，虜欲令拜，衆不爲屈。單于大怒，圍守閉之，不與水火。衆拔刀自誓，單于恐而止，乃更發使隨衆還京師。其後帝見匈奴來者，問衆與單于争禮之狀，皆言匈奴中傳衆意氣壯勇，雖蘇武不過。〔徐注〕《漢書·蘇武傳》：武引佩刀自刺，武氣絶半日復息，單于愈益欲降之，迺幽武置大窖中，絶不飲食。天雨雪，武卧齧雪與旃毛，并咽之，數日不死。〔按〕此用鄭衆不拜單于，意氣壯勇無慚於蘇武事。非用蘇武事。

〔二九〕類，《英華》注：集作『疑』。〔徐注〕《漢書·匈奴傳》：漢使王烏等闚匈奴。匈奴法，漢使不去節，不以墨黥其面不得入穹廬。王烏，北地人，習胡俗，去其節，黥面入廬，單于愛之。王烏，此作『王焉』。按：《藝文類聚》引『漢使王焉等窺匈奴』，足證今本《漢書》之誤。〔馮按〕《藝文類聚》實作『焉』，但《史記》亦作『烏』，未定孰是也。文乃用韻，故當作『焉』。

〔三〇〕〔馮注〕《後漢書·獨行傳》：温序爲隗囂别將苟宇所拘劫。宇曰：『此義士死節，可賜以劍。』序受劍，銜鬚於口，顧左右曰：『既爲賊所迫殺，無令鬚污土。』遂伏劍而死。

〔三一〕〔馮注〕《漢書·蘇武傳》：武使匈奴。單于壯其節，愈益欲降之，迺幽武置大窖中，絶不飲食。天雨雪，武卧齧雪，與旃毛并咽之，數日不死。匈奴以爲神。

〔三二〕返，《英華》作『還』。

〔三三〕〔徐注〕李陵《答蘇武書》：聞子之歸，賜不過二百萬，位不過典屬國。〔補注〕典屬國，掌民族交往事務之官。秦始置，西漢沿置，後併入大鴻臚。見《漢書·百官公卿表上》。

〔三四〕袪，《英華》作『備』，注：集作『袪』。〔馮注〕《詩》：營營青蠅，止于樊。箋曰：蠅之爲蟲，汙白使黑，汙黑使白。喻佞人變亂善惡也。〔徐注〕曹植詩：蒼蠅間白黑，讒巧令親疏。

〔三五〕〔徐注〕《詩》：萋兮斐兮，成是貝錦。〔馮注〕毛傳曰：萋斐，文章相錯也。讒人集作已過以成於罪，猶女工之集采色以成錦文。

〔三六〕〔徐注〕江淹《雜體詩序》：至於世之諸賢，各滯所迷，莫不論甘而忌辛，好丹而非素。

〔三七〕爲，《英華》作『成』。

〔三八〕慼，《英華》作『惑』。〔馮注〕《詩》：自詒伊戚。按：意取『西征艽野』。〔按〕《詩·小雅·小明》：『明明上天，照臨下土。我征徂西，至于艽野。』又云：『心之憂矣，自詒伊戚。』《詩序》云：『《小明》，大夫悔仕於亂世也。』

〔三九〕先忌，《全文》作『失志』，據《英華》改。見《爲絳郡公祭宣武王尚書文》『賈生草疏，豈畏人非』注。〔補注〕絳，絳侯周勃；灌，潁陰侯灌嬰。二人佐漢高祖劉邦定天下，建功封侯。均起自布衣，鄙朴無文，曾讒毁賈誼、陳平。

〔四〇〕〔徐注〕《左傳·宣公十五年》：晋三郤害伯宗，譖而殺之。初，伯宗每朝，其妻必戒之曰：『子好直言，必及於難。』又：成公八年，晋趙莊姬爲趙嬰之亡故，譖之於晋侯，曰：『原、屏將爲亂，欒、郤爲徵。』六月，晉討趙同、趙括。

〔四一〕竟，《英華》《全文》均同，馮注本臆改爲『嚴』。〔徐注〕《舊書·地理志》：復州竟陵郡，上，本沔陽郡，治竟陵。貞觀七年，徙治沔陽。天寶元年更名，寶應二年復故。〔馮注〕按《英華》作『竟陵』，徐刊本從之，然必『嚴陵』也。睦州新安郡有新安江、嚴陵山諸勝，清麗奇絶，古所稱富春山水，方與《紀》文合（按：指《舊書·宣宗紀》大中五年李文舉貶睦州刺史事），故竟改定。〔按〕馮校臆改，詳注〔一〕按語。

〔四二〕〔徐注〕《舊書·地理志》：濠州鍾離郡，上。『濠』字初作『豪』，元和三年改從『濠』。〔馮注〕《十道志》：濠州，春秋時爲鍾離子國。按：鍾離要地，故曰『控扼』。

〔四三〕見《爲濮陽公陳情表》『隼旟楚峽』『熊軾郢城』之隼旟、熊軾注。

〔四四〕〔徐注〕《漢書·黄霸傳》：霸爲潁川太守，吏民不知所出，咸稱神明。

〔四五〕〔徐注〕曹植《七啓》：民望如草，我惠如春。

〔四六〕〔徐注〕《漢書·尹翁歸傳》：拜東海太守，輒披籍縣縣收取黠吏豪民，案致其罪。

〔四七〕〔徐注〕王融《策秀才文》：豈布政未優，將疲民難業。

〔四八〕〔徐注〕《詩》：田卒汙萊。〔補注〕汙萊，荒地。

〔四九〕〔徐注〕《後漢書·何敞傳》：京師及四方，果有奇異鳥獸草木，言事者以爲祥瑞。

〔五〇〕〔馮注〕獸去，即『虎去』。見《爲裴懿無私祭薛郎中文》『虎去江静』注。《後漢書·魯恭傳》：拜中牟令，專以德化。螟傷稼，緣界不入中牟。河南尹袁安使掾肥親往廉之。恭隨行阡陌，俱坐桑下，有雉過，止其旁。旁有童兒，親曰：『何不捕之？』兒言：『雉方將雛。』親曰：『蟲不犯境，一異也；化及鳥獸，二異也；豎子有仁心，三異也。』鳥馴，即用此馴雉。

〔五一〕候，《英華》作『侯』。

〔五二〕見《爲裴懿無私祭薛郎中文》『傳於骨髓』注。

〔五三〕〔徐注〕《晋書·魏舒傳》：識者以此稱其達命。《南史·徐廣傳》：武帝受禪，恭帝遜位。廣又涕泗交流。謝晦謂曰：『徐公將無小過。』廣言：『墳墓在晋陵丹徒，又生長京口，息道玄忝宰此邑，乞隨之官，歸終桑梓。』年過八十，猶歲誦五經一遍，元嘉二年卒。〔馮注〕二句頂『美疢』。徐公事未詳，其意言安命待終，不求療治也。《南史》：徐勉以疾解中書令，其戒子書云：『庶居常以待終，不宜復勞家間細務。』與此尚不細符。舊引《南史》『宋武帝受禪，恭帝遜位，徐廣哀感涕泗……』，或用此也，俟再考。〔按〕徐勉戒子書有『居常以待終』字，當用此。

〔五四〕〔徐注〕司馬相如《長門賦》：神怳怳而外淫。善曰：王逸《楚辭注》：怳，失意也。

〔五五〕〔徐注〕阮瑀《七哀詩》：冥冥九泉室，漫漫長夜臺。

〔五六〕見《祭韓氏老姑文》『既作女師』注。

〔五七〕〔馮注〕《詩》：庶姜孽孽。〔補注〕庶姜，姜姓衆女，齊國陪嫁送嫁之姜姓衆女。此指同宗衆女。

〔五八〕〔徐注〕《詩》：穀則異室，死則同穴。

〔五九〕〔徐注〕《詩》：豈其食魚，必河之魴？又：謂予不信，有如皎日。〔馮曰〕此其晚年繼娶者歟？〔補注〕《詩·陳風·衡門》：『豈其食魚，必河之魴？豈其取妻，必齊之姜？』此蓋以齊姜指從簡之妻，謂其爲名門大姓之女也。馮注非。

〔六〇〕荒，《英華》作『芳』。〔徐注〕陶潛《挽歌》：送我出遠郊。

〔六一〕〔徐注〕曹植詩：生存華屋處，零落歸山丘。

〔六二〕〔徐注〕郭象《莊子注》：喜懼交集於胸中，固已結冰炭於五臟矣。

〔六三〕〔徐注〕王粲詩：涕下如綆縻。

〔六四〕〔補注〕《詩·秦風·黄鳥》：『彼蒼者天，殲我良人。如可贖兮，人百其身！』

爲鹽州刺史奏舉李孚判官狀〔一〕

某官李孚〔二〕

右件官克生公族〔三〕，早履宦途。器實幹時〔四〕，辯能專對〔五〕。加之夙明韜略〔六〕，久逐旌旃〔七〕。頃爲知己〔八〕，屈從吏議〔九〕。許文休之流浪，萬里非賒〔一〇〕；王仲宣之播遷，三年未遇〔一一〕。儉而不懟〔一二〕，困且能通〔一三〕。雖何恤于無家〔一四〕，良可悲其絶籍〔一五〕。去歲以維新之命，大洽鴻私〔一六〕，亦既旋還，合從叙用。開成五年十一月十三日吏曹已注右威衛倉曹參軍〔一七〕，授官未謝，又蒙挾名除替〔一八〕。初云牽復〔一九〕，仍迫屢空〔二〇〕。京口劉生，方思鵝炙〔二一〕；洛陽蘇子，已弊貂裘〔二二〕。方今崇帝堯敦厚之恩〔二三〕，推魏文榮樂之旨〔二四〕，豈令棄良材于散地，化王孫爲旅人〔二五〕？

臣素乏器能，叨膺任使。控緑池之要地，守清澤之堅城〔二六〕。將已宣布威靈〔二七〕，彈壓氛祲〔二八〕。苟咨謀失所，佐理非材，豈惟衂此軍聲〔二九〕，兼且傷于朝寄〔三〇〕。臣深自計，孚實當仁。況又得於諸宗，且兼通舊〔三一〕。諸葛均有因依之分〔三二〕，龐士元多鑒裁之恩〔三三〕。是故輒黷宸階，乞榮賓席，使得盡其風力〔三四〕，佐彼邊陲。錐處平原之囊，必將脱穎〔三五〕；劍拭華陰之土，爞雪幽沉〔三六〕。伏請依資賜授一官〔三七〕，充臣防禦判官。干冒宸旒〔三八〕，無任戰越。

〔一〕本篇原載《文苑英華》卷六三九第四頁、清編《全唐文》卷七七三第七頁、《樊南文集詳注》卷一。〔徐注〕《新書・地理志》：關内道鹽州五原郡，都督府。貞元三年没吐蕃，九年復城之。縣二：五原、白池。案：鹽州廢城在今陝西寧夏衛花馬池所北。〔馮注〕《舊書・志》：鹽州鹽川郡屬關内道，在京師西北一千一百里。《舊書・紀》：貞元三年，鹽州城爲吐蕃所毁，自是塞外無保障。九年二月詔復築之。既成之後，邊患息焉。按：《舊書・吐蕃傳》：元和、長慶間，圍鹽州，刺史李文悦擊退之。而《紀》文又書：寶曆元年，右金吾衛將軍李文悦爲豐州刺史、天德軍防禦使。大和二年爲靈武節度使。六年爲兖海沂密節度使。余初疑此題之人即李文悦，然狀乃會昌初所上，則斷非也。後《爲李郎中祭竇端州文》云：『玗剖郡符，塞遠城迥。』與刺鹽州合，似當爲李玗。惜無他文可互證（馮譜繫會昌元年）。〔張箋〕案文云：『去歲以維新之命，大洽鴻私。』又有『開成五年十一月十三日吏曹已注右威衛倉曹參軍』語，是會昌元年作。惟鹽州刺史，不詳何人。馮氏疑即……李玗，亦無顯證。〔按〕狀作於會昌元年無疑。馮氏據《爲李郎中祭竇端州文》謂此鹽州刺史即李玗，似可從。

〔二〕〔徐箋〕案狀云：『克生公族。』又云：『悲其絶籍。』又云：『亦既旋還。』又云：『得於諸宗。』蓋宗室之子，以法謫遠州而遇赦得還者。其事迹於史無可考。〔馮箋〕按有『辨能專對』語，當是曾隨人使外夷者。是時因出使而獲罪者頻見史書，詳《爲李兵曹祭兄濠州刺史文》。〔按〕《新唐書・宰相世系表二上》有李孚，爲吏部侍郎李彭年之子，李收之弟，世系不相及，當非此李孚。

〔三〕〔徐注〕《詩》：振振公族。〔補注〕公族，君主之同族。

〔四〕〔徐注〕《蜀志》：龐士元曰：『立功立事，于時之幹。』〔馮注〕《魏志・徐邈傳》：有鑒識器幹。字屢見。

〔補注〕幹時，用世。潘岳《西征賦》：『思夫人之政術，實幹時之良具。』

〔五〕〔補注〕《論語・子路》：『誦詩三百，授之以政，不達；使於四方，不能專對，雖多，亦奚以爲？』專對，謂任使節時獨自隨機應答。

〔六〕〔徐注〕《後漢書》注：太公書名《六韜》，黄石公紀序。黄石者，神人也，有《上略》《中略》《下略》。《北史・孫騰等傳論》曰：戰將兵權，暗同韜略。〔馮注〕《隋書・經籍志》：太公《六韜》五卷。又《黄石三略》三卷。注：下邳神人撰。

〔七〕〔徐注〕《周禮》：司常，掌九旗之物。通帛爲旃，雜帛爲物，全羽爲旞，析羽爲旌。〔補注〕久逐旌旃，謂久參戎幕。

〔八〕〔八〕知己，《英華》作『已知』。〔徐注〕《晏子春秋》：越石父曰：『士者申乎知己。』〔馮注〕張衡《思玄賦》：恃己知而華予兮。按：『已知』當指正使也，舉以爲副，及歸而同得罪。

〔九〕〔徐注〕司馬遷書：因爲誣上，卒從吏議。〔馮注〕《史記・李斯傳》：臣聞吏議逐客。〔補注〕吏議，指司法官吏關於處分定罪之擬議。

〔一〇〕文休，《英華》作『休文』，非。〔徐注〕《蜀志》：許靖字文休，汝南平輿人。董卓秉政，會稽太守王朗與靖有舊，往保焉。孫策東渡江，走交州以避其難，與曹公書曰：『知足下西迎大駕，巡省西嶽，承此休問，且悲且喜。』〔按〕互詳《爲李郎中祭舅竇端州文》『許靖他鄉，有名無禄』注。

〔一一〕〔徐注〕《魏志》：王粲字仲宣，山陽高平人。獻帝西遷，粲從至長安。以西京擾亂，乃至荆州依劉表。〔按〕《三國志・魏志・王粲傳》：『表以粲貌寢而體弱通侻，不甚重也。』三年未遇，或用此。

〔一二〕儉，《英華》作『險』，非。〔補注〕儉而不懟，謂雖處貧儉而能無怨。

〔一三〕〔徐注〕《晉書・管寧傳》：太僕陶丘一等薦寧曰：『困而能通，遭難必濟。』〔補注〕《易・困》：『《困》，亨。』王弼注：『困必通也。處窮而不能自通者，小人也。』《易・繫辭下》：『困窮而通。』注：『處窮而不屈其道也。』

〔一四〕〔徐注〕《左傳》：諺曰：『心苟無瑕，何恤乎無家？』

〔一五〕〔徐注〕謂絶其宗室之屬籍。〔馮注〕是門籍之籍。既不爲官，則無由通籍矣。徐氏以爲絶其宗室之屬籍，是必罪大而後絶之，尚可登之薦剡哉！後有『絶籍金閨』句可證。〔按〕馮解是。

〔一六〕〔馮注〕開成五年正月，武宗即位，大赦，所謂『維新之命』也。下文『開成五年』，即此『去歲』。蓋春時從流所釋放，冬乃注擬也。〔補注〕鴻私，鴻恩。洽，周遍。

〔一七〕〔補注〕《新唐書·百官志四上》：十六衛，有左右威衛，倉曹參軍事二人，正八品下，掌五府文官勳考、假使、禄俸、公廨、田園、食料、醫藥、過所。

〔一八〕〔補注〕除替，卸任、免官。

〔一九〕〔馮注〕《易》：牽復，吉。〔補注〕牽復，本指牽引回復正道，此指復官。杜牧《張直方貶恩州司户制》：『俟其拭拭舊痕，湔洗舊過，必欲牽復，用存始終。』何良俊《四友齋叢説》卷八：『嘗觀唐時詔令，凡即位改元之詔，其先朝貶竄諸臣即與量移。量移後方纔牽復，牽復後方始收叙。』

〔二〇〕〔補注〕《論語·先進》：『回也其庶乎！屢空。』屢空，經常貧困、貧窮無財。

〔二一〕〔馮注〕《晉書·劉毅傳》：初，江州刺史庾悦，隆安中曾至京口。毅時甚屯窶，先就府借東堂與親故出射，而悦後與僚佐徑來詣堂。毅告之曰：『望以今日見讓。』悦不許，射者皆散，惟毅留射如故。既而悦食鵝，毅求其餘，悦又不答。

〔二二〕〔徐注〕《史記》：蘇秦字季子，東周洛陽人。説秦不用，黑貂之裘弊。〔馮注〕《戰國策》：蘇秦説秦王不行，黑貂之裘弊。

〔二三〕帝，《英華》作『唐』，注：集作『帝』。〔徐注〕《書·堯典》：以親九族，九族既睦。

〔二四〕榮樂，《英華》作『光榮』，注：集作『榮樂』。〔徐注〕《魏志·文帝紀》：延康元年秋七月，甲午，軍次於譙，大饗六軍及譙父老百姓於邑東。注：《魏書》曰：設伎樂百戲，令曰：『先王皆樂其所生，禮不忘其本，霸王之邦，真人本出。其復譙租稅一年。』三老率民上壽，日夕而罷。〔按〕詳後《太尉衛公會昌一品集序》『弘魏文榮樂諸弟之志』句馮注。此『榮樂』用爲敦睦親族之義。

〔二五〕爲，《英華》注：一作『於』，非。

〔二六〕〔徐注〕緑池、清澤，當在鹽州。案《新書·食貨志》：鹽州五原有烏池、白池、瓦池、細項池。《史記正義》云：鹽州有烏池，猶出三色鹽，有井鹽、畦鹽、花鹽。此所謂『緑池』『清澤』者，疑即其類。或云『清』當作『青』。《漢書·地理志》：朔方郡朔方縣有青鹽澤，在南。是也。緑池，蓋烏池之別名耳。〔馮注〕按《玉海》引《史記正義》云：河東鹽池是畦鹽。緣黄河鹽池有八九所，而鹽池有烏池，猶出三色鹽，有井鹽、畦鹽、花鹽。又曰：西方鹹地，堅且鹹，即出石鹽及池鹽。今檢『西方鹹地』數語，見《貨殖傳》『山西食鹽鹵』句下，餘俟細檢。《元和郡縣志》：五原縣，鹽池四所，烏、白二池出鹽，瓦窑、細項並廢。鹽州以北有鹽池名白池，縣以地近白池名。州西北取烏池黑浮圖堡私路至靈州，『緑池要地』當指此。清澤即指白池，不必旁及。細項池，《寰宇記》作『嶺』，《新書·志》作『項』，《玉海》鹽法引之作『細項』，似『項』字是。

〔二七〕〔馮校〕已，似當作『以』。〔徐注〕《魏略》：王自手筆令曰：『吾前遣使宣國威靈。』

〔二八〕〔徐注〕《淮南子》：彈壓山川。《楚語》：伍舉曰：『榭不過講軍實，臺不過望氛祥。』《周禮·春官》：眡祲掌十煇之法，以觀妖祥、辨吉凶：一曰祲，二曰象，三曰鑴，四曰監，五曰闇，六曰瞢，七曰彌，八曰叙，九曰隮，十曰想。注：祲，陰陽氣相侵也。案：氛祲喻邊塵。《左傳》：楚氛甚惡。

〔二九〕衄，徐注本、馮注本作『失』，誤。〔馮校〕『失』字《英華》脱去，徐刊本補，再校。〔按〕殘宋本《英華》及《全文》均正作『衄』。衄者，挫傷也。左思《吴都賦》：『莫不衄鋭挫芒，拉捭摧藏。』李善注：『衄，折傷也。』

〔三〇〕〔徐注〕《晉書·宗室傳論》曰：仍荷朝寄。

〔三一〕〔補注〕通舊，故舊世交。

〔三二〕〔馮注〕《蜀志·諸葛亮傳》：亮早孤，從父玄爲袁術所署豫章太守。玄將亮及亮弟均之官。會漢朝更選朱皓代玄，玄素與荆州牧劉表有舊，往依之。

〔三三〕〔馮注〕《蜀志》：龐統字士元，郡命爲功曹，性好人倫，勤於長養。每所稱述，多過其才。

〔三四〕〔補注〕風力，氣概魄力。《宋書·孔顗傳》：『顗少骨梗有風力，以是非爲己任。』

〔三五〕脱穎，《英華》作『穎脱』。〔馮注〕《史記》：平原君謂毛遂曰：『賢士之處世也，譬若錐之處囊中，其末立見。』遂曰：『臣乃今日請處囊中耳，使遂蚤得處囊中，乃穎脱而出，非特其末見而已。』

〔三六〕〔馮注〕《晋書·張華傳》：斗、牛之間，常有紫氣。華補雷焕豐城令。到縣，掘獄屋基，得雙劍，使送一劍與華。華以華陰土一斤致焕，焕以拭劍，倍益精明。

〔三七〕伏，《全文》脱，據《英華》補。

〔三八〕宸，《英華》作『冕』。

爲汝南公以妖星見賀德音表〔一〕

臣某言：臣伏奉某月日德音〔二〕，以妖星謫見〔三〕，思答天戒者。臣當時集軍州官吏，丁寧宣示訖。仁深覆載〔四〕，恩極照臨〔五〕，究祖宗之令圖〔六〕，極皇王之盛事〔七〕。圓首方足〔八〕，罔不欣慶。臣某中賀。

臣聞覆載莫大於天地，而升降之氣或不接〔九〕；照臨莫大于日月，而薄蝕之度或有差〔一〇〕。豈惟休咎之徵〔一一〕，自是陰陽之事〔一二〕。旋觀彗孛〔一三〕，載考策書〔一四〕，雖欲爲灾，曷嘗勝德〔一五〕？伏惟皇帝陛下，荆枝載茂〔一六〕，棣萼重輝〔一七〕。既居正以體元〔一八〕，亦觀文而察變〔一九〕。仰觀星彩，稍越天常〔二〇〕。於是深軫皇情，重迴宸眷〔二一〕。省躬之懼，洞感于幽明；及物之恩，畢霑于華夏。戒田游則成湯祝網之意〔二二〕，釋冤滯乃大禹泣辜之慈〔二三〕。罷去修營，惜漢民十家之産〔二四〕；勸課耘耔〔二五〕，復周邦九歲之儲〔二六〕。德已厚矣，仁已極矣。然猶避寢自責〔二七〕，撤膳貽憂〔二八〕。以此延休，何休不至？以兹備患，何患能爲？足以高步三王，平窺百古，鞭撻守成之主〔二九〕，秕糠中代之君〔三〇〕。

抑臣又聞之，昔貞觀之理也，太宗文皇帝吞蝗而灾沴息〔三一〕；泰岱之封也，玄宗明皇帝露坐而風雨銷〔三二〕。炯戒猶存〔三三〕，神靈未遠〔三四〕。陛下永懷貽厥〔三五〕，有切欽承〔三六〕，爲其所不爲，至其所不至。佇見地泉流醴〔三七〕，天酒凝甘〔三八〕，人知朱草之祥〔三九〕，家識白麟之瑞〔四〇〕，又豈芒角足懼〔四一〕，晷度可憂者哉〔四二〕！

臣素乏器能〔四三〕，謬當任使〔四四〕。東雍西岳〔四五〕，雖首化于百城〔四六〕；日遠天高〔四七〕，但心存于雙闕〔四八〕。聽金石而慚殊舞獸〔四九〕，無羽翼而恨異冥鴻〔五〇〕。唯當虔奉詔條〔五一〕，頒宣德澤，成陛下無偏之道〔五二〕，畢微臣盡瘁之勤〔五三〕。所冀不寘簡書〔五四〕，免拘司敗〔五五〕。如其禮樂，非臣所能。無任感恩戀闕，懇悃屏營之至〔五六〕。

〔一〕本篇原載《文苑英華》卷五六〇第八頁、清編《全唐文》卷七七一第一二頁、《樊南文集詳注》卷一。〔徐箋〕《舊書·武宗紀》：會昌元年十一月丁酉朔，壬寅夜，大星東北流，其光燭地，有聲如雷，山崩石隕。其彗起于室，凡五十六日而滅。《新書·武宗紀》：會昌元年十一月壬寅，有彗星出於營室。辛亥，避正殿，減膳、理囚、罷興作。《天文志》：十一月壬寅，有彗星于北落師門，在營室，入紫宫。十二月辛卯不見，并州分也。徐堅《初學記》：妖星曰孛星、彗星。《玉海》：大赦者不以罪大小皆原。其或某處有灾，或車駕行幸，則曰赦某郡已下，謂之曲赦。復有遞減其罪，謂之德音者，比曲赦則恩及天下，比大赦則罪不盡除。案《漢書·天文志》：天鼓，有音如雷非雷，音在地而下及地，其所住者，兵發其下。天狗，狀如大流星，有聲，其下止地，類狗。所墜及，望之如火，光炎炎中天，千里破軍殺將。所謂『大星東北流，其光燭地，有聲如雷』者，蓋即天狗之類。〔按〕據《新書·武宗紀》：『會昌元年十一月壬寅，有彗星出於營室。辛亥，避正殿、減膳、理囚、罷興作。』壬寅爲是月初六，辛亥爲十五。《英華》卷四四一《會昌元年彗星見避正殿德音》篇末注：十一月十五日，與《新書》所載正合。表中已提及『避寢』『撤膳』，當是辛亥日後所上。此表代華州刺史周墀作，華州與長安相去一百八十里，文書當日或次日即可達。故表當上於會昌元年十一月十六七日。

〔二〕〔馮注〕德音載《文苑英華》，注曰：十一月十五日。

〔三〕〔馮注〕《禮記·昏義》：適見於天，日爲之食。鄭氏注曰：適之言責也。〔補注〕謫見，謂異常之天象係上天對人之責罰，出現灾變之朕兆。

〔四〕〔補注〕覆載，指天地。《禮記·中庸》：『天之所覆，地之所載，日月所照，霜露所隊，凡有血氣者，莫不尊親。』

〔五〕〔補注〕照臨，指日月，參上注。

〔六〕〔徐注〕《左傳》：女叔齊曰：『令圖，天所贊也。』〔補注〕令圖，善謀，遠大之謀略。

〔七〕〔徐注〕《詩》：皇王維辟。

〔八〕〔徐注〕《大戴禮記》：曾子曰：『天之所生上首，地之所生下首。上首之謂圓，下首之謂方。』注：人首圓足方。《莊子》：圓臚方趾。

〔九〕升，《英華》注：集作『騰』。〔徐注〕《禮記》：天氣上騰，地氣下降。

〔一〇〕〔徐注〕《漢書・天文志》：彗孛飛流，日月薄蝕。此皆陰陽之精，其本在地，而上發於天者也。

〔一一〕〔徐注〕《書・洪範》：曰休徵，曰咎徵。

〔一二〕〔徐注〕《春秋・僖公十六年》：隕石于宋，五。六鷁退飛，過宋都。《左傳》：周内史叔興曰：『是陰陽之事，非吉凶所生也。』

〔一三〕〔補注〕《後漢書・盧植傳》：『比年地震，彗孛互見。』孛，古指光芒四射之彗星。舊謂彗孛出現係灾禍或戰争之預兆。

〔一四〕〔補注〕策書，指用以記録史實之簡册。杜預《春秋經傳集解序》：『仲尼因魯史策書成文，考其真僞而志其典禮。』

〔一五〕〔馮注〕《史記・殷本紀》：帝太戊立，亳有祥桑穀共生於朝，一暮大拱，太戊懼。伊陟曰：『臣聞妖不勝德，帝之政其有闕與？帝其修德。』太戊從之，而祥桑枯死而去。

〔一六〕〔一七〕見《爲濮陽公陳許謝上表注》〔一九〕〔二〇〕

〔一八〕〔徐注〕班固《東都賦》：體元立制，繼天而作。《春秋・隱公元年》：春，王正月。注：凡人君即位，欲其體元以居正，故不言一年一月也。〔補注〕居正體元，謂人君以天地之元氣爲本，常居正道以施政教。常指帝王即位。

〔一九〕〔徐注〕《易》：觀乎天文，以察時變。

〔二〇〕觀，《英華》作『窺』。〔徐注〕《左傳》：帥彼天常。

〔二一〕〔徐注〕沈約碑：皇情眷眷，慮深求瘼。〔補注〕軫，痛也。

〔二二〕成，《英華》注：集作『殷』。〔馮注〕《史記・殷本紀》：湯出，見野張網四面，祝曰：『自天下四方，皆入吾網。』湯曰：『嘻，盡之矣！』乃去其三面，祝曰：『欲左左，欲右右；不用命，乃入吾網。』諸侯聞之，曰：『湯德至矣，及禽獸。』

〔二三〕〔馮注〕劉向《説苑》：禹出見罪人，下車問而泣之。

〔二四〕〔徐注〕《漢書·文帝紀》：嘗欲作露臺，召匠計之，直百金，上曰：『百金，中人十家之産也。吾奉先帝宫室，常恐羞之，何以臺爲？』

〔二五〕耘耔，《英華》作『耕耘』，注：集作『耘耔』。〔補注〕《詩·小雅·甫田》：『今適南畝，或耘或耔。』耘耔，除草培土，此指從事田耕。

〔二六〕〔徐注〕《禮記》：國無九年之蓄曰不足。〔馮注〕《禮記》：三年耕必有一年之食，九年耕必有三年之食。

〔二七〕〔馮注〕謂避正殿。

〔二八〕〔馮注〕《周禮》：膳夫，掌王之膳羞。王日一舉，鼎十有二，物皆有俎，以樂侑食。天地有灾，邦有大故，則不舉。注曰：殺牲盛饌曰舉，不舉不殺牲。〔徐箋〕案《舊書·天文志》：開成二年三月，文宗召司天監朱子容問天變之由，子容曰：『彗主兵旱，或破四夷，古之占書也。然天道玄遠，惟陛下修政以抗之。』乃敕尚食今後每日御食料分爲十日。戊辰，詔天下放繫囚，撤樂減膳，避正殿。武宗蓋循其故事。

〔二九〕〔徐注〕《魏志·武帝紀》：陳壽評曰：『太祖運籌演謀，鞭撻宇内。』

〔三〇〕〔徐注〕《莊子》：是其塵垢秕糠，將猶陶鑄堯、舜者也。

〔三一〕〔徐注〕《通鑑》：太宗掇蝗吞之，曰：『但當食朕，無害百姓。』蝗果不爲害。

〔三二〕〔徐注〕《舊書·禮儀志》：玄宗開元十三年十一月，幸泰山封禪。登山日，氣和煦。至齋次，日入後，勁風偃人，寒氣切骨。玄宗因不食，次前露立，至夜半，仰天稱：『某身有過，請即降罰；若萬人無福，亦請某爲當罪。兵馬辛苦，乞停風寒。』應時風止，山氣温暖。〔馮注〕又：行事已畢，中書令張説曰：『昨夜則息風收雨，今朝則天清日暖。』

〔三三〕〔徐注〕班固《幽通賦》：又申之以炯戒。

〔三四〕〔徐注〕《漢書·車千秋傳》：帝謂曰：『此高廟神靈，使公教我。』

〔三五〕〔徐注〕《詩》：貽厥孫謀。〔補注〕貽厥，此謂父祖訓誨。

〔三六〕〔徐注〕《書》：惟説式克欽承。〔補注〕欽承，恭敬繼承。

〔三七〕〔徐注〕《尚書中候》：帝堯即位七十載，醴泉出山。《東觀漢記》：中元二年，醴泉出於京師，飲者痼疾皆愈。〔馮注〕《禮記》：地出醴泉。

〔三八〕〔徐注〕東方朔《神異經》：西北海外有長人，飲天酒五斗。張華注云：天酒，甘露也。孫柔之《瑞應圖》：甘露者，美露也，其凝如脂，其甘如飴，一名膏露，一名天酒。盧思道《賀甘露表》：神漿可挹，流珠九户之前；天酒自零，凝照三階之下。〔馮注〕《禮記》：天降膏露。

〔三九〕〔徐注〕《大戴禮記》：朱草日生一葉，至十五日生十五葉。十六日一葉落，終而復始。《漢書》：制曰：上古至治，嘉禾興，朱草生。張衡《東京賦》：豐朱草於中唐。注：《抱朴子》云：朱草長三尺，枝葉皆赤，莖似珊瑚。《帝王世紀》：堯時朱草生於郊。〔馮注〕《抱朴子》：朱草狀如小桑，長三四尺，刻之汁流如血，以金投之曰金漿，以玉投之名玉釀，服之長生。

〔四〇〕見《爲汝南公華州賀赦表》『赤雁白麟』注。

〔四一〕〔徐注〕《天官占》：太白者，西方金之精，角摇則兵起。《史記正義》：角，芒角也。《隋書·五行志》：國皇皇，出而大，其色黄白，望之有芒角，見則兵起國多變。〔馮注〕按彗、孛之屬，皆有芒角。

〔四二〕〔徐注〕《晋書·桓温傳》：晷度自中，霜露惟均。《江逌傳》：疏曰：陛下今以晷度之失，同之六沴。案：晷謂日景，度謂周天之度。〔馮注〕言妖星見於躔度。不取日晷之義。〔按〕馮注是。晷，通『軌』。軌度，謂天體運行之軌道與角度。此言晷度失常。

〔四三〕〔徐注〕《漢書·東方朔傳》：武帝既招英俊，程其器能。

〔四四〕〔補注〕《禮記·中庸》：『官盛任使，所以勸大臣也。』

〔四五〕〔徐校〕『雍』疑是『華』，『岳』當作『嶽』。案：華州畿内，塀方守華，故曰『首化百城』。古雍縣在州西，不得言『東雍』；華岳在州東，不得言『西岳』。若云『東華西岳』，則太華在州東，岳山在州西，於義頗協。《周禮》：豫州鎮曰華山，雍州鎮曰嶽山。鄭注云：華山在華陰。嶽，吴嶽也。《漢書·郊祀志》：自華山以西，名山七。有華山、岳山。《舊書·禮儀志》：肅宗至德二年春，在鳳翔，改汧陽縣吴山爲西岳。杜甫詩：『憶昨踰隴坂，高秋視吴嶽。東笑蓮花卑，北知崆峒薄。』蓋吴山三峯霞舉，疊秀雲天。唐時特崇其號，與太華同秩。二岳東西並峙，故表舉以爲言。務諧聲病，故不言西吴而言西岳。後人以華爲太華，嫌與下文之岳重複，遂改『東華』爲『東雍』，曾不知東西易位之爲舛也。〔馮注〕《隋書·地理志》：京兆郡鄭縣，後魏置東雍州，并華山郡，西魏改華州，後廢，有少華山。華陰縣有華山。《舊書·志》：華州，隋京兆郡之鄭縣，義寧元年置華山郡，武德元年改華州。《書》：八月西巡狩，至于西嶽。按：（東雍西岳）四字正言華州，徐氏疑其有誤，則謬矣。〔按〕馮注是。《獻華州周大夫十三丈啓》亦云『大夫以南陽惠化，爲東雍先聲。』『東雍』不誤。

〔四六〕〔徐注〕庾信碑：百城解印。〔馮注〕百城，見《後漢書·賈琮傳》：百城聞風，自然竦震。按：京兆府下，首以華州爲上輔。

〔四七〕見《代李玄爲崔京兆祭蕭侍郎文》注〔五二〕。

〔四八〕〔徐注〕古詩：雙闕百餘尺。〔補注〕雙闕，皇宫前兩邊高臺上之樓觀，此借指京城。

〔四九〕〔徐注〕《書》：夔曰：『於予擊石拊石，百獸率舞。』

〔五〇〕〔徐注〕揚子《法言》：鴻飛冥冥，弋者何篡焉？

〔五一〕詔條，見《爲尚書濮陽公賀鄭相公狀》注〔五三〕。

〔五二〕〔徐注〕《書》：無偏無黨，王道蕩蕩；無黨無偏，王道平平。

〔五三〕〔徐注〕諸葛亮表：臣鞠躬盡瘁，死而後已。

〔五四〕〔徐注〕《詩》：豈不懷歸，畏此簡書。傳：簡書，戒命也。疏：古者無紙，有事書之於簡，謂之簡書。

〔五五〕〔徐注〕《左傳》：箴尹遂歸復命，而自拘于司敗。〔補注〕司敗，即司寇，掌刑獄、糾察等事。《左傳·文公十年》『歸死於司敗』杜預注：『陳、楚名司寇爲司敗。』亦借指司法機關。

〔五六〕〔徐注〕《吴語》：申胥曰：昔楚靈王親獨行屏營徬徨於山林之中。注：屏，步丁切。

爲汝南公賀彗星不見復正殿表〔一〕

臣某言：得本州進奏院狀報，今月某日夜，彗星不見，宰臣某等奉表稱賀，請御正殿、復常膳者。天道甚密〔二〕，聖心不遐〔三〕。感極而灾亦爲祥，誠至而妖寧勝德。臣某中賀。

臣聞殷湯以六事責躬，止七年之旱〔四〕；宋景以一言修德，退三舍之星〔五〕。歷代以來，咎徵常有。苟君能克己〔六〕，則禍不移人〔七〕。伏惟皇帝陛下，寅奉丕圖〔八〕，恭臨大寶〔九〕。遵符列聖〔一〇〕，酌憲前王。昨者天象之間，星文稍異〔一一〕，載深歸咎，爰用覃恩。倉箱畢復于九年〔一二〕，羅網並開其三面〔一三〕。去營繕，絶蕩心之巧〔一四〕；申冤結，除滅耳之俘〔一五〕。而又正殿不居，大庖盡減〔一六〕，精誠昭達〔一七〕，懇惻敷聞〔一八〕。芒焰遽銷，晷度如舊。況蕞爾戎羯〔一九〕，正犯疆埸〔二〇〕，載思星見之徵，恐是虜亡之兆〔二一〕。伏惟稍寬聖慮，以擁皇休，遵九廟之降祥〔二二〕，副兆人之欽屬〔二三〕。

臣又聞皇王之事天也〔二四〕，雖至理之時，不遺於憂畏〔二五〕；雖至和之氣，不忘于將迎〔二六〕。是故神農焦勞，軒帝顦悴，堯既癯瘠，舜亦胼胝〔二七〕。此四主側身于昔時〔二八〕，陛下用心于今日〔二九〕。千載符契〔三〇〕，萬方懷柔〔三一〕。臣常忝内朝〔三二〕，今居近甸〔三三〕。拱辰不及，空瞻北極之尊〔三四〕；就日無因，忽覺長安之遠〔三五〕。唯知忭蹈，莫可奮飛〔三六〕。況時及初正，禮當元會〔三七〕。華夷畢至，玉帛皆陳〔三八〕。小國行人〔三九〕，外藩下士〔四〇〕，皆得入趨鳳闕〔四一〕，仰望獸樽〔四二〕。臣獨限關河〔四三〕，坐縈符竹〔四四〕。戀既深而詞懇，慶已極而涕零。無任感恩賀聖鬱戀屏營之至。

〔一〕本篇原載《文苑英華》卷五六一第四頁、清編《全唐文》卷七七一第一二頁、《樊南文集詳注》卷一。題内『復正殿』三字，《全文》無，據《英華》補。〔徐箋〕會昌元年十一月丁酉朔，越六日壬寅，彗見。《舊書》云：『凡五十六日而滅。』其日當爲丁酉二年正月，書丙申朔，則彗滅於二日之夜。而《新書·天文志》云：『十一月壬寅有彗，十二月辛卯不見。』計止有五十日，當爲是月之二十五。如前月小盡，則二十六日也，校《舊書》先六日，未知孰是。觀表末『時及初正，禮當元會』等語，意《新書》爲得其實。不然，彗滅於明年之二日，則正殿未復，元會之禮不行，亦何用揚厲其辭耶？〔按〕徐説是，當從《新書·天文志》所記。表當上於會昌元年十二月末。張采田《會箋》繫會昌二年正初，微誤。

〔二〕〔徐注〕《南史·劉勔傳》：天道密微。

〔三〕〔徐注〕《詩》：毋金玉爾音，而有遐心。〔補注〕不遐，不遠。上句『甚密』亦密邇貼近之意。

〔四〕〔徐注〕劉恕《外紀》：湯之時大旱，禱於桑林之野，以六事自責，曰：『政不節與？民失職與？宮室崇與？女謁盛與？苞苴行與？讒夫昌與？』言未而大雨。案：《荀子》《吕覽》《説苑》所言六事與此互異。〔馮注〕《荀子》：湯旱而禱曰：『政不節與？使民疾與？何以不雨，至斯極也？宮室榮與？婦謁盛與？何以不雨，至斯極也？苞苴行與？讒夫興與？何以不雨，至斯極也？』《帝王紀》曰：成湯大旱七年，齋戒、剪髮、斷爪，以己爲犧牲，禱於桑林之社，以六事自責。按：『使民疾』或作『民失職』，『榮』或作『營』，或作『崇』，『婦』或作『女』，『興』或作『昌』，『七年』或作『五年』。凡《呂氏春秋》《説苑》《後漢書·鍾離意傳》各小異。

〔五〕〔馮注〕《呂氏春秋》：宋景公時，熒惑在心，召子韋問焉。子韋曰：『禍（禍）當君，可移於相。』公曰：『相所與治國家也。』曰：『可移於民。』曰：『民死，寡人將誰爲君？』曰：『可移於歲。』曰：『歲害，民饑必死。爲人君而殺其民以自活，其誰以我爲君乎？』子韋曰：『君有至德之言三，天必三賞君。今夕熒惑其徙三舍，君延年二十一歲。』是夕熒惑果徙三舍。〔徐注〕劉峻《辨命論》：宋公一言，法星三徙。〔補注〕熒惑，今稱火星。《呂氏春秋·制樂》高誘注：『熒惑，五星之一，火之精也。』三舍，指三座星宿之位置。二十八宿，一宿爲一舍。

〔六〕〔補注〕《論語·顔淵》：『克己復禮爲仁。』《漢書·王嘉傳》：『孝文皇帝欲起露臺，重百金之費，克己不作。』

〔七〕〔徐注〕《左傳》：有雲如衆赤鳥，夾日以飛三日。楚子使請諸周太史，周太史曰：『其當王身乎？若禜之，可移於令尹、司馬。』王曰：『除腹心之疾而寘諸股肱，何益？』遂弗禜。〔馮曰〕謂修德勝妖，則不足爲禍於人也。非用《左傳》（略）之事。〔按〕馮解是。

〔八〕奉，《英華》作『泰』，誤。〔補注〕寅奉，猶恭奉。丕圖，大業、宏圖。

〔九〕〔徐注〕《易》：聖人之大寶曰位。

〔一〇〕遵，《英華》作『尊』。

〔一一〕稍，《英華》作『稱』。

〔一二〕箱，《英華》注：集作『請』。誤。〔徐注〕《詩》：乃求千斯倉，乃求萬斯箱。〔馮校〕箱，一作『儲』。按：《英華》作『倉箱』，而注曰：集作『請』。今思『請』字無理，當爲『儲』字形近之訛。箋曰：年豐收入踰前也。〔按〕馮謂『箱』一作『儲』，今未見此異文。〔補注〕復，謂免除徭役或賦稅。

〔一三〕見上篇注〔一二〕。

〔一四〕〔徐注〕《禮記》：毋或作爲淫巧以蕩上心。

〔一五〕〔徐注〕《漢書·王莽傳》：不暇省獄訟冤結。《易》：何校滅耳，凶。〔補注〕滅耳，割下耳朵。《左傳·僖公二十二年》『俘馘』杜注：『俘，所得囚；馘，所截耳。』孔疏：『俘者，生執囚之；馘者，殺其人截取其左耳，欲以計功也。』

〔一六〕〔徐注〕《詩》：大庖不盈。〔補注〕謂減膳。

〔一七〕〔徐注〕班彪《王命論》：精誠通於神明。

〔一八〕〔徐注〕《後漢書·蔡邕傳》：上封事曰：前後制書，推心懇惻。〔馮注〕是邕論齋祀中語。

〔一九〕〔徐注〕沈約碑文：加以戎羯窺窬。〔補注〕《左傳·昭公七年》：『鄭雖無腆，抑諺曰「蕞爾國」，而三世執其政柄。』蕞爾，形容其小，含蔑視意。

〔二〇〕〔徐注〕案《左傳》『疆埸之事』，從易，音亦。後人訛爲『疆場』，則義取戰場之場矣。易，古『陽』字。箋：《舊書》：會昌元年八月，回鶻烏介可汗寇天德軍。〔馮曰〕按《舊書·迴紇傳》：元和四年，遣使請改爲迴鶻，義取迴旋輕捷如鶻，故史文中『紇』『鶻』每互書。

〔二一〕虜，《英華》作『滅』，非。〔徐注〕《漢書·天文志》：妖星，不出三年，其下有軍及失地，若國君喪。《太平御覽》：劉向《洪範傳》曰：彗者，去穢布新者也，此天所以罰無道而建有德也。鄭玄曰：彗星主掃除。

〔二二〕〔徐注〕《新書·文宗紀》：大和元年，賜九廟陪位者子孫二階。《書》：作善降之百祥。箋：《王制》：天子七廟，三昭三穆，與太祖之廟而七。鄭康成注云：此周制。七者，太祖及文王、武王二祧與親廟四也。《漢書》韋玄成或奏議曰：周所以七廟者，以后稷始封，文王、武王受命而王，是以三廟不毀，與親廟四而七。鄭説本此。然則文、武二祧固在七廟之數也。劉歆乃與爲天子三昭三穆與太祖，而七宗不在數中，是即九廟之説所肇端矣。其後王莽篡漢，歆爲佐命，果造起九廟四昭四穆與黄帝太初祖廟而爲七，誕妄不經，莫斯爲甚，其義實自歆發之。光武中興，悉復舊制。由東漢以迄於隋，卒無有立九廟者。開元十年，始詔宣帝復祔於正室，謚獻祖，并謚光皇帝爲懿祖。又以中宗還祔太廟，於是太廟爲九室。寶應二年，祧獻、懿祔玄宗、肅宗。自是之後，常爲九室矣。九廟之稱，開元以前無之也。〔按〕古時帝王立廟祭祀祖先，有太祖廟及三昭三穆，共七廟。王莽增爲祖廟五，親廟四，共九廟。《漢書・王莽傳下》：『取其材瓦，以起九廟。』

〔二三〕〔補注〕欽屬，敬重屬望。

〔二四〕天，《英華》作『業』，誤。

〔二五〕畏，《英華》注：集作『惕』。〔徐注〕《真誥》：憂生則有畏。〔補注〕至理，至治。

〔二六〕〔徐注〕《莊子》：無有所將，無有所迎。〔補注〕將，送也。

〔二七〕舜，《英華》注：集作『禹』。〔徐注〕《列子》：黄帝即位，十有五年，燋然肌色皯黣。《淮南子》：神農憔悴，堯瘦臞，舜黴黑，禹胼胝。〔馮注〕《吕氏春秋》：舜之未遇，手足胼胝。

〔二八〕〔徐注〕《説苑》：武丁恐駭，側身修行。〔補注〕側身，傾側其身，表示戒懼不安。《詩・大雅・雲漢序》：『遇烖（灾）而懼，側身修行。』

〔二九〕今，《英華》作『兹』。

〔三〇〕〔徐注〕陸倕《新漏刻銘》：分似符契。〔補注〕符契，契合。

〔三一〕〔徐注〕《詩》：懷柔百神。〔補注〕懷柔，謂四方萬國均受其安撫而歸向。語本《禮記・中庸》：『送往迎來，嘉善而矜不能，所以柔遠人也；繼絶世，舉廢國，治亂持危，朝聘以時，厚往以薄來，所以懷諸侯也。』

〔三二〕〔馮注〕《禮・玉藻》：天子皮弁，以日視朝。諸侯朝服，以日視朝於内朝。鄭氏注曰：内朝，路寢門外之正朝也。天子諸侯皆三朝。又：《文王世子》注：内朝，路寢庭；外朝，路寢門之外庭。《周禮・秋官》朝士注：外朝在路門外，内朝在路門内。周天子諸侯皆有三朝：外朝一，内朝二。内朝之在路門内者，或謂之燕朝。《夏官》司士疏：《玉藻》：諸侯禮謂路門外朝爲内朝，對皋門内應門外朝爲外朝，通路寢庭朝爲三朝也。《宋史・宋庠傳》：唐大明宫之正南門曰丹鳳門，門内第一殿曰含元殿，大朝會則御之；第二殿曰宣政殿，謂之正衙，朔望大册拜則御之；第三殿曰紫宸殿，謂之上閤，亦曰内衙，隻日常朝則御之。按周及唐之制如此，此則泛言内廷耳。〔徐注〕《三禮義》：宗周禮：天子諸侯皆有三朝，一曰外朝，二曰中朝，三曰内朝。其中朝之名，或内或外，若據外朝而言，謂之内朝。故鄭注《文王世子》諸侯外朝一内朝二是也。三朝之最外爲外朝者，是決罪聽訟之朝也。中朝者，人君旦夕視政見卿大夫之朝也。内朝者，路寢也。人君視政，退而居於此，待諸侯之復逆也。〔按〕周墀在任華州刺史之前，歷任監察御史、集賢殿學士、起居舍人，加知制誥，充翰林學士、職方郎中、中書舍人、工部侍郎，均在朝廷供職，故云『常忝内朝』。其中翰學、中舍均爲内廷禁密之職。常，《英華》作『嘗』，通。

〔三三〕〔徐注〕任昉《爲蕭侍中表》：藩維近甸。〔按〕華州距長安一百八十里，故云『近甸』。

〔三四〕〔補注〕《論語·爲政》：『爲政以德。譬如北辰，居其所，而衆星共（拱）之。』北辰，即北極星，喻朝廷。

〔三五〕〔徐注〕《大戴禮記》：孔子曰：『放勳，其仁如天，其智如神，就之如日，望之如雲。』『長安遠』，見《代李玄爲崔京兆祭蕭侍郎文》注〔五二〕。

〔三六〕〔徐注〕《詩》：心之憂矣，不能奮飛。

〔三七〕〔徐注〕《玉燭寶典》：正月爲端月，其一日爲元日。曹植《元會詩》：初歲元祚，吉日惟良。乃爲嘉會，宴此高堂。〔補注〕皇帝於元旦朝會羣臣稱元會。始於漢，魏晋以降因之。參下補注。

〔三八〕〔徐注〕《左傳》：禹合諸侯於塗山，執玉帛者萬國。〔補注〕《新唐書·禮樂志九》：『皇帝元正、冬至受羣臣朝賀而會……設諸蕃方客位。』

〔三九〕〔補注〕行人，掌朝覲聘問之官。《周禮·秋官·訝士》：『邦有賓客，則與行人送逆之。』亦稱使者爲行人。《管子·侈靡》：『行人可不有私。』尹知章注：『行人，使人也。』

〔四〇〕士，《英華》誤作『土』。

〔四一〕〔徐注〕《漢書》：建章宫，其東則鳳闕，高二十餘丈。《西都賦》：設璧門之鳳闕，上觚稜而棲金爵。

注：《三輔故事》曰：建章宫，闕上有銅鳳皇。金爵即銅鳳也。〔按〕此則泛指京城、朝廷。

〔四二〕〔徐注〕《晋書·禮志》：江左元會，設白獸樽於殿廷，樽蓋上施白獸。有能獻直言者，則發此樽飲酒。樽乃杜舉之遺式，白獸蓋後代所爲，示忌憚也。《宋書·禮志》：白虎樽，欲令言者猛如虎，無所忌憚也。案：唐諱『虎』，故以『虎』爲『獸』。白虎，即騶虞也。《詩》傳云：騶虞，義獸也。白虎黑文，不食生物，有至信之德則應之。司馬相如《封禪頌》：般般之獸，樂我君囿，白質黑章，其儀可喜。師古曰：謂騶虞也。樽上所飾即此。故唐李君房《白獸樽賦》云：『樽則雲飛而山峙，獸乃白質而黑章』也。

〔四三〕〔徐注〕《史記》：蘇秦説秦惠王曰：『被山帶渭，東有關河。』〔按〕此句『關河』指潼關、黄河。

〔四四〕〔徐注〕《漢書·文帝紀》：初與郡守爲銅虎符、竹使符。案：《後漢書》杜詩疏曰：舊制，發兵皆以虎符。而《晋書·陸機傳》云：入侍帷幄，出剖符竹。易『虎』爲『符』，唐修史避廟諱也。〔馮注〕《漢書·文帝紀》注引應劭曰：銅虎符第一至第五，當發兵，遣使者至郡命符，乃聽受之。竹使符，以竹箭五枚，長五寸，鐫刻篆書，第一至第五。張晏曰：符以代古之圭璋，從簡易也。師古曰：各分其半，右留京師，左以與之。按：分符剖竹，後人習用。《後漢書·杜詩傳》：舊制，發兵皆以虎符，其餘徵調，竹使而已。

爲汝南公賀元日御正殿受朝賀表〔一〕

臣某言：臣得本州進奏院狀報，稱元日皇帝陛下御含元殿受朝賀者。上正三辰〔二〕，下臨萬國〔三〕。事雖舉舊，命則維新〔四〕。臣某中賀。

臣聞聖祖垂訓，王者處域中之尊〔五〕；《公羊》紀時，春者爲一歲之始〔六〕。載稽故實，抑有典章。近歲以來，此禮多闕。或事因惜費，或時屬告休〔七〕。伏惟皇帝陛下，道被無垠〔八〕，政敷有截〔九〕，全取發生之德〔一〇〕，無非訢合之仁〔一一〕。蒼昊降符〔一二〕，黄輿告瑞〔一三〕。石碑既見，文作太平〔一四〕；銀甕旋臻，字成萬歲〔一五〕。而又憂勤不輟，刻責方深。精誠旁達於八紘〔一六〕，懇惻上通於九廟。仙厨撤味〔一七〕，獸館休畋〔一八〕。遂使化妖宿爲壽星〔一九〕，變小饑爲酺飲〔二〇〕。慶由聖感，令屬神行。爰在新正，式修闕典。彤庭列位〔二一〕，丹陛陳儀。凝旒而天啓其門〔二二〕，服衮而日昇於觀〔二三〕。巽風發越，解澤滂沱〔二四〕。左右賢臣，駿奔多士〔二五〕。國無諛佞〔二六〕，擢靈草而不摇〔二七〕；朝絶姦邪，儼神羊而莫動〔二八〕。禮成而退，物有其官〔二九〕。足以光耀瑶圖〔三〇〕，丹青玉版〔三一〕，輝前映後〔三二〕，邁五登三〔三三〕。臣竊訪碩儒，遠徵舊典：帝堯華封之祝，惟止匹夫〔三四〕；神禹塗山之儀〔三五〕，且非元會。然猶堯有多憂之戒〔三六〕，禹存後至之誅〔三七〕。在和平而尚乖，孰歡呼之可致。豈與兹日，而得同年〔三八〕！

臣方守河潼〔三九〕，正分符竹。不獲躬陳玉帛〔四〇〕，首率梯航〔四一〕。況又嘗以藝文，叨居禁密〔四二〕。雖遠離天上，猶近關西〔四三〕。抃賀空深，就望無所。心馳紫闥〔四四〕，非夢寐而不通；魂繞皇闈〔四五〕，羨歸飛而莫及〔四六〕。無任荷恩祝壽戀闕屏營之至〔四七〕。

〔一〕本篇原載《文苑英華》卷五七〇第六頁，題下脱撰人姓名。清編《全唐文》卷七七一第一三頁，《樊南文集詳注》卷一。〔徐箋〕武宗會昌二年正月，以彗星既滅，復御正殿，舉元會之禮。時周墀在華州，是表與前《賀彗星不見表》相繼而上也。〔馮箋〕按：此見《英華》表中雜賀類。其上篇則許敬宗《賀朔旦冬至表》，此篇與之同類；其下篇則張説《賀大衍曆表》，别爲一小類矣。此篇題下脱去『李商隱』三字，余初疑之。然表文雖多，而惟義山於周墀稱『汝南公』。且『方守河潼』及『藝文』『禁密』語皆可據，其他文義亦相類，必無疑也。舊本《英華》題下必有人名，余所見本偶脱去耳。〔按〕馮箋是。清編《全唐文》收入李商隱文，可證。商隱《爲汝南公以妖星見賀德音表》《爲汝南公賀彗星不見復正殿表》，反映會昌元年十一月出現彗星，皇帝避正殿、減膳、理囚、罷營繕，及十二月二十五日彗星不見、復正殿之事。本篇則繼賀皇帝元日御正殿受朝賀。文有『化妖宿爲壽星』之語，顯爲反映同一天象出現至消失過程之一組賀表。武宗元日御含元殿受朝賀，消息當日或次日即可傳至華州。此表當上於會昌二年正月二或三日。

〔二〕〔徐注〕謂星變滅除。

〔三〕〔徐注〕謂元正朝會。

〔四〕〔補注〕事雖舉舊，謂皇帝元日御正殿受朝賀爲舊典。《詩·大雅·文王》：『周雖舊邦，其命維新。』毛傳：『乃新在文王也。』

〔五〕〔徐注〕《老子》：道大、天大、地大，王亦大。域中有四大而王居其一焉。〔馮注〕聖祖，老子也。

〔六〕〔徐注〕《公羊傳》：元年春王正月。元年者何？君之始年也。正月者何？歲之始也。

〔七〕〔徐箋〕按《舊書·文宗紀》：大和五年，以積陰浹旬，罷元會。六年，以久雪罷。開成五年，上不康，不受朝賀。故云。〔馮箋〕按《紀》文，大和七年春正月朔，御含元殿受朝賀。比年以用兵雨雪，不行元會之儀。故書開成元年，常服御宣政殿受賀，遂宣詔大赦，改元。蓋史文於罷元會、受朝賀，皆舉其異乎常年者書之，餘不備書。

〔八〕〔徐注〕《漢書·賈誼傳》：坱軋無垠。

〔九〕〔徐注〕《詩》：海外有截。〔補注〕《詩·商頌·長發》：『苞有三蘖，莫逆莫達，九有有截。』鄭箋：『九州齊一截然。』有截，指九州。敷，布也。

〔一〇〕〔徐注〕梁元帝《纂要》：春曰青陽，亦曰發生。

〔一一〕〔徐注〕《禮記》：天地訢合。〔補注〕訢合，謂受感而動，和合融洽。

〔一二〕昊，《英華》作「旻」。〔徐注〕《爾雅》：春爲蒼天，夏爲昊天。〔補注〕蒼昊，猶天。

〔一三〕〔徐注〕《易》：天玄而地黄。又：坤爲大輿。〔補注〕黄輿，指地。

〔一四〕〔徐注〕「石碑」未詳。按：魏青龍三年，張掖删丹縣有寶石負圖白書成文。晋泰始四年，氐池縣大柳谷口有玄石一所，白質成文。又唐武德三年，鄜州獻瑞石，有文曰「天子萬年」，事頗相類。若吴孫皓時歷陽石印封發，其文曰「四世治，太平始」，乃皓使者所僞作，亡國之事，恐非其引。〔馮注〕山石成文事頗多，此重在「太平」字。《魏書·靈徵志》：真君五年，張掖郡上言，石文記國家祖宗諱，著受命之符。其文大石有五，皆青質白章，間成文字，中有次記「太平天王繼世主治」凡八字，其石在大柳谷山。所用或指此也。《文苑英華》有上官儀《爲人賀涼州瑞石表》云：涼州都督李襲譽奏昌松瑞石中有「太平天子李世民」之字，事在貞觀十七年，見《舊書·紀》。此本朝事，有廟諱。又《齊書》曰：會稽剡縣有山名刻石，而不知文字所在。宋昇明末，剡人倪襲祖行獵，見石上有文三處，去苔視之，其大石文曰：「黄天星姓蕭字道成，得賢師，天下太平。」亦非所用。《通志·藝文略·祥異類》：張掖郡《元石圖》一卷。按：即此所用。

〔一五〕〔徐注〕《孝經援神契》：銀甕不汲自隨，不盛自盈。孫氏《瑞應圖》：王者宴不及醉，刑罰中，則銀甕出。〔馮注〕《禮記》：山出器車。注曰：器謂若銀甕丹甑也。孫氏《瑞應圖》：玉甕不汲自盈，王者飲食有節則出。按：「銀甕」亦作「玉甕」，而「字成萬歲」未詳。

〔一六〕達，《英華》作「照」。〔馮注〕《淮南子》：九州之外有八夤，八夤之外有八紘。八紘之氣，是出寒暑。

〔一七〕〔徐注〕《漢武内傳》：上元夫人，老君弟子也。元封元年七月七日夜，西王母降，命侍女郭密香邀夫人同宴。俄而夫人至，夫人設厨，厨亦精珍。〔馮按〕不必拘此。〔按〕此不過謂皇帝減膳，未必用事。

〔一八〕〔徐注〕揚雄《長楊賦序》：上將誇胡人以多禽獸，載以檻車，輸長楊射熊館。雄從，至射熊館，還，上

《長楊賦》以諷。

〔一九〕〔徐注〕《漢書音義》：妖星曰孛星、彗星、長星，亦曰攙槍。《爾雅》云：壽星，角、亢也。〔馮注〕當用南極老人星。《史記·天官書》：狼比地有大星曰南極老人。老人見，治安；不見，兵起。常以秋分時候之南郊。《晉書·天文志》：老人星見則治平，主壽昌。《唐會要》：開元間敕有司置壽星壇，以千秋節日修祠，祭老人星，著之常式。《玉海》：《黄帝占》云：老人星一名壽星，色黄明大則主壽昌，天下多賢士。非用《爾雅》『壽星，角、亢也。』〔按〕馮注是。《史記·封禪書》：『於杜、亳有三社主之祠、壽星祠。』司馬貞索隱：『壽星，蓋南極老人星也，見則天下理安，故祠之以祈福壽。』

〔二〇〕《英華》此句作『變小戎爲餓殍』。〔徐注〕《穀梁傳》：二穀不升謂之饑。《漢書·文帝紀》：酺五日。師古曰：酺之爲言布也。王德布於天下，合而聚飲爲酺。〔補注〕酺，指國有喜慶，特賜臣民聚會飲酒。《史記·秦始皇本紀》：『天下大酺。』張守節正義：『天下歡樂大飲酒也。』

〔二一〕〔徐注〕《西都賦》：玉階彤庭。

〔二二〕〔徐注〕《大戴禮》：古者冕而前旒，所以蔽明也。《漢書》郊祀歌：天門開，詄蕩蕩。

〔二三〕〔徐注〕《周禮》：享先王則衮冕。注：衮，卷龍衣也。日觀，注見前《爲安平公兖州謝上表》注〔四八〕。〔按〕此以『日昇於觀』象喻皇帝御正殿。

〔二四〕解，《英華》作『兑』。〔徐注〕《易》：『隨風巽，君子以申命行事。』又：『雷雨作解，君子以赦過宥罪。』《詩》：月離于畢，俾滂沱矣。〔補注〕巽風，東南風。《易·説卦》有『巽爲木，爲風』之説，以皇帝詔令如風行之速，故稱『巽令』。此處『巽風發越』亦指皇帝詔令。解澤滂沱指恩赦普降。

〔二五〕〔徐注〕《詩》：實左右商王。又：濟濟多士，秉文之德，對越在天，駿奔走在廟。

〔二六〕〔馮校〕詇，一作『便』。

〔二七〕〔徐注〕《帝王世紀》：黄帝時，有草生于庭，佞人入則指之，名曰屈軼。〔馮注〕《博物志》：堯時有屈軼生于庭，佞人入朝，則屈而指之，一名指佞草。

〔二八〕〔徐注〕《説文》：獬廌，神奇之獸，一名任法，狀如羊。古者決訟，令之以觸不直。《後漢書·輿服志》：獬廌，神羊也。《論衡》：獬廌，一角羊也。青色，四足，能知曲直。獄疑者令羊觸之。〔馮注〕《神異經》：東北荒有獸，狀如羊，一角，毛青，四足似熊。見人鬭則觸不直，聞人論則咋不正，名獬豸，又曰任法獸。《論衡》：皋陶治獄，疑者令觸之。《後漢書·志》：法冠一曰柱後，或謂之獬豸冠。獬豸，神羊，能別曲直，故以爲冠。

〔二九〕官，《全文》《英華》作『容』。《英華》注：一作『官』。兹據改。詳馮注。〔徐注〕《左傳》：屠蒯曰：事有其物，物有其容。（按：徐注本作物有其容。）〔馮注〕按《左傳》：蔡墨曰：『夫物物有其官，官修其方，故有五行之官，是謂五官。』此處言朝退各修其職，當作『官』，不作『容』。

〔三〇〕〔馮注〕按：王者受命，則曰膺圖受籙，皆原於《易經》『河出圖，洛出書』，而讖緯推演之也。《河圖挺佐輔》曰：黄帝夢兩龍挺白圖，乃至翠嬀之川，魚汎白圖，蘭葉朱文，以授黄帝，名曰《録圖》。録，一作『緑』。《論語考比讖》：仲尼曰：『堯率舜等游首山，有五老游河渚，赤龍銜玉苞，舒圖刻版，題命可卷，金泥玉檢封盛。五老乃爲流星上入昴。堯等共發曰：「帝當樞百，則禪於虞。」』《春秋運斗樞》曰：舜以太尉即位，黄龍五采負圖，以黄玉爲甲如樞，白玉檢，黄金繩之。《尚書中候》曰：舜時修壇河、洛，榮光出河，休氣四塞，龍馬銜甲，赤文緑色，有列星之分，斗政之度，帝王紀録興亡之數。斯類不可殫述。徐陵《檄周文》：主上恭膺寶曆，嗣奉瑶圖。

〔三一〕〔馮注〕《漢書·鼂錯傳》：刻于玉版，藏于金匱。〔徐注〕王子年《拾遺記》：堯聖德光洽河、洛之濱，得玉版方尺，圖天地之形。〔按〕瑶圖、玉版，即所謂河圖、洛書。丹青，使增輝。

〔三二〕輝，《全文》作『耀』，與上文複，此從《英華》。

〔三三〕見《爲汝南公華州賀南郊赦表》『邁五登三』注。

〔三四〕〔馮注〕《莊子》：堯觀乎華，華封人曰：『請祝聖人，使聖人壽，使聖人富，使聖人多男子。』堯曰：

『多男子則多懼，富則多事，壽則多辱，是三者非所以養德也。』故辭。

〔三五〕見《代安平公華州賀聖躬痊復表》注〔一七〕。

〔三六〕〔馮注〕多憂，即上文所引『多懼』。〔按〕見注〔三四〕。

〔三七〕存，《英華》注：一作『行』。〔馮注〕《國語》：仲尼曰：『昔禹致羣神於會稽之山，防風氏後至，禹殺而僇之，其骨節專車。』〔徐注〕《家語》：孔子曰：『昔禹致諸侯于會稽之山，防風氏後至，禹殺僇之。』

〔三八〕〔馮注〕賈誼《過秦論》：不可同年而語矣。

〔三九〕〔徐注〕《文選》『河、潼』注：向曰：河、潼，二水名。〔馮注〕《後漢書・皇甫張段列傳贊》：戎驂糺結，塵斥河、潼。注：潼，谷也。即潼關。〔按〕河潼，即《爲汝南公賀彗星不見復正殿表》『臣獨限關河』之『關河』。守河潼，謂刺華州。

〔四〇〕陳，《全文》作『承』，誤，據《英華》改。注詳《爲汝南公賀彗星不見復正殿表》注〔三八〕。

〔四一〕〔馮注〕宋顔延之序：棧山航海，踰沙軼漠之貢。注曰：揚雄《交州箴》：航海三萬，束牽其犀。梁王僧孺謝啓：航海梯山，獻琛奉貢。〔補注〕梯航，梯山航海。《宋書・明帝紀》：『日月所照，梯山航海。』

〔四二〕詳《爲侍郎汝南公華州謝加階狀》注〔一〕、《爲汝南公華州賀南郊表》『當時仙禁，慚視草以無能』注。

〔四三〕〔馮校〕『近』（下）疑脱一字。〔補注〕關西，指函谷關以西地區。華州在關西。

〔四四〕〔徐注〕曹植表：注心皇極，結情紫闥。

〔四五〕〔徐注〕傅咸詩：明明闢皇闈。

〔四六〕〔馮注〕《詩》：弁彼鸒斯，歸飛提提。

〔四七〕荷，《英華》作『賀』。

〔蔣士銓曰〕全是唐音，亦復佳善。近人作四六，全向此等討生活，固已居然名手矣。可嘆。（《忠雅堂全集・評選四六法海》卷二）

爲汝南公賀元日朝會上中書狀〔一〕

右得本道進奏院狀報，今月日，皇帝御宣政殿受册，尊號爲仁聖文武至神大孝皇帝，禮畢，御丹鳳樓，大赦天下者〔二〕。當時集軍州官吏等，丁寧宣示訖〔三〕。鴻名有赫〔四〕，慶澤無偏〔五〕。上光宗廟之明靈〔六〕，下慰蒸黎之欽屬〔七〕。功勞必表〔八〕，逋負咸蠲〔九〕。出縲繫於犴牢〔一〇〕，復流竄於魑魅〔一一〕。撫安鰥寡〔一二〕，存省耄期〔一三〕。有國之闕政咸修〔一四〕，前代之遺文必舉〔一五〕。此皆相公富皋、夔之事業〔一六〕，秉伊、説之材謀〔一七〕，協贊神功，導宣睿化〔一八〕。符瑞沓至，天人允咸〔一九〕。慶雲非煙〔二〇〕，浪井不鑿〔二一〕。然後率多士，陳大儀〔二二〕，致君於堯、舜之前，驅俗於勛、軒之上〔二三〕，四維仰化〔二四〕，萬國承流〔二五〕。況某忝典州兵〔二六〕，嘗聞廟算〔二七〕，雖阻陪班列〔二八〕，亦遠接歡呼。鳳闕雙標〔二九〕，應開天上；雞竿百尺〔三〇〕，想在日邊〔三一〕。顧奮飛而不能〔三二〕，亦攀望而何及！無任抃躍之至〔三三〕。

〔一〕本篇原載清編《全唐文》卷七七二第一四頁、《樊南文集補編》卷一。〔錢注〕《舊唐書・周墀傳》：墀字德

升，汝南人。長慶二年，擢進士第。開成四年，正拜中書舍人。武宗即位，出爲華州刺史、鎮國軍、潼關防禦等使。改鄂岳觀察使，遷江南西道觀察使。大中初，檢校禮部尚書、義成軍節度、鄭滑觀察等使，汝南男。入朝爲兵部侍郎、判度支。《新唐書·禮樂志》：皇帝元正、冬至受羣臣朝賀而會。《舊唐書·職官志》：中書省，中書令二員，中書侍郎二員。箋：按：周墀自華遷鄂，史無年月。考《唐摭言》，會昌三年，王起再主文柄，墀以詩寄賀。其時猶刺華州。以武宗上尊號之歲計之，則文當爲刺華時作。惟元日朝會，爲歲舉之常儀；而請上尊號，爲一朝之盛典，本屬兩事。且武宗受册在四月，而文中亦不引元正，故實尤屬可疑。豈《元日朝會狀》别有一文，而後文乃賀上尊號狀，傳抄脱誤，遂合爲一歟？〔按〕張氏《會箋》亦從錢説，云『題有訛』，繫於會昌二年。考狀文云：『今月日，皇帝御宣政殿受册，尊號爲仁聖文武至神大孝皇帝。』則狀明爲賀上尊號而作。檢《舊唐書·武宗紀》：會昌二年『四月乙丑朔，光禄大夫、守司空、兼門下侍郎、平章事李德裕，銀青光禄大夫、守右僕射、門下侍郎、平章事崔珙，銀青光禄大夫、中書侍郎、同平章事李紳，金紫光禄大夫、檢校司徒、兼太子太保牛僧孺等上章請加尊號曰「仁聖文武至神大孝皇帝」。戊寅，御宣政殿受册。是月九日雨，至十四日轉甚，乃改用二十三日。』《新唐書·武宗紀》則云：『四月丁亥，羣臣上尊號曰「仁聖文武至神大孝皇帝」。大赦，賜文武官階、勳、爵。』戊寅爲是月十四日，因雨改用二十三日，爲丁亥。故此狀按其實際内容當作於會昌二年四月二十三日之後一二日，其題當爲《爲汝南公賀上尊號上中書狀》。現姑仍舊題。至於《爲汝南公賀元日朝會上中書狀》，疑與《爲汝南公賀元日御正殿受朝賀表》係同時之作。因傳鈔時脱去狀文，遂與《爲汝南公賀上尊號上中書狀》之狀文拼接而奪去原題，遂合爲題與文不相應之一體。

〔二〕〔錢注〕《舊唐書·武宗紀》：會昌二年，四月乙丑朔，李德裕上章，請加尊號曰『仁聖文武至神大孝皇帝』。戊寅，御宣政殿受册。是月九日雨，至十四日轉甚，乃改用二十三日。又《地理志》：東内曰大明宫，高宗龍朔二年置。正門曰丹鳳，正殿曰含元。含元之後曰宣政。宣政左右有中書、門下二省，弘文、史二館。高宗以後，天子常居東内。

〔三〕〔錢注〕《漢書·谷永傳》注：丁寧，謂再三告示也。

〔四〕〔錢注〕司馬相如《封禪文》：前聖所以永保鴻名，而常爲稱首者用此。

〔五〕〔錢注〕《北史·隋紀》：思所以宣播慶澤。〔補注〕慶澤，皇帝之恩澤。

〔六〕〔錢注〕揚雄《趙充國頌》：明靈惟宣。〔補注〕明靈，聖明之神靈。

〔七〕〔錢注〕《宋書·長沙景王道憐傳》：鑒寐欽屬。〔補注〕蒸黎，百姓；欽屬，敬重屬望。

〔八〕〔錢注〕《史記·高祖功臣侯年表》：古者人臣功有五品：以德立宗廟定社稷曰勳，以言曰勞，用力曰功，明其等曰伐，積日曰閱。

〔九〕〔錢注〕《漢書·昭帝紀》：三年以前，逋更賦未入者，皆勿收。《玉篇》：蠲，除也。

〔一〇〕〔錢注〕張華《博物志》：狴牢，獄別名。〔補注〕縲繫，囚犯。

〔一一〕〔補注〕《左傳·文公十八年》：『投諸四裔，以禦魑魅。』此『魑魅』指魑魅之鄉，即荒遠之邊地。復，返回。

〔一二〕〔錢注〕《吴志·魯肅傳》：則宜撫安，與結盟好。

〔一三〕〔錢注〕《漢書·文帝紀》：今歲首，不時使人存問長老。注：存，省視也。〔補注〕《書·大禹謨》：『朕宅帝位，三十有三載，耄期倦于勤。』孔傳：『八十、九十曰耄，百年曰期頤。』

〔一四〕〔錢注〕《漢書·嚴助傳》：朝有闕政。

〔一五〕〔錢注〕《漢書·公孫弘等傳贊》：是以興造功業制度遺文，後世莫及。〔補注〕前代之遺文，指前代留下之法令條文、禮樂制度。

〔一六〕〔補注〕皋，皋陶，虞舜時刑官；夔，虞舜時樂官。

〔一七〕〔錢注〕《漢書·叙傳》：欽用材謀。〔補注〕伊，伊尹，商湯時賢臣，佐湯滅商；説，傅説，殷高宗（武丁）時賢相。

〔一八〕〔錢注〕謝莊《宋明堂歌》：睿化凝，孝風熾。

〔一九〕〔補注〕允咸，信同，確實相同。謂天意與人心相應感通也。

〔二〇〕〔錢注〕《史記·天官書》：若煙非煙，若雲非雲，郁郁紛紛，蕭索輪囷，是謂卿雲。卿雲見，喜氣也。注：卿音慶。

〔二一〕〔錢注〕孫氏《瑞應圖》：王者清淨，則浪井出，有仙人主之。《典略》：浪井不鑿自成。

〔二二〕〔錢注〕《漢書·禮樂志》：今大漢繼周，久曠大儀。

〔二三〕〔錢注〕《史記·五帝紀》：黄帝者，少典之子，姓公孫，名曰軒轅。又曰：帝堯者放勛。

〔二四〕〔錢注〕《淮南子》：東北爲報德之維，西南爲背陽之維，東南爲常羊之維，西北爲蹏通之維。〔按〕此四維猶四方。

〔二五〕〔錢注〕崔駰《河南尹箴》：風化攸興，萬國承流。

〔二六〕〔補注〕周墀任華州刺史、鎮國軍、潼關防禦等使，故云『典州兵』。《左傳·僖公十五年》：『晋於是乎作州兵。』

〔二七〕〔錢注〕《孫子》：兵未戰而廟算勝者，得算多也。

〔二八〕〔錢注〕《魏志·陳留王奂紀》注：《漢晋春秋》曰：班列大同。

〔二九〕〔錢注〕《史記·封禪書》：於是作建章宫，度爲千門萬户。前殿度高未央。其東有鳳闕，高二十餘丈。〔補注〕雙標，指宫門兩側之闕樓高聳。

〔三〇〕〔錢注〕《太平御覽》：《三國典略》曰：齊長廣王湛即皇帝位於南宫，大赦改元。其日將赦，庫令於殿門外建金雞，宋孝王不識其義，問於光禄大夫司馬膺之，膺之曰：『案《海中星占》曰：天雞星動當有赦。』由是帝王以雞爲候。《新唐書·百官志》：赦日，樹金雞於仗南，竿長七尺，有雞高四尺，黄金飾首。

〔三一〕〔錢注〕《晋書·明帝紀》：帝幼而聰哲，爲元帝所寵異。嘗坐置膝前，屬長安使來，因問帝曰：『汝謂日與長安孰遠？』對曰：『長安近。不聞人從日邊來，居然可知也。』〔按〕此『日邊』指帝王身邊，即京城。

〔三二〕〔補注〕《詩·邶風·柏舟》：『静言思之，不能奮飛。』

〔三三〕〔錢注〕徐勉《謝敕賜絹啓》：率土抃躍。

爲李郎中祭竇端州文〔一〕

始虞命夏〔二〕，暴於玄穹。功垂刊木〔三〕，德協堙洪〔四〕。洎帝相之難作，誕少康於竇中。由《屯》獲吉，因生受封〔五〕。降及後代，傳勳繼庸〔六〕。西京則嬰爲外戚〔七〕，東漢則融居上公〔八〕。愍陽城之不享〔九〕，始移籍於扶風〔一〇〕。源遠更清，基高自峻〔一一〕。有焯明靈，靄然休問〔一二〕。陋巷不憂〔一三〕，坦途方進。月遠標儀〔一四〕，霞高映論〔一五〕。玉寧韞匵〔一六〕，錐安處囊〔一七〕。宜伸尚屈〔一八〕，將集猶翔〔一九〕。潛師大《易》，謙尊以光〔二〇〕。誓安老氏，債少易償〔二一〕。

爰紆銅墨〔二二〕，是宰濠梁〔二三〕。宓琴時奏〔二四〕，潘樹逾芳〔二五〕。入贊朝儀〔二六〕，言揚事舉〔二七〕。圭璧蠻夷〔二八〕，弁冕文武〔二九〕。吐辭含韻，知今博古〔三〇〕。進抑退揚，從規合矩〔三一〕。復陶啓位〔三二〕，殿省承榮〔三三〕。孔門之束帶無忝〔三四〕，叔孫之綿蕝難更〔三五〕。君子信讒〔三六〕，小人道長〔三七〕。未暇閉關，難期税鞅〔三八〕。暫持竹符，遠出羅網。誰識卑飛〔三九〕，因成利往〔四〇〕。銅梁改秩〔四一〕，錦里經時〔四二〕。人去而琴臺壞棟〔四三〕，文移而石室摧基〔四四〕。劉弘之重銘葛廟〔四五〕，王商之更立嚴祠〔四六〕。隴首云歸〔四七〕，端溪遽逐〔四八〕。角豈觸藩〔四九〕，臀終困木〔五〇〕。海闊天盡，山深霧毒。許靖他鄉，有名無禄〔五一〕。馬超正色，宜歌反哭〔五二〕。何爲善之無憑，而降灾之甚速〔五三〕！

某欽惟教義，夙所依因。在昔家世，勤王實殷〔五四〕。高旌大旆，結駟飛輪〔五五〕。慶豈遺於自出〔五六〕，榮實垂於外姻〔五七〕。一紀以來，艱凶遄及〔五八〕。嗟宅相以無取〔五九〕，懼堂構之不集〔六〇〕。詎言渭水之乖離〔六一〕，竟絶西州之出入〔六二〕。嗚呼哀哉！

違京背闕，古陌荒阡。松門積靄〔六三〕，隴首停煙〔六四〕。祖庭是日〔六五〕，乞墅何年〔六六〕？淚有血而皆隳〔六七〕，憤無膺而可填〔六八〕。況玗剖郡符〔六九〕，璟持使節〔七〇〕。塞遠城迥〔七一〕，河窮路絶〔七二〕。顧後瞻前〔七三〕，形孤影孑〔七四〕。長號出次，重拜臨穴〔七五〕。酒醴清濃〔七六〕，肴羞羅列。庶有鑒於斯文，冀不同於虚設〔七七〕。嗚呼尚饗〔七八〕！

〔一〕本篇原載《文苑英華》卷九九一第五頁、清編《全唐文》卷七八一第二〇頁、《樊南文集詳注》卷六。〔徐注〕《新書·地理志》：嶺南道端州高要郡，領縣二：高要、平興。〔馮箋〕竇端州未知何人。《舊書·李愿傳》：愿於長慶二年節度宣武，不恤軍政，威刑馭下，令妻弟竇緩將親兵，緩亦驕傲黷貨，牙將三人入緩帳中，斬緩首。愿出走鄭州，愿妻竇氏死於亂兵，子三人匿而獲免。余初疑端州爲緩兄弟，今細玩文義，李郎中無異常之痛，而竇自罹禍謫死，端州與李無涉，則必非宣武事也。郎中與玗、璟三人，爲西平之孫無疑。第《世系表》於西平之孫，止列聽子六，甚子一，其餘失載，故無從核定。（按：馮譜繫會昌三年）〔張箋〕文有『玗剖郡符，璟持使節。塞遠城迥，河窮路絶』語，馮氏謂爲西平之孫，甚是。惟（竇）端州無考耳。此當作於李璟未刺懷州前（按：李璟刺懷州在會昌三年十月）。〔按〕《舊唐書・武宗紀》：『會昌二年十月，吐蕃贊普卒，遣使論普熱入朝告哀。詔將作少監李璟入蕃弔祭。』商隱《爲懷州李中丞謝上表》：『萬里以遥，三時而復。』其還朝當在會昌三年秋，其除懷州刺史則在同年九月二十王茂元卒後（詳《爲懷州李中丞謝上表》注〔一〕）。此文當作於李璟已奉使入蕃尚未還朝時。味『河窮路絶』語，似此時李璟尚在入蕃途中，約在會昌二年冬暮至三年春初之間。李郎中、竇端州皆無考。

〔二〕命，《英華》注：集作『燕』。非。〔補注〕《書・舜典》：『舜曰：咨四岳，有能奮庸熙帝之載，使宅百揆，亮采惠疇。僉曰：伯禹作司空。帝曰：俞，咨禹，汝平水土，惟時懋哉！』

〔三〕〔徐注〕《書》：禹敷土，隨山刊木。〔補注〕刊，砍伐。

〔四〕協，《英華》作『叶』。〔馮注〕《書》：鯀湮洪水。《漢書・溝洫志》：《夏書》：禹湮洪水十三年。

〔五〕〔徐注〕《左傳》：伍員曰：『昔有過澆，殺斟尋，滅夏后相，后緡方娠，逃出自竇，歸於有仍，生少康焉。』《新書・宰相世系表》：竇氏出自姒姓。夏后氏帝相失國，其妃有仍氏女方娠，逃出自竇，奔歸有仍氏，生子曰少康。少康二子曰杼、曰龍，留居有仍，遂爲竇氏。〔補注〕《易・屯》：『彖曰：屯，剛柔始交而難生。』

〔六〕〔徐注〕《周禮・夏官》：司勳，掌六鄉賞地之法，以等其功。王功曰勳，國功曰功，民功曰庸，事功曰勞，治功曰力，戰功曰多。

〔七〕〔馮注〕《漢書・外戚傳》：景帝立，孝文竇皇后爲皇太后。太后從昆弟子嬰爲大將軍，封魏其侯。〔徐注〕《漢書・竇嬰傳》：嬰字王孫，孝文皇帝后兄子也。父世觀津人，上察宗室諸竇無如嬰賢。師古曰：諸竇總謂帝外家也。

〔八〕〔馮注〕《後漢書・竇融傳》：融字周公，扶風平陵人也。封安豐侯。詣洛陽，引見。數月，拜爲冀州牧。十餘日，又遷大司空。又：竇氏一公兩侯。注曰：一公，大司空也。

〔九〕〔徐曰〕陽城，疑是『安成』。《漢書・外戚傳》：竇皇后親早卒，葬觀津。薄太后乃詔有司追封竇后父爲安成君，母爲安成夫人。〔按〕參下注。

〔一〇〕〔徐注〕《宰相世系表》：龍六十九世孫鳴犢爲晋大夫，竇氏遂居平陽鳴犢。六世孫誦，二子世扈、世生。嬰，漢丞相魏其侯也。扈二子經、充。充避秦之難，徙居清河，漢贈安成侯，葬觀津。二子長君、廣國。廣國字少君，章武景侯，二子定、誼。誼生賞，襲章武侯。宣帝時以二千石徙扶風平陵。二子壽、邕。邕二子敷、秀。秀子林，徙居武威，融其孫也。〔馮注〕考兩《漢書》諸傳及《新書·表》，孝文竇皇后親早卒，葬觀津。追封后父爲安成君，封后弟廣國章武侯。廣國之孫賞，宣帝時以二千石自常山徙扶風平陵，融之高祖也。融玄孫武，靈帝時大將軍，謀誅宦官，自殺，宗親悉誅，家屬徙日南。武孫輔，逃竄得全，後與宗人徙居於鄴。《表》又云：有亡入鮮卑者，世襲部落，爲北魏臣。從孝武徙洛陽，遂爲河南洛陽人，復爲竇氏，有興、善、熾，三人之子孫號三祖房。又竇武之後有敬遠，封西河公，居扶風平陵，子孫曰平陵房。皆無『陽城』。此云『移籍』，未知指何時。徐氏疑其訛『安成』爲『陽城』，移籍扶風，即指賞事，當非也。《漢書·地理志》：潁川、汝南二郡屬縣，皆有陽城。先叙華胄，唐時沿六朝貴重氏族之習。

〔一一〕自，《英華》注：集作『足』。

〔一二〕靄，《英華》作『藹』，字通。〔補注〕焯，明，光耀。休問，美譽。

〔一三〕〔補注〕《論語·雍也》：『賢哉回也！一簞食，一瓢飲，人不堪其憂，回也不改其樂。』

〔一四〕〔徐注〕《南史·齊王儉傳》：風儀與秋月齊明，音徽與春雲等潤。

〔一五〕〔徐注〕《北山移文》：使我高霞孤映。〔馮注〕《南史·劉訏傳》：族祖與書稱之曰：『訏超超越俗，如天半朱霞。』句似本此。

〔一六〕〔補注〕《論語·子罕》：『子貢曰：「有美玉於斯，韞匵而藏諸？求善賈而沽諸？」子曰：「沽之哉！沽之哉！我待賈者也。」』

〔一七〕安，《英華》作『要』，誤。見《爲張周封上楊相公狀》注〔一五〕。

〔一八〕〔補注〕《易·繫辭下》：『尺蠖之屈，以求信也；龍蛇之蟄，以存身也。』

〔一九〕〔補注〕《論語·鄉黨》：『色斯舉矣，翔而後集。』

〔二〇〕〔徐注〕《易》：謙尊而光，卑而不可踰。

〔二一〕〔馮注〕《文子·下德篇》：老子曰：『夫責（債）少易償也，職寡易守也，任輕易勸也。』按：皆取易簡之義。

〔二二〕〔徐注〕《漢書·百官公卿表》：秩比六百石以上皆銅印墨綬。〔補注〕又：『縣令、長，皆秦官，掌治其縣，萬户以上爲令，秩千石至六百石。』此以『銅墨』指縣令。

〔二三〕〔徐注〕《莊子》：莊子與惠子游於濠梁之上。〔馮注〕《唐書·志》：河南道濠州屬縣三：鍾離、定遠、招義。〔按〕此當指濠州治所在之鍾離縣。

〔二四〕〔馮注〕《吕氏春秋》：宓子賤爲單父宰，鳴琴而治。

〔二五〕〔馮注〕《白帖》：晋潘岳爲河陽令，樹桃李花，人號河陽一縣花。

〔二六〕〔徐注〕《漢書·叔孫通傳》：臣願徵魯諸生與臣弟子共起朝儀。〔馮注〕此由邑令入爲鴻臚屬官。

〔二七〕〔徐注〕《禮記》：或以事舉，或以言揚。

〔二八〕〔徐注〕謂（蠻夷）執圭來朝也。〔馮注〕圭璧，取方圓之義，謂蠻夷皆秉其裁制也。〔按〕此承上『入贊朝儀』而言，蓋指其爲鴻臚屬官，接待賓客，贊導禮儀之事。圭璧蠻夷，謂贊導蠻夷持圭璧朝見也。即《新唐書·百官志三·鴻臚寺》『皆司儀示以禮制』之謂。徐、馮注均非。

〔二九〕〔馮注〕《左傳》：劉定公謂趙孟曰：『吾與子弁冕端委，以治民臨諸侯。』〔補注〕弁、冕皆男子冠名，吉禮之服用冕，通常禮服用弁。弁冕文武，蓋亦謂其根據不同之禮使文武着不同之冠冕。

〔三〇〕〔徐注〕《晋書·石崇傳》：使者曰：『君侯博古通今，察遠照邇。』

〔三一〕〔徐注〕《禮記》：古之君子必佩玉，右徵角，左宫羽。趨以《采齊》，行以《肆夏》，周還中規，折還中矩，進則抑之，退則揚之，然後玉鏘鳴也。〔按〕據此二句，益見『圭璧』二句爲贊導禮儀之事。蓋自東漢以後，鴻臚之主要職掌即爲朝祭禮儀之贊導。

〔三二〕〔徐注〕《左傳》：楚子次於乾谿，雨雪，王皮冠秦復陶。注：秦所遺羽衣也。疏：冒雪服之，知是毛羽之衣，可以禦雨雪也。箋：『復陶啓位』頗難解，或舉以問余，余沉思數日而始得之。復陶，羽衣也，楚靈王所服，後世則道流服之，殆取輕舉之意，《封禪書》『武帝使欒大衣羽衣，受印』是也。竇端州蓋始嘗爲老莊之學，隱居著道士服，後乃出山入仕，如王希夷、吴筠之輩。《三洞道科》言道士有五：其一曰山居道士，許由、巢父之比也。魏徵少亦出家爲道士。及唐之中葉，人主益崇道教，即志在用世者，不妨寄跡黄冠。昌黎集有《送張道士序》，亦其類也。觀上文『大《易》』『老氏』等語，則羽衣爲竇之初服無疑矣。不欲斥言其道流，故廋辭隱語，不曰羽衣而曰復陶耳。〔馮注〕《左傳》：晋趙孟與絳縣老人田，使爲君復陶。注曰：主衣服之官。疏曰：其義未聞。《白帖》：尚衣監曰復陶，又曰陶正。傳曰：昔虞閼父爲周陶正。注：陶正，復陶也，主君上之衣服。按：陶正，《左傳》《史記》皆無注。愚謂舜陶河濱，有虞氏上陶，故傳云：賴其利器用也，與神明之後也。則當爲陶冶。《魏略》曰：王修爲司金中郎將，太祖與之教，引『遏父陶正，民賴器用』後云：『此君沉滯冶官』，可確證矣。晋之復陶，亦必冶官，故絳老可爲也，與『秦復陶』義自迥别。今用舊説而附辨之。又按：細讀《左傳》『與之田，使爲君復陶，以爲絳縣師』，注曰：縣師，掌地域，辨其夫家人民。是文義與陶冶之事相近，於衣服何涉焉？注乃泥於『秦復陶』而偶誤會耳。至若《揚子》『裪繘謂之袖』，《廣韻》曰：繘裪，衣袖，《韻會》『裪』通作『陶』，引《傳》文爲證，《説文繫傳》引《左傳》作『複陶』，皆可爲秦復陶之注釋，與絳縣老人之複陶，必不可混。愚更以《詩》『陶復陶穴』箋云：『復於土上鑿地曰穴，皆如陶然。』此雖專言土室而義可類證。復陶之解，宜從陶冶。絳老一老農，故來築城，其能主君衣服乎？本文所用，則固謂掌服御，相沿之誤耳。〔按〕馮辨甚詳覈，商隱蓋沿用《左傳》杜注『主衣服之官』之解，徐注非。參下句注。

〔三三〕〔馮注〕《舊書·志》：殿中省監，掌天子服御，領尚食、尚藥、尚衣、尚舍、尚乘、尚輦六局之官屬。少監二員，丞二人。局各有奉御二人。奉御掌衣服，詳其制度，辨其名數，凡大朝會則設案，服畢而徹之。按：

『復陶啓位，殿省承榮』，謂此也。徐氏據楚子、雨雪、皮冠、秦復陶，注以爲羽衣者，而謂竇端州必始爲老莊之學，著道士服，後乃入仕，故以『復陶』爲隱語，謬哉！《舊》《新書·志》：鴻臚有卿、少卿、丞，掌賓客及凶儀之事。領典客、司儀二署。典客署有令、丞、掌客，四夷歸化，酋渠朝見，皆掌之。還蕃則佐其辭謝之節。今玩『入贊』以下十二句，蓋入朝爲典客署令，或鴻臚丞，升爲殿中省官，或尚衣奉御，或少監，故曰『啓位』『乘榮』也。又升爲鴻臚卿或少卿，小有失意，乃出爲刺史，故下曰『卑飛』。文義顯然，官秩亦相合也。

〔三四〕〔補注〕《論語·公冶長》：『赤也，束帶立於朝，可使與賓客言也。』

〔三五〕叔孫，《英華》作『漢宮』，馮注本從之。〔徐注〕《漢書》：叔孫通起朝儀，以所徵三十人及上左右爲學者與其弟子百餘人爲緜蕞野外，習之月餘。如淳曰：謂以茅翦樹地，爲纂位尊卑之次也。《春秋傳》曰『置茅蕝』。師古曰：『蕞』與『蕝』同，並音子悅反。按：竇蓋釋褐縣令，入爲鴻臚，故云然。《舊書·職官志》：鴻臚寺領典客、司儀二署。〔馮注〕《史記索隱》：韋昭云：引繩爲綿，立表爲蕞。二句又以賓客朝儀言之。

〔三六〕《英華》注：『子』字下集有『之』字。〔徐注〕《詩》：君子信讒，如或醻之。

〔三七〕《英華》注：『人』字下集有『之』字。〔徐注〕《易》：小人道長，君子道消也。

〔三八〕〔徐注〕顔延之詩：劉伶善閉關。〔馮注〕『閉關』見《易經》。此同顔延之『劉伶善閉關』之意，謂既不得志，又未可歸休。〔補注〕《易·復》：『先王以至日閉關，商旅不行，后不省方。』此『閉關』指閉塞關門，本句『閉關』則指關門謝客，不爲塵事所攖。税鞍，解下套馬之皮帶，猶税駕。

〔三九〕〔徐注〕《吳越春秋》：扶同曰：『鷙鳥將搏，必卑飛戢翼。』

〔四〇〕〔徐注〕《易》：利有攸往。

〔四一〕〔徐注〕《蜀都賦》：外負銅梁於宕渠。向曰：銅梁，山名。《元和郡縣志》：銅梁山在墊江縣南九里。按：墊江，今四川重慶府之合州是也。〔馮注〕《通典》：合州巴川郡，領縣六，理石鏡縣。又銅梁縣因山爲名。《新書·志》：合州石鏡縣有銅梁山。

〔四二〕〔徐注〕《華陽國志》：成都西城，故錦官城也。錦江織錦濯其中則鮮明，他江則不好，故命曰錦里。

〔四三〕〔徐注〕《寰宇記》：《益部耆舊傳》云：相如宅在少城中笮橋下百步許，有琴臺在焉。《成都記》：琴臺院以相如琴臺得名而非其舊。舊臺在城外浣花溪之海安寺南，今爲金花寺。元魏伐蜀，下營於此，掘塹得大甕二十餘口，蓋所以響琴也。隋蜀王秀更增五臺，并舊爲六。

〔四四〕〔馮注〕《華陽國志》：文翁立文學精舍講堂，作石室，一作玉室。永初後，堂遇火，太守陳留高眣更修立，又增造二石室。《寰宇記》：學堂一名周公禮殿。按：《集古録》所引玉室，一名玉堂。高眹於玉堂東復造一石室，爲周公禮殿。『眹』『眣』字小異。〔徐注〕《水經注》：始文翁爲蜀守，立講堂作石室於南城。後守更增二石室。

〔四五〕〔徐注〕《蜀志·諸葛亮傳》注：《蜀記》：晉永興中，鎮南將軍劉弘至隆中觀亮故宅，立碣表閭。《寰宇記》：諸葛武侯廟在先主廟西。《方輿勝覽》：在成都府西北二里少城内。桓温平蜀，夷少城，獨存孔明廟。〔馮曰〕劉弘立碣隆中，而此則借指成都武侯廟。

〔四六〕〔徐注〕《益部耆舊傳》：王商字文表，廣漢人，劉璋以商爲蜀郡太守，與嚴君平、李弘立祠作銘，以旌先賢。《寰宇記》：嚴君平宅在益州西一里。《耆舊傳》云：卜肆之井猶存。〔馮注〕《蜀志·秦宓傳》：宓與商書曰：足下爲嚴、李立祠，可謂厚黨勤類者也。

〔四七〕隴首，馮注本改『鶉首』。〔徐注〕柳惲詩：隴首秋雲飛。〔馮校〕舊作『隴首』，與下文複（按：下云『隴首停煙』），且合州、成都非隴首境也。《新書·志》：劍南道，漢蜀郡、廣漢、犍爲、越嶲、益州、牂柯、巴郡之地，總爲鶉首分。按：《漢書·志》：東井、輿鬼，雍州秦地之分野也。南有巴、蜀、廣漢、犍爲、武都，西南有牂柯、越嶲、益州，皆屬焉。張衡《西京賦》：『錫用此土而翦諸鶉首。』《晉書·志》：東井十八度至柳八度爲鶉首，於辰在未，秦之分野。蓋蜀亦屬秦分。鶉首之分極多。此言自蜀歸秦，必訛『鶉首』爲『隴首』，故竟改定。〔按〕《漢書·地理志下》：『自井十度至柳三度，謂之鶉首之次，秦之分也。』則鶉首指秦地。馮氏以蜀亦秦分爲言，然則何以知此『鶉首』必指蜀地而不指秦地？又何以證『隴』必『鶉』之誤（二字形、音均明顯不同）？似嫌證據不足。蓋此『隴首』乃指隴山。《漢書·禮樂志》：『朝隴首，覽西垠。』顔師古注：『隴坻之首也。』隴首云歸，謂歸於秦隴之地也，與下文『隴首』指墓隴者義別。

〔四八〕〔馮注〕《舊書·志》：端州領縣二：高要、平興。又康州端溪縣，縣界有端山，山下有溪也。按：此仍謂端州，竇當謫端州之卑秩也。〔徐注〕唐端州，今廣東肇慶府治是也。《明一統志》：大江在府城西南，又名西江，即端溪也。深廣澄演，下流入海。

〔四九〕〔徐注〕《易》：羝羊觸藩，羸其角。

〔五〇〕〔徐注〕《易》：臀困于株木。

〔五一〕〔馮注〕《蜀志·許靖傳》：靖字文休，汝南平輿人。漢末除尚書郎，典選舉。補御史中丞，懼董卓誅之，奔豫州刺史孔伷。又依揚州刺史陳禕。又吴郡都尉許貢、會稽太守王朗，素與靖有舊，故往保焉。靖收恤親里。孫策東渡江，皆走交州以避其難。靖身坐岸邊，先載附從、疏親，乃從後去。既到交阯，靖與曹公書曰：行經萬里，漂薄風波，飢殍荐臻，復遇疾癘，計爲兵害及病亡者，十遺一二。按：他鄉、無祿，當指奔依時。其後劉璋招靖入蜀爲太守，先主時爲太傅，非所用也。

〔五二〕〔徐注〕《蜀志》：馬超字孟起，右扶風茂陵人。父騰，靈帝末與邊章、韓遂等俱起事於西州。超領騰部曲，軍敗，超走保諸戎。曹公追至安定，復奔漢中依張魯。聞先主圍劉璋於成都，密疏請降。章武元年，遷驃騎將軍，領涼州牧，進封斄鄉侯。二年卒。臨没上疏曰：臣宗門二百餘口，爲孟德所誅略盡，惟有從弟岱，當爲微宗血食之繼，深託陛下，餘無復言。〔馮注〕《蜀志》注引《典略》曰：超敗，其小婦弟种先入漢中，种上壽於超，超搥胸吐血曰：『闔門百口，一旦同命，今二人相賀耶？』

〔五三〕〔徐注〕《書》：皇天降灾。

〔五四〕〔馮注〕《左傳》：狐偃言於晋侯曰：『求諸侯莫如勤王。』〔補注〕勤王，當指李晟復京事。

〔五五〕〔馮注〕《戰國策》：楚王結駟千乘。《述異記》：青童飛輪之車。〔徐注〕李康《運命論》：子思遊歷諸侯，莫不結駟而造門。

〔五六〕遺，《英華》作『惟』，誤。見《爲韓同年上河陽李大夫啓》『家人延自出之恩』注。

〔五七〕垂，《全文》作『萃』，據《英華》改。〔馮注〕《左傳》：士踰月，外姻至。《儀禮·士昏禮》：某以得爲外昏姻，請覿。〔補注〕外姻，由婚姻關係結成之親戚。

〔五八〕〔馮箋〕璟之出使，當會昌三年。考西平諸子卒年，惟憲大和三年卒，與『一紀』爲近也。所叙絶無奇痛，必非愿子。娶竇者何必獨愿耶？以上郎中自叙家世。自出、外姻，皆從竇氏指己。言祖宗之餘慶，自當見及也。李氏固當自矜矣。初疑竇與李前後交有婚姻者，非也。

〔五九〕〔徐注〕王隱《晉書》：魏舒字陽元，任城人。幼孤，爲外氏甯家所養。甯氏起宅，相者曰：『當出貴甥。』舒曰：『當爲外氏成此宅相。』後累官侍中、司徒。

〔六〇〕見《爲濮陽公上淮南李相公狀三》『淮南堂構』注。

〔六一〕〔徐注〕《詩》：我送舅氏，曰至渭陽。

〔六二〕州，《全文》誤作『川』，據《英華》改。〔馮注〕《晉書·謝安傳》：羊曇，太山知名士，安所愛重。安薨後，輟樂彌年，行不由西州路。常因石頭大醉，扶路唱樂，不覺至州門。左右白曰：『此西州門。』羊慟哭而去。曇爲安甥，《傳》有乞墅事。

〔六三〕〔徐注〕謝靈運詩：牽葉入松門。〔按〕此『松門』指墓地。墓地多植松楸。

〔六四〕停，《英華》注：集作『行』。〔馮注〕柳惲詩：隴首秋雲飛。此謂松楸丘隴。

〔六五〕〔徐注〕《禮記》：子游曰：『飯于牖下，小斂于户内，大斂于阼，殯於客位，祖於庭，葬於墓，所以即遠也。』〔補注〕祖庭，送殯前於庭中舉行之祭奠。

〔六六〕〔馮注〕《晉書·謝安傳》：苻堅率衆，號百萬，次淮肥。加安征討大都督。兄子玄入問計，安夷然無懼色，答曰：『已別有旨。』既而命駕出山墅，親朋畢集，方與玄圍棋賭別墅。玄不勝，安顧謂其甥羊曇曰：『以墅乞汝。」《廣韻》：乞，與人物也，去既切。

〔六七〕血，《全文》作『皆』，據《英華》改。墮，《全文》作『裂』，據《英華》改。〔馮曰〕徐刊本作『皆』『裂』，誤。

〔六八〕〔徐注〕江淹《恨賦》：置酒欲飲，悲來填膺。

〔六九〕玗，《全文》作『玗』，據《英華》改。〔徐注〕王褒《聖主得賢臣頌》：剖符錫壤，以光祖考。〔馮曰〕玗、玗皆玉名，字易相誤。《英華》刊本作『玗』也。

〔七〇〕〔徐曰〕玗、璟，竇端州二子名也。〔馮曰〕按玗、璟乃李郎中兄弟也。玗之守郡在邊塞，疑即鹽州矣。璟即所定爲懷州中丞者，持使節，當使吐蕃時也。詳《爲懷州李中丞謝上表》下，與（李）郎中皆爲（竇）端州甥。〔按〕馮箋是。

〔七一〕〔馮注〕《新書·志》：鹽州有保塞軍。餘詳《爲鹽州刺史奏舉李孚判官狀》注〔一〕。

〔七二〕〔馮注〕《舊書·吐蕃傳》：其初，濟黃河，逾積石，於羌中建國。長慶中，劉元鼎奉使往來，渡黃河上流。其南三百餘里有三山，山形如鏊，河源在其間。

〔七三〕〔徐注〕班固《典引》：次於聖心，瞻前顧後。

〔七四〕〔徐注〕張翰詩：單形依孤影。〔馮注〕（玗、璟）與郎中皆爲端州甥，而弔祭惟郎中，故云。

〔七五〕〔徐注〕任昉《爲苑始興表》：長號北陵。《詩》：臨其穴，惴惴其慄。〔補注〕次，臨時所搭帳幕，用於祭祀。《儀禮·士喪禮》：『衆主人出門，哭止，皆西面於東方，闔門，主人揖就次。』鄭玄注：『次，謂斬衰倚廬、齊衰堊室也。』潘岳《楊仲武誄》：『喪服同次，綢繆累月。』

〔七六〕《英華》作『酒濃清醴』，非。〔徐注〕《詩》：爲酒爲醴，以洽百禮。

〔七七〕〔徐注〕《漢書·賈捐之傳》：遥設虚祭，想魂乎萬里之外。

〔七八〕《英華》無此四字。